BASTEI
LÜBBE

Von Beverley Harper sind bei Bastei Lübbe Taschenbücher außerdem lieferbar:

15079 Sonne über dunklem Land
15237 Sturm über verschlungenen Pfaden
15325 Heller Mond in schwarzer Nacht

*Über die Autorin:*

Beverley Harper wurde in New South Wales, Australien, geboren. Im Alter von 26 Jahren reiste sie nach Afrika, wo sie ein ganzes Jahr verbringen wollte – doch sie blieb fast 20 Jahre. Schließlich kehrte sie in ihre Heimat Australien zurück. Im englischsprachigen Raum sind ihre fesselnden Afrikaromane überaus erfolgreich.
Weitere Titel der Autorin in der Verlagsgruppe Lübbe sind in Vorbereitung.

# BEVERLEY HARPER

# *Im letzten Schein der Sterne*

ROMAN

Ins Deutsche übertragen von
Barbara Ritterbach

BASTEI LÜBBE

BASTEI LÜBBE TASCHENBUCH
Band 15 486

1. Auflage: Mai 2006

Dieser Roman ist ein fiktionales Werk. Die Figuren, Namen, Ereignisse und Dialoge sind Produkte der Fantasie der Autorin und sollten nicht als real betrachtet werden. Auch wenn tatsächliche historische Ereignisse oder real existierende Personen erwähnt sind, ist der Kontext, in dem sie stehen, rein fiktional und frei erfunden.

Die Landkarten wurden erstellt von Mike Gorman.

Vollständige Taschenbuchausgabe

Bastei Lübbe Taschenbücher in der Verlagsgruppe Lübbe

Deutsche Erstveröffentlichung
Titel der Originalausgabe: *Shadows in the Grass*

Published by arrangement with Beverley Harper.
Dieses Werk wurde vermittelt durch die
Literarische Agentur Thomas Schlück GmbH, 30827 Garbsen.

Einbandgestaltung: Gisela Kullowatz
Titelbild: Look/Rolf Frei
Satz: hanseatenSatz-bremen, Bremen
Druck und Verarbeitung: GGP Media GmbH, Pößneck
Printed in Germany
ISBN-13: 978-3-404-15486-9 (ab 01.01.2007)
ISBN-10: 3-404-15486-X

*Dieses Buch ist Robert, Piers, Miles und Adam gewidmet,
den Felsen in der Brandung meines Lebens – und Yvette,
die wie ein Zyklon in das Leben meines Sohnes stürmte,
weshalb ich in meinem Roman* The Forgotten Sea
*einen nach ihr benannt habe; und Jo und meiner Enkelin
Kayla, die so unschuldig wie die Tiere Afrikas in
diese Welt kam und ebenso schön.*

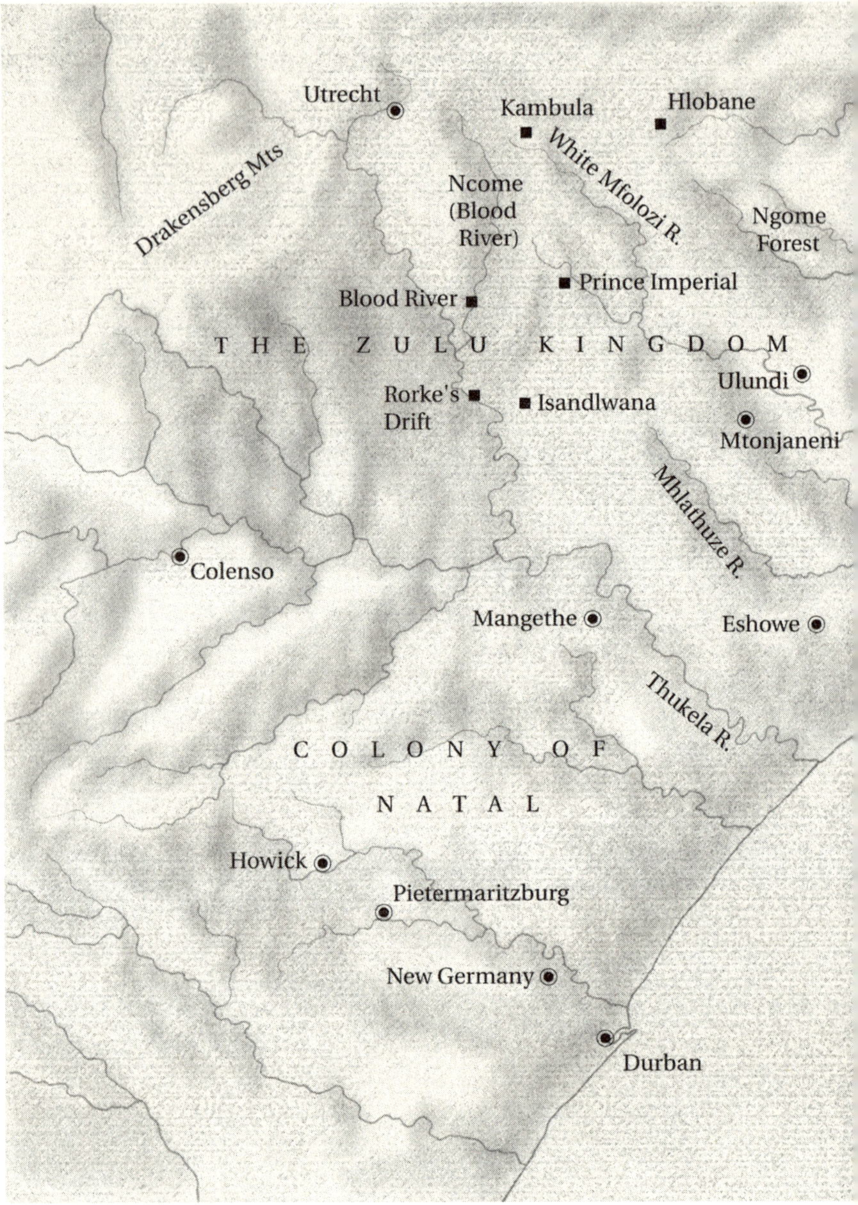

Utrecht
Kambula
Hlobane
Drakensberg Mts
White Mfolozi R.
Ncome
(Blood
River)
Ngome
Forest
Prince Imperial
Blood River
THE ZULU KINGDOM
Ulundi
Rorke's
Drift
Isandlwana
Mtonjaneni
Mhlathuze R.
Colenso
Mangethe
Eshowe
Thukela R.
COLONY OF
NATAL
Howick
Pietermaritzburg
New Germany
Durban

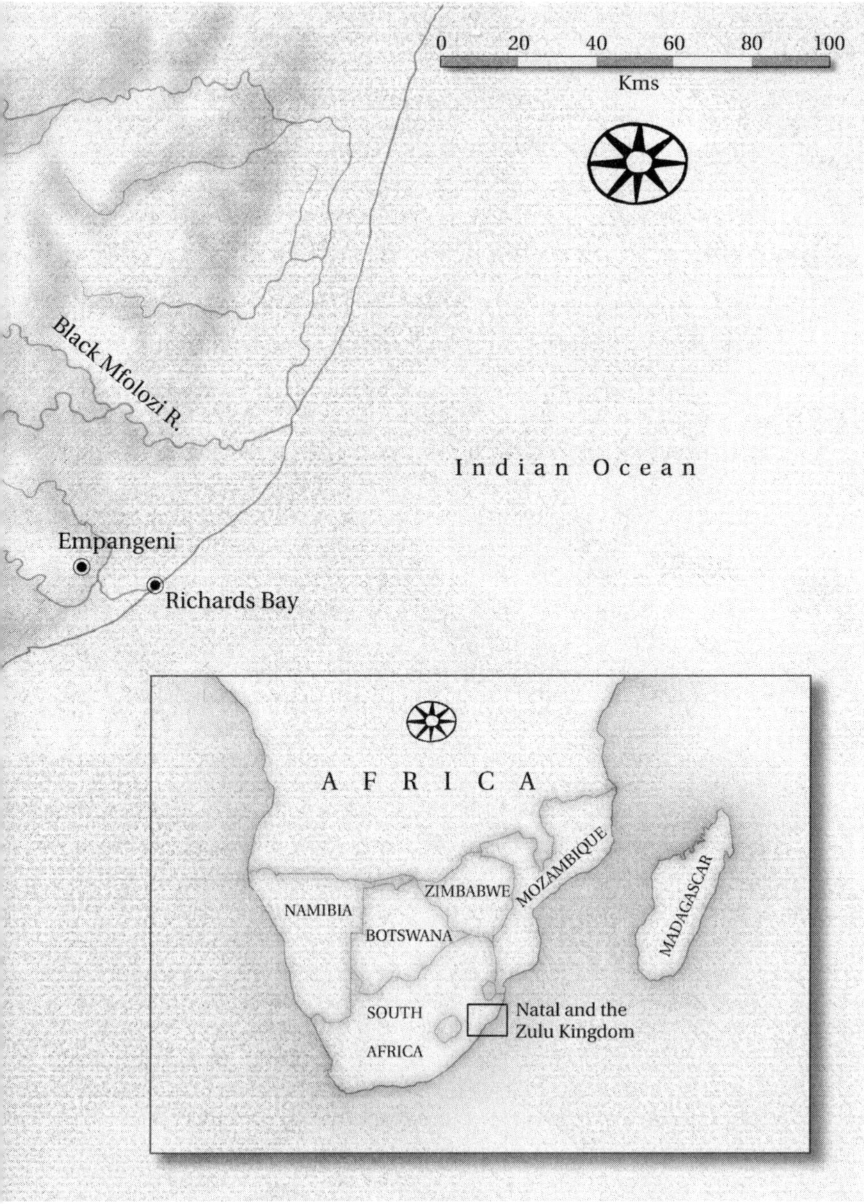

0 20 40 60 80 100
Kms
Black Mfolozi R.
Indian Ocean
Empangeni
Richards Bay
AFRICA
NAMIBIA
BOTSWANA
ZIMBABWE
MOZAMBIQUE
MADAGASCAR
SOUTH AFRICA
Natal and the Zulu Kingdom

# PROLOG

*Schottland, 1871*

Der späte November in Schottland, nasskalt und trüb, gab einen Vorgeschmack auf die Härte des Winters, jene bedrückende Monotonie endloser grauer, feuchter Tage, Wochen und Monate.

Doch ungeachtet aller widrigen Kräfte der Natur schien an diesem Nachmittag beharrlich die Sonne. Die geschlossenen Fenster des Herrenhauses, das aus solidem Sandstein errichtet war, reflektierten ihr Licht mit trügerischer Helligkeit. Es drang vorbei an den schweren cremefarbenen Damastvorhängen eines der oberen Schlafräume und warf einen blassgoldenen Schimmer auf die tiefblaue Brokatbespannung der Wände. Zögernd berührten die Strahlen die kostbaren dunklen Möbel. Wie feine Spinnweben krochen sie über den dicken gewebten Teppich und erzeugten dort ein spektakuläres Schauspiel. Aber bald, viel zu bald schon, würde die kühle Düsterheit zurückkehren.

Das trotzige Aufbäumen der Natur blieb dem Paar, das seit einigen Stunden intensiv mit sich beschäftigt war, verborgen. Ein Kohlenfeuer, von einem der Hausmädchen am Morgen entfacht, glomm im Kaminofen leise vor sich hin. Die spitzenbesetzte Bettwäsche, einst makellos glatt gezogen und sorgfältig arrangiert, war zerknittert und in Unordnung.

Mylady war angeblich indisponiert, und es hatte strikte Anweisung gegeben, sie unter keinen Umständen zu stören. Die zahlreichen Bediensteten – vom Butler über Pagen und Hausdamen bis zu den Küchenmädchen – ließen sich zwar nicht täuschen, aber sie wussten, dass höchstens ein Feuer oder die unerwartete Rückkehr des Hausherrn ein ausreichender Grund war, an ihre Tür zu klopfen.

Lord Robert Acheson war ausgesprochen ansehnlich und von großer Eleganz, ein Mann, wie er nur selten zu finden war. In unbekleidetem Zustand fand ihn die Frau, die momentan seine Aufmerksamkeit in Anspruch nahm, atemberaubend. Sein jugendliches Alter sorgte dafür, dass sein Körper straff und muskulös war. Er war einen Meter achtzig groß, hatte ein schmales Gesicht und dunkle Augen. Im Gegensatz zu vielen anderen seiner Zeitgenossen war er sorgfältig rasiert, was seinen kantigen Kiefer und die lange, kräftige Nase betonte. Sein dunkles lockiges Haar, die dicken Brauen und dichten Wimpern standen im Kontrast zu seiner blassen Haut. Sein Lächeln und der Humor, der aus seinen Augen sprach, gaben ihm einen Hauch von Verwegenheit. Junge Mädchen fanden ihn attraktiv, reifere Frauen erkannten seine Sinnlichkeit.

Robert Acheson war einundzwanzig Jahre alt und stand auf dem Höhepunkt seiner Manneskraft – eine Tatsache, die seiner Geliebten nicht verborgen blieb. Zu ihrer Freude waren Leidenschaft und die Befriedigung körperlicher Bedürfnisse zwei Dinge, denen er sich mit großer Hingabe und Energie widmete.

Lady Alison de Iongh war nicht die einzige Geliebte, die Robert genoss, aber sie war die erste, die sich der angenehmen Aufgabe unterzogen hatte, ihn in Angelegenheiten der Fleischesfreuden zu unterrichten. Ihre Affäre hielt daher schon weit länger an, als sie beide erwartet hatten. Trotz ausgesprochen guter Gründe, sie zu beenden, war der Mangel an Entschlossenheit stärker als ein williger Geist.

Lord de Iongh verbrachte den größten Teil des Jahres in London. Seine häufige Abwesenheit führte dazu, dass Alison und Robert sich nicht wirklich vor der Aufdeckung ihrer Liaison fürchteten. Hätte Robert sich jedoch die Zeit genommen, über das Gesetz der Wahrscheinlichkeit nachzudenken, wäre er zu dem Schluss gekommen, dass er eine Menge Glück hatte.

Alison war eine Frau, von deren Bekanntschaft die meisten jungen Männer nur träumten. Sie hatte vier Kinder zur Welt gebracht, von denen zwei bei der Geburt gestorben waren, doch Alison war noch immer von schlanker Figur. Allenfalls die leichten Dehnungsstreifen an Bauch und Schenkeln ließen ihre neununddreißig Jahre erahnen. Ihr Gesicht allerdings hatte die Makellosigkeit der Jugend verloren. Um Augen und Mund bildeten sich feine Fältchen, und sie hatte mehrere Zähne verloren. Alisons Haar war goldblond, dick und seidig schimmernd, ohne eine einzige graue Strähne. Sie war mit Recht stolz darauf. Ihre kühlen grauen Augen konnten vor Leidenschaft brennen, ihr Körper reagierte auf die leiseste Berührung.

Im Zustand der Erregung neigte Alison dazu, sich der Sprache der Gossenjungen zu bedienen – sie war dann himmelweit entfernt von der hochherrschaftlichen und eleganten Erscheinung, die in den Salons ihrer zahlreichen Anwesen ihre Besucher empfing. Und sie war eine berauschende Droge für einen jungen Mann, dem gewöhnlich verweigert wurde, was er am meisten begehrte.

Ihre Finger gruben sich in sein Haar. Seine Zunge fuhr in kreisenden Bewegungen langsam erst um die eine, dann um die andere ihrer Brustwarzen. Sie hatten sich bereits zweimal geliebt, aber beide waren bereit zu mehr. Robert presste seine Erektion an ihren Schenkel, und wie er gehofft hatte, griff sie nach ihm. Ihre Finger fuhren sacht auf und ab. Stöhnend rollte er sich auf den Rücken und genoss ihre Berührung.

»Sag mir, was du willst.« Ihre Stimme, heiser und rau vor Leidenschaft, ließ ihn erschauern.

»Nimm mich in deinen Mund.«

Sie glitt an seinem Körper hinab, ihre Lippen umschlossen seinen erigierten Penis, ihre kleine Zunge schnellte hervor, neckte und spielte mit seiner Erregung, bis er sich vor Verlangen wand.

Ganz plötzlich entließ sie ihn, drehte sich auf den Rücken und schloss die Augen. »Bitte«, keuchte sie. »Noch nicht. Ich bin noch nicht so weit.«

Robert beugte seinen Kopf hinunter zu ihrer Scham, suchte und fand die Knospe ihrer Begierde. Er brachte sie, so wie sie es ihm beigebracht hatte, bis kurz vor den Orgasmus. In Ekstase warf Alison den Kopf in den Nacken und hob sich ihm lustvoll entgegen.

»Jetzt«, keuchte sie.

Robert legte sich auf sie, und sie schlang die Beine um seine Schultern. »Ich will dich in mir. Jetzt.«

Er glitt in sie hinein, und Alison stöhnte laut, als sich ihr Orgasmus nicht länger zurückhalten ließ. Sie stieß aufreizende Worte aus, primitivste Gossensprache, die ihn schon lange nicht mehr schockierte. Wieder hob sie ihr Becken, dieses Mal, um ihn ganz in sich aufzunehmen, passte sich Stoß um Stoß seiner Bewegung an. Schon bald würde sie erneut kommen, erschauernd und seinen Namen flüsternd. Robert verlor sich in seiner Lust. Das Gebot der Stille war vergessen.

Hinter der schweren Eichentür neigte ein vorbeikommendes Hausmädchen neugierig den Kopf zur Seite, als es die lustvollen Schreie hörte. Mit wissendem Lächeln bückte sich die Kleine, einen Stapel frischer Wäsche auf den Armen balancierend, zum Schlüsselloch hinab, erhaschte jedoch lediglich einen Blick auf einen einzelnen Samtpantoffel, der wie vergessen auf dem Teppich lag. Sie richtete sich auf und rückte noch ein wenig näher an die Tür heran. Deutlich vernahm sie weibliches Keuchen und männliches Stöhnen, heiseres Flüstern und lang gezogene Seufzer der Befriedigung. So sehr war sie in das vertieft, was sich in Lady de Ionghs Boudoir abspielte, dass sie das verräterische Geklimper des riesigen Schlüsselrings, des Statussymbols einer jeden Haushaltsvorsteherin, überhörte.

Mrs. Kelly, die so genannt wurde, obwohl sie nie verheiratet gewesen war, hatte ständig den säuerlichen Gesichtsausdruck einer Person, die die ganze Last des Lebens auf ihren Schultern trug. Sie missbilligte jeden außer Lord de Iongh, den sie kannte, seit er zehn Jahre alt war. Die einsame alte Jungfer hatte den Jungen mit Liebe überhäuft, war ihm mehr Mutter gewesen als seine leibliche. Als er älter wurde und weniger auf ihre Gesellschaft angewiesen war, tröstete sich Mrs. Kelly mit der Tatsache, dass ihr Zögling perfekt für das Leben als einer der britischen Elitearistokraten geschaffen war.

Mit achtunddreißig Jahren hatte er sich schließlich mit Alison verlobt, die damals erst siebzehn gewesen war. Lord de Iongh war von seiner schönen jungen Verlobten verzaubert gewesen. Mrs. Kelly hatte ein Blick auf das Mädchen genügt, um zu wissen, dass die Beziehung problematisch werden würde. Bereits ein Jahr nach der Hochzeit hatten sich ihre schlimmsten Befürchtungen bestätigt. Lady de Iongh besaß weder Loyalität noch Anstand, und im Laufe der Zeit begann die alternde Hausdame ihre Herrin zu hassen. Mrs. Kelly war häufig versucht, Seiner Lordschaft einen Hinweis auf Lady de Ionghs Indiskretionen zu geben, aber sie wusste, dass sie dabei den Kürzeren ziehen würde. Lord de Iongh sah nur die sittsame Seite seiner Frau und hielt sie für unfähig, auch nur etwas entfernt Unehrenhaftes zu tun. Außerdem war er ein Mitglied des Hochadels. Sein vollständiger Titel lautete Fünfter Earl von Dalkeith, aber Lord de Iongh gehörte zu den wenigen Aristokraten, die es bevorzugten, anstelle einer geographischen Ortsbezeichnung ihren Familiennamen zu benutzen. Ein Ehrenmann durch und durch, hätte er sich nie so weit herabgelassen, etwas auf das Geschwätz einer Bediensteten zu geben – auch nicht, wenn sie bereits seit fast fünfzig Jahren in seiner Familie lebte. Doch Mrs. Kelly gab die Hoffnung nicht auf, dass Lord de Iongh eines Tages, wie auch immer, die Augen geöffnet würden.

Als sie das junge Hausmädchen mit einem Ohr an der Tür erwischte, tat die Hausdame das, was man von ihr erwartete.

Sie zerrte die Kleine fort und hielt ihr, als sie weit genug vom Schlafgemach der Lady entfernt waren, eine Strafpredigt.

»Was erlaubst du dir, Mary? Wie kannst du es wagen, die gnädige Frau zu belauschen?«

Mary war mit ihren dreizehn Jahren zwar noch unschuldig, aber in einer engen Hütte aufgewachsen, wo nur ein Vorhang ihre Schlafmatratze von der ihrer Eltern getrennt hatte. Jäh riss sie ihre Augen auf und täuschte völlige Verständnislosigkeit vor. »Ich bitte um Verzeihung, Mrs. Kelly, aber ich habe gar nichts mitbekommen.«

Wie Mary gehofft hatte, glaubte die Hausdame ihr. »Natürlich verstehst du das nicht, du dummes Mädchen. Das ist auch nichts für dich. Lass mich dich nicht mehr dabei erwischen. Mylady hatte sicher einen Albtraum.«

Ein Lächeln huschte über Marys Gesicht. »Ich bitte nochmals um Verzeihung, Mrs. Kelly, aber es ist heller Tag.«

Die Hausdame baute sich über dem unverschämten Kind auf. »Kümmere dich um deine Angelegenheiten, Mädchen. Es ziemt sich nicht für deinesgleichen, Mylady zu kritisieren. Wenn du noch einmal lauschst, kannst du auf dem Markt wieder Fisch verkaufen. Und nun fort mit dir. Räum deine Wäsche ein und sieh zu, dass du ins Speisezimmer kommst. Der silberne Tafelaufsatz ist angelaufen. Lady Alison fällt in Ohnmacht, wenn sie ihn so sieht. Und sorg dafür, dass keine Politur auf den Tisch tropft. Ich komme später nach, um deine Arbeit zu kontrollieren. Verschwinde jetzt, du hast hier nichts zu suchen.«

»Ja, Mrs. Kelly.« Mary sauste davon. Sie hatte bei seinem Eintreffen einen Blick auf Lord Acheson erhaschen können und fand, dass er der attraktivste Mann war, den sie je gesehen hatte. Wenn sie ein bisschen Glück hatte und sich Zeit ließ mit dem Putzen des großen Kerzen- und Blumenhalters mit seinen feinen Ziselierungen, Figuren und Klauenfüßen, die alle ihre sorgfältigste Aufmerksamkeit erforderten, konnte sie ihn vielleicht noch gehen sehen.

Lord Robert Acheson und Lady Alison de Iongh lagen eng umschlungen in Alisons Boudoir und genossen das warme Nachglühen ihres Liebesspiels, ohne sich um häusliche Angelegenheiten zu sorgen. Bald würde Robert aufbrechen müssen.

Doch der Schein trog. Robert war keineswegs sorgenfrei – er hatte sich ganz gegen seine Absichten verliebt, wild, leidenschaftlich und ziemlich unklug. Das Schicksal hatte es so gewollt. Er befand sich in einer hoffnungslosen Situation und wusste keinen Ausweg. Unter normalen Umständen hätte er die Affäre mit Alison beendet, ihr seine Gefühle für die wahre Liebe seines Lebens erklärt und glücklich werden können. Aber die Umstände waren ganz und gar nicht normal. Lady Lorna de Iongh, Alisons siebzehnjährige Tochter, wartete in der Remise auf ihn.

Man schrieb das Jahr 1871 in dem Ort Canongate, dem vornehmen Edinburgher Landsitz von Lord und Lady de Iongh. Die Ereignisse dieses Nachmittags waren keineswegs ungewöhnlich.

Robert und Alison waren seit einigen Monaten ein Liebespaar. Da der Earl so häufig in London weilte, genossen sie ihre gegenseitige Gesellschaft an mehreren Tagen in der Woche. Alisons Mann gehörte dem Oberhaus des britischen Parlaments an, und die Sitzungsperiode dauerte normalerweise von Beginn des Jahres bis August. In der Regel kehrte Lord de Iongh nach Edinburgh zurück, sobald sie vorüber war. In diesem Jahr jedoch, in dem das Unterhaus nicht nur an Einfluss gewonnen hatte, sondern auch an öffentlicher Unterstützung, und angesichts eines Vorschlags, dass die Mitglieder des Oberhauses künftig in geheimer Wahl gewählt werden sollten anstatt automatisch das Recht auf gesellschaftlichen Einfluss und Überfluss zu behalten, war Lord de Iongh in London geblieben. Zusammen mit anderen Parlamentariern, die sich wie er ernsthaft darum sorgten, die Geschicke Großbritanniens könnten in Zukunft vom niederen Adel statt vom Hochadel bestimmt werden, würde er sich bei Königin Victoria dafür einsetzen, den Status quo zu erhalten.

Überraschenderweise erwies sich die Königin als hartnäckige Gegnerin der Idee, die Macht in den Händen des Oberhauses zu belassen. Man tuschelte, ihr schlechter Gesundheitszustand sei der Grund hierfür, obwohl Wahlen die Regentin von der Verantwortung entbinden würden, ihr Parlament zu bestimmen. Es gab auch einige, die behaupteten, sie sei zu sehr mit ihrer Liebschaft zu ihrem Highland Servant John Brown beschäftigt, um sich um etwas anderes zu kümmern. Was auch immer der Grund war, Lord de Ionghs fortdauernde Abwesenheit von Schottland ließ Robert und Alison die Freiheit, ihrer gegenseitigen Leidenschaft zu frönen.

Vor einiger Zeit war dieser Zustand durch Lady Lorna de Iongh gefährlich geworden. Sie hatte keine Ahnung, dass Robert der Liebhaber ihrer Mutter war. Ebenso wenig wusste Alison, dass Robert sich in ihre Tochter verliebt hatte.

Die Dummheit, gleichzeitig mit Mutter und Tochter eine Liaison zu pflegen, wurde durch den Umstand, dass Lorna bereits einem anderen versprochen war, zusätzlich verkompliziert. Doch Robert wusste, dass Alison ihm ohnehin nie gestattet hätte, ihre Tochter zu ehelichen. Von ihrer Eifersucht einmal abgesehen, sorgten die schwierigen und starren Regeln der zutiefst klassenbewussten britischen Gesellschaft dafür, dass Robert als Ehepartner für Lorna nicht infrage kam.

Robert versuchte dieses Wissen zu verdrängen und redete sich ein, alles werde sich irgendwie zum Guten wenden. Wie dies jedoch vonstatten gehen sollte, wusste er nicht.

Robert war der vierte Sohn des Earls und der Comtesse von Dalrymple. Damit waren seine Zukunftsaussichten nicht eben sicher. Die Tradition verlangte, dass der erstgeborene Sohn, Thomas oder Vicomte Gilmerton – ihm stand es zu, den untergeordneten Titel seines Vaters zu benutzen – alles erbte: Ländereien, Landhäuser, Stadthäuser und gesellschaftliche Stellung. Und Thomas, der verheiratet war und zwei Kinder hatte, war auf dem besten Weg dazu, sehr alt zu werden und die Traditionen der Familie Dalrymple stoisch zu bewahren.

Boyd, dem Zweitgeborenen, hatte man ein Offizierspatent bei den Scots Guards, einem schottischen Traditionsregiment, erkauft. Um den mageren Soldatenlohn aufzustocken, gewährten ihm seine Eltern ein großzügiges Zusatzgehalt, mit dem er anständig leben konnte. Boyd konnte zwar nicht darauf hoffen, eine Adelstochter zu heiraten, doch sein Stammbaum und sein militärischer Rang garantierten, dass seine zukünftige Ehefrau zumindest die Tochter eines Barons oder eines angesehenen Ritters sein würde.

Der dritte Sohn hatte sich zu einem sensiblen, verträumten jungen Mann entwickelt, der sich der Kirche verschrieben hatte. Glendon hatte nur den einen Wunsch: Gott zu dienen. Er war glücklich damit, Pfarrer zu sein, Gottesdienste abzuhalten, sich um die Kranken zu kümmern und bei Taufen, Hochzeiten und Begräbnissen seinen Dienst zu verrichten. Er lebte gut vom Zehnten – dem Zehntel des Einkommens der Angehörigen seiner Pfarrei – und hatte überdies Nutzungsrecht an den Ländereien der Pfarre, auf dem er sein eigenes Getreide anbauen und Vieh halten konnte.

Für Robert war Glendon ein Rätsel. Es bestand kein Zweifel daran, dass er sich ehrlich um das Wohl derer bemühte, die sich in einer weniger glücklichen Lage befanden als er selbst. Von dem Moment an, als er alt genug gewesen war festzustellen, dass es eine direkte Beziehung zwischen sozialer Ungerechtigkeit und genetischer Abstammung gab, befand er sich in dem festen und tiefen religiösen Glauben, dass es nur eine Frage der Zeit sei, bis dieses Ungleichgewicht beseitigt werden würde. Frauen schien er jedoch nicht zu mögen, er machte häufig unchristliche Bemerkungen über sie. Trotzdem war er verlobt mit der sittenstrengen Nichte des Bischofs seiner Diözese. Sie war sieben Jahr älter als Glendon, sah aus wie ein verhungertes Schaf, wie Robert einmal Boyd gegenüber bemerkt hatte, und besaß, soweit Robert dies beurteilen konnte, nicht den Hauch von Persönlichkeit. Aber ihre familiären Beziehungen waren unschlagbar.

Von seinen drei Brüdern war Boyd derjenige, der Robert am nächsten stand. Thomas war spießig und aufgeblasen und bewegte sich von den Familienanwesen in Tayside und Strathclyde kaum einmal fort. Und Glendon mit seiner Liebe zur Poesie und seiner Beziehung zu dieser prüden Langweilerin löste bei Robert den dringenden Wunsch aus, ihn ins nächste Bordell zu schleppen.

Es gab noch eine Schwester, Charlotte, für die Robert schon immer eine große Zuneigung verspürt hatte, aber da sie vier Jahre jünger war als er und gerade erst in die Gesellschaft eingeführt worden war, betrachtete er sie immer noch als ein Kind.

Von den fünf Acheson-Nachkömmlingen war es meist Robert, der die Missbilligung ihres Vaters auf sich zog. Wenn das Kindermädchen Nanny kreischend und voller Panik aus ihrem Zimmer gestürzt kam und etwas von einer Kröte im Bett keuchte, dann richteten sich alle Augen auf Robert. Lord Dalrymple war daher auch nicht überrascht, als sein jüngster Sohn beinahe die Schule wegen eines spektakulären Streichs hätte verlassen müssen, bei dem ein Nachttopf eine Rolle spielte – ein abstoßendes, widerwärtig riechendes Objekt, das man dem Golden Retriever des Direktors abnahm, und der Besuch eines Würdenträgers. Es war weniger der Streich, der Lord Dalrymple so aufbrachte – im Gegenteil, als er davon erfuhr, schloss er sich für einige Minuten in seinem Arbeitszimmer ein, um den hysterischen Drang, in lautes Gelächter auszubrechen, unter Kontrolle zu bringen –, es war vielmehr die Unbekümmertheit seines Sohnes angesichts der Tatsache, dass der überaus wichtige Besucher der Schule von dem Unfug so wenig beeindruckt gewesen war, dass er der Schule seine nicht unerhebliche finanzielle Unterstützung entzogen hatte. Robert war für den Rest des Schuljahres suspendiert worden.

Robert war zunächst beglückt gewesen, er hätte sich gar keine großartigere Strafe vorstellen können. Drei Wochen zusätzliche Ferien waren schließlich nicht zu verachten. Aber Lord Dalrymple bestrafte seinen Sohn, indem er ihn dem obersten Gärtner unterstellte, und zwar nicht nur während seiner dreiwöchigen Suspension, sondern während der gesamten Sommerferien.

Er schien von einem Desaster ins nächste zu schlittern. Das, was Robert als Ulk plante, mündete meist in verheerende Katastrophen. Wer sonst schaffte es, beim Entzünden eines kleinen Feuerchens zum Rösten von Marshmallows eine komplette Scheune abzubrennen? Wer sonst konnte beim Graben einer geheimen Höhle unter der Stützmauer eines Zierteichs diesen so beschädigen, dass sämtliches Wasser abfloss und die kostbaren Goldfische seiner Mutter verendeten? Robert fragte sich manchmal, wieso dies immer nur ihm passierte.

Das einzige Mitglied seiner Familie, dem er sich wirklich verbunden fühlte, war seine Mutter. Auch wenn sie angesichts der Eskapaden ihres Sohnes regelmäßig verzweifelte, schien sie zumindest zu begreifen, dass er nie etwas Böses im Sinn hatte. Als Robert älter wurde, weihte er sie immer seltener in seine Geheimnisse ein; dennoch wusste er, dass zwischen ihnen ein ganz besonderes Band existierte. Allzu persönliche Angelegenheiten wurden nicht mehr diskutiert, aber er sprach mit seiner Mutter darüber, was er mit seinem Leben anstellen sollte. Weder eine Karriere beim Militär noch als Geistlicher schien ihm besonders reizvoll.

»Heirate in ein Anwesen ein«, riet ihm Lady Pamela Dalrymple bei mehr als einer Gelegenheit und meinte das ernst.

Dies war durchaus üblich. Die jüngeren Söhne einer Adelsfamilie, die nichts außer dem Titel erbten, heirateten wohlhabende, adelige, häufig verwitwete Frauen, um sich deren Besitz anzueignen. Das einzige Problem dabei war, dass die infrage kommenden Frauen von Rang und Namen nur deshalb zu haben waren, weil sie entweder eine schwierige Persönlichkeit, ein eher bescheidenes Äußeres, einen schlechten Ruf oder die besten Jahre bereits hinter sich hatten. Bei einigen von ihnen kam sogar alles zusammen. Robert war schlicht nicht interessiert.

»Ich könnte mich ins Bankwesen einarbeiten«, meinte er düster, als alle anderen Möglichkeiten verworfen waren.

»Du willst Handelsgeschäfte machen? Um Himmels willen, nein!«, rief seine Mutter. »Wie entsetzlich vulgär!«

Also machte Robert gar nichts und verbrachte seine Zeit wie viele junge Männer und Frauen aus der privilegierten Schicht damit, sich in einer sozialen Aktivität nach der anderen zu engagieren.

Im Sommer 1871 nahm das Schicksal sich endlich seiner an. Robert ließ sich von Lady Alison de Iongh verführen und von ihrer Tochter Lorna verzaubern. Kurz nach ihrem siebzehnten Geburtstag gab Lorna de Iongh bereitwillig ihre Jungfräulichkeit für ihn auf.

# 1

*Einige Monate zuvor*

Die Londoner Saison brachte alle zusammen, die Rang und Namen hatten, und noch ein paar weitere, die über genügend Geld oder Ehrgeiz verfügten, sich Rang und Namen zu verschaffen. Jedes Jahr strebten ungefähr fünfzehnhundert Familien von ihren Landsitzen in ihre Residenzen im Westend. Einige trafen bereits Weihnachten ein, vor allem die Familien der Parlamentarier, aber die eigentliche Saison begann erst nach Ostern.

Robert und seine Schwester Charlotte, die in diesem Jahr in die Gesellschaft eingeführt werden sollte, reisten Anfang April mit dem Earl und der Comtesse von Dalrymple mit der Eisenbahn an. Es war ein ungemütlicher Tag: Der Himmel verhieß noch einmal Schnee- oder zumindest Graupelschauer, und hartnäckige Ostwinde führten kalte Luftmassen von der Nordsee herauf. Die einzige Möglichkeit, das Erste-Klasse-Abteil zu beheizen, bestand aus metallenen Fußwärmern, die von einem Schaffner mit heißem Wasser gefüllt wurden. Mit warmen Pelzen gegen die Kälte und eingehüllt in dicke Wolldecken fühlte sich die Familie einigermaßen wohl.

Es war bereits das dritte Mal, dass Robert die Reise von Edinburgh nach London mit dem Zug unternahm. Er mochte diese Art des Reisens nicht besonders. Es gab keine Gänge, die die einzelnen Wagen miteinander verbanden. Wenn man einmal saß, saß man. Es gab keine Beleuchtung – Kerzen mussten von zu Hause mitgebracht werden. Auch für die Verpflegung musste man selbst sorgen.

Das Schlimmste war, dass es keine Toiletten gab. Einige Frauen, vor allem diejenigen, die sich in alleiniger Gesellschaft von Angehörigen des eigenen Geschlechts befanden, hatten Nachttöpfe für Notfälle dabei, die sie diskret in einem Korb versteckten. Männer konnten eine lange Röhre erwerben, die sie an einem Bein festbanden und unter ihren Hosenbeinen verbargen. Wie die meisten fanden Lord Dalrymple und seine Familie diese Lösungen unbefriedigend und bevorzugten es zu warten, bis der Zug an einem Bahnhof anhielt, um dort zusammen mit allen anderen in uneleganter Eile auf die öffentlichen Toiletten zu strömen.

Um sich zu unterhalten, wechselte sich die Familie mit Lesen und Kartenspielen ab. Charlotte schwatzte unaufhörlich über ihr Debüt. Es war eine aufregende Zeit für ein Mädchen, das im engen Schutz von Klasse und Konventionen heranwuchs. Von dieser Saison an würde sie zur Gesellschaft dazugehören, die Aufmerksamkeit der jungen Männer genießen, sich wie eine Lady kleiden und wie eine Erwachsene behandelt werden. Ihre beste Freundin, Lady Lorna de Iongh, würde ebenfalls in die Gesellschaft eingeführt, und Robert fragte sich, was die Gesellschaft wohl aus den beiden machen würde.

Charlotte war begeisterungsfähig und ließ sich von Lorna leicht beeinflussen, die, wie Robert und alle anderen fanden, ihre Umwelt gern schockierte. Als Lorna sechs Jahre alt war, hielt sie sich eine Sammlung lebender Schnecken in ihrem Schlafzimmer, veranstaltete regelmäßige Wettrennen mit ihnen und beschwatzte ihre Freundinnen, ihr Taschengeld auf deren Ausgang zu verwetten. Als ihre Mutter von dieser Praxis erfuhr, gebot sie ihr Einhalt, denn sie hielt dieses Benehmen bei einer jungen Lady für unziemlich.

Lorna, die sich bei Robert regelmäßig über die ungleiche Behandlung von Jungen und Mädchen beklagte, ließ ihrem Ärger wie üblich freien Lauf. »Warum ist das unziemlich? Ich darf doch auch auf dem Boden sitzen und Karten spielen. Meine Knie waren bedeckt.«

Mit zehn hatte Robert ihr diese Frage noch nicht beantworten können, aber er wagte eine Vermutung. »Vielleicht, weil du während des Rennens eine Geldbörse in den Händen gehalten hast.«

Lorna schüttelte den Kopf. »Und? Man konnte meine Knie trotzdem nicht sehen.« Und dann zog sie ihre Röcke empor, um ihm die zwei knochigen kleinen Ausbeulungen zu zeigen, die sie für die Ursache des Verbots hielt. Robert starrte sie an. Er verstand nicht, was daran unziemlich sein sollte. In diesem Moment kam Lornas Kindermädchen Beth ins Zimmer. Das anschließende Theater verdankten sie hauptsächlich ihrer lebhaften Schilderung der Ereignisse. Lorna wurde unverzüglich nach Hause gezerrt. Robert sah nicht, was er Schlimmes getan haben sollte, und weder er noch Lorna verstanden die Antwort auf ihre Frage, warum sie noch Monate später ständig von einer Anstandsdame bewacht wurden: Es ist nur zu eurem Besten.

Als sie älter wurden, trösteten sie sich häufig gegenseitig, wenn sie das Gefühl hatten, eine Strafe für einen angeblichen Verstoß gegen die Etikette sei zu hart ausgefallen. Ihre Unfähigkeit, sich anzupassen, verband sie und machte sie zu Freunden.

Als Robert in die Pubertät kam, informierte seine Mutter ihn aus Gründen, die er nicht nachvollziehen konnte, dass Lorna und er »zu seinem Besten« erneut mit einer Anstandsdame vorlieb nehmen müssten. Er führte es auf eine der vielen verwirrenden Regeln und Sitten des Lebens zurück und wäre niemals auf den Gedanken gekommen, dass der Tag, an dem man ihn beim Betrachten von Lornas Knien erwischt hatte, der Grund dafür sein könnte. Die ständige Anwesenheit des Kindermädchens war eine Herausforderung. Robert und Lorna erdachten sich oft Wege, um sich ihrer Aufmerksamkeit zu entziehen. Irgendwann kamen ihre Eltern dann zu dem Schluss, dass die beiden gute Freunde waren, sonst nichts, und gestatteten ihnen etwas mehr Freiheit.

Und nun würde der kleine Wildfang aus seiner Kindheit zusammen mit seiner Schwester in die Gesellschaft eingeführt werden. Gott möge den jungen Freiern beistehen, dachte Robert. Vor allem Lornas.

Die Reise dauerte zwölf Stunden. Als der Zug endlich in London einfuhr, waren sie steif und durchgefroren, verglichen mit den schniefenden, frierenden und durchnässten Dritte-Klasse-Reisenden, die in offenen Waggons fahren mussten, jedoch immer noch in einem guten Zustand. Es war eine Erleichterung, ihren vertrauten Kutscher wieder zu sehen, der sie vom Zug abholte, und ihr beachtliches Gepäck zwei Stallburschen und zwei Lakaien übergeben zu können. Das Gepäck reiste in einer Kutsche, die Familie bestieg eine zweite.

»Jetzt sind wir bald da, meine Lieben.« Lady Dalrymple gähnte geziert, als sich das Gefährt in Bewegung setzte. »Ich kann es kaum erwarten, meine Beine wieder ausstrecken zu können.«

Ihr Stadthaus befand sich an der Park Lane, dem Teil des Londoner Westends, der zurzeit sehr in Mode war. Einige Jahre zuvor hatte der Vater des Earls eine weitere Residenz nebenan erworben, und anstatt das hohe, schmale Gebäude in seinem ursprünglichen Zustand beizubehalten wie die meisten, hatte er die beiden Häuser vereint und den Dalrymples somit ein recht exklusives Domizil verschafft. Küche, Spülküche und Waschküche lagen ebenso wie die Zimmer des Kochs, der Hausdame und des Butlers im Souterrain. Auf Straßenniveau befand sich eine eindrucksvolle, mit Holz vertäfelte Eingangshalle, Speisezimmer und Salons und ein Wintergarten, der sich über die gesamte Rückseite der beiden ursprünglichen Häuser erstreckte. Darüber gab es ein Billardzimmer, eine Bibliothek und eine Galerie. Im zweiten Stock lagen drei große Schlafzimmer, im dritten vier weitere. Weitere Bedienstetenzimmer und Abstellräume befanden sich im vierten Stock und auf dem Speicher.

Trotz ihrer späten Ankunft – es war beinahe Mitternacht, als sie vor dem Haus vorfuhren – stand das gesamte Personal in der Eingangshalle, um die Familie zu begrüßen. Der Koch hatte ein spätes Abendessen vorbereitet, und heißes Wasser stand bereit, damit diejenigen, die ein Bad nehmen wollten, dies tun konnten. Lady Pamelas persönliche Zofe – ein junges französisches Mädchen mit guter Erziehung, von außergewöhnlicher Schönheit und lebhafter Ausstrahlung – wartete, um sich um das Gepäck der gnädigen Frau zu kümmern. Der Diener des Earls stand ebenfalls für Seine Lordschaft bereit. Robert stand ein Hausmädchen zur Verfügung, und Charlotte wurde von ihrer Gouvernante empfangen.

Da man das Londoner Personal mehrere Monate nicht gesehen hatte, mussten die privilegierten älteren Dienstboten zunächst richtig begrüßt werden, und auch den anderen wurde Anerkennung gezollt. Lady Pamela war sehr geschickt, wenn es darum ging, Lob, Zuspruch und hier und da eine sanfte Zurechtweisung zu verteilen.

Es war bereits nach zwei Uhr morgens, als sich die Familienmitglieder endlich zurückziehen konnten.

So begann die Saison. Robert verbrachte die meisten Tage mit einem frühmorgendlichen Ausritt im Hyde Park, um dann zu einem späten Frühstück nach Hause zurückzukehren. Die Nachmittage und Abende bestanden aus einer gesellschaftlichen Verpflichtung nach der anderen: Lunch im Club, Besuche von Freunden, Dinner, Soireen, Opern, Konzerte, Kunstausstellungen, Bälle, das Derby und Ascot, die Henley-Regatta, Kricket-Matches zwischen Oxford und Cambridge oder Eton und Harrow, sogar Besuche in der Regent Street, um unverheiratete Damen zu treffen, die freizügiger waren als die streng bewachten jungen Mädchen, deren Mütter sich auf dem Heiratsmarkt umzusehen begonnen hatten.

Roberts Wege und die der de Ionghs kreuzten sich häufig. Lady de Iongh und seine Mutter kannten sich gut, auch wenn

Lady Dalrymple hin und wieder fand, Alison sei einen Hauch zu frivol, was, soweit Robert es einschätzen konnte, bedeutete, dass sie zu viel flirtete. Er selbst war mit Charles, Lornas Bruder, befreundet. Und die beiden Earls kannten sich ebenfalls.

Nachdem Charlotte und Lorna im St. James's Palace Königin Victoria vorgestellt worden waren, waren sie offiziell in die Gesellschaft aufgenommen. Über Nacht wurden die beiden Mädchen zu jungen Damen; als solche konnten sie die Aufmerksamkeiten potenzieller Freier entgegennehmen.

Als Robert Lorna nach ihrer Einführung zum ersten Mal wiedersah, konnte er kaum glauben, wie sehr sie sich verändert hatte. Die Gelegenheit war ein Ball, den seine Eltern gaben – oder genauer gesagt, seine Mutter. Ihr Hauptanliegen war es, Charlotte geeigneten jungen Männern vorzustellen. Die Einladungen waren bereits einen Monat zuvor versandt und das Haus an der Park Lane für das Ereignis auf den Kopf gestellt worden. Die Flügeltüren zwischen dem Billardzimmer und der Galerie im ersten Stock waren geöffnet worden, um einen großen Tanzsaal zu schaffen. Lord Dalrymples Bibliothek auf demselben Stockwerk war zu einem Erfrischungsraum umgestaltet worden. Ein Orchester – Kornett, Flügel, Violine und Cello – befand sich in einer Ecke des Ballsaals, diskret abgeschirmt durch einen wahren Wald aus Zimmerpflanzen.

Im Speisesaal standen die feinsten Speisen bereit, um mehr als zweihundert Gäste zu sättigen, während in einem der Salons eine Kartenspielecke hergerichtet worden war für jene älteren Gäste, die eine Partie Whist oder Bridge dem munteren Treiben auf der Tanzfläche vorzogen. Zwei Schlafzimmer auf der zweiten Etage dienten als Garderoben.

Lady Pamela und Charlotte hatten Wochen damit zugebracht, das Menü, die Dekorationen, die Musik und ihre Kleidung zu planen. Robert und sein Vater hatten sich so gut es ging zurückgehalten. »Ich weiß gar nicht, was das ganze Theater soll«, brummte der Earl. »Jeder, der nicht ganz blind ist, sieht doch, dass der junge de Iongh absolut vernarrt in Charlotte ist.«

Robert wusste, dass Charles de Iongh seiner Schwester sehr zugetan war. Das war er schon seit Jahren, lange bevor die Etikette es zugelassen hatte. Nun, da sie in die Gesellschaft eingeführt war, war es ihm gestattet, ihr seine Gefühle zu offenbaren. Da er der einzige Sohn war, war Charles' Erbe gesichert, was ihn für ehrgeizige Mütter, die sich nicht scheuten, ihre Töchter in seine Richtung zu drängen, überaus interessant machte. Charles hatte die freie Auswahl. Aber er wollte sie nicht. Charlotte war seine Auserwählte, und seine einzige Sorge galt nun der Frage, ob sie ihn akzeptierte.

Um acht Uhr am Abend des Balls standen Robert und Charlotte mit ihren Eltern am Eingang, um die Gäste willkommen zu heißen. Die Familie de Iongh kam wie die meisten zu spät, was augenblicklich in Mode war.

Lady Alison drückte ihre kühle Wange an Roberts und murmelte: »Wie gut Sie aussehen.«

Robert, der die Comtesse seit Jahren kannte, hörte aus ihren Worten keine Anzüglichkeit heraus. Sie war nicht viel jünger als seine eigene Mutter und gehörte einer anderen Generation an.

Wie es üblich war, trugen die meisten Frauen im Saal Weiß. Lorna sah bezaubernd aus. Ihre üppigen blonden Locken waren gezähmt worden und zu einer komplizierten Flechtfrisur hochgesteckt. Um den Hals trug sie ein Band aus tiefgrünem Samt, das mit unzähligen Perlen bestickt war, deren Farbe kaum von ihrer blassen Haut ablenkte. Kleine Smaragdohrstecker schmückten ihre Ohren.

Lieber Himmel!, dachte Robert und starrte sie geradezu an. Was ist mit ihr geschehen?

Und dann stand sie plötzlich vor ihm. »Guten Abend, Lord Acheson.«

Die Etikette verlangte, dass er den Gruß erwiderte, sich über ihre Hand beugte und sich dann dem nächsten Gast zuwandte.

Doch stattdessen beugte er sich vor und flüsterte: »Bist du es wirklich?«

Die Lorna, die Robert kannte – das Kind, das sie vor ein paar Wochen noch gewesen war –, hätte mit einem verschmitzten Lächeln und einigen frechen Worten geantwortet. Die junge Lady, die jetzt vor ihm stand, der man die Anstandsformen beigebracht hatte, die vom Moment ihrer Einführung in die Gesellschaft von ihr erwartet wurden, schlug die langen blonden Wimpern über ihren kühlen grauen Augen nieder, wedelte mit ihrem Fächer und bot ihm ihre wohl manikürten Fingerspitzen. Verwirrt beugte sich Robert über ihre Hand. Warum hämmerte sein Herz so? Eine kurze Zeremonie und ein paar Worte von der Königin konnten doch nicht eine solche Veränderung bewirkt haben! Das war die Kleine, die ihn erst letztes Jahr mit Pferdedung beworfen hatte.

Er hatte zu lange über ihrer Hand verharrt und wurde sich jäh bewusst, dass sie versuchte, sie zurückzuziehen. Er richtete sich auf und sah in ihre Augen, und zum ersten Mal sah er, dass die graue Iris von einem dunkleren Farbton umgeben war. »Ich bin entzückt«, stieß er mühsam hervor. Er kam sich albern vor.

Lorna senkte höflich den Kopf und wandte sich dann von ihm ab.

Die de Ionghs gingen hinauf. Charlottes und Roberts Blicke folgten ihnen. »Verdammt, sie ist wunderhübsch«, flüsterte Robert.

»Was?« Charlotte war noch immer bei Charles.

»Nichts.« Robert schüttelte innerlich den Kopf. Das geht nicht. Reiß dich zusammen, Mann.

Er stieß seine Schwester an. »Mama beobachtet dich.«

Sie warf ihm einen dankbaren Blick zu, ehe sie sich dem nächsten Gast zuwandte. Leise flüsterte sie ihm zu: »Er ist so ein feiner Gentleman.«

»Psst, Charlotte. Charles denkt ebenso über dich. Halte dich zurück, dann wirst du bekommen, was du dir wünschst.«

Glänzende Augen bestätigten das, was Robert bereits vermutet hatte – dass Charlottes Bewunderung für Charles eine Reflexion seiner Gefühle für sie war. Wie glücklich sie sich schätzen konnten. Wenn nur … Aber nein. Lorna würde etwas viel Besseres zustehen als ein viertgeborener Sohn mit einem Ehrentitel und bescheidenen Aussichten. Sie war unerreichbar für ihn. Er zwang sich zur Ruhe und konzentrierte sich wieder auf den stetigen Strom der eintreffenden Gäste.

Um halb neun übernahm der Butler die Begrüßungszeremonie. Er würde die wenigen empfangen, die noch später eintrafen. Lady Pamela Dalrymple und Lady Charlotte gingen hinauf in den Ballsaal, um ihre nächste Pflicht zu erfüllen, die Vorstellungen. Ungeachtet der Tatsache, dass sich fast alle kannten, mussten die Gentlemen, die mit den diesjährigen Debütantinnen tanzen wollten, offiziell vorgestellt werden.

Robert folgte seiner Mutter und seiner Schwester die geschwungene Treppe hinauf und fragte sich, wie lange Charles und Charlotte sich wohl zurückhalten mussten, ehe sie zum ersten Mal zusammen tanzen durften. Ganz sicher noch nicht bei der Eröffnungsquadrille. Seine Schwester würde sie mit dem an zweithöchster Stelle im Rang stehenden Gast tanzen müssen – vermutlich mit diesem abscheulichen Neffen Ihrer Majestät. Nein, sie würden bis zum zweiten oder dritten Walzer warten müssen. Und Lorna? Er konnte zumindest mit ihr tanzen, das wurde von ihm verlangt. Aber nur ein einziges Mal. Beim zweiten Mal würde bereits getuschelt werden.

Die Aufgabe des Earls bestand darin, sich den Gästen, vornehmlich den älteren Männern, zu widmen. Bis zu einem gewissen Maß erwartete man das auch von Robert, zugleich musste er immer einen Blick auf die jungen Mädchen halten, die einen Tanz aussetzten, um ihnen gegebenenfalls zu Hilfe zu kommen.

Als er Lady Bloomsdale auf sich zukommen sah, sank sein Herz. Sie war eine plumpe Frau, die aussah wie ein Schiff unter Segeln. Zudem war sie die Mutter der unattraktivsten Tochter von ganz London. Lady Bloomsdale hatte trotz ihres ungeheuren Vermögens, das vollständig an ihre Tochter Bernice gehen würde, und trotz ihrer beständigen und hartnäckigen Bemühungen bisher noch keinen geeigneten Kandidaten für das arme Mädchen gefunden. Männer, selbst die, die in finanziellen Engpässen steckten, flohen regelrecht vor Lady Bloomsdales wenig subtilen Annäherungsversuchen. Bernice war inzwischen Mitte zwanzig und würde, wenn nicht von irgendwo ein blinder Vermögensjäger auftauchte, wahrscheinlich unverheiratet bleiben. Das hielt ihre Mutter jedoch nicht davon ab, es weiter zu versuchen.

»Lord Acheson«, trompetete sie mit einer Stimme, die so laut war wie ein Nebelhorn. »Seien Sie so gut und tanzen Sie mit Bernice. Ich fürchte, ihre Reserviertheit schüchtert die jungen Männer ein.«

Es blieb ihm nichts anderes übrig, als ihrem Wunsch zu entsprechen. Robert wappnete sich innerlich gegen die Tortur, mühsam Konversation mit Bernice zu machen – eine wahre Herausforderung, denn das Mädchen war praktisch taub vor Nervosität und neigte zur Hysterie – und erfüllte seine Pflicht. Es war eine Qual. Sie trat ihm mehrere Male auf die Füße, errötete ununterbrochen und beantwortete seine Fragen mit kaum mehr als einem Nicken oder Kopfschütteln. Zu allem Überfluss löste die Nervosität bei ihr starke Transpiration aus, und als der Walzer schließlich dem Ende zuging, waren ihre Handschuhe durchnässt, und der Schweiß lief ihr auf abstoßende Weise über Gesicht und Hals, verschwand in ihrem tiefen Dekolletee und durchweichte das Mieder ihres Kleides. Sie fühlte sich an wie ein nasser Schwamm.

Das Ende der Musik bedeutete nicht das Ende der Tortur. Robert musste mit Bernice am Arm über die Tanzfläche promenieren und sie anschließend fragen, ob sie eine Erfrischung wünsche. Glücklicherweise sagte sie Nein.

Erleichtert gesellte sich Robert zu Lord de Iongh, Charles und Lorna.

»Der junge Acheson«, rief de Iongh dröhnend. »Wo ist Ihr Vater, mein Junge?«

»Er muss irgendwo in der Nähe sein, Mylord. Ich habe ihn noch vor wenigen Minuten in einer Unterhaltung gesehen.«

»Gut, gut.«

Die Konversation mit Lord de Iongh gab Robert unweigerlich das Gefühl, etwas Wesentliches verpasst zu haben. »Wünschen Sie vielleicht, dass ich nach ihm suche, Mylord?«

»Danke! Das ist nicht nötig. Ein schöner Ball!«

»Danke, Mylord.«

»Was war noch einmal der Anlass? Die Comtesse erwähnte es vorhin, aber ich kann mich beim besten Willen nicht mehr erinnern.«

»Meine Schwester, Mylord.«

»Guter Gott! Ist sie schon so alt?« Lord de Iongh hatte offenbar vergessen, dass er Charlotte bei seinem Eintreffen begrüßt hatte und sie genauso alt war wie seine eigene Tochter.

Robert antwortete geduldig. »Siebzehn, Mylord!« Aus einem Augenwinkel sah er, dass Lorna ihn beobachtete. Als er zurückschaute, senkte sie den Blick, errötete und versteckte sich hinter der massigen Gestalt ihres Vaters.

»Siebzehn?«, meinte Lord de Iongh nachdenklich. »Ich schwöre, diese jungen Mädchen wachsen heutzutage zu schnell heran.«

»Bestimmt«, antwortete Robert und schaute weiter dorthin, wo Lorna sich verborgen hielt. Sie konnte einem weiteren Blick nicht widerstehen, dieses Mal war er begleitet von einem winzigen Lächeln und einer leichten Kopfbewegung, ehe sie sich wieder zurückzog. Robert richtete seine gesamte Aufmerksamkeit wieder auf ihren Vater.

»… und ehe man sich versieht, findet man sich auf einmal auf ihren Hochzeiten wieder.«

Robert nahm an, dass sie noch immer über Charlotte sprachen. »Zweifellos wird sie sich schon bald verloben.«

»Ja, natürlich.« Lord de Ionghs Kapazität für geselliges Geplauder war erschöpft. Er hatte das Interesse verloren und kam nun rasch auf sein Lieblingsthema zu sprechen. »Haben Sie schon gehört? Dieser verfluchte Ponsonby besaß die Frechheit, die Arbeitsleistung der Queen in Zweifel zu ziehen. Der Mann ist wahnsinnig. Er setzt sich einfach über jeden medizinischen Rat hinweg. Der Gesundheitszustand Ihrer Majestät ist seit dem Tod Alberts sehr angeschlagen.«

»Nun, Sir William müsste es am besten wissen«, meinte Robert, der die manchmal etwas indiskrete Art des Lords zu sprechen schon gewohnt war, vorsichtig, obwohl er persönlich der Meinung war, dass der Leibarzt der Queen dazu neigte, das zu sagen, was man von ihm verlangte.

»Verdammt richtig, Acheson. Gut erkannt.«

Robert entspannte sich. Er war davon ausgegangen, dass Lord de Iongh ein Royalist war, und seine Rechnung war aufgegangen.

Der ältere Mann starrte nachdenklich in die Ferne und wippte mit hinter dem Rücken verschränkten Händen auf den Absätzen auf und ab. Robert erhaschte einen kurzen Blick auf Lorna. Neben ihrem stämmigen, rotgesichtigen Vater wirkte sie wie eine zarte Blume.

Lord de Iongh räusperte sich, und Robert fragte sich, ob der Mann sich weiter in Rechtfertigungen über den Palast und seine Bewohner ergehen würde. Er hätte der Einstellung de Ionghs gern widersprochen, war jedoch zu höflich, es zu tun. Es war nun einmal eine Tatsache, dass die Popularität von Königin Victoria und des gesamten Königshauses in den letzten Jahren zusehends abnahm, und in der Frage, ob die Kosten, die der Nation durch die großzügige und üppige Lebensweise der Königsfamilie entstanden, noch gerechtfertigt waren, war die Öffentlichkeit durchaus gespalten. Da die Monarchin sich weigerte, sich öffentlich zu zeigen, und ihr Sohn, der Prinz von Wales, es vorzog, seinen Vergnügungen nachzugehen, fanden viele, dass sie für ihr Geld nichts mehr bekamen. Die Republikaner wurden sogar noch deutlicher. Sie verlangten, genau zu erfahren, wie die Zivilliste, der zur Bestreitung des königlichen Haushaltes bewilligte Betrag von 385.000 Pfund im Jahr, gerechtfertigt sein könne, zumal die Queen für ihren Geiz bekannt war. Der Prinz von Wales entpuppte sich mehr und mehr als verantwortungslos, indiskret und galt als unfähig, die Thronfolge zu übernehmen. Der Französisch-Preußische Krieg hatte Spekulationen genährt, die Monarchin sympathisiere mit Deutschland. William Gladstone, der Premierminister, war zunehmend besorgt über die »Royalitätsfrage«, wie er sie nannte – die Frage, wie er Königin Victoria davon überzeugen konnte, sich ihrem Volk mehr präsent zu machen. Es war schwierig zu erfahren, wer die Queen unterstützte und wer nicht.

»Haben Sie von der Rede dieses Hornochsen Dilke in Newcastle gehört?«, fragte Lord de Iongh plötzlich, und sein gerötetes Gesicht nahm den Ausdruck von Verachtung an.

Robert, der klar im Nachteil war, weil er nicht die geringste Ahnung hatte, konnte nur den Kopf schütteln.

»Er hat behauptet, das Königshaus würde die Nation eine Million Pfund im Jahr kosten. Eine Million! Was für ein Unsinn! Er hat sich sogar erdreistet, es als Unrecht zu bezeichnen!«

»Das ist wirklich unglaublich, Sir.«

Der ältere Mann beugte sich mit verschwörerischem Gesichtsausdruck zu Robert herunter. »Die Queen hat um vierhundert Pfund im Jahr für John Brown gebeten.« Auch wenn seine Loyalität zum Thron nicht infrage stand, verachtete Lord de Iongh, wie die meisten anderen im Land, den Mann, der als Stallbursche in Balmoral begonnen hatte, von der Queen zum Diener erhoben und dann, 1864, erneut befördert worden war: zum Highland Servant Ihrer Majestät. Brown irritierte jeden mit seiner barschen Art und der Tatsache, dass seit dem Tod ihres geliebten Gemahls er, und nur er allein, die unumschränkte Aufmerksamkeit – oder sogar mehr – der Königin genoss. Hinter vorgehaltener Hand raunte man sich sogar zu, sie habe den Mann heimlich geheiratet. Niemand sonst wagte es, mit Ihrer Majestät so zu sprechen wie Brown. Bei einer Gelegenheit wollte man sogar mit angehört haben, dass er ihr Äußeres kritisiert hatte. Sein Einfluss auf Victoria war inzwischen so groß, dass sie über ihn Botschaften an die weitergab, die zuvor direkten Zugang zu ihr gehabt hatten.

Insgeheim gefiel Robert der grobschlächtige Brown. Er hoffte, dass der Schotte tatsächlich den Weg in Victorias Bett gefunden hatte – das würde ihre säuerliche Miene etwas aufhellen. Solche Gedanken konnte man Lord de Iongh gegenüber jedoch nicht äußern. »Er hat eine große Verantwortung zu tragen, Mylord«, antwortete Robert und fügte, als er den Unmut in Lord de Ionghs Gesicht sah, rasch hinzu: »Aber nicht so groß, fürchte ich, wie sein Interesse am Einfluss über Ihre Majestät.«

Er wurde mit dröhnendem Gelächter belohnt. »Verflucht, Acheson, Sie wären ein guter Politiker.«

Nun konnte Robert endlich das Thema wechseln, ohne unhöflich zu erscheinen. »Mit Ihrer Erlaubnis, Mylord, gestatten Sie, dass ich Lady Lorna zum Tanz bitte?«

»Natürlich«, antwortete de Iongh jovial. »Wenn meine Tochter noch Platz auf ihrer Karte hat.« Er drehte sich um und sprach mit jemand anderem, und Robert sah sich plötzlich Lorna gegenüberstehen.

»Wenn es Ihnen angenehm ist, Mylady, wäre ein Tanz eine große Ehre für mich.«

Ihr Bruder, dem das plötzliche Interesse seines Freundes an seiner Schwester entgangen war, lachte. »Sie hat einen Tanz für jemand ganz Besonderen freigehalten, nicht wahr, Schwesterherz?«

Lorna runzelte die Stirn. »Eigentlich nicht. Ich sehe nur nicht ein, wieso ich jede Aufforderung annehmen sollte.«

Robert zog die Augenbrauen hoch. »Wer ist der Glückliche? Ich werde ihn sofort herausfordern.«

Sie kicherte, dann besann sie sich auf ihr Benehmen, wedelte mit ihrem reich verzierten Fächer und konsultierte die Tanzkarte, um ihre Verlegenheit zu verbergen.

Mit sieben Jahren hatte Lorna ihrer Gouvernante erklärt, dass sie eines Tages Lord Robert Acheson heiraten würde – und nie verstanden, wieso das unmöglich war. Mit zwölf Jahren kannte sie zwar die komplizierten Regeln, nach denen ein geeigneter Ehemann ausgesucht werden musste, aber heimlich schwärmte sie noch immer für Lord Dalrymples vierten Sohn. Als sie nun das Funkeln in seinen Augen sah, fühlte sie sich sehr geschmeichelt. Auf ihrer Karte war noch ein Platz frei. Sie zeigte sie Robert. »Hier.«

Er zog in vorgespielter Überraschung die Augenbrauen hoch. »Nur einen Tanz?«

»Ich denke, Sir, das dürfte genügen.«

Robert beugte sich über ihre Hand und verbarg ein Lächeln. »Dann soll einer genügen. Ich werde die Minuten bis dahin zählen.«

Lorna hatte große Mühe, ein erfreutes Lächeln zurückzuhalten. Sie nickte anmutig und rückte einen Schritt näher in Richtung ihres Vaters.

Charles, der glaubte, Robert würde seine Schwester aufziehen, raunte diesem zu: »Sie hat immer noch ein teuflisches Temperament, alter Junge. Sie nimmt die Saison zu ernst. Wenn du dich über sie lustig machst, bist du nachher derjenige, der einstecken muss.«

Auch wenn Charles ein enger Freund war, konnte Robert ihm seine wahren Gefühle nicht anvertrauen. Er verzog das Gesicht und lenkte geschickt die Unterhaltung in eine andere Richtung. »Kannst du glauben, wie erwachsen die beiden geworden sind?«

Charles räusperte sich und zupfte verlegen an seinem gestärkten Hemdkragen. »Deine Schwester ist sehr schön.«

»Das ist sie«, stimmte Robert zu.

»Dann weißt du also, wie ich für sie empfinde, nicht wahr, alter Junge?«

»Ich habe bemerkt, dass deine Augen einen verräterischen Glanz bekommen, sobald sie den Raum betritt.«

Charles lächelte unsicher. »Natürlich werde ich zuerst mit Lord Dalrymple sprechen.«

»Ich würde dir raten, zuerst mit Charlotte zu sprechen«, antwortete Robert grinsend.

»Ja ... natürlich.« Charles hüstelte nervös. »Wenn ich ihr meine Aufwartung mache, glaubst du, sie empfängt mich?«

»Letzte Woche hätte ich noch Ja gesagt, aber sie ist nun eine Frau.« Robert zuckte die Achseln. »Es steht mir nicht zu, für sie zu sprechen.« Dann hatte er plötzlich Mitleid mit seinem Freund und fügte hinzu: »Ehrlich gesagt, ich würde noch immer dasselbe sagen.«

Erleichtert machte sich Charles auf die Suche nach Charlotte, und Robert nutzte die Gelegenheit, Lorna ein strahlendes Lächeln zu schenken. »Gestatten Sie, dass ich Ihnen sage, dass Sie ein ganz entzückendes Kleid tragen?«

»Danke.« Eine leichte Röte legte sich auf ihr Gesicht.

»Wann kehren Sie nach Edinburgh zurück?«

»Mama möchte gern nächste Woche aufbrechen.«

»So bald!«

Lorna zog einen Schmollmund. »Alle, die ich kenne, bleiben, bis die Moorhuhn-Saison eröffnet wird. Es ist wirklich dumm, dass Mama so früh fahren möchte.« Sie fächelte sich Luft zu und neigte den Kopf, als jemand an ihr vorbeiging. »Charlotte bleibt noch, nicht wahr?«

»Warum fragen Sie nicht, ob Sie bei uns bleiben können? Ich bin mir sicher, Ihre Mama würde es erlauben.«

Lornas Gesicht hellte sich auf. »Was für eine wunderbare Idee. Ich werde beim Dinner mit Charlotte sprechen.« Sie sah ihn offen an. »Werden Sie auch hier sein?«

Die Tatsache, dass sie die Zuneigung erwiderte, die er für sie empfand, entging Robert nicht. Aber was nutzte das schon? Sowohl seine als auch ihre Familie würden der Entwicklung einer Beziehung, die ins Nichts führte, rasch Einhalt gebieten. »Leider nicht. Papa möchte mich bei sich in Schottland haben, damit ich ihm bei den Vorbereitungen für die diesjährige Fasanenjagd behilflich bin. Werden Sie Ihre Eltern in diesem Jahr nach Tayside begleiten?«

Sie verbarg ihre Enttäuschung geschickt. »Natürlich.«

»Dann freue ich mich, Sie dort wiederzusehen.«

Die Musik setzte ein, und der nächste junge Mann erschien und führte Lorna fort.

Eine Woche später fuhren Robert und Lady de Iongh mit dem Zug in Richtung Norden. Lord de Iongh hatte Robert darum gebeten, seine Frau in ihrer Kutsche zu begleiten. »Ihr Mädchen ist krank. Der Himmel weiß, warum sie jetzt schon fahren muss – sie sagt, es hätte etwas mit einem Kirchenfest zu tun. Sie arbeitet viel zu hart für diese Wohltätigkeitsdinge, wenn Sie mich fragen.« Lord de Iongh schien sich offenbar nicht weiter dafür zu interessieren, wieso seine Frau die Saison in London so abkürzte, seine Sorge galt allein der Tatsache, einen passenden Reisegefährten für sie zu finden. Sowohl Charles als auch Lorna würden noch für einige Wochen in London bleiben. Der Earl, den wichtige politische Gründe zum Bleiben zwangen, würde nur kurz nach Schottland zurückkehren, wenn am 1. Oktober die Fasanenjagd begann.

Da sich Lady Dalrymple sowohl um Lorna als auch um Charlotte kümmern musste und Lord Dalrymple die Gicht plagte, war Robert der Einzige, den Lord de Iongh bitten konnte, seine Frau zu begleiten.

Robert willigte höflich ein, wie es von ihm erwartet wurde. Zumindest hatte er Gesellschaft, und er wusste, dass Lady de Iongh leidlich gut Karten spielte, eine willkommene Abwechslung auf der quälend langen Reise.

Er war froh, London verlassen zu können. Robert hatte Lorna zu jedem Ereignis begleiten müssen, für das sie keine andere Begleitung hatte. Es war eine höllische Woche gewesen. Manchmal hatte er das Gefühl gehabt, seine Zuneigung zu ihr nicht länger zurückhalten zu können. Ein flüchtiger Abschiedskuss auf die Wange hatte in ihm das brennende Verlangen ausgelöst, sie in den Armen zu halten.

In ruhigeren Momenten redete Robert sich ein, seine Gefühle würden dadurch verstärkt, dass er sich etwas wünschte, was er nicht haben konnte. Als er schließlich mit Lady de Iongh in den Zug stieg, hatte er sich selber davon überzeugt, dass Lorna für ihn nichts weiter war als die Freundin, die er schon immer gekannt hatte. Er war froh darüber. Es wäre unerträglich, zwölf Stunden lang mit ihrer Mutter zusammenzusitzen und leidenschaftliche Emotionen für Lorna zu hegen.

Als sie sich zum Abschied zuwinkten, war Robert stolz auf seine Zurückhaltung. Es war ehrenhaft. Er war ein Gentleman. Sein Gewissen war rein.

Die Flasche Wein und die zwei Gläser, die aus einem Reisekorb gezaubert wurden, sobald der Zug seine Reisegeschwindigkeit erreicht hatte, hatte er nicht erwartet.

»Die Reise ist so langweilig«, erklärte Lady de Iongh, »leisten Sie mir Gesellschaft.«

Und dann passierte etwas vollkommen Unerwartetes. Die Comtesse brachte Robert aus dem Gleichgewicht. Sie beugte sich vor, berührte sein Knie mit ihrem Fächer, schnitt Themen an, die man gewöhnlich in einer höflichen Unterhaltung nicht besprach. Beim Kartenspiel streiften ihre Finger einige Male seine Hand, dabei tat sie so, als bemerke sie es nicht. Als es draußen langsam dunkel wurde, fühlte sich Robert sowohl verunsichert als auch erregt. Er hatte keine Ahnung, was Lady de Iongh im Schilde führte, er wusste nicht einmal, ob sie überhaupt irgendwelche Absichten hatte.

Robert hatte bisher nur begrenzt Erfahrungen sammeln können, aber eines wusste er schon: Es gab nur zwei Möglichkeiten – entweder die Frauen taten es, oder sie taten es nicht. So einfach war das. Denen, die es nicht taten, musste man mit Achtung vor ihrer Tugendhaftigkeit begegnen. Die, die es taten, arbeiteten entweder in Etablissements, die speziell zu diesem Zweck geschaffen waren, oder sie boten sich offen auf der Straße an. Und dann gab es natürlich noch die dritte Art, die schwieriger zu durchschauen war. Gelangweilte hochwohlgeborene Ehefrauen, die nach einer Abwechslung suchten. Bei Alison de Iongh verschwammen die Grenzen. Er war unsicher und fragte sich, was sie von ihm wollte.

Ganz bestimmt erwartete er keine zweite Flasche Wein.

»Ich hasse es, allein zu trinken.« Sie öffnete die obersten Häkchen ihres Mieders. »Es ist schrecklich heiß hier drin. Kommen Sie! Trinken Sie noch ein Gläschen mit mir!«

Unklugerweise hielt er ihr sein Glas hin.

Sie hielt seine Hand mit ihrer ruhig und lachte perlend. »Dieser Zug schaukelt so.«

Robert nippte vorsichtig, aber Lady de Iongh leerte ihr Glas rasch. »Nehmen Sie es mir nicht übel, Robert, aber ich verspüre Kopfschmerzen. Ich muss mein Haar herunterlassen.« Sie stand auf, entfernte etliche Silberkämme, und dann fielen ihr die goldblonden Locken auf die Schultern. »So ist es viel besser«, stieß sie atemlos aus und warf den Kopf in den Nacken.

Robert wusste nicht, wo er hinschauen sollte. Es war so ein intimer Akt.

In diesem Moment legte sich der Zug ganz unerwartet in eine Kurve, Lady de Iongh verlor das Gleichgewicht und saß plötzlich neben ihm.

Robert rutschte nervös auf seinem Sitz herum.

Sie machte keine Anstalten, wieder aufzustehen. Ihr Blick hielt ihn fest. Robert hatte das Gefühl, in ihren Augen zu ertrinken. »Schockiere ich Sie?«

»Ich … Nein, natürlich nicht.«

Sie lächelte. »Und ob ich das tue. Ich schockiere die meisten Menschen. Haben Sie von William Acton gehört?«

Robert zuckte zusammen. Der Wechsel des Themas beruhigte ihn keinesfalls. »Der Arzt?«

Alison nickte, und er sah fasziniert zu, wie ihr die Locken ins Gesicht fielen. »Er hat ein Buch geschrieben.«

»Tatsächlich?« Was hätte er sonst sagen sollen? Lady de Iongh sah ihn gespannt an. »Was für ein Buch?« Er wusste genau, was es für ein Buch war. Halb Großbritannien hatte es gelesen.

»Über Sex«, antwortete Alison unverblümt. »Der Mann behauptet, Damen von Rang hätten keine sexuellen Bedürfnisse.«

»Oh.« Robert griff sich an den Hemdkragen. Er fühlte sich plötzlich so eng an.

»Er irrt sich.« Sie legte eine Hand auf sein Knie und sah ihn erstaunt an, als er zusammenzuckte. »Der Earl ist viel in London unterwegs. Er ist wesentlich älter als ich. Selbst wenn er einmal zu Hause ist …« Sie hob viel sagend die Schultern. »Verstehen Sie?« Ein Hauch von Verzweiflung lag nun in ihrer Stimme.

Robert hörte es. »Ich … ich denke schon.« Sie ist Lornas Mutter, um Himmels willen!, dachte er, der Verzweiflung nahe.

»Finden Sie mich attraktiv?«

Darüber hatte er noch nie nachgedacht. »Sie sind sehr schön.«

Das Aufglimmen in ihren Augen erinnerte Robert an das einer zufriedenen Katze.

Jetzt oder nie, fuhr ihm durch den Kopf. Sein Herz hämmerte wild. Die Chance, etwas falsch zu machen, betrug fünfzig zu fünfzig, ganz gleich was er tat. Ihr Gesicht war ihm ganz nah. Das geöffnete Mieder enthüllte ihre üppigen milchig weißen Brüste. Robert spürte, wie seine Erregung wuchs. Zögernd beugte er sich vor, und sie öffnete die Lippen. Robert wagte es. Ihre Reaktion übertraf seine kühnsten Träume.

Alison de Iongh, Lady de Iongh, Comtesse de Iongh, Ehefrau eines Earls, eines Mannes, der ein respektiertes Mitglied des englischen Oberhauses war und Königin Victorias Vertrauen genoss, stieß einen kurzen Schrei aus, presste sich an ihn, schlang beide Arme um ihn und flüsterte mit rauer Stimme: »Du kannst mit mir machen, was du willst.«

Als der Zug an ihrem Ziel schließlich pfeifend und ruckelnd zum Stehen kam, befand sich Robert in einer Art Trancezustand. Alison hatte ihn erobert ... Nein, nicht sein Herz. Die Vernunft und der Anstand sagten ihm, dass er mit dem Feuer spielte. Doch jegliche Besonnenheit war von einem grundlegenderen Bedürfnis zunichte gemacht worden – die Versuchung war einfach unwiderstehlich gewesen. Seine Rechtfertigungsversuche schienen so dürftig: Er war Lorna nicht untreu, sie würde für ihn immer unerreichbar sein; es war nur ein einziges Mal, der Earl würde es niemals herausfinden; es handelte sich offensichtlich nicht um Alisons erste außereheliche Begegnung und ganz sicher auch nicht um ihre letzte; und außerdem musste ein Mann ja schließlich irgendwie seine Erfahrungen sammeln.

Robert hatte erwartet, dass Alison sich in kühler Distanziertheit zurückziehen würde und es sich bei dem Vorfall um einen nie zu erwähnenden oder zu wiederholenden Akt handelte, daher war er überrascht und einigermaßen erschrocken, als er merkte, dass sie andere Vorstellungen hatte.

»Freitag«, flüsterte sie, ehe sie aus dem Zug stiegen. »Komm um elf nach Canongate.«

Freitag! Nur noch zwei Tage. Was sollte er nur tun?

Robert wusste, dass es falsch war, was er tat. Er war sich bewusst, dass die Bediensteten über sie tuschelten. Sie würden irgendwann erwischt werden. Aber es kümmerte ihn nicht. Alison war wie eine Droge, sie betäubte seine Sinne. Jedes Mal verließ er ihr Bett mit dem Schwur, nie wieder zurückzukehren, doch wenn der Zeitpunkt ihres nächsten Rendezvous' heranrückte, wurde er ungeduldig und sehnsüchtig und konnte das Feuer des Verlangens, das in ihm brannte, einfach nicht verleugnen. »Nur noch ein einziges Mal«, sagte er sich wieder und wieder.

Schuldgefühle machten sich in seinem Herzen breit. Dennoch konnte er die Beziehung ebenso wenig beenden, wie er fliegen konnte.

Als Roberts Affäre mit Lady de Iongh einen Monat währte, wurde Lornas Verlobung mit dem Marquis von Dumfries bekannt gegeben. Lord Dumfries war ein Witwer ohne Erben. Er war ein mürrischer und humorloser Mann, der angrenzend an den Landbesitz der de Ionghs in Dumfries und Galloway riesige Ländereien besaß, und er war acht Jahre älter als Lornas Vater. Der Marquis hatte nicht einen einzigen Blick auf die junge Lady de Iongh geworfen, als er beschloss, sie zu ehelichen. Stattdessen hatte er dem Earl erklärt, dass die Verbindung zwischen ihren Familien sie beide stärken würde. Was ihn betraf, sollten aus der Eheschließung Erben hervorgehen, im Gegenzug würde Lorna den Status einer Marquise genießen. Ein perfektes Arrangement.

Ohne seine Tochter zu fragen oder wenigstens seine Frau, stimmte Lord de Iongh Lord Dumfries' Vorschlag zu. Er war sinnvoll. Lorna würde den alten Mann um viele Jahre überleben. Mit etwas Glück würde sie zum Zeitpunkt seines Todes einen männlichen Nachfolger geboren haben, der das Anwesen und den Titel erbte. Solange er jung war, würden Lord de Iongh oder sein eigener Nachfolger, Charles, gehörigen Einfluss auf den Burschen haben und die Verwaltung beider Anwesen kontrollieren.

Lorna war entsetzt. »Nein, Papa, bitte. Er ist so alt.«

Als sie ihren Zukünftigen zum ersten Mal traf, war sie noch verzweifelter. Lord Dumfries hatte ein blasses, knochiges Gesicht mit stechenden Augen und blutleeren Lippen. Er war nicht besonders groß, seine Beine waren seltsam gekrümmt. Er hatte in Lornas Augen etwas Reptilienhaftes. Der Marquis ging nicht auf Lornas Einwände ein, sondern verkündete laut und grob, dass sie alle Eigenschaften einer exzellenten Zuchtstute habe.

Lornas Mutter, die gleichermaßen entsetzt darüber war, dass

ihr Mann sich so sehr über die Wünsche ihrer Tochter hinwegsetzte, versuchte verzweifelt, das Mädchen, mittlerweile nach Edinburgh zurückgekehrt, zu trösten und setzte so unbewusst etwas in Gang, das weit reichende Folgen haben würde. »Beruhige dich doch, liebes Kind. Es geht vielen Frauen so wie dir. Schenk dem alten Wrack ein Kind und sieh dich woanders nach Liebe und Vergnügen um.«

Unglücklicherweise war Lorna davon überzeugt, den Mann ihrer Träume bereits gefunden zu haben – Robert. Aber sie war wie er zu dem Schluss gekommen, dass eine Verbindung zwischen ihnen unmöglich war. Lord Dumfries war undiskutabel. Der bloße Gedanke an ihn jagte ihr bereits eine Gänsehaut über den Rücken. Doch sie war verlobt, und sie würde heiraten, und es gab nichts, was Lorna dagegen tun konnte. So beschloss sie – mit Duldung ihrer Mutter – dafür zu sorgen, dass sie etwas wesentlich Schmackhafteres kosten konnte, ehe der alte Bastard Hand an sie legte.

Lorna hatte keine Ahnung, dass das Objekt ihrer Begierde so viel Zeit in Canongate verbrachte. Alison sorgte dafür, dass ihre Tochter mit gesellschaftlichen und wohltätigen Verpflichtungen beschäftigt war, die diese willig übernahm. Nie wäre es Lorna in den Sinn gekommen, ihren Plan zu verwirklichen, solange sie in Edinburgh weilte. Die bevorstehende Fasanenjagd auf dem Anwesen von Lord Dalrymple in Tayside würde ihr eine ideale Gelegenheit bieten.

Die Veranstaltung würde vier Tage lang andauern. Als jüngster Sohn des Gastgebers würde Robert vermutlich nur an zweien davon mit dem Gewehr unterwegs sein. In der übrigen Zeit würde man von ihm erwarten, dass er half, die restlichen Gäste zu unterhalten. Lorna war sicher, dass sich eine Gelegenheit bot. Ihr Vater würde an allen Tagen draußen sein, ihre Mutter war am Kartentisch viel gefragt. Und ihr Bruder Charles würde, wenn er nicht jagte, um Charlotte herumschwirren.

Endlich näherte sich der Tag. Lorna und ihre Eltern reisten

mit dem Zug nach Perth. Von dort brachte sie eine Kutsche weiter nach Tayside. Charles würde später an diesem Tag vom Anwesen der de Ionghs in Perthshire herüberkommen.

Sie fuhren vor dem beeindruckenden Landhaus der Dalrymples vor, und Lord de Iongh hätte sich gewundert, wenn er geahnt hätte, dass sowohl seine Frau als auch seine Tochter, ohne voneinander zu wissen, Pläne mit dem gut aussehenden jungen Mann hatten, der mit einem Willkommenslächeln auf den Lippen die breite Steintreppe herunterkam.

Das galt allerdings auch für Robert.

Lord und Lady de Iongh wurden zu einer großzügigen Gästesuite im ersten Stock geleitet. Lorna in den zweiten Stock, wo die unverheirateten Mädchen ihre Zimmer hatten. Charles würde zusammen mit den Junggesellen im anderen Trakt des Hauses untergebracht.

Ein Dienstmädchen kümmerte sich um Lornas Gepäck und brachte ihr heißes Wasser, damit sie baden konnte. Erfrischungen standen bereit. Wie von allen anderen Gästen erwartete man auch von Lorna, dass sie in ihrem Zimmer blieb, bis es Zeit wurde, zum Dinner hinunterzugehen.

Die Langeweile wurde durch die Ankunft Charlottes erleichtert. Sie kam ins Zimmer geeilt, küsste Lorna auf die Wange, ließ dann alle Hemmungen fallen und fragte: »Ist Charles schon hier?«

Lorna lächelte über den Eifer ihrer Freundin. »Er kommt am Nachmittag. Papa erwartet ihn gegen sechs.«

»Ich hoffe nur, dass er sich nicht verspätet.«

»Mein lieber Bruder kann es ebenso wenig erwarten, dich zu sehen, wie umgekehrt«, meinte Lorna, die Charlotte um ihre Zuneigung beneidete – sowohl um die, die sie empfand, als auch um die, die sie empfing. »Selbst zehn Pferde könnten ihn nicht zurückhalten.«

Charlotte errötete. »Bitte, halte mich nicht für vorlaut.«

Lorna fasste Charlotte an den Händen und wirbelte sie herum. »Du bist ein Luder, aber ich vergebe dir.« Ihr Gesicht verdunkelte sich. »Ich vermute, du hast schon von meiner Verlobung gehört?«

Charlotte wurde ebenfalls ernst. »Oh, meine Liebe. Wie egoistisch von mir. Du Arme.«

Tränen traten in Lornas Augen. »Er ist scheußlich und versucht erst gar nicht, die Tatsache zu verbergen, dass der einzige Zweck unserer Verbindung ein Erbe ist.« Lorna fuhr sich ungeduldig über die Wange. »Aber ich möchte jetzt nicht an ihn denken. Keine Tränen mehr. Erzähl mir lieber etwas über die anderen Gäste.«

Die beiden Mädchen schwatzten, bis es Zeit wurde, sich zum Dinner anzukleiden.

Lorna gab sich große Mühe mit ihrer Toilette. Als sie die breite Treppe hinunterkam, schaute sie mehr als nur ein männliches Augenpaar voller Bewunderung an. Aber Lorna suchte nur Robert. Er hatte sie bereits gesehen, und als sie in seine Richtung schaute, lächelten sie sich beide zu. Zu ihrer großen Freude entschuldigte sich Robert bei der Gruppe, mit der er zusammenstand, und kam auf sie zu.

»Wie hübsch Sie aussehen«, sagte er leise und beugte sich über ihre Hand. Alle guten Absichten waren dahin, als die Gefühle, die in London ausgelöst worden waren, mit Macht zurückkamen.

»Danke.«

»Ah, da bist du ja.« Lady Dalrymple hakte sich liebevoll bei ihrem Sohn unter und lächelte Lorna zu. »Ich sage euch, ihr jungen Leute verursacht ganz schön viele Kopfschmerzen. Ich wusste nicht, wen ich Ihnen als Tischherrn zuweisen sollte, meine Liebe. Ein ungebundener Mann kam einfach nicht infrage, wo Ihr Verlobter so weit entfernt ist. Aber jetzt ist alles arrangiert. Robert meinte, er sei erfreut.« Ein paar Falten kräuselten sich auf ihrer Stirn. »Ich hoffe nur, dass Sie nichts dagegen haben. Ich bin mir sicher, dass es so schicklich ist. Schließlich seid ihr zwei fast wie Bruder und Schwester.«

»Ich habe ganz und gar nichts dagegen, Lady Dalrymple. Das verschafft uns Gelegenheit, Neuigkeiten auszutauschen. Wir haben uns seit London kaum gesehen.«

»Gut.« Nachdem sie ihre Pflicht erledigt hatte, mischte sich die Comtesse wieder unter ihre anderen Gäste.

Als sie allein dastanden, blieb Robert nichts anderes übrig, als Lorna zu ihrer Verlobung zu gratulieren, auch wenn es das Letzte war, wonach er sich fühlte.

Sie warf einen kurzen Blick auf den Diamantring an ihrem Finger und erinnerte sich mit Schaudern an die Worte, mit denen Lord Dumfries ihn ihr übergestreift hatte: Verlier ihn ja nicht! Der Ring hat meiner Großmutter gehört. Er ist ein Vermögen wert. Du kannst dich sehr glücklich schätzen.

Robert sah, dass sie sich schüttelte. Er wusste, dass sie keine Gefühle für Lord Dumfries hegte, doch diese Demonstration offenen Abscheus hatte er nicht erwartet. Damen von ihrem Rang hatten gewisse Pflichten zu erfüllen, was sie gewöhnlich mit der von ihnen erwarteten Haltung taten, ganz gleich, wie lästig sie auch sein mochten. »Ist Mylady mit dem Arrangement nicht zufrieden?«

»Sie sind mein Freund, nicht wahr?«, fragte Lorna statt einer Antwort. Tränen schimmerten in ihren Augen.

»Sie wissen, dass ich das bin.«

»Dann sprechen Sie mit mir nicht wie mit einer Fremden.«

Robert beugte sich näher. »Lorna, was ist los? Was bekümmert Sie?«

»Wir müssen miteinander sprechen«, flüsterte sie mit gesenktem Kopf. »Aber nicht hier.«

Robert hätte am liebsten die Hand ausgestreckt und sie berührt. Lorna schien offensichtlich sehr unglücklich zu sein. »Vielleicht morgen bei einem Ausritt mit Charles und Charlotte?«, schlug er vor.

Sie spielte mit dem Medaillon, das sie am Hals trug, und nickte. Ihr Bruder würde sich über die Gelegenheit freuen, ohne wachsame Blicke mit Charlotte zusammen zu sein, und ihr würde es die Chance geben, mit Robert allein zu sein. »Das wäre äußerst angenehm«, murmelte sie.

Glücklicherweise gaben beide Mütter die nötige Einwilligung für einen Ausritt am nächsten Tag. Was gab es für junge Leute Besseres, als ihre Zeit in der Gesellschaft von Freunden zu verbringen? Solange sie mit Robert und Charles zusammen waren, sahen Alison und Pamela keinen Grund, sich um das Wohlergehen ihrer Töchter zu sorgen.

Nach dem Frühstück brachen die vier auf. Charles und Charlotte ritten voraus, vollkommen mit sich beschäftigt. Lorna wirkte still und bedrückt. Robert bedrängte sie nicht, er ging davon aus, dass sie sich ihm öffnete, sobald sie bereit dazu war.

Sie picknickten an einem träge dahintreibenden Fluss unterhalb des Glen Almond. »Du meine Güte«, rief Charlotte und packte die Essensreste zusammen. »Ich könnte keinen einzigen Krümel mehr essen.« Sie sprang auf und streckte die Hand nach Charles aus. »Kommt, ihr Faulpelze. Wir vertreten uns ein wenig die Beine.«

Seufzend ließ Charles sich hochziehen. »Was ist mit euch? Begleitet ihr uns?«

Die Frage war rein rhetorisch. Robert und Lorna würden nicht willkommen sein.

Lorna hob die Hand vor die Augen, um sie gegen die Sonne zu schützen. »Hier ist es viel zu schön. Geht nur voraus.«

Natürlich konnte Lorna nicht allein gelassen werden und, wie vorhergesehen, erklärte auch Robert, dass er bleiben würde.

Charlotte und Charles brachen auf und versprachen, in einigen Stunden zurück zu sein. Robert sah zu, wie sein Freund seiner Schwester über das steinige Flussbett half, und meinte nachdenklich: »Charlotte scheint Charles seit einiger Zeit sehr zugetan zu sein.«

»Zugetan?«, antwortete Lorna und lachte leise. »Sie vergöttert ihn.«

Robert warf ihr einen aufmerksamen Blick zu. »Das missfällt dir?« Lorna merkte gar nicht, dass er zu dem vertraulicheren Du übergegangen war. Hier, so allein mit ihm, war es für sie selbstverständlich.

Ihre Wangen nahmen eine leichte Färbung an. »Bitte, verzeih. Mein eigenes Unglück trübt meine Freude für Charles und Charlotte. Natürlich freue ich mich für sie. Charles könnte ihr ebenso gut heute Nachmittag seine Liebe erklären und hätte dazu meinen Segen. Er hat einige Minuten mit Lord Dalrymple allein gesprochen, als er gestern Abend eintraf. Charles hat nichts gesagt, aber aus der Art, wie er sich verhält, würde ich schließen, dass dein Vater keine Einwände hat.« Sie seufzte tief. »Wie glücklich sich die beiden schätzen können.«

»Was belastet dich denn? Komm, sprich offen mit mir. Du bist mir so nah wie meine eigene Schwester.«

»Tatsächlich?« Schmerz lag auf Lornas Gesicht. »Du wirkst auf mich nicht wie ein Bruder.« Sie zupfte an ihrem Rock, ehe sie ihm ins Gesicht schaute. »Aber ich will offen sein. Ich habe keine Wahl.«

»Aha. Es ist deine bevorstehende Hochzeit. Sie findet nicht deinen Zuspruch.«

»Wie könnte sie?«, rief Lorna aufgebracht. »Er ist ein alter Mann. Er bedeutet mir nichts. Ich werde ihn hassen, das weiß ich. Wieso sollte ich mich damit abfinden? Das ist nicht fair.«

Robert sah hilflos zu, wie eine einzelne Träne über ihre Wange rann. Sanft wischte er sie fort. Es war ihm unmöglich, seine Gefühle zu verbergen, sein Schmerz war groß. »Ich weiß, dass das hart ist, aber du wirst Kinder haben, die du lieben wirst.«

»Seine Kinder«, entgegnete sie bitter. »Was ist mit der anderen Art von Liebe? Ich werde nie die Arme eines Liebhabers spüren oder das Gefühl seines Kusses. Was ist mit einem wild pochenden Herzen oder dem Funkeln, das ich in Charlottes

Augen sehe, wenn sie Charles anschaut. Die Vorstellung, Lord Dumfries heiraten zu müssen, löst in mir den Wunsch aus zu sterben. Und das ist es wahrscheinlich, was ich tun werde.« Tränen liefen hinab, und sie schüttelte hilflos den Kopf. »Ich bin eine Frau, die sich ihren Mann nicht aussuchen kann, das weiß ich. Wenn ich es könnte, würde ich dich wählen.«

»Mich!« Roberts Herz tat einen kleinen Sprung. Ihre Offenbarung überraschte ihn. Lorna hatte sich von allen gesellschaftlichen Konventionen weit entfernt. Augen konnten so etwas sagen, aber es war unüblich, seine Gefühle in Worten zu äußern. In seinem Kopf schrillten Warnglocken. Er wusste, er befand sich auf gefährlichem Terrain.

»Ich kann dich nicht heiraten, Robert, das habe ich immer gewusst, auch wenn es das ist, was ich mir am meisten auf der Welt wünsche. Meine Trauer wäre erträglich, wenn ich einen netten und liebevollen Mann heiraten könnte. Einen jungen Mann.« Ihr Blick ließ ihn nicht los. »Aber diese … abstoßende Kreatur mit diesen knochigen Händen und den wässrigen Augen, den dünnen Lippen und den gelben Zähnen, dem Buckel und dem dicken Bauch.« Sie erschauerte. »Er riecht sogar streng. Wie soll ich das ertragen?« Lorna senkte den Kopf und schluchzte.

Robert war sofort bei ihr und nahm ihre Hände in seine. »Beruhige dich doch, meine Liebe. Ich bin bei dir. Lord Dumfries ist sicher keine Augenweide, aber wie du richtig bemerkt hast, er ist alt. Er wird bald sterben. Dann bist du immer noch jung. Als gut betuchte Witwe steht es dir frei, zu heiraten, wen du möchtest.«

»Dich«, flüsterte sie. »Ich liebe dich. Wirst du warten, bis der Marquis stirbt?« Sie versuchte, seinen Blick zu ergründen. »Haben meine Worte dich sprachlos gemacht? Oder hoffe ich vergeblich auf etwas, das du mir nicht geben kannst?«

Wenn ich es doch nur könnte!, dachte Robert. »Psst, Lorna. Quäle mich nicht mit etwas, das ich niemals haben kann. Du bist einem anderen versprochen, und selbst wenn das nicht so wäre, wissen wir beide, dass es nicht mehr zwischen uns geben kann.«

»Und ob es das kann, geliebtes Herz. Und ich möchte es.« Sie schaute auf die Höhenzüge des fernen Glen Almond. »Kannst du sie noch sehen?«

»Gerade noch«, antwortete Robert. »Dort.« Charles und Charlotte entfernten sich immer mehr, sie waren kaum noch zu sehen. »Was sagst du da, Lorna?« Sein Herz hämmerte wild, aber sein Kopf verbot ihm, zu glauben, was er vermutete. Selbst wenn er ihr versprach, auf sie zu warten, selbst wenn Dumfries in der Hochzeitsnacht tot umfiele, was würde mit Alison? Würde sie tatenlos mit ansehen, wie ihre Tochter ihren Liebhaber ehelichte? Er bezweifelte es. Alisons Ego würde das nicht verkraften.

Lorna fasste sein Schweigen als traurige Zustimmung auf, dass sie niemals zusammen sein konnten. Sie legte den Kopf an seine Schulter. »Ich werde Lord Dumfries heiraten und seine Kinder zur Welt bringen, aber er wird nicht der erste Mann sein, der mich besitzt. Dieser Mann sollst du sein. Ich gebe mich dir hin. Ich komme freiwillig und willig, damit du weißt, dass ich dich liebe. Bis zum Tag meiner Hochzeit gehöre ich dir. Wirst du mich nehmen, Robert? Wirst du mir zeigen, wie sich die Liebe anfühlt?« Sie wandte ihm ihr Gesicht zu. »Können wir nicht so tun, wenigstens für eine kurze Weile, als gehörten wir zusammen?«

Ihre Lippen waren nun ganz dicht an seinen. Robert, der sehr wohl wusste, wie fatal diese Schwäche war, zog sie an sich. Es war ein langer Kuss, voller Sehnsucht. »Bist du dir ganz sicher?«, fragte er atemlos, als sich ihre Lippen schließlich voneinander lösten.

»Robert, mein Liebling.« Es war ein Schrei der Verzweiflung. »Gib mir eine Erinnerung. Etwas, das ich mitnehmen kann. Ich flehe dich an, lass mich nicht in sein Bett, ohne zu wissen, wie es sein sollte.«

Sie hatte sich entschieden. Sich ihr jetzt zu verweigern wäre grausam. Das zumindest sagte sich Robert. Keine Sekunde dachte er daran, welche Ironie des Schicksals es war, dass der Mann, der die ahnungslose Lorna mit den Freuden der Sinnlichkeit vertraut machen sollte, nur das weitergeben würde, was er von ihrer eigenen Mutter gelernt hatte.

Sie war wie eine leere Seite, die darauf wartete, dass er seinen Namen darauf schrieb. Roberts Lippen fanden ihre, wieder und wieder, und er spürte, wie sie erschauerte, als die Leidenschaft alles andere hinwegfegte. Eine Hand fand ihre Brust, dann glitten seine Finger unter ihr Mieder, liebkosten und streichelten, bis Lorna vor Lust keuchte. Ganz langsam entfernte er ihre Kleidung, küsste zärtlich jede geheime Stelle. Als sie schließlich nackt und offen vor ihm lag, ließ Robert seinen Mund und seine Hände über ihren gesamten Körper gleiten, ehe er sich plötzlich aufsetzte.

»Nein«, flehte sie und streckte die Hände nach ihm aus. »Komm zurück.«

»Öffne deine Augen«, sagte er leise.

Lorna sah zu, während er sich auszog. Ihre Lippen öffneten sich in überraschtem Staunen, als sie die Größe seines erigierten Penis sah. »Hab keine Angst«, flüsterte er. »Ich will, dass du mich kennst.«

Er lehnte sich zurück, und sie stützte sich auf einen Ellbogen und fuhr mit einem Finger langsam von seinem Hals hinab, um seine Brustwarzen herum und dann weiter nach unten. Ihre Augen folgten ihrem Finger. »Du bist schön«, meinte sie atemlos. »Ganz anders, als ich es mir vorgestellt hatte.«

»Berühr mich.«

Langsam strich sie über seine Erektion, ehe Daumen und Zeigefinger sie ganz umfassten. »Was soll ich tun?«, fragte sie.

»Was möchtest du tun?«

»Du wirst glauben, ich sei schamlos. Hilf mir, Robert, denn ich weiß nicht, was richtig oder falsch ist.«

»Nichts ist falsch zwischen zwei Menschen, die dasselbe möchten.«

Sie senkte den Kopf und erforschte ihn mit Lippen und Händen, bis er sie sanft von sich schob. Er glitt an ihrem Körper hinab, seine Zunge suchte und fand. Lorna gab sich der unbekannten Lust hin, und als sie vor Verlangen bebte, erhob er sich und drang in sie ein.

Lorna hob sich ihm voller Leidenschaft entgegen, dann sank sie mit einem unterdrückten Schrei zusammen. Sie bewegten sich im selben Rhythmus, und die Zeit schien stillzustehen. Robert gab sich seinen Gefühlen hin, endlich spürte er, wie sich sein Sperma in ihren Schoß verströmte.

Sie lagen schweigend zusammen, mit der Hand strich sie ihm übers Haar. »Ich hatte keine Ahnung«, flüsterte Lorna schließlich.

Er fühlte, wie ihr Herz an seiner Brust schlug, wild zunächst, dann wurde es langsam ruhiger. Ihr Atem berührte seine Wange. Schließlich regte sie sich. »Danke, mein Liebster.«

Robert richtete sich auf. Lornas Augen schimmerten weich vor Liebe und Befriedigung. »Bereust du nichts?« Auch er war entspannt und glücklich.

»Wie könnte ich das? Wenn der alte Mann stirbt, werden wir heiraten. Er wird nicht lange leben. Es ist richtig, dass du der Erste warst.«

Sie hatte nichts weiter getan, als seine eigenen Gedanken zu formulieren, aber eine seltsame Unruhe erfasste Robert. Lorna war sehr eigensinnig. War sie fähig, das Ableben von Lord Dumfries zu beschleunigen? So zuwider ihm die Vorstellung ihrer Eheschließung war, der Gedanke an einen solchen Schritt war noch weniger akzeptabel.

Sie schmiegte sich eng an ihn, und er hielt sie fest umschlungen, ihre Nähe genießend und zugleich verzweifelt. Von welcher Seite er die Dinge auch betrachtete, überall bauten sich Hindernisse auf. Die meisten hatten Alisons Gesicht. Er hatte sein Leben unglaublich verkompliziert und konnte keine einfache Lösung erkennen. Er liebte dieses Mädchen, und zugleich gelüstete es ihn nach ihrer Mutter. Robert wusste, dass er einen Weg finden musste, seine Affäre mit Alison zu beenden, das war das Mindeste. Widerstrebend setzte er sich auf. »Wir sollten uns jetzt besser anziehen. Charles und Charlotte könnten jeden Augenblick zurückkommen.«

Als die beiden anderen zurückkamen, Charlotte, die vor Glück förmlich zu platzen schien, und Charles, der vor Aufregung glühte, saßen sich Lorna und Robert in diskretem Abstand gegenüber und sprachen über Banalitäten.

»Ihr hättet mit uns kommen sollen. Die Aussicht war wirklich lohnenswert«, sprudelte Charlotte hervor und warf Charles einen verliebten Blick zu.

Aus dem Gesichtsausdruck seines Freunds schloss Robert, dass dieser den Mut gefunden hatte, ihr seine Gefühle zu gestehen. Und dem Verhalten seiner Schwester nach wurden sie erwidert. Die Glücklichen, dachte er, aber er hegte keinen Groll.

Seit jenem Tag gelang es Robert und Lorna, sich jede Woche ein paar gemeinsame Stunden zu stehlen. Ihre gesellschaftlichen Verpflichtungen und die Hochzeitsvorbereitungen erschwerten ihnen die Verabredungen sehr. Als noch schwieriger entpuppte sich jedoch Roberts Vorhaben, die Verbindung zu Alison zu lösen. Wenn er in Lornas Armen lag, stand sein Entschluss fest: Er würde Alison ganz einfach sagen, dass ihre Beziehung beendet war. Aber jedes Mal wenn er einen Anlauf nahm – mit der Begründung, die Bediensteten könnten reden oder Lord de Iongh sie erwischen –, wusste Alison ihn geschickt zu beruhigen. Sie besaß eine starke Macht über ihn, und er wurde immer wieder schwach.

Robert musste sich reumütig eingestehen, dass die meisten seiner Aktionen und Reaktionen von einem einzigen Körperteil gesteuert zu werden schienen. Er war alt genug zu verstehen, dass das Einzige, was ihn und Alison verband, Lust war. Er war zu jung, zu ungestüm, zu fasziniert vom Verbotenen, um zu wissen, wie er dem ein Ende bereiten sollte.

In einer Woche würde Lornas Hochzeit stattfinden, und sosehr ihm davor graute, er wusste, dass sie zumindest teilweise eine Lösung für sein Problem bedeutete. Und dann, als sei das Leben nicht schon kompliziert genug, kam die endgültige und unausweichliche Katastrophe. Lorna erklärte ihm, dass sie ein Kind erwartete.

»Das ist perfekt«, meinte sie glücklich. »Wenn es ein Junge wird, wird er die Ländereien und den Titel erben. Der alte Narr wird denken, es sei sein Sohn. Wenn wir heiraten, wird dein Sohn, nicht seiner, der alleinige Erbe sein.«

Die fahle Wintersonne sandte ihre Strahlen langsam über die zerwühlten Laken. Wie üblich verfluchte Robert sich für seine Schwäche. All seine ehrenwerten Absichten waren – wieder einmal – von Alison durchkreuzt worden. Das Problem war, dass er sie gern hatte, auch wenn seine vordringliche Attraktion viel primitivere Gründe hatte. Lady Alison de Iongh war nicht nur, was die Liebe betraf, äußerst talentiert, sie war zudem intelligent und unterhaltsam. Als Robert neben ihr lag, hatte er nur einen Gedanken: Ich muss aus diesem Dilemma heraus, ehe es zu spät ist.

Er setzte sich auf. »Ich muss gehen.«

Alison verzog das Gesicht. »Bleib noch ein bisschen, warum hast du es so eilig? Mein Mann kommt übermorgen zurück und bleibt dann bis zum neuen Jahr. Dies könnte unsere letzte Gelegenheit sein.« Sie umklammerte seinen Arm. »O mein Liebster, ich werde die Tage zählen, bis er wieder nach London aufbricht.«

Robert überlegte bereits, wie er das Haus am besten verließ. Er musste die Stallungen erreichen, ohne gesehen zu werden, und zwar so, dass Lorna glaubte, er sei gerade erst auf dem Anwesen angekommen. Robert verharrte kurz beim Anziehen und blickte lächelnd über die Schulter. »Nach der erzwungenen Abstinenz wirst du mich umso mehr zu schätzen wissen.«

Erneut verzog Alison den Mund, aber in ihren Augen lag ein feines Lächeln. »Ich könnte dich nicht mehr schätzen, als ich es bereits tue.« Sie streckte die Hand aus und zwickte ihn anzüglich in sein Gesäß. »Du siehst so verführerisch aus.«

Er drehte sich um und sank auf sie. Seine Hände hielten ihre Arme über dem Kopf fest. »Du bist einfach schamlos. Ich könnte dich …«

Alison sollte nie erfahren, was Robert sagen wollte. Sie beide hörten den plötzlichen Lärm aus der Eingangshalle – eine Männerstimme, die wissen wollte, was seiner Frau fehlte, und die Stimme der Hausdame, die ihn beschwor, Lady de Iongh nicht zu stören.

»O mein Gott. Das ist der Earl!«, keuchte Alison.

Aber es war bereits zu spät. Robert griff hastig nach seinem Hemd. Die Tür öffnete sich, und das Begrüßungslächeln erstarb auf Lord de Ionghs Lippen. Hinter ihm stand eine boshaft schauende Mrs. Kelly.

Lord de Iongh trat ins Zimmer und knallte der Hausdame die Tür direkt vor der Nase zu. »Was hat das hier zu bedeuten, verdammt noch mal?«, stieß er aus.

Robert tastete nach seiner Lederhose, er war zu keinem vernünftigen Gedanken fähig.

Alison zog sich das Laken bis unters Kinn und begann zu weinen. »Er hat mir Gewalt angetan.«

Robert starrte sie an.

Anstelle des anfänglichen Schocks stand ihm nun Verständnislosigkeit im Gesicht geschrieben. »Hast du denn keine Stimme, dass du nicht protestiert hast? Oder sind unsere Bediensteten während meiner Abwesenheit taub geworden?«

»Ich schwöre, der Überfall hat mir solche Angst gemacht, dass ich keinen Ton herausbringen konnte.« Tränen rollten über Alisons Wangen, sie gab eine durch und durch glaubhafte Vorstellung ihres Leidens ab.

»Alison!«, protestierte Robert unklugerweise.

»Ruhe!«, donnerte der Earl. »Was fällt Ihnen ein, meine Frau auf derart intime Weise anzusprechen? Was haben Sie zu den Vorwürfen zu sagen, Sir?«

Robert warf einen Blick auf den mit einem silbernen Knauf versehenen Stock des Earls. Bisher hatte er noch nicht daran gedacht, ihn zu benutzen. Es blieb ihm nichts anderes übrig, als die Schuld anzunehmen. Um sich selbst zu schützen hatte Alison nicht davor zurückgeschreckt, ihn in eine fatale Position zu bringen. So unfair dies war, und die Folgen dämmerten ihm erst ganz allmählich, Robert blieb keine andere Wahl, als sich wie ein Gentleman zu verhalten. »Es war allein meine Schuld. Die Lady ist an diesem Vorfall ganz und gar unbeteiligt. Meine Gefühle für sie haben jegliche Vernunft getrübt. Ich flehe Sie an, Lord de Iongh, tun Sie, was immer Ihnen an Vergeltung nötig erscheint.« Er wappnete sich gegen die schmerzenden Schläge.

Aber Alisons Ehemann war nicht überzeugt. Er wandte sich an seine Frau. »Meiner Meinung nach hält sich ein Mann, der eine Lady überfallen will, nicht damit auf, jeden einzelnen Haken ihres Mieders zu öffnen, Alison.«

Alisons Augen füllten sich mit neuen Tränen. »Er sagte, er würde mich umbringen. Ich habe nicht gewagt, mich zu wehren.«

Der Earl sah fragend in Roberts Richtung.

»Es war so, wie Mylady sagt«, bestätigte er steif.

Lord de Iongh nickte. »Nun gut. Ich werde in der Bibliothek auf Sie warten. Und du, Alison, bleibst hier. Ich werde später mit dir reden.« Mit diesen Worten drehte er sich um und verließ das Zimmer. Robert hörte, wie er die Hausdame anbellte. »Was glotzen Sie so? Haben Sie nichts zu tun?«

»Robert«, hauchte Alison atemlos.

»Gib dir keine Mühe, nach Entschuldigungen zu suchen, Alison.« Seine Stimme war kalt. »Ich kenne meine Pflichten.«

»Was hätte ich sonst tun sollen?«, flehte sie. »Bitte, mein Liebster …«

»Eine Frau zu verführen ist eine Sache, Alison. Sie zu vergewaltigen eine ganz andere. Du hast mich zur Hölle verurteilt, um dich selber zu retten.« Er zog seine Stiefel an. »Guten Tag, Alison.«

»Warte!«, rief sie.

Robert griff nach Weste und Mantel. »Ich werde jetzt den Earl unter vier Augen sprechen.«

»Was wirst du ihm sagen?«, fragte sie angstvoll.

»Glaub mir, Alison, der Schaden ist angerichtet. Du kannst dich darauf verlassen, dass ich mich untadelig benehmen werde. Ich hoffe nur, dass du künftig noch ruhig schlafen kannst. Da du mich der Vergewaltigung bezichtigt hast, wird dich mein Tod am Galgen von der Sorge befreien, die Wahrheit könnte herauskommen.« Mit diesen Worten machte sich Robert auf den Weg zur Bibliothek.

Lord de Iongh stand mit dem Gesicht zum Fenster, die Hände hinter dem Rücken verschränkt. Er drehte sich nicht um. »Ihr Verhalten ehrt Sie, Acheson, aber ich fürchte, es ist ein wenig zu spät. Die Vorwürfe der Comtesse und Ihr eigenes Schuldeingeständnis lassen mir keine andere Wahl. Ich werde die zuständigen Behörden informieren. Mit Rücksicht auf die Freundschaft zu Ihrem Vater werde ich jedoch achtundvierzig Stunden warten.«

»Ich danke Ihnen, Mylord.«

»Wenn Sie klug sind, junger Mann, verlassen Sie auf der Stelle dieses Land und kehren nie wieder zurück.«

»Sir …«

»Ruhe!«, donnerte der Earl. »Ich wünsche nicht, noch mehr Lügen zu hören. Verschwinden Sie.«

Robert wartete, aber Lord de Iongh war fertig. Er verbeugte

sich knapp in Richtung der stocksteifen Gestalt am Fenster und verließ das Haus. Im Stall ließ er sein Pferd satteln und ging auf schnellstem Weg zum Kutschhaus, wo Lorna wartete.

»Ich kann nicht bleiben«, sagte er und hielt sie auf Armeslänge von sich.

»Was ist denn geschehen, mein Liebster?«

Robert lächelte bitter. »Zweifellos wird dich die Nachricht schon bald erreichen. Versuche nicht, schlecht von mir zu denken. Ich war ein Narr, aber kein Verbrecher.«

»Liebster, was redest du da?«

Er beugte sich vor und küsste sie auf die Wange. »Vergiss mich. Es ist das Beste, was du tun kannst.«

»Dich vergessen?« Lorna stampfte mit dem Fuß auf. »Wie soll ich das tun? Ich trage dein Kind in mir. Was ist geschehen, Robert? Lass es mich wenigstens aus deinem Munde hören.«

Wie könnte er ihr das antun? Er wandte sich um. »Adieu, mein Liebling. Wir werden uns nicht wiedersehen.«

Lorna rannte schluchzend zum Haus. Robert ging zu seinem Pferd, saß auf und trieb es sofort in den Galopp. Er war ertappt worden, und er hatte es nicht besser verdient. So wütend er über Alisons Verrat war und so ärgerlich über seine eigene Schwäche und den Schmerz, den er Lorna damit zufügte, überfiel ihn eine tiefe Traurigkeit. Er konnte das Mädchen, das er liebte, nicht haben, und nun durfte er nicht einmal im selben Land mit ihr sein. Er musste fort. Schnell. Allem Vertrauten den Rücken zukehren, um seine Haut zu retten. Vergib mir, mein Liebes, flehte er im Stillen. Roberts Augen brannten vor Kälte und Schmerz, aber er schaute sich nicht ein einziges Mal um, ehe er The Grange erreicht hatte.

Lady Dalrymple war im Salon und schrieb Briefe. Von seinem Vater war keine Spur zu sehen. Robert wusste, dass er seiner Mutter alles erzählen musste, wenn sie ihm bei der Flucht helfen sollte. Und die Flucht war seine einzige Chance. Die

Schande über das, was er getan hatte, würde seinen weiteren Aufenthalt in Edinburgh, ja, auf den gesamten Britischen Inseln unmöglich machen. Lord de Iongh hatte ihm achtundvierzig Stunden Zeit gewährt. Danach würde er ein gesuchter Mann sein.

Lady Pamela schaute auf und lächelte, als sie Roberts Schritt erkannte. Das Lächeln erstarb, als sie seinen Gesichtsausdruck sah. »Stimmt etwas nicht?«

Die Zeit war kostbar. Sie musste die Einzelheiten so rasch wie möglich erfahren. Ohne zu zögern berichtete Robert ihr alles. Zumindest alles, was Alison de Iongh betraf. Es machte keinen Sinn, seine Mutter auch noch mit Lorna und dem Baby zu belasten.

Sie hörte ihm schweigend zu, während er vor ihr auf und ab lief, und ließ ihn dabei keine Sekunde aus den Augen. Lady Dalrymple wurde sehr blass, doch ansonsten blieb ihr Gesicht ausdruckslos. »Es gilt, keine Zeit zu verschwenden«, sagte sie, als er nach seinem Bericht vor ihr auf die Knie sank. »Du musst The Grange sofort verlassen.« Sie nahm eine kleine silberne Glocke zur Hand und klingelte hastig. Ein Hausmädchen erschien.

»Abigail, bitte Mrs. Potter und Victor zu mir.« Als das Mädchen fort war, sagte sie: »Wir brauchen ihre Hilfe. Victor wird dich nach Tynemouth begleiten.«

»Tynemouth!« Robert war überrascht. »Wäre es nicht eine bessere Idee, in Richtung Norden zu fliehen?«

»Es ist Winter«, erinnerte ihn seine Mutter. »Die Schiffe fahren nur selten. Die Polizei wird damit rechnen, dass du in Richtung Norden aufbrichst. Es wird einige Zeit in Anspruch nehmen, ehe sie beginnen, dich jenseits der Grenze zu suchen. Ich habe einen Cousin in Newcastle und werde dir ein Bittschreiben mitgeben. Vielleicht kann er dir helfen.«

Panik erfasste ihn. »Aber wohin soll ich gehen?«

»In die Kolonien«, antwortete seine Mutter ruhig. »Australien, Afrika, Kanada oder Indien. Nimm das erstbeste Schiff. Ich habe gehört, dass das Leben in den Kolonien durchaus angenehm sein kann.«

»Mama, ich habe Alison keine Gewalt angetan.«

»Lady de Iongh«, erwiderte seine Mutter kalt, »ist eine Dirne, die nur an sich selber denkt. Ihre Lügen sind mir zuwider. Komm, Robert, befrei dich von dieser Frau. Sie ist es nicht wert. Du bist nicht der erste junge Mann, der auf ihre Reize hereinfällt.«

Robert ließ den Kopf hängen. Die Schande, die dieser Skandal über seine Familie bringen würde, war ihm unerträglich. »Es tut mir Leid, Mama. Ich war ein Dummkopf.«

»Nicht mehr als andere vor dir«, erwiderte seine Mutter knapp.

Sie wollte noch etwas hinzufügen, hielt jedoch inne, als Mrs. Potter und Victor anklopften und eintraten. »Kommt herein. Schließt die Tür hinter euch.« Als die Hausdame und der oberste Diener vor ihr standen, sprach sie langsam, ohne jedes Zeichen von Panik. »Lord Acheson wird Großbritannien unverzüglich verlassen. Mrs. Potter, packen Sie seine Koffer für eine ausgedehnte Seereise. Victor, Sie werden nach Newcastle-Upon-Tyne reisen und ihn sicher an meinen Cousin übergeben. Keiner von Ihnen spricht ein Wort zu den anderen Bediensteten. Victor, machen Sie die Kutsche bereit. Ich möchte, dass Sie in einer Stunde aufbrechen.«

Sie gingen, um ihre Aufgaben zu erledigen. »Robert, komm mit mir.« Lady Pamela erhob sich und ging mit raschen Schritten zur Tür.

Er folgte ihr die Treppe hinauf in ihr Boudoir.

»Warte«, befahl sie, trat auf ein Gemälde zu und nahm es von der Wand. Dahinter befand sich ein kleiner Tresor, von deren Existenz Robert nichts geahnt hatte. Vorsichtig entnahm seine Mutter zwei Lederbeutel. Sie schüttete ihren Inhalt auf ihren Toilettentisch, ehe sie den Raum durchquerte und auf eine

Chaiselongue sank. »Das steht dir rechtmäßig zu. Nimm es und nutze es, wie du es brauchen kannst.«

Robert starrte auf die Juwelen. Smaragde, Diamanten, Saphire, Rubine und Perlen, gefasst in Halsbändern, Ringen, Ohrringen und Broschen aus feinstem Gold. Er hatte nie gesehen, dass seine Mutter eines dieser Schmuckstücke getragen hatte.

»Mama, das ist zu viel. Das kann ich nicht.«

»Sie gehören dir«, antwortete sie schlicht.

»Ich verstehe nicht.«

»Doch, das wirst du. Komm und setz dich zu mir.« Sie wies auf den Platz neben sich. »Ich habe dir auch ein Geständnis zu machen.«

Robert zögerte, dann setzte er sich zu seiner Mutter.

»Diese Schmuckstücke gehörten der Mutter deines Vaters.«

»Dann stehen sie doch nun Thomas zu.«

Lady Pamela schüttelte den Kopf. »Unter gewöhnlichen Umständen hätte ich es dir niemals erzählt, aber nun sollst du es erfahren.« Sie biss sich auf die Lippen, seufzte leise und fuhr fort. »Lord Dalrymple ist nicht dein leiblicher Vater.«

Robert konnte nicht glauben, was er da hörte. »Nicht mein …?«

»Psst, mein Lieber. Es gibt so viel zu sagen, und wir haben nur so wenig Zeit. Hör mir bitte zu.« Sie zog ein Taschentuch hervor und betupfte damit ihre Augen. »Es ist so lange her. Ich war jung, naiv und verzweifelt unglücklich. Der Earl ist ein guter Mann, und ich habe ihn inzwischen sehr gern, aber damals träumte ich davon, mich so zu verlieben, dass ich den Boden unter den Füßen verlor. Die Chancen, dass das geschehen würde, waren gering, um es gelinde auszudrücken. Da war ich nun, eine ehrenwerte, verheiratete Frau mit drei Söhnen. Ich besaß einen Rang, Titel und Reichtum. Im Gegensatz zu anderen Frauen, und ich fürchte, mein Lieber, das trifft auch auf Alison de Iongh zu, fand ich es zu vulgär, einen Liebhaber in Erwägung zu ziehen. Männer spüren es, wenn eine Frau … sich zu solchen Dingen herablässt.« Sie errötete leicht, fuhr jedoch fort. »Ich kam zu dem Schluss, dass die wahre Liebe eben der Preis war, den ich für alles andere in meinem Leben zu zahlen hatte.«

Lady Pamela zerknüllte das Taschentuch in ihren Händen zu einem kleinen Ball. »Dann traf ich Jonathan.«

*Jonathan!* Der Name brannte sich sofort in Roberts Gedächtnis. Der Name seines Vaters war Jonathan.

»Jonathan Fellowes«, fuhr seine Mutter fort. »Entfernt verwandt mit den Walshinghams aus Norfolk.« Sie lächelte flüchtig. »Ein bisschen das schwarze Schaf der Familie, fürchte ich, aber so unglaublich charmant. Er kam zur Fasanenjagd nach Tayside. Der Earl war ... sehr beschäftigt in jenem Jahr.«

Mätressen waren nichts Ungewöhnliches. Robert wusste, was sie meinte.

»Ich fühlte mich einsam. Er kam, um mich zu besuchen, als die Saison beendet war. Ich ... ich war bald ziemlich vernarrt in ihn.« Sie zuckte mit den Schultern. »Es war keine Liebe, aber damals glaubte ich das. Ich bin sicher, dass dich die Einzelheiten nicht interessieren.«

So war es. Roberts gesamte Welt war plötzlich in Aufruhr. Mütter hatten solche Gefühle nicht, nur Mätressen. Ihm dämmerte, dass dieser Gedanke keinen Sinn ergab, konnte ihn jedoch auch nicht abschütteln. »Du hast ihm ein Kind geboren? Bist du ganz sicher, dass er mein Vater ist?«

»Ja. Frauen haben die Möglichkeit, das zu berechnen ... Außerdem siehst du ihm so ähnlich.«

»Und mein Va... der Earl? Weiß er davon?«

»Ich glaube nicht. Oh, es ist ihm nicht entgangen, dass Jonathan auf unerhörte Weise mit mir geflirtet hat, aber er hatte keinerlei Grund zu der Annahme, dass ich es erwiderte. Wir waren äußerst diskret und vorsichtig.«

Ganz kurz kam ihm Lorna in den Sinn. Sie waren ebenfalls diskret und vorsichtig gewesen. Und so wie seine Mutter früher, trug auch Lorna nun ein Kind in sich. »Wo ist dieser Mann jetzt?«

Lady Pamela runzelte die Stirn. »Ich weiß es nicht. Er hat England verlassen, ehe du geboren wurdest.«

»Wegen deines Zustandes? Was für ein Schuft!«

»Nein, nein. So darfst du nicht von ihm denken. Er hat mich geliebt, da bin ich mir ganz sicher. Es hatte einen Skandal gegeben – irgendetwas mit dem Familienvermögen. Jonathan verlor damals alles. Er gab er mir den Schmuck seiner Mutter und sagte … er sagte, ich wüsste schon, was ich damit tun würde, wenn der Zeitpunkt gekommen sei. Dieser Zeitpunkt ist jetzt da. Er gehört dir.«

»Denkst du noch an ihn, Mama?«

Sie lächelte. »Jedes Mal, wenn ich in dein Gesicht schaue. Ich werde ihm aus zwei Gründen auf ewig dankbar sein. Er hat mir dich geschenkt. Und er hat mich glücklich gemacht, richtig glücklich. Jetzt weiß ich wenigstens, wie sich das anfühlt. Sieh mich nicht so traurig an, mein Liebling, ich bin glücklich, glücklicher als viele. Erinnerungen verblassen. Es ist alles so lange her. Meine Zuneigung zu Jonathan habe ich auf dich übertragen.« Sie wirkte einen Moment traurig und nachdenklich, dann hellte sich ihr Gesicht wieder auf. »Versteh mich nicht falsch. Ich liebe alle meine Kinder. Du bist einfach nur besonders.« Lady Pamela lächelte wieder, und Robert fand, dass sie noch nie schöner ausgesehen hatte. »Habe ich dich schockiert?«

»Nein, Mama. Du hast mir etwas erklärt, was mich seit Jahren verwirrt hat. Jetzt weiß ich, warum ich so anders bin als meine Geschwister. Danke, dass du es mir gesagt hast.«

Ein Klopfen an der Tür verhinderte jede weitere Unterhaltung. Es war Mrs. Potter. »Seine Lordschaft ist in der Bibliothek, Mylady. Er hat sich nach der Kutsche erkundigt.«

»Wir werden gleich unten sein. Sind Sie mit dem Packen fertig?«

»Ja, Lady Dalrymple. Seine Lordschaft hat auch danach bereits gefragt.«

»Sagen Sie Lord Dalrymple bitte, dass wir uns unverzüglich zu ihm gesellen werden. Und lassen Sie bitte die Kutsche beladen.« Als Mrs. Potter fort war, legte Lady Pamela die Schmuckstücke in die Lederbeutel zurück und reichte sie Robert. »Geh, wohin du gehen musst, mein Sohn, tue, was du tun möchtest, aber denk immer daran, dass der Mann, der mir dies gab, für sich selber ebenfalls einen harten Weg gewählt hat, um mich zu schützen. Ich bin mir sicher, dass du dein Erbe nicht leichtfertig vergeuden wirst. Auch wenn du deinen leiblichen Vater nie kennen gelernt hast, hältst du den Beweis seiner Liebe und seiner Existenz in den Händen. Zolle seinem Besitz den Respekt, den er und dein Vater verdienen.«

Stumm vor Emotionen küsste Robert sie auf die Wange.

»Komm jetzt, mein Sohn. Die nächsten Minuten werden sicher höchst unangenehm, denn Seine Lordschaft wird reagieren, wie jeder Vater reagieren sollte. Vergiss nicht, dass auch er deinen Respekt verdient. Erweise ihm diese Ehre, bevor du uns verlässt.«

Seite an Seite betraten sie die Bibliothek, in dem unbewussten Versuch, eine vereinte Macht zu demonstrieren. Lord Dalrymple füllte drei Kristallpokale mit Rotwein und reichte Robert und Lady Pamela jeweils einen davon. »Trinkt. Irgendetwas sagt mir, dass dies vonnöten ist.«

Seine Mutter nippte nur kurz, dann stellte sie ihr Glas langsam ab und begann zu sprechen.

Robert legte eine Hand auf ihre Schulter. »Das ist meine Angelegenheit, Mama, ich werde es erklären.« Damit erläuterte er kurz den Sachverhalt, wobei er weder die gesamte Schuld auf sich nahm noch den Versuch machte, sich von allem freizusprechen.

Der Earl hörte ihm bis zum Ende zu. »Nun«, sagte er milde, als Robert endlich schwieg, »wenigstens scheinst du unter den Umständen korrekt zu reagieren. Es war anständig von de Iongh, dir eine Gnadenfrist von zwei Tagen zu gewähren. Er mag Alisons Vorwurf von einer Vergewaltigung keinen Glauben schenken, aber der Mann hat dich dennoch mit ihr zusammen ertappt. Bist du bereit fortzugehen?«

»Ja, Papa.« Robert verbarg sein Erstaunen.

Lady Pamela verließ den Raum. »Ich lasse den Koch einen Korb zusammenpacken, denn die Reise wird lang werden«, erklärte sie.

Als sie allein waren, ging Lord Dalrymple an seinen Schreibtisch und öffnete eine Schublade. »Ich bewahre immer etwas Bargeld für Notfälle auf. Es ist nicht viel. Ein paar Hunderter gewöhnlich. Aber du hast Glück. Ich habe erst gestern eine größere Summe abgehoben. Es sollten fast zweitausend sein.« Er machte sich nicht die Mühe, die Banknoten zu zählen, sondern warf sie Robert einfach hin.

»Danke, Papa.« Es war Robert unangenehm, das Geld anzunehmen, aber er wusste, dass er es brauchen würde.

»Ich sollte böse auf dich sein.« Lord Dalrymple goss sich ein weiteres Glas ein. »Wenn de Iongh den Vorfall öffentlich macht, wird es einen schrecklichen Skandal geben. Ich fürchte, die Verlobung zwischen Charles und Charlotte wird gelöst werden. Es wird deiner Schwester das Herz brechen, und du wirst die Verantwortung für ihr Unglück tragen müssen. Glendon könnte aus dem Kirchendienst entlassen werden und Boyd sein Offizierspatent verlieren. Du hast keine halben Sachen gemacht, Robert. Diese Familie hat nichts, wofür sie dir dankbar sein müsste.«

Robert war rot vor Scham. Alles, was der Earl sagte, entsprach der Wahrheit. Und er kannte bloß die halbe Geschichte.

»Ein Mann sucht sich sein Vergnügen, wo er kann«, fuhr sein Vater nachdenklich fort. »In meinen jüngeren Jahren war ich nicht anders«, er stellte sein Glas vorsichtig ab und sah Robert plötzlich ärgerlich an, »aber, bei Gott, ich war mir immer der verdammten Konsequenzen bewusst. Wie um alles in der Welt konntest du dir einbilden, de Iongh Hörner aufsetzen und ungestraft davonkommen zu können? Er ist ein Freund der Familie. Du hast einem der ehrbarsten Gentlemen Großbritanniens äußerste Respektlosigkeit entgegengebracht.« Der Ärger war rasch verflogen, und Lord Dalrymple lächelte wieder. »Alison ist immer noch eine sehr attraktive Frau, ich kann verstehen, dass es dir schwer gefallen wäre, ihr zu widerstehen. Aber diese Kühnheit! Ich schwöre, ich weiß nicht, ob ich dich verachten oder bewundern soll!«

»Nicht eine Sekunde lang solltest du Letzteres tun, Papa, denn ich habe Charlottes Leben ruiniert.«

»Ja«, lautete die betrübte Antwort. »Das wird für uns alle sehr schwer werden.«

»Ich bitte aufrichtig um Entschuldigung, Papa, ich habe an niemanden außer mich selber gedacht.«

»Daran zweifle ich nicht«, antwortete der Earl grimmig. »Aber die Neigungen eines Mannes haben große Überzeugungskraft.« Er teilte den restlichen Wein aus der Karaffe zwischen ihnen auf und wurde dann plötzlich geschäftsmäßig. »Lass uns wissen, wo du dich aufhältst. Schicke uns Briefe durch deine Tante in Aberfeldy. Ich werde sie bitten, sie für uns in Verwahrung zu nehmen. Bist du dir der Ernsthaftigkeit deiner Lage bewusst, mein Junge? Wenn du einer Vergewaltigung beschuldigt bist, bleibt mir keine andere Wahl, als dich zu enteignen und zu enterben. Das ist die einzige Möglichkeit für mich. Du wirst dei nen Namen ändern müssen und darfst niemals mehr Anspruch auf diese Familie erheben. Ich kann dafür sorgen, dass du jedes Jahr einen kleinen Wechsel erhältst, aber das ist alles. Du musst lernen, allein zurechtzukommen« Lord Dalrymple streckte die Hand aus, und Robert ergriff sie. »Viel Glück, mein Junge.«

Robert hätte schwören mögen, dass die Stimme des Mannes, den er sein Leben lang Vater genannt hatte, rau vor Emotionen war. Ihm wurde plötzlich klar, dass der Mann, der Autorität und Gehorsam verkörperte, nur seine väterliche Pflicht erfüllte.

Nun war die Zeit gekommen, Adieu zu sagen. Robert wusste, wie sehr er diesen Mann liebte und achtete. Er mochte nicht die Gene des Earls in sich tragen, aber er trug seinen Namen und hatte von ihm Manieren und Anstand, Familienstolz und Selbstachtung erlernt, Prinzipien, die ihm wichtig waren. Ein Jammer wahrlich, dass er so leichtfertig damit umgegangen war. Lord Dalrymple wandte sich um und verließ die Bibliothek. Robert hatte plötzlich das Gefühl, seine Kehle sei wie zugeschnürt – es raubte ihm fast den Atem.

Lady Pamela kehrte zurück und reichte ihm einen Umschlag. »Victor wartet bereits. Hier ist der Brief an meinen Cousin. Du musst dich beeilen.«

Sie begleitete ihn auf den Hof hinaus. »Ändere deinen Namen, wenn du eine Schiffspassage buchst, wohin auch immer. Du darfst den Namen Acheson nicht länger benutzen.«

»Ich weiß, Mama.« Robert drehte sich um und umarmte sie noch einmal fest. »Ich liebe dich.«

»Geh.« Ihre Stimme versagte. »Geh jetzt.«

Er kletterte auf den Sitz neben Victor. Als die Kutsche durch das Steintor am Ende der langen, von Bäumen gesäumten Einfahrt fuhr, konnte Robert nicht widerstehen. Er warf einen letzten Blick auf The Grange, das Anwesen, das er von allen am meisten geliebt hatte. Granger, dachte er, ich werde mich künftig Granger nennen.

Und so kam es, dass Robert Granger ins Ungewisse aufbrach. Er hatte von Männern gehört, die in den Kolonien von Geldsendungen aus der Heimat lebten. Ihre Eskapaden und ihre Kühnheit waren ihm immer wildromantisch erschienen. Jetzt würde er aus erster Hand erfahren, ob diese Bewunderung gerechtfertigt war. Würde das Leben eines solchen Mannes ein Leben voller Abenteuer und Möglichkeiten sein? Oder erwartete ihn etwas Unheilvolleres?

## 2

Robert hatte den Cousin seiner Mutter aus Newcastle-Upon-Tyne nie kennen gelernt. Er wusste so gut wie nichts über den Mann. Einige Jahre zuvor hatte es Gerüchte über skrupellose Geschäfte gegeben, bei denen Robert den Eindruck gewonnen hatte, Cousin Adrian sei so etwas wie das schwarze Schaf der Familie. Die Tatsache, dass Lady Pamela ihn bereitwillig zu ihm schickte, um seine Hilfe zu erbitten, zeigte, wie aussichtslos sie seine Lage einschätzte.

Die Reise zog sich über sechs elendige Tage und Nächte hin. Das feuchte Winterwetter hatte die Straßen in rutschige Morastwege mit tiefen Schlaglöchern verwandelt. Ihre Kutsche war den Elementen schutzlos ausgeliefert. Robert hockte auf dem harten Holzsitz neben Victor, Regen und Schlamm spritzten ihm in die Augen, rannen über seine Wangen und drangen schließlich unter den Kragen seiner alten Ölhaut. Seinen Abenteuergeist hatte er längst verloren. Ihm war kalt, er war durchnässt, und er fühlte sich hundeelend. Als sie ihr Ziel endlich erreichten, hatte Robert das Gefühl, jeder einzelne Knochen seines Körpers sei durchgerüttelt worden.

Sie schliefen während der Reise nur sehr wenig. Victor suchte abends lediglich Schutz hinter einer Hecke oder in einer sicheren Waldlichtung. Roberts Vorschlag, am Ende eines jeden Tages ein warmes und behagliches Rasthaus aufzusuchen, stieß auf taube Ohren. »Besser nicht, Mylord. Es gibt hier eine Menge Schurken, die für ein paar Schillinge alles tun. Ich würde Ihnen raten, äußerste Vorsicht walten zu lassen, bis Sie diese Küste hinter sich gelassen haben.«

In einer Nacht teilten sie sich mit einer Herde wilder Ziegen die verlassene Steinhütte eines Schäfers – selbst der scharfe Gestank von Kot und Urin war ihnen angenehmer als der unaufhörliche Regen.

Der Korb, den ihnen der Koch mit Nahrungsmitteln gefüllt hatte, war bald geleert. Victor ließ Robert zitternd in einem Versteck zurück, während er mit der Kutsche in ein Dorf fuhr und dort an Vorräten zusammensuchte, was er bekommen konnte. Robert hatte genug von durchweichtem Brot, ranzigem Rindertalg und Pökelschinken, der seine besten Tage längst hinter sich hatte. Victor bevorzugte Käse und Zwiebeln, und er kam derart stolz damit zurück, dass Robert es nicht übers Herz brachte, ihm zu sagen, dass er Zwiebeln hasste.

An ihrem letzten Abend hielten sie an einem Feld kurz vor der kleinen Ortschaft Higham Dykes an. Wie durch ein Wunder ließ der Regen nach. Es war Victor gelungen, ein Kaninchen und ein paar Kartoffeln zu erwerben, woraus er nun über dem dürftigen Feuer ein Schmorgericht zubereitete. Die aufsteigenden köstlichen Gerüche lösten bei Robert Vorfreude auf das bevorstehende Mahl aus. »Es wird heute Nacht Frost geben«, lautete Victors düstere Vorhersage.

»Besser als das, was wir bisher durchgemacht haben.«

»Da wäre ich mir nicht so sicher, Mylord. Der Regen mag unangenehm sein, aber der Frost ist bissig.«

»Dann sollten wir unsere Bäuche mit warmem Essen füllen, um die Kälte abzuhalten.«

Victor schüttelte den Kopf. »Ja, Mylord. Aber der Frost wird uns beide noch vor Tagesanbruch erwischen.«

Robert sprang auf die Füße. »Wir erreichen morgen Newcastle. Ich rieche wie eine Bestie und kann mich in diesem Zustand unmöglich Lord Wedderburn präsentieren. Eine Wäsche und eine Rasur in diesem Fluss sind vonnöten, auch wenn ich fürchte, dass die Kälte meine Begeisterung für lange Zeit abkühlen wird.«

Victor warnte ihn. »Wir sind noch nicht da. Zügeln Sie Ihre Ungeduld, Mylord, viele Männer gehen durch den Winter, ohne einen Tropfen Wasser zu sehen. Die Polizei sucht jemanden von Wohlstand. Sie riechen und sehen aus wie einer von der Straße. Es ist besser, wenn Sie so bleiben.«

Robert sah ein, dass er Recht hatte, aber sein Bart und sein Körper juckten schrecklich. Auch das, was Victor über die Kälte gesagt hatte, bestätigte sich. Obwohl sie Schutz unter der Kutsche suchten und sich eng aneinander drückten, um sich gegenseitig zu wärmen, war das Haar der beiden Männer am nächsten Morgen hart gefroren, und ihre Knochen schmerzten von der eisigen Luft. Selbst die Pferde schienen froh zu sein, in einen raschen Trab fallen zu können, um ihren Blutkreislauf wieder in Gang zu setzen.

Sie fanden die Adresse von Cousin Adrian ohne Mühe – in einem der elegantesten Viertel der Stadt. Es war ein prächtiges Haus, man hatte keine Kosten und Mühen gespart, es hübsch herzurichten. Robert konnte einen dreistöckigen, reich verzierten Brunnen hinter dem imposanten schmiedeeisernen Doppeltor erkennen. Zu beiden Seiten standen in Nischen eingebettete Statuen: Engel schauten mit ausgebreiteten Flügeln ehrfurchtsvoll gen Himmel. Ein dritter nahm in dem Bogen darüber eine fromme Pose ein.

Robert hätte das Tor geöffnet und wäre hineingegangen, wenn Victor ihn nicht zurückgehalten hätte. »Nicht durch den Vordereingang, Mylord. Sie würden niemals am Butler vorbeikommen.«

Ein Seiteneingang führte sie in einen gepflasterten Hof hinter dem Haus. Zwei der prächtigsten Kutschen, die Robert je gesehen hatte, standen dort. Ihr Eindringen erregte die Aufmerksamkeit eines der Stallburschen, der sich barsch an ein Küchenmädchen wandte, das zufällig vorbeikam. »Schick nach einer Hausmagd, du faules Ding, und sag ihr, sie soll die Köchin informieren, dass Fremde Seine Lordschaft zu sprechen wünschen.«

Die Köchin warf einen Blick auf die beiden und begann zu schimpfen. Sie hielt sie für Hausierer. »Fort mit euch. Wir brauchen heute nichts von eurem Tand und Nippes.«

Victor ließ sich nicht abwimmeln. »Lord Robert Acheson möchte Lord Wedderburn seine Aufwartung machen.«

Die Köchin stemmte ihre runden Arme in die fülligen Hüften und sah sie misstrauisch an. »Lord Acheson, ja? Ihr gerissenen Betrüger. Verschwindet, ehe ich nach der Polizei rufe.« Sie lachte höhnisch. »Lord Acheson, also wirklich. Was werdet ihr Gauner euch als Nächstes ausdenken?«

Robert beschloss einzugreifen. »Madam, meine äußere Erscheinung ist die Folge einer sechstägigen mühevollen Reise. Ich bin tatsächlich der Sohn von Lord und Lady Dalrymple. Hier ist mein Empfehlungsschreiben.«

Der Umschlag, der das Siegel der Familie Dalrymple trug, war reichlich zerknittert. Die Köchin nahm ihn und rümpfte abschätzig die Nase. »Seine Lordschaft weiß mit seiner Zeit Besseres anzufangen, als Bittbriefe zu lesen.«

Die Frau tat nur, was von ihr verlangt wurde. Robert wusste, dass auch bei ihnen zu Hause ständig Bettler und Hausierer vor der Tür standen und fortgeschickt wurden. Er musste sie davon überzeugen, dass er die Wahrheit sprach. »Meine Mutter ist Lady Pamela von The Grange, aus Edinburgh. Sie und Lord Wedderburn sind Cousin und Cousine ersten Grades. Möchten Sie den Ärger Seiner Lordschaft auf sich ziehen, weil Sie seinem Verwandten so viel Unhöflichkeit entgegengebracht haben?«

Die Köchin sah ihn genauer an. Seine Ausdrucksweise und seine Manieren waren die eines Gentlemans, aber sein Erscheinungsbild und sein Geruch nicht. Doch die dunklen Augen hielten ihrem Blick stand, und sie sah darin Verzweiflung, keine Heimtücke. Die gute Frau traf ihre Entscheidung. »Nun gut, auch wenn ich sicher Schelte bekommen werde.« Sie brachte den Briefumschlag fort.

Der Stallbursche, der interessiert zugesehen hatte, lachte leise. »Immer ein weiches Herz trotz ihrer scharfen Zunge. Sie haben sie überzeugt, aber ich möchte nicht in Ihren Schuhen stecken, wenn Sie lügen.«

Victor bedachte den Stallarbeiter mit einem derart kalten Blick, dass er erstarrte. Er erkannte seinen höheren Dienstrang sofort und machte sich klugerweise wieder an seine Arbeit. Kurze Zeit später kehrte die Köchin zurück. Sie wirkte etwas verlegen. »Wenn Sie mir folgen würden.«

Victor wollte sich ebenfalls anschließen, wurde jedoch sogleich daran gehindert. »Seine Lordschaft möchte Lord Acheson sehen. Sie können solange im Anrichteraum des Butlers warten. Dort stehen Bier, Brot und Käse bereit. Wenn dieser Gentleman der ist, für den er sich ausgibt, wird es später ein richtiges Mahl geben. Bis dahin rühren Sie sich nicht von der Stelle.«

Victor, der es nicht gewohnt war, Befehle von anderen Hausbediensteten entgegenzunehmen, wand sich unter der unbestrittenen Macht, die diese Frau in ihrer Domäne besaß. »Gibt es eine Zwiebel zum Käse?«

Sie warf ihm einen vernichtenden Blick zu und watschelte aus der Küche.

Robert verdrehte die Augen über Victors Dreistigkeit, erhielt dafür ein verschlagenes Grinsen und folgte der Köchin durch eine Reihe großzügiger, opulent ausgestatteter Empfangsräume in die Eingangshalle, wo er gebeten wurde zu warten. »Martin wird sofort hier sein.«

Martin war offenbar der Butler. Während Robert gehorsam wartete, betrachtete er die Familienporträts an den Wänden. Endlich öffnete sich die Tür. Der Mann entsprach so wenig dem Aussehen eines vornehmen Bediensteten, wie Robert es je erlebt hatte. Er war klein und krummbeinig und besaß die rauen, gegerbten Züge eines Mannes, der viel im Freien arbeitete. Sein Haar war grau und gelockt, er trug es lang und zurückgebunden, sodass es ihm bis zu den Schulterblättern reichte. Blasse graue Augen, umgeben von unzähligen Lachfältchen, blitzten vor Vergnügen und hatten nichts gemein mit der gelangweilten Distanziertheit der meisten Männer in seiner Position. Martins Stimme hatte nichts von der verächtlichen Geziertheit, die einen Butler in einem vornehmen Herrenhaus normalerweise auszeichnete. Sie war rau, stark akzentuiert und ohne eine Spur von Hochmut. Der Mann lächelte sogar, während er sprach. »Seine Lordschaft erwartet Sie im Gartensalon.« Martin wandte sich um und machte Robert ein Zeichen, ihm zu folgen.

Robert versuchte sich daran zu erinnern, was man ihm über Lord Wedderburn erzählt hatte. Seinen Wohlstand verdankte er dem Besitz mehrerer Bierschenken, außerdem gehörten ihm eine Brauerei, eine Weberei und eine Zeitung. Lady Pamela hatte außerdem angedeutet, dass er ein Etablissement von zweifelhaftem Ruf besaß, aber das blieb vorerst ein Gerücht. Robert wusste jedoch, dass der Cousin seiner Mutter Anteile einer kleinen Reederei besaß, deren Schiffe Passagiere und Güter zwischen England und Frankreich beförderte. Mit einem davon hoffte er, England verlassen zu können.

Sie blieben vor einer geschlossenen Tür stehen, und Martin klopfte an.

»Herein.«

Robert wurde hineingeschoben. Der Mann im Raum sah ihn einen Augenblick an, ehe er Martin mit einem Kopfnicken entließ.

Cousin Adrian, Lord Wedderburn, oder, um ganz genau zu sein, der zweite Marquis von Darras, war ein großes, hageres, humorlos wirkendes Individuum mit Hakennase, fleischigen Lippen und kalten blauen Augen. Er richtete seinen Blick erneut auf Robert. Ein gewisses Maß an Verachtung lag darin. »Sie sind also der Nachkömmling meiner Cousine. Wie nett von Ihrer Mutter, sich an ihren Verwandten zu erinnern, wenn sie Hilfe braucht.«

Darauf konnte Robert nicht viel erwidern, also schwieg er.

»Wie geht es Pamela?«

»Es geht ihr gut, Sir.«

»Und ihr Sprössling findet es angemessen, England den Rücken zu kehren?«

»Ja, Mylord.«

Cousin Adrian nahm den Brief zur Hand und überflog ihn rasch. »Es gibt noch eine freie Kajüte auf einem unserer Schiffe, das übermorgen den Hafen verlässt«, sagte er schließlich. »Calais. Genügt Ihnen das?«

»Danke.«

»Ich gehe nicht davon aus, dass Sie zahlen können?«

Robert wurde rot. »Natürlich …«

Lord Wedderburn brachte ihn mit einer Handbewegung zum Schweigen. »Nicht nötig. Ich vermute, Ihr geiziger Vater hat Ihnen nicht allzu viel mitgegeben. Halten Sie es fest. Meine Cousine soll mir nicht mangelnde Gastfreundschaft vorwerfen. Es ist mir kein Vergnügen, aber ich werde tun, was die Pflicht von mir verlangt. Es wäre mir lieber, Sie wären aus Zuneigung oder Respekt zu mir gekommen, aber dies scheint nicht so zu sein. Allerdings weigere ich mich, meinen guten Namen für Sie zu beschmutzen. Sollte Sie weiteres Unglück heimsuchen, ehe Sie in See stechen, erwarten Sie von meiner Seite keine Unterstützung. Sie werden morgen Abend an Bord geschmuggelt. Das ist das Beste, was ich für Sie tun kann. Danach sind Sie auf sich allein gestellt.«

So dankbar Robert dem Cousin seiner Mutter auch war, seine offene Animosität ärgerte ihn. »Meinen tiefsten Dank, Cousin Adrian. Gäbe es nicht die widrigen Umstände, in denen ich mich befinde, hätte ich Sie zweifellos nicht belästigt.«

Lord Wedderburn lächelte säuerlich und tippte mit dem Zeigefinger auf den Brief. »Nach dem, was ich zwischen den Zeilen lese, würde ich sagen, dass Ihnen im Moment keine Wahl bleibt.«

»So ist es, Sir.«

»Sie scheuen die Wahrheit nicht. Das spricht für Sie. Was haben Sie sich zuschulden kommen lassen?«

»Eine große Dummheit, Sir. Sonst nichts.«

Das schien den Marquis zu belustigen. »Wie alt sind Sie, mein Junge?«

»Einundzwanzig, Sir.«

»Alt genug, um es besser zu wissen.«

»Ja, Sir.«

»Und jung genug, um sich der Hoffnung hinzugeben, ungeschoren davonkommen zu können?«

Robert sah ihn verlegen an. »Ja, Sir.«

»Nun gut. Wenn Ihre Mutter Recht hat, könnte es sein, dass die Polizei bereits die Suche nach Ihnen begonnen hat. Die Passagierliste des Schiffes wird Sie als, sagen wir … hm … ja, als Monsieur Debrett ausgeben – ein Händler, der in seine Heimat zurückkehrt. Das würde perfekt passen. Welchen Namen Sie benutzen, wenn Sie erst in Frankreich sind, ist nicht meine Angelegenheit. Ich bitte Sie sogar, mir Ihre Absichten nicht mitzuteilen. Je weniger ich von der unrühmlichen Affäre weiß, vor der Sie fliehen, desto besser. Martin wird Ihnen nun Ihr Zimmer zeigen. Das Dinner wird pünktlich um acht serviert. Sie werden den Rest der Familie im Salon treffen, nicht später als fünfundzwanzig Minuten vor der vollen Stunde. Verbergen Sie vor ihnen Ihre wahre Identität, das ist das Beste.« Lord Wedderburn klingelte, und Martin kam so rasch, dass Robert vermutete, dass er am Schlüsselloch gehorcht hatte. »Bringen Sie Monsieur Debrett in die Gelbe Suite. Er scheint ganz offensichtlich ein Bad zu benötigen. Kümmern Sie sich darum.« Mit diesen Worten verließ Cousin Adrian das Zimmer.

Robert folgte Martin zu den Schlafgemächern im ersten Stock. Die Suite, die ihm zugewiesen wurde, war äußerst geräumig. Im

Schlafraum war die schlichte, aber elegante Stuckdecke an allen vier Ecken mit einem gewundenen Schwertlilien-Fries in leuchtendem Gelb verziert. In einem Sims wiederholte sich eine vereinfachte Version dieses Motivs. Ein vergoldetes Himmelbett war mit schwerem Damast ausgestattet, der zu den Vorhängen passte, während weitere aus spanischem Mahagoni gearbeitete Möbelstücke mit ebenso farbenprächtiger Seide gepolstert waren. Einen Kontrast dazu bildeten die beiden Perserteppiche, in Rottönen und von feinster Knüpfung, die auf dem dunkel polierten Boden aus Zedernholz lagen. Die Wandteppiche stammten aus Antwerpen und waren weit über hundert Jahre alt. Beide hatten aufwändige florale Muster. Zwei wunderschöne vergoldete Pfeilerspiegel und Konsoltischchen nahmen den Platz zwischen den Fenstern ein, der weiße Marmor des Kamins stammte aus Italien.

Vom Schlafzimmer aus ging es ins Ankleidezimmer, in dem das gelb-goldene Farbschema erneut aufgenommen wurde. Angrenzend befand sich eine Kammer mit einem Bad und einem Trockenklosett. Robert hatte schon davon gehört, aber noch nie eines gesehen. Feine Erde, die irgendwo im Dachgeschoss aufbewahrt wurde, wurde regelmäßig durch die Rohre gespült, um den Unrat zur Sickergrube zu führen. Er war froh, auch einen guten altmodischen Nachttopf vorzufinden.

Martin beaufsichtigte das Heraufbringen seines Überseekoffers und seiner Reisetasche, dann sagte er: »Ich werde ein Feuer anzünden, Monsieur, und dann werde ich heißes Wasser heraufbringen lassen.«

Während Martin sich mit dem Kamin beschäftigte, warf Robert einen Blick aus dem Fenster. Das Wetter hatte sich beruhigt. Ein Stück weiter die Straße hinauf konnte er die High Bridge erkennen, eine zweistöckige Konstruktion mit einer Ebene für den Straßenverkehr und einer zweiten für Züge. Cousin Adrians Haus lag an der Grey Street, einer baumbestandenen Allee, in der viele elegante Gebäude standen. Draußen auf der Straße herrschte geschäftiges Treiben. Fliegende Händler schoben ihre Karren vor sich her und priesen ihre Waren an; Kutschen brachten vornehme Damen zu ihren gesellschaftlichen Verpflichtungen und wieder zurück; elegante Gentlemen auf Pferden tippten sich grüßend an den Hut, als sie vorbeiritten; hoffnungsvolle Bettler streckten ihre Hände aus, bis sie von einem Constable vertrieben wurden; Kindermädchen kamen mit ihren Zöglingen aus dem Park, ehe die Kälte des Abends hereinbrach. Ein Lampenanzünder hatte bereits mit seiner Arbeit begonnen, und eine ausgelassene Gruppe Schauspieler befand sich auf dem Weg zum Royal Theatre, um rechtzeitig vor der Abendvorstellung dort zu sein. Robert drehte sich um. »Machen Sie sich nicht die Mühe, den Überseekoffer auszupacken, Martin. Die kleine Reisetasche enthält alles, was ich für heute Nacht brauche.«

»Sehr wohl, Monsieur.«

Robert wunderte sich über Martin. Der Mann hatte sich nicht missbilligend über Roberts ungepflegte Erscheinung geäußert. Auch der Brief mit dem Siegel einer der hochgeachtetsten Familien Großbritanniens in den Händen eines Reisenden, der unter dem Namen Debrett unterwegs war, hatte nicht seine Neugier erzeugt. Lord Wedderburn schien eine Menge Vertrauen in die Diskretion seines Butlers zu haben, denn die meisten Bediensteten hätten sich über einen derart ungewöhnlichen Gast bald die Mäuler zerrissen.

Martin erhob sich von dem inzwischen munter brennenden Feuer und nahm Hemd, Hosen und Jacke, die er ausgepackt hatte. »Ich werde Ihnen heißes Wasser bringen lassen, Monsieur. Ein Dienstmädchen kann Ihre Kleidung vor dem Dinner aufbügeln.« Er sah Robert an. »Wenn Sie es wünschen, Monsieur, werde ich veranlassen, dass die Kleidung, die Sie am Körper tragen, gewaschen wird.«

»Das wäre mir äußerst angenehm.«

Schon bald trafen Eimer um Eimer dampfendes Wasser ein. Robert zog sich aus und ließ seine schmutzige Kleidung auf dem Boden liegen. Echte, duftende Seife, nicht bloß selbst hergestellter Talg, wurde ihm gereicht. Die Dienstmädchen, die das heiße Wasser brachten, zeigten offen ihre Bewunderung für die starken Arme und Schultern des jungen französischen Händlers, dem man überraschenderweise dieselbe Art der Zuvorkommenheit erwies wie den adeligen Besuchern. Robert kümmerte sich weder um ihr schüchternes Gekicher noch um das Angebot von einem der Mädchen, ihm den Rücken zu schrubben.

Es war eine ungeheure Erleichterung, in einer Wanne einzuweichen und den Schmutz und Bartwuchs von sechs Tagen loszuwerden. Als Robert aus der Wanne stieg, fühlte er sich endlich wieder wie ein Mensch. Seine Abendkleidung lag frisch geplättet auf dem Bett, seine Stiefel waren poliert. Kohlen glühten im Kaminofen und erzeugten wohlige Wärme. Sein Bett war aufgeschlagen und die Vorhänge zugezogen. Von seinem vernachlässigten Äußeren war nichts mehr zu sehen. Dies war das Leben, wie es ihm gefiel. Eine Ausgabe von William Wordworth' *The Prelude* lag auf dem Kaminsims, und Robert blätterte ein wenig darin herum, bis er sich zum Dinner ankleiden musste. Er bat ein vorbeikommendes Hausmädchen, ihm den Salon zu zeigen, in dem sich die Familienmitglieder versammeln würden.

»Ah, Monsieur Debrett, ich nehme an, Sie sind nun ein wenig erfrischt?« Lord Wedderburn reichte ihm ein Glas Wein.

»Danke, Mylord. Ich fühle mich wie neugeboren.«

»Exzellent. Kommen Sie, alle sind sehr gespannt darauf, Sie kennen zu lernen.« Er führte Robert an den Kamin, wo eine unscheinbare Frau mit einem Glas Likör spielte. »Darf ich Ihnen meine Frau vorstellen – Lady Wedderburn. Meine Liebe, das ist Monsieur Debrett, der heute Abend und morgen unser Gast sein wird.«

Lady Wedderburn neigte den Kopf. »Wie schade, dass Ihr Besuch von so kurzer Dauer ist, Monsieur Debrett, denn wir hätten Ihnen gern unsere schöne Stadt gezeigt.«

Sie sprach so leise, dass Robert sich vorbeugen musste, um

sie verstehen zu können. »Leider, Mylady, verlangen es meine Geschäfte, dass ich so schnell wie möglich nach Frankreich zurückkehre.«

»Mein Sohn, Lord Rupert«, fuhr Cousin Adrian fort. »Er ist aus Oxford nach Hause zurückgekehrt.«

Robert schüttelte die Hand eines Mannes, der nur ein paar Jahre jünger zu sein schien als er selber. Robert war ebenfalls in Oxford gewesen, aber natürlich nicht in der Lage, dies hier zu erwähnen.

Lord Rupert wirkte sichtlich gelangweilt. »Was für ein Gewerbe betreiben Sie, Monsieur?«

Sein Vater gab ihm die Antwort, was gut so war, denn Robert wäre so schnell nichts eingefallen. »Monsieur Debrett ist kein gewöhnlicher Händler, Rupert. Er ist im Auftrag der französischen Regierung hier und hatte eine geheime Unterredung mit dem Präsidenten des Rates.«

Robert war erleichtert, das zu hören. Es gab ihm die Möglichkeit, sich hinter der geheimen Natur seiner Verhandlungen zurückzuziehen, und er brauchte sich keine Geschichten auszudenken.

»Verstehe.« Lord Rupert verstand es nicht, was er jedoch nicht zugeben wollte. »Ist dies Ihre erste Reise nach Newcastle?«

»So ist es. Eine großartige Stadt nach dem, was ich gesehen habe.« Ohne sich dessen bewusst zu sein, war Robert in einen leichten Dialekt verfallen.

»Mein jüngerer Sohn, Lord James.« Cousin Adrian zeigte auf einen schlaksigen jungen Mann von etwa sechzehn Jahren. »Er ist noch in Eton.«

Lord James schüttelte Robert die Hand, grinste und kehrte dann zum Kamin zurück.

»Meine Liebe, sollen wir nun hineingehen?«

Das Speisezimmer war ebenso großzügig gehalten wie der Rest des Hauses. Familienporträts schmückten die Wände, darunter auch eines, auf dem Robert seinen eigenen Großvater erkannte. Da er seine Identität nicht preisgeben durfte, konnte er keine Bemerkung dazu machen. Was ihm jedoch auffiel, war die Tatsache, dass der alte Mann auf dem Bild ein ebenso griesgrämiges Gesicht machte wie auf dem Bild von ihm, das in Edinburgh hing.

Das Dinner war opulent, Robert genoss es in vollen Zügen. Cremige Artischockensuppe, Seebarbe auf einem Gurkenbett. Auf eine kernige Pastete folgten Lammkoteletts mit Erbsen und Spargel. Als Nächstes kam Wildbret, danach junge Ente mit Kiebitzeiern in Aspik, ehe Früchte, Dessert und eine Zitroneneiscreme das Festmahl abschlossen. Wein, Sherry, Madeira und Champagner wurden während des gesamten Essens großzügig ausgeschenkt.

Die Unterhaltung blieb förmlich und drehte sich in großen Teilen um die Begeisterung des jüngeren Sohnes für Musik. Er sprach unaufhörlich von einem russischen Komponisten namens Tschaikowsky, der sich angeschickt hatte, die Welt im Sturm zu erobern.

Lord Rupert dagegen schien fest entschlossen, Robert von der Unterhaltung auszuschließen. Nachdem er hinreichend klar gemacht hatte, dass er eine verantwortungsvolle und wichtige Position in einem der Unternehmen seines Vaters innehatte, wenn er nicht an der Universität war, führte er das Gespräch immer wieder auf Themen zurück, die nur ihm und Lord Wedderburn vertraut waren. Mylady hatte zu den meisten Themen sehr wenig zu sagen und leitete viele Fragen, ganz gleich welchen Inhalts, entweder an ihren Mann oder einen ihrer Söhne weiter. Mitten beim Essen wurden zwei kleine Mädchen in Nachthemden, das Haar mit bunten Bändern zu kleinen Affenschaukeln geflochten, hereingeführt, um Gute Nacht zu sagen. Sie kicherten schüchtern.

Nach dem Dinner lud Cousin Adrian Robert zu einem Spaziergang ein. Dabei bestätigten sich die versteckten Andeutungen über die unangenehmen Seiten ihres Cousins, die seine Mutter gemacht hatte. Robert konnte nicht herausfinden, ob Lord Wedderburn das Etablissement, in das er ihn führte, tatsächlich gehörte, fest stand jedoch, dass dieser dort wie ein regelmäßiger und gern gesehener Gast begrüßt wurde.

»Suchen Sie sich eine aus«, meinte der Marquis großzügig und verschwand mit einer üppigen rotmähnigen Prostituierten nach oben.

Robert konnte dieser Versuchung nicht widerstehen.

Kurz nach Mitternacht kehrten sie in die Grey Street zurück. Lord Wedderburn war bester Stimmung, wünschte ihm fröhlich eine Gute Nacht und pfiff auf dem gesamten Weg in sein Schlafzimmer vor sich hin.

Das Holz in Roberts Kamin war frisch nachgelegt worden. Er zog sich aus und fiel erleichtert ins Bett.

Unzählige Überlegungen rangen um seine Aufmerksamkeit. Dies war erst der Anfang. Von nun an würde das Leben nie wieder wie früher sein. Robert sah zu, wie das flackernde Kaminfeuer tanzende Schatten ins Zimmer warf. Während er auf den Schlaf wartete, ließ er seinen Gedanken freien Lauf. Er war noch nicht in Sicherheit und wusste, er konnte sich erst dann sicher fühlen, wenn er sich an Bord eines Schiffes in Richtung einer der Kolonien befand. Wenn man ihn fasste und er wegen Vergewaltigung verurteilt würde, würde er ungeachtet seiner sozialen Stellung und seiner Familienbeziehungen gehängt werden. Was immer vor ihm lag – es würde besser sein als das.

Aber was würde aus seinem neuen Leben? Zum ersten Mal wurde Robert klar, wie privilegiert er bisher gelebt hatte. Ab sofort würde er sich Achtung, Respekt, Luxus, alles, was er bisher für selbstverständlich erachtet hatte, verdienen müssen. Als Lord Acheson hatten sich ihm alle Türen geöffnet. Als Robert Granger blieb ihm nichts anderes übrig, als sie selbst zu öffnen. Und als Monsieur Debrett … aber nein, diese Zeit war zu befristet, um auch nur darüber nachzudenken. Wenigstens war er ab sofort von den doch ziemlich strengen Konventionen befreit, die die Aristokratie beherrschten. Das war gut so. Robert kam zu dem Schluss, dass er genau zwei Möglichkeiten hatte. Er konnte sein neues Leben als Herausforderung ansehen, die er bewältigen musste, oder als Drohung, die nur darauf wartete, ihn zu überwältigen.

Er fand lange keinen Schlaf. Wohin würde es ihn verschlagen? Es machte keinen Sinn, über die Zukunft nachzugrübeln, bevor zumindest diese Frage geklärt war. Aber selbst dann, was konnte ein Mann wie er tun? Er kannte sich ein wenig in Farmarbeit aus, er war ein guter Schütze, und seine Manieren waren untadelig. Kopf hoch, dachte Robert und starrte in die Dunkelheit. Es muss doch noch mehr in meinem Leben geben als das. Er hatte eine ausgezeichnete Erziehung erhalten, er war jung und gesund, und er wusste mit dem Körper einer Frau umzugehen.

Was würde er gern tun? Das war eine schwierige Frage. Eine Beamtentätigkeit kam nicht infrage. Bürokratie, sinnlose Auseinandersetzungen und Routinearbeiten würden ihn extrem langweilen. Robert war immer gern im Freien gewesen. Eine Schreibtischtätigkeit würde ihn verrückt machen. Außerdem würde jede Beschäftigung im öffentlichen oder militärischen Dienst bedeuten, dass er für die britische Regierung arbeiten musste, und das war ihm zu gefährlich. Im Gegensatz zu seinem Bruder Glendon hatte Robert keine Neigung zur Kirche und noch weniger Interesse daran, Gutes zu tun. Was blieb ihm damit? Er hatte immer ein behütetes Leben geführt. Darauf konnte er sich nicht länger verlassen. Das Einzige, was er besaß, waren sein Verstand und ein wenig Geld.

Seine Augenlider wurden schwer. Der letzte bewusste Gedanken, den er hatte, ehe ihn der Schlaf übermannte, war der, dass alles, was einst von Bedeutung gewesen war, unwichtig geworden war. Die Zukunft lag offen vor ihm, er konnte sie nach seinen Wünschen gestalten.

Der nächste Tag verging unendlich langsam. Lady Wedderburn, die sich vermutlich wunderte, warum sich ein französischer Händler in ihrem Haus aufhielt, wusste nicht so recht, was sie mit ihrem unerwarteten Gast anfangen sollte. Sie führte ihn durch den Garten, dann entschuldigte sie sich. Robert fand die Bibliothek und las eine Weile. Cousin Adrian war nirgends zu sehen. Der Unterhaltung des vergangenen Abends zufolge, war Rupert vermutlich unterwegs und ging seiner Beschäftigung in den Unternehmungen seines Vaters nach – was immer das sein mochte. Der jüngere Sohn, James, und die beiden kleinen Mädchen, deren Namen Robert vergessen hatte, kamen und gingen mit nicht viel mehr als einem überraschten Guten Tag, als seien sie erstaunt, dass er noch da war.

Gelangweilt machte sich Robert auf die Suche nach Victor, um dann von Martin zu erfahren, dass er sich bereits auf dem Rückweg nach Schottland befände. »Er ist heute Morgen frühzeitig aufgebrochen, mit einem Schreiben von Seiner Lordschaft an Lady Dalrymple.«

»Ich hätte gern Gelegenheit gehabt, ihm Adieu zu sagen«, meinte Robert enttäuscht.

»Seine Lordschaft hielt einen raschen Aufbruch für das Beste. Die Dienerschaft redet bereits, Monsieur. Victors Akzent verrät, dass er aus dem Norden stammt. Fremde erregen hier sofort Aufmerksamkeit, und Sie beide waren in Ihren Bemühungen, von Lord Wedderburn empfangen zu werden, nicht eben diskret. Es wäre höchst unglücklich, wenn sich Ihre wahre Identität so kurz vor Ihrer Abreise noch herumsprechen würde, Monsieur. Ich habe das äußerste Vertrauen in die Diskretion der Köchin, doch dasselbe kann ich für den Stallburschen nicht zusichern. Er hat einige Aufgaben bekommen, die ihn für ein paar Tage beschäftigen werden, aber er könnte dennoch mit den anderen sprechen. Es ist mir unmöglich, sie alle hinter Schloss und Riegel zu halten.«

Martins Gesicht blieb ausdruckslos, aber Robert hatte das Gefühl, Mitleid aus den Worten des Mannes herauszuhören. »So habe ich das nicht gesehen. Ich danke Ihnen, Martin.« Robert kehrte in die Bibliothek zurück.

Am frühen Abend fand Cousin Adrian ihn dort. »Die Polizei war bei mir«, sagte er ohne jede Vorrede.

Robert erschrak. »Wissen Sie, dass ich hier bin?«

»Nein. Aber sie haben mich gebeten, sie zu informieren, wenn Sie eine Passage auf einem meiner Schiffe buchen. Sie bewachen den Hafen und haben Ihren Steckbrief überall in der Stadt ausgehängt. Daher, lieber Cousin, wäre es mir nicht unrecht, wenn Sie mein Haus verließen.« Er ging zu einem Sideboard, nahm eine Karaffe Rotwein, sah Robert fragend an und goss zwei Gläser ein, als dieser nickte.

»Natürlich habe ich Maßnahmen ergriffen, um mich zu schützen, sollte man mir unangenehme Fragen bezüglich Ihrer Flucht stellen. Wenn bekannt wird, dass Sie unter falschem Namen nach Frankreich gereist sind, fürchte ich, wird man Sie als Lügner und als feigen Flüchtling bezeichnen, was Ihren Ruf zusätzlich schädigen wird. Niemand darf erfahren, dass ich Ihnen in irgendeiner Form Unterstützung gewährt habe. Leider muss dies so sein. Für mich selber hat die Sache nur geringe Folgen, aber meine Familie darf in keinen Skandal verwickelt werden. Ich hoffe, dass Sie meine Lage verstehen.«

»Selbstverständlich. Seien Sie versichert, Cousin Adrian, sollte ich unglücklicherweise in die Hände meiner Verfolger fallen, wird Ihr guter Name nicht beschmutzt werden.«

»Ich danke Ihnen für Ihr Verständnis, Cousin. Ihr Wort als Gentleman genügt mir. Ich freue mich, Ihnen behilflich sein zu können, aber es wäre dienlich, wenn ich wüsste, was Ihnen vorgeworfen wird. Die Polizei wollte keine Einzelheiten preisgeben, außer dass Sie ein verzweifelter Mann sind, der vor nichts zurückschreckt, um fliehen zu können.«

»Ich habe mir kein Verbrechen zuschulden kommen lassen, Cousin Adrian. Um die Ehre einer Frau zu schützen, hat man mir das schändlichste Vergehen vorgeworfen. Hören Sie mich an, und ich werde versuchen, Sie davon zu überzeugen, dass Sie keinen Verbrecher beherbergen, sondern einen unglückseligen Mann, der zur falschen Zeit am falschen Ort war. Sollten Sie anschließend entscheiden, nichts mehr mit mir zu tun haben zu wollen, tun Sie das in der Gewissheit, dass ich es Ihnen nicht verübele.« Robert schilderte die Umstände, die zu seiner Flucht geführt hatten. »Sie sehen also«, meinte er abschließend, »es gab nichts oder nur wenig, was ich zu meiner Verteidigung hätte sagen können, ohne den Ruf von Lady de Iongh zu schädigen.«

Lord Wedderburn lachte ganz unerwartet. »Vergewaltigung? Der halbe Adel weiß, wie unmöglich das ist. Die fragliche Lady besitzt weitaus weniger Moral als die Damen, die Sie gestern Abend kennen gelernt haben. Zumindest legen diese sich mehr Zurückhaltung auf. Lord de Iongh ist ein Narr, allerdings fürchte ich, dass er schon mehr als einmal ein Auge zugedrückt hat. Es scheint, als hätten Sie großes Pech gehabt. Wenn man Ihnen etwas vorwerfen kann, dann Gedankenlosigkeit. Wir wissen beide, wie es ist, wenn das Blut eines Mannes in Wallung gerät. Spielen Sie, Cousin, aber bleiben Sie niemals an einer Stelle, so viel Liebreiz die Lady auch ausstrahlen mag. Alison de Iongh ist eine Frau, die den Männern schon immer den Kopf verdreht hat. Sie haben einen guten Geschmack, Acheson, das muss ich Ihnen zugestehen. Ich habe selber vor vielen Jahren mit ihr herumgetändelt, aber sie war zu anstrengend für mich.« Er lachte erneut und schüttelte den Kopf bei dieser Erinnerung. Dann hob er das Glas an seine Lippen.

Robert trank ebenfalls. Adrians Geständnis hatte ihn völlig überrascht und machte ihm nur noch deutlicher klar, was für ein großer Narr er gewesen war. Alison hatte auf seine Galanterie vertraut, und er hatte ihren Wunsch erfüllt und damit seinen eigenen Ruf ruiniert. Nicht, dass er sich nicht schuldig gefühlt hatte, aber sie waren beide beteiligt gewesen. Was Lorna betraf, das war eine andere Angelegenheit. Er hätte die Folgen erkennen und sich vorsehen müssen.

»Nach dem Dinner werden Sie mit Martin gehen.« Cousin Adrian wurde plötzlich wieder geschäftsmäßig. »Er wird Sie sicher an Bord des Schiffes bringen. Es legt morgen bei Flut ab. Bleiben Sie unter Deck und sprechen Sie mit niemandem. Selbst in Frankreich sind Sie nicht sicher, doch von Calais legen viele Dampfer ab. Nehmen Sie den ersten, den Sie bekommen können. Ich muss Ihnen nicht sagen, dass Sie große Gefahr laufen, entdeckt zu werden, bis Sie den Kanal gut hinter sich gelassen haben.«

»Ich danke Ihnen, Cousin Adrian. Ich bin auf das Leben eines Flüchtlings schlecht vorbereitet.«

»Das Leben hält für jeden von uns unliebsame Überraschungen bereit. Wir müssen aus unseren Fehlern lernen und als weisere Männer weiterleben. Diesen Rat habe ich Rupert immer gegeben, aber ich fürchte, dass er ebenso wie Sie eher über seine eigenen Füße stolpern würde, als sich das Geschwätz eines älteren Mannes zunutze zu machen. Aber das ist wohl das Privileg der Jugend, nicht wahr?« Er griff nach der Karaffe. »Noch einen Schluck Wein, Cousin?«

Robert hielt sein Glas hin.

Lord Wedderburn füllte es erneut auf, danach goss er sein eigenes Glas voll. »Es geht doch nichts über einen Schluck Wein bei diesem Wetter, was, Robert? Er wärmt einen bis zu den Zehen. Allerdings«, fügte er mit einem Augenzwinkern hinzu, »trinke ich im Sommer, um mich abzukühlen.«

Robert lachte.

»Das gefällt meiner Frau überhaupt nicht. Gott sei Dank habe ich die Abgeschiedenheit dieser Bibliothek. Wir werden wie zwei unschuldige Chorknaben zu Tisch gehen.« Er lachte, dann wurde er ernst. »Ich danke Ihnen für Ihre Aufrichtigkeit. Lady Pamela hatte allen Grund, stolz auf Sie zu sein. Es ist bewundernswert, unter derart schwierigen Umständen auf so ehrenhafte Weise zu handeln. Ich freue mich, dass ich Ihnen helfen konnte.«

Robert kam noch einmal auf eine Angelegenheit zurück, die ihn sehr besorgte. »Warum sucht die Polizei hier nach mir? Hat man mich auf der Straße gesehen?«

»Lord de Iongh hat einen langen Arm, mein Junge. Er ist ein äußerst einflussreicher Mann und wird in den bedeutenden Kreisen sehr geschätzt. Alison hat ihm von Anfang an Hörner aufgesetzt, aber der alte Kauz liebte diese schreckliche Frau so sehr, dass er schon zu Beginn ihrer Ehe immer so tat, als bemerke er nichts. Ein Mann kann so etwas nur begrenzt ertragen. Dieses Mal ist sie zu weit gegangen, es vor seiner Nase und unter den Augen der Dienerschaft zu treiben. Er hatte keine andere Wahl. Nicht Sie sind es, den er strafen möchte. Der Skandal wird seine Rache an Alison sein, mit oder ohne das Märchen von der Vergewaltigung. Das hat de Iongh im Sinn. Wer weiß, vielleicht glaubt er, die Schande würde ihren Indiskretionen endlich ein Ende bereiten. Verdammt, er ist im Grunde ein anständiger Mann. Warum sonst hat er zwei Tage gewartet, ehe er sich in der Angelegenheit an die Behörden gewandt hat?«

Wedderburn stellte sich mit hoch erhobenen Rockschößen ans Feuer, um sich zu wärmen. Er zuckte mit den Schultern. »In gewisser Weise können Sie sich glücklich schätzen, auch wenn ich leichter atmen werde, wenn ich weiß, dass Sie diese Küste sicher hinter sich gelassen haben. Nein, Sie wurden nicht auf der Straße gesehen. Aber die Polizei hat keine andere Wahl, als Ihren Fall ernst zu nehmen. Eine frühe Inhaftierung würde ihr das Wohlwollen des Oberhauses einbringen. Selbst der Premierminister drängt zu einer schnellen Lösung. Unglücklicherweise haben Sie ausgerechnet einem der angesehensten Staatsmänner Großbritanniens Hörner aufgesetzt.«

Robert drehte sich um und lief durch den Raum. »Wenn die Polizei die Häfen bewacht, wie Sie sagen, wie kann ich dann einer Gefangennahme entgehen?«

»Fürchten Sie sich nicht, Cousin. Martin wird Sie sicher an Bord bringen.«

»Sie setzen ein hohes Vertrauen in den Mann. Ich bete, dass er es verdient hat.«

»Ich vertraue Martin vollkommen. Er hat mich noch nie enttäuscht.« Lord Wedderburn wollte noch etwas sagen, aber ein Klopfen an der Tür verhinderte jedes weitere Gespräch.

Ein Diener erschien. »Das Dinner ist serviert, Mylord. Lady Wedderburn wartet bereits im Speisesaal.«

»Danke, George. Kommen Sie, Monsieur Debrett, es wäre unschicklich, die gute Lady warten zu lassen.«

Nach dem Essen, das ebenso üppig war wie das am Vorabend, zog sich die Familie zu Tee und Portwein in den Salon zurück. Es gab keine Gelegenheit mehr, offen mit Cousin Adrian zu sprechen, erst später am Abend zog er Robert kurz zur Seite und raunte ihm leise zu: »Ich werde Sie nicht wiedersehen. Martin wartet in Ihrer Schlafkammer. Tun Sie, was er sagt, und vor allem, vertrauen Sie ihm. Captain Ross von der *Newcastle Lady* erwartet Sie. Vertrauen Sie auf seine Loyalität mir gegenüber, doch je weniger Sie mit Fremden sprechen, desto besser. Gottes Segen, Cousin, und viel Glück.«

Robert fragte sich, wie Cousin Adrian seiner Familie die überstürzte Abreise ihres Gastes erklären würde.

Martin stand am glimmenden Kaminfeuer und blätterte in derselben Ausgabe von Wordsworth' *The Prelude* wie Robert am Abend zuvor. Als Robert ins Zimmer kam, legte er das Buch hastig aus der Hand, als schäme er sich dabei, ertappt zu werden, etwas Derartiges zu lesen. »Ich habe mir die Freiheit genommen, Ihnen geeignete Kleidung bereitzulegen, Monsieur.«

Dunkle Kleidungsstücke und ein langer schwarzer Umhang lagen auf dem Bett ausgebreitet. Während Robert sich anzog, verschwand Martin mit der abgelegten Dinner-Kleidung.

»Ihr Koffer befindet sich bereits in der Kutsche, Monsieur«, erklärte Martin, als er zurückkehrte. »Ich werde die Tasche nehmen. Folgen Sie mir bitte.«

Sie gingen über eine Hintertreppe hinunter und erreichten den gepflasterten Hinterhof. Nebel, der so dicht war, dass die Pferde kopflos erschienen, hing in der Luft.

»Das Wetter ist auf unserer Seite«, bemerkte Martin. »Die Polizei hat für eine solche Nacht nichts übrig. Die Männer werden zumindest den Schutz eines Daches suchen. Wenn wir Pech haben und angehalten werden, erkundigen Sie sich nach dem nächsten Gasthaus.« Martin schlug mit der Peitsche, schnalzte leise mit der Zunge, und die Kutsche fuhr auf die Grey Street hinaus. »Die *Newcastle Lady* liegt vor North Shields vor Anker. Ein Boot wird auf unser Zeichen hin ans Ufer geschickt werden.«

»Ist es ein Dampf- oder ein Segelschiff?«

»Das feinste Segelschiff, das man sich vorstellen kann«, lautete Martins stolze Antwort. »Bin sie schon selbst gesegelt.«

»Sie sind Seemann?« Robert war überrascht. Er hatte geglaubt, ein Seemann sterbe lieber, als eine Tätigkeit an Land anzunehmen.

»Ja. Bis ich mir ein Bein gebrochen habe. Lord Wedderburn fand damals an Land Arbeit für mich.«

»Da haben Sie großes Glück gehabt.«

»Ja.« In der Antwort des Butlers schwang Traurigkeit mit. »Aber nicht genug, um wieder zur See zurückkehren zu können. Mein Bein bereitet mir große Sorgen.«

Robert spürte, wie niedergeschlagen Martin darüber war. »Sie würden das unbehagliche Leben auf See Ihrer jetzigen Tätigkeit vorziehen?«

»Sie war mein Leben, die See. Die Freiheit unter vollen Segeln, das Gurgeln des Wassers unter dem Rumpf, Geschichten in jedem Ächzen und Knarren der Masten. Ein Schiff spricht zu einem, und man erlernt seine Sprache, reagiert auf seine Bedürfnisse. Es ist wie eine Frau. Wenn man in einen Hafen einläuft, liegt es gehorsam vor Anker und wartet, während man wie ein

Narr herumtändelt und seine hart verdienten Schillinge verliert. Danach vergibt und vergisst es, nimmt einen erneut mit Herz und Seele auf und trägt einen fort.«

Robert grinste. »So wie es eine wahrhaft gute Frau tun sollte? Ist es das, was Sie meinen, Martin?«

»Ja. Ein Schiff kennt die Bedürfnisse eines Mannes und beklagt sich nicht, solange er es nicht vernachlässigt.«

»Dann betrachten Sie die Dinge von der angenehmen Seite. Jetzt sind Sie eine Landratte. Suchen Sie sich eine richtige Frau und gründen Sie eine Familie.«

Martin brummte nur. »Nach meiner Ansicht existiert ein solches Wesen nicht, Sir. Wenn es so wäre, gäbe es auf dieser Erde Frauen ohne Stimme und ohne Meinung. Stattdessen hat der liebe Gott beschlossen, ihnen Zungen zu geben und die Welt mit ihrem unaufhörlichen Geschwätz zu füllen. Wo soll ich eine Frau finden, die weder jammert noch klagt? Wo ist die Frau, die aus Dankbarkeit für ein Dach über dem Kopf, Nahrung im Bauch und Kinder auf dem Schoß kocht und putzt und sich von mir fern hält, solange ich nicht nach ihr schicke? Wenn ich eine solche Frau finden könnte, Sir, würde ich nur allzu rasch heiraten. Alles, was ich verlange, ist, dass sie sich, wenn ich sie brauche, verhält wie die feinste Hafenhure.«

Robert lachte leise, als er sich vorstellte, wie seine Mutter auf diese Worte reagieren würde. »Aber natürlich buhlen solche Frauen in Scharen um Ihre Aufmerksamkeit, habe ich Recht, Martin?«

»Ich muss sie mir mit dem Stock vom Leibe halten, Sir«, antwortete Martin trocken.

»Merken Sie sich meine Worte, Martin. Eines Tages kommt der Tag, an dem ein sanftes Wesen Ihr Herz im Sturm erobert.«

»Verzeihen Sie, Sir, aber ich habe festgestellt, dass die Frauen weit davon entfernt sind, das sanfte Geschlecht zu sein. Ihre Herzen sind pechschwarz. Sie sind gnadenlos, nehmen alles, was man ihnen zu geben hat, und verlangen noch nach mehr.

Nein, Sir. Mir ist die Wärme von Brandy lieber als die einer Frau.«

»Ehrlich gesagt teile ich Ihre düsteren Ansichten nicht, Martin.«

»Sie sind noch jung, Sir.«

Robert fragte sich, ob er diese pragmatische Ehrlichkeit auch in der entlegenen Kolonie finden würde, in die es ihn verschlug. Die Aussicht auf ein unbekanntes Land, auf fremde Gebräuche und noch fremdere Menschen erschien ihm plötzlich aufregend. Er konnte ein gutes Leben haben. Vorausgesetzt natürlich, dass er sicher an Bord der *Newcastle Lady* gelangte.

Sie fuhren schweigend weiter durch die dunstige Nacht. Die Atemluft, die aus den Nüstern der Pferde drang, vermischte sich mit der Feuchtigkeit, die vom Fluss heraufstieg und sich wie eine undurchdringliche Decke über das Land legte. Der Dunst des Meeres verstärkte den Nebel noch, und das Gaslicht der Straßenlampen tauchte die Gegend in ein gespenstisches Licht. Erst als sie die Grey Street hinter sich gelassen hatten, war es um sie herum pechschwarz. Die einzige Beleuchtung waren nun die Laternen, die seitlich an der Kutsche hingen, und die mehr dazu dienten, von entgegenkommenden Reisenden gesehen zu werden, als den Weg zu weisen.

»Wir sind fast da«, verkündete Martin, nachdem ihnen dreißig Minuten lang auf der Straße weder Mensch noch Tier begegnet war. Er hielt die Kutsche an und blies die Laternen aus.

Die Feuchtigkeit dämpfte das Klackern der Hufe, als sie langsam weiterfuhren. Nach einigen Minuten zügelte Martin erneut die Pferde.

»Da ist die *Lady*.«

Robert konnte ein schwaches grünes Licht draußen auf dem Fluss ausmachen.

»Wenn die Wache aufmerksam war, hat sie gesehen, wie unsere Laternen erloschen.« Martin sprang hinab, lief zum Ufer und spähte angestrengt in die Dunkelheit. Außer dem Plätschern des Wassers war kein Laut zu vernehmen. Kein Hund bellte, keine Stimme erklang, keine Pferde, keine Kutschen waren zu hören. Dennoch lauerte die Gefahr. Da draußen in der Nacht hielten Augen Ausschau nach ihm. Robert war seinem nächsten Schritt in die Freiheit so nah, dass die Angst in ihm aufstieg und ihm den Hals zuschnürte. Die Furcht vor dem Unbekannten war nichts verglichen mit seiner Panik, jetzt noch entdeckt zu werden. Wo bleiben sie nur?, dachte er, der Verzweiflung nahe. In diesem Augenblick durchbrach das rhythmische Plätschern von Rudern die Stille, und die dunkle Silhouette eines Bootes glitt auf sie zu.

»Sind Sie das, Martin?«, rief eine Stimme leise.

»Ja.«

»Jesus, es ist kälter als die Titten einer Hexe.« Das Boot drehte sich mühelos gegen die hereinkommende Flut und legte mit der Breitseite am Flussufer an.

Robert sprang von der Kutsche und gesellte sich zu Martin. »Sie müssen Monsieur Debrett sein?« Eine dunkle Gestalt kletterte aus dem Boot und kam näher. »Das Glück ist mit Ihnen. Die Polizei überwacht die Docks, aber nicht den Fluss. Wir haben nur zwei Patrouillen gesehen, und beide machten nicht den Eindruck, als seien sie glücklich darüber, sich im Freien aufhalten zu müssen. In so einer Nacht schickt man keinen Hund vor die Tür. Kommt, Männer, ladet das Gepäck ein, damit wir zurückrudern können. Auf mich wartet eine warme Kajüte und ein Schluck Brandy, um mir in den Schlaf zu helfen.«

Martin und zwei Matrosen luden Koffer und Tasche ins Boot.

»Adieu, Martin. Und danke.« Robert klopfte dem Butler kurz auf die Schulter, ehe er ins Boot kletterte.

Das deutlich auszumachende Pfeifen eines Kiebitzes drang von weiter flussaufwärts zu ihnen. »Eine Patrouille«, zischte einer der Seemänner. »Das hat uns noch gefehlt. Sie werden in einigen Minuten hier sein. Verschwinden Sie lieber schnell, Martin. Kommt, Männer. An die Ruder.« Vier Ruderer legten sich in die Riemen, und das Boot glitt rasch auf die *Newcastle Lady* zu.

Captain Ross wartete im Kartenzimmer, um Robert an Bord willkommen zu heißen. Seine Begrüßung war knapp, und er kam rasch zum Wesentlichen. »Jensen wird Ihnen Ihre Kabine zeigen. Sie ist klein, aber das Beste, was wir Ihnen bieten können. Bleiben Sie dort, bis die übrigen Passagiere in Calais von Bord gegangen sind. Ich habe Jensen über Ihre Umstände in Kenntnis gesetzt, und abgesehen von der Bootsbesatzung, alles treue und vertrauenswürdige Männer, weiß sonst niemand, dass Sie an Bord sind. Jensen wird sich um all Ihre Bedürfnisse kümmern und Sie wissen lassen, wann es sicher ist, die Kabine zu verlassen. Bei gutem Wind werden Sie rechtzeitig in Frankreich sein, um eine Schiffspassage auf der *Marie Clare* zu nehmen. Ich nehme an, Sie beabsichtigen, Europa so rasch wie möglich zu verlassen. Das Wetter ist auf Ihrer Seite.«

»Die *Marie Clare*?«

»Ein brandneues Dampfschiff.« Captain Ross konnte den Anflug von Neid in seiner Stimme nicht verbergen. »Sie transportiert hauptsächlich Fracht, hat jedoch auch Kabinen für etwa zwanzig zahlende Passagiere. Ihr Kapitän ist ein hartgesottener Mann, aber einer der Besten, die es gibt. Er hält sein Schiff in hervorragendem Zustand. Ich hatte noch nicht das Vergnügen, die *Marie Clare* betreten zu dürfen, doch dem Hörensagen nach soll sie über die allerbeste Ausstattung verfügen. Und schnell sein. Sechzehn Knoten bei guten Bedingungen.«

»Wohin fährt sie?«

»Auf dieser Reise, soweit ich weiß, nach Spanien, Marokko und dann die Westküste Afrikas hinab bis nach Kapstadt. Sie umrundet das Kap der Guten Hoffnung und kehrt über das Rote Meer und den Suez zurück, nachdem sie in Mauritius angelegt hat. Passt Ihnen das?«

Afrika. Von den fünf Destinationen war diese vermutlich die, über die er am wenigstens wusste, und die er als letzte gewählt hätte. »Ausgezeichnet.«

Captain Ross hatte nicht übertrieben, was die Größe der Kabine anging, die man Robert zuwies. Sein Überseekoffer musste an Deck verbleiben, weil nicht genügend Platz war. Jensen versprach ihm, er sei dort sicher, warnte jedoch: »Mit Verlaub, Sir, das Familienwappen erregt Aufmerksamkeit.«

Nicht nur das, es verriet vor allem, wer er war. Robert wurde klar, dass er als Flüchtender noch viel zu lernen hatte. Wie dumm von ihm, mit Familienstücken aus Schottland zu reisen, die ihn würden entlarven können. »Sie haben Recht, Jensen. Es muss entfernt werden.«

»Ich werde mich darum kümmern, Sir«, antwortete Jensen.

»Ich danke Ihnen.« Robert gab ihm ein großzügiges Trinkgeld.

»Ich danke *Ihnen,* Sir.«

Als der Matrose gegangen war, wurde Robert bewusst, dass er mit seinem Geld, das er immer für selbstverständlich erachtet hatte, nicht mehr so um sich werfen durfte.

Robert entkleidete sich und kletterte in die enge Koje. Er fühlte einen dumpfen Schmerz. Dies war nun seine letzte Nacht in Großbritannien. Für immer. Zu seinem Entsetzen spürte Robert, dass Tränen in ihm hochstiegen. Zu allem Überfluss war am Abend zuvor Lornas Hochzeit gewesen. Sie war nun mit einem Mann verheiratet, den sie verachtete. Nicht dass es einen großen Unterschied gemacht hätte. Auch wenn sie sein Kind in sich trug, Lorna würde Robert hassen. Ob sie ihm eine Vergewaltigung zutraute oder ihn lediglich für einen gewissenlosen Verführer hielt, das Endresultat würde dasselbe sein. Er hatte seit Jahren nicht geweint, gab sich jedoch seiner Traurigkeit hin, als ihn Einsamkeit und Angst übermannten. Völlig erschöpft schloss er schließlich die Augen und fiel in einen tiefen Schlaf.

Am nächsten Morgen erwachte Robert vom knirschenden Geräusch der Ankerketten.

Jensen brachte ihm ein Tablett mit Tee, Brot und Marmelade sowie einen Apfel. »Mit einer Empfehlung des Captains«, verkündete er.

»Danke.«

»Ich hole heißes Wasser, sobald wir den Hafen verlassen haben.«

»Wie lange wird das dauern?«

»Eine ganze Weile, Monsieur. Das Schiff legt gerade an, um die Passagiere aufzunehmen. Danach warten wir auf die Flut.«

»Wann segeln wir also los?«

»Um zwei Uhr am Nachmittag, Monsieur.«

*Um zwei Uhr am Nachmittag!* Das waren noch sechs Stunden. Resigniert kleidete Robert sich an und aß das bereitgestellte Frühstück. Die Kabine hatte kein Bullauge, daher konnte er nur erahnen, was draußen geschah. Er spürte, wie das Schiff anlegte, hörte laute Kommandos und vernahm geschäftiges Treiben jenseits seiner kleinen Welt. Passagiere begannen an Bord zu kommen. Robert konnte Stimmen auf den Gängen hören und beneidete diejenigen, die sich frei bewegen konnten. Er lag in seiner Koje und starrte niedergeschlagen an die Decke. Er konnte es kaum erwarten, bis es endlich losging, die Untätigkeit machte ihn ungeduldig.

Wut stieg plötzlich in ihm auf. Er verdammte Alison mit ihrer Lust und ihren Lügen, die idiotische Ergebenheit ihres Ehemannes, die ihm keine andere Wahl gelassen hatte, als ihre Partei zu ergreifen. Er verdammte seine eigene Schwäche, ohne die er sich weiterhin nur den Kopf darüber zu zerbrechen bräuchte, ob er den Tag mit Kartenspielen oder Ausreiten verbrachte. Robert war völlig resigniert. Er schwor sich, sich nie wieder von einer Frau benutzen zu lassen.

»Robert Granger.« Er probierte den Klang seines neuen Namens aus. *Mr. Granger, ich habe schon so viel von Ihnen gehört. Willkommen in Afrika, Mr. Granger. Mr. Granger, wir haben verschiedene Angebote, die Ihnen gefallen könnten.* Afrika! Gott! Was wusste er denn schon von Afrika?

Es war vernünftig, das erste verfügbare Schiff von Calais zu nehmen. Je früher er Europa verließ, desto besser. Wenn man es wohlwollend betrachtete, war Afrika wenigstens von Entdeckern, Abenteurern und Missionaren kolonisiert. Nicht von Strafgefangenen, wie Australien. Wenn es also denn der dunkle Kontinent sein musste, würde er das Beste daraus machen. Aber wo genau? Afrika war riesig und zu großen Teilen völlig unbekannt. Zu dem Wenigen, das er wusste, gehörte, dass jedes Territorium seinen eigenen Kolonialherrn hatte. Robert war weder angetan von arabischen Ländern noch von denen, die von Spaniern oder Portugiesen besetzt waren. Er sprach fließend Französisch und notfalls auch etwas Deutsch, wenn er jedoch die Wahl hätte, würde er eine britische Kolonie bevorzugen. Die Gefahr, entdeckt zu werden, war dort sicher größer, aber wenigstens würde er vertraute Sitten und Gebräuche vorfinden. Großbritannien beherrschte den Süden, also sollte er dorthin streben. Er hatte von Natal gehört, der Name gefiel ihm. Robert Granger aus Natal. Ja, das hörte sich gut an. Sehr britisch. Sicher würde er dort irgendeine Tätigkeit finden. Aber welche? Wieder kam Robert auf dieselbe deprimierende Wahrheit zurück. Er war zu nichts qualifiziert.

In den nächsten Stunden versank er erneut in Grübeleien. Er hörte nicht, dass sich eilige Schritte näherten und vor seiner Tür Halt machten. Sie flog auf, und Jensen stürmte herein. »Die Polizei, Monsieur. Rasch! Sie durchsucht das Schiff!«

Robert kletterte aus seiner Koje und folgte dem Seemann. Sie liefen einen Gang im hinteren Teil des Schiffes entlang, bis sie zu den Quartieren der Besatzung kamen. Sie waren klein und stickig, der Geruch von ungewaschenen Körpern und Moder war überwältigend.

Jensen warf ihm einige verschmutzte Kleidungsstücke zu. »Ziehen Sie das an. Machen Sie schnell. Und ziehen Sie Ihre Stiefel aus, sie sind zu fein für einen Matrosen.«

Robert tat, wie ihm befohlen wurde, und reichte Jensen seine abgelegten Sachen, die dieser rasch in einen Sack steckte.

»Tragen Sie das. Kommen Sie, lassen Sie mich das machen.« Jensen wickelte ihm eilig ein Tuch um den Kopf, dann brachte er sein Haar in Unordnung. »Das muss genügen. Kommen Sie.«

Sie setzten sich wieder in Bewegung. Robert folgte. Er konnte Stimmen hören – unter anderem die von Captain Ross. Er klang sehr gereizt.

»Hier entlang, Monsieur.« Hinter den Unterkünften der Besatzung lag ein weiterer schmaler Gang, der sie in einen kleinen Lagerraum brachte, in dem Segel untergebracht waren. »Hierher.« Jensen löste die Schnur eines Sacks und zog ein Segel heraus. »Setzen Sie sich. Nehmen Sie dieses Ende. Wir suchen nach Rissen. Überprüfen Sie die Naht der Reffspitze und halten Sie den Kopf gesenkt. Achten Sie auf das Schothorn, es zerreißt am ehesten. Halten Sie das Segel über Ihre Füße, sie sind zu weiß für einen Mann, der an Deck arbeitet. Versuchen Sie auch, Ihre Hände zu verbergen. Achtung, sie kommen.«

Robert beugte sich tief über das Segel. Sein Herz hämmerte, in seinem Kopf drehte sich alles. Er wusste weder, was eine Reffspitze war noch ein Schothorn, oder was er tun musste, um so auszusehen, als kontrolliere er das Segel, ohne seine Hände zu zeigen. Er warf einen raschen Blick auf Jensen. Der Mann hatte beide Arme unter dem Segel und untersuchte eine kurze Leine, die durch eine der Ecken gezogen war. Robert machte es ihm nach.

»Das ist empörend.« Die ungeduldige Stimme von Captain Ross. »Ich versichere Ihnen, Sir, jeder, der sich auf meinem Schiff befindet, tut dies in Kenntnis der Hafenbehörden. Wenn Sie uns noch länger aufhalten, werden wir noch die Flut versäumen. Zeit ist Geld, guter Mann.«

Robert hörte Schritte im Gang.

Captain Ross erkannte sofort, was Jensen vorhatte. »Ist dieses Segel endlich wieder seefest? Beeilt euch, Männer, wir stechen in einer halben Stunde in See, und es gibt noch viel zu tun. Benachrichtigen Sie den Wachoffizier, sobald Sie hier fertig sind. Jensen, haben Sie sich um den Besanmast gekümmert?«

»Alles in Ordnung, Captain.«

»Gut.« Captain Ross wandte sich an den Sergeanten. »Sind Sie nun zufrieden?«

»Drei der Kabinen sind ganz offensichtlich besetzt, aber es war niemand darin.«

Der Captain wurde zunehmend ungeduldiger. »Es ist nicht meine Aufgabe, mich darum zu kümmern, wo sich unsere Passagiere aufhalten, Sir. Suchen Sie sie, wenn Sie wollen. Ich habe zu tun.«

Seine offensichtliche Verärgerung entging dem Polizisten nicht, und er gab nach. »Das ist nicht nötig, Captain. Ich würde nur noch gern einen Blick auf die Passagierliste werfen, wenn Sie gestatten. Dann können Sie unverzüglich ablegen.«

Die Männer entfernten sich, und Jensen atmete erleichtert auf. »Bleiben Sie hier, Monsieur. Ich hole Sie, sobald wir die Küste hinter uns gelassen haben.«

Als er allein war, lehnte Robert sich erleichtert zurück und schloss die Augen. Er hatte nicht gewagt, den Polizisten anzusehen, aber der Mann schien sich nicht für die Besatzung zu interessieren. Robert erinnerte sich an Victors Warnung, als er sich vor der Ankunft bei Cousin Adrian hatte säubern wollen. Victor hatte Recht gehabt. Auch Jensen hatte instinktiv gewusst, wie man einer Entdeckung entgehen konnte. Die Polizei suchte nach einem Gentleman. Verkleidet als gewöhnlicher Matrose war er geradezu unsichtbar für sie gewesen. Das musste er sich merken. Robert dachte an das großzügige Trinkgeld, das er Jensen gegeben hatte. Jetzt hatte er es sich wohl verdient.

Jensen kehrte erst zurück, als sie die Flussmündung hinter

sich gelassen hatten. Robert bedankte sich bei ihm. »Es gibt feine Pinkel und feine Pinkel«, erklärte er daraufhin. »Die meisten taugen nichts, man sollte sie nach der Geburt ertränken, würde ich sagen.« Er spuckte verächtlich auf das Deck. »Aber hin und wieder trifft man einen, der so ist wie wir gewöhnlichen Männer. Menschlich, verstehen Sie, was ich meine? Keine Arroganz und kein Getue. Sie gehören dazu, Monsieur, daran gibt es keinen Zweifel.«

Robert verkniff sich ein Lächeln. Auf seine eigene unbeholfene Art hatte Jensen ihm das größte Kompliment seines Lebens gemacht, und absurderweise freute er sich wie ein kleines Kind darüber.

Als Robert in seine Kabine zurückkehrte, war er in aufgeräumter Stimmung. Sie waren endlich unterwegs.

## 3

Kurz nachdem die *Newcastle Lady* angelegt hatte, schickte Captain Ross nach Robert. In Calais herrschte noch schlimmeres Wetter als in England. Die Aussicht auf ein wärmeres Klima erschien ihm plötzlich sehr verlockend.

Der Captain schaute ungeduldig von einem nachlässig aufgerollten Tau auf. Er war kurz angebunden. »Ich habe mit Captain Aujoulat gesprochen. Die *Marie Clare* setzt noch heute Abend die Segel. Für eine Passage nach Südafrika verlangt er vierzig englische Guineen. Können Sie die zahlen?«

Das war eine Menge, aber Robert blieb keine andere Wahl. »Dafür erwarte ich aber eine anständige Kabine.«

Ross lachte ungnädig. »Monsieur, ich rate Ihnen, das Angebot anzunehmen. Aujoulat kann affektiertes Getue nicht ertragen. Er wird Sie fair, aber wie seinesgleichen behandeln. Akzeptieren Sie, oder lassen Sie es bleiben.«

Robert hatte den Eindruck, dass Captain Ross alles getan hatte, was er zu tun bereit war. »Ich danke Ihnen, Captain. Ich akzeptiere.«

»Gut. Sie können gleich an Bord gehen.«

Der Mann konnte es offensichtlich kaum erwarten, ihn loszuwerden. Robert wurde klar, dass er nur wenig oder gar keine Hilfe von Captain Ross erhalten hätte, wenn Cousin Adrian nicht Miteigentümer der Schifffahrtslinie gewesen wäre. »Dann verabschiede ich mich jetzt von Ihnen, Sir.« Er verbeugte sich steif.

Der Captain erwiderte die Verbeugung und wandte sich ab.

Jensen brachte Roberts Reisetasche an Deck. »Ich trage die für Sie, Sir.« Er nickte zwei anderen Matrosen zu, die den schweren Überseekoffer hoben. »Der Captain möchte, dass wir Sie sicher an Bord der *Marie Clare* bringen.«

Obwohl ihm dies ein willkommenes Angebot war, fragte sich Robert, ob Captain Ross einfach nur sichergehen wollte, dass sein unliebsamer Passagier nicht länger als absolut nötig eine Bürde für ihn blieb.

Jensen ging voran, schob sich durch die Menge und rief: »Macht Platz, macht Platz!« Robert wäre es lieber gewesen, er hätte dies gelassen, denn die Leute sahen sie bereits neugierig an. Er erstarrte, als zwei Polizisten auftauchten, aber sie traten gehorsam zur Seite und ließen sie passieren. Erneut war Robert erstaunt über die kluge List des englischen Seemannes. Ein Flüchtender hätte kaum absichtlich so viel Aufmerksamkeit auf sich gezogen.

»Sie können sich glücklich schätzen, so viel ist sicher«, bemerkte Jensen, als sie das Dampfschiff erreicht hatten. »Ich habe gehört, dass die *Marie Clare* eine Schönheit sein soll.«

Sie verabschiedeten sich am Kai. Robert bedankte sich erneut.

Jensen zuckte bloß mit den Achseln. »Sie fliehen vor dem Gesetz. Die Polizei hat mir nichts als Ärger bereitet. Ich empfinde es als moralische Verpflichtung, Monsieur.« Er streckte seine schmutzige Hand aus, und Robert schüttelte sie. »Würden Sie noch einen guten Rat von mir annehmen, Sir?«

»Sehr gern.«

»Vertrauen Sie niemandem.« Mit einem aufmunternden Winken war Jensen verschwunden.

Robert fühlte sich sehr allein, als er vor dem Tisch anstand, an dem die Namen der Passagiere in eine große, in Leder gebundene Kladde eingetragen wurden. Er kam bald an die Reihe.

»Sie sind der Gentleman von der *Newcastle Lady,* nehme ich an? Name?«

»Granger«, antwortete Robert selbstbewusst.

»Danke, Mr. Granger. Bitte melden Sie sich beim Proviantmeister an Deck B. Er wird jemanden bitten, Sie zu Ihrer Kabine zu bringen.«

Robert ging die Gangway hinunter und bestaunte die Größe des Dampfers. Ein elegant gekleideter Offizier begrüßte ihn an Deck. »Erster Offizier Hardcastle zu Ihren Diensten. Willkommen an Bord, Sir. Wir hoffen, Sie haben eine angenehme Reise mit uns, Sir. Sollten Sie irgendwelche Klagen haben oder spezielle Wünsche, zögern Sie nicht, den Steward an Deck anzusprechen. Ich werde mich um Ihr Gepäck kümmern, Sir.«

Robert registrierte, dass der Offizier Engländer zu sein schien, kein Franzose. Es gab keinen wirklichen Grund zur Beunruhigung, aber ein Franzose würde wahrscheinlich nichts von dem Skandal gehört haben, in den er verwickelt war.

Von seiner Unterkunft war Robert angenehm überrascht. Die Kabine hatte zwei Bullaugen, und die Tür öffnete sich direkt zum A-Deck. Der Raum war komfortabel möbliert, ein Durchbruch führte von einem kleinen Wohnraum zum Schlafzimmer. Ein Plan des Schiffes, der hinten an der Tür hing, wies den Weg zu Speisesaal, Spielzimmer, Bibliothek und Bar. Weiteren Informationen auf einem kleinen Schreibtisch entnahm er, dass die Reise von Calais nach Kapstadt fünf Wochen dauern würde, vorausgesetzt sie blieben von schwerer See verschont. Auf seiner Reise gen Süden würde das Schiff jeweils für mehrere Tage in den Häfen von Bilbao, Porto, Casablanca, Las Palmas und Freetown anlegen, ehe es weiter in Richtung Kapstadt fuhr. Passagiere, die in Durban von Bord gehen wollten, mussten weitere vier Tage einplanen, einschließlich eines kurzen Aufenthaltes in Port Elizabeth.

Dann wurde noch erläutert, wie der Kabinen- und der Wäschereidienst funktionierten, wann die Mahlzeiten serviert wurden, zu welchen Zeiten Bibliothek und Bar geöffnet hatten und was sonst an Unterhaltung geboten wurde. Abgesehen von einem Dinnerdance, der jeden Freitag im Spielzimmer stattfand, und drei überkonfessionellen Gottesdiensten am Sonntag mussten sich die Passagiere allein amüsieren. Die Bibliothek enthielt eine Sammlung von Kurzdramen für diejenigen mit schauspielerischen Neigungen. Passagiere, die Karten zu spielen wünschten, konnten sich an den Steward wenden, der die Spielkarten aus unerklärlichen Gründen hinter Schloss und Riegel aufbewahrte.

Sportliche Aktivitäten – Shuffleboard, Wurfringspiele und Decktennis – fanden draußen oder im Spielzimmer statt, wo auch die nötige Ausrüstung untergebracht war. Gentlemen, die zu Ertüchtigungszwecken einen Sparringskampf austragen wollten, sollten sich an den Steward wenden. Der Schiffsarzt hatte seine Praxis auf dem B-Deck, wo es auch eine kleine Krankenstation gab.

Der Einfluss von Königin Victoria erstreckte sich sogar auf einen französischen Dampfer. Der Salzwasserpool stand den Damen montags, mittwochs und freitags zur Verfügung. Die männlichen Passagiere konnten dienstags, donnerstags und samstags schwimmen. Sonntags war der Pool geschlossen. Eine goldumrandete Karte informierte Robert, dass er jeden Dienstag und Samstag an den Tisch des Captains eingeladen war. An den übrigen Tagen würde er seine Mahlzeiten an Tisch 3 einnehmen.

Nach den Regeln und Gesetzen der Betreibergesellschaft war Alkohol in den Passagierkabinen nicht gestattet, und da die Bar immer dann geschlossen sein würde, wenn das Schiff im Hafen lag, konnte zu diesen Zeiten Alkohol im Speisesaal gekauft werden. Den Passagieren standen A- und B-Deck zur freien Verfügung, der Zugang zu allen anderen Bereichen war nur in Begleitung eines Schiffsoffiziers gestattet. Verbrüderungen mit der Besatzung waren strengstens untersagt. Zum Dinner war Abendkleidung zwingend erforderlich, doch zum Frühstück und Lunch waren Nachmittagskleider für Frauen und weniger formelle Anzüge für Männer gestattet. Die An- und Ablegezeiten würden streng eingehalten, Passagiere, die nicht rechtzeitig zum Schiff zurückkehrten, würden ohne Rücksicht auf den jeweiligen Aufenthaltsort an Land zurückgelassen, und weder der Captain noch die Schifffahrtsgesellschaft würden anschließende Regressansprüche akzeptieren.

Das Schiff würde um zehn Uhr an diesem Abend Calais verlassen. Nachdem Robert ausgepackt hatte, beschloss er, ein wenig auf Erkundungstour zu gehen. Er spazierte über das A-Deck und traf dort eine Reihe anderer Passagiere, die dasselbe taten. Nach einigem gegenseitigen höflichen Zunicken und -lächeln schienen weitere Formalitäten Zeitverschwendung, und Gruppen taten sich zusammen, um sich einander vorzustellen. Schon bald kannte Robert alle seine Mitpassagiere. Er zählte sechzehn Personen, ihn selber eingeschlossen. Es war eine bunt zusammengewürfelte Truppe.

Reverend David Stone und seine Frau Margaret waren unterwegs nach Freetown, um schwarze Seelen von bösen Wegen abzubringen. Sie stammten aus Bath und waren – soweit Robert das schätzen konnte – beide Anfang dreißig. Der Missionar hatte ein ansprechendes Äußeres. Margaret war eine zierliche nervöse Frau mit kurzen dunklen Haaren. David Stone sagte kaum etwas, dafür gab Margaret eine Menge sinnloses Geschwätz von sich, das noch weniger kommunikativ war.

Ein deutsches Paar, Herr und Frau Knappert aus München, war unterwegs nach Porto, um dort ein neues Leben zu beginnen. Herr Knappert war ein Mann um die fünfzig, seine Frau gut zwanzig Jahre jünger. Sie wirkten beide nicht sehr glücklich; zwischen ihnen schien eine kaum zu übersehende Spannung zu herrschen.

Der dünne und kränklich wirkende Monsieur Arnaud aus Paris fuhr nach Las Palmas, um sich dort, wie er jedem bereitwillig erzählte, von seiner Krankheit zu erholen. Von welcher

Krankheit verriet er nicht, und niemand war so indiskret, danach zu fragen.

Alle anderen fuhren nach Südafrika.

Lord und Lady Diamond aus Chester waren in Begleitung ihrer beiden Töchter, Lady Grace und Lady Sylvia. Ihr Mann, so berichtete Lady Diamond jedem Neuankömmling, würde in Kapstadt eine Position in der Verwaltung annehmen. Robert kannte ihn vom Namen – ein scharfsinniger und höchst respektabler Politiker, der gute Verbindungen zum Hof hatte und als jemand galt, der die Interessen Großbritanniens über die des Adels stellte. Er würde besondere Sorgfalt darauf verwenden müssen, seine wahre Identität vor diesem Mann zu verbergen. Lord Diamond würde sicher von den Anschuldigungen gegen ihn gehört haben und einem Mann, der ohne ersichtlichen Grund allein unterwegs war, Misstrauen entgegenbringen. Die Töchter waren vierzehn und zwölf und besaßen vorbildliche Manieren. Ihr Vater vergötterte sie.

Dann waren da noch zwei Soldaten. Leutnant Dirk Elliot von der Grenadierwache, ein untersetzter kahlköpfiger Gentleman von Mitte vierzig, der auf dem Weg zu seinem Regiment in Natal war, und Fähnrich Nesbit Pool vom 17. Lancer-Regiment, ein junger Mann von höchstens achtzehn, der in Kapstadt von Bord gehen würde, aber noch nicht wusste, wo er anschließend stationiert sein würde. Die Soldaten hatten wenig gemeinsam, schlossen sich aber wegen ihrer militärischen Verbindungen und vermutlich aufgrund der Tatsache, dass sie allein reisten, rasch zusammen. Sie wollten sich mit Pokern die Zeit an Bord vertreiben.

Ein groß gewachsener niederländischer Gentleman, Hanson Wentzell, und seine Frau Magda stammten aus Kapstadt. Er gab zu verstehen, dass es in Afrika wenig Sinn machte, auf Zeremonien zu bestehen.

»Oh, Mr. Wentzell.« Margaret Stone war ganz offensichtlich irritiert über seinen Mangel an Förmlichkeit. »Es ist so wichtig, ein gewisses Niveau aufrecht zu halten, vor allem vor den Eingeborenen.«

»Madam«, entgegnete Hanson Wentzell knapp. »Ich weiß nicht, welches Ihr Reiseziel ist, aber ich garantiere Ihnen, nach sechs Monaten wird Ihnen Ihr kostbares Niveau völlig gleichgültig sein. Glauben Sie mir, dafür werden die Kaffern schnell sorgen.«

»Kaffer?« Die Frau von Reverend Stone hatte den Ausdruck offensichtlich noch nie gehört.

»Eingeborene, wie Sie sie nennen, Madam. Ausnahmslos Heiden.«

Margaret Stone war schockiert.

»Komm, Hanson«, mahnte seine Frau. »Verängstige die arme Frau nicht mit deiner groben Sprache.« Magda Wentzell zog eine Grimasse in Margarets Richtung, die als Lächeln durchging. »Hören Sie nicht auf ihn, meine Liebe. Es stimmt, dass die Buren nicht so formell sind, aber die Briten versuchen zumindest, ihre Traditionen zu wahren.«

Ihr ungeschickter Versuch, die Frau des Reverends zu beruhigen, bewirkte genau das Gegenteil. Margaret sah plötzlich aus wie ein verängstigtes Kaninchen. »Ach du liebe Güte«, war alles, was sie hervorbrachte.

»Und was tun Sie am Kap?« Lady Diamond versuchte das Thema zu wechseln.

»Wir sind Farmer«, antwortete die holländische Frau.

»Wie überaus interessant«, war das Einzige, was Lady Diamond dazu einfiel.

»Interessant?« Hanson Wentzell lachte bellend. »Natürlich, wenn es einen nicht stört, dass man etwa einen Tagesritt vom nächsten weißen Gesicht entfernt lebt, die Löwen einem das Vieh wegfressen, Buschmänner es stehlen und Krankheiten den Rest erledigen. Das Einzige, was interessant ist, Lady, ist Ihre törichte Auffassung, Sie könnten Afrika bezähmen. Niemand tut das. Afrika wird Sie besiegen. Je eher Sie das begreifen und wieder nach Hause zurückkehren, desto eher können die Buren mit der Aufgabe fortfahren, die wir begonnen haben.«

Peinliche Stille folgte, danach zögernder Beifall. »Gut ausgedrückt, Wentzell. Immer noch so charmant wie eh und je, wie ich sehe.«

Derjenige, der das gesagt hatte, war Engländer. Ein großer, vom Wetter gegerbter Mann von mindestens sechzig Jahren. Sein Lächeln wollte nicht so recht zu dem abschätzenden Blick in seinen Augen passen.

»Burton!« Offenbar überrascht wandte sich Wentzell an den Neuankömmling.

Der Mann machte eine übertriebene Verbeugung und stellte sich vor. »Logan Burton zu Ihren Diensten, Ladies and Gentlemen. Beachten Sie meinen schlecht erzogenen Buren-Freund nicht. Der Mann ist in der Minderheit – eine Situation, die die meisten von seiner Sorte zu vermeiden versuchen. Glauben Sie mir, Afrika unterscheidet sich sehr von allem, was Sie bisher kennen gelernt haben. Versuchen Sie, es zu verändern, dann wird es Sie besiegen, wie Wentzell richtig sagte. Aber es sind nicht nur die Buren, die in Harmonie mit dem dunklen Kontinent leben. Lernen auch Sie, dies zu tun, dann werden Sie um ein Vielfaches entlohnt werden.«

»Woher wollen Sie das wissen, Burton? Ein Abenteurer, der noch nie in seinem Leben richtig gearbeitet hat?«

Logan Burton zog die Augenbrauen in die Höhe. »Das ist Ihnen wirklich ein Dorn im Auge, nicht wahr, Wentzell?«

»Ach hört auf damit.« Magda Wentzell schob ihren massigen Körper nach vorn, bis sie zwischen ihrem Mann und Logan Burton stand. »Ihr benehmt euch wie kleine Kinder.«

»Der Meinung bin ich auch«, murmelte eine Stimme neben Robert. Er drehte sich um, um zu sehen, wer gesprochen hatte, und stand der schönsten Frau gegenüber, die er je gesehen hatte. Sie sah ihn geradewegs an. »Warum sind die Männer nur so?«

Robert lächelte. »Nicht alle, Madam.«

Sie streckte die Hand aus. »Jette Petersen.«

Robert ergriff sie und verbeugte sich tief. Seine Lippen streiften ihre weiche und zart parfümierte Haut. »Charmant.« Als er sich aufgerichtet hatte, fügte er hinzu: »Robert Granger, zu Ihren Diensten.« Er ließ ihre Finger nur widerstrebend los. Es war ungewöhnlich, dass eine Frau keine Handschuhe trug, und das Gefühl war ausgesprochen angenehm. »Was führt Sie nach Afrika?«

Jette Petersen war Dänin und reiste nach Durban, wo sie bei einer kürzlich verwitweten Tante wohnen würde. Da auch sie gerade erst ihren Mann verloren hatte, kam das Arrangement ihnen beiden entgegen. Robert faszinierte ihr Anblick ebenso wie der Klang ihrer Stimme. Sie war gut gekleidet und schien sehr eloquent zu sein; wie er schätzte, war sie Anfang dreißig. Sie hatte üppiges schwarzes Haar und funkelnde dunkle Augen. Ihre Stimme klang sehr angenehm. Robert konnte nicht anders, er starrte sie fasziniert an. Sie wirkte sehr selbstbewusst, ohne auch nur einen Anflug von Schüchternheit oder weiblicher Koketterie. Robert hatte den Eindruck, dass Jette Petersen einen Mann, der sie allein aufgrund ihrer Schönheit verehrte, missachtete. Sie schien sich – das erkannte er schon nach einem kurzen Gespräch mit ihr – als eine Person zu sehen, die sich auf demselben gesellschaftlichen und intellektuellen Niveau befand wie Männer, und sie erwartete ganz klar, so behandelt zu werden. Die wenigen Dänen, die Robert in der Vergangenheit kennen gelernt hatte, hatten dem Protokoll gegenüber eine Gleichgültigkeit demonstriert, die sie in der englischen Gesellschaft zu Außenseitern machte. Hier, unter diesen außergewöhnlichen Umständen und inmitten einer solch heterogenen Gruppe, fiel es Robert nicht schwer, ebenfalls eine zwanglosere Einstellung zu finden.

Die ungebundenen Männer gesellten sich der Reihe nach zu Robert und Jette. Selbst der kränkliche Monsieur Arnaud schien von der schönen Dänin fasziniert zu sein. Innerhalb kürzester Zeit musste Robert feststellen, dass er mit vier anderen um ihre Gunst buhlte.

Fähnrich Pool wagte als Erster einen Versuch. »Ich finde es ein wenig riskant, was sagen Sie? Ich meine, eine allein reisende Frau – das schickt sich doch wirklich nicht. Die Leute könnten denken ... nun ...« Er lachte geziert. »Ich wäre jedenfalls sehr glücklich, wenn ich Ihnen zu Diensten sein dürfte.«

Jette lächelte nur, aber Robert registrierte, dass sie ihn von nun an aus ihrer Unterhaltung ausschloss.

Monsieur Arnaud war der Nächste. Er schien völlig vergessen zu haben, dass er krank war, und machte einen klassischen französischen Annäherungsversuch.

Jette gestattete ihm acht Worte ehe sie ihn unterbrach. Mit dieser Lady war nicht zu spaßen, das wurde Robert spätestens jetzt klar.

Leutnant Elliot verlor geradezu den Boden unter den Füßen. Jette war ihm größenmäßig um einiges überlegen, was ihm einen nicht unerheblichen Nachteil verschaffte. Und er sprach so schlecht Französisch, dass niemand ihn verstehen konnte. Man musste Elliot allerdings hoch anrechnen, dass er sein Interesse drosselte, ehe es peinlich wurde.

Damit blieben Robert und Logan Burton. Obwohl der ältere Mann ungefähr doppelt so alt sein musste wie Jette, war er sehr gut aussehend und verfügte über einen reichen Schatz an Anekdoten, dem Robert nicht im Entferntesten das Wasser reichen konnte. Seine Berichte über wilde Tiere, primitive Völker und mutige Heldentaten, untermalt mit ausdrucksvollen Gesten und ansteckendem Gelächter, fesselten Jette zutiefst.

Logan Burton hatte irgendetwas an sich, was Robert nicht gefiel. Er hätte nicht genau sagen können, was es war, aber er hatte das Gefühl, dass er dem Mann nicht trauen konnte.

»Was führt Sie nach Afrika?« Ganz unerwartet wandte sich Burton an Robert.

»Abenteuer.« Als das Wort heraus war, krümmte sich Robert innerlich.

Logan Burton stürzte sich sofort darauf. Er warf den Kopf in den Nacken und lachte schallend. »Abenteuer«, wiederholte er und schaute Jette an. »Nun gut, der Mann ist noch jung.«

»Das ist er in der Tat«, stimmte Jette ihm zu. »Jung und voller Träume. Besser als alt zu sein und nur von Erinnerungen zu leben – ist es nicht so, Mr. Burton?« Sie verabschiedete sich mit einem kurzen Nicken und lief dann mit katzenhafter Geschmeidigkeit quer über das Deck zu ihrer Kabine.

Burton lachte kurz auf. »Ich glaube, diese Lady hat mir gehörig auf die Finger geklopft. Was für eine Frau, meine Güte.«

Trotz aller Vorbehalte gefiel Robert die Art, wie der ältere Mann Jettes Abfuhr hinnahm. Vielleicht hatte er sich in ihm geirrt.

»Was halten Sie von einer Wette, Granger? Eine Guinea für den, der sie als Erster in sein Bett bekommt. Was würden Sie dazu sagen?«

Ich habe mich also doch nicht geirrt, dachte Robert. Burton war ein rauer und grobschlächtiger Bure. »Keine Wette«, antwortete Robert kühl. »Sie haben es selbst gesagt, sie ist eine Lady.«

»Kommen Sie, Granger. Wir wissen doch beide, wie es mit Witwen ist.«

»Ich nicht, Sir.«

Burton schien einen Moment enttäuscht, dann zuckte er die Achseln. »Nun gut. Der beste Mann wird gewinnen. Wir sehen uns zum Dinner.« Mit diesen Worten entfernte er sich.

Robert bemerkte, dass der große Holländer, Hanson Wentzell, ihm mit verächtlichem Stirnrunzeln nachsah.

»Eine überraschende Anzahl Briten an Bord.« Lord Diamond trat zu Robert. »Gut, dass sich so viele in Richtung Afrika aufmachen. Die verdammten Buren bilden sich ein, der Süden gehöre ihnen.«

Robert sagte nicht, dass er Schotte war. Er wusste nur wenig über Südafrika. »Ist Wentzell ein typischer Bure? Er scheint ungewöhnlich aggressiv zu sein.«

»Sie sind alle gleich, wenn Sie mich fragen. Eines Tages wird es zwischen uns und ihnen Schwierigkeiten geben. Beten Sie zu Gott, dass der Mann uns auf dieser Reise nicht zur Last wird. Zwischen ihm und diesem Burton gibt es böses Blut, und unseren beiden Männern vom Militär hat seine Bemerkung über die Briten ganz und gar nicht gefallen. Gut, dass wir so zahlreich sind, oder?« Lord Diamond drehte sich um und beobachtete Wentzell. »Wenn Sie eine Gelegenheit bekommen, mit unserem holländischen Freund zu sprechen, wäre ich Ihnen dankbar, wenn Sie ihm einmal auf den Zahn fühlen könnten.«

»Was wollen Sie denn wissen?« Robert war erstaunt, dass Lord Diamond ihn um so einen Gefallen bat.

»Oh, bloß ein wenig Allgemeines über die Buren – wie sie die Briten sehen, wie sie sich ein zukünftiges Südafrika vorstellen, mehr nicht.«

»Sicher. Allerdings bezweifle ich, dass Wentzell mir bei seiner offenkundigen Abneigung gegen uns viel sagen wird.«

»Versuchen Sie es.« Lord Diamond rückte ein Stück weiter zu Reverend Stone. Robert fragte sich, ob er beabsichtigte, alle britischen Passagiere um diesen Gefallen zu bitten.

Nachdenklich machte er sich auf in Richtung seiner Kabine. Andere taten es ihm nach. Bald würden sie sich alle im Speisesaal wiedersehen.

Als Robert seinen Platz ausfindig gemacht hatte, stellte er zu seiner Freude fest, dass Jette den Platz zu seiner Rechten zugewiesen bekommen hatte. Sie traf kurz nach ihm ein. Das Schwarz ihres weit dekolletierten Kleides wirkte sehr elegant; der feine Stoff saß in der Taille ganz eng und fiel dann in weichen Falten bis auf ihre Füße. Einige der Frauen betrachteten sie mit unverhohlener Missbilligung. Die Tournüre war im Moment sehr in

Mode, aber Jettes Kleid besaß keine. Sie sah aus, fand Robert, wie eine Frau aussehen sollte. Das schwarze Haar hatte sie aufgesteckt, aber einige Locken hatten sich gelöst und fielen ihr weich ins Gesicht. An ihren Ohren funkelten kleine Diamanten.

Jette schenkte Robert ein strahlendes Lächeln, als er sich erhob, um sie zu begrüßen. »Es regnet immer noch. Wie sehr freue ich mich darauf, endlich sonnigere Gefilde zu erreichen.«

Robert rückte ihr den Stuhl zurecht. »Waren Sie schon einmal in Afrika?«

»O ja, sehr oft. Und Sie?«

Er schüttelte den Kopf. »Noch nie.«

Sie klatschte leicht in die Hände, ihre Augen blitzten. »Dann steht Ihnen Aufregendes bevor. Vergessen Sie den Unsinn, den Mijnheer Wentzell vorhin geredet hat. Die Buren sind schrecklich pessimistisch. Afrika ist ein raues Land, das gebe ich zu, aber wie so vieles Harte besitzt es einen weichen Kern. Wenn man die Menschen in diesem Land richtig behandelt, wird es seine Geheimnisse und seine versteckten Tiefen ein paar wenigen Glücklichen offenbaren. Haben Sie das noch nicht festgestellt?«

»Zweifellos, Madam Petersen.« Konnte er sich täuschen? Die Zweideutigkeit war so offensichtlich, dass Robert zu dem Schluss kam, dass unmöglich eine Absicht dahinterstecken konnte.

»Nun«, fuhr Jette fort, »mich beruhigen solide Dinge immer. Sie sind echt und verlässlich. Es gibt Zeiten, in denen eine Frau diese Sicherheit braucht. Nach meiner Erfahrung neigt alles, was keine Substanz besitzt, dazu, einen am Ende zu enttäuschen.« Sie klatschte erneut in die Hände. »Aber hören Sie nicht auf mich. Ich schwatze zu viel. Sehen Sie, da kommt unser charmanter Erster Offizier.«

Robert war froh über die Ablenkung. Er wusste nicht, was er von Jettes Worten halten sollte.

Der Offizier, der Robert an Bord begrüßt hatte, stellte sich an Tisch 3 vor. »Guten Abend, Ladies and Gentlemen. Mein Name ist Jeremy Hardcastle. Ich habe die Ehre, Ihnen heute Abend beim Dinner Gesellschaft zu leisten. Wie ich sehe, kennen Sie sich alle schon. Hervorragend.«

Die Begrüßung wurde in fließendem Französisch und dann auf Deutsch wiederholt, Letzteres ein sinnloses Unterfangen und vielleicht nur dazu gedacht zu demonstrieren, dass der Engländer beide Sprachen beherrschte. Außer Robert und Jette sowie Jeremy Hardcastle saßen an ihrem Tisch Monsieur Arnaud, der Reverend und Mrs. Stone sowie ein verspätet eintreffendes französisches Paar – Robert Dupaine, ein Staatsbeamter, und seine Frau Comfort.

Tisch 1 war der Kapitänstisch; gedeckt für sechs Personen. Heute Abend waren Lord und Lady Diamond und ihre Tochter sowie Logan Burton sein Gast. Am nächsten Tisch, Nummer zwei, spielte der Purser Gastgeber für das deutsche Ehepaar Herrn Knappert und seine Frau, Leutnant Elliot und Fähnrich Pool und für die Wentzells – Hanson und Magda. Ein vierter Tisch, der ein wenig abseits stand, war für den Schiffsarzt und eine Reihe anderer Offiziere reserviert.

Das Läuten einer Glocke rief alle zur Aufmerksamkeit. Captain Aujoulat erhob sich und wartete mit geduldigem Lächeln, bis das allgemeine Gemurmel verstummte.

Er sah in seinem makellos weißen Anzug mit goldenen Tressen aus wie ein richtiger Kapitän. Monsieur Aujoulat war ein kleiner, leicht untersetzter Mann Mitte fünfzig, mit faltenlosem, sehr sonnengebräuntem Gesicht und ohne ein einziges Haar auf dem Kopf – eine sehr freundliche Erscheinung, zu der nur die Gerissenheit in seinen Augen einen seltsamen Kontrast bot. Er hielt eine kurze Begrüßungsrede, bei der er mühelos zwischen Französisch, Deutsch und Englisch hin und her wechselte. »Gewöhnlich gesellen sich meine Offiziere und ich nach Tisch zu Ihnen. Heute Abend jedoch werden wir mit den Vorbereitungen für das Ablegemanöver beschäftigt sein. Sie sind herzlich eingeladen, im Speisesaal zu bleiben und sich gegenseitig näher miteinander bekannt zu machen. Ein Ober wird Ihnen zu Diensten stehen, ich selber werde mich Ihnen nur für eine begrenzte Zeit widmen können. Wie Sie bereits wissen, legen wir heute Abend um zehn Uhr ab. Die Fahrt durch den Kanal wird sicher ein Erlebnis für Sie sein. Die Bar ist heute noch nicht geöffnet, aber es steht Ihnen frei, sich hier einen Drink zu kaufen und mit aufs A-Deck zu nehmen. Ich hoffe sehr, dass Sie alle eine angenehme Reise haben werden. Sollten Sie irgendetwas benötigen, ganz gleich um was es sich handelt, zögern Sie nicht, Mr. Hardcastle anzusprechen, der an Tisch 3 sitzt. *Bon appétit.*«

Captain Aujoulat bat Reverend Stone, das Tischgebet zu sprechen. Der gute Mann senkte den Kopf und kam der Bitte mit großem Enthusiasmus nach. Er endete mit der aufrichtigen Bitte, an diejenigen zu denken, die hungrig zu Bett gehen mussten. Robert sah wenig Sinn darin, an die Hungernden zu denken – er konnte nicht allzu viel für sie tun, wieso also ein ansonsten perfektes Mahl ruinieren? Auch der Missionar aß anschließend mit solch offensichtlichem Vergnügen, dass Robert sich fragte, ob er die weniger Begünstigten schon wieder vergessen hatte. Monsieur Arnaud rührte sein Essen kaum an, er entschuldigte sich mit Magenproblemen. Das war Mrs. Stone zu unappetitlich, und sie näherte sich daraufhin ihrem Essen mit so großer Vorsicht, als erwarte sie, von denselben Beschwerden heimgesucht zu werden. Robert Dupaine erklärte, dass er und seine Frau in Freetown von Bord gehen und dort ein kleineres Schiff in Richtung Elfenbeinküste besteigen würden. »Wir freuen uns auf unseren Aufenthalt in Afrika, nicht wahr, *ma chère*? Es gibt dort so viel zu tun. Frankreich bekam vor dreißig Jahren die Erlaubnis, die Elfenbeinküste zu kolonisieren, hat seither aber kaum etwas getan, als den Namen zu ändern. Meine Frau und ich gehören zur Vorhut, wie Sie Briten es nennen würden. Eine Herausforderung, aber der Mensch wächst mit seinen Aufgaben, stimmt es nicht, *ma chère*?«

Comfort Dupaine lächelte schüchtern und murmelte: »Ich hoffe es.«

Robert fand weder an der Mahlzeit noch an der Art und Weise, wie sie präsentiert wurde, etwas auszusetzen. Der Tisch war mit feinstem irischen Tafelleinen gedeckt, Besteck, Porzellan und Kristall waren von hervorragender Qualität, jeder Gang köstlich und der Service exzellent.

Jeremy Hardcastle, der auf der anderen Seite neben Jette saß, versuchte, seine Pflicht zu erfüllen und mit jedem zu plaudern, aber man spürte schon bald, dass er mit dem Herzen nicht bei der Sache war. Seine Aufmerksamkeit richtete sich immer wieder auf die dänische Frau, schließlich gab er auf und konzentrierte sich nur noch auf sie. Robert versuchte, sich an ihrem Gespräch zu beteiligen, aber die beiden hatten festgestellt, dass sie eine gemeinsame Bekannte in Durban hatten. Er fühlte sich ausgeschlossen und richtete seine Aufmerksamkeit auf Comfort Dupaine, die links neben ihm saß. Wie sich herausstellte, war sie in der Provence aufgewachsen, einer Gegend von Frankreich, die Robert sehr gut kannte. Dennoch war er vorsichtig genug, dies nicht zuzugeben. Monsieur Arnaud beteiligte sich von der anderen Tischseite an ihrer Unterhaltung, und Robert hörte zu, wie sie Erinnerungen austauschten. Monsieur versuchte auch, die Stones ins Gespräch mit einzubeziehen, aber der Gottesmann interessierte sich mehr für sein Essen, und seine Frau gab eine derart lange und verwickelte Familiengeschichte zum Besten, dass der französische Beamte größte Mühe hatte, nicht einzuschlafen.

Die Zeit verging ausgesprochen angenehm, und als Jeremy Hardcastle sich entschuldigte und erklärte, er müsse sich vor der Abfahrt noch um einige Dinge kümmern, war Robert ganz beglückt. Endlich hatte er Jette wieder für sich allein.

»Ich muss mich bei Ihnen entschuldigen, Mr. Granger. Ich fürchte, ich habe Sie vernachlässigt. Stellen Sie sich bloß vor, Mr. Hardcastle kennt meine Tante. Wie klein die Welt doch ist.«

»Das ist sie in der Tat. Ich verzeihe Ihnen.«

Jettes Blick ruhte auf seinem Gesicht, und ein kleines Lächeln huschte über ihre Lippen. »Dafür werde ich den ersten Tanz für Sie reservieren.«

»Das wird leider nicht vor morgen Abend sein.«

»Ah, Mr. Granger, Sie haben mich nicht ausreden lassen. Heute Abend dürfen Sie mich noch zu einem Rundgang über das Schiff begleiten.«

»Es wird mir ein Vergnügen sein, Mrs. Petersen.«

Jette tippte ihm spielerisch auf den Arm. »Mrs. Dupaine hat Ihre Gesellschaft offensichtlich sehr genossen. Ich schwöre, nachdem Sie mit ihr in der Unterhaltung versunken waren, haben Sie mich keines Blickes mehr gewürdigt. Ich sollte ärgerlich sein, dass Sie mich so ignoriert haben.«

»Dann entschuldige ich mich, Madam. Es war ganz sicher nicht meine Absicht.«

Sie zog einen Schmollmund. »Nun gut, ich vergebe Ihnen. Glauben Sie, wir könnten jetzt einen kleinen Spaziergang machen? Ich habe nun so viel über Monsieur Arnauds Gesundheitsprobleme gehört, dass es für die gesamte Reise ausreicht.« Sie senkte die Stimme. »Ich schwöre, er ist der langweiligste Mann, der mir je begegnet ist. Gott sei Dank verlässt er das Schiff in Las Palmas.«

Robert lächelte, erhob sich und bot ihr seinen Arm. »Wer gefällt Ihnen, Madam?«

»Lord Diamond. Er und seine Frau sind ausgesprochen angenehm.«

Sie steuerten den Tisch des Kapitäns an, wo Lord und Lady Diamond mit ihren Töchtern saßen. Logan Burton sah sie kommen und stand rasch auf. »Sie gesellen sich zu uns? Wie erfreulich.«

Ein Ober brachte zusätzliche Stühle. Jette nutzte die Gelegenheit, Captain Aujoulat zu fragen, wie lange es dauerte, bis das Schiff Marokko erreichte.

»Acht Tage gewöhnlich.«

»So lange?« Sie schien überrascht.

»Die Bucht der Biskaya ist unkalkulierbar, und wir haben sowohl in Bilbao als auch in Porto Ladung aufzunehmen. Danach geht es auf direktem Weg in Richtung nordafrikanische Küste. Haben Sie dringende Geschäfte in Marokko zu erledigen, Madam?«

»Nein, nein.« Jette lehnte sich zurück. »Ich habe bloß gehört, dass es ein so faszinierendes Land sein soll.«

»Faszinierend?« Captain Aujoulat zog die Augenbrauen hoch. »Das ist wirklich kein Ausdruck, den ich verwenden würde, schon gar nicht für den Ort, den wir anlaufen werden. Casablanca ist kaum mehr als ein Fischerdorf. Rabat ist ein wenig interessanter, falls Sie je Gelegenheit haben sollten, dort hinzukommen. Im Landesinnern bin ich noch nie gewesen, allerdings habe ich gehört, dass die Städte Fez und Marrakesch einen Besuch lohnen. Leider bleibt uns auf dieser Reise nicht genügend Zeit dafür.«

»Warum legen wir denn überhaupt in Casablanca an?«, wollte Lord Diamond wissen. »Rabat wäre viel attraktiver. Dort gibt es doch sicher auch einen Hafen, oder?«

»Und ob, und wir sind dort regelmäßig zu Gast. Aber die Ladung, die wir an Bord haben, geht nach Marrakesch. Und da liegt Casablanca näher.«

Lord Diamond gab einen missbilligenden Laut von sich, sagte aber nichts mehr.

»Also, ich finde es aufregend.« Jette ließ sich durch die Worte des Captains nicht entmutigen. »Wir können doch trotzdem auf Entdeckungsreise gehen, oder? Vielleicht ist ein Ausflug nach Rabat ja möglich. Wir bleiben zwei Tage im Hafen liegen, nicht wahr, Captain? Würde die Zeit ausreichen?«

»Ich würde es Ihnen nicht empfehlen«, antwortete Aujoulat. »Die Reise ist strapaziös, und verlässliche Führer sind kaum zu finden. Und denken Sie daran, wir werden die Weiterreise wegen niemandem aufschieben. Marokko ist kein Land, in dem man allein zurückgelassen werden möchte. Wenn Sie meinen Rat hören möchten, Madam, erkunden Sie Casablanca nach Herzenslust, aber wagen Sie sich nicht weiter vor.«

Jette machte ein enttäuschtes Gesicht. Logan Burton lachte. »Ich glaube, unsere hübsche Reisegefährtin gibt nicht so rasch auf. Wenn es Ihnen recht ist, Madam, ich habe die Reise nach Rabat bereits mehrere Male unternommen. Es wäre mir ein Vergnügen, Sie zu begleiten.«

»Danke, Mr. Burton, aber ich denke, es wäre klüger, den Rat des Captains zu befolgen. Sosehr ich es bedaure, aber Rabat wird warten müssen.«

»Wie Sie meinen, Madam.« Logan Burton nahm die Absage äußerlich gelassen hin, aber in seinen Augen blitzte Enttäuschung auf.

Captain Aujoulat verabschiedete sich. Lady Diamond und ihre Töchter wünschten den anderen eine Gute Nacht und zogen sich in ihre Kabinen zurück. Der Reverend und Mrs. Stone sowie Monsieur Arnaud folgten alsbald. Diejenigen, die blieben, verweilten im Speisesaal bis zehn Uhr, als das Schiff ablegen sollte. Alle beschlossen, sich das Manöver vom A-Deck aus anzuschauen.

Mit gemischten Gefühlen sahen sie zu, wie die Taue von den Pollern gelöst und die sichere Verbindung zwischen Schiff und Kai gekappt wurde. Es hatte aufgehört zu regnen, aber dichter Nebel sorgte nun dafür, dass man nur noch wenige Lichter von Calais sah, das langsam in der Ferne verschwand, als die *Marie Clare* den englischen Kanal entlangstampfte. Jette, Logan Burton und die Wentzells waren ganz offensichtlich froh, dass es endlich losging. Frau Knappert weinte ein paar nervöse Tränen. Alle anderen wurden seltsam still angesichts der Emotionen, die sie überfielen, als sie das hinter sich ließen, was ihnen vertraut war. Für Robert, der zwischen Erleichterung und Bedauern schwankte, war es ein bedeutsamer Augenblick, aber er schüttelte jegliche Traurigkeit rasch ab und ließ sich von Jettes Aufgeregtheit anstecken. Logan Burton bestellte eine Flasche Champagner, und alle drei stießen auf den Kontinent Afrika an.

Gegen Mitternacht hatten sich die meisten Passagiere zurückgezogen. Robert brachte Jette zu ihrer Kabinentür und vergewisserte sich, dass sie wohlbehalten hineingelangte, ehe er zu seiner eigenen Kabine ging.

Er war sich nun fast sicher, dass die Bemerkungen, die sie während des Dinners gemacht hatte, keinerlei Bedeutung hatten. Auf jeden Fall hatte sie seither kein zweifelhaftes Wort mehr geäußert. Robert war so tief in Gedanken versunken, dass er die dunkle Gestalt vor seiner Kabinentür zunächst nicht bemerkte. »Haben Sie einen Moment Zeit, Granger?«

Lord Diamond stand an die Reling gelehnt und rauchte eine Zigarre.

»Natürlich.«

»Verdammt kalte Nacht. Wenigstens hat der Regen nachgelassen.«

»Ich werde den Winter bestimmt nicht vermissen.«

Lord Diamond zog zufrieden an seiner Havanna, ehe er eine Rauchwolke von stechendem Geruch ausstieß. »Ah. Aber Sie werden Schottland vermissen, oder?«

Robert fror plötzlich. »Wie bitte?«

»Schottland, Mann. Da kommen Sie doch her, oder?«

»Wie ... Wie kommen Sie auf diese Idee?«

»Ihr Name. Er ist sehr ungewöhnlich. Gälisch, nicht wahr? Aus der Gegend um Grampian, wenn ich mich nicht irre. Kleiner Ort südlich von Elgin. Habe ich Recht?«

»Sie sind besser informiert als ich, Sir.«

»Kaum. Ihr Akzent verrät Sie.«

Robert antwortete nicht.

»Irgendwo in der Nähe von Edinburgh, würde ich sagen. Haben Sie von dieser Sache mit Lady de Iongh gehört? Schreckliche Geschichte, nicht wahr?«

»Lady ...?«

»Kommen Sie, Mann, das ganze Land spricht darüber. Lord Dalrymple kann sich kaum mehr blicken lassen.«

Robert spürte, wie ihm das Herz bis zum Halse schlug.

»Sie suchen nach seinem Sohn. Junger Bursche, ungefähr in Ihrem Alter. Derselbe Name. Ein ziemlicher Zufall, nicht wahr?« Sein Blick wurde plötzlich hart. »Seien Sie sich gewiss, dass ich Sie genau beobachte, Granger, wie Sie sich nun nennen. Ihr unerhörtes Vergehen hat ganz England erschüttert. Lord de Iongh ist ein persönlicher Freund von mir, und Ihren Vater kenne ich auch. Ich halte mich an den Grundsatz ›Im Zweifel für den Angeklagten‹, schließlich ist allgemein bekannt, dass Alison, wie soll ich sagen, sehr freigebig ist. Man sollte einem Mann ein solches Verbrechen nicht vorwerfen, wenn er in Wahrheit unschuldig ist. Meine Beobachtungen vom heutigen Abend lassen den Schluss zu, dass Sie ein Auge für die Damenwelt haben. Glauben Sie mir, ich würde keinen Augenblick zögern, Sie verhaften zu lassen, wenn ich auch nur einen Moment den Eindruck hätte, die Vorwürfe gegen Sie könnten gerechtfertigt sein. Das sollten Sie wissen.«

Robert lehnte sich an die Reling und starrte auf die blasser werdenden Lichter der französischen Küste. »Mylord, die Anschuldigungen gegen mich entbehren jeglicher Grundlage«, sagte er leise. »Das Einzige, was man mir vorwerfen kann, ist Dummheit.«

»Sie sind für etwas durchaus Gravierenderes verantwortlich zu machen, Sir«, antwortete Lord Diamond scharf. »Sie waren mit der Frau eines anderen Mannes liiert.«

Robert blickte zu Boden, dann schaute er sein Gegenüber wieder an. »Was Sie sagen, ist richtig, und ich bin nicht stolz auf mich. Dennoch bin ich nicht der Erste, der sich so etwas zuschulden kommen lassen hat. Und wahrscheinlich bin ich auch nicht der Letzte.«

»Das ist keine Entschuldigung, Sir.«

»Nein«, stimmte Robert ihm zu. »Aber es war verdammt schwer, ihr zu widerstehen.«

Lord Diamond paffte einen Moment schweigend vor sich hin, dann schnippte er seine Zigarre ins Wasser. »Sie ist eine Hure, und Sie waren ein gefundenes Opfer. Ich behaupte, nur wenige Burschen in Ihrem Alter hätten Nein sagen können. Ich gehe davon aus, dass sie es wert war.«

»Nichts und niemand ist diese Schwierigkeiten wert«, entgegnete Robert bitter.

Lord Diamonds Stimme wurde einen Ton weicher. »Lassen Sie es hinter sich, Junge. Sie zahlen einen hohen Preis, und Sie zahlen ihn zu Recht. Doch wenn ich mich nicht sehr irre, verdienen Sie nicht, dass man Sie hängt.«

»Nein, Sir. Das tue ich nicht«, bestätigte Robert. »Und ich verdiene auch nicht die Zukunft, die mir nun bevorsteht.«

»Das ist eine Frage der Auffassung. Meiner Meinung nach sollte das Leid, das Sie Lord de Iongh zugefügt haben, nicht ungestraft bleiben.«

»Meine Strafe ist viel schwerwiegender, als Sie ermessen können«, antwortete Robert und dachte dabei vor allem an Lorna. »Doch was geschehen ist, ist geschehen, und nun muss ich das Beste daraus machen. Das ist alles, was ich versuche.«

Lord Diamond nickte. »Wir werden nicht weiter darüber sprechen. Ihr Geheimnis ist bei mir in sicheren Händen, im Moment jedenfalls. Gute Nacht, Granger.«

»Gute Nacht, Mylord.«

Robert blieb noch eine Zeit lang an der Reling stehen. Er war noch immer nicht in Sicherheit. Würde Lord Diamond sein Wort halten? Die Verzweiflung senkte sich auf ihn wie die kalte Nachtluft. Was für ein Pech, dass er auf demselben Schiff nach Afrika reiste wie ein Mann, der scharfsinnig genug war, seine wahre Identität zu erraten. Die Diamonds würden in Kapstadt von Bord gehen. Ein Grund mehr für Robert, nach Durban weiterzureisen. Je weiter er von britischen Behörden entfernt war, desto besser.

Die Kälte trieb ihn um kurz nach ein Uhr morgens in seine Kabine. Bis dahin war er zu dem bedauerlichen Schluss gekommen, dass Jette für ihn unerreichbar war, so verlockend sie ihm erschien. Aber er durfte nichts riskieren, was Lord Diamond dazu bringen konnte, schlecht über ihn zu denken. Robert war zutiefst deprimiert. Jette Petersen aus dem Weg zu gehen war das Letzte, wonach seinem gesunden jungen Körper der Sinn stand.

In der nächsten Woche stellte sich heraus, dass dies einfacher war als erwartet. Jette war sehr gefragt, und auch wenn sie hin und wieder einen fragenden Blick in seine Richtung warf, schien ihr die Aufmerksamkeit der anderen durchaus zu genügen. Robert machte keinerlei Versuche, mit Jeremy Hardcastle oder Logan Burton zu konkurrieren, die beide ihr Interesse hinreichend deutlich gemacht hatten. Doch die distanzierte Haltung, die er Jette gegenüber zeigte, sorgte, wenn auch unbeabsichtigt, dafür, dass sie ihn noch faszinierender fand.

An ihrem zweiten Freitag auf See erblickten sie die nordafrikanische Küste von Marokko. In derselben Nacht sollte im Spielzimmer zum Tanz aufgespielt werden. Jeremy Hardcastle hatte während des Dinners praktisch Jettes Aufmerksamkeit allein für sich beansprucht, doch bevor alle den Tisch verließen, wandte sie sich an Robert und sagte: »Ich hatte letzte Woche nicht das Vergnügen, mit Ihnen tanzen zu können, Mr. Granger. Ich hoffe sehr, dass wir das heute Abend nachholen.«

»Natürlich.« Robert sah, wie sich der Gesichtsausdruck des Ersten Offiziers neben ihr versteinerte. Die Vorstellung, Jette mit einem anderen zu teilen, schien ihm ganz und gar nicht zu gefallen.

»Wunderbar.« Jette lächelte. »Ich werde den ersten Walzer für Sie reservieren.«

Robert blieb nichts anderes übrig, als anzunehmen. Als er sie zum Tanz aufforderte, bemerkte er, dass Lord Diamond ihn anstarrte, einen unergründlichen Ausdruck in seinen intelligenten Augen.

»Sie gehen mir aus dem Weg«, meinte Jette nach den ersten Tanzschritten vorwurfsvoll. »Habe ich Sie beleidigt?«

»Keineswegs. Aber es mangelt Ihnen doch nicht an Bewunderern.«

Sie lächelte. »Nein, ich hätte nur gern einen mehr, wenn das möglich wäre.«

Robert lachte. Er mochte die dänische Witwe sehr und fand ihre Offenheit ausgesprochen erfrischend. »Madam, hat man Ihnen nicht beigebracht, dass Gier eine ungehörige Eigenschaft ist?«

»O doch«, antwortete sie fröhlich. »Etwas Ähnliches hat man mich in der Tat versucht zu lehren. Aber um ehrlich zu sein, Mr. Granger, man hat mir auch beigebracht, dass man sich manchmal selbst helfen muss, um das zu bekommen, was man haben möchte.«

»Na, na«, schimpfte Robert lächelnd. »Der attraktive Erste Offizier frisst Ihnen doch aus der Hand. Und der unerschrockene Mr. Burton ist Ihnen ebenfalls verfallen. Unsere beiden Männer vom Militär warten förmlich darauf, dass eine Krume für sie abfällt, und selbst Monsieur Arnaud scheint eine wundersame Genesung erfahren zu haben. Was wollen Sie noch?«

Jette sah ihn eindringlich an. »Was eine Frau möchte, Mr. Granger, sollte ihr Geheimnis bleiben. Zumindest so lange, bis sie bereit ist, es mit jemandem zu teilen.«

Robert spürte, wie sein Herz einen kleinen Sprung machte. Wieder einmal konnte man Jettes Worte durchaus zweideutig auffassen. »Ich bin mir sicher, Madam, dass jeder dieser Gentlemen nur allzu gern bereit wäre, ein Geheimnis mit Ihnen zu teilen.«

Ungeduld schwang plötzlich in ihrer Stimme mit. »Die meisten Männer sind so zu durchschauen, dass es mich langweilt. Aber Sie? In Ihrem Verhalten ist etwas eher … Distanziertes, das mich fasziniert und herausfordert. Ich bin eine Frau, die Geheimniskrämerei nicht mag, und ich warne Sie, es ist meine Absicht, Ihnen den Grund dafür zu entlocken. Möchten Sie später ein wenig mit mir übers Deck flanieren?«

Alarmglocken klingelten in Roberts Kopf – er ignorierte sie. »Es wäre mir ein Vergnügen.« Er dachte kurz an Lorna, doch dann schob er die Erinnerung an sie beiseite. Sie gehörte der Vergangenheit an.

Nach ihrem Tanz wandte sich Jette an Jeremy Hardcastle und verkündete fröhlich: »Mr. Granger hat mir angeboten, mich sicher zu meiner Kabine zu bringen. Ist das nicht reizend von ihm, Jeremy? Schließlich weiß ich, wie beschäftigt Sie sind. Jetzt brauchen Sie sich wenigstens nicht auch noch um mein Wohlergehen zu kümmern.«

Hardcastle war verstimmt. Er verneigte sich steif und verließ kurz darauf die Tanzveranstaltung.

Als Robert mit Jette zu ihrer Kabine ging, nahm sie seinen Arm und sagte: »Lassen Sie uns noch einen kleinen Spaziergang machen.«

Je weiter sie nach Süden gekommen waren, desto wärmer war es geworden; am Tag war der Himmel von klarem Blau, nachts funkelten unzählige Sterne, die Milchstraße schien zum Greifen nah zu sein. Der Neumond stand über dem Horizont.

»Ist das nicht wunderschön?«, murmelte Jette. »Ich liebe Afrika so.«

Die Luft war so weich und mild, wie Robert es noch nie erlebt hatte. »Ist es in Natal immer so?«

»Oh, viel besser. Nachts kann man dort Blumen riechen und feuchte Erde und Grillen und Fröschen zuhören. Es ist einfach wundervoll.«

»Das alles können Sie auch in Europa erleben«, scherzte er.

»Ich bitte Sie. Wo bleibt Ihr Sinn für Romantik? Afrika ist ganz anders. Die Vielfalt der Vogelstimmen ist mit der keines anderen Landes zu vergleichen. Man hört alle möglichen Geräusche; einige sind zunächst Furcht einflößend, bis man lernt, sie zu identifizieren. Das ist Teil des Zaubers. Es gibt eine Gefahr, die Ihnen das Gefühl gibt, ganz und gar am Leben zu sein.« Sie lachte leise. »Eine Lektion für uns alle, Mr. Granger. Wohin können Sie sonst gehen in der Gewissheit, Ihr Leben könne jede Sekunde ausgelöscht werden? Es löst in Ihnen den Wunsch aus, jede Sekunde bewusst zu genießen. Sie werden sich in Afrika verlieben, das versichere ich Ihnen.« Jette warf den Kopf in den Nacken, und ihr Haar, das sie an diesem Abend offen trug, fiel herab – es gab ihr etwas Zigeunerinnenhaftes. »In Afrika gibt es eine Wildheit, ein Gefühl der Weite, das einen befreit. Und wenn ich mich nicht irre, lauert diese Wildheit auch hinter Ihrer reservierten Art. Sie muss nur befreit werden.« Ihre Finger schlossen sich ganz leicht um seinen Arm. »Oder hat das bereits jemand anderes getan?«

Diesmal gab es keinen Zweifel. »Vielleicht«, murmelte er und beugte den Kopf zu ihr, um ihr noch näher zu sein. »Aber nur ein Narr würde behaupten, es gäbe nichts mehr, was er noch lernen könnte.«

Jette lachte perlend und schaute zu ihm auf. »Sie sind kein Narr, nicht wahr, Mr. Granger?«

Die Antwort kam nicht bis über seine Lippen. Jeremy Hardcastle trat ihnen in den Weg. Mit vor Eifersucht blitzenden Augen zischte er: »Sie spazieren also mit diesem jungen Mann auf dem Schiff umher, obwohl Sie mein Angebot zuvor ausgeschlagen haben. Sagen Sie, Madam, macht es Ihnen Spaß, andere öffentlich zu demütigen?«

Jette rettete sich nicht in falsche Schmeicheleien. Grob gab sie zurück: »Ich spaziere herum, mit wem es mir gefällt, Mr. Hardcastle. Und im Moment gefällt es mir, mit Mr. Granger herumzuspazieren. Wenn Sie uns jetzt bitte entschuldigen würden.«

Hardcastle rührte sich nicht von der Stelle. »Sie haben mich glauben lassen, diese Ehre würde allein mir gebühren.«

»Nein, Mr. Hardcastle, das habe ich ganz sicher nicht getan. Sie allein sind zu diesem Schluss gelangt.«

Jeremy Hardcastle stand kurz vor einem Eifersuchtsanfall. Robert schob Jettes Hand von seinem Arm und hoffte, dass der Mann sich unter Kontrolle behielt. »Lassen Sie uns vorbei, Hardcastle.«

»Nein, das werde ich nicht tun, Sir.« Mit entschlossenem Gesichtsausdruck ging er auf Jette zu.

Sie schien ungerührt, aber ihre Finger tasteten erneut nach Roberts Arm.

»Ihre Anwesenheit ist nicht willkommen, Hardcastle, das hat Ihnen die Lady unmissverständlich zu verstehen gegeben. Lassen Sie uns endlich vorbei.«

Der Erste Offizier baute sich vor Robert auf. »Sie wagen es, mich herauszufordern? Nun gut, ich akzeptiere. Der bessere Mann soll sie haben.«

»Seien Sie nicht albern. Sie kennen die Regeln.« Robert stand nun unmittelbar vor Hardcastle. »Lassen Sie die Lady in Ruhe.« Er packte Hardcastle an den Oberarmen. »Ich werde kämpfen, wenn Sie darauf bestehen, aber ich bitte Sie, die Sache noch einmal zu überdenken.«

Die Stärke von Roberts Griff, sein fester Blick und die ruhige Stimme brachte Hardcastle zur Besinnung. Er schüttelte Robert ab. »Sie haben Glück, dass meine Position es mir verbietet, diese Angelegenheit weiter fortzusetzen. Sollte ich Sie an Land je wiedertreffen, sähe das anders aus.« Der Offizier wandte sich erneut an Jette und verbeugte sich. »Gute Nacht, Madam. Da Sie einen Grünschnabel einem erwachsenen Mann vorziehen, wünsche ich Ihnen viel Glück. Sie werden es brauchen.« Mit diesen Worten marschierte er an ihnen vorbei.

Im sanften Lichtschein der Schiffslaternen funkelten Jettes Augen vor Aufregung, als sie Robert ansah. Sie erinnerte ihn an Alison de Iongh, und der Gedanke machte ihn ärgerlich. Vor der Tür ihrer Kabine blieben sie stehen. »Es wäre vielleicht klüger, Madam, wenn Sie Ihre Tür verbarrikadierten. Hardcastle wird ohne große Mühe einen Zweitschlüssel beschaffen können, und der Mann hat sich offenbar nicht unter Kontrolle.«

Sie registrierte seine Sorge, schien sie jedoch nicht zu teilen. »Und Sie?«, fragte sie herausfordernd.

»Ich habe mich in der Gewalt, Madam. Ich wünsche Ihnen eine Gute Nacht.« Als Robert sich über ihre Hand beugte, nahm er aus den Augenwinkeln ihren überraschten Gesichtsausdruck wahr. Sie hatte mit ihm gespielt, daran gab es keinen Zweifel. Ein kurzes Gefühl der Enttäuschung machte sich in ihm breit, aber er blieb fest entschlossen. Er war ein gebranntes Kind und hatte nicht die Absicht, zu Jettes Spielzeug zu werden. Sie sollte wissen, dass er sich nicht benutzen ließ. Robert wandte sich ab. Er dachte daran, ins Spielzimmer zurückzugehen, entschied sich dann jedoch dagegen. Entschlossen ging er in seine eigene Kabine.

Lord Diamond kam vorsichtig aus den Schatten hervor. Den ganzen Abend schon hatte er den jungen Dalrymple beobachtet – er konnte nichts anderes sagen, als dass er sich anständig verhalten hatte. Dieser Junge ist kein Vergewaltiger, schloss er. Gedankenverloren machte sich Lord Diamond auf den Weg zurück. Er konnte es zwar nicht verwinden, dass man Lord de Iongh Hörner aufgesetzt hatte, aber er konnte Robert keinen Vorwurf machen. Ein Junge erntet, wo er kann – Diamond hatte das zu seiner Zeit selbst getan –, und einer schönen, willigen Frau konnte man verdammt schlecht widerstehen. Heute Abend hatte Granger bewiesen, dass er sowohl Wut als auch Verlangen kontrollieren konnte. Der junge Mann besaß Reife und Ehrenhaftigkeit, Eigenschaften, die Diamond sehr schätzte. Wenn er die Gelegenheit bekäme, würde er alles in seiner Macht Stehende tun, um Robert gegen die Anschuldigungen zu verteidigen, die man gegen ihn erhoben hatte. Die Reputation des Jungen würde er nie wiederherstellen können, aber er würde sein Bestes geben.

Und Jette Petersen? Die Dänin bedeutete Schwierigkeiten, daran gab es keinen Zweifel. Lord Diamond war sich ziemlich sicher, dass sie ihren Weg in das Bett des jungen Granger fand, wenn nicht heute Abend, dann bei nächster Gelegenheit. Er lachte leise. »Der Glückspilz!«, dachte er. Eine Nacht mit Jette würde ein wahrhaft lohnendes, wenn auch anstrengendes Unternehmen werden.

Lord Diamond war ein ausgezeichneter Menschenkenner. Nicht lange nachdem Robert sich von Jette verabschiedet hatte, vernahm er ein leises Pochen an seiner Kabinentür.

Sie stand vor ihm und sah ihn einen Augenblick nur an, als versuche sie seine Stimmung einzuschätzen. Dann begann sie zu sprechen. »Ich kann nicht schlafen. Mich bedrängt das Gefühl, dass ich Sie in irgendeiner Weise verärgert habe.« Sie drängte sich an ihm vorbei in seine Kabine. »Oh!«, rief Jette und schaute sich um. »Die ist ja viel größer als meine.« Sie sank auf einen Stuhl und blickte ihn mit großen Augen an. »Bitte seien Sie mir nicht böse. Es wäre so schön, wenn wir Freunde sein könnten.« Robert war noch immer bekleidet. »Ich habe Sie nicht geweckt?«

»Nein. Ich hatte mir gerade überlegt, zu den anderen zurückzukehren.«

»Daran habe ich auch gedacht. Aber Jeremy könnte dort sein.«

»Ein Machtwort des Captains, Madam, würde dafür sorgen, dass er Sie nicht wieder belästigt.«

»Oh, ich möchte ihm keine Schwierigkeiten bereiten.«

»Warum nicht? Darauf scheint er es doch abgesehen zu haben.«

Sie schüttelte kaum merklich den Kopf. »Nein, nein. Das glaube ich nicht. Jeremy ist ein bisschen … impulsiv, vielleicht, aber er ist ein Gentleman.«

Robert fand Jettes Nähe zunehmend irritierend.

Sie lächelte ihn an. »Ich bin gekommen, um Frieden mit Ihnen zu schließen.«

»Das ist nicht notwendig. Es war mir eine Ehre, Ihnen behilflich sein zu können.«

»Aber Sie sind böse auf mich. Das sehe ich Ihnen an.«

»Nein, Madam, das verstehen Sie falsch. Ich war böse auf Hardcastle, und ich bin ebenso böse auf mich.«

»Auf Sie selber?« Sie riss erstaunt die Augen auf. »Aber warum?«

»Sie reisen allein. Da benötigen Sie Schutz.« Robert handelte instinktiv; er war sich sicher, dass Jette sich immer nur um ihre eigenen Bedürfnisse kümmern würde. Sie war nicht verheiratet, was schadete es also, wenn er nahm, was ihm angeboten wurde? Was konnte da schief gehen?

»Gefällt Ihnen der Wunsch, mich zu beschützen, nicht?« Die Forschheit in ihrer Stimme konnte das Verlangen, das darin mitschwang, nicht verbergen.

»Keineswegs. Ich freue mich, Ihnen zu Diensten sein zu können.« Robert holte tief Luft und wagte sich dann weiter vor. »Und dennoch finde ich in meinem Innern denselben niedrigen Instinkt, der auch Hardcastle überkam. Madam, ich bin nicht besser als er.«

Zufriedenheit glänzte in ihren großen dunklen Augen. »Belasten Sie sich nicht mit solchen Gedanken, denn Sie haben sich mehrfach um einiges ehrenwerter erwiesen. Sie schmeicheln mir mit Ihrer Bewunderung, Sir, denn ich bin um einiges älter als Sie.«

Robert durchquerte die Kabine und kniete neben Jette nieder. »Ihr Alter ist ohne Bedeutung. Es ist die Frau, die ich so sehr bewundere.«

»Sie sind sehr offen, Mr. Granger. Offen und direkt. Erlauben Sie mir, es ebenfalls zu sein. Ich denke, wir verstehen uns, nicht wahr? Vielleicht schockiere ich Sie, aber es liegt nicht in meiner Natur, zögerlich zu sein. Wir wollen beide dieselbe Sache.«

Robert erhob sich und streckte eine Hand aus. Sie umklammerte sie, und er zog sie hoch. »Da wir scheinbar Geistesverwandte sind, Madam, sollten Sie vielleicht versuchen, mich Robert zu nennen.«

»In der Tat.« Sie trat näher und schlang die Arme um seinen Nacken. »Und Sie sollten Jette zu mir sagen.«

»Diesem Angebot kann ich nicht widerstehen, da ich nicht vorhabe, Sie von Kopf bis Fuß kennen zu lernen, ohne lustvoll Ihren Namen zu rufen.« Robert beugte den Kopf und küsste ihre geöffneten Lippen.

Als sie sich voneinander lösten, stieß Jette einen zufriedenen Seufzer aus. »Wie ich sehe, bist du nur jung an Jahren, Robert, denn deine Lippen erzählen eine ganz andere Geschichte.«

Robert hob sie hoch und trug sie zu seinem Bett. »Es ist mein Körper, Jette, der danach verlangt, mit dir zu sprechen.«

Lord Diamond hatte in jeder Beziehung Recht behalten. Als Jette schließlich wieder in ihre Kabine zurückging, war Robert unfähig, sich zu bewegen. Sie hatten sich die ganze Nacht geliebt. Sie hatte Wege gefunden, ihn zu stimulieren, die er nicht für möglich gehalten hätte. Sein Körper war zu ihrem Spielball geworden, und er hatte immer wieder neu auf das Locken ihrer Finger und Lippen reagiert. Ihr Verlangen nach ihm war unstillbar gewesen, sie zeigte keine Schüchternheit, wenn es darum ging, Robert jedes nur erdenkliche Vergnügen zu bereiten. Als sie ging, warf sie ihm eine Kusshand zu, in ihren Augen schimmerten Lust und Zufriedenheit.

Robert wusste, dass er in Schwierigkeiten war. Eine Frau wie Jette würde sich nie mit nur einem Mann begnügen, ganz gleich, wie sehr er sich bemühte, sie zufrieden zu stellen. Sie würde Abwechslung brauchen, körperlich, emotional und intellektuell. Doch im Moment gehörte ihm ihre Aufmerksamkeit, und solange sie andauerte, würde Robert sie bereitwillig genießen. Die Lektion, die er bei Alison gelernt hatte, und die Alarmglocken, die ihn vor Jette warnten, ignorierte er.

Und Lorna? Sie war auf ewig unerreichbar für ihn. Er hatte

ihr Vertrauen missbraucht und sie verloren. Lorna würde für immer in seinem Herzen sein. Das war alles, was ihm von ihr geblieben war.

Sie verbrachten zwei Tage und eine Nacht im Hafen von Casablanca. Captain Aujoulat hatte in einer Beziehung Recht behalten: Casablanca war nicht viel mehr als ein Fischerdorf. Der Ort mit seiner kleinen Moschee, den engen Gassen und sonnendurchfluteten Innenhöfen hatte einen sehr arabischen Charakter. In dem einzigen Souk gab es eine enttäuschend begrenzte Auswahl an Waren, die zum Verkauf standen. Dennoch vibrierte die Luft von fremden Geräuschen – dem Gehämmer von Eisen- und Kupferschmieden, schreienden Eseln, krähenden Hähnen, schriller Musik und lauten Stimmen, die in einer merkwürdig fremden Sprache erklangen.

Die Ankunft der *Marie Clare* brachte die ganze Stadt auf die Beine. Tourismus war für die Bewohner Casablancas noch ein Fremdwort, aber ihr natürlicher Hang zum Feilschen brachte die Araber dazu, alles anzubieten, was sie besaßen – von ihren Schwestern angefangen bis zu Laternen, aus Silber gefertigt. Der Duft exotischer Gewürze erfüllte die Luft. Unklugerweise versuchte Robert, der mit Jette das Städtchen erkundete, ein Schälchen mit einer Speise, die ein rehäugiger Junge feilbot – Couscous mit minzgewürztem Ziegenfleisch, das zäh wie Leder war. Es war so scharf, dass es ihm den Mund verbrannte, aber unter Jettes amüsiertem Blick aß er alles auf.

Vor Anbruch der Dunkelheit kehrten sie zum Schiff zurück. Beim Dinner hatte Robert kaum Appetit, er fühlte sich müde und schlapp. Er führte es auf die Anstrengungen der vergangenen Nacht mit Jette zurück, was ihn jedoch nicht davon abhielt, sie erneut mit in seine Kabine zu nehmen. Umso irritierter war er, als sein Körper auf ihre Liebesdienste nur lustlos reagierte. Sie tat, als bemerke sie es nicht, und irgendwann sanken beide in den Schlaf.

In den frühen Morgenstunden wurde Robert von Krämpfen geweckt. Er erhob sich mühsam aus dem Bett. Noch nie hatte er sich so elend gefühlt, noch nie hatte er so schreckliche Schmerzen gehabt. Unter großen Qualen entleerte er Magen und Darm – er war davon überzeugt zu sterben. Als Jette erwachte und ihm zu Hilfe kam, erhöhte das sein Elend nur noch. Er wollte nicht, dass sie ihn in diesem Zustand sah, aber sie ignorierte seine schwachen Proteste, presste ihm kalte feuchte Tücher auf die Stirn und wischte ihm den Schweiß vom Körper.

Heftige Durchfälle befielen ihn. »Geh wieder in deine Kabine«, flehte er Jette an, geschwächt und blass – der faulige Gestank war ihm peinlich.

Aber sie blieb. Sie badete seinen Körper und hüllte ihn in saubere Leinentücher, ja, sie leerte sogar den Nachttopf über der Schiffsreling aus. Dann küsste sie ihn sanft auf die Stirn, hinterließ ein parfümiertes Taschentuch auf seinem Kissen und flüsterte ihm ein zärtliches Gute Nacht zu. Robert hörte es kaum, innerhalb von Minuten fiel er in einen tiefen und erschöpften Schlaf.

Ein Klopfen an der Tür weckte ihn kurz nach Mittag. Es waren Reverend Stone und seine Frau, Letztere hielt einen Teller mit Brühe in der Hand. »Wir haben gehört, dass Ihnen nicht wohl ist«, sagte sie eifrig und drängte in die Kabine. »Sie armer, armer Mann. Je eher wir diesen abscheulichen Ort hinter uns lassen, desto besser. Ich hatte keine Ahnung, dass Afrika so schmutzig ist.« Sie warf ihrem Mann einen vorwurfsvollen Blick zu. Ihn schien jedoch der Anblick von Jettes Taschentuch, das immer noch auf Roberts Kissen lag, mehr zu interessieren.

Robert seufzte nur und hielt sich die Augen zu.

»Ich habe den Koch gebeten, eine Hühnerbrühe zuzubereiten. Setzen Sie sich und versuchen Sie, ein wenig davon zu essen.«

Es war das Letzte, worauf Robert Appetit verspürte, allein bei dem Geruch drehte sich ihm der Magen um. Aber die gute Mrs. Stone, die davon überzeugt war, es sei ihre Berufung, anderen zu helfen, sah ihn mit einer Entschlossenheit an, der er sich nicht widersetzen konnte. Je eher ich nachgebe, so dachte Robert in seiner Not, desto eher werde ich diese Frau wieder loswerden. Und so ließ er sich gehorsam von ihr füttern, wobei sie unaufhörlich auf ihn einredete.

»Alle waren äußerst besorgt, als Mrs. Petersen uns sagte, dass Sie krank seien, nicht wahr, David?«

Der Reverend nickte, sein Blick ruhte noch immer auf dem parfümierten Stofftuch.

»Gut, dass wenigstens einer von uns etwas mitbekommen hat. Sie hätten hier sterben können. Wer weiß, was diese Heiden in Ihr Essen gemischt haben. Wirklich, Mr. Granger, ich hätte Ihnen mehr Vernunft zugetraut. Wahrscheinlich können Sie von Glück reden, noch am Leben zu sein. Nicht wahr, David?«

Der Reverend nickte nur.

»Aber Mrs. Petersen scheint das nicht weiter bekümmert zu haben. Sie ist mit einem Eselskarren unterwegs auf einem Ausflug. Und zwar ganz allein mit einem arabischen Führer. Sie ist ein hübsches Ding, aber ziemlich naiv, fürchte ich. Selbst Mr. Burtons Angebot, sie zu begleiten, lehnte sie ab. Oh, ich hoffe nur, dass sie wohlbehalten zurückkehrt. Glaubst du, dass sie das tun wird, David?«

Wieder nickte der Reverend nur.

»Und Mr. Hardcastle schien beim Mittagessen ziemlich verstört. Er hat kaum ein Wort gesprochen. Die nette Mrs. Dupaine hat wirklich alles versucht, um ihn am Gespräch zu beteiligen, aber er wurde richtig unhöflich, fandest du nicht auch, David?«

Erneut war ein Nicken die einzige Antwort.

Und so ging es immer weiter. Der Reverend löste seine Aufmerksamkeit schließlich von Jettes Taschentuch und schaute betrübt auf jeden Löffel Suppe, den seine Frau Robert in den Mund schob. Der hatte längst genug. »Bitte nichts mehr, Mrs. Stone.«

»Nur noch ein winziges bisschen.«

Robert wehrte den Löffel ab und schüttelte den Kopf. »Nein danke. Ich muss jetzt dringend etwas schlafen.«

»Ich hoffe wirklich, dass es Ihnen bald wieder besser geht, damit Sie uns beim Dinner Gesellschaft leisten können. Wenn nicht, bringen wir Ihnen eine Kleinigkeit in die Kabine, nicht wahr, David?«

Der Reverend nickte.

»Nett, mit Ihnen gesprochen zu haben«, brachte Robert mühsam hervor.

Die Bemerkung ging glatt über den Kopf des Reverends hinweg.

Als Robert erwachte, stellte er fest, dass das Schiff bereits ausgelaufen war. Der Sonnenstand ließ darauf schließen, dass es später Nachmittag war. Er ließ sich heißes Wasser bringen und wusch sich. Er war noch immer schwach auf den Beinen, fühlte sich jedoch schon viel besser und räumte die Kabine, damit der Steward sauber machen und sein Bett richten konnte. Die frische Luft tat ihm gut. Sein Bedürfnis nach Flüssigkeit führte ihn in die Bibliothek, um dort Tee zu trinken. Dort fand ihn schließlich Logan Burton.

»Haben Sie Mrs. Petersen gesehen?«

»Nein. Heute jedenfalls noch nicht.«

»Niemand hat sie gesehen. Sie ist heute Morgen von Bord gegangen und wurde seither nicht wieder gesehen. Ich glaube, sie ist noch immer an Land.«

»Mein Gott. Weiß der Captain das schon?«

»Ich bin mir nicht sicher.«

»Dann müssen wir uns sofort darum kümmern.«

Gemeinsam verließen sie die Bibliothek und trafen Jeremy Hardcastle auf dem B-Deck. »Captain Aujoulat hat den Zeitpunkt des Ablegens klar und deutlich gemacht. Er wird nicht umkehren. Sind Sie sicher, dass sie nicht in ihrer Kabine ist?«

»Die Tür ist verschlossen, und von innen kommt keine Antwort.«

»Vielleicht ist sie krank«, vermutete Robert besorgt.

»Guter Gott, Granger. Erzählen Sie mir nicht, dass sie auch dieses afrikanische Essen zu sich genommen hat.« Burton sah so besorgt aus, wie Robert sich fühlte.

»Gestern ganz sicher nicht.«

»Der Purser hat einen Schlüssel«, meinte Hardcastle. »Einer von Ihnen wartet an ihrer Kabinentür. Der andere könnte zusehen, ob Mrs. Stone so freundlich wäre, für alle Fälle mit uns zu kommen.«

Robert fand die Frau des Reverends und erklärte ihr rasch, worum er sich sorgte.

»Du meine Güte. Ich hoffe, dass ihr nichts zugestoßen ist. Natürlich begleite ich Sie. Bleibst du hier, David?«

Robert konnte kaum fassen, dass er wieder nur nickte.

Mrs. Stone bestand darauf, Jettes Kabine als Erste zu betreten. »Nur für den Fall, dass die Lady indisponiert ist.«

Sie hätte sich keine Sorgen zu machen brauchen. Jette war nicht da – ebenso wenig ihre Sachen, wie sie beim Durchsuchen der Kabine rasch feststellten.

Captain Aujoulat weigerte sich strikt umzukehren. »Die Tatsache, dass Mrs. Petersens Gepäck ebenfalls verschwunden ist, deutet darauf hin, dass sie das Schiff absichtlich verlassen hat. Ich habe nicht vor, meinen Fahrplan zu ändern, um eine störrische Frau zu retten, die auf keinen Rat hört und wahrscheinlich nicht einmal den Wunsch hat, an Bord zurückzukehren. Damit ist die Angelegenheit für mich beendet, Gentlemen.«

Selbst Jeremy Hardcastle schien erschüttert über Jettes Verschwinden, konnte sich jedoch eine böse Spitze in Roberts Richtung nicht verkneifen. »Vielleicht sucht die Lady doch einen Mann und keinen Grünschnabel. Sie hätte gleich zu mir kommen sollen.« Robert ignorierte Hardcastles Bemerkung, seine Eifersucht ermüdete ihn. Er hoffte, dass es Jette gut ging. Ihr plötzliches Verschwinden war mysteriös, aber sie alle stimmten der Einschätzung des Captains zu: Sie hatte das Schiff mit Absicht verlassen.

Als Robert sich zum Dinner umziehen wollte, konnte er den Schlüssel zu seinem Überseekoffer nicht finden. Schließlich sah er, dass er im Schloss des Koffers steckte. Stirnrunzelnd öffnete Robert das Gepäckstück, dann fiel ihm plötzlich ein, dass Jette darauf bestanden hatte, ihm etwas Frisches zum Anziehen herauszusuchen, ehe er einschlief.

Irritiert registrierte Robert, dass der Inhalt des Koffers seltsam durcheinander war. Eine schreckliche Ahnung überfiel ihn. Widerstrebend – denn er brachte es kaum über sich, sie zu verdächtigen, nahm er Kleidungsstück für Kleidungsstück heraus.

Die beiden Lederbeutel mit dem Schmuck, den ihm seine Mutter vermacht hatte, waren nicht mehr da.

# 4

Die *Marie Clare* dampfte weiter in südliche Richtung und umrundete den Nordwesten von Afrika. Herr und Frau Knappert waren eine Woche zuvor in Porto von Bord gegangen, und das plötzliche Verschwinden Jettes – das für alle außer Robert unerklärlich blieb – hatte die Zahl der Passagiere auf fünfzehn reduziert.

Einen Tag nachdem sie Casablanca verlassen hatten, kam Logan Burton an Deck auf Robert zu und hielt ihm eine Goldmünze hin. »Sie haben gewonnen.«

Robert lehnte ab. »Wenn Sie sich erinnern, Sir, habe ich die Wette nicht angenommen.«

»Nein«, gab Burton zu und versuchte weiter, Robert das Geld aufzudrängen. »Aber wenn ich mich nicht irre, haben Sie soeben einen nicht unbeträchtlichen Verlust erlitten.«

Robert schob Burtons Arm von sich. »Behalten Sie Ihr Geld, Burton. Ich bin nicht so arm, dass ich etwas annehmen muss, was mir nicht zusteht.«

Der ältere Mann zuckte mit den Schultern und steckte die Münze wieder ein. »Wie Sie wünschen.« Er wandte sich zur Reling und blickte zum fernen Horizont. »Ich hoffe, dass sie es wert war.«

Robert gab keine Antwort. Wieder hatte ihn eine Frau zum Narren gehalten. Würde er denn nie lernen?

Vielleicht hatte Burton seine Gedanken erahnt, jedenfalls

lachte er plötzlich und schüttelte den Kopf. »Sie können sich glücklich schätzen, junger Mann, kein Zweifel. Die Jugend ist auf Ihrer Seite. Nehmen Sie den Verlust nicht allzu schwer, mein Junge. Afrika wartet auf Sie. Mit was auch immer das kleine Flittchen durchgebrannt ist, Sie können es leicht um ein Vielfaches ersetzen. Denjenigen, die vor ein wenig Gefahr nicht zurückschrecken, bietet Afrika reichlich Entlohnung. Ich erkenne in Ihnen einen prometheischen Geist. Sie werden diesen Schlag verwinden und zu neuen, besseren Ufern aufbrechen.«

Werde ich das wirklich?, fragte sich Robert. Konnte er die eine und einzige Verbindung zu seinem Vater je ersetzen? Mit ausdruckslosem Gesicht sagte er: »Ich hoffe, Sie haben Recht, Burton.« Insgeheim wunderte er sich über die Wortwahl seines Gesprächspartners. Seinen spärlichen Informationen über die griechische Mythologie zufolge war Prometheus ein Titan gewesen, der den Göttern das Feuer stahl, um sich anschließend zur Strafe an einen Felsen ketten zu lassen. Für alle Ewigkeit fraß jeden Tag ein Adler seine Leber, die dann in den Stunden der Dunkelheit nachwuchs, um am nächsten Tag aufs Neue gefressen zu werden. Robert war sich nicht sicher, ob ihm diese Vorstellung von einem Leben gefiel.

Monsieur Arnaud verließ das Schiff in Las Palmas. Niemand bedauerte, dass sein endloses Gerede über Krankheiten nun ein Ende hatte.

Einige Abende später enthüllte Margaret Stone beim Dinner, dass Herr und Frau Knappert nicht verheiratet gewesen seien. »Er hat seine Frau und seine drei Kinder verlassen, um mit ihr durchzubrennen«, berichtete sie am Tisch mit entrüsteter Stimme. »Kein Wunder, dass sie so angespannt waren.«

Ihr Ehemann hob seinen blassen bernsteinfarbenen Blick vom Teller. »Margaret! Das sind vertrauliche Informationen.«

»Sei nicht albern, David. Was schadet das schon? Wir werden sie nie wiedersehen.«

Reverend Stones sanfter Gesichtsausdruck veränderte sich

nicht, aber die Knöchel seiner Hände traten weiß hervor, als er nach Messer und Gabel griff. Ansonsten fiel kein einziges Wort mehr.

Während der restlichen Reise bis Sierra Leone, wo die beiden Missionare sowie Robert und Comfort Dupaine von Bord gehen würden, nahm Margaret Stone ihre Mahlzeiten in ihrer Kabine ein und wurde nicht mehr an Deck gesehen. Der Reverend entschuldigte ihre fortgesetzte Abwesenheit mit »einer leichten Form von Malaria«. Seine Erklärung wurde von den anderen mit verständnisvollem Gemurmel akzeptiert, denn alle hatten auf mehr oder weniger starke Weise auf das Wasser reagiert, das in Casablanca an Bord genommen worden war. Als die Passagiere jedoch in Freetown darauf warteten, von Bord gehen zu können, enthüllte ein Windstoß das mit einem Tuch verdeckte Gesicht Margarets. Es war mit Blutergüssen übersät.

Die Tatsache, dass ein Mann Gottes mit seiner Frau Geheimnisse austauschte, schien in Roberts Augen eine Sache zu sein, dass sie sie in der Öffentlichkeit ausplauderte, eine andere. Auch wenn Robert Margaret Stone nicht sonderlich mochte, fand er, dass eine anständige Strafpredigt genügt hätte, um sie an einer künftigen Wiederholung zu hindern. Während er die Stones so ansah – sie, die regungslos an Land starrte, er, der den Arm fürsorglich um sie legte –, ein Ebenbild ehelichen Glücks, kam er zu dem Schluss, dass er nicht der Einzige war, der ein Geheimnis hatte. Nur dass seine Probleme, verglichen mit denen von Margaret Stone, eher geringfügig waren. Der Himmel möge den Heiden helfen, dachte er, wenn David Stone seinen missionarischen Eifer mit derart harter Hand umzusetzen pflegt.

Sie waren nur noch zehn Passagiere – denn es war niemand Neues mehr an Bord gekommen –, als sie ihren Weg an der zerklüfteten und dicht bewaldeten Westküste Afrikas entlang in Richtung Kapstadt fortsetzten. Langeweile machte sich breit. Das Leben an Bord war eintönig, die Mahlzeiten die einzige Abwechslung. An den meisten Vormittagen schlossen sich Robert und Logan Burton Leutnant Elliot und Fähnrich Pool beim Kartenspiel an. Die gut erzogenen Töchter von Lord und Lady Diamond verfielen zunehmend in Gejammer, Trotz und alberne Zankereien. Hanson und Magda Wentzell blieben meist für sich, auch wenn der Bure jede Gelegenheit nutzte, um einen Pfeil in Richtung Logan Burton abzuschießen.

»Was hat der Mann nur gegen Sie?«, fragte Robert irgendwann.

»Ich bin Brite. Einen weiteren Grund benötigt er nicht.«

»Zu uns anderen ist er aber nicht so unhöflich.«

»Nein«, stimmte Burton lachend zu. »Sie anderen haben ja auch kein Verhältnis mit seiner Schwester gehabt.«

Wenn es eine Erkenntnis über Logan Burton gab, dann war es die, dass ihm Diskretion ziemlich gleichgültig war. Robert hatte kein Interesse an der Enthüllung weiterer Einzelheiten, deshalb nickte er bloß, aber Burton war bereits in Plauderstimmung.

»Hübsches kleines Ding. Flirtete wie der Teufel. Habe ihr einige Male meine Aufwartung gemacht. Wentzell fand es heraus und war zutiefst empört. Meinte, er bräuchte keinen Engländer in der Nähe seiner Familie. Wie auch immer, die ganze Angelegenheit war bloß ein Strohfeuer. Sie entpuppte sich letztlich als typisches Burenmädchen.«

Ungeachtet seiner besten Absichten wollte Robert nun doch wissen, was Burton damit meinte.

»Keinerlei Sinn für Humor, mein Freund. Sie nahm immer alles wörtlich. Wenn ich Ihnen einen guten Rat geben darf, Granger, dann halten Sie sich von solchen Mädchen fern. Burenfüllen sind so langweilig wie ein Tag in der Kirche. Außerdem setzen sie alle Fett an.«

»Ach, hören Sie auf, Burton.«

»Es stimmt. Sehen Sie sich nur um, wenn wir erst in Kapstadt sind. Wenn Sie eine finden, die verheiratet und noch schlank ist, fresse ich einen Besen. Wentzells Schwester war da keine Ausnahme.«

»Viele Engländerinnen sind auch nicht anders. Aber Sie sagten, sie war hübsch.«

»War, mein Junge, war. Vor gut zwölf Jahren.«

»Und er hasst Sie noch immer, obwohl es so lange her ist?«

»Mmh ...« Burton schien plötzlich ein schlechtes Gewissen zu haben, doch dann lachte er. »Die Tochter eines Farmers, mein Junge. Sie hatte schon als Kind zugesehen, wenn die Tiere im Stall das trieben, was nur natürlich ist. Wir waren in der Scheune, haben uns ein wenig vergnügt, Sie verstehen schon. Wie auch immer, Wentzell hat uns erwischt und – ein schreckliches Theater gemacht. Ehe ich mich versah, tauchte sein alter Herr mit einer Peitsche auf. Ich war dran, da gab es kein Vertun. Die beiden hatten vor, mir eine ordentliche Abreibung zu verpassen. Daraufhin tat ich das Einzige, was unter den Umständen möglich war. Ich sagte ihnen, ich sei verliebt und würde das Mädchen gern heiraten.« Er lachte wieder. »Nun, sie waren nicht allzu glücklich darüber, aber sie ließen mich in Ruhe.«

»Dann haben Sie sie also sitzen gelassen?«

»Unsinn. Sie wollte mich ebenso wenig heiraten wie ich sie. Sie hatte ein Auge auf einen Farmerssohn aus der Nachbarschaft geworfen. Wie ich schon sagte, wir ließen die Sache im Sande verlaufen. Ihr Bruder ist derjenige, der nicht vergessen kann.«

»Aber wenn das Mädchen Sie hätte heiraten wollen? Hätten Sie das gemacht?«

»Natürlich. Wofür halten Sie mich? Ich hätte mich niedergelassen, Kinder gezeugt, die Felder ihres Vaters gepflügt und das schreckliche Essen ihrer Großmutter gegessen. Und eines Tages hätte sie mich im Bett einfach platt gewalzt.«

Robert schüttelte den Kopf und lächelte.

»Glauben Sie mir nicht?« Burton lachte wieder. »Ach, mein junger Freund, Ihr Mangel an Respekt vor mir schmerzt mich.

Sie müssen mich für einen schrecklichen Schuft halten.« Robert war sich nicht sicher, ob Logan Burton es ernst meinte.

Diejenigen, die nicht an den Kapitänstisch geladen waren, saßen nun immer zusammen. Jeremy Hardcastle tat seine Pflicht, ohne Robert je direkt anzusprechen, seine Feindseligkeit war nicht zu übersehen. Trotzdem bat Robert ihn am Abend, ehe sie Kapstadt erreichten, um die Adresse von Jettes Tante in Durban.

»Warum sollte ich Ihnen diese Information geben?«

»Ich dachte, ich könnte ihr meine Aufwartung machen.«

»Tatsächlich? Zufällig werde ich sie selber besuchen, Granger. Ich bin mir sicher, dass die gute Lady kein Interesse an Ihnen hat.« Er lächelte bitter. »Mrs. Petersen hat Sie zum Narren gehalten. Vergessen Sie sie.«

Allmählich begann Robert, sich über den Offizier zu ärgern. Dieser verdammte Mann und seine Eifersucht. »Wie Sie meinen. Wenn Sie mir nicht helfen, werde ich ihre Tante eben allein ausfindig machen.«

»Davon kann ich Sie nicht abhalten.« Hardcastles Stimme klang scharf. »Tun Sie das nur. Sie werden sehen, wie weit Sie kommen.«

Logan Burton hatte ihr Gespräch mit angehört und unterbrach sie ungeduldig. »Es ist nun wirklich nicht Grangers Schuld, dass die Lady Ihnen den Kopf verdreht hat.«

Hardcastle starrte ihn an. »Wenn ich mich recht erinnere, fanden Sie sie ebenfalls attraktiv.«

»Natürlich«, bestätigte Burton leutselig. »Sehr sogar. Aber wie bei Granger war das alles. Wachen Sie endlich auf, Mann. Keiner von uns hat bei Frauen wie Jette Petersen eine Chance. Mit etwas Glück kriegen Sie sie ins Bett. Wenn nicht, akzeptieren Sie es.«

Der Erste Offizier wurde hochrot. »Wie können Sie es wagen, Sir. Ich verlange, dass Sie das zurücknehmen.«

Lord Diamond hatte die Auseinandersetzung ebenfalls mitbekommen und schaltete sich ein. »Ich bitte Sie, Burton, es sind Ladys unter uns.«

»Allerdings«, zischte der Erste Offizier. »Aber was kann man von Leuten wie ihm anderes erwarten?«

In Lord Diamonds intelligenten Augen blitzte Irritation auf. »Wenn ich Sie wäre, würde ich den Mund halten, Hardcastle. Nach dem Vorfall, den ich vor wenigen Wochen an Deck beobachtet habe, sind Sie nicht in der Position, die Dinge zu kommentieren.«

»Mylord, ich habe keine Ahnung, worauf Sie sich beziehen.«

»Nein?« Diamond sah ihn bohrend an. »Denken Sie zurück. Sie, Sir, wollten mit Granger um die Gunst der Lady kämpfen. Muss ich noch mehr sagen?«

Jeremy Hardcastle entschuldigte sich und verließ den Tisch.

»Machen Sie sich nicht die Mühe, die Tante ausfindig zu machen.« Burton wandte sich an Robert. »Zufällig weiß ich, wo sie wohnt.«

»Natürlich tun Sie das«, antwortete Hanson Wentzell auf einmal verächtlich. »Es gibt keine Frau in Natal oder vielleicht sogar in der Kap-Kolonie, deren Adresse Sie nicht besitzen.«

»Glücklicherweise«, meinte Logan bösartig, »ist Ihre Schwester nicht darunter.«

Magda hinderte ihren Mann am Aufspringen. »Lass ihn, Hanson«, bat sie leise.

Logan blieb äußerlich entspannt, aber Robert spürte genau, wie aufgebracht er war.

»Du liebe Güte.« Lady Diamond fächelte sich kühle Luft zu. »Ich bin froh, wenn wir das Festland erreicht haben. Ich denke, wir alle sind nach der langen Reise ein wenig gereizt. Mr. Wentzell, Sie haben mir kürzlich erzählt, wie Sie diesen wunderbaren Mann, Thomas Baines, getroffen haben. Man stelle sich nur vor, ein Schriftsteller, Künstler und Entdecker zugleich. Wie faszinierend. Erzählen Sie uns von ihm.«

Der Holländer gab in holprigem Englisch eine überraschend

wohlwollende Schilderung des jungen britischen Gentlemans, der der Künstlergemeinschaft der Kap-Kolonie angehörte – weit entfernt von seiner eigenen Welt. Die anderen am Tisch verloren schon bald das Interesse, aber Lady Diamond schien fasziniert, auch wenn sie die Frage nur gestellt hatte, um weitere Streitereien abzuwenden.

Lord Diamond wandte sich an Robert. »Kann ich Sie kurz an Deck sprechen, Granger?« Ohne eine Antwort abzuwarten erhob er sich und verließ den Tisch.

Robert entschuldigte sich mit einer kurzen Kopfbewegung bei den anderen und folgte ihm.

Sobald sie an der frischen Luft waren, bot Lord Diamond Robert eine Zigarre an.

»Danke, nein.«

»Ich wollte Sie lediglich beruhigen, Granger. Ich bin ein sehr guter Menschenkenner, das muss ich in meiner Position sein. Sie hatten eine Pechsträhne und sorgen sich nun offenbar, dass ich Sie bloßstellen könnte.« Diamond lächelte, doch sein Gesichtsausdruck blieb ernst. »Nun, das Geheimnis Ihrer wahren Identität und Ihrer Abstammung sind bei mir sicher aufgehoben. Ich entschuldige nicht, was Sie getan haben, de Iongh ist ein feiner Mann, aber Sie verdienen es nicht, gehängt zu werden. Was mich betrifft, sind Sie der, für den Sie sich ausgeben. Wenn es etwas gibt, das ich für Robert Granger tun kann, würde ich gern zu Diensten sein.« Er paffte genussvoll an seiner Zigarre, ehe er fortfuhr. »Es geht mich natürlich nichts an, aber an Ihrer Stelle würde ich Natal ansteuern. Es ist – wie Sie – gerade im Aufblühen. Ideal für jemanden, dessen Vergangenheit keiner … genauen Prüfung standhalten würde. Da oben im Norden neigt man dazu, einen Mann nach dem zu beurteilen, was er jetzt ist und tut, zumindest habe ich das gehört. Familienverbindungen spielen nur dann eine Rolle, wenn sie in Afrika von Bedeutung sind.« Lord Diamond lächelte wieder, und dieses Mal stand Anerkennung in seinen Augen. Seine Stimme bekam einen fast verschwörerischen Unterton. »Sich Burton anzuschließen wäre nicht das Schlechteste. Der Mann ist ein Gauner, aber das ist hier draußen von Vorteil. Auch Sie sind ein Abenteurer. Ich glaube, dass Sie beide gut miteinander zurechtkämen.« Lord Diamond streckte die Hand aus, und Robert ergriff sie. »Viel Glück, Granger. Ich erwarte Ihre Nachrichten. Ganz sicher werden Sie Ihre Spuren hinterlassen, das habe ich im Gefühl.«

Mit einer knappen Verbeugung kehrte Lord Diamond in den Speisesaal zurück und ließ einen erstaunten Robert zurück, der sich fragte, was er getan hatte, um bei diesem Mann einen derart positiven Eindruck zu hinterlassen.

Am nächsten Tag kam kurz nach dem Mittagessen der Tafelberg, der hoch über Kapstadt thront, ins Blickfeld. Es war ein äußerst willkommener Anblick, und alle blieben an Deck, als die *Marie Clare* langsam darauf zusteuerte. Die Stadt – zumindest das, was man davon erkennen konnte – lag in einer Bucht. Dahinter führten dicht bewaldete Hänge auf eine vertikal aufragende Felswand zu. Weiße Schäfchenwolken zogen darüber hinweg und hingen wie eine Spitzentischdecke über den schroffen Klippen und tiefen Schluchten. Es war stürmisch, Südostböen verwandelten das tiefblaue Meer in eine unruhige, weiß schäumende Masse. Robert fühlte sich seltsam beschwingt, als er mehr als ein Dutzend Schiffe zählte, die vor Anker lagen.

Logan, der sich mit einer Hand den Hut festhielt, um ihn am Wegfliegen zu hindern, atmete tief ein. »Mittagszeit. Ich kann Curry riechen.«

»Ich auch. Bläst der Wind hier immer so stark?«

»Im Sommer ja. Und er kommt immer aus Südosten. Die Einheimischen nennen ihn Kap-Doktor. Sie sagen, er trägt alle Krankheitserreger vom Land weit aufs Meer hinaus. Das könnte durchaus stimmen. Ich habe schon erlebt, dass er so stark geblasen hat, dass ausgewachsene Männer hinterrücks umgefallen sind. Wenn er aufhört, folgt fast immer ein derart strahlender Tag, dass man glaubt, man sei im Himmel.« Logan brach ab. Er wirkte plötzlich überrascht über seine eigenen Worte.

Hanson Wentzell stand in der Nähe. »Zu Hause. Gott sei Dank. Einen Ort wie diesen gibt es kein zweites Mal.«

»Wo werden wir wohnen, Papa?«, fragte die vierzehnjährige Sylvia Diamond ihren Vater.

»Ich weiß es noch nicht«, antwortete Lord Diamond zögernd. Er konnte nicht viel Begeisterndes entdecken. Die Architektur wies deutliche holländische Einflüsse auf und gefiel ihm nicht besonders.

»So weit weg wie möglich«, murmelte Wentzell. »Das ist der einzige Ort für euch Briten. Ihr haltet euch für zu fein, um mit den Holländern zusammenzuwohnen.«

»Wir werden da wohnen, wo uns die britische Regierung ein Haus zur Verfügung stellt«, antwortete Lord Diamond ruhig.

Wentzell wandte sich ab.

Fähnrich Pool war ebenfalls skeptisch. »Da hinten muss das Fort sein«, sagte er und zeigte in die Ferne. »Nicht besonders groß.«

»Was glaubt der Soldatenjunge, wo er ist?«, fragte Logan Burton mit gereiztem Unterton.

Bei derartigen Windverhältnissen hätte sich die Fahrt mit dem Beiboot als extrem schwierig erweisen können. Aber wie auf ein Zeichen ließ der Sturm plötzlich nach.

»So ist es immer«, meinte Logan. »Der Wind kann innerhalb von fünf Minuten erneut aufbrausen oder für Tage fortbleiben.«

Lord Diamond und seine Familie verabschiedeten sich feierlich sowohl bei ihren Mitpassagieren als auch bei der Crew. Hanson Wentzell und seine Frau winkten nur knapp.

Drei allein stehende Männer und zwei Ehepaare kamen in Kapstadt an Bord des Schiffes. Eines der Paare kehrte nach einem Aufenthalt von mehr als fünf Jahren nach England zurück.

Die Frau machte keinen Hehl aus ihrer Freude über die Heimreise, während ihrem Mann die Aussicht weniger zu gefallen schien. »Es ist hart für die Frauen hier«, erklärte er. »Aber es ist auch ein großartiges Leben.«

Logan stieß Robert an. »Hören Sie nicht auf ihn«, riet er. »Halten Sie Augen und Ohren offen. Und machen Sie Ihre eigenen Erfahrungen.«

Robert wusste, dass er keine andere Wahl hatte. Ob er Afrika lieben oder hassen würde, er war jetzt hier, und er musste hier bleiben.

Das Schiff blieb zwei Tage im Hafen liegen, um die Ladung zu löschen und Treibstoff, frische Vorräte und neue Waren aufzunehmen. Logan hatte Robert angeboten, ihn während dieser Zeit ein wenig herumzuführen. Kapstadt war ein wahrer Schmelztiegel. Die Architektur war faszinierend, doch noch interessanter fand Robert die bunte Mischung der Einwohner. Neben Briten – hauptsächlich Soldaten (Hanson Wentzell hatte Recht mit seiner Aussage, dass sich britische Siedler nicht mischten) – und Holländern gab es Hottentotten, Inder, Malaien und farbige Mischlinge, alle mit ihrer eigenen Kultur und Sprache. Sie belebten die Straßen mit einer exotischen Mischung aus Farben, Geräuschen und Gerüchen.

An ihrem zweiten Tag, als der Südostwind noch immer Gnade walten ließ, fuhren sie mit der Schwebebahn zum Gipfel des Tafelbergs. Von dort aus konnte man die gesamte Schönheit Kapstadts genießen. Es kam Robert so vor, als stände er am Rand eines gigantischen Beckens. Im Südwesten erstreckte sich die Landspitze an der Stelle ins Meer, wo sich zwei Ozeane trafen, der Indische und der Atlantische. Zerklüftete Berge ragten aus dem Wasser auf und bildeten Buchten, Strände und Klippen. Im Südosten war die Landschaft noch spektakulärer.

An den Berghängen wuchsen vom Wind zerzauste Wildblumen in Hülle und Fülle, in Rot und Weiß, Pinkfarben sowie in Blau- und Gelbtönen. Der Farbenrausch wurde vervollständigt durch bunte, Nektar suchende Vögel, die über den Blüten in der Luft schwirrten.

Im Landesinnern erstreckte sich die Flachküste einem weiteren Höhenzug entgegen, der dunstig blau in der Ferne aufragte. Obwohl Sommer war, war es auf dem Gipfel kalt.

»Nun, was sagen Sie?«, fragte Logan.

Robert überlegte einen Moment. »Es ist groß«, sagte er schließlich und zuckte entschuldigend die Achseln.

Logan lächelte. »Sie werden sich rasch an diese Weite gewöhnen. Nach einer Weile wird es Ihnen schwer fallen, ohne sie zu leben. Verglichen hiermit ist England eine Puppenstube.«

»Nun«, meinte Robert nachdenklich und verschränkte die Arme gegen die Kälte vor der Brust, »wenigstens weiß man dort, wie alles zusammengehört.«

»Das stimmt«, antwortete Logan. »Aber wie langweilig ist das.«

»Für manche nicht«, widersprach Robert.

Logan schnippte verächtlich mit den Fingern. »Kommen Sie, mein Freund. Ich kenne eine wunderbare Taverne, wo wir etwas zum Aufwärmen bekommen. Lassen Sie uns diese Vergleiche auf einen späteren Tag verschieben. Man kann nicht von Ihnen erwarten, sich nach so kurzer Zeit eine Meinung zu bilden, auch wenn ich finde, dass Sie ruhig zugeben könnten, wie schön es hier ist.«

»Es ist schön«, bestätigte Robert. »Allerdings bisher nur äußerlich.«

»Das ist immerhin ein Anfang. Wir werden diese Diskussion zu einem anderen Zeitpunkt fortsetzen.«

Auf dem Weg nach unten, als sie in der engen Kabine, die lediglich an einem Kabel hing, bedenklich hin und her schwankten, schwieg Robert. Es war unmöglich, nicht beeindruckt zu sein. Wo er auch hinschaute, gab es faszinierende Ausblicke. Aber zur Bewunderung gehörte auch ein wenig Vertrautheit. Und dazu würde er noch Zeit benötigen, die er glücklicherweise im Überfluss zur Verfügung hatte. Robert würde sich so viel nehmen, wie er brauchte. Er musste allerdings zugeben, dass ihn Afrika auf den ersten Blick durchaus in seinen Bann gezogen hatte.

Vier Tage später nahm Robert die Stadt in Augenschein, die vermutlich sein neues Zuhause werden würde – Durban. Sie war völlig anders als Kapstadt. Von den zerklüfteten Bergen war nichts mehr zu sehen, breite Buchten schmiegten sich zwischen hohe Klippen, das Meer war nicht mehr vom Wind umtost. Weiter im Süden hatte die Vegetation fast europäisch angemutet, hier war sie üppig-tropisch. Der Indische Ozean war tiefblau und lag ganz still da. Die Strände waren lang und ausgedehnt.

Kapstadt hatte Ruhe und Ordnung ausgestrahlt. Durban wirkte ungezähmt, ein trotziger Geist, der sich weigerte, etwas zu sein, was er nicht war. Das Versprechen eines wilden und warmen Landes – rau und gnadenlos, und zugleich freundlich gegenüber denjenigen, die ihm Liebe und Respekt entgegenbrachten.

Robert schüttelte den Kopf über seine eigenen Gedanken. Es gab noch so viel zu lernen. Was lag hinter den dichten Wäldern? Was verbarg sich unter diesem weiten blauen Himmel? Was waren das für Menschen, die die Annehmlichkeiten und die Sicherheit ihrer europäischen Heimat aufgegeben hatten, um willentlich an diesem heißen und gefährlichen Ort zu leben? Das Land war kompromisslos. Ein falscher Schritt, und es würde ihn bezwingen. Es forderte ihn heraus, und er spürte, dass er bereits darauf reagierte.

»Schön.«

Robert hatte Logan Burton nicht kommen hören. Der Mann bewegte sich lautlos wie eine Katze. »Schön«, wiederholte er. »Und trotzdem noch viel viel mehr, vermute ich.«

»So ist es. An jeder Wegbiegung wartet eine Überraschung, jeder Tag ist ein Geschenk. Öffnen Sie Ihren Geist und erwarten Sie, ganz gleich was Sie tun, nichts Vertrautes. Es liegt an Ihnen, diesen Ort zu akzeptieren, fraglos, dann werden Sie hier glücklich sein. Wenn Sie versuchen, Afrika zu beugen, werden Sie nicht nur scheitern, Afrika wird Ihren Geist brechen. Dies ist ein Land der Möglichkeiten und der Abenteuer, wie sie sich nicht vielen bieten. Lieben Sie Afrika, dann gibt das Land Ihnen alles zurück.«

Es war fast so, als hätte der Mann Roberts Gedanken gelauscht. »Ich gebe zu, es scheint besser zu sein, als ich erwartet hatte.«

Burton lächelte anerkennend. »Ich bin ungefähr in Ihrem Alter hierher gekommen. Ich habe einen Monat gebraucht, ehe mir klar geworden war, dass ich Afrika umarmen und glücklich sein konnte oder England nachtrauern und im Nichts enden würde. Es gibt hier keine Halbherzigkeiten. Es geht um alles oder nichts. Kompromisse funktionieren nicht, auch wenn Sie viele Narren treffen, die an Althergebrachtem festhalten.« Er machte eine Kopfbewegung in Richtung Festland. »Krempeln Sie die Ärmel hoch, mein Junge. Ich habe ein gutes Gefühl. Sie werden es hier zu etwas bringen, das kann ich spüren.«

Lord Diamond hatte etwas Ähnliches gesagt. Robert wünschte, er könnte das, was den anderen offenbar so klar war, ebenfalls sehen. War Logan Burton erfolgreich? Er hatte nie erwähnt, wie er seinen Lebensunterhalt verdiente. Robert riss seinen Blick vom sich nähernden Festland und fragte: »Was genau tun Sie hier?«

Burtons blasse blaue Augen funkelten. »Alles, was sich ergibt. Jagen, als Führer arbeiten, mit den Eingeborenen handeln, was Sie sich nur vorstellen können. Ich bin ein freier Mann – keine Frau, keine Kinder, keine Heimat. So habe ich es am liebsten.«

»Sind Sie denn nicht manchmal einsam?«

»Das ist mir lieber als stumpfsinnige Gesellschaft.«

»Nun, Sie kennen ja das Sprichwort: Das einsame Schaf …«

»... muss den Wolf fürchten.« Burton nickte lächelnd. »Ja, das kenne ich. Aber es hängt ziemlich vom Schaf ab, alter Junge.« Ganz kurz flammte Schmerz im Blick des älteren Mannes auf. Er klopfte Robert auf die Schulter. »Sie haben Recht, ein Mann fühlt sich manchmal einsam, aber es gibt viele, die sich inmitten von Frau und Kindern einsamer fühlen. Und wie kann ein Mann glücklich sein, der nur von der Suche nach Macht und Besitz getrieben ist? Ich arbeite, um zu leben, Granger, nicht umgekehrt. Was man nicht besitzt, kann man auch nicht verlieren.«

»Das ist alles schön und gut«, gab Robert zu bedenken. »Aber was ist, wenn Sie zu alt sind, um für sich selber zu sorgen?«

»Mit etwas Glück, mein Freund, hat der liebe Gott mich bis dahin zu sich geholt. Wenn ich nicht mehr genug Kraft zum Hoffen besitze, dann ist es Zeit zu gehen. Ich bin ein Mann, der das Leben lebt. Es macht keinen Sinn, seine Fähigkeiten zu verlieren und ein Stadium zu erreichen, in dem man vergisst, dass man einst welche hatte.«

»Sie zeichnen ein düsteres Bild, Burton.«

»Keines, mit dem Sie sich belasten müssen. Wenn ich einen Wunsch frei hätte, dann den, dass die Jugend auf meiner Seite bliebe.«

»Würden Sie heute etwas anders machen?«

Burton lachte. »Wahrscheinlich nicht. Ich bedaure einige Dinge, natürlich, aber wenn ich die Wahl hätte, würde ich nicht viel verändern. Es gibt nur wenige, die das von sich sagen können.« Er wechselte ganz plötzlich das Thema. »Wissen Sie was, ich schlage Ihnen eine neue Wette vor. Zehn Schillinge, dass wir die Küste bis zum Morgen nicht erreicht haben werden?«

Robert nahm an. Schließlich war gerade erst früher Nachmittag. Was er nicht wusste, war: Wenn etwas in Großbritannien einen halben Tag dauerte, konnte es in Afrika bis zu einer Woche dauern.

Die *Marie Clare* lag in der Reede vor Anker, auf der seewärts gelegenen Seite einer unter Wasser verborgenen Sandbank, die es großen Schiffen nicht gestattete, in den Hafen einzulaufen. Die Zufahrt in den Hafen von Durban war auf der Südseite durch eine Landzunge geschützt, die sich The Bluff nannte. Ihr mit Sträuchern bewachsener Rücken erhob sich einige hundert Meter aus dem Meer, darauf befand sich ein offenbar erst kürzlich entstandener Leuchtturm.

In der Nähe des Leuchtturms war die Signalstelle, deren alleiniger Zweck die Kommunikation mit hereinkommenden Schiffen war. Der Mann, der sie bediente, war unglücklicherweise nicht immer im Dienst. Wenn er es war, war er meist betrunken oder er schlief. Was auch immer an diesem Tag zutraf, Stunden vergingen, ehe die *Marie Clare* signalisieren konnte, dass sie einen Tender benötigte. Endlich machte sich ein Boot auf den Weg, jedoch nur um zu erfragen, woher die *Marie Clare* stamme und ob es irgendwelche Kranken an Bord gäbe. Es war zu spät, die Passagiere noch am selben Tag an Land zu bringen, und anstatt endlich festen Boden unter den Füßen zu spüren, mussten sie eine weitere frustrierende Nacht an Bord hinnehmen. Hitze, Feuchtigkeit und unruhiger Seegang trugen zusätzlich zu ihrem Unwohlsein bei.

Als Robert Logan die zehn Schillinge zahlte, fragte er ihn, wie es ihm gelänge, eine solche Verspätung ohne äußeres Zeichen der Ungeduld oder Gereiztheit hinzunehmen.

»Erinnern Sie sich an meine Worte? Dies ist Afrika. Das Land bewegt sich in seinem eigenen Rhythmus, hat seinen eigenen Schritt und seinen eigenen Weg. Verlieren Sie die Geduld, verfallen Sie in Aktionismus, bestehen Sie darauf, eine Autoritätsperson zu sprechen, und Sie werden sich am anderen Ende dessen wiederfinden, was man am besten als afrikanisches ›Laisser-faire‹ bezeichnen kann.« Logan machte eine kurze Pause. »Es dauert eine Weile, bis man sich daran gewöhnt hat, aber hier lässt sich nichts beschleunigen. Das Einzige, was Sie erreichen, ist, dass sich die Eingeborenen amüsieren. Und schlimmstenfalls verärgern Sie die Menschen und machen sich selber lächerlich. Nein, mein Freund, das ist kein Weg.« Er machte eine ausladende Handbewegung. »Nehmen Sie sich ein Beispiel an dem, was um Sie herum ist. Die Natur kennt keine Eile, warum also wir? Es ist ein wunderschöner Abend, die Sonne scheint, wir sind am Leben. Was könnte sich ein Mensch sonst noch wünschen? Kommen Sie, lassen Sie uns ein Gläschen trinken.«

»Wir sind im Hafen. Die Bar ist geschlossen«, erinnerte Robert ihn.

»Ach, mein lieber Junge, wo ist Ihr Vertrauen in diesen Kontinent? Hier arbeiten die Gesetze für Sie, nicht gegen Sie. Kommen Sie, die erste Runde geht auf mich.«

Die Bar war nicht nur geöffnet, Robert und Logan waren die Letzten, die sie betraten. Sowohl Passagiere als auch Besatzung ignorierten die Regeln der Schifffahrtsgesellschaft über den Verkauf von Alkohol im Hafen einfach. Selbst Captain Aujoulat war da, und nach seinen roten Wangen zu urteilen schon seit einiger Zeit. »Willkommen in Ihrer neuen Heimat, Granger. Wenn Sie hier nicht finden, wonach Sie suchen, dann werden Sie es nirgends finden. Ich würde hier bleiben, wenn ich könnte.«

Logan hatte mitgehört. »Was hält Sie davon ab?«

Der Captain zuckte mit den Schultern, breitete die Hände aus und lächelte. »Meine Frau.«

Alle lachten. Die Zusammenkunft hatte etwas Feierliches. Es herrschte Abschiedsstimmung, mit fortschreitender Stunde ging es immer ausgelassener zu. Irgendwann gegen Mitternacht verlor Robert das Gefühl für die Zeit.

Den Weckgong gegen vier Uhr morgens schätzte er ganz und gar nicht. Die anderen Passagiere waren bereits an Deck. Es war stockdunkel, und alle fragten sich irritiert, ob ihnen jemand einen Streich gespielt habe. Aber nein. Um diese Jahreszeit, verkündete ihnen ein gleichermaßen verschlafener Offizier, gäbe es häufig schwere Stürme und plötzliche Gewitter. So früh am Morgen sei das Wetter vorhersehbarer und weniger heftig. Und tatsächlich, als es am Horizont zu dämmern begann, konnte man ein Boot erkennen, das auf ihr Schiff zusteuerte. Sobald es neben dem Dampfer festgemacht hatte, wurde das Gepäck der von Bord gehenden Passagiere ohne Rücksicht auf mögliche zerbrechliche Inhalte umgeladen. Robert, Logan Burton, Leutnant Elliot, die drei allein stehenden Männer und eines der in Kapstadt zugestiegenen Ehepaare wurden als Erste zum Umsteigen aufgefordert. Die Frau ließ man in einer Art selbst gebautem Fahrstuhl von der *Marie Clare* ziemlich unsanft auf das Boot herunter. Sie zitterte vor Angst.

Die Männer mussten eine Strickleiter hinunterklettern und dann springen. Die Wogen trieben die beiden Boote zusammen und dann wieder auseinander – eine Fehleinschätzung, ein Ausrutscher, und jeder von ihnen konnte zwischen die Schiffsrümpfe gelangen, um dann beim nächsten Zusammentreiben zerquetscht zu werden. Keiner der Männer hatte viel geschlafen, und ihre Geschicklichkeit war durch den Alkoholgenuss zusätzlich beeinträchtigt. Die Tatsache, dass alle ohne Unfall auf das kleine Boot gelangten, war allein der Kompetenz der ausschließlich dunkelhäutigen Crew zu verdanken. Deren flinke Füße und kräftige Hände führten und stützten mit absoluter Zuverlässigkeit.

Sobald die Passagiere an Bord waren, wurden sie gebeten, sich in eine Art Ladeluke zu begeben. Proteste über das übel riechende, feuchte und dunkle Loch stießen auf taube Ohren.

»Sie lassen uns wieder an Deck, sobald wir die Lagune erreicht haben«, erklärte Logan, der zusah, wie einer nach dem anderen hinunterkletterte. »Es ist nur zu unserer eigenen Sicherheit!«

Zum Entsetzen aller wurde die Luke geschlossen, und das Überqueren der Sandbank fand in völliger Dunkelheit statt. Das Boot wurde von den Wellen hin und her geworfen, und Robert verlor die Orientierung. Schon bald wusste er nicht mehr, wo oben und wo unten war. Die Frau war seekrank. Der säuerliche Geruch von Erbrochenem mischte sich mit dem Fäulnisgeruch und löste eine Kettenreaktion aus. Die Männer, die ohnehin bereits an Kopfschmerzen und Unwohlsein litten, schlossen sich ihr innerhalb kürzester Zeit an. Die Fahrt schien endlos zu dauern.

Große Erleichterung machte sich breit, als sie die Lagune endlich erreicht hatten. Die Lukentür flog auf, und ein lächelnder Schwarzer verkündete ihnen, dass sie nun an Deck gehen könnten. Als sie in den Sonnenschein und die frische Luft hinaustraten, verstanden sie, warum man sie in das schreckliche Gefängnis gesperrt hatte. Ihr gesamtes Gepäck und die Besatzung waren völlig durchnässt. Robert atmete tief durch und versuchte seinen sich immer noch drehenden Magen zu beruhigen.

»Eine höllische Art, ein neues Leben zu beginnen«, murmelte er Logan Burton zu.

Der ältere Mann spuckte über die Reling, wischte sich den Mund ab und antwortete grimmig: »Eine höllische Art, irgendetwas zu beginnen, alter Junge.«

Robert sah sich mit zunehmendem Interesse um.

In der Nähe der Küste ankerten ein paar kleine Handelsschaluppen. Als er in die Tiefe schaute, begriff er, weshalb größere Schiffe nicht in die Lagune hineinfahren konnten. Knapp zwei Meter unter ihnen war der sandige Grund zu erkennen; das Wasser war so klar, dass man unzählige bunte Fische sehen konnte.

Sobald sie die Sandbank gut hinter sich gelassen hatten, wurde das Wasser wieder tief, und Robert richtete seine Aufmerksamkeit auf das, was oberhalb des Wassers zu sehen war. Tang und Seegras bedeckten große Teile der Bucht. Kleine Inseln ragten aus dem Wasser, mit dichten Mangrovenwäldern bewachsen. Wildgänse, Flamingos, Pelikane und Kraniche stolzierten oder hüpften zu tausenden umher, um sich Futter zu suchen. Nilpferde tauchten aus dem Wasser auf, um wenig später erneut darin zu versinken. Robert, der diese Tiere bisher nur auf Gemälden gesehen hatte, fand, dass sie aussahen wie gutmütige Seemonster.

Ganz plötzlich verlor das Wasser seine blassblaue Färbung und nahm einen graugrünen Schimmer an. Sonnenstrahlen tanzten auf den sich sanft kräuselnden Wellen. Es war windstill. Die Luftfeuchtigkeit, die bereits unangenehm hoch war, brachte sie alle ins Schwitzen.

Robert blickte zum Land hinüber. Das Zollgebäude beherrschte den Point, die nördlichste Spitze des Hafens von Durban, eine niedrige Landzunge, die in einen pudrigweißen Strand mündete. Daneben befanden sich ein kleines Holzhaus und ein Lagerhaus. Mehrere Gebäude waren im Bau, aber es war unmöglich zu erraten, zu welchem Zweck sie erstellt wurden. Das war alles, was Robert auf den ersten Blick sehen konnte.

Die Stadt, wie Logan ihm erklärte, erstrecke sich dahinter. Ein kunterbunter Gemischtwarenhandel, einem Mann namens Cato gehörend, der zugleich Besitzer des Lagerhauses war, schien das Geschäftszentrum zu bilden. In der Nähe befände sich eine Schmiede. Vor einer methodistischen Kapelle und einem Missionshaus wurden ziemlich unsanft Tiere geschlachtet, wie man jetzt deutlich erkennen konnte. Schnapsbuden und Hotels, Büroräume der lokalen Zeitung *Natal Mercury*, ein Varietétheater, einige Kleinhändler und ein paar Häuser gruppierten sich um die Hauptstraße. Das 45. Regiment habe seine Baracken und Quartiere hinter dem Hauptteil der Stadt, berichtete Logan weiter, ein botanischer Garten sei im Entstehen, eine Rennstrecke winde sich durch den Busch, und ein Cottage diene als Gefängnis. Wenn Logan Burton nicht jedes einzelne Detail erklärt hätte, das ins Blickfeld kam, hätte die Stadt in Roberts Augen wie eine ungeordnete Ansammlung von Häusern ausgesehen. Robert war enttäuscht. Er wusste nicht, was er erwartet hatte, aber ganz bestimmt nicht so etwas.

Logan warf ihm einen Seitenblick zu und sah seine Bestürzung. »Schauen Sie einfach durch das alles hindurch. Das ist nicht Afrika. Das ist England bei dem Versuch, es zu zähmen. Lassen Sie Durban so rasch wie möglich hinter sich. Wenn Sie länger an diesem öden Ort verweilen, werden Sie, ehe Sie sich versehen, genauso. Sie dürfen sich mir gern anschließen, wenn Sie möchten. Sobald ich eine kleine Summe Geld zurückgegeben habe, die man mir geliehen hat, werde ich in Richtung Zululand aufbrechen. Ungefähr in einer Woche.«

Robert wollte von niemandem abhängig sein, so verlockend dies auch sein mochte. Er musste auf seinen eigenen Beinen stehen. »Danke, aber wenn ich hier zurechtkommen will, muss ich versuchen, mich alleine durchzubeißen.«

»Das haben Sie klug ausgedrückt. Aber denken Sie daran, wir alle brauchen an Orten wie diesen Freunde. Das Angebot steht. Mehr kann ich nicht tun.«

An Land zu kommen war ein ebenso einzigartiges Erlebnis wie alles andere. Die Passagiere wurden die letzten Meter von Schwarzen auf dem Rücken getragen. Robert wäre lieber durchs Wasser gewatet, aber als er gesehen hatte, dass Burton sich tragen ließ, als sei dies die normalste Sache der Welt, ließ er es ebenfalls geschehen. Die Afrikaner, die sie trockenen Fußes an Land brachten, waren von der Hüfte aufwärts nackt und rochen stark nach Schweiß, ihre lächelnden Gesichter zeigten große strahlend weiße Zähne. Die Frau, die bereits auf dieselbe Weise wie die Männer ans Ufer gekommen war, war heftig errötet und vermied es, mit einem der anderen Augenkontakt aufzunehmen.

Es war Samstag, der 20. Januar 1872, als Robert Granger erstmals seinen Fuß auf die Küste Natals setzte – ein Gebiet, das er für den Rest seines Lebens sein Zuhause nennen würde. Der kommende Tag war der Geburtstag seiner Mutter. Es kostete ihn große Mühe, nicht an seine Familie in Schottland zu denken. Das traditionelle Champagnerfrühstück, die Geschenke, die sich für das Geburtstagskind hoch auftürmten, die Wärme, die ihn den ganzen Tag erfüllte, ganz gleich welches Familienmitglied die Vollendung eines weiteren Lebensjahres feierte – all dies gehörte der Vergangenheit an, und es war das Beste, wenn er es vergaß.

Ein kleiner, perfekt rasierter Mann, bis auf einen breitkrempigen Hut ganz in Weiß gekleidet, trat vor, um sich für die Umstände zu entschuldigen, die ihnen das Ausschiffen bereitet hätte. Er stellte sich als G. C. Cato vor, Eigentümer sowohl des Gemischtwarenhandels als auch des Lagerhauses hinter ihm.

»Er hat als einfacher Händler begonnen«, raunte Burton Robert zu.

»Willkommen in der schönen Stadt Durban, benannt nach Sir Benjamin D'Urban, vor etwa dreißig Jahren Gouverneur des Kaps. Sie sind sechstausendachthundert Meilen von England entfernt, Ladies and Gentlemen. So fern der Heimat wird Ihnen Ihre neue Umgebung natürlich zunächst ein wenig fremd erscheinen ...«

Die Rede ging noch zwanzig Minuten weiter, allerdings erschien sie zuweilen eher wie ein Vortrag.

»Das macht er jedes Mal, wenn hier ein Schiff ankommt«, erklärte Logan Robert. Er grinste. »Er hält sich offenbar für eine Art inoffizielles Empfangskomitee. In Wahrheit geht es ihm wohl eher um finanzielle Aspekte. Er möchte die Leute auf seiner Seite haben, damit sie in seinem Laden einkaufen. Wenn die Rede allein nichts bewirkt, bietet er Erfrischungen an.«

Die Leute begannen sich zu langweilen und wurden allmählich unruhig. Es war heiß, und es gab keinen Schatten.

»Nun machen Sie schon, George«, rief Burton schließlich. »Wir sterben vor Durst.«

G. C. Cato brummte etwas vor sich hin und gehorchte aufs Wort. »Bitte beurteilen Sie uns nicht aufgrund der unglücklichen Art und Weise, in der Sie an Land gebracht worden sind. Ich möchte mich vor allem bei Ihnen entschuldigen, Madam.« Er machte eine tiefe Verbeugung vor der einzigen anwesenden

Frau. »Der Transfer an Land ist leider etwas beschwerlich. Wie Sie ja bereits erfahren haben, ist unser Problem die Sandbank. Große Schiffe kommen nicht darüber hinweg, auch nicht bei Flut. Wir haben schon häufig versucht, einen Wellenbrecher zu errichten, sogar einen äußeren Hafen, aber das Meer hat uns jedes Mal besiegt. Unrat aus dem Hafen vermischt sich mit Sand, der in der Strömung treibt – trotz aller Bemühungen, eine Fahrrinne freizuschaufeln, sind die Gräben sofort wieder zugeschüttet, und wir stehen erneut ganz am Anfang. Vielleicht finden die Ingenieure eines Tages einen Weg, die Einfahrt so zu verengen und zugleich zu vertiefen, dass ein direktes Anlegen möglich sein wird. Bis dahin möchte ich Ihnen nochmals mein aufrichtiges Bedauern für Ihre Unannehmlichkeiten ausdrücken.«

Logan gähnte demonstrativ. Cato kam zu dem Schluss, dass er genug gesagt hatte, und schnippte energisch mit den Fingern. Diener erschienen mit Tabletts voller Köstlichkeiten und Krügen mit Limonade. »Bitte, bedienen Sie sich«, forderte er die Umstehenden auf. »Es ist nur eine kleine Willkommensgeste von mir persönlich.«

Die Geschwindigkeit, mit der sich alle auf die Erfrischungen stürzten, bereitete Mr. Catos wortreicher Rede ein jähes Ende. Er mischte sich unter die Neuankömmlinge, um ihnen Hinweise auf die Qualität seines Gemischtwarenladens zu geben.

»Ganz schön clever«, murmelte Burton. »Es kostet wenig, und er verdient sich ihr Vertrauen. Raten Sie mal, wo die meisten Leute einkaufen!«

Es war nun bald Zeit, sich von Burton zu verabschieden, aber Robert stellte fest, dass ihm das widerstrebte. Der Mann war für ihn so etwas wie eine Versicherung geworden, dass das Leben, ganz gleich unter welchen Umständen, dazu da war, gelebt zu werden. Wenn man seine Geschichten anhörte, fiel es einem leicht, das Unbekannte als Herausforderung anzunehmen und nicht als Drohung zu sehen.

»Ich frage mich, ob wir uns je wiedersehen werden.«

»Wahrscheinlich, alter Junge. Diejenigen von uns, die sich bis ins Hinterland vorwagen, laufen sich immer wieder in die Arme.«

»Was sind Ihre Pläne?«

Der ältere Mann lächelte betrübt. »Ein paar Händler schulden mir noch Geld für Elfenbein. Jette hat mich beim Kartenspielen ziemlich ausgenommen, das kleine Miststück.« Er lachte. »Nun ja, ich schätze, es hat sich gelohnt, auch wenn sie mir nicht so viel Aufmerksamkeit geschenkt hat wie Ihnen. Aber ein Mann in meinem Alter darf sich nicht beklagen. Nachdem ich meine finanziellen Angelegenheiten geregelt habe, werde ich in Richtung Norden aufbrechen. Zu den Elefanten.« Er sah Robert fragend an. »Ich hoffe, unsere gemeinsame dänische Bekannte hat Sie nicht *völlig* mittellos gemacht?«

Robert schüttelte den Kopf. »Es hätte leicht so kommen können. Ich war ein Dummkopf.«

Burton zuckte die Achseln. »Ein Mann wird an seiner schwächsten Stelle getroffen, wenn ihm eine Frau sagt, wie stark er ist. Ich wette, die lustige Witwe wusste genau, was sie getan hat.«

»Wie kommt es dann, dass Sie ihr nicht auf den Leim gegangen sind?«

»Erfahrung, alter Junge. Allerdings hätte ich meinen mageren Besitz für eine Nacht in ihren Armen gern hergegeben. Leider war ich nicht der Glückliche, auf den sie ihr Auge geworfen hat. Ich habe schon früher Frauen wie Jette kennen gelernt. Sie ist eine professionelle Betrügerin, mein Lieber, und zwar eine ziemlich gute.«

Robert krümmte sich innerlich. Würde er je lernen? »Ich fürchte, Sie haben Recht«, meinte er schließlich widerstrebend.

»Verurteilen Sie Jette nicht zu sehr. Bewundern Sie vielmehr ihr Geschick.« Er trank sein Limonadenglas aus. »Ich mache mich nun auf den Weg.« Er hielt Robert seine Hand hin. »Viel Glück, Granger.«

»Wo werden Sie wohnen?«

»Im Royal. Ich schätze für eine Woche. Es ist kein schlechter Ort, vor allem wenn man sich nichts Besseres leisten kann. Fünf Schillinge pro Tag. Schlangen, Ratten und Ameisen wohnen kostenlos, aber man darf nicht wählerisch sein. Wenn Sie genügend Geld haben, suchen Sie sich eine Pension. Außerhalb der Stadt gibt es ein paar, die ein sauberes Bett und gutes Essen bieten. Adieu, alter Junge. Ich hoffe, wir laufen uns irgendwann wieder über den Weg.« Mit einem kurzen Nicken und einem letzten Lächeln ging Logan Burton davon.

Robert holte Erkundigungen ein und wurde schließlich nach The Berea geschickt, wo er eine anständige Unterkunft finden würde, wie man ihm versicherte. Mr. Cato bot ihm an, seinen Einspänner zu benutzen, um mit seinem Gepäck dorthin zu gelangen, und Robert willigte ein. Es gab eine Eisenbahn, aber die Verbindung führte nur vom Hafen zu einem Steinbruch am Mngeni-Fluss – in eine andere Richtung, als er wollte.

Mr. Cato musste erst von seinem Vortrag über Eisenbahnen und die Zukunftspläne zum Ausbau des Streckennetzes abgelenkt werden, ehe Robert ihm danken konnte.

»Ist mir ein Vergnügen. Der Kutscher weiß, wohin er Sie bringen muss.«

Sie fuhren durch das Stadtzentrum. Aus der Nähe erwies sich Roberts erster Eindruck als richtig. Durban war eine äußerst schlichte Stadt. Heftige Regenfälle, die erst kürzlich niedergegangen sein mussten, trugen nicht gerade positiv zu ihrem Erscheinungsbild bei. Überall befanden sich große Wasserpfützen, einige von ihnen waren so tief, dass man darum herumgehen musste, um nicht völlig durchnässt zu werden. Kutschen hatten tiefe Spuren in den Schlamm gegraben.

Das Zentrum der Stadt, das sich in der Tat um Catos Gemischtwarenhandel erstreckte, brummte vor Aktivität. Robert sah Gentlemen und Ladys, die ebenso elegant gekleidet waren wie die, die man in London sah, doch irgendwie schienen sie nicht so recht in dieses Land der Pioniere zu passen. Das zäher aussehende gemeine Volk schien wesentlich geeigneter – die Männer in selbst genähten Kleidungsstücken aus den verschiedensten Materialien, einschließlich Tierhäuten, ihre Frauen schlicht gekleidet in Kattun, billige Baumwolle oder gar Sackleinen. Trotz der vom Wetter gegerbten, sonnengebräunten Gesichter und der wenig modischen Frisuren sprachen Stolz, Selbstvertrauen und Zufriedenheit aus ihnen. Diese Menschen würden niemals die Salons der Aristokratie zu Hause zieren, aber irgendetwas sagte Robert, dass kein Einziger von ihnen die Rolle mit denen, die dies taten, tauschen würde.

Kinder des örtlichen niederen Adels warteten gehorsam in den Kutschen ihrer Eltern, während andere, barfuß und schlicht gekleidet, weniger zurückhaltend waren. Kreischend vor Vergnügen sprangen sie durch Regenpfützen, kletterten auf Bäume oder spielten Verstecken und zeigten, dass sie gesunde und glückliche Kinder waren. Die ruhigeren, vornehmer gekleideten Kinder sahen ihnen neidisch zu, waren jedoch durch ihre Erziehung gebunden und fürchteten, von ihren Eltern ausgeschimpft zu werden, wenn sie sich an dem ausgelassenen Spiel beteiligten.

Überall sah man arbeitende Schwarze, deren nackte Oberkörper und Arme vor Schweiß glänzten. Tiefe, melodische Stimmen, von deren Rhythmus etwas Beruhigendes ausging, drangen durch die heiße Sonne. Magere Hunde und Hausschweine stritten um Essensreste, die sie auf dem Boden fanden, während Grüne Meerkatzen in den Baumkronen über ihnen kreischend und schreiend um Früchte stritten.

Jenseits der Stadt stieg das Gelände mit jedem Meter, den sie landeinwärts fuhren, an. Zur Rechten lag der Ozean, dessen blau schillernde Oberfläche sich bis zum Horizont erstreckte. Hinter ihnen begrenzte die Lagune die Ausdehnung der Stadt. Auf der anderen Seite ihres tiefen, dunklen Wassers erhob sich

The Bluff. Von hier oben konnte Robert sogar die *Marie Clare* ausmachen, die in der Reede vor Anker lag. Er wandte sich wieder um und schaute nach vorn.

The Berea, so hatte Mr. Cato ihm erklärt, sei das bevorzugte Wohngebiet. Hier genoss man eine leichte Seebrise, die jeden Abend willkommene Abkühlung von der Hitze des Tages brachte. Und tatsächlich, je weiter sie fuhren, desto kühler wurde es.

Der afrikanische Kutscher brachte die Kutsche vor einem gepflegten zweistöckigen Haus zum Stehen. Ein steil aufragendes Dach und Spitzengardinen gaben dem Haus eine heimelige und gemütliche Atmosphäre. Blumenkästen, üppig bepflanzt in Weiß-, Pink- und Rottönen, sorgten ebenfalls für ein freundliches Erscheinungsbild. Die Backsteinmauern waren erst kürzlich getüncht worden, und die Fensterläden hatten einen frischen grünen Anstrich erhalten. Das Haus erinnerte Robert an das ländliche Schottland, und er fühlte sich unweigerlich davon angezogen. Es lag inmitten eines Gartens mit gepflegtem Rasen, blühenden Sträuchern und großen, Schatten spendenden Bäumen, dessen Besitzer allen Grund hatte, stolz darauf zu sein. Ein Schild am Zaun trug die Aufschrift: A. M. WATSON – PENSION.

Robert sprang vom Kutschbock und öffnete das Tor. Ein gepflasterter Weg führte an Blumenbeeten vorbei zur Eingangstür. Er klopfte und wartete. Ein schwarzes Mädchen von etwa vierzehn Jahren in einem gestärkten blütenweißen Kleid öffnete.

Sie konnte unmöglich die Eigentümerin sein, aber Robert wusste nicht, wie er sie ansprechen sollte. Er musste erst noch lernen, dass es völlig normal war, darum zu bitten, mit dem Master oder der Mistress des Hauses zu sprechen, so wie es auch in Schottland üblich war. »Madam, ich glaube, Sie vermieten Zimmer.«

Sie starrte ihn mit offenem Mund an, ohne etwas zu sagen.

Eine Stimme erklang von drinnen, in einer Sprache, die er nicht verstand. Das Mädchen lächelte schüchtern und nickte, dann führte sie ihn zu einer Frau, die in einem hohen Lehnstuhl saß. Sie grüßte nicht, sondern musterte ihn nur aus hellen, intelligenten Augen. Schließlich fragte sie: »Sie suchen ein Zimmer?«

»Ja, Madam.« Unsicher zog Robert seine Jacke glatt.

»Wie lange möchten Sie bleiben?« Die Frage hatte etwas Gebieterisches, aber ihre Stimme verriet nichts als berufliches Interesse.

»Ich bin mir nicht sicher, Madam, ich bin erst gestern hier angekommen.«

»Oh. Mit welchem Schiff?«

»Mit der *Marie Clare*.«

»Französisch.« Die Frau rümpfte die Nase. »Verdammte Franzosen.«

Robert wusste nicht, wie er auf ihre Bemerkung reagieren sollte, also schwieg er.

»Mein Name ist Ann Maria Watson. Dieses Etablissement gehört mir. Besitzen Sie irgendwelche Referenzen?«

»Nein, Madam. Meine Reise führt mich aus meiner Heimat direkt hierher.«

»Verstehe. Sie scheinen sehr gebildet zu sein.« Sie beäugte ihn skeptisch über ihren Brillenrand. »Haben Sie bereits eine Position, die Sie annehmen werden?«

»Nein, Madam.«

»Was haben Sie vor zu tun?«

»Eine Unternehmung zu gründen. Im Handel vielleicht.«

»Um Himmels willen, junger Mann, hören Sie auf, mich ständig Madam zu nennen. Ich habe Ihnen meinen Namen genannt. Wie lautet Ihrer?«

Irritiert über ihre schroffe Art und seine schlechten Manieren, suchte Robert nach einer Antwort. »Verzeihen Sie, Mad … Mrs. Watson. Robert Granger, zu Ihren Diensten.«

Mrs. Watsons Augen leuchteten auf, als ob sie sein Unbehagen genoss. »Nun, Mr. Granger, Sie möchten also gern Handel treiben, ja?« Sie lächelte hämisch. »Das haben schon viele versucht. Einige waren erfolgreich. Die meisten sind dem Alkohol verfallen. Trinken Sie, Mr. Granger?«

»Nicht mehr als andere Männer.«

»Das ist in diesem Teil der Welt nichts, worauf Sie stolz sein können, und keine Empfehlung.«

»Nicht exzessiv, Madam.«

»Mrs. Watson«, verbesserte sie abwesend. »Ich nehme an, Sie können zahlen?«

»Natürlich.«

Es wurde still, während sie eine Entscheidung zu treffen schien. Dann wechselte sie ganz plötzlich das Thema. »Mein Neffe ist Thomas Baines.«

Robert erinnerte sich vage daran, dass Lady Diamond sich am Abend, bevor die *Marie Clare* in Kapstadt anlegte, bei Hanson Wentzell nach einem Mann dieses Namens erkundigt hatte, aber er konnte sich beim besten Willen nicht an die Antwort des holländischen Farmers erinnern. »Ich fürchte, ich …«

»Das spielt keine Rolle. Er ist ein Künstler, ein Entdecker und Goldsucher.« Offenbar mochte sie ihn sehr gern.

»Hat er das gemalt?« Robert hatte ein außergewöhnlich gutes Aquarell an der Wand entdeckt und zeigte darauf. Es war nicht groß, die beherrschenden Farben waren Blau, Grün und Grau. Eine Landschaftsdarstellung, im Vordergrund ein paar Männer, die einen Fluss durchquerten. Die vergängliche Stimmung, von Wetter und Licht erzeugt, war kunstvoll festgehalten.

Mrs. Watson drehte sich um, erhob sich und ging auf den Kamin zu, über dem das Gemälde hing. Robert war überrascht, wie agil sie sich bewegte. In aufrechter Haltung erschien sie jünger, als er zunächst angenommen hatte. Sie inspizierte das Aquarell, als sähe sie es zum ersten Mal in ihrem Leben. »Thomas hat es vor acht Jahren im Sambesi-Tal gemalt. Er ist viel herumgereist, wissen Sie.«

»Es ist sehr gut.«

»Finden Sie tatsächlich?« Sie wirkte erfreut. Alles schien zu seinen Gunsten zu verlaufen. »Ich kann Ihnen ein Zimmer vermieten, aber ich weiß nicht für wie lange. Thomas befindet sich im Augenblick oben im Norden, er arbeitet für ein Goldgräberunternehmen in Ndebele Country. Es geht das Gerücht, das Unternehmen hätte finanzielle Schwierigkeiten, daher könnte es sein, dass er bald zurückkommt. Thomas hat zusammen mit David Livingstone gearbeitet, wissen Sie.«

»Wirklich!« Robert war froh, dass er wenigstens von dem Missionar schon einmal etwas gehört hatte.

»Wenn er nach Durban zurückkehrt, wird er sein Zimmer brauchen.«

»Das ist in Ordnung, Mrs. Watson. Ich rechne nicht damit, lange hier zu bleiben.«

»Die Zahlung erfolgt eine Woche im Voraus. Alle Mahlzeiten sind enthalten. Das Zimmer wird täglich gesäubert, zweimal in der Woche wird Ihre Wäsche gereinigt. Das macht drei Pfund und zehn Schilling. Die Kündigungsfrist beträgt sieben Tage, wenn es Ihnen recht ist. Andernfalls müssten Sie trotzdem zahlen. Sind sie damit einverstanden?«

»Ganz und gar. Ich danke Ihnen.«

Sie rief das Zimmermädchen herbei und gab ihm einige knappe Anweisungen, ehe sie sich wieder an Robert wandte. »Mabel wird Ihnen Ihr Zimmer zeigen. Wenn es Ihnen zusagt, können Sie sofort einziehen.«

Er folgte dem afrikanischen Mädchen eine enge, spärlich beleuchtete Treppe hinauf. Oben gelangten sie in einen breiten, angenehm kühlen Flur. Das großzügige Zimmer ging in Richtung Osten und bot einen weiten Blick über Durban. Weitere Beweise von Thomas Baines Talent schmückten die Wände des Raumes.

Robert ging wieder nach unten und bezahlte Mrs. Watson zunächst für eine Woche Kost und Logis. Sie bestand darauf, ihm eine Quittung auszustellen. Ihre ordentliche, gestochene Handschrift war offenbar ihr ganzer Stolz. »Im Moment wohnen hier noch zwei weitere Gentlemen. Sie werden Sie heute Abend kennen lernen. Dinner ist um Punkt sechs. Wenn Sie später kommen, wird es für Sie aufbewahrt und kalt serviert. Aborte und Waschraum befinden sich im Hinterhof. Schmutzige Wäsche legen Sie bitte in den Beutel hinter der Zimmertür. Ich erwarte von meinen Gästen, dass sie sich rücksichtsvoll verhalten und den Schlaf der anderen respektieren. Zur Unterhaltung steht Ihnen der vordere Salon zur Verfügung. Hier ist der Schlüssel für die Haustür. Ich hoffe, dass Sie sich bei mir wohl fühlen. Ihr Zimmer ist das beste; Thomas benutzt es immer, wenn er hier ist. Mabel wird dem Kutscher mit Ihrem Gepäck helfen. Frühstück ist um acht.«

Nachdem er ausgepackt und gebadet hatte, lernte Robert die beiden anderen Gäste kennen. Einer würde in Kürze heiraten, er besaß eine kleine Handelsgesellschaft, die in irgendeiner Beziehung zu der von Mr. Cato stand. Robert fand nie heraus, welche, erfuhr jedoch, dass der Mann Fleisch, Butter, Mais und Bohnen nach Mauritius in die Zuckerplantagen und Elfenbein nach Großbritannien exportierte. Seine Importe stammten hauptsächlich aus England, und das Problem chronischer Lieferengpässe beherrschte seine Unterhaltung. Der andere Gast arbeitete für den *Natal Mercury* und riet Robert, die Zeitung zu lesen, wenn er Arbeit suche. »Jeder inseriert«, meinte er. »Sie werden eine Menge Angebote finden.«

Das Essen war einfach, aber gut. Nach dem Dinner gingen Robert und die beiden anderen Gentlemen in den Garten, um eine Zigarre zu rauchen. Bei dieser Gelegenheit erfuhr Robert eine Menge über sein neues Land. Offenbar musste jeder, der sich hier aufhielt, zumindest ein paar Brocken Zulu beherrschen, die Eingeborenensprache.

»Das ist absolut notwendig, alter Junge. Sie werden das Wesentliche rasch aufschnappen. Es ist nicht schwierig.«

Zulu-Könige und ihre Stämme, britische Verwalter und schmutzige Geschäfte, Skandale, Scharmützel zwischen Afrikanern und Europäern oder Buren und Briten, Gerüchte über Goldvorkommen, Berichte über Jäger und Entdecker, wilde Tiere – die Geschichten nahmen kein Ende. Obwohl sich Robert durchaus bewusst war, dass sie für ihn besonders ausgeschmückt wurden, fand er sie exotisch und aufregend.

Irgendwann kam Robert auf den Neffen ihrer Wirtin, Thomas Baines, zu sprechen. »Habe ich richtig verstanden, dass er ein Bekannter von David Livingstone ist?«

Der Zeitungsmann lachte hämisch. »Wahrscheinlich wünscht er sich, er wäre dem Mann nie über den Weg gelaufen.«

»Warum?« Der Name David Livingstone wurde in ganz Großbritannien verehrt. Königin Victoria hatte ihm eine Privataudienz gewährt, die Royal Geographical Society hatte ihn mit einer Goldmedaille geehrt, und er war einer der wenigen, dem das Ehrenbürgerrecht der Stadt London verliehen worden war. Eine Reihe von Organisationen hatten ihm bereits Mittel für weitere Expeditionen in Aussicht gestellt. Sein Buch *Missionsreisen und Forschungen in Südafrika* war äußerst erfolgreich und in aller Munde. Der Mann war ein Nationalheld, manche hielten ihn sogar für einen Heiligen. Und nun gab es einen Hinweis darauf, dass der Missionar nicht das war, was er zu sein schien. Neugierig zog Robert die Augenbrauen in die Höhe und wurde mit einer offenen Antwort belohnt.

»Ich habe mit Leuten gesprochen, die mit ihm zusammen gereist sind.« Der Journalist schien das Thema nur allzu gern weiter auszuführen. »Männer wie Dr. John Kirk, der mit Baines an Livingstones Sambesi-Expedition teilgenommen hat. Livingstone gerät mit jedem in Streit. Er ist arrogant, engstirnig und offenbar nicht besonders christlich im Umgang mit seinen Mitmenschen. Thomas Baines war während eines großen Teils der Reise krank. Er hatte einen Sonnenstich und hohes Fieber. Der arme Kerl befand sich sogar im Delirium. Livingstone warf ihm

Drückebergerei vor und feuerte den Mann wegen mangelnden Pflichtbewusstseins. Livingstones Verhalten wurde von vielen anderen, die an vorhergehenden Expeditionen teilgenommen hatten, bestätigt. Die Sambesi-Reise war besonders übel und schien von Anfang an unter keinem guten Stern gestanden zu haben. David Livingstone war bereits schwierig, aber sein Bruder Charles verursachte bei dieser Unternehmung die meisten Probleme. Der verdammte Mann war stinkfaul. Er war derjenige, der Baines beschuldigte, die Expedition aufzuhalten, dabei bestand er selber darauf, jede halbe Stunde eine Pause zu machen.«

Es fiel Robert schwer, diese vernichtenden Bemerkungen über einen derart bewunderten Mann wie David Livingstone hinzunehmen. Sein Gesichtsausdruck schien seine Zweifel widerzuspiegeln.

Der Zeitungsmann zuckte bloß mit den Schultern. »Warum sind Sie so überrascht? Livingstone war zuerst ein Mensch und erst dann Nationalheld. Wie bei den meisten Abenteurern war der Ruhm eine Folge seines Erfolges. Wäre er gescheitert, hätte niemand ein Wort über den Charakter des Mannes verloren. Aber abgesehen von seinen Schwächen verdient er zumindest unsere Anerkennung für Weitsicht, Beharrlichkeit und für seine Errungenschaften.«

Robert nickte. »Vielleicht haben Sie Recht. Würde man solche Geschichten jedoch zu Hause erzählen, müsste man sich schon auf mehr als bloßes Hörensagen berufen, um sich nicht als Häretiker beschimpfen zu lassen.«

»Zu Hause«, meinte der Journalist verächtlich. »Was weiß man dort schon über diesen Teil der Welt? Ich möchte Ihnen gern einen Rat geben, Sir. Vergessen Sie England. Vergleichen Sie die beiden Länder nicht miteinander. Das können Sie nicht.«

Logan Burton hatte ihm mehrfach genau dasselbe empfohlen.

Als Robert an diesem Abend ins Bett ging, verspürte er die ersten Anzeichen von Heimatgefühl, so fremd und einzigartig sein neues Zuhause auch sein mochte. Ob dies daran lag, dass er sein Ziel endlich erreicht hatte, oder eher daran, dass er sich zu dieser unkonventionellen Umgebung hingezogen fühlte, vermochte er nicht zu sagen.

Zum Frühstück überreichte ihm Mrs. Watson eine Ausgabe des *Natal Mercury.* »Es ist die letzte Ausgabe. Ich hätte sie gern zurück«, sagte sie in ihrer bestimmten Art.

Ein Inserat erregte unmittelbar Roberts Aufmerksamkeit. Ein Händler namens William Green war auf der Suche nach einem Partner, der ihn auf einen Treck nach Zululand begleitete. Eine solche Partnerschaft erschien Robert verlockend. Er zeigte die Anzeige Mrs. Watson. »Gibt es solche Gelegenheiten häufig?«

Sie warf einen Blick auf die Zeitung und rümpfte verächtlich die Nase. »William Green? Nie gehört.« Sie wies auf ein Inserat über einen so genannten Welbourne-Plan. »Das ist schon eher etwas für Sie.«

»Was ist das?«

»Ein Plan zum Ausbau der Eisenbahn. Dieses Land wird sich nie nach vorn bewegen, bevor wir ein effizientes Eisenbahnsystem haben. Einer Gruppe privater Financiers wurden zweieinhalb Millionen Hektar Land zur Verfügung gestellt, um eines zu entwickeln. Beteiligen Sie sich daran, Mr. Granger, und Ihre Zukunft ist gesichert. Sie haben nicht nur das Land zur Verfügung, das Syndikat hat überdies eine jährliche Subvention und ein zehnjähriges Monopol auf die Versorgung mit Stahl und Eisen ausgehandelt. Es geht das Gerücht, die Regierung würde ein Veto gegen diese Vereinbarungen einlegen, aber ich versichere Ihnen, wenn es nicht der Welbourne-Plan ist, wird bald jemand anders auftauchen und die Sache ins Laufen bringen.«

Die Idee gefiel Robert nicht besonders. Der Gedanke an eine gleichberechtigte Partnerschaft faszinierte ihn viel mehr. »Das klingt mir ein wenig zu politisch, Mrs. Watson. Ich glaube, ich werde auf William Greens Annonce antworten. Wenigstens, um herauszufinden, um was es genau geht.«

Sie rümpfte erneut die Nase. »Seien Sie auf der Hut, Mr. Granger. In Afrika gibt es eine Menge Gauner, die nicht davor zurückschrecken, einen jungen Mann wie Sie zu beschwindeln.«

»Danke für den Rat, Mrs. Watson. Ich werde vorsichtig sein.«

Die Zeit, in der Robert auf Antwort wartete, nutzte er, um sich mit einigen wesentlichen Dingen auszustatten. Als Erstes benötigte er ein Transportmittel. Ein Pferd schien ihm die beste Lösung zu sein, und seine Wirtin wusste Rat. Mrs. Watson kannte einen Mann, der nach England zurückkehrte und für sein geliebtes Tier dringend nach einem Zuhause und einem Menschen suchte, der es gut mit ihm meinte. Der Name des dreijährigen kastanienbraunen Stutenfohlens war Tosca. Robert wurde versichert, dass es sich um ein ruhiges, sanftmütiges und dennoch bewegungsfreudiges Tier handelte.

Tosca begegnete ihrem neuen Besitzer zunächst mit Misstrauen, aber nachdem sie seine ausgestreckte Hand ausgiebig beschnüffelt und seine sanften Finger an ihren Nüstern gespürt hatte, entspannte sie sich. Robert zahlte den geforderten Preis und besaß nun ein Pferd, den dazugehörenden Sattel und verschiedene andere Dinge, die ihm im Busch nützlich sein würden, einschließlich eines Schlafsacks. Es war fast so, als wüsste Tosca, dass sie verkauft worden war. Das Tier verließ sein altes Zuhause, ohne auch nur einen einzigen Blick zurückzuwerfen.

Als Nächstes brauchte Robert ein Gewehr. Von einem Waffenschmied, den ihm der Journalist des *Natal Mercury* empfohlen hatte, erwarb er eine Yellow Boy, eine 44-Kaliber Winchester Model 1866. Sie war fast nagelneu. Er hatte keine Ahnung, dass sie für afrikanische Bedingungen völlig ungeeignet war.

Robert eröffnete ein Bankkonto und hinterlegte dort fast eintausend Pfund. Das Geld, das er von seinem Vater erhalten hatte, war ihm damals viel vorgekommen. Als er merkte, wie viel er benötigte, um einige grundlegende Dinge zu erwerben, wurde Robert klar, dass er nach einer Möglichkeit suchen musste, Geld aufzutreiben, und zwar schnell. Das, was ihm geblieben war, würde nicht ewig reichen.

Er schrieb einen Brief nach Hause. Robert hätte gern Nachricht von seiner Familie gehabt, wusste jedoch, dass es lange dauern konnte, bis er etwas hörte. Seine Mutter würde sich ebenso sehr danach sehnen, etwas von ihm zu erfahren, daher füllte er Seite um Seite mit detaillierten Schilderungen über seine Reise und seine Ankunft – den Diebstahl des Schmuckes erwähnte er natürlich nicht. Der Brief endete, indem er seiner Familie versicherte, dass es ihm gut ging und er voller Zuversicht sei, dann bat er vor allem seine Schwester noch einmal um Verzeihung.

Zu gern hätte Robert auch an Lorna geschrieben, aber er wusste, dass das unmöglich war. Kein Tag verging, ohne dass ihn die Erinnerung an sie quälte. Die Gewissheit, dass sie außer Reichweite war – geographisch, emotional und gesellschaftlich – hätte ihm eigentlich helfen müssen, sie zu vergessen, aber das tat es nicht.

Er ertappte sich dabei, dass er seiner Mutter von seinen Gefühlen für Lorna berichtete. Je mehr er schrieb, desto größer wurde seine Sehnsucht, aber Robert konnte einfach nicht aufhören. Irgendetwas, und er wusste nicht, was es war, zwang ihn dazu, seinen Schmerz mit einer anderen Person zu teilen. Es war weder eine Beichte noch eine Indiskretion, es war eher eine Befreiung seines Herzens. Er wusste, von allen Menschen würde seine Mutter ihn am ehesten verstehen. Der Earl würde sein Geständnis ohne großes Mitgefühl lesen, vielleicht sogar verärgert sein, aber Robert musste sich einfach jemandem anvertrauen.

Mrs. Watson, die sich inzwischen sicher war, dass ihr neuer

Gast ein vertrauenswürdiger Gentleman war, gestattete ihm, ihre Adresse anzugeben, sodass jegliche Korrespondenz an Robert zu ihr geschickt werden konnte.

Die Antwort von William Green, drei Tage nach Roberts Anschreiben persönlich beim *Natal Mercury* abgegeben und von Mrs. Watsons Pensionsgast überbracht, war kurz: *Werde Sonntag in der Schnapsbar am Point sein. Mein alter Partner starb an Fieber. Wenn Sie interessiert sind, kommen Sie mittags. Will Green.*

Robert war einigermaßen überrascht über die mangelnde Bildung des Mannes. Er zeigte die gekritzelte Notiz seinen Mitbewohnern, und beide waren verständlicherweise skeptisch.

»Der Typ ist Analphabet«, erklärte der kurz vor der Hochzeit stehende Händler. »Ich kenne die meisten dieser Männer. Von einem Will Green habe ich noch nie etwas gehört.«

»Ich habe ihn einmal getroffen«, meinte der Journalist. »Ein ziemlich rauer Bursche.«

»Das spielt keine Rolle.« Robert wischte ihre Bedenken beiseite. »Es kann nicht schaden, den Mann wenigstens einmal zu treffen.«

# 5

Am Sonntagmorgen um elf sattelte Robert Tosca und ritt in die Stadt. In den letzten Tagen hatte er häufig Erkundungsritte unternommen und sich mit einer Reihe von Straßen und Sehenswürdigkeiten vertraut gemacht. Ganz zufällig war er dabei auch an der Adresse von Jettes Tante vorbeigekommen, die Logan ihm genannt hatte. Er hätte ihr beinahe einen Besuch abgestattet, sich am Ende jedoch dagegen entschieden. Wenn die Frau über die lukrativen, wenngleich verbrecherischen Aktivitäten ihrer Nichte Bescheid wusste, würde sie nicht gewillt sein, seine Fragen zu beantworten. Und wenn Jettes Tante keine Ahnung von dem hatte, was ihre Verwandte trieb, war es sinnlos, sie zu beunruhigen. Jette konnte warten.

Robert fand die Schnapsbar unten in der Nähe der Eisenbahnstation. Wie die meisten Gebäude, abgesehen von denen, in denen Regierungsabteilungen untergebracht waren, war auch dieses aus Lehm und Flechtwerk gebaut. Die Theke bestand aus sechs hölzernen Packkisten, die nebeneinander und übereinander gestapelt waren; dahinter stand ein Riese von einem Mann mit Stiernacken und kahl geschorenem Kopf, der einigermaßen für Ordnung sorgte. Soldaten, die nicht im Dienst waren, scherzten herum, füllten sich mit Alkohol ab und spielten Karten. Matrosen, gleichermaßen rüpelhaft, bildeten eine weitere Gruppe. Die übrigen Gäste waren zähe Burschen, die zu zweit oder zu dritt zusammensaßen, tranken und sich lautstark unterhielten.

Dröhnendes Gelächter, ungeduldiges Rufen nach mehr Alkohol und raue Stimmen zu gutmütiger Frotzelei erhoben, gaben dem Ort eine Atmosphäre, wie Robert sie in Großbritannien noch nie erlebt hatte – vermutlich aus dem einfachen Grund, dass er sich dort noch nie in ein solches Etablissement begeben hatte.

An einem der Tische saß Jeremy Hardcastle. Robert hätte den Ersten Offizier ohne Uniform fast nicht erkannt. Die *Marie Clare* war bereits vor drei Tagen in See gestochen. Warum war Hardcastle nicht mitgefahren? War er entlassen worden, oder hatte er das Schiff freiwillig verlassen? Dem äußeren Anschein nach hatte der Mann schon einiges getrunken. Die Gesellschaft, in der er sich befand, war zweifellos fragwürdig. Matrosen, wie es aussah, einer mit einer Augenklappe, der andere übersät mit Tätowierungen. Die drei hatten die Köpfe zusammengesteckt, als sprächen sie über etwas, das niemand mithören sollte.

Robert ließ seinen Blick weiterschweifen nach jemandem, der aussah, als könne er William Green sein. An einem Ort wie diesem erregte seine Kleidung natürlich Aufmerksamkeit. Er registrierte einen Mann, der allein an einem Tisch saß und auf ein leeres Glas starrte. Robert näherte sich ihm. »William Green?«

Blassblaue Augen schauten ihn überrascht an. »Wer fragt nach mir?«

»Robert Granger.«

Green musterte ihn von Kopf bis Fuß – in seinem Blick lag Verachtung. »Hab keinen Gentleman erwartet«, sagte er schließlich. Die Stimme hatte einen starken Akzent. Yorkshire, fand Robert.

»Was macht das für einen Unterschied?«

»Und auch noch jung«, fuhr der Mann fort. »Fast noch ein Baby.«

Robert wurde rot. Auf den Gesichtern ringsherum zeigte sich Belustigung, und Green schien die Aufmerksamkeit zu genießen. »Ich mag zwar noch jung sein, Sir, aber ich bin bereits trocken hinter den Ohren.«

»Ist das tatsächlich wahr?« Die zusammengesunkene Gestalt gackerte plötzlich und entblößte bräunlich verfaulte Zähne. »Nun gut.« Er erhob sich so flink, dass Robert überrascht zusammenzuckte. Eine seiner Hände schnellte vor und packte Robert am Hemd. »Vielleicht sollten wir das besser gleich überprüfen. Ich hab nicht die Absicht, mit einem Muttersöhnchen Geschäfte zu machen.«

Ohne den Blick von Greens Gesicht zu lösen, griff Robert nach dem sehnigen Arm. William Green riss erstaunt die Augen auf, als Robert den Druck erhöhte. »Schon gut, Junge. Das war bloß ein Scherz.«

Robert hielt den Arm des Mannes noch eine Weile fest umklammert, ehe er seinen Griff langsam löste. Dann sagte er leise: »Nur damit Sie es wissen, Mr. Green, ich mag zwar jung sein, aber ich bin weder ein Grünschnabel noch ein Idiot.« Er sah den Mann an. »Also, haben wir nun etwas zu besprechen oder nicht?« Die spöttischen Blicke, die bisher Robert gegolten hatte, waren nun auf William Green gerichtet.

Green, dem dies nicht entgangen war, nickte nervös.

Robert ließ seine Hand sinken und setzte sich. Nach kurzem Zögern folgte William Green seinem Beispiel. Die Männer an den Nachbartischen verloren das Interesse, als sie merkten, dass die Konfrontation sich gelegt hatte.

»Ein Drink?«, schlug Green vor. »Versuchen Sie den Rum.«

Robert willigte ein.

Green bellte dem Barmann eine Bestellung zu.

Sie warteten schweigend und musterten sich gegenseitig.

William Green war ganz offensichtlich ein Draufgänger, folgerte Robert. Er ging gern auf ein kleines Geplänkel ein, zog sich aber rasch zurück, wenn er merkte, dass ihm sein Gegner überlegen war. Keine viel versprechenden Eigenschaften für einen potenziellen Geschäftspartner. Nachdem Green jedoch die erste Auseinandersetzung verloren hatte, schien er besänftigt. Äußerlich war er ein seltsames Individuum. Klein und muskulös, Arme und Gesicht braun gebrannt, kein Gramm überschüssiges Fett. Das dunkelrote krause Haar sah aus, als sei es seit langer Zeit nicht gewaschen worden. Es hing in fettigen Strähnen auf seine Schulter. Ein langer Bart, gräulich meliert, ließ auf eine gewisse Reife schließen, aber sein Alter konnte überall zwischen dreißig und fünfzig liegen. Seine Stirn war zerfurcht, und tiefe Krähenfüße zogen sich von den Augen bis zum Haaransatz. Trotzdem war die Haut an seinen Wangen so glatt wie die eines jüngeren Mannes. Er trug fadenscheinige Hosen, die in selbst geschusterten Lederstiefeln steckten und von Hosenträgern aus gegerbtem Fell gehalten wurden. Ein schmuddeliges Hemd mit hochgerollten Ärmeln, das am Kragen offen stand, war an mehreren Stellen geflickt und bedurfte dringend der Auswechslung.

Ein Serviermädchen stellte zwei nicht sonderlich saubere Gläser Rum vor sie hin und wurde dafür von Green mit einem Klaps aufs Gesäß belohnt. »Cheers«, meinte er und leerte sein Glas in einem Zug.

»Cheers«, antwortete Robert und versuchte es ihm nachzumachen. Der Alkohol reizte seine Kehle, und er musste fürchterlich husten. »Meine Güte«, brachte er schließlich mühsam hervor, »dieses Zeug frisst einem ja ein Loch in die Eingeweide.«

William Greens Lachen klang eher wie ein Kichern, und Robert kamen allmählich ernste Bedenken. Aber er war hergekommen, um über eine Partnerschaft zu sprechen, also sollte er sehen, dass er das hinter sich brachte. Sich vorzubeugen war keine gute Idee. Nicht nur die Haare des Mannes benötigten dringend eine Wäsche. »Ihr Vorschlag, Sir?« Robert rutschte rasch wieder zurück.

Greens Gesicht bekam plötzlich einen verschlagenen Ausdruck. »Nicht so schnell, Junge. Wenn ich Sie nicht mag, gibt es gar nichts. Man muss sich selbst schützen, verstehen Sie, was ich meine? Warten Sie ab, und erzählen Sie mir von sich.«

Robert war darauf vorbereitet, irgendwann einmal nach seiner Abstammung gefragt zu werden. Er erzählte, er sei der sechste Sohn eines Edinburgher Kaufmannes und auf Suche nach einem Abenteuer.

William Green hörte aufmerksam zu, den Kopf zur Seite geneigt. Als Robert zu Ende gesprochen hatte, sagte er, ohne eine Miene zu verziehen: »Die Lügen einer Hure sind ehrlicher als diese miese Geschichte.« Er senkte die Stimme und beugte sich vor. »Ich bin nicht interessiert an Geschichten. Selbst wenn Sie die Queen selbst gevögelt haben, ich will's nicht hören.« Ein schmutziger Finger bohrte sich in Roberts Brust. »Sie sind einer dieser Männer, die vom Geld aus der Heimat leben. Das erkennt man auf Anhieb.« Green setzte sich zurück, kaute von innen an seiner Wange, schürzte die Lippen und sog Luft durch die Lücken in seinen Vorderzähnen ein. »Ich hab Gute und Schlechte von Ihrer Sorte kennen gelernt«, fuhr er schließlich fort. »Gewöhnlich mag ich keine feinen Pinkel«, seine Augenbrauen zogen sich zusammen, »neige auch nicht zum Umgang mit Kriminellen. Ich seh das so: Die einen wollen alles haben, was ich besitze, die anderen bilden sich ein, es bereits zu haben. Ich will nicht sagen, dass Sie so einer sind, aber ich bin derjenige, der einen Partner sucht, und ich will wissen, worauf ich mich einlasse. Verstehen Sie, was ich meine?«

Green sprach ziemlich wirr, eindeutig bemüht, Autorität zu zeigen. Er schien keine Antwort zu erwarten. Also schwieg Robert.

Das wiederum schien den Händler zu irritieren. »Einige von euch sind nicht so schlecht. Vielleicht kommen wir ja gut klar miteinander. Aber man muss sich ganz sicher sein.« Green blickte ihn finster an, er schien zu merken, dass er sich um Kopf und Kragen redete.

Robert trank seinen Rum leer und unterdrückte den überwältigenden Hustenreiz.

Geduldig wartete er darauf, was Green als Nächstes versuchte – es war eine neue Strategie, um erneut in die Vorhand zu kommen. »Was haben Sie angestellt? Bei Typen wie Ihnen kann es nur Diebstahl oder Mord sein.«

»Weder noch«, brachte Robert hervor. Der Alkohol brannte höllisch in seiner Kehle. »Wie ich Ihnen bereits sagte, bin ich der sechste Sohn eines …«

»So? Dann bin ich der Papst, verdammt.«

Robert zuckte die Achseln. Es interessierte ihn nicht, was dieser Mann über ihn dachte, er hatte längst beschlossen, sich nicht in eine Diskussion hineinziehen zu lassen. »Glauben Sie doch, was Sie wollen.«

Green spielte mit seinem leeren Glas und warf bedeutungsvolle Blicke in Richtung Bar.

Robert vermutete, dass der Mann darauf wartete, dass er ihn nun zu einem Drink einlud. »Rum?«, fragte er.

Statt einer Antwort bellte Green dem Barmann eine neue Bestellung zu. Die Aussicht auf eine weitere Ration Alkohol spornte ihn an, seinen Standpunkt klar zu machen. »So wie ich es sehe, machen Leute wie Ihresgleichen keine Geschäfte mit Leuten wie meinesgleichen, es sei denn, sie haben einen verdammt guten Grund dazu. Sie laufen also entweder vor Spielschulden davon, oder die Gesetzeshüter sind hinter ihnen her. Für mich macht das keinen Unterschied. Mir ist es scheißegal, was Sie verbrochen haben, aber ich kann keinen verdammten Aristokraten mit seinem vornehmen Getue gebrauchen. Sie werden mir nur Probleme machen.« Ganz plötzlich wechselte er seine Taktik. »Können Sie reiten und schießen?«

»Natürlich.«

»Ich meine, richtig reiten, Junge. Ich rede hier nicht von albernen Fuchsjagden, ich rede von zwölf Stunden am Stück. Und danach müssen Sie immer noch Reserven haben, um eine festgefahrene Kutsche auszugraben.«

Nun, da er endlich zur Sache gekommen war, war Green wie ausgewechselt. Er schien plötzlich alles unter Kontrolle zu haben. »Ich bin trainiert und stark, wenn Sie das meinen.«

»Genau das meine ich. Es wird keine Schonung geben. Sie werden Ihren Teil beitragen müssen. Niemand wird um Sie herumschwirren und Ihnen Ihre Wünsche erfüllen. Zu Hause mögen Sie jemand sein, aber hier sind Sie nicht wichtiger als jeder andere auch. Ob gutes oder schlechtes Wetter, Sie arbeiten. Wenn Sie sich verletzen, müssen Sie trotzdem weitermachen. Wenn Sie krank werden, haben Sie Pech gehabt. Der Tod ist die einzige Entschuldigung, die ich fürs Herumliegen akzeptiere. Und wovor auch immer Sie davonlaufen, wenn Ihnen jemand auf die Schliche kommt, werde ich nicht lügen. Erwarten Sie von mir keinen Schutz, Sie werden ihn nicht kriegen.«

»Ich …«

Green warf ihm einen Blick zu, und Robert schwieg.

»Sie finden sich mit Ihrem Anteil des Geldes ab und halten den Mund, bis Sie nur halb so viel wissen wie ich.« Der kleine Händler trommelte mit seinen schmutzigen Fingernägeln auf den Tisch. »Im Moment sehen Sie mir noch nicht hart genug aus.«

»Hart genug für was?«

»Fürs Handeln.«

»Ich versichere Ihnen, Sir …«

Green spuckte auf den Lehmboden und wischte sich den Mund mit dem Handrücken trocken. »Hören Sie auf mit diesem vornehmen Gerede«, brummte er. »Dafür ist hier nicht der richtige Ort. Mein Name ist Will.«

»Robert.« Trotz seiner Vorbehalte reizte es Robert, mehr zu erfahren. »Wo und mit was handeln Sie, Will?«

Der Mann aus Yorkshire grinste müde. »Überall und mit allem und jedem.«

»Das ist keine Antwort.«

Will kratzte an einem Moskitostich auf seiner Stirn, bis es anfing zu bluten. »Es ist die einzige, die Sie kriegen. Meine Art von Handel ist kein normaler Job. In diesem Geschäft bestimmt das Wetter, wohin Sie gehen *können,* das Verhalten der Tiere entscheidet darüber, wohin Sie gehen *sollten,* und das Schicksal hat es gewöhnlich in der Hand, wo Sie enden. Eingeborene, die miteinander Krieg führen, andere Händler, Flüsse, die zu tief sind oder knochentrocken, es gibt tausendundeinen Umstand, der zu berücksichtigen ist.«

Robert sah fasziniert zu, wie ein Blutstropfen eine Hautfalte fand und horizontal darin entlanglief. Will Green schien es nicht zu spüren. Robert riss den Blick von dem unschönen Anblick und fragte: »Wieso das Verhalten der Tiere?«

Green sah Robert an, als hätte er plötzlich zwei Köpfe. »Was glauben Sie, womit wir handeln? Pfeil und Bogen? Wir sind hinter Fellen und Elfenbein her, Junge. Felle und Elfenbein. Die können wir verkaufen. Das bringt richtig Geld. Alles, was uns unterwegs sonst noch in die Hände fällt, tauschen wir mit den Schwarzen.«

Robert nickte dem Mädchen zu, das ihre Drinks brachte, und registrierte, dass sie einen großen Bogen um Will machte. »Wenn das, was Sie sagen, alles ist, was hält mich dann davon ab, es allein zu versuchen?«

Will brach in schallendes Gelächter aus, und Robert kam in den Genuss seines stinkenden Atems. »Um Himmels willen. Viele Grünschnäbel sind allein losgezogen. Nicht viele sind zurückgekommen. Ihre Knochen sind ein willkommenes Fressen für die Hyänen. Afrika ist voller Fallen. Und die Dummen fallen gehorsam hinein.«

»Was genau schlagen Sie also in diesem Fall vor?«

Will zögerte nicht.

»Sie zahlen fünfzig Prozent der Güter, die wir mitnehmen.«

»Einverstanden.«

»Und fünfzig Prozent des Lohnes, für sechs Monate. Das Geld geben Sie mir in Verwahrung.«

»Warum Ihnen?«

»Ich bin der Hauptteilhaber.«

Ein listiger Ausdruck stand plötzlich in Wills Gesicht. Er

gefiel Robert nicht. »Fünfzig-fünfzig bedeutet, dass es keinen Hauptteilhaber gibt. Mein Anteil erkauft mir Gleichrangigkeit. So oder gar nicht.«

»Nun hören Sie mal gut zu.« Will wirkte verärgert.

»Nein. Sie hören gut zu. Sie haben inseriert, weil Sie einen Partner suchen. Für mich bedeutet das, dass alles geteilt wird, Kosten und Profit. Ich werde meinen Anteil zahlen, aber ich werde Ihnen das Geld nicht im Voraus aushändigen.«

Will kniff die Augen zusammen. »Wollen Sie damit sagen, Sie vertrauen mir nicht?«

»Genau.« Roberts Antwort war direkt.

Die brutale Ehrlichkeit überraschte Will. »Und was ist mit den Geschäftswerten?«, stieß er hervor.

»Welche? Nennen Sie drei.«

»Eh ... nun, ich habe die Kontakte, für die ich Jahre gebraucht habe. Ich kenne das Land. Ich kenne es wie meine Westentasche. Und ... ich spreche Zulu«, endete er prahlerisch.

»Diese Dinge sind in der Tat wertvoll, das gestehe ich Ihnen zu. Sagen Sie, Will, wieso suchen Sie eigentlich einen Partner? Bei all diesen Vorteilen brauchen Sie doch eigentlich gar keinen. Es sei denn, Sie sind pleite. Könnte das sein, Will? Sie hatten nicht etwa vor, mein Geld zu nehmen und damit durchzubrennen, oder? Lassen Sie uns eines klarstellen. Wenn Sie das je versuchen sollten, Will, sorge ich persönlich dafür, dass Sie es bis zum Tage Ihres Todes bereuen. Es kommt schließlich auf Vertrauen an, oder nicht, Will?«

Robert sprach in lockerem Ton, aber sein dunkler Blick brannte sich mit derartiger Intensität in Wills Augen, dass sich der alte Mann nervös die Lippen leckte.

»Ich gebe zu, ich bin unerfahren. Aber ich habe etwas, das Ihnen zu fehlen scheint. Geld. Und ohne dieses Geld kommen Sie nirgends hin. Wir brauchen uns also gegenseitig. Ich könnte vermutlich leicht einen anderen Partner finden, aber was ist mit Ihnen? Ich bin bereit, mit Ihnen Geschäfte zu machen. Aber Sie müssen sich mein Vertrauen erst verdienen. Also sagen Sie die Wahrheit, Mr. Green. Sie sind mittellos, habe ich Recht?«

Will kratzte sich heftig an seinem Bart.

»Ich höre.«

»Die Lage ist nur von begrenzter Dauer«, stieß Will hervor.

»Was könnte das für eine Lage sein?«, fragte Robert. »Kommen Sie, Mann, es sollte keine Geheimnisse zwischen uns geben.«

»Das ist alles ein Irrtum. Ich will gar keinen Partner«, murmelte Will und erhob sich.

»Setzen Sie sich«, fuhr Robert ihn an.

»Nein, wirklich. Ich habe meine Absicht geändert. Ich ...«

»Setzen Sie sich.«

Will ließ sich wieder auf seinen Stuhl fallen und sah Robert zerknirscht an.

Die Autorität, der sich Will so bereitwillig unterwarf, war für Robert etwas Selbstverständliches. Schließlich war er im Umgang mit Bediensteten aufgewachsen. Und Green hatte trotz seiner Prahlereien vermutlich den größten Teil seines Lebens auf der anderen Seite gestanden. Robert wollte nicht den Überlegenen spielen, und er hatte ganz sicher nicht die Absicht, den Mann einzuschüchtern, aber es war vermutlich von Vorteil, eine gewisse Stärke zu demonstrieren, bis er ihm vertrauen konnte. Robert, der eine sich bietende Gelegenheit immer erkannte, tastete sich langsam an einen Plan heran, den er im Kopf hatte. Er und Will brauchten sich gegenseitig. Es würde nicht funktionieren, wenn die Verantwortung bei Will lag, denn dem Mann konnte man nicht trauen. Aber vielleicht umgekehrt ...«

»Haben Sie ein Pferd?«, fragte er spontan.

Will nickte. »Ein gutes.«

»Ein Gewehr?«

»Ja.«

»Wagen und Ochsen?«

»Eh ...« Will sah ihn verunsichert an.

»Was genau meinen Sie mit eh …?«

»Der Wagen war alt.«

»War?«

»Ein vorübergehender Zustand, ich schwöre es Ihnen.«

Ohne Rücksicht auf die Ausdünstungen des Mannes, beugte Robert sich zu ihm hinüber. »Leeren Sie Ihre Taschen«, befahl er ruhig.

»Also, Sie müssen wissen …«

»Tun Sie es einfach.« Robert ging davon aus, dass Will Green sämtliches Geld, das er besaß, bei sich trug.

Green leerte seine Taschen aus, und die beiden Männer blickten auf zwei zerknitterte Geldscheine und eine Hand voll Münzen.

»Sechs Pfund, vier Schillinge und drei Pence«, zählte Robert laut.

Will Green rutschte auf seinem Stuhl herum. Er fühlte sich sichtlich unbehaglich, sagte jedoch nichts.

»Feine Voraussetzungen für unsere Partnerschaft. Haben Sie ernsthaft geglaubt, ich sei so dumm, auf Ihre Lügen hereinzufallen? Was hatten Sie vor? Mein Geld zu nehmen und damit auf Nimmerwiedersehen zu verschwinden? Oder hatten Sie etwas noch Schändlicheres im Sinn? Einen Mord vielleicht? Wie viele sind bereits auf Ihr Spiel hereingefallen?«

»Nein, nein. Sie verstehen das völlig falsch.« Green schien ernstlich schockiert über Roberts Worte.

»Besitzen Sie noch irgendwo anders Vermögen?«

Will kratzte sich wieder und rutschte nervös auf seinem Stuhl herum.

»Verstehe.« Robert leerte sein Glas – dieses Mal, ohne zu husten. »Wie hoch ist der Preis für einen Wagen? Die Wahrheit, Mann, kein Lügenmärchen.«

Alles, was Will Green noch an Selbstbewusstsein geblieben war, brach in sich zusammen. »Einhundert Pfund«, murmelte er. »Für einen guten jedenfalls.«

»Und Ochsen?«

»Kommt drauf an, woher Sie sie kriegen. Weitere hundert müssten reichen.«

»Handelsware und Vorräte für uns?«

»Weitere hundert.«

»Dreihundert.«

»Sechshundert für uns beide«, ergänzte Will rasch.

Robert war vorsichtig. Wenn er die Summe zahlte, würde ihm noch genug Geld bleiben, um sich notfalls auf einen weiteren Geschäftsversuch einzulassen. Wenn der hier scheiterte, musste der nächste unbedingt gelingen. Die Vernunft zog ihn auf die eine Seite, die Abenteuerlust auf die andere. Will Green war ein Risiko, aber Robert hatte keine anderen Angebote. Diese Handelsreise versprach Weite und Abenteuer, aber keinen sicheren Profit. War es das Risiko wert? Er zwang sich dazu, sich wieder auf das zu konzentrieren, was Green sagte.

»... es besteht kein Zweifel, dass Kapwagen die besten sind. Sie sind teurer, aber auf afrikanische Verhältnisse zugeschnitten. Wir werden durch unwegsames Gebiet kommen.«

»Was unterscheidet sie von anderen Wagen?«

»Die Seiten, der Boden und das Fahrgestell sind nicht fest miteinander verbunden. Jedes Teil ist in sich selbst beweglich. Damit brechen die Wagen sehr viel seltener. Und sie haben die richtige Größe – vier Meter. Für schwere Arbeit gibt es nichts Besseres.«

»Ich vermute, die Geschwindigkeit ist abhängig von den Bodenbedingungen?«

»Voll beladen schafft ein Kap-Wagen auf ebenem Gelände zwanzig Meilen am Tag.«

Will schien offensichtlich Ahnung zu haben.

»Wie viele Ochsen werden wir brauchen?«

»Achtzehn für jeden Wagen und mindestens noch einmal dieselbe Menge zum Wechseln. Wir werden unterwegs einige Tiere verlieren. Sie werden von Löwen gerissen, brechen sich die

Beine oder werden krank. Am besten rechnet man pro Wagen mindestens vierzig.«

»Vierzig!«

»Wie ich sagte, einige sterben. Die meisten Leute nehmen sogar noch mehr.«

»Können wir sie nicht unterwegs ersetzen?«

Will schüttelte den Kopf. »Dann bekommt man keine guten. Die Tiere im Landesinneren sind schwerfälliger und wählerischer, was ihre Nahrung betrifft. Die Ochsen an der Küste sind kleiner, belastbarer, und sie fressen alles. Sie sind an das saure Gras, das hier wächst, gewöhnt.«

»Was ist mit den Vorräten und der Handelsware? Wo kaufen wir die?«

»Cato hat eine Liste für die Standardausrüstung. Wir können sie nach Belieben ergänzen oder reduzieren.«

Es wurde Zeit für eine Entscheidung. Robert sah Will an. »Keine Partnerschaft«, erklärte er schließlich. »Wenn ich das Geld gebe, trage ich das Risiko. Sie arbeiten für mich.«

Will öffnete den Mund zum Protest, überlegte es sich dann jedoch anders und nickte gezwungenermaßen. »Was springt für mich dabei raus?«

»Ein Pauschalgehalt. Zehn Schillinge pro Tag. Da Sie die Erfahrung zusteuern, oder die Geschäftswerte, wie Sie es nennen, kriegen Sie zusätzlich fünfundzwanzig Prozent meines Nettogewinns.«

»Zehn Schillinge?«, protestierte Will. »Arbeiter verdienen ja mehr.«

»Weniger, glauben Sie mir. Zwischen sechs und acht Schillinge pro Tag.«

»Zwölf mindestens«, versuchte Will zu handeln.

»Zehn.«

»Elf?«, fragte Will.

»Zehn.«

Will zog die Luft pfeifend ein und starrte nach oben.

Robert wertete die Geste als Einverständniserklärung. »Was schätzen Sie, wie viel wir nach unserer Rückkehr erwarten können?«

»Nun, das hängt davon ab, womit wir zurückkommen.«

»Ungefähr. Sie müssen doch irgendeine Vorstellung haben.«

Will zuckte die Achseln. »Ich hab vierhundert gemacht, ich hab auch schon siebenhundertfünfzig gemacht. Diejenigen, die selber jagen, können mehr verdienen. Elfenbein wirft gute Profite ab. Ich kenne Männer, die behaupten, dass sie bei jeder Reise einen knappen Tausender verdienen.« Will kratzte sich am Kopf. »Keine Ahnung, ob das stimmt.«

»Jagen Sie?«

»Manchmal. Keine Elefanten.«

»Gibt es dafür einen Grund?«

Will seufzte. Er klang wie ein Mann, den man gerade aufgefordert hatte, seine Seele zu entblößen. »Ich bin Händler. Was weiß ich von Elefanten?«

»Keine Ahnung.«

»Sie sind große Bastarde. Manche behaupten, sie seien leicht zu töten, aber ich bin nicht sicher. Ich kenne zu viele Geschichten. Ich könnte eine Reihe fähiger Männer aufzählen, die ihrem Erschaffer begegnet sind, nur weil sie versucht haben, mit Elefanten ein paar Pfund zu verdienen.«

Robert wartete, aber Will war fertig.

»Mit anderen Worten, Sie haben Angst vor ihnen.«

»Das habe ich nicht gesagt.«

»Wenn Sie Angst haben, übernehme ich die Jagd. Ich möchte nur gern im Voraus wissen, wie viel Unterstützung ich von Ihnen kriege. Draußen im Busch mit einem Gewehr im Anschlag ist nicht der richtige Zeitpunkt, es herauszufinden.«

Will kniff die Augen zusammen. »Ich bin kein Feigling.«

»Ich habe nie behauptet, dass Sie das sind.«

»Warten Sie, bis Sie einen aus der Nähe gesehen haben.« Wills Stimme klang nun trotzig.

Robert gab auf. Will konnte zu gewissen Dingen gedrängt werden, aber er hatte deutlich zu verstehen gegeben, dass die Jagd auf Elefanten nicht dazugehörte. Wenn es ums Schießen ging, kannte Robert sich aus. Die Winchester Yellow Boy, das wurde ihm nun klar, war nicht schwer genug für die größeren Tiere. Er würde sich ein anderes Gewehr kaufen und die Yellow Boy nur als Ersatz benutzen. Solange er wusste, dass er von Will keine Hilfe zu erwarten hatte, musste er selbst Vorsichtsmaßnahmen ergreifen.

Das Gespräch wandte sich wieder praktischen Dingen zu. Robert hatte vermutet, dass Will sich trotzig und unkooperativ verhalten würde, nachdem sich ihre Rollen nun umgekehrt hatten. Aber so war es nicht. Der Mann schien jegliche Enttäuschung abgeschüttelt zu haben und kam rasch zu den Einzelheiten. Robert stellte fest, dass Will neben seiner Erfahrung mit Wagen und Ochsen Kenntnisse über die Gegend und die verschiedenen Stämme besaß, mit denen er ihm um Jahre voraus war. Wenn ich dem Mann nur vertrauen könnte, dachte er.

Robert sah, dass Will plötzlich erschrocken zusammenzuckte.

Hinter ihm erklang eine wütende Stimme.

Robert drehte sich um. Ein bedenklich schwankender Jeremy Hardcastle stand plötzlich vor ihm.

»Granger. Meine Güte, wie tief sind Sie gesunken. Was tun Sie hier? Herumhängen?« Die Beleidigung war ganz offensichtlich beabsichtigt. Jeremy, dem der Alkohol alle Hemmungen geraubt hatte, machte nicht den Versuch, seine Verachtung zu verbergen.

Ein Streit war vermutlich unausweichlich. Robert schreckte das nicht. Hardcastle war so betrunken, dass er kaum stehen konnte.

»Sie haben nicht das Recht, so etwas zu sagen.« Will Green war empört.

Hardcastle würdigte ihn kaum eines Blickes. »Halten Sie die Klappe«, fuhr er Will an.

»Hören Sie …«

Robert mischte sich ein. »Was ist Ihr Problem, Hardcastle?«

»Sie. Leute wie Sie bilden sich ein, die Welt zu regieren. Nun, ich habe schlechte Nachrichten für Sie. Hier draußen funktioniert das nicht.« Der Erste Offizier taumelte rückwärts, aber es gelang ihm, auf den Beinen zu bleiben. »Ich habe Sie gewarnt. Sie sind kein Passagier mehr.«

»Sie sind betrunken.«

»Und Ihr Stuhl ist mir im Weg. Dieser verdammte Schuppen gehört Ihnen nicht. Lassen Sie mich vorbei.« Hardcastle versuchte, den Stuhl mit einem heftigen Tritt umzustoßen. Robert reagierte instinktiv, indem er die Seiten des Stuhls mit beiden Händen fest umklammerte. Mit gespreizten Beinen und einiger Anstrengung gelang es ihm, ein Umkippen zu vermeiden, aber er hatte das Gleichgewicht noch nicht wiedergefunden, als er sich zu dem Matrosen umdrehte. Ein gewaltiger Schmerz explodierte an seiner Schläfe, und alles um ihn herum wurde schwarz.

»Er kommt zu sich.«

Stöhnend öffnete Robert die Augen. Ein Meer aus unbekannten Gesichtern blickte auf ihn herab. Mühsam versuchte er, sich aufzurichten.

»Ganz ruhig, mein Junge. Das war ein heftiger Schlag.«

Hilfsbereite Hände halfen Robert, sich aufzusetzen. Sein Kopf hämmerte, seine Sicht war verschwommen, der Schmerz war unerträglich. Er berührte seine linke Gesichtshälfte, und als er seine Hand wieder zurückzog, war sie mit Blut verschmiert. »Was ist geschehen?«

Wills Gesicht wurde etwas klarer. »Ein verfluchter Matrose hat Anstoß an Ihnen genommen.«

*Hardcastle.* Ganz langsam kehrte die Erinnerung zurück.

»Er hat einen Stuhl über Ihrem Schädel zertrümmert. Sie sind zusammengebrochen wie ein nasser Sack.«

»Wo ist er?« Das Sprechen tat weh.

»Sie haben ihn nur knapp verpasst. Dieser dämliche Idiot hat Sie genau vor den Augen eines Constable außer Dienst erwischt. Er befindet sich bereits auf dem Weg in den Knast. Einige von uns haben ihm vorher noch ein paar Manieren beigebracht.«

Robert versuchte aufzustehen, aber Will legte ihm eine Hand auf die Schulter. »Warten Sie noch eine Minute.« Besorgte Augen musterten Roberts Gesicht. »Nichts Ernstes, schätze ich, es sei denn, Ihr Kiefer ist gebrochen.«

Es schmerzte höllisch, ihn hin und her zu schieben, aber Robert hatte nicht das Gefühl, dass etwas gebrochen war.

»Der Typ hat geschrien wie ein Irrer, als er auf sie eingeschlagen hat. Irgendetwas von einer Frau.«

*Jette!*

»Der Mann muss verrückt sein.«

Robert räusperte sich. Er spürte, dass sein Gesicht anschwoll. »Jette – er muss von Jette gesprochen haben. Das ist eine Frau, der wir gemeinsam begegnet sind.«

Will gackerte. »Stimmt, jetzt fällt es mir wieder ein. He, es sind immer die Weiber, die einem Mann das Leben schwer machen. Nun, sieht so aus, als hätte Hardcastle jetzt erst einmal andere Sorgen. Er steht nicht nur unter Arrest, weil er Sie verprügelt hat, anscheinend hat er seinen Vertrag gebrochen und ist vom Schiff getürmt. Das bedeutet, dass er auch in Frankreich angeklagt wird.« Will kramte unter seinem Hemd und zog Roberts Geldbörse hervor. »Hier, das hab ich sicherheitshalber in Verwahrung genommen. Ein paar Pfund hab ich mir rausgenommen für die Umstände, die ich hatte, aber der Rest ist noch drin.« Will hob eine blutende Faust hoch. »Der Bastard hat einen Unterkiefer aus Stahl.«

»Danke. Helfen Sie mir auf.« Ihm wurde schwindelig, und als er auf einen Stuhl sank, war ihm übel.

Ein Unbekannter hielt ihm ein Glas Rum hin. »Hier, schlucken Sie das, es wird Ihnen helfen, auf die Beine zu kommen.«

Robert bezweifelte das, aber er gehorchte. »Ich werde für alle Schäden aufkommen.«

»Nicht nötig. So etwas passiert hier ständig. Die Möbel sind billig. Wenn sie stabiler wären, hätten Sie es jetzt hinter sich.«

Robert sehnte sich plötzlich nach Mrs. Watsons Pension und seinem bequemen Bett. »Am besten machen wir uns erst morgen auf die Suche nach Wagen«, schlug er Will vor. »Haben Sie eine Idee, wo?«

»Es gibt nur eine Möglichkeit. Ein Mann in New Germany …«

»Wo?«

»New Germany. Am Mdloti-Fluss. Eine deutsche Siedlung. Sie bauen dort Gemüse an.« Als er Roberts verständnisloses Gesicht sah, fügte Will hinzu: »Wissen Sie, wo die Pinetown Road auf die Old Dutch Road stößt?«

»Im Norden?«

»Nein. Im Westen.«

»Ich werde es finden. Wie wäre es um zehn?«

Will nickte abwesend, er hatte etwas anderes im Kopf. »Ah, Robert … können Sie vielleicht meine Drinks zahlen?«

»Sie haben sich doch gerade erst ein paar Pfund genommen.«

»Ja, das brauchte ich für etwas anderes.« Er zuckte mit den Schultern. »Hatte gestern Abend etwas Pech beim Kartenspiel.«

Widerstrebend kam Robert Wills Bitte nach.

Als er schließlich auf seinem Pferd unterwegs war in Richtung The Berea, dachte Robert noch immer darüber nach, ob es klug war, sich mit William Green einzulassen. Der Mann trank und spielte so leidenschaftlich, dass er dafür sogar die Grundlage seines Gewerbes hergab. Und dennoch hatte er Robert nach Kräften verteidigt, anstatt mit seinem Geld durchzubrennen. Robert überprüfte seine Geldbörse. Er hatte nur zehn Pfund zu der Verabredung mit Will mitgenommen. Tausend weitere lagen sicher in der Bank, und der Rest befand sich gut verschlossen in seinem Überseekoffer. Ein rasches Nachzählen ergab, dass Will eine andere Vorstellung von ein paar Pfund hatte als er selber. Er hatte fünf genommen.

Mrs. Watson war sichtlich unzufrieden mit Robert. »Ich führe ein ehrenwertes Etablissement, Mr. Granger, und ich erwarte, dass sich meine Gäste nicht wie gemeine Rüpel aufführen.« Sie rümpfte verächtlich die Nase. »Außerdem haben Sie getrunken.«

Robert hatte schreckliche Kopfschmerzen und wollte sich gern hinlegen. »Ich entschuldige mich, Mrs. Watson. Es wird nicht wieder vorkommen.«

»Das wird es in der Tat nicht, Mr. Granger. Zumindest dann nicht, wenn Sie beabsichtigen, noch länger hier zu wohnen. Schauen Sie sich doch nur an.«

»Es sieht schlimmer aus, als es ist. Ich werde mich waschen und …«

»Sie haben einen Besucher. Er wartet im Salon.« Mrs. Watson rümpfte erneut die Nase, drehte sich auf dem Absatz um und marschierte missbilligenden Schrittes davon.

Logan Burton schien irritiert über Roberts Zustand, beschränkte seine Äußerungen jedoch auf nebensächliche Bemerkungen. »Guten Tag, Granger. Habe gehört, dass Sie hierher gezogen sind. Bin zufällig vorbeigekommen. Wollte nur rasch sehen, wie es Ihnen ergangen ist. Hätte nicht gedacht, dass Sie ein Raufbold sind, der sich in billigen Bars herumtreibt.«

»Sie sind sehr komisch.«

»In der Tat, von meiner Warte aus ist es ziemlich amüsant. Natürlich steht es Ihnen frei, anderer Meinung zu sein.« Burton grinste, dann überkam ihn die Neugier. »Hat jemand mit einer Eisenbahn nach Ihnen geworfen, alter Junge?«

»Hören Sie«, meinte Robert ungeduldig. »Wie Sie sehen, hatte ich einen schlechten Tag. Wenn Sie so gut wären und mir sagten, was Sie zu mir führt, denn ich würde mich gern etwas säubern und ausruhen.« Er ging zu einem Stuhl und ließ sich darauf fallen. Ein erleichterter Seufzer entfuhr ihm.

Der ältere Mann erhob sich hastig. »Dies ist kein guter Zeitpunkt. Ich wollte Geschäftliches mit Ihnen besprechen. Ich werde morgen wiederkommen.«

»Spucken Sie es aus, um Himmels willen, Mann.« Robert schloss kurz die Augen, ehe er Burton anschaute. »Es tut mir Leid. Das war unhöflich von mir. Bitte, setzen Sie sich und erklären Sie mir den Grund Ihres Besuches.«

Logan begann im Zimmer auf und ab zu gehen. »Es ist ein wenig ... eh ... anstößig, alter Junge.«

Trotz seines Zustands bemerkte Robert, dass Logan verlegen war. »Bitte«, sagte er. »Ich bin nicht in der Verfassung für Ratespiele.«

Logan breitete hilflos die Hände aus, ehe er sich wieder setzte. »Ich befinde mich ..., also, die Wahrheit ist die, Granger, ich bin auf der Suche nach einem Partner.«

Robert hob die Hand an den Mund, um das Lächeln zu verbergen, das ihm unwillkürlich über die Lippen gekommen war. »Einen Partner«, wiederholte er schließlich langsam. »Ich bin erst sechs Tage hier und habe bereits gelernt, dass diejenigen, die auf der Suche nach einem Geschäftspartner sind, in Wahrheit einen Dummkopf suchen, dem sie sein Geld abschwätzen können. Wie viel brauchen Sie?«

Burton zwinkerte überrascht. Mit derart offenen Worten hatte er nicht gerechnet. »Ich verlange nicht viel. Nur genug, um ...«

»Wie viel?«

»Vierhundert Pfund.« Der alte Jäger klang fast ein wenig trotzig.

Nun musste Robert blinzeln.

»Ich weiß, dass das nach viel klingt, aber ...«

Müdigkeit und Schmerzen beraubten Robert allmählich seiner Geduld. »Was springt für mich heraus?«

Burton entspannte leicht. Die Frage zeigte ihm immerhin, dass sein Ansinnen nicht rundheraus abgelehnt wurde. »Sie bekommen die Anleihe innerhalb von vier Monaten in doppelter Höhe zurück.«

Robert hatte auf einmal eine Idee. Wieso nicht? Er rieb sich nachdenklich das Kinn und ließ Logan noch eine Weile zappeln. Dann sagte er. »Ich sage Ihnen was, Burton. Ich stelle Ihnen das Geld zur Verfügung, wenn Sie mich mitnehmen. Sie werden für mich arbeiten, bis Sie mich auszahlen können.«

Burton wirkte ärgerlich. »Keine Chance. Ich bin hinter Elefanten her. Das ist ein gefährlicher Job, und es ist schwer genug, mich selber am Leben zu halten. Da kann ich mich nicht auch noch um Ihre Haut kümmern. Sie werden Ihr Geld zurückbekommen. Darauf gebe ich Ihnen mein Wort als Gentleman.«

»Tut mir Leid, Burton, aber das ist der einzige Handel, den ich zu diskutieren bereit bin.« Robert begann allmählich zu begreifen. Er war durchaus nicht wohlhabend, was seine finanziellen Mittel betraf. Aber mit ein wenig Geschick konnte er die Summen, die Will Green und Logan Burton benötigten, zusammenbringen, auch wenn er dann weniger übrig hatte, als ihm lieb war. Elfenbein war profitabel, und Will hatte Angst vor Elefanten. Logan Burton nicht. Mit dem Jäger als drittem Mann würden sie auch einen dritten Wagen benötigen. Aber das bedeutete nur zusätzlichen Platz für Handelsgüter und Elfenbein. Wenn Burton mitkam, würde Will auch nicht so schnell in Versuchung kommen, sich mittendrin einfach auf und davon zu machen. Ein durchaus passendes Arrangement also für alle Beteiligten.

Nach einer unangenehm langen Stille nickte Burton. »Nun gut, ich akzeptiere. Aber nur unter einer Bedingung.«

»Und die wäre?«

»Ich meine es ernst. Die Elefantenjagd ist gefährlich. Sie mögen dafür zahlen, was bedeutet, dass ich im Grunde für Sie arbeite, aber wenn wir mit der Jagd beginnen, tun Sie, was ich sage, ohne Wenn und Aber. Ist das klar?«

»Absolut.«

»Welches sind Ihre Bedingungen?«

»Sie unterzeichnen einen Schuldschein, der mir die Begleichung Ihrer Schulden innerhalb eines Jahres zusichert. Ich zahle Ihnen zehn Schillinge pro Tag und fünfundzwanzig Prozent des Gewinns.«

»Brutto?«

»Netto.«

Burton schüttelte seinen struppigen grauen Kopf. »Ich trage das ganze Risiko.«

»Ich bringe das Geld auf.«

»Die Gefahr ist erheblich.«

»Auch für mich. Wenn Sie sterben, sind meine ganzen Investitionen dahin.«

»Wie charmant!«

»Nehmen Sie mein Angebot an oder ...«

»Ja, ich weiß.« Burton hob ergeben die Hände. »Oder lassen Sie es. Ich nehme es an, aber nur weil ich keine andere Wahl habe. Mit etwas Glück sollte ich in der Lage sein, Sie nach der ersten Tour auszuzahlen. Danach will ich Ihr durchtriebenes junges Fell nie wieder sehen.«

Robert grinste, aber er wünschte sofort, er hätte es nicht getan. Lippen, Kiefer und Stirn protestierten heftig. »Ganz meinerseits.« Er zögerte, dann fügte er hinzu. »Es gibt da nur noch eine Sache.«

Burton sah ihn misstrauisch an.

»Ich habe bereits einen anderen Partner. Nun, eine Art Partner jedenfalls. Wir beabsichtigen, in wenigen Tagen in Richtung Zululand aufzubrechen. Sie werden sich uns anschließen müssen.«

»Um Himmels willen, Granger, das ist keine Vergnügungsreise.« Da Roberts Gesicht keine Regung zeigte, fügte er gnädiger hinzu: »Ist er ein Jäger?«

»Händler, hauptsächlich. Er handelt mit Fleisch und Fellen, aber nicht für Elfenbein.«

»Dann sollten wir es so belassen. Wer ist dieser Mann?«

»Will Green.«

Logan Burton warf den Kopf in den Nacken und lachte schallend.

Robert wartete.

»Will Green«, wiederholte Burton und wischte sich mit dem Handrücken über die Augen. »Die kleine Ratte. Ich hätte Ihnen mehr Geschmack zugetraut.« Er schüttelte den Kopf. »Ich schätze, Sie haben denselben Pakt mit ihm geschlossen?«

»So ist es.«

Ganz kurz flackerte Bewunderung in Burtons Augen auf. »Eines muss ich Ihnen lassen, Granger, Sie sind so schnell nicht unterzukriegen. Wenn man Sie halb verhungert in einen Fluss werfen würde, kämen Sie vermutlich mit einem Fisch im Maul wieder ans Ufer geklettert. Will Green kennt Zululand besser als jeder andere. Das spricht immerhin für ihn. Gewöhnlich ist er jedoch nie so pleite, dass er sich auf das einlässt, was Sie ihm angeboten haben.« Logan runzelte die Stirn. »Aber das Gleiche betrifft mich schließlich auch. Sieht so aus, als ob Ihre Glückssträhne anhielte.«

»Gibt es zwischen Ihnen und Will böses Blut? Das Letzte, was ich brauche, sind Schwierigkeiten zwischen meinen Leuten.«

»Green ist in Ordnung, vorausgesetzt, man drängt ihn nicht ins Abseits. Ich hatte nie viel mit ihm zu schaffen. Als Händler hat er einen guten Ruf, was man von seinem Charakter nicht behaupten kann. Er würde die Blumen vom Grab Ihrer Mutter stehlen, wenn er dafür Geld bekommen könnte.« Ganz plötzlich kam Burton ein Gedanke. »Er ist nicht verantwortlich für Ihr Gesicht, oder?«

Robert schüttelte den Kopf. »Jeremy Hardcastle.«

Burton pfiff leise. »Ich dachte, die *Marie Clare* wäre bereits wieder auf See.«

»Das ist sie auch. Seit drei Tagen.«

»Seien Sie vorsichtig«, warnte Logan leise. »Wenn man ihn zu sehr bedrängt, ist er so gefährlich wie eine in die Enge getriebene Ratte.«

»Hardcastle ist hinter Gittern.«

»Dann wollen wir hoffen, dass er dort vorerst bleibt.« Er stand auf. »Ich werde jetzt gehen. Und ich schlage vor, Sie ruhen sich etwas aus.«

Robert erhob sich ebenfalls. »Treffen Sie uns morgen an der Stelle, wo die Old Dutch Road auf die neue Verbindung nach Pinetown stößt. Um zehn Uhr. Wir reiten nach New Germany, um Wagen zu kaufen.«

»Wessen Idee war das?«

»Will hat es vorgeschlagen. Er empfiehlt Kap-Wagen. Ein Problem damit?«

»Nein, sie sind die besten. Außerdem kann man die deutschen Handwerker nicht übertreffen. Ist Ihnen klar, dass dieser Ort dreißig Meilen von hier entfernt ist?«

Robert verneinte. »Will vergaß, es zu erwähnen.«

Die beiden Männer schüttelten sich die Hände. »Sie werden bald lernen, dass man Will Green erst ziemlich bedrängen muss, ehe er alle Informationen preisgibt. Haben Sie einen Schlafsack?«

»Ja, er war bei den Dingen, die ich zusammen mit Tosca erworben habe.«

»Mit wem?«

»Meinem Pferd. Sie haben es noch nicht kennen gelernt.«

»Ich kann es kaum erwarten. Wie auch immer, bringen Sie den Schlafsack morgen mit.«

Robert stahl sich an Mrs. Watsons vorwurfsvollen Blicken vorbei in sein Zimmer. Er war trotz seines desolaten Zustandes glücklich, die erste Etappe seines Ziels erreicht zu haben.

Am nächsten Morgen trafen die drei Männer pünktlich an der vereinbarten Stelle ein.

»Was tut Burton hier?«, waren Wills erste Worte.

»Er wird sich uns anschließen.« Robert musterte seinen anderen Partner – er war unrasiert, hatte blutunterlaufene Augen, zitternde Hände, ungekämmte Haare – seine Kleidung war in einem unbeschreiblichen Zustand. »Lassen Sie uns eines klarstellen, Will«, sagte Robert. »Wenn Sie allein sind, können Sie tun und lassen, was Sie wollen. Wenn Sie jedoch in meiner Gesellschaft sind, präsentieren Sie sich so, wie es die herrschenden Umstände zulassen. Kurz gesagt, Sie stinken unerträglich. Und ich habe nicht die Absicht, diesen üblen Gestank länger als unbedingt nötig zu ertragen. Beim ersten Wasserlauf, den wir erreichen, werden Sie Ihre schmutzige Kleidung entfernen und sowohl diese als auch Ihre Person gründlich waschen.«

Will riss den Mund auf und drehte sich Hilfe suchend nach Logan um.

Er bekam keine. »Unser junger Arbeitgeber hat Recht. Auf einem Fischmarkt riecht es wesentlich besser.«

»Für Sie mit Ihren vornehmen Wohnstätten ist das leicht gesagt«, beklagte sich Will. »Da, wo ich wohne, gibt es kein Bad.«

»Dann sind Sie sicher ebenso wie wir daran interessiert, diese Umstände zu ändern«, fuhr Robert ungerührt fort. »Seien Sie ein braver Junge. Sie werden sich anschließend viel besser fühlen.«

Robert ignorierte jeden weiteren Protest und wendete Tosca gen Westen. Hinter ihm hörte er noch, wie Logan den Mann aus Yorkshire aufforderte, still zu sein, ehe er in einen raschen Galopp verfiel, das Gesicht in den Wind hielt und sich dem Vergnügen des Reitens hingab.

Als sie eine Stunde später an einem kleinen Fluss anhielten, stieg Robert ab und band Tosca an einem Baum fest. »Will, es ist so weit.«

»Was soll ich denn anschließend anziehen? Ich werde mir den Tod holen.«

»Gehen Sie«, befahl Robert. »Es sei denn, Sie wollen, dass

Burton und ich Ihnen die Kleider mit Gewalt vom Leib reißen.«

Will murmelte noch etwas von Krokodilen, dann stieg er widerwillig in das kühle Wasser.

»Hier gibt es doch keine, oder, Logan?« Robert war plötzlich beunruhigt.

»Kein Tier der Welt hat Interesse an ihm, solange er so riecht. Außerdem bevorzugen Krokodile stille, trübere Gewässer.«

Amüsiert sahen sie zu, wie Will auf einem Bein hopste, um einen Stiefel auszuziehen, einen flehenden Blick in Roberts Richtung warf und dann auf dem anderen taumelte, um auch den zweiten Stiefel loszuwerden.

»Der arme Teufel hat keine Strümpfe«, bemerkte Robert.

»Wahrscheinlich wüsste er nicht mal, was er damit tun sollte«, war Logans einziger Kommentar.

Will watete tief ins Wasser. Der Grund war steinig und glitschig. Will fand eine klare Stelle und tauchte vorsichtig in das kristallklare Wasser ein. Robert ging ans Ufer und schob die abgelegten Kleidungsstücke ebenfalls in den Fluss. »Wir haben zwar keine Seife, aber anständiges Schrubben müsste genügen. Strengen Sie sich an, Will, dann werfen Sie mir die Sachen zu, damit ich sie über einem Strauch zum Trocknen aufhängen kann.«

»Bitte, Mr. Granger. Ich friere mich zu Tode.«

Robert spürte, wie elendig sich der Mann fühlte, aber er zeigte kein Erbarmen. »Schrubben Sie, Will, das wird Sie wärmen.« Er würde das lernen müssen.

»Es ist so kalt«, jammerte Will.

»Dann schrubben Sie fester«, riet Robert ihm. »Und waschen Sie auch Ihre Haare, Sie haben Läuse.«

Fluchend und schimpfend wusch Will erst seine Kleidung, die Robert entgegennahm, und danach sich selbst. »Was soll ich nun tun?«, klagte er, als er damit fertig war. »Ich kann doch nicht nackt durch die Gegend laufen.«

»Kommen Sie aus dem Wasser, damit Sie trocknen können. Ihr Hemd ist schon fast trocken.«

»Fast. Ich wüsste gern, was Sie sagen würden, wenn Sie nasse Sachen tragen müssten. Ich werde bestimmt an der Schwindsucht sterben.«

»Armseliger kleiner Bastard«, brummte Logan. »Er sieht aus wie eine Bohnenstange.«

Robert überhörte die Bemerkung. Er ging zu den Pferden und öffnete seine Satteltasche. »Wie wäre es mit etwas Brot und Käse? Mit den besten Empfehlungen von Mrs. Watson.«

Logan leckte sich die Lippen. »Da sage ich nicht Nein, alter Junge. Seit gestern hatte ich keinen einzigen Bissen.«

Will gesellte sich ebenfalls zu ihnen. Er sah grotesk aus mit seinen tropfenden Haaren, dem feuchten Hemd, das um seinen mageren Körper schlotterte, und den dünnen weißen Beinen, die darunter hervorschauten.

»Etwas zu essen?«, fragte Robert.

»Ja, sehr gern.«

Wieder beeindruckte Robert, wie wenig nachtragend Will war. Der Mann jammerte und klagte bei jeder Gelegenheit, aber wenn man ihn mit vollendeten Tatsachen konfrontierte, fand er sich gutmütig mit dem Unvermeidlichen ab.

»Wie weit ist es noch?«, fragte Robert und strich sich die Krümel vom Hemd.

»Noch ein paar Stunden«, informierte Will ihn.

»Ich möchte nicht pedantisch erscheinen«, meinte Logan, »aber wenn wir Wagen kriegen, wie bekommen wir sie nach Durban?«

»Mit Pferden«, erklärte Will, als sei dies völlig selbstverständlich. »In New Germany gibt es einen Mann, der Treck-Ponys züchtet – aus dem so genannten Salted-Stock.«

»Ausgezeichnet!« Logan klang beeindruckt.

Pferde. Eine weitere Kleinigkeit, die Will vergessen hatte zu erwähnen. »Tatsächlich. Und was bedeutet bitte Salted-Stock?«

Logan erklärte es ihm. »Das ist eine Bezeichnung für ein Pferd, das nördlich des Limpopo-Flusses die Tsetse-Krankheit bekommen und überlebt hat. Das schaffen nicht viele. Wenn sich ein Pferd von diesem Leiden erholt, erkrankt es nur selten ein zweites Mal. Fohlen, von zwei Tieren aus dem Salted-Stock gezeugt, haben die besten Überlebenschancen.«

Auch von der Tsetse-Krankheit hatte Robert noch nichts gehört. »Die Tsetsefliege überträgt die so genannte Schlafkrankheit. Ein Mensch stirbt daran gewöhnlich – er verfällt zusehends. Pferde und andere Tiere leiden auf ähnliche Weise. Haben Sie je von Nagana gehört?«

Das hatte Robert nicht.

»Das ist die gleiche Seuche, es ist nur ein anderer Name. Vor allem Pferde sind dafür empfänglich. Am Ende ersticken sie an ihrem eigenen Schleim.«

»Ist die Krankheit behandelbar?«

Will lächelte, und Logan schüttelte den Kopf. »Es gibt alle möglichen Therapien, aber keine wirkt zuverlässig. Ein Typ hat einmal darauf geschworen, die Nüstern seines Pferdes von innen mit Teer zu bestreichen. Andere probieren es mit Schwefel, Senfpackungen, Chinin, sogar mit Gin. Oft genug stirbt der arme Gaul an der Behandlungsmethode. Nein, das Beste ist es, sich ein Pferd zu besorgen, das immun ist.«

»Was ist mit Tosca?« Das Tier gehörte Robert zwar noch nicht lange, aber er war so zufrieden damit, dass ihm die Vorstellung, ihm könne etwas zustoßen, unerträglich war.

»Keine Sorge«, beruhigte ihn Will. »Wir werden auf unserer Reise nicht durch Tsetse-Gebiete kommen.«

»Wer sagt das?«, widersprach Logan. »Wir fahren dahin, wo die Elefanten sind. Wenn uns das in die Gegend nördlich des Limpopos führt?«

»So weit fahre ich nicht.«

»Das werden Sie, wenn es nötig ist«, beharrte Logan.

Robert sah einen Interessenskonflikt heraufziehen.

»Wir unternehmen eine Handelsfahrt«, protestierte Will. »Keinen Jagdausflug.«

»Elfenbein bringt das meiste Geld«, erklärte Logan.

Robert mischte sich ein, ehe die beiden sich an die Kehlen gehen konnten. »Wir handeln *und* jagen. Gewöhnen Sie sich daran, alle beide. Und noch etwas, worüber Sie nachdenken sollten. Ich bin auf Sie und Ihre Erfahrung angewiesen, aber dies ist *meine* Expedition.« Er brachte sie beide zum Schweigen.

»Ich werde trotzdem nicht in das Gebiet nördlich des Limpopos gehen«, murmelte Will trotzig.

Logan wandte sich ab, dann wirbelte er plötzlich wieder herum und brüllte: »Wissen Sie eigentlich, was Elfenbein einbringt, Sie Idiot? Ein Pfund pro Pfund, Sir. Sie müssen Monate lang handeln, um solch einen Gewinn zu erzielen.«

Will sah aus, als wolle er erneut widersprechen, daher mischte Robert sich ein. »Um Himmels willen, jetzt ist Schluss.« Er stach Will den ausgestreckten Finger in die Brust. »Wir fahren dahin, wo ich es sage, oder Sie können die Sache allein machen.« Ohne eine Antwort abzuwarten schaute Robert zu Logan hinüber. »Dasselbe gilt für Sie.« Er drehte sich um und ging ein paar Schritte, ehe er sich erneut zu den beiden herumdrehte. »Wir sind drei erwachsene Männer. Jegliche Meinungsverschiedenheit wird vernünftig diskutiert. Ist das klar?«

Logan warf ihm einen wütenden Blick zu, sagte jedoch nichts. Will nickte widerwillig.

»Gut. Jetzt ziehen Sie sich an, Will, und dann geht es weiter.«

Logan konnte sich nicht beherrschen. »Ja. Bedecken Sie endlich Ihren jämmerlichen Körper.«

»Es ist besser, schlank zu sein, als auszusehen, als sei man im sechsten Monat schwanger«, gab Will zurück.

Logans Hand strich unwillkürlich über seinen Bauch. Trotz des Angriffs auf seine Eitelkeit lächelte er nachsichtig. »Mein lieber Mann, für diesen Bauch habe ich viel Zeit und Geld aufgewendet. Es wäre nett, wenn Sie ihm etwas mehr Respekt zollen würden.«

Will merkte nicht, dass seine schneidende Bemerkung gesessen hatte. Kopfschüttelnd sammelte er seine restlichen, inzwischen trockenen Kleidungsstücke ein.

Robert wusste, dass Logan nur seine verletzte Eitelkeit rächen wollte, und ignorierte dessen Bemerkung. Er war bereits zu dem Schluss gekommen, dass das Leben unterwegs nicht leicht werden würde. Logan und Will schienen sich aus Prinzip nicht zu mögen. Es würde schwierig werden, die beiden zu motivieren, und er durfte auf keinen Fall Partei ergreifen. Beide hatten Pech gehabt und waren nun gezwungen, bei einem unerfahrenen jüngeren Mann anzuheuern. Das gefiel ihnen nicht. Beide legten eine gewisse Eitelkeit an den Tag, was ihre Fähigkeiten und ihre Erfahrung anging. Robert hoffte sehr, dass Logan und Will, sobald sie ihr Können unter Beweis stellen konnten, dies so gut tun würden, dass sie sich gegenseitig respektierten. Mit etwas Glück würden sie so ihre sinnlosen Streitereien überwinden und sich voll und ganz ihrer Aufgabe widmen.

Sie bekamen ihre Wagen. Zwei brandneue und einen gebrauchten, der aber in sehr gutem Zustand war. Robert zahlte zweihundertfünfundsiebzig Pfund dafür, aber erst nachdem Logan und Will den Preis um fünfzig Pfund heruntergehandelt hatten.

»Verkauft Old Joe noch immer Pferde aus dem Salted-Stock?«, fragte Will den deutschen Wagenbauer.

»Ja, ich denke schon.«

Robert sagte ihm, dass sie später zurückkommen und die Wagen abholen würden.

Old Joe war nur allzu glücklich, ihnen Pferde verkaufen zu können, bis er erfuhr, dass sie die Wagen nach Durban ziehen sollten. »Dafür sind sie nicht ausgebildet.«

»Es wird schon klappen«, versicherte Will.

Old Joe kratzte sich am Kopf. »Sie werden Ihnen unterwegs

Probleme bereiten. Sagen Sie hinterher nicht, ich hätte Sie nicht gewarnt.«

»Das hat uns noch gefehlt.« Logan wirkte besorgt.

»Glauben Sie mir, es wird alles bestens sein«, wiederholte Will.

Sie hatten keine andere Wahl. »Wie viel?«, fragte Robert.

Berechnende Blicke wanderten von einem Gesicht zum nächsten. Dann nannte Joe seinen Preis.

»Zu viel«, antworteten Will und Logan gleichzeitig. Will fügte hinzu: »Wir kaufen doch bloß Pferde und keine verdammten Kronjuwelen.«

Robert schwieg, während die anderen drei verhandelten. Old Joe hatte gegen das gemeinsame Geschick von Will und Logan keine Chance, und seine anfängliche Zuversicht schwand zusehends dahin.

»Achtzig Pfund und kein Penny weniger. Das ist mein letztes Angebot.« Sie willigten ein, aber der alte Mann war noch nicht fertig. »Das Zaumzeug geht extra.«

»Vergessen Sie es«, meinte Will. »Wir werden sie so zu den Wagen führen. Das dürfte kein Problem sein.« Nachdem er den Preis einmal gedrückt hatte, ließ er sich auf nichts mehr ein. Robert sah seine Entschlossenheit und nickte bekräftigend, Logan war sich nicht so sicher.

Die neun Pferde, die sie gerade erstanden hatten, schienen einigermaßen gefügig zu sein. Robert stimmte Will zu.

Die Pferde waren offenbar erleichtert, dass sie aus ihren engen Pferchen befreit waren, und genossen es in vollen Zügen, sich endlich bewegen zu können. Robert würde den Nachmittag in seinem Leben nie vergessen. Es war nur eine Meile zurück zum Wagenbauer, aber die Tiere waren nicht zu halten. Sorgfältig gepflegte Stauden verschwanden in ihren gierigen Mäulern, ihre Hufe trampelten Felder und Gärten nieder. Nicht einmal Blumenkästen blieben verschont. Eine besenschwingende Frau, die einem Stück weiblicher Unterwäsche hinterherjagte, das eines der Pferde versehentlich mit einem Imbiss verwechselt hatte, riss eine ganze Wäscheleine nieder. Die deutsche Lady war ebenso fest entschlossen, ihr gutes Stück wiederzubekommen, wie das Pferd, es nicht wieder herzugeben. Die Katastrophe war vorauszusehen. Auch wenn Robert die deutsche Sprache nur bruchstückhaft verstand, reichte es aus, um sich zu wundern, dass diese Frau über ein solch derbes Vokabular verfügte.

Hysterisch bellende Hunde beteiligten sich an dem Tohuwabohu. Hühner rannten aufgeregt flatternd in alle Richtungen, um Sekunden später niedergetrampelt zu werden. Kinder kreischten aus Angst oder vor Aufregung – Robert geriet in Panik.

Der Wagenbauer verhinderte schließlich ein völliges Chaos. Er sah die außer Rand und Band geratenen Pferde kommen, errichtete rasch eine Barrikade und zwang alle neun Tiere auf sein umzäuntes Grundstück, wo die Wagen standen. Schwitzend, fluchend und schreiend folgten Robert, Logan und Will und schlossen das Tor.

Als sie gefangen waren, liefen die Pferde erst eine Weile unruhig im Kreis und begannen schließlich, als sie keinen Ausweg fanden, in Ruhe zu grasen.

»Ich denke, Sie sollten sie heute Abend in Ruhe lassen«, sagte der Wagenbauer. »Bis morgen werden sie sich beruhigt haben. Dann sind sie handzahm.«

Sie beherzigten den Rat des Wagenbauers und campierten auf dem Feld. Seine Frau brachte ihnen selbst gebackenes Brot und einen dampfenden Topf Antilopengulasch. Nach dem Essen legte Logan sich auf den Rücken, blickte zum Nachthimmel hinauf und rauchte eine Zigarre. Will starrte ins Feuer.

Robert brach schließlich das Schweigen mit einer Frage: »Habt ihr eigentlich Ahnung von Pferden?«

»Was soll die Frage?« Logan räusperte sich.

Will hielt den Blick auf die flackernden Flammen gerichtet.

»Und?«, beharrte Robert.

Als sie sich schließlich durchrangen, die Wahrheit zu sagen, wunderte sich Robert nicht im Mindesten. Seine beiden Kumpane konnten reiten, sie konnten Pferdefleisch zuschneiden und Befehle brüllen. Doch die eigentliche Arbeit mit den Pferden war bisher von ihren afrikanischen Angestellten verrichtet worden. Zu wissen, was zu tun war, und es tatsächlich zu tun, waren zwei völlig verschiedene Dinge.

»Irgendwie«, meinte Robert zähneknirschend, als ihm klar wurde, in welcher Lage sie sich befanden, »müssen wir diesen wilden Haufen morgen nach Durban zurückbringen. Offenbar bin ich von uns dreien der Erfahrenste. Daher werde ich das Kommando übernehmen.« In Wahrheit hatte Robert nicht mehr Ahnung als die anderen beiden, aber das würde er nicht zugeben. Immerhin hatte er in Schottland schon einmal eine Ponykutsche gelenkt.

»In Durban habe ich erfahrene Zulu-Jungen«, meinte Will hilfreich.

»Ich auch«, ergänzte Logan. »Sie werden mit uns kommen müssen – schon wegen der Ochsen.«

»Allerdings.« Robert stocherte missmutig im Feuer herum. »Ein Jammer, dass keiner von euch daran gedacht hat, sie heute mitzubringen. Wir werden noch mehr Hilfe benötigen. Irgendwelche Vorschläge?«

»Hinter Catos Laden hängen immer eine Menge Männer rum, die auf der Suche nach Arbeit sind.«

»Wenn die Ochsen so sind wie die Pferde«, brummte Robert, »werden wir alle Hilfe benötigen, die wir kriegen können.«

Am nächsten Morgen gelang es ihnen, mithilfe des Wagenbauers drei Pferde vor jeden Wagen zu spannen. Glücklicherweise würde es den größten Teil der Reise bergab gehen. Die Tiere waren nervös und unruhig, aber nachdem sie sich einmal in Gang gesetzt hatten, verfielen sie in einen gleichmäßigen Schritt.

Dennoch ging es nur langsam voran, und sie erreichten die Stadt erst nach fünf Uhr. Als sie die Wagen schließlich gelöst und die Pferde für die Nacht versorgt hatten, war es zu spät, noch etwas zu unternehmen. Ehe er zu Mrs. Watson zurückkehrte, vereinbarte Robert, sich am nächsten Morgen um acht mit Will und Logan hinter Catos Laden zu treffen.

Er hatte zwei bemerkenswerte Tage hinter sich. Als Robert die Pension von Ann Watson erreichte, war er alles in allem froh, dass er auch diesen Tag einigermaßen glimpflich überstanden hatte. Sein Kopf schmerzte und sein Kiefer, und wenn man es genau nahm, alles andere auch. Wie Will gesagt hatte, Reiten in Afrika war etwas anderes als in der Heimat. Der Versuch, die vielen verschiedenen neuen Eindrücke zu verdauen, forderte nun seinen Tribut. Robert war mehr als erschöpft.

Seine Wirtin bestand zwar darauf, ihm nur kaltes Essen vom Vorabend zu servieren, aber sie schien es ernstlich zu bedauern, dass ihr Gast die Absicht hatte, sie bald zu verlassen. Eine Wochenmiete zum Ausgleich schien die gute Frau jedoch wieder aufzuheitern, und als Robert sich am nächsten Morgen verabschiedete, wiederholte sie ihr Angebot, seine Post in Empfang zu nehmen, falls welche für ihn eintraf. Sie willigte außerdem ein, sein Gepäck und all die Kleidungsstücke einzulagern, die er zurücklassen musste. Nachdem er seinen Besitz auf ein absolutes Minimum reduziert hatte, wurde Robert endgültig klar, dass ab sofort für ihn ein neues Leben begann.

Es war bereits heiß, als er sich um halb sieben auf den Weg in Richtung Stadt machte. Robert empfand eine Mischung aus Angst und Aufregung. Vor ihm lag Gott weiß was. Auch wenn er bereit war, sich den Herausforderungen zu stellen, fragte er sich doch, was es sein würde.

# 6

Robert hatte befürchtet, dass Will und Logan sich nicht verstehen und ihm Probleme bereiten könnten, aber es war nichts gegen das, was er in der Stadt erleben sollte. Niemand hatte ihn auf die grausame und kompromisslose Heftigkeit des Hasses zwischen den einzelnen Stämmen vorbereitet. Die erste Andeutung, dass etwas nicht stimmte, erhielt er, als er zu Catos Geschäft ritt. Logan war bereits dort; er stand mit drei Afrikanern ein Stück abseits. Robert nickte ihm zum Gruß zu, doch dann zog eine lärmende Gruppe seine Aufmerksamkeit auf sich. Es waren vorwiegend Weiße, die sich auf etwas konzentrierten, was sich auf einer Lichtung in der Nähe des Geschäfts abspielte. »Was ist da los?«

»Ein Kampf.«

In diesem Moment erblickte Robert Will, der sich mit einer Faust voll Geld durch die Menge drängte. »Was hat er vor?«

»Wonach sieht es denn aus?« Logan schien verwundert über Roberts Naivität.

Robert drückte ihm die Zügel seines Pferdes in die Hand. »Warten Sie hier. Ich hole ihn.«

»Das würde ich an Ihrer Stelle nicht tun.«

»Warum nicht?«

Die Menge teilte sich, und Robert erkannte zwei Afrikaner, einer mit Peitsche und Messer bewaffnet, der andere mit einem dicken Stock. Auch er trug ein Messer. Lauernd umkreisten sich die beiden Männer.

Logan zeigte mit dem Kopf in ihre Richtung. »Der mit der Nilpferdpeitsche ist Wills Viehtreiber. Ein Zulu. Der andere ist mein Abdecker. Ein Sotho. Sieht so aus, als hätten wir ein kleines Problem. Sie hassen sich.«

»Gibt es einen besonderen Grund dafür?« Robert zuckte zusammen, als die Peitsche haarscharf am Gesicht des Abdeckers vorbeizischte. Die Menge grölte.

»Sie brauchen keinen Grund. Eine ganz normale Stammesfehde reicht gewöhnlich, um einen Funken zum Zünden zu bringen. In diesem Fall ist es sogar noch mehr. Wills Viehtreiber behauptet, mein Mann habe seine Schwester geschwängert.«

»Stimmt das?«

»Herrje! Woher soll ich das denn wissen? Der verdammte Mann steckt seinen Schwanz überall rein. Vermutlich hat er schon viele geschwängert. Zulu bezeichnen alle Mädchen von demselben Vorfahren als Schwester. Wenn Sie mich fragen ...«

»Nein, hören Sie ... wir müssen sie aufhalten, bevor sie sich gegenseitig umbringen.«

Logan schien seine Sorge nicht zu teilen. »O ja, einer wird den anderen töten, daran besteht kein Zweifel. Die Wetten gehen auf meinen Mann. Netter Typ, abgesehen von seiner Neigung zum anderen Geschlecht ist er auch ziemlich heißblütig. Und er ist verdammt geschickt mit diesem Messer. Es wäre sicher keine gute Idee, sich zu diesem Zeitpunkt einzumischen. Ihr Blut ist in Wallung, und sie werden bis zum Tod kämpfen.«

»Das ist doch lächerlich«, schimpfte Robert. »Am Ende muss sich noch einer wegen Mordes verantworten. Warum unternehmt ihr nichts?« Er machte eine Armbewegung in Richtung der lachenden, wenn auch angespannten Gruppe Afrikaner, die den Tumult aufmerksam verfolgten. »Warum tun *sie* nichts? Sie sind doch Zulu, die meisten jedenfalls. Warum greifen sie nicht ein und bewahren ihren Mann vor Verletzungen?«

Logan lachte auf. »Wie denn? So dumm ist keiner von uns. Hören Sie, alter Junge, Sie müssen einfach lernen, dass man sich nie, niemals in ihre Auseinandersetzungen einmischt. Die meiste Zeit machen diese Jungs einfach dort weiter, wo sie am Tag zuvor aufgehört haben, oder noch am Tag vorher oder letzten Monat – letztes Jahr. Im einen Moment ist alles in Ordnung, und im nächsten sind sie bereit, sich gegenseitig umzubringen. Dann ist es zu spät. Wenn Sie jetzt eingreifen, riskieren Sie, dass sie sich gegen Sie wenden werden. Für uns Weiße ist es bloß eine Form der Unterhaltung, aber für die Kaffern geht es um die Ehre. Wills Viehtreiber kämpft für seinen gesamten Clan. Und mein Abdecker versucht umgekehrt, ihm die ganze Verachtung seines Stammes zu zeigen.«

Robert wollte die Gründe gar nicht hören. Er sorgte sich um die Folgen, die dieser tiefe Hass und mögliche weitere Konfrontationen für den Ausgang seiner Expedition haben könnten. Und noch mehr sorgte er sich darum, dass einer oder gar beide Männer getötet werden könnten.

»Wir werden zwei gute Männer verlieren.«

»Einen«, widersprach Logan. »Der andere wird nicht bestraft werden, solange sein Häuptling nicht entscheidet, die Angelegenheit weiterzuverfolgen. Das ist altes Stammesrecht. Ein Verbrechen aus Groll. Es könnte den Gewinner vielleicht irgendein Tier kosten, aber das ist alles.«

Robert zog sein Gewehr aus der Satteltasche. »Ich werde mich darum kümmern.«

»Vergewissern Sie sich, dass es geladen ist, mein Lieber«, riet ihm Logan. »Wenn Sie sich da einmischen, besteht durchaus die Chance, dass Sie es benutzen müssen.«

»Sind Sie auf meiner Seite oder nicht?«

Logan seufzte und forderte einen Afrikaner auf, ihm ebenfalls seine Waffe zu holen.

Gemeinsam schoben sie sich durch die lärmende Menge. »Halt!«, rief Robert.

Die beiden Kämpfenden waren so in ihre Auseinandersetzung vertieft, dass sie zunächst gar nicht reagierten. Robert hatte nun einen perfekten Blick auf das Geschehen. Wills Viehtreiber umkreiste den Sotho langsam, schwang seine Nilpferdpeitsche, schlug dann mit tödlicher Präzision zu und hielt sich seinen Widersacher damit auf Abstand. Logans Abdecker ignorierte die fehlgeschlagenen Hiebe mit Verachtung, offenbar wusste er, dass sein Gegner noch nicht zum endgültigen Angriff bereit war. Er hielt das Messer locker in der rechten Hand. Sein linker Arm war ausgestreckt, der Stock schwang ununterbrochen durch die Luft, um den Gegner zu verwirren. Die beiden Afrikaner bewegten sich umeinander wie wachsame Leoparden, die nur darauf warteten, dass der andere einen Fehler machte. Ein Raunen ging durch die Menge, die Zuschauer spürten, dass dieser Moment nahte.

Robert konnte seinen eigenen Herzschlag hören. Das frühmorgendliche Drama schien fast unwirklich, so als würde er gleich erwachen und feststellen, dass alles nur ein böser Traum gewesen war. Aber er wusste, dass es das nicht war. Nachdem er sich einmal eingeschaltet hatte, gab es kein Zurück mehr. Auch wenn Afrikaner nach einem Kodex zu leben schienen, der Robert unbekannt war, war ihm eines völlig klar: Um sich ihren Respekt zu verschaffen, würde er schnell und entschlussfreudig handeln müssen. Wenn nicht, würde er seine Autorität, auf die er so sehr angewiesen war, verlieren.

Robert zweifelte nicht an seinen Fähigkeiten als Schütze. Bei der Moorhuhnjagd hatte er eines Tages Lord Ripons Rekord geschlagen und sieben Vögel auf einmal erwischt. Von nun an verließ er sich nur noch auf seinen Instinkt.

Wie er gespürt hatte, dass der richtige Moment gekommen war und jegliche weitere Verzögerung sich als fatal erweisen könnte, wusste Robert später nicht zu sagen. Vielleicht hatte aus den hasserfüllten Augen der Gegner ein warnender Blick gesprochen. Es mochte ein leichtes Zusammenziehen der ohnehin angespannten Muskeln gewesen sein oder ein kaum auszumachender Stellungswechsel. Beide Männer standen fest und stabil wie ein Fels. Was immer es war, Robert wusste, dass er nun handeln musste.

Der Viehtreiber machte einen Satz nach vorn und hob den Arm. Als die Peitsche auf Logans Mann niedersauste, hob Robert das Gewehr und feuerte ab. Ohne eine Sekunde zu zögern drehte er sich um und feuerte erneut, dieses Mal in Richtung des Zulu.

Später gestand Logan, dass er etwas Ähnliches noch nie erlebt hätte. Sein Abdecker, hochkonzentriert und aufmerksam, bückte sich, um der mörderischen Peitsche zu entgehen. Noch während er dies tat, wurde ein Finger von der rechten Hand getrennt. Einen Moment später ließ der Zulu sein Messer fallen und griff sich an den Oberarm. Blut lief ihm durch die Finger.

Einen Moment schien das Krachen der Winchester die Zeit anzuhalten. Im Blick der beiden Kontrahenten, die sich erstaunt in Richtung des Lärms drehten, lag Unverständnis. Erstaunt starrte der Zulu auf das Blut, das seinen Arm hinabrann. Die blutdurchtränkte Hand seines Gegners zuckte, als suchte sie nach dem, was nicht mehr da war.

Robert ließ sein Gewehr sinken und stand ein paar Sekunden regungslos da. Die Zuschauer wurden ganz still, sie waren für einen Augenblick wie gelähmt und warteten darauf, was als Nächstes geschehen würde. Es war gespenstisch ruhig.

»Ich bin getroffen.«

Das heisere, schmerzerfüllte Geheul durchbrach die Regungslosigkeit, und dann explodierten die Stimmen. Robert drehte sich langsam in Richtung der Stimmen, sein Verstand suchte nach einer Erklärung, seine Ohren dröhnten noch immer von dem ohrenbetäubenden Lärm. Unmöglich! Die Kugeln wären zu hoch gegangen.

»Hilfe! Ich bin getroffen.«

Ein Mann presste sich beide Hände an den Kopf, das Blut sickerte durch seine Finger.

»Scheiße!« Robert hörte Logans lauten Schrei durch das Gebrüll der anderen. Regungslos sah er zu, wie sein Partner die Wunde untersuchte. Logan atmete erleichtert auf. »Du bist nicht von einer Kugel getroffen, Mann. Es sieht so aus, als seist du von dem Messer getroffen.«

Logans Worte führten zu einer kurzen Entspannung, doch sie hielt nicht lange an. Wie ein Pendel schlug die Stimmung der Menge um. Die Leute hatten Blut sehen wollen, waren sogar bereit gewesen, über den Ausgang der Auseinandersetzung Wetten abzuschließen. Das, was sie gesehen hatten, reichte ihnen nicht, es gab keinen klaren Gewinner. Die afrikanischen Beobachter wandten sich ab, in ihren Gesichtern spiegelte sich Resignation, ja sogar Enttäuschung wider. Das, was für sie nicht mehr war als eine Frage der Ehre, war durch Ignoranz zerstört worden, etwas, womit sie mit wachsendem Kontakt zu den Weißen leben lernen mussten.

Diejenigen, die auf den Ausgang des Kampfes gewettet hatten, sahen die Sache anders und wandten sich an Robert.

»Was glauben Sie, wer Sie sind?«

»Ich habe gutes Geld auf diesen Streit gesetzt.«

»Warum haben Sie sich eingemischt?«

»Wer zahlt mich jetzt aus?«

»Das ist Betrug.«

»Geben Sie uns unser Geld zurück.«

»Wo ist Will?«

Der Ärger wuchs. Robert, ein Außenseiter, der es gewagt hatte einzugreifen, hatte sie um ihr hart verdientes Geld gebracht. Er stand im Zentrum der empörten Meute und war das offensichtliche Ziel der Rache. Jetzt galt es, rasch zu handeln. Als er Namen hörte, kam Robert auf eine Idee. Er zeigte in die erstbeste Richtung und rief: »Da ist er. Will hat euer Geld.«

Unglücklicherweise und aus reinem Zufall schlich sich Will genau in diesem Moment leise zu seinem Pferd. Robert hatte direkt auf ihn gezeigt. Die Menge schwärmte aus wie ein

Schwarm afrikanischer Bienen und hatte Will innerhalb von Sekunden umzingelt.

Vorübergehend war die Gefahr von seiner Person abgelenkt. Robert wusste, dass die beiden streitenden Männer verletzt waren und medizinische Hilfe benötigten, und sah sich nach ihnen um.

»Oh, verdammte Hölle!« Wills Viehtreiber saß breitbeinig auf Logans verletztem Abdecker und würgte ihn mit grimmiger Entschlossenheit und ohne Rücksicht auf seinen eigenen verletzten Arm. Die Augen des anderen traten hervor, während er verzweifelt versuchte, sich aus der Umklammerung zu befreien. Doch der Zulu ließ nicht von ihm ab.

Für langes Zaudern blieb keine Zeit. Und Robert war auch nicht in der Stimmung dazu. Blanke Wut erfasste ihn. Mit großen Schritten lief er auf die Männer zu, schwang den Lauf seines Gewehrs und traf Wills Mann an der Schläfe. Er verlor zwar nicht das Bewusstsein, aber der Schlag war so heftig gewesen, dass er das Interesse verlor, den Sotho weiter zu würgen.

Logan packte seinen Abdecker am Arm und riss ihn auf die Füße. Robert tat dasselbe mit Wills Viehtreiber. Die benommenen Männer vor sich her schiebend, bahnten sie sich einen Weg zu ihren wartenden Pferden.

»Überlassen Sie mir das«, zischte Logan.

»Gern. Ich sehe inzwischen nach, ob Will Hilfe braucht.«

Nachdem alle ihr Geld von dem unglückseligen Mann aus Yorkshire wieder bekommen hatten, zerstreute sich die Menge allmählich. Will, zerzaust, aber ansonsten unbeschadet, zuckte zusammen, als er den Ausdruck in Roberts Gesicht bemerkte. Aber er war noch empört genug, um sich zu beklagen. »Wozu haben Sie das getan? Ich hatte mehr als zehn Pfund in meiner Hand.«

*Zehn Pfund!* Was für ein Preis für das Leben eines Mannes? Der Gedanke brachte Roberts Ärger zum Siedepunkt. Er packte Will mit beiden Händen am Kragen und schüttelte ihn grob. »Nennen Sie mir einen anständigen Grund, Sie nicht zu feuern.« Er stieß die Worte geradezu heraus. »Ein einziger genügt.«

»Ich hatte nichts Böses im Sinn. Diese Jungs wären ohnehin übereinander hergefallen. Alles, was ich gemacht habe …«

»Sie hätten die beiden stoppen können.« Robert gab Will einen Stoß, und er fiel rücklings gegen sein Pferd.

»Ich nicht«, keuchte Will, schüttelte den Kopf und zupfte an seinem zerknitterten Hemd. »Sie haben sie ja nicht gesehen. Die waren wahnsinnig.« Sein Blick wurde verschlagen. »Wie auch immer, was ist jetzt das Beste? Es hinter sich zu bringen oder unterwegs Schwierigkeiten befürchten zu müssen? Die beiden sind noch nicht fertig miteinander. Sie kennen die Eingeborenen nicht so, wie ich sie kenne. Sie haben etwas begonnen und werden nicht eher Ruhe geben, bis es vorbei ist.«

Trotz des überwältigenden Wunsches, Will erneut zu packen, wurde Robert klar, dass er Recht hatte. Aber da war noch immer die Sache mit den Wetten.

»Irgendwer hätte die Wetten angenommen«, fuhr Will fort, der seine Gedanken gelesen hatte. »Wieso also nicht ich?«

Robert war unsicher. War es wirklich unmoralisch, so etwas zu tun? Seine Prinzipien schienen in diesem Teil der Welt bedeutungslos zu sein, dennoch erfüllte ihn Wills Verhalten mit großem Entsetzen. Da er unfähig war, seine Gefühle so auszudrücken, dass der kleine Händler sie verstand, rettete sich Robert in Autorität. »Wenn die Eingeborenen sich gegenseitig umbringen wollen, kann ich das nicht verhindern. Wenn Sie sich entschließen, Wetten über den Ausgang ihrer Kämpfe abzuschließen, kann ich das auch nicht verhindern. Aber, bei Gott, Will, Sie werden das nicht tun, solange ich Sie bezahle. In meiner Mannschaft dulde ich keine Schwächen. Wenn Ihre Männer Schwierigkeiten machen, erwarte ich, dass Sie sie lösen. Wenn Sie das nicht tun, sind Sie für mich nutzlos. Das ist die einzige Warnung, die ich Ihnen gebe. Habe ich mich klar ausgedrückt?«

Will nickte. »Werden Sie ihm das auch sagen?« Er wies mit dem Daumen in Logans Richtung.

»Ich versichere Ihnen, dass meine Einstellung in dieser Angelegenheit noch in dieser Stunde allen klar sein wird. Es besteht kein Grund für Sie, sich mit Gedanken an eine mögliche Bevorzugung anderer zu quälen. Haben wir jetzt alles, was wir benötigen, um die Ochsen zu holen?«

»Ich denke ja.« Will schien über den plötzlichen Richtungswechsel überrascht.

»Nun, haben wir oder haben wir nicht?«

»Ich werde es prüfen«, antwortete Will hastig.

»Können Sie sich auch um Ihren Viehtreiber kümmern?«

»Ja.«

»Gut. Sehen Sie nach seinem Arm und sorgen Sie dafür, dass wir genügend Medikamente haben, um ihn zu behandeln. Und nachdem Sie das getan haben, erklären Sie Ihren Männern bitte die Regeln, die bei dieser Unternehmung herrschen. Lassen Sie keinen Zweifel an der Tatsache, dass mein Wort gilt und beim ersten Anzeichen weiterer Probleme nicht nur *sie* ihren Job verlieren, sondern auch ihr Master. Noch Fragen?«

Will schüttelte den Kopf.

»Dann befolgen Sie jetzt meine Anordnungen.«

Robert drehte sich um und atmete tief durch. Und nun zu Mr. Burton.

Logan fluchte auf Zulu und teilte mit nicht sehr sanfter Hand Ohrfeigen aus. Will ging vorbei, schnippte mit den Fingern, und sein Viehtreiber und zwei andere trotteten hinter ihm her. Robert schaute ihnen nach und hoffte, dass der Mann die Drohung ernst nahm. Dann wandte er sich an Logan. »Sagen Sie Ihren Männern, dass wir heute noch aufbrechen. Wenn Ihr Abdecker schwer verletzt ist, wird er hier bleiben müssen. Diese Entscheidung treffen Sie. Wenn er mitkommt, sorgen Sie dafür, dass seine Wunde versorgt wird. Sein Wohl liegt in Ihrer Verantwortung.«

Logan war überrascht über den Ton, den Robert anschlug, erwiderte jedoch nichts. Er wandte sich kurz an seine Leute, dann drehte er sich wieder zu Robert um. »Das war ein verflucht guter Schuss. War es ein Zufallstreffer?«

»Nein.«

»Gut. Denn ich habe meinen Jungs gesagt, dass Sie ihnen, sollte es zu weiteren Streitereien kommen, die Eier auf dieselbe Weise abschießen wie vorhin den Finger. Sie sind ziemlich beeindruckt. Sie sagen, Sie seien ein Mann, der Schwierigkeiten nicht aus dem Weg geht. Sie haben sich ihren Respekt verdient, alter Junge, so viel ist sicher. Ehe Sie sich versehen, wird man Ihren Namen rühmen.«

Robert hatte keine Ahnung, wovon Logan redete, und er war nicht in der Stimmung nachzufragen. »Großartig!«, murmelte er, mit seinen Gedanken ganz woanders.

»Sie glauben übrigens auch, dass Sie ein Zauberer sind.«

Robert ging nicht darauf ein. Er hatte im Moment andere Sorgen. »Ich habe mit Will gesprochen, jetzt sind Sie an der Reihe. Wenn es Ihnen nicht gefällt, können Sie jederzeit gehen.«

Zu seiner Verwunderung nickte Logan. »In Ordnung«, sagte er. »Solange Sie es ernst meinen.«

»Jedes Wort.«

Robert war davon ausgegangen, dass sie nur Ochsen mitnehmen würden. Schließlich waren sie größer und stärker als weibliche Tiere. Trächtige Kühe und frisch geborene Kälber hielt er für ihr Unternehmen für nicht geeignet.

Logan und Will waren jedoch anderer Ansicht und ausnahmsweise einmal einer Meinung.

»Wir könnten Kälber gegen Elfenbein tauschen«, schlug Will vor.

»Das wird nicht nötig sein«, entgegnete Logan.

»Warum nehmen wir dann weibliche Tiere mit?«, fragte Robert. »Wäre es nicht besser, kastrierte Bullen zu nehmen?«

»Und wenn sie sterben, was sicher geschehen wird? Oder gestohlen werden? Was dann?«

Will fügte hinzu: »Wir können Waren gegen Vieh der Eingeborenen eintauschen, aber die Tiere sind wild. Sie taugen nicht als Zugtiere. Logan hat Recht. Wir sollten uns Ersatz mitnehmen.«

»Aber frisch geborene Kälber können doch nicht geeignet sein«, entgegnete Robert.

»Binden Sie sie hinter ihre Mütter, und Sie werden staunen, wie gut sie arbeiten«, beharrte Logan. »Stimmt es, Will?«

»Ja«, sagte Will, aber er klang nicht überzeugt. »Vor allem können wir mit ihnen handeln.«

Eine kurze Meinungsverschiedenheit kam auf, die jedoch bald erstarb, weil jeder den Sinn dessen, was der andere sagte, einsah.

Da Robert völlig unerfahren war, blieb ihm nichts anderes übrig, als sich auf den Rat seiner Partner zu verlassen.

Obwohl es ihnen nicht gelang, so viele Ochsen zu kaufen, wie Will für nötig erachtete, die sechsundsiebzig, die der Kuhhirte schließlich zusammentrieb, waren eine ordentliche Herde. Alle waren gehorsam und ließen sich leicht führen. Robert war von der Ruhe und Bedächtigkeit fasziniert, mit der die Zulu den Tieren begegneten. Logan sah es und erklärte ihm die traditionelle Bedeutung der Kühe.

»Sie sind für die Zulu nicht nur Milch- und Fleischlieferanten, alter Junge. Der Wohlstand eines Mannes bemisst sich an der Größe seines Viehbestandes. Er zahlt seine Schulden mit ihnen, tauscht sie ein gegen Frauen. Natürlich haben Kühe auch eine praktische Funktion und werden zur Herstellung von Kleidung und Körperschmuck oder als Schutzschild benutzt, aber sie haben einen Wert, der über ökonomische Erwägungen hinausgeht. Die Zulu glauben, dass ihr Vieh sie mit ihren Ahnen verbindet. Bei allen wichtigen Stammeszeremonien, bei denen der Segen der Ahnen erbeten wird, wird immer ein Tier geopfert. Das ist eine Möglichkeit für die Zulu, Kontakt mit ihren Geistern aufzunehmen.«

Robert sah die Männer, die mit den Ochsen beschäftigt waren, plötzlich mit ganz anderen Augen. Es war nicht nur Erfahrung, die sie ausstrahlten, es war auch Respekt. Und die Tiere reagierten darauf.

»Das alles gilt jedoch nur für die Männer«, fuhr Logan fort. »Für Frauen ist die Berührung mit Kühen tabu. Die Zulu glauben zum Beispiel, dass eine Frau, wenn ihre Zeit im Monat gekommen ist, nicht in die Nähe der Herde darf, sonst verlieren die Kühe ihre Milch, werden krank und können sogar sterben. Sollten Sie je eine Frau in einem Viehkral sehen, ist sie wahrscheinlich sehr alt und vermutlich das wichtigste weibliche Wesen innerhalb der Familie.«

»Kral?«, fragte Robert.

Logan zog die Augenbrauen hoch. »Verzeihung. Durch Sie wird mir klar, wie vieles für mich selbstverständlich geworden ist. Zulu-Familien leben gemeinsam innerhalb einer kreisförmigen Einpfählung. Das nennt man Kral. Darin befindet sich ein weiterer Kreis, wo sich das Vieh über Nacht aufhält.«

»Der Viehkral?«

»Richtig.«

Will kam auf sie zugeritten. »Was habe ich gesagt? Sind das nicht Schönheiten? Gesund und kräftig. Die Boys geben ihnen bereits Namen.«

Auf Roberts fragenden Blick erklärte Logan: »Das ist nichts Ungewöhnliches. Die Namen hängen meist mit einer besonderen Eigenschaft des Tieres zusammen, wie zum Beispiel der Form seines Horns. So identifizieren die Zulu ihr Vieh. Wenn die Boys den Mitgliedern der Herde Namen geben, bedeutet dies, dass sie bereit sind, die Tiere wie ihre eigenen zu betrachten.«

»Nicht wie ihren persönlichen Besitz, hoffe ich.« Robert sah im Geiste vor sich, wie seine Tiere auf geheimnisvolle Weise verschwanden.

»Keine Sorge«, versicherte Logan lachend. »Das ist ein weiteres Tabu. An so etwas würden sie im Traum nicht denken.«

»Was hält sie davon ab?«

»Ein altes Gesetz. Man sagt, wo die Spuren von gestohlenem Vieh enden, endet auch das Leben derjenigen, die dort leben. Auf Viehdiebstahl steht die Todesstrafe, und die Zulu nehmen das sehr ernst. Wenn eins Ihrer Tiere verloren ginge, würden die Boys alles tun, um es wiederzufinden, schon allein, um ihre Unschuld zu beweisen.«

»Aber Sie sagten doch, uns könnte unterwegs Vieh gestohlen werden.«

»Nicht von unseren eigenen Boys, denn sie sind verantwortlich dafür. Aber es gibt nichts, was andere davon abhält. Auch wenn es ein Verbrechen ist – wenn sie glauben, unentdeckt davonzukommen, werden sie es versuchen.«

Robert konnte nicht verstehen, wie locker Logan darüber sprach. Die Folgen konnten schließlich katastrophal sein.

Der ältere Mann sah seine Verwirrung und lachte. »Machen Sie sich keine Sorgen. Ein Zulu stiehlt einem anderen Zulu gewöhnlich nichts. Erst wenn wir ihr Gebiet verlassen, müssen wir auf der Hut sein. Andere Stämme fühlen sich den Gesetzen der Zulu nicht verpflichtet.«

Robert musste diese Erklärungen akzeptieren, aber es gefiel ihm nicht. Will hatte von Fallen gesprochen, in die Unerfahrene geraten konnten. Offenbar war dies ernster zu nehmen, als er gedacht hatte.

Will ritt voraus, um das Tor eines Pferchs hinter Catos Geschäft zu öffnen. Die Tiere liefen folgsam hindurch, als hätten sie in ihrem ganzen Leben nichts anderes getan. Nachdem sie sicher untergebracht waren, mussten die Männer nur noch Vorräte einkaufen und sich mit Handelsgütern eindecken, die sie unterwegs verkaufen oder tauschen wollten. Hier hatte Will das Sagen, was selbst Logan akzeptierte.

Anschließend schauten sich Logan und Robert die Arbeit suchenden Afrikaner an. Robert benötigte einen Kutscher und zwei weitere Arbeiter. »Es ist wichtig, dass Sie für den Wagen einen etwas älteren Mann nehmen, weil er verantwortlich sein soll«, riet Logan, als sie sich der Gruppe näherten. Es waren etwa vierzig Männer.

»Glauben Sie, dass einige von ihnen Englisch sprechen?«, fragte Robert, den es zunehmend störte, zum Kommunizieren immer auf jemand anders angewiesen zu sein.

»Nicht viele.« Logan rief etwas in Zulu, und drei Männer traten vor.

»Sie behaupten, Englisch zu sprechen. Stellen Sie sie auf die Probe.«

Sie hockten sich vor Robert hin und sahen ihn mit unbewegter Miene an. Er spürte, dass die nächsten Sekunden entscheidend waren, dass sie seine Autorität genau taxierten, ein erster Eindruck, der anschließend nicht mehr zu korrigieren sein würde. Die Regungslosigkeit ihrer Gesichter stand im Gegensatz zu der sichtbaren körperlichen Anspannung.

»Ich benötige einen erfahrenen Kutscher.« Wenn du zweifelst, sag klar heraus, was du willst, hatte sein Vater ihm beigebracht. Oft genug war er bei Verhandlungen mit seinen Pächtern zu Hause auf ihren Gütern in Schottland dabei gewesen.

Einer der Männer lächelte. »Yebo.«

Ein anderer schlug sich mit der Faust auf die Brust und rief: »Jesus.«

Der dritte klatschte leise in die Hände, als versuche er, Aufmerksamkeit auf sich zu lenken. »Ich kann fahren.«

»Wir werden drei bis sechs Monate unterwegs sein.«

Yebo wiederholte sich. »Yebo.«

Jesus grinste und entblößte Zähne, die aussahen wie alte Grabsteine.

Derjenige, der behauptet hatte, er könne fahren, nickte. »Ich bin bereit.« Er war der Gepflegteste von den dreien.

Robert wandte sich an ihn. »Wie ist dein Name?«

»Mister David, Master.«

Die anderen beiden bekamen eine letzte Chance. »Eure Namen, bitte.«

Verständnislose Blicke.

Robert zog Logan auf die Seite. »Ich würde sagen, die Sache ist klar. Was denken Sie?«

Logan wirkte resigniert. »Wenn Sie meinen.«

»Was ist los mit ihm?«

»Er klingt, als sei er in einer Mission erzogen worden.«

»Das ist doch sicher gut?«

»Nicht unbedingt. Sie werden von den anderen oft verachtet. Hören Sie, ich verstehe, warum Sie ihn haben wollen – Sie haben keine große Auswahl. Aber Sie sollten wissen, dass er Ihnen Ärger bereiten könnte.«

»Dieses Risiko muss ich eingehen. Es macht keinen Sinn, jemanden mitzunehmen, wenn wir uns gegenseitig nicht verstehen können. Die anderen beiden scheinen gar kein Englisch zu sprechen, auch wenn sie etwas anderes behauptet haben.«

»Ich stimme Ihnen zu, aber Sie werden so schnell wie möglich selber ein wenig Zulu lernen müssen.«

»Das werde ich. Bis dahin nehme ich Mister David. Zumindest weiß ich, dass er mit einer Kutsche umgehen kann. Der Himmel weiß, ob die anderen dazu in der Lage sind.«

»Fragen Sie sie.«

»Sie sprechen ihre Sprache. Könnten Sie das für mich tun?«

»Sie sind doch der Arbeitgeber. Die Männer erwarten, dass sie von Ihnen befragt werden. Wenn Sie mir das überlassen, werden sie denken, ich trüge die Verantwortung, und Sie werden Probleme kriegen, sie zum Gehorsam zu zwingen.« Logan warf einen Blick auf die drei am Boden kauernden Schwarzen. »Wen immer Sie auswählen, überlassen Sie es ihm, die anderen beiden auszusuchen.«

»Warum?«

»Aus zwei Gründen: Disziplin und …«

Robert wartete. »Das war ein Grund.«

»Die Eingeborenen wissen, dass Sie als Ersten einen Anführer aussuchen. Diese drei haben sich um die Arbeit beworben. Der Mann, für den Sie sich entscheiden, wird Mühe haben, den anderen Anweisungen zu geben, denn sie betrachten sich als ebenbürtig. Ihr oberster Boy wird Männer auswählen, die er am besten beherrschen kann, nicht unbedingt die mit der meisten Erfahrung. So geht das nun einmal. Einige der besten Boys sind die, die nur Anweisungen entgegennehmen und ausführen. Es ist eine klare Hierarchie – und sie funktioniert gut.« Logan winkte einem Vorbeikommenden zu, dann fuhr er fort: »Wählen Sie Ihren ersten Mann mit Bedacht aus, dann werden Sie eine reibungslose Expedition erleben. Entscheiden Sie sich für den falschen, und Sie werden sich unterwegs ärgern.«

»Nun, wen würden Sie nehmen?«

»An Ihrer Stelle würde ich mein Glück mit Mister David versuchen. Wenn er nichts taugt, können Sie ihn jederzeit loswerden.«

Das hatte Robert ebenfalls überlegt. Er ging zu den drei wartenden Männern. »Mister David, dein Englisch ist sehr gut.«

»Danke, Master.«

»Wo hast du es gelernt?«

»In der Mission, Master.«

Robert hörte, wie Logan vor sich hin murmelte: »Meine Güte, das hat uns noch gefehlt.« Der Schwarze schien es ebenfalls gehört zu haben, ließ sich jedoch nichts anmerken.

»Hast du bereits zuvor als Kutscher gearbeitet?«

»Ja, Master. Sechs Jahre lang habe ich für Master Leslie gearbeitet.«

Logan, der näher gekommen war, pfiff durch die Zähne und nickte. Der Name schien ihm offensichtlich etwas zu sagen.

»Warum arbeitest du nicht mehr für diesen Master?« Unbewusst verfiel Robert in den Jargon, in dem die Europäer mit den Schwarzen zu kommunizieren pflegten. Er sprach langsam, benutzte einfache Worte und sprach sie besonders deutlich aus. Er registrierte sogar, dass er den Akzent des Mannes imitierte.

Logan antwortete schließlich an seiner Stelle. »Er ist verschwunden.«

»Wer ist er?«

»Ein Händler, Jäger, Forscher. Wie alle anderen auch. Einer der besten. Er ist eine ganze Weile nicht mehr gesehen worden.«

Robert wandte sich wieder an Mister David. »Wo ist er nun?«

»Tongoland, Master.«

»Oben, nahe dem Gebiet der Portugiesen«, half Logan.

»Warum bist du nicht mit ihm gegangen?«

»Ich war krank, Master. Das Fieber.«

Robert warf Logan einen fragenden Blick zu.

»Wenn er sechs Jahre für David Leslie gearbeitet hat, ist er in Ordnung«, antworte Logan leise. »Natürlich vorausgesetzt, er lügt nicht.«

Robert sprach ebenso leise. »Er muss ihn recht gut kennen, wenn er den Namen Mister David annimmt.«

»Er würde sich innerhalb weniger Tage Mister Robert nennen, wenn er glauben würde, dass ihn das weiterbringt.«

»Master?« Mister David hielt ein Stück Papier in der Hand. »Master Leslie sagt mir, das meinem neuen Master geben.«

Es war ein Zeugnis, das den Schwarzen überaus anpries. Logan las über Roberts Schulter mit. »Sieht wirklich aus«, bemerkte er. »David Leslie schien große Stücke auf ihn zu halten.«

Das genügte Robert. »Okay, ich nehme ihn.«

»Finden Sie erst noch heraus, welchem Stamm er angehört.«

»Warum?«

»Sie haben den Ärger heute Morgen erlebt. Das war eine klassische Stammesfehde.«

Robert drehte sich zu Mister David um, der inzwischen aufgestanden war. Die anderen beiden hatten gespürt, dass sie abgelehnt würden, und hatten sich entfernt. »Bist du ein Zulu?«

»Ja, Master.«

»Mr. Logan kommt mit uns. Sein Abdecker ist ein Sotho.«

Ein Grinsen breitete sich über Mister Davids Gesicht aus. »Kein Problem für mich, Master. Die Schwester meines Vaters ist eine Sotho.«

Robert registrierte, dass Logan verächtlich die Nase rümpfte. Er hätte gern gewusst, wieso, aber jetzt war nicht der richtige Zeitpunkt dazu. Er informierte Mister David, dass er den Job hatte, erklärte ihm, was er von ihm erwartete und seine Bedingungen, und fügte schließlich hinzu: »Ich brauche noch zwei gute Boys, die uns begleiten.«

»Ich werde sie finden, Master.«

»Gut. Wir treffen uns in zwei Stunden wieder hier.«

Logan unterbrach ihn. »Das wird er nicht verstehen.«

Das Lächeln in Mister Davids Gesicht war unverändert. »Ich verstehe, Master.« Er zeigte auf die Erde und malte mit dem Absatz eine Linie in den Staub. »Der Schatten dieses Baumes wird dann hier sein.« Damit rannte Mister David zum Pferch, wo eine Gruppe Männer Roberts Kühe und Ochsen bewunderte.

»Bei dem wird es die Zeit an den Tag bringen«, prophezeite Logan düster, als sie auf Catos Laden zugingen.

Robert gab keine Antwort. Die Zeit würde es bei ihnen allen an den Tag bringen.

Will kam mit seinen Einkäufen rasch voran. Robert schickte Logan mit einer Liste und mehreren Aufträgen zum Schmied nebenan. Er selber kümmerte sich um Koch- und Essgeschirr, um die medizinische Ausrüstung und ein geeignetes Gewehr. Was Schwarzpulver, Blei und Zinn zur Munitionsherstellung betraf, würde er sich beraten lassen müssen.

Cato hatte bereits hunderte ähnlicher Expeditionen ausgestattet. Die Standardliste enthielt alles, was die Männer für ihr Wohlergehen benötigten – auch zwei Kisten Brandy gehörten dazu. Die empfohlene Menge an Tauschgütern gründete ebenfalls auf jahrelanger Erfahrung und berechnete sich nach der Beliebtheit der Waren. Tabak und Perlen standen an erster Stelle, gefolgt von Rollen mit Kupferdraht, Decken, Schirmen und Stoffballen. Bis auf wenige Ausnahmen hielt sich Will an die Liste, gegen drei Uhr nachmittags stand die Ausrüstung bereit und konnte verladen werden.

Achtzehn Ochsen wurden eingeschirrt und vor die Wagen gespannt. Die Ersatzpferde trugen Halfter und wurden seitlich an die Wagen gebunden. Zusätzliche Ochsen würden mitgetrieben. Sie waren Herdentiere und brüllten die ganze Zeit, weil sie zu ihren unterjochten Artgenossen wollten. Die Gefahr, dass sie sich von der Gruppe entfernten, war nur gering.

Die Wagen mussten so beladen werden, dass jedes Gespann in etwa das gleiche Gewicht von ungefähr siebentausend Pfund hatte. Dabei mussten wichtige Dinge wie Essen, Wasser, Kochgeschirr und Schlafsäcke leicht zugänglich bleiben. Alle drei Kutscher entpuppten sich als erfahren und flink, jedes Team arbeitete unabhängig und dennoch in enger Absprache, um die Lasten gleichmäßig zu verteilen.

Robert bemerkte, dass Wills Kutscher und Logans Abdecker – beide waren bandagiert, arbeiteten jedoch ohne äußeres Zeichen des Unbehagens – bemüht waren, möglichst Abstand voneinander zu halten. Es gab zwischen ihnen keinen Augenkontakt, kein einziges Wort wurde gewechselt. Wenn der Hass immer noch zwischen ihnen schwelte, ließen sie es sich beide nicht anmerken. Dennoch wurde Robert das Gefühl nicht los, einen stillen Vulkan mitzunehmen, der jederzeit ausbrechen konnte.

Die Männer, die Mister David ausgewählt hatte, entpuppten sich als willig und gutmütig. Einer von ihnen, ein gut aussehender, stolzer Mann mit perfekten weißen Zähnen, wurde July genannt. Der andere hatte einen Silberblick. Wenn man Mister David glauben konnte, hörte er auf den Namen Tobacco. Die drei arbeiteten gut zusammen, und selbst Logan musste zugestehen, dass Robert eine gute Wahl getroffen hatte.

Sie standen ein wenig abseits und sahen beim Beladen der Wagen zu. »Tobacco! Was für ein Name.«

Logan lachte. »Er wird ihn sich selbst ausgesucht haben. Die meisten Eingeborenen wählen einen englischen Ausdruck, wenn sie für uns arbeiten. Ich hatte einst einen Boy, der sich Nostril nannte.«

»Warum tun sie das?«

»Es ist für sie ganz normal, mehr als nur einen Namen zu haben. Bei ihrer Geburt bekommen sie ein *igamu.* Das ist ihr normaler Name, aber sie erhalten gewöhnlich auch einen Kosenamen. Ob Sie es glauben oder nicht, einige von ihnen haben darüber hinaus auch noch einen Fantasienamen. Dann gibt es noch Namen, die die verschiedenen Bezugsgruppen in den einzelnen Phasen des Erwachsenwerdens erfinden.«

»Zum Beispiel?«

»Mit ungefähr fünf werden sie Hirten und kümmern sich tagsüber um das Vieh. Dabei geben sie sich gegenseitig Namen. Wenn sie ein wenig älter sind, lernen sie mit dem Stock zu kämpfen. Das bringt ihnen einen weiteren Namen ein.«

»Dann sind das also Spitznamen?«

»So ähnlich. Erst wenn sie ihrer Kampfeinheit beitreten, gehen sie wirklich ernsthaft damit um. Wenn ein Mann älter wird, kann er, vorausgesetzt er ist tapfer, eine Vielzahl Lobesnamen ernten. Einer von Nostril hieß *Ihloboshi-eli vimbe-esangiveni-kwapungula; umakazi-abantwana-ba-ya-kupuma-ngopi-na.*«

Die Worte kamen Logan leicht über die Lippen. Er grinste, als er Roberts verständnisloses Gesicht sah. »Das heißt übersetzt ›Natter, die die Türschwelle in dem Dorf Phungula versperrt; über welchen Weg sollen die Kinder dann hinausgehen?‹«

»Und was hat das alles zu bedeuten?«

»Ich habe nicht die geringste Ahnung. Es war wesentlich einfacher, ihn einfach Nostril zu nennen. Außerdem ist man sich der Bedeutung eines Namens nie ganz sicher. Einige dürfen nur von bestimmten Familienmitgliedern benutzt werden oder von den Männern derselben Kampfeinheit. Man muss ein wenig vorsichtig sein, daher ist es immer sicherer, den Namen zu benutzen, den sie einem nennen.«

Will trat zu ihnen. »Wir sollten bald aufbrechen. Wir werden heute Abend nicht weit kommen, aber ich kenne eine gute Stelle, wo wir unser Lager aufschlagen können. Dort gibt es genug Gras für die Pferde und die Ochsen. Und Wasser.« Er sah Robert an. »Das Vieh muss anfangs möglichst viel fressen, später wird die Landschaft karger. Und wir brauchen Schutz. Vielleicht zieht ein Sturm auf. Wenn wir die Männer schützen …«

»Wovon zum Teufel reden Sie?«, wollte Logan plötzlich wissen.

»Der Junge muss doch lernen«, verteidigte Will sich.

Logan kaute auf seiner Zigarre, schob sie zur Seite und brummte. »Das wird er auch ohne Ihre Hilfe. Wahrscheinlich sogar schneller.«

Er warf einen Blick auf Robert. »Wir spannen aus, mein Junge, wenn wir unser Lager aufschlagen. So nennt man das. Ausspannen. Wenn wir zusammenpacken und weiterfahren, sagen wir einspannen. Verstanden?«

»Ich denke schon«, antwortete Robert und grinste. »Wenn wir abends unser Lager aufschlagen, spannen wir *aus.* Wenn wir morgens aufbrechen, spannen wir *ein.* Eigentlich ziemlich einfach.«

»Das hab ich ja gesagt.« Will klang triumphierend. »Sie können nicht erwarten, dass er all diese Dinge weiß.«

»Ach, seien Sie doch still!« Logan stapfte von dannen, wenig überzeugt. »Der Junge ist doch kein Dummkopf.«

Logan und Will hatten bereits eine Meinungsverschiedenheit wegen der Reiseroute gehabt. Logan wollte so schnell wie möglich nach Zululand – über die Küstenstraße. Will war dafür, durch das Landesinnere zu fahren, weil dort nur wenige andere Händler unterwegs waren, was ihren Gewinn beträchtlich erhöhen würde. Keiner wollte nachgeben. Robert sah ein, dass es Sinn machte, eine weniger frequentierte Route zu nehmen, und seine Entscheidung, Wills Rat anzunehmen, stieß auf einiges Grummeln von Logan.

»An der Küste gibt es bessere Lagerplätze.«

»Die gibt es im Landesinnern auch.«

»Das Vorwärtskommen ist einfacher.«

»Die Flüsse könnten Hochwasser haben.«

»Besseres Futter für das Vieh.«

»Saures Gras.«

»Ihr Weg dauert länger.«

»Warum die Eile?«

»Weil wir auf Elefanten treffen wollen, Mann. Sie sind alle oben im Norden.«

»Unsinn! Ich hab erst vor ein paar Tagen mit jemand gesprochen, der erzählt hat, er habe in der Nähe von Umvoti gewaltige Herden zu beiden Seiten des Flusses gesehen.«

»Pah!« Logan machte eine abfällige Handbewegung. »Das sind bloß Gerüchte.«

Will blieb ungerührt. »Die Elefanten oben im Norden sind scheu.«

Robert hatte zu diesem Thema keine Meinung, aber die ständigen Streitereien machten ihn krank. »Wir fahren landeinwärts.«

»Wo es keine Spuren gibt und wahrscheinlich auch keine Elefanten.« Logan war entschlossen, seinen Standpunkt zu verteidigen. »Sagt nicht, ich hätte euch nicht gewarnt.«

Will wollte das letzte Wort haben. »Wenn wir dem Flusslauf folgen, werden wir auf genügend Dörfer und Elefanten stoßen. Ihr werdet schon sehen.«

»Warum sollen wir dieses Risiko eingehen?« Logan schüttelte den Kopf. »Ich kenne keinen, der zum Handeln oder Jagen in Richtung Midlands fährt. Sie kennen doch die Geschichten. Unsere schwarzen Brüder dort oben sind uns nicht sehr freundlich gesonnen.«

»Ist es das, wovor Sie Angst haben?«

»Angst? Ich? Wie können Sie es wagen, Sir?«

Der Streit entbrannte von neuem und wogte hin und her, bis Robert schließlich Mister David fragte, ob es Zeitverschwendung sei, wenn sie landeinwärts fuhren, um nach Zululand zu gelangen.

»Nein, Master. Es gibt dort viele Dörfer. Master Green hat Recht, dorthin kommen nicht viele Händler. Einige Stämme bekämpfen sich, aber uns werden sie willkommen heißen.«

»Und die Elefanten?«

»Ihr Fleisch wird sehr geschätzt, Master. Man wird Ihnen zeigen, wo man sie findet.«

Robert konnte es kaum erwarten, endlich loszuziehen. Logan und Will setzten ihren Streit fort. Nachdem er noch einmal kurz überprüft hatte, ob alles sicher befestigt war, schwang sich Robert auf Toscas Rücken. Das Pferd tänzelte aufgeregt, als es spürte, dass es bald losgehen würde. »Auf geht's!«, rief Robert.

Mister David lächelte, schlug mit der Peitsche, und die eingespannten Tiere zogen an, die gewaltigen Muskeln kraftvoll angespannt. Alle achtzehn Zugtiere fielen bald in einen gleichmäßigen Schritt, und die Räder drehten sich frei um die dick gefetteten Achsen.

Robert trieb Tosca voran. »Sagt July, er soll sich mit um die anderen Tiere kümmern.«

Mister David übersetzte, und ein Zulu ließ sich zurückfallen.

Unterwegs registrierte Robert die Blicke der Vorbeikommenden. Die meisten schienen voller Neid, andere voller Bewunderung, ein paar schüttelten missbilligend den Kopf, warum, wusste er nicht. Frauen lächelten und winkten. Kinder rannten neben den Gespannen her. Niemandem, so schien es, war der Anblick eines jungen Mannes gleichgültig, der unterwegs war in die Wildnis, um sich den dort lauernden Gefahren, Mühen und Abenteuern zu stellen. In Schottland hatte Robert das Leben immer mit allen Sinnen genossen, aber noch nie hatte er sich so lebendig gefühlt wie in diesem Augenblick.

Ein kurzer Blick nach hinten bestätigte ihm, dass sowohl Wills als auch Logans Wagen gut vorankamen. Das zusätzliche Vieh, das von einigen Männern gehütet wurde, unter anderem von July, bildete die Nachhut.

Will sah, dass Robert sich umdrehte, hob den Hut und winkte ihm zu. Die Aussicht auf ein Abenteuer schien ihn froh zu stimmen. Robert war zufrieden.

Er war viel zu angespannt, um lange an einer Stelle bleiben zu können. Irgendwann wendete er Tosca und ritt in vollem Galopp zurück. Er zügelte sein Pferd erst, als er den letzten Wagen erreicht hatte. »Bei diesem Tempo werden Sie bald erschöpft sein«, warnte Will ihn, aber auch seine Augen sprühten vor Begeisterung.

»Fühlt sich das immer so gut an?« Robert hätte am liebsten vor Freude laut gejubelt.

»Ja, am Anfang. Aber das ist von kurzer Dauer.«

Robert wollte im Moment nichts Negatives hören und machte sich rasch auf den Weg zu Mister David. Erst ein einziges Mal hatte er eine solche Aufregung verspürt – auf seiner ersten Zugreise von Edinburgh in die unbekannte Stadt London. Damals war er vierzehn gewesen, und seine Eltern hatten ihn ständig ermahnt, nicht herumzuzappeln, gerade zu sitzen oder seine Krawatte zurechtzurücken. Nun konnte ihm niemand vorschreiben, wie er sich zu verhalten hatte. Auf dieser Expedition konnte er tun und lassen, was er wollte.

Die Euphorie legte sich, als sie die Stadt allmählich hinter sich ließen. Robert überprüfte noch einmal Ausrüstung, Mensch und Tier auf mögliche Schwachpunkte. Die Inspektion erfüllte ihn mit großer Zufriedenheit.

Die drei Afrikaner, die das Schlusslicht bildeten, hatten die zweiundzwanzig nicht angespannten Ochsen gut unter Kontrolle. Vor jedem Gespann lief ein weiterer Zulu, um bei schwierigem Gelände jederzeit behilflich zu sein. Die neun Pferde, die mit kurzen Seilen an den Wagen festgebunden waren, hatten keine andere Wahl, als dorthin zu gehen, wohin sie geführt wurden. Damit schienen sie jedoch überaus zufrieden. Die Ladung war gut verstaut, nichts klapperte oder geriet ins Rutschen, wenn der Boden mal uneben wurde. Töpfe und Bratroste hingen hinten an den Wagen und schwangen heftig hin und her, hinderten sie jedoch nicht am Vorwärtskommen. Hühnerkäfige waren unter die Wagen geschnallt.

»Wir essen ein paar und tauschen die anderen«, erklärte Will.

»Was fressen sie?«, fragte Robert.

»Was sie finden. Wir lassen sie laufen, sobald wir heute Abend ausgespannt haben.«

Er klang so selbstbewusst, dass Robert ihn nicht darauf hinwies, dass Hühner es seiner Erfahrung nach gar nicht mochten, wenn sie zusammengepfercht wurden. Er würde erst einmal abwarten.

Eine Neuerung, die alle äußerst angenehm fanden, waren die Segeltuchtaschen, die an den Seiten der Wagen hingen und mit Dingen des täglichen Bedarfs gefüllt waren. Es war Wills Idee gewesen.

Die Wagen selbst waren stabil und solide. Robert hatte die Sorge geäußert, das Geschirr könne zu primitiv sein, aber Will hatte ihn beruhigt. Ihre Ausrüstung sei das Ergebnis langer Erfahrung von Forschern und Händlern, sagte er, was nicht ausschließen würde, dass es zu Unfällen kommen könne. Sobald sie die Zivilisation hinter sich ließen, würden Sonne und Regen ihren Tribut fordern, ganz gleich wie modern ihre Ausrüstung war. Reparaturen unterwegs waren abhängig vom Material, das sie im Busch finden würden. Die langen Zugketten, die alles zusammenhielten, waren das Einzige, das nur schwer zu ersetzen war. Will hatte viel Sorgfalt darauf verwendet, sie auszuwählen, hatte jedes Glied genau überprüft und einige aussortiert, von denen er glaubte, sie könnten zu schwach sein. Bei allem anderen konnten sie improvisieren, bis sie die nächste Stadt erreichten.

Die Joche, die an den Ketten befestigt waren, waren dick

wie Gardinenstangen und etwa einen Meter fünfzig lang. Man konnte sie leicht durch Schösslinge ersetzen. *Skeis,* hölzerne Pflöcke, die am Ende eines jeden Jochs durch Löcher gesteckt waren, wurden benutzt, um ein *reim* unter dem Hals eines Zugtiers zu befestigen. Auch hier konnte man leicht Ersatz schaffen. Das *reim* selbst war aus Fell gemacht, weich anzufassen, aber stabil wie ein Seil. Sie hatten vier zusätzliche dabei, für den Fall, dass eines riss, ehe Wild für den Kochtopf geschossen war. Sobald dies geschehen war, würde es eine abendliche Aufgabe sein, aus den Fellen neue *reims* zu fertigen.

Die Ochsen wurden zu zweit unter ein Joch gespannt, die Zugkette zwischen ihnen war mit dem *düsselboom* verbunden, einer stabilen Deichsel, die sich vor dem Wagen und hinter den letzten Tieren befand. Es gab keine Zügel zum Lenken. Bei schwierigen Bodenverhältnissen würde ein Schwarzer vorangehen und die ins Joch gespannten Ochsen führen, mit einem kleinen *reim,* das zu eben diesem Zweck an der Zugkette befestigt war. Ansonsten schienen die Befehle des Kutschers, die Pfiffe und der großzügige Gebrauch der Peitsche zu genügen.

Für einen jungen Mann, der frisch aus Großbritannien kam, unerfahren war, sich auf völlig fremdem Terrain befand, umgeben von gefährlichen Tieren und fremden Bewohnern – sowohl schwarzen als auch weißen –, fand Robert, dass er ziemlich gut vorbereitet war.

Als sie die Old Dutch Road erreichten, war die Luft unter einem von Gewitterwolken drohend verdunkelten Himmel feucht und schwer. Robert konnte den Regen bereits riechen. Möwen flogen kreischend über sie hinweg, ein Zeichen, dass vom Meer ein Unwetter heraufzog. Das Wasser sah beeindruckend aus, gigantische graue Wogen schoben sich langsam landeinwärts.

Sie waren etwa eineinhalb Stunden unterwegs, als Will plötzlich neben Robert auftauchte. »Das Unwetter kommt rasch näher. Am besten suchen wir uns ein Lager für die Nacht und spannen die Ochsen aus.«

»Wo?«

»Sehen Sie diese Bäume? Dort gibt es etwas zu fressen für die Tiere und Wasser.«

Robert schaute zum Himmel. Er hatte eine bedrohlich schwarz-rote Färbung angenommen, und der Wind wurde von Minute zu Minute heftiger. »Gute Idee.«

Will ritt voraus und bat die Kutscher, ihm zu folgen. Rasch bildeten sie mit den Wagen einen Halbkreis, im Schutz einer kleinen Gruppe wilder Feigenbäume. Die Pferde begannen unruhig zu tänzeln, und die Ochsen rückten unter den Bäumen enger zusammen.

»Es wird jede Minute losgehen«, prophezeite Logan. Er rief etwas auf Zulu, und die Schwarzen rannten los, um Planen über die Wagen zu spannen und sie in der Erde zu befestigen, damit sie nicht davonflogen. Alle hockten sich unter die Plane und warteten darauf, dass die Natur anfing zu wüten.

Innerhalb von Minuten öffnete sich der Himmel. Robert hatte noch nie ein solches Unwetter erlebt. Der Regen stürzte herab wie eine Wand aus Wasser, die in alle Richtungen getrieben wurde, von einem Wind, der wild entschlossen schien, ihren dürftigen Schutz in Stücke zu reißen. Der Donner grollte, und es blitzte pausenlos. Tief hängende Wolken schienen beinahe die Erde zu berühren, während sie vorbeiflogen, gespenstisch beleuchtet von Blitzen, die nicht aufhören wollten, ihre Energie zu entladen. Bäume, durch den Regen hinabgedrückt, wogten hin und her, Äste bogen sich, bis sie zu brechen drohten. Das Tageslicht war innerhalb kürzester Zeit völliger Dunkelheit gewichen.

Die durchnässten Pferde und Kühe drehten sich mit dem Rücken in den Wind, sie standen mit geschlossenen Augen tropfend da, ihre Muskeln zuckten unwillentlich. Der Sturm hielt gute zwanzig Minuten an, ehe er sich langsam beruhigte; ein stetiger Regen war alles, was blieb.

»So«, verkündete Logan aufmunternd, und seine Stimme

klang in der zurückgekehrten Stille unheimlich laut, »das wäre es für heute Abend gewesen. Der Regen wird bald ganz aufhören, dann können die Boys ein Feuer anzünden.«

So war es. Ganz abrupt. Wie alles andere, war auch das Wetter in Afrika kompromisslos, aber es besaß wenigstens eine gewisse Vorhersehbarkeit. Wenn es regnete, goss es in Strömen. Wenn es aufhörte zu regnen, hörte es auf. Es gab keine schüchternen kleinen Nachschauer mehr oder tagelangen Nieselregen.

Als Robert unter dem Schutzdach hervortrat, war er überrascht, dass den Schwarzen die nackte Angst im Gesicht stand, als sie unter der Plane hervorlugten. Er machte Mister David ein Zeichen, der mit deutlichem Widerwillen hervorkam und sich nervös umsah, ehe er zu Robert trat. »Sag den Boys, sie sollen ein Feuer machen. In Master Greens Wagen ist trockenes Holz, das können sie benutzen.«

»Ich werde es ihnen sagen, Master.«

Mister David klang so wenig überzeugend, dass Robert sich gezwungen sah, ihn zu warnen. »Wenn sie deinen Anweisungen nicht folgen, bist du für mich nutzlos.«

»Bitte, Master.« Mister David warf einen ängstlichen Blick zum Himmel. »Wir sind nicht geschützt. Wir müssen noch warten.«

Plötzlich dämmerte es Robert, dass er Mister David möglicherweise zwang, ein Tabu zu verletzen. Sicher rankte sich auch um ein Gewitter tiefer Aberglaube. »Geh wieder unter die Plane, Mister David. Ich werde dich später wieder rufen.«

Der Kutscher ließ sich nicht zweimal bitten.

Robert bat Logan und Will um eine Erklärung. »Kann einer von Ihnen mir sagen, warum die Männer so viel Angst vor einem Gewitter haben?«

Will zuckte die Achseln. »Verdammte Eingeborene. Sie nutzen jede Entschuldigung, um nicht zu arbeiten. Das ganze Gerede ihres Himmelsdoktors ist unsinnig.«

»Nein, ist es nicht«, widersprach Logan. »Es mag für uns

schwer verständlich sein, aber in dem, was sie glauben, steckt eine Menge Sinn.«

»Klar.« Will schnaubte verächtlich. »Sie schmieren Pflanzensaft, Vogelfett und Borke auf einen Holzpflock, um Blitze abzuwehren. Das ist sehr sinnvoll.« Er zwinkerte Robert zu. »Oder was halten Sie von den Federn und dem Fett eines Blitzvogels? Wenn Sie schnell genug sind, finden Sie einen an der Stelle, wo der Blitz in die Erde einschlägt.«

»Machen Sie sich nicht über Dinge lustig, die Sie nicht verstehen«, warnte Logan. »Außerdem verwechseln Sie etwas. Der Blitzvogel wird zur Initiation des Himmelsdoktors benutzt. Er selber benutzt ihn nicht.«

»Ich bin froh, dass ich diese Frage gestellt habe«, meinte Robert sarkastisch. »Es hat mir großen Spaß gemacht, Ihnen zuzuhören. Danke.«

Will schüttelte den Kopf. »Eine Menge Hokuspokus, wenn Sie mich fragen.«

Es war Logan, der schließlich eine Erklärung lieferte. »Ich versuche es so einfach wie möglich zu halten, alter Junge. Im Moment reicht es aus, wenn Sie verstehen, dass die Zulu auf dem Gebiet der Medizin und der Magie sehr bewandert sind. In jedem Dorf gibt es drei Hauptmedizinmänner. Einer ist ein Kräuterexperte, dessen Fähigkeiten von Vater zu Sohn weitergegeben werden. Im Grunde sind diese Medizinmänner, oder *inyanga,* wie sie genannt werden, mit unseren Apothekern vergleichbar. Ich würde sogar so weit gehen zu behaupten, dass ihre Sachkenntnis noch größer ist.«

Will grinste, und Logan warf ihm einen ungeduldigen Blick zu. »Lachen Sie nur. Aber in vielen Fällen sind ihre Medikamente um einiges wirkungsvoller als unsere.«

»Dann wünsch ich Ihnen viel Vergnügen damit«, antwortete Will. »Ich bevorzuge unsere zivilisierte Medizin.«

Logan ignorierte Wills Bemerkung und fuhr fort. »Die *inyanga,* die am meisten geachtet werden, werden *sangoma* genannt.

Sie verfügen über ausgeprägte Kenntnisse auf dem Gebiet der pflanzlichen Heilmittel, sind aber im Prinzip Wahrsager, die von Geistern besessen waren, zumindest glauben das die Zulu. Ihre Aufgabe besteht hauptsächlich darin, Omen zu deuten und die Zukunft vorherzusagen. Die dritte Sorte *inyanga* ist ein Himmelsdoktor oder Himmelshirte. Man sagt ihm nach, er habe engen Kontakte zum Himmel und könne Tiere, Menschen und sogar ganze Dörfer vor schweren Unwettern schützen. Um Donner und Blitz rankt sich eine Menge Aberglaube, der in allen Zulu tief verwurzelt ist. Deshalb haben unsere Boys so viel Angst.«

»Danke«, antwortete Robert aufrichtig. »Ihre Erklärung hat mich davor bewahrt, einen peinlichen Fehler zu machen. Wann können wir damit rechnen, dass sie wieder unter der Plane hervorkriechen?«

Will schüttelte ungeduldig den Kopf. »Wenn sie wissen, was gut für sie ist, werden sie auf der Stelle herauskommen.«

»Nein!« Logans Stimme klang energisch. »Das Beste ist, wenn wir ihnen zeigen, dass es hier draußen wieder sicher ist. Wir sollten mit gutem Beispiel vorangehen.«

Alle drei standen auf dem durchweichten Boden. Die Luft war angenehm kühl geworden. Grillen und Laubfrösche machten sich lautstark bemerkbar. Dunkle Wolken zogen in Richtung Westen ab. Über und hinter ihnen warf die späte Nachmittagssonne ihre Strahlen in den aufklarenden Himmel. Das Vieh hatte hungrig zu grasen begonnen. Der Duft von feuchter Erde hing in der Luft. Wenn man die Zulu jetzt noch dazu bewegen könnte, ein Feuer anzuzünden, wäre alles perfekt, dachte Robert.

Das unerwartete Auftauchen eines Reiters zerstörte die Idylle. »Will Green! Schaffen Sie diese schmutzige Horde von meinem Land, sonst hetze ich meine Hunde auf euch!«

Will lächelte verzagt. »Nett, Sie wiederzusehen, Mr. Carruthers.«

Der Besitzer sah Will mit unverändert zorniger Miene an. »Verschwinden Sie. Machen Sie, dass Sie wegkommen.«

Robert ging auf den Reiter zu.

Sofort richtete der Farmer seinen Zorn auf Robert. »Und wer sind Sie?« Er wartete eine Antwort gar nicht erst ab. »Was fällt Ihnen ein, einfach ohne Erlaubnis mein Land zu benutzen?«

Will wollte den Mund aufmachen, um zu protestieren, aber Robert befürchtete, dass das, was er sagen würde, den Fremden noch mehr erzürnte. Will stöhnte vor Schmerz auf, als ihn der Absatz eines Stiefels am Knöchel traf. Robert lächelte den Farmer an. »Robert Granger, zu Ihren Diensten, Sir. Bitte entschuldigen Sie unsere Vermessenheit. Habe ich recht verstanden, dass wir willkommen sind, hier unser Nachtlager aufzuschlagen?«

Der rasche Tritt war Mr. Carruthers nicht entgangen. Er lächelte säuerlich. »Sie irren ganz gewaltig, Mr. Granger, denn ich mag Leute wie Will Green auf meinem Land nicht. Als ich dem Halunken das letzte Mal gestattet habe, hier zu lagern, hat er sich anschließend nicht einmal bedankt.«

»In diesem Fall kann ich Ihren Unmut sehr gut verstehen.«

Roberts ruhige Stimme und seine Höflichkeit blieben bei dem Farmer nicht ohne Wirkung. »Warum sollte ich ihm noch einmal vertrauen?«

»Sir, Mr. Green steht nun in meinen Diensten. Auch wenn ich seine vergangenen Vergehen nicht zu verantworten habe, ich werde selbstverständlich zahlen, was immer Sie für unseren jetzigen Aufenthalt verlangen.«

Entwaffnet wand sich Mr. Carruthers noch eine Weile hin und her, ehe er ihnen brummend gestattete zu bleiben, allerdings nur unter der Bedingung, dass Robert im Voraus zahlte – was er unverzüglich tat. »Ich bin keine Wohlfahrtseinrichtung«, fuhr er dann fort und wies auf Will. »Sie schulden mir vom letzten Mal noch ein Pfund.«

»Ich wollte ja bezahlen, ehrlich. Es war nur so … wir hatten es eilig, und Sie waren nirgends zu finden.«

»Das ist eine glatte Lüge, Green. Beleidigen Sie mich nicht auch noch.« Der Farmer warf Will einen vernichtenden Blick zu. »Ich war lange vor Sonnenaufgang hier. Eine solche Ausrede ist unakzeptabel. Sie hatten nie die Absicht, mich für Ihren Aufenthalt zu entschädigen.«

Will wollte protestieren, aber Robert schnitt ihm das Wort ab. »Bezahlen Sie ihn«, befahl er.

»Aber ...«

»Bezahlen Sie ihn, oder Sie bekommen Ärger.«

Widerwillig zog Will eine schmutzige, zerrissene Banknote hervor und reichte sie dem Farmer.

Der Mann nahm sie und untersuchte sie sorgfältig, ehe er den Geldschein zusammenfaltete und in seine Tasche steckte.

»Mr. Carruthers«, sagte Robert zu dem nun milde gestimmten Besitzer. »Ich hoffe sehr, dass dieser unglückliche Vorfall Sie nicht von zukünftigen Verhandlungen zwischen uns abhält. Diese Wiese ist höchst angenehm, für Mensch und Tier.«

»Ja. Sie steht dem Wohle der Reisenden zur Verfügung. Denjenigen, die dafür zahlen, natürlich. Ich bin kein gieriger Mensch, das müssen Sie verstehen, aber ich kann Essen, Wasser und Schutz auch nicht kostenlos weggeben. Es war mir ein Vergnügen, mit Ihnen ins Geschäft zu kommen, junger Mann. Sie sind uns auch in Zukunft sehr willkommen. Guten Tag, Sir.« Ohne Will eines weiteren Blickes zu würdigen, ritt Mr. Carruthers davon.

Robert schloss frustriert und ärgerlich die Augen. Was hatte er von Will noch zu erwarten? Er hatte es satt, bei allem, was der Mann sagte, den Wahrheitsgehalt bezweifeln zu müssen. Ungeduldig stellte er Will zur Rede. »Ich bin mir einigermaßen sicher, dass Sie sich inzwischen eine gute Entschuldigung zurechtgelegt haben. Ich möchte sie nicht hören. Dafür werden Sie sich nun anhören, was ich zu sagen habe. Als Ehrenmann bin ich nicht gewillt, mich von anderen hochnehmen zu lassen. Um es genau zu sagen, Will, ich toleriere es nicht. Haben Sie verstanden, was ich meine?«

»Ich ...«

»Ist das klar?«, donnerte Robert.

»Ja.« Will sah plötzlich aus wie ein Kind, das in der Speisekammer beim Naschen erwischt worden war.

»Gut. Bitte behalten Sie diese Warnung ganz vorn in Ihrem miserablen Gedächtnis.« Robert wandte sich ab. »Wenn Sie überhaupt eines haben«, murmelte er vor sich hin.

»Verflucht!«, stieß er aus, als er langsam zum Feuer ging, das inzwischen munter flackerte. Er musste eingestehen, dass Wills Eskapaden sich eigentlich nicht von seinen eigenen Sünden aus der Vergangenheit unterschieden. Er hatte nichts Böses im Sinn, sondern neigte einfach nur dazu, andere zu verletzen. Der einzige Unterschied war, dass Wills Gewissen und seines irgendwann getrennte Wege eingeschlagen hatten. Nein, das war unfair. Wenn er ehrlich war, sah auch Robert ein, dass es ein Unterschied war, auf fremdem Grund und Boden zu lagern, ohne dafür zu zahlen und … Er sah plötzlich wieder Lord de Ionghs schockiertes Gesicht vor sich. Suchte er ernstlich nach einer Entschuldigung für sich?

Ehrenmann – so hatte er sich selbst gegenüber Will bezeichnet. Seine Mutter hatte einmal über einen Gast gesagt: »Der schreckliche Mann spricht so häufig über seine Ehre, dass ich am liebsten das Silber überprüfen würde, wenn er wieder fort ist.«

Nachdenklich ging Robert zu Will, der den Gurt seines Sattels untersuchte.

Will schaute auf.

»Können wir einen Handel schließen?«

Will nickte.

»Keine Überraschungen mehr.«

Diese Idee schien dem Mann aus Yorkshire fremd zu sein. »Nun, ich hatte nie die Absicht, Sie an der Nase herumzuführen. Ein Mann vergisst.«

Robert sah keine Verschlagenheit in Wills Gesichtszügen. »Sie haben tatsächlich vergessen, dass Sie ihm Geld schuldeten?«

Will zuckte mit den Schultern. »Natürlich nicht. Bei dem Sturm und allem hab ich nicht gedacht, dass er uns sehen würde. Was hätte es schon geschadet?«

»Unehrlichkeit, Will, verschafft Ihnen keine Freunde. Wir haben den sicheren Hafen benötigt. Ihr früheres Verhalten hat dazu geführt, dass wir nicht willkommen waren. Können Sie diesen Schaden nicht erkennen?«

»Es wäre keiner gewesen, wenn wir nicht entdeckt worden wären. Sie hätten ein Pfund gespart.« Will sah ihn trotzig an. »Und ich auch.«

Robert atmete tief ein. »Stellen Sie mich nicht auf die Probe«, sagte er.

Logan sah Robert kopfschüttelnd an, als er zum Feuer zurückkehrte. »Sie verschwenden Ihre Zeit, alter Junge. Der Mann ist ein Schurke.«

»Das sind wir doch alle auf die eine oder andere Weise«, antwortete Robert. »Die Tatsache, dass Will nicht klug genug ist, seine Unehrlichkeit besser zu kaschieren, macht ihn weniger zum Betrüger als andere.«

Logan pfiff leise durch die Zähne. »Das ist tiefsinnig.«

Robert lächelte. »Muss an der frischen Luft liegen.«

Will trat zu ihnen. »Ich hab gerade nachgedacht ...«

Zwei Augenpaare sahen ihn amüsiert an.

»Was ist? Was war so lustig an dem, was ich gesagt hab?«

»Alter Junge, Sie haben gerade etwas ganz und gar Unmögliches behauptet.«

»Also wirklich!« Will war entrüstet. »Wenn Sie es nicht hören wollen ...«

»Ich kann es kaum erwarten«, antwortete Logan sarkastisch.

»Ich kenne diesen Mann ...«, fuhr Will hartnäckig fort. Er sah den Zweifel in Roberts Gesicht. »... ich schulde ihm kein Geld. Ehrenwort.«

# 7

Will hatte die Wahrheit gesagt. Allerdings hatte er eine kleine Nebensächlichkeit über die Schwester des Mannes verschwiegen. Als sie sich am nächsten Abend in aller Hast zurückzogen, stellte Robert sich eine Menge schmerzhafter Dinge vor, die er gern mit seinem Partner gemacht hätte. »Jesus! Woher sollte ich wissen, dass sie vorhatte, mich zu heiraten?«, wären fast die letzten Worte gewesen, die Will in seinem Leben je geäußert hatte.

»Das war das letzte Mal.« Logan kochte vor Wut, als sie endlich außer Schussweite waren. »Von nun an lagern wir überall, nur nicht mehr dort, wo Will es vorschlägt.«

Die Route, auf der sie unterwegs waren, wurde häufig von Jägern und Abenteurern benutzt, zähen Burschen, die auf der Suche nach Wohlstand oder neuen Horizonten waren. Die meisten hielten sich nordwestlich, in Richtung Highveld-Country, aber Will schlug vor, in Colenso, ungefähr hundert Meilen von Durban entfernt, wo der Fluss Thukela mit seiner Reise zum Indischen Ozean begann, abzubiegen und die zweihundert kurvigen Meilen zur Flussmündung zurückzugehen.

Nördlich des Thukela lag das traditionelle Zulu-Königreich. Zwar lebten auch im Süden, in der englisch regierten Provinz Natal, Zulu, aber sie wurden als Exilanten betrachtet. Wills Plan sah vor, nach geeigneten Stellen für eine Flussüberquerung zu suchen und auf beiden Seiten Handel zu treiben. Logan war es, der eher nebenbei, wie Robert fand, darauf hinwies, dass Thukela übersetzt »der Überraschende« hieß – wegen seiner Angewohnheit, urplötzlich und ohne Vorwarnung über die Ufer zu treten. Die Menschen, die sie unterwegs trafen, machten Robert nicht zuversichtlicher. Sie gaben ihnen viele Ratschläge und Tipps – die meisten empfahlen ihnen dringend, ihre Reiseroute zu ändern. Offenbar kannte jeder jemanden, der sich in das Flussgebiet des Thukela vorgewagt hatte und danach nie wieder gesehen worden war.

Da er der Route von Anfang an misstraut hatte, nahm Logan jede Warnung ernst und versuchte immer wieder, sie zum Umkehren zu bewegen. Doch Will blieb optimistisch und ließ sich durch nichts von seinem Vorhaben abbringen. Robert vermutete, dass die meisten Geschichten auf eine zu lebendige Vorstellungskraft ihrer Erzähler zurückzuführen waren. Mister David um praktische Ratschläge zu bitten, wäre Zeitverschwendung gewesen. Seine Kenntnisse, oder eher gesagt seine mangelnden Kenntnisse, beruhten ebenfalls lediglich auf Gerüchten, die sich andere Kutscher am Lagerfeuer erzählt hatten.

Was Robert zunehmend beunruhigte, war die Tatsache, dass Wills Vorschläge zwar aus der Sicht des Handeltreibenden durchaus Sinn ergaben, der Mann aus Yorkshire jedoch keine Ahnung von dem Land, den Leuten oder sonst irgendetwas zu haben schien, das ihnen unterwegs begegnen konnte.

Je mehr sie sich Colenso näherten, desto häufiger schlug Logan die Hände über dem Kopf zusammen, aber Will blieb stur. Ungeduldig mischte Robert sich schließlich in die Auseinandersetzung ein.

»Wir entscheiden uns jetzt – sofort! Danach gibt es keine Diskussionen mehr. Einverstanden?«

Logan zog drei Münzen hervor. »Wie wäre es, wenn wir die entscheiden lassen?«

»Münzen werfen? Das hier ist doch kein Spiel, verdammt.«

Logan grinste abschätzig. »Was ist es denn sonst? Sagen Sie

es mir. Ich habe noch nie eine unsinnigere Aktion erlebt als diese hier. Ein gewöhnlicher kleiner Betrüger und ein unbedarfter Grünschnabel. Warum sollen wir keine Münze werfen? Das macht ebenso viel Sinn wie alles andere bei diesem lächerlichen Unternehmen. Soll doch die Glücksgöttin unserem Schicksal ein wenig nachhelfen.«

Robert und Will wechselten einen Blick. Gleichzeitig streckten sie eine Hand aus, um eine Münze zu nehmen.

»Gut.« Logan machte sich zum Wurf bereit. »Bei drei. Gewinnt Kopf, setzen wir unseren Weg fort. Bei Zahl kehren wir zurück zur Küste.«

»Eins, zwei, drei.« Die Münzen flogen hoch in die Luft und landeten auf dem Boden. »Kopf!«, jubelte Will. »Zweimal Kopf.«

Logan nahm die Niederlage mit Anstand hin. »Nun gut. Ich werde kein Wort mehr dazu sagen. Wir machen weiter wie bisher. Ich hätte gern mein Geld zurück, Will, wenn Sie gestatten.«

Also zogen sie weiter. Logan stand zu seinem Wort, und Robert konzentrierte sich darauf, mehr über seine neue Heimat zu erfahren. Logans Kritik, er sei ignorant und unerfahren, hatte ihn getroffen, aber der Mann würde ihm nicht vorwerfen können, er sei ungebildet. Ein Grünschnabel, wirklich! Er würde es ihnen zeigen.

Er machte es sich zur Gewohnheit, jeden Tag für mehrere Stunden neben Mister David auf dem Kutschbock zu sitzen und ihn zur Geschichte der Zulu zu befragen. Er benötigte nicht lange, um festzustellen, dass Menschen wie Will und Logan zwar eine Menge Fakten kannten, mit ihrem Verständnis jedoch oft kläglich scheiterten.

Beim abendlichen Lagerfeuer hörte Robert von seinen beiden weißen Reisegefährten dramatische Geschichten über vergangene Könige und ihre Taten. Am nächsten Tag lieferte ihm Mister David die Einzelheiten nach.

»Ist es nicht erlaubt, über euren König zu sprechen?«, fragte Robert seinen Kutscher. Er wollte eine Bemerkung von Will klargestellt haben, der am Vorabend behauptet hatte, dass es den Tod zur Folge habe, einen Zulu-König auch nur falsch anzuschauen.

Mister David war ein geborener Geschichtenerzähler, und es gefiel ihm, seinen Master zu belehren. »Nein. Aber es ist respektlos, seinen Namen auszusprechen. Wir nennen ihn unseren Vater. Das liegt daran, dass er der Einzige unter uns ist, der für unsere Vorfahren handeln kann.«

»Ich dachte, das könnte ein *sangoma*?«

»Sie sprechen zu unseren Ahnen und erhalten Botschaften von ihnen. Unser Vater ist wie einer von ihnen, nur dass er bei uns ist.«

Robert erkannte auf Anhieb eine Ähnlichkeit zwischen der Position dieses Mannes und dem Papst. Ein Repräsentant auf Erden.

»Er lebt in einem großen Kral, den wir *isigodlo* nennen. Alle seine Frauen, Kinder, viele Soldaten und Diener leben bei ihm. Es ist verboten, dort hineinzugehen, es sei denn, man wird dazu aufgefordert.«

»Was passiert, wenn man uneingeladen hingeht?«

»Es würde als Zeichen für böse Absichten gewertet. Man würde getötet werden.«

»Das klingt ziemlich drastisch.«

Mister David nickte. »Für Sie vielleicht. Wir lernen diese Dinge als kleine Jungen. Nur die Dummen oder die Unglückseligen laden den Tod ein, es sei denn, Sie sind einer der persönlichen Vertrauten unseres Vaters. Dann wäre es eine Ehre, mit ihm zusammen zu sterben.«

»Willst du damit sagen, wenn ein König stirbt, werden auch seine Bediensteten getötet?«

»Natürlich.«

Die Ägypter hatten es früher so ähnlich gemacht. Robert fragte sich, ob der Brauch schon damals bis in den Süden vorgedrungen war. Es machte wenig Sinn, Mister David danach zu fragen. Zulu schienen die Stammesautorität fraglos hinzunehmen. Sie stellten die Tradition niemals infrage, sondern führten sie einfach fort. Er stellte eine weitere Frage. »Wenn ich den gegenwärtigen Zulu-Herrscher, König Mpande, treffen würde, den ihr Vater nennt, wie müsste ich mich verhalten? Ich könnte doch leicht einen Fehler machen.«

Mister David lachte. »Unser Vater versteht, dass die Weißen nicht so sind wie wir. Er würde Sie anders behandeln.«

»Wie?«

Der Kutscher dachte eine Weile nach, dann nannte er ein Beispiel. »Wenn Sie eingeladen wären, mit unserem Vater zu essen, würden Sie mit ihm zusammensitzen, reden und behandelt, als seien Sie selber ein König. Ich muss zu seinen Füßen liegen und das Essen nehmen, ohne es mit meinen Händen zu berühren. Ein *inceku* würde mich füttern.«

*»Inceku?«*

»Einer der Diener, der hilft, die Mahlzeiten unseres Vaters zuzubereiten.«

»Was dürft ihr sonst nicht tun?«

»Ich darf nicht niesen, husten oder spucken, während unser Vater isst, auch wenn ich nicht im *isigodlo* bin. Sollte unser Vater nach mir schicken, muss ich mich ihm so nähern, dass sich mein Kopf unterhalb von seinem Kopf befindet. Wenn ich wieder gehe, muss ich dies auf meinen Knien tun, mit dem Gesicht zu unserem Vater. Kein Zulu darf im *isigodlo* lachen.«

»Würde das auch für mich gelten?«

Mister David zuckte die Achseln. »Ich denke, man würde Ihnen verzeihen, weil Sie unsere Bräuche nicht kennen.«

Robert nickte langsam.

»Der König ist nicht immer so streng. In schweren Zeiten wendet sich das Volk an ihn und bittet um Vieh und Getreide. Er ist sehr großzügig, denn auch wenn er sehr wohlhabend ist, gibt er alles zuerst für sein Volk und danach erst für sich selbst.«

»Trotzdem kann der König den Tod eines Menschen fordern.«

»Das ist richtig. Ein starker König macht auch sein Volk stark. Nur die Schwachen lassen Respektlosigkeit ungestraft.«

Manchmal waren Will und Logans klare Antworten den verworrenen Aussagen von Mister David vorzuziehen. Der Zulu hatte eine Neigung, Namen von Menschen und Orten herunterzurasseln, die man sich unmöglich merken konnte. Die Thronfolge Mpandes war eines der Themen, bei denen Robert eine einfache Antwort lieber gewesen wäre.

Er hatte festgestellt, dass ein Thema immer wieder das Gespräch beherrschte, wenn Weiße zusammensaßen und ihre Unterhaltung sich um Zulu-Angelegenheiten drehte. Mpandes Gesundheitszustand schien sich zu verschlechtern, und sein Sohn Cetshwayo galt allgemein als rechtmäßiger Erbe auf den Thron. Die Spekulationen über die Konsequenzen dieser Thronfolge, sowohl für die Zulu selber als auch für die weißen Siedler, reichten vom Optimismus bis zu düsteren Kriegsprophezeiungen.

Cetshwayo war ein Mann von Mitte vierzig, der seit langem glaubte, es sei seine Bestimmung, der vierte Zulu-König zu werden. Er wusste, dass er dazu einen mächtigen Verbündeten benötigte. Sowohl Buren als auch Briten begehrten das fruchtbare Land, das unter dem Namen Zululand bekannt war. Die Buren sahen in den Zulu potenzielle Sklaven, ein zusätzlicher Bonus, wenn sie ihr Land besiedeln konnten. Die Briten, die ähnliche Bestrebungen hatten, benötigten außerdem die Meereshoheit im Indischen Ozean. Diese konnte nur sichergestellt werden, wenn das Landesinnere jenseits des Küstenstreifens geordnet und kontrollierbar blieb. Cetshwayo war zwar nicht besonders klug und ein Analphabet, aber er begriff, dass er die Konkurrenz zwischen Buren und Briten zu seinem Vorteil nutzen konnte. Er spielte beide gegeneinander aus.

Je nach politischer Gesinnung hatten die Europäer unterschiedliche Ansichten über Cetshwayo. Einige glaubten, dass der vierte König respektieren würde, dass sein Vater Land östlich des Blood River an Transvaal-Buren abgetreten hatte. Andere waren fest davon überzeugt, dass er das nicht tun würde, und prophezeiten einen Konflikt mit den Zulu, möglicherweise sogar eine Ausweitung zu einer Konfrontation zwischen Buren und Briten. Wieder andere meinten, dass Cetshwayo nichts anderes wolle, als sein eigenes Volk zu regieren. Logan vermutete, dass die Maxime von Shaka – dem Gründungsvater und ersten König der Zulu –, wonach es die oberste Pflicht der Zulu-Männer war, ihre Nation zu schützen, noch immer volle Gültigkeit besaß und dies zwangsläufig zu Schwierigkeiten führen würde.

»Sie sind kriegerisch genug«, sagte er gern. »Wie würden Sie reagieren, wenn Vergnügungen wie eine Hochzeit bis zum vierzigsten Lebensjahr verboten wären, es sei denn, man erhielte einen besonderen Dispens vom König? Meiner Ansicht nach macht ein erzwungenes Zölibat die Sache noch schlimmer. Jeder Mann unter vierzig, der die Erlaubnis zum Heiraten erhält, hat sich dieses Privileg dadurch erworben, dass er in der Schlacht sein Schwert blutig gemacht hat. Sie kämpfen um jede Kleinigkeit, nur damit sie sich eine oder zwei Frauen nehmen können. Es wird Schwierigkeiten geben, denken Sie an meine Worte.«

All dies war sehr interessant, und Robert hätte gern mehr erfahren. Als er Mister David befragte, kam er zu der Erkenntnis, dass nichts einfach war, vor allem dann nicht, wenn es etwas mit den Zulu zu tun hatte. Die vereinfachten Erklärungen der Europäer waren eine Methode, die Zusammenhänge wenigstens halbwegs zu verstehen. Und so wie Robert die Sache sah, waren der Kern des Problems Chaos, Mord, Verrat und Gier – womit sich die Geschichte der Zulu gar nicht so sehr von der europäischen Geschichte unterschied. Und immer wieder gab es Hinweise auf holländische und britische Niedertracht.

»Es gibt im Grunde nur einen gemeinsamen Nenner«, verkündete Logan. »Land.«

Zur Abwechslung stimmte ihm Will zu. »Ja. Wie überall.«

Logan begann zu erklären. »Shaka hat die Zulu-Nation gegründet, um die einzelnen Clans vor anderen Stämmen zu schützen, die es auf ihren Lebensraum abgesehen hatten. Eine ehrenwerte Sache mit leicht nachvollziehbaren Gründen: Kein Land – keine Nahrung. Seit Jahrhunderten hatte es Scharmützel gegeben. Shaka hat damals nichts anderes getan, als miteinander verwandte Clans gegen einen gemeinsamen Feind zu verbünden, um sie stärker und praktisch unbesiegbar zu machen. Er führte keine Kämpfe gegen die Weißen. Die Briten befanden sich ein ganzes Stück tiefer am Kap. Niederländische Siedler blieben innerhalb der Kap-Kolonie unter britischem Schutz. Shaka betrachtete beide nicht als Bedrohung. Großbritannien war damit beschäftigt, das Kap gegen plündernde Stämme im Süden zu verteidigen. Shaka hatte alle Hände voll damit zu tun, die alten Feinde aus dem Norden aus Zululand fern zu halten. Keiner beeinträchtigte den anderen, daher konnte Shaka jede Auseinandersetzung mit Fremden vermeiden.

Dann fing der Spaß an. Im Jahre 1824 landeten zwei Engländer in der Nähe von Durban und trafen dort auf Shaka. Sie trickssten ihn aus. Der Zulu-König glaubte ein Dokument zu unterzeichnen, mit dem er eine Handelsniederlassung gestattete, dabei hatte er in Wahrheit das Eigentumsrecht an Port Natal und an einem riesigen Stück Land abgetreten. Es wurde sofort als britisches Territorium deklariert. Die ersten Siedler kamen, und 1835 hatten sie den Ort in Durban umbenannt. Der britische Gouverneur der Kap-Kolonie war allerdings nicht sonderlich interessiert, seine Verantwortung nach Natal auszuweiten, daher überließ er das neue Territorium zunächst einmal sich selber.«

»Hat Shaka sich dafür gerächt?« Robert versuchte sich an das zu erinnern, was er in der Schule über jene vergangenen Zeiten gelernt hatte.

»Nein. Auch wenn man ihm übel mitgespielt hatte, Shaka störte sich nicht weiter an einer Hand voll Siedler in einem Teil des Landes, das für ihn strategisch ohne besondere Bedeutung war. Die Folgen seines Großmuts erlebte er nicht mehr. Vier Jahre später wurde Shaka von seinem Halbbruder Dingane ermordet. Der neue König blieb den Briten freundlich gesinnt, er war mehr daran interessiert, sein eigenes Volk zu regieren als alles andere. Die ständigen Kriege zu Shakas Zeiten hatten ihren Tribut gefordert, und die Zulu waren froh über die Erholungspause. Durban wuchs, und Dingane ließ es zu.« Logan zuckte mit den Schultern. »Nichts hat ewig Bestand.«

»Was ist also dann geschehen?«

»Diejenigen, die von Blut und Gewalt leben, benötigen immer eine gewisse Spannung, damit sich ihre kriegerischen Neigungen kein Ventil suchen. Es kam zum Zusammenbruch aller Disziplin. Die mangelnde Achtung vor einem König, den sie nicht respektierten, und Ungehorsam führten ins Chaos. Dingane erkannte zu spät, dass sein Volk mit eiserner Hand geführt werden musste. Um dies zu kompensieren, ließ er jeden umbringen, der anderer Meinung war als er, bis auf einen seiner eigenen Brüder.«

»Und da er noch am Leben ist, muss das Mpande sein«, schloss Robert.

»Richtig. Mpande wurde nicht als Bedrohung angesehen – aus einem einfachen Grund: Sie hielten ihn geistig für schwach.« Logan machte eine Pause, um seine Gedanken zu sammeln.

Will brach das Schweigen. »Die verdammten Buren haben alles kaputtgemacht. Die verfluchten Holländer waren nicht zufrieden damit, unter den Briten zu leben. Wenn sie nicht gewesen wären …«

»Ach, seien Sie still«, schnappte Logan. »Sie wissen doch nicht, was Sie reden.«

Will zuckte die Achseln, lächelte und schwieg gehorsam.

»In gewisser Weise hat er Recht«, gab Logan dann zu. »Die

Buren wollten sich selbst regieren, daher begannen sie, gen Norden zu ziehen. Die meisten zog es in den Oranje-Freistaat und nach Transvaal, aber eine kleine Gruppe, angeführt von einem Mann namens Piet Retief, kam über die Drakensberge und bat Dingane um Erlaubnis zu siedeln. Retief hatte ungefähr fünfzehn Mann bei sich. Dingane fand nicht, dass diese paar Männer ein Problem sein könnten.«

»Aber es war britisches Territorium«, bemerkte Robert.

»Nicht wirklich. Das Gebiet nördlich des Thukela war es nicht. Und das war es, was die Trecker wollten. Wissen Sie, die Buren sahen mittlerweile in Zululand das Gelobte Land. Sie wollten dort unbedingt Farmen haben. Ungefähr zur selben Zeit bekam Dingane Schwierigkeiten mit den Briten. Er wollte Gewehre, damit seine *impi* ihre Feinde ein für alle Mal erledigen konnten. Aber die Briten blieben hartnäckig bei ihrer Einstellung, dass keine einheimische Streitkraft bewaffnet werden dürfe. Als Retief und seine kleine Truppe um ein Stück Land baten, gewährte Dingane es ihnen. Er hoffte, sie würden ihn vielleicht mit Gewehren versorgen. Es kümmerte ihn nicht, dass es sich um dasselbe Land handelte, das er zuvor einer Hand voll Engländer zur Verfügung gestellt hatte.«

Logan brach ab und lächelte, als er Roberts verwirrtes Gesicht sah. »Ich weiß. Manchmal scheinen die Zulu in der einfachen Art, mit der sie die Dinge anpacken, kindisch. Dann wieder hat man den Eindruck, als setzten sie alles daran, die Sache zu verkomplizieren. Aber Sie müssen verstehen, dass die Zulu eine andere Denkweise haben als wir. Alles Land gehört dem König. Er überlässt es anderen zur Bearbeitung, aber wenn sie nicht fleißig sind oder er sich mit ihnen überwirft, bekommt es jemand anders. So war es auch mit Retief. Dingane wollte einen Beweis für Retiefs Freundschaft und seine guten Absichten. Alles, was die Buren für das Land tun mussten, war, Vieh wiederzubeschaffen, das den Zulu von feindlichen Plünderern aus dem Norden gestohlen worden war.«

»Und was ist geschehen?«, fragte Robert gespannt.

»Retief willigte ein und machte sich auf den Weg. Unglücklicherweise beschlossen hunderte ungeduldiger Siedler nicht zu warten und siedelten ohne Dinganes Erlaubnis in Zululand. Obwohl der König zutiefst empört darüber war, beschloss er zu warten, bis Retief zurückkehrte. Und dann, mein junger Freund, kam es zu einem klassischen Beispiel für ein Missverständnis.«

Robert wartete schweigend darauf, dass Logan weitersprach.

»Die Buren hatten einen Zulu-König beleidigt. Das war ziemlich dumm. Er hatte ihnen in gutem Glauben Land gewährt und dafür einen Gefallen erwartet. Aber anstelle einiger weniger Weißer, die dankbar annahmen, was er ihnen so großzügig gewährte, hatte Dingane nun hunderte am Hals, und Tag für Tag kamen mehr und nahmen sich einfach, was sie brauchten. Verständlicherweise fühlte sich der Mann betrogen und wurde böse.«

»Und Retief?«, fragte Robert ungeduldig.

»Er hatte keine Ahnung, wie sehr er Dingane beleidigt hatte. Er fand das Vieh und trieb es zurück nach Zululand. Aber anstatt es ohne großes Aufheben zurückzubringen, nahm Retief einundsiebzig Männer mit zum Kral des Königs, um Eindruck zu schinden. Natürlich erreichte er genau das Gegenteil. Die Buren brachen jede nur erdenkliche Regel. Sie brachten das Vieh zurück und machten daraus eine Demonstration ihrer militärischen Stärke. Zu Retiefs Pech verwenden die Zulu für gewisse Zeremonien Feuer und Rauch. Als Piet und seine Männer auf ihren Pferden durch die Gegend ritten und wild in die Luft feuerten, blieb etwas vom Geruch des Schießpulvers im Königskral hängen. Der Geruch machte Dingane misstrauisch, und er witterte eine Art Hexenkraft. Die Buren galoppierten um den Kral herum und kreisten ihn ein. Das wurde als Aggression aufgefasst. Retief hätte das wissen müssen.«

»Woher hätte er das wissen sollen?«

»Thomas Halstead war als Berater bei ihm, er war in solchen Dingen sehr erfahren. Er hatte die Folgen europäischer Ignoranz schon früher erlebt und hätte gewarnt sein müssen.«

»Retief scheint ein ziemlich arroganter Mensch gewesen zu sein.«

»Das war er vermutlich auch. Aber das hätte Dingane nicht gestört. Der König verstand Arroganz, ja er bewunderte sie sogar. Nein, den Todesstoß versetzte Retief die Art und Weise, wie er sich weigerte, die Zulu zu bewaffnen. Dinganes Forderung war ernst gemeint und hätte auch so aufgefasst werden müssen, doch stattdessen lachte Retief ihn aus.«

»Und im *isigodlo* darf man nicht lachen.«

Logan zog die Augenbrauen hoch. »Richtig. Obwohl man ihm vielleicht sogar verziehen hätte, wenn er nicht auch noch an seinem Bart gezupft hätte. Dingane war das nicht entgangen. Und dann erklärte Retief ihm, dass nur ein Kind so naiv sein würde, die Zulu zu bewaffnen. Drei Tage später, nachdem man Retief mit Gesang, Tanz und opulenten Speisen großzügig bewirtet hatte, wurden die Buren nach *kwaMatiwane* verschleppt, dem Exekutionshügel.« Logan machte eine eindeutige Handbewegung quer über seine Kehle. »Keiner wurde verschont.«

»Was passierte mit den Siedlern, die bereits nach Zululand gezogen waren?«

»Elf Tage nachdem Retief und seine Männer hingerichtet worden waren, machten sich die Zulu über die Siedlungen her. Nur wenige überlebten. Insgesamt wurden etwa sechshundert Buren des ersten Trecks nach Zululand getötet – Männer, Frauen und fast zweihundert Kinder. Mehr als die Hälfte von ihnen waren Weiße. Eine sehr traurige Geschichte, die nicht nur die Buren getroffen hat. Die britische Verwaltung war schockiert darüber, dass Weiße auf solch grausame Art hingerichtet worden waren. Ich glaube, wie viele andere, dass die Briten das, was damals geschehen ist, bis heute nicht verziehen haben.«

»Hat sich denn zu dieser Zeit niemand gerächt?«

»O doch. Die Buren haben dreihundertfünfzig Männer nach Zululand geschickt. Sie verloren elf, unter anderem den Kommandeur der Streitkraft. Die Briten beteiligten sich ebenfalls, sie entsandten Offiziere und an die achthundert Zulu-Exilanten, von denen die Hälfte bewaffnet war. Auf Anordnung Dinganes wurden sie von Mpande in einen Hinterhalt gelockt. Die meisten wurden getötet. Danach startete Dingane einen Angriff auf Durban. Eine Weile war der Ort eine Geisterstadt. Viele europäische Siedler zogen sich ans Kap zurück.«

»Wann war das?«

»Vor dreißig Jahren.«

»Dann hat sich Dingane also sowohl mit den Holländern als auch mit uns verfeindet?«

Logan lächelte. »Hören Sie auf, wie ein Weißer zu denken.«

Robert verdrehte die Augen. »Verzeihen Sie, dass es mir schwer fällt, es nicht zu tun. Ich habe bisher immer geglaubt, ich sei einer.«

»Dingane setzte seine Plünderungen von Buren-Siedlungen in Zululand fort. Zugleich versuchte er, mit den Briten wieder freundschaftliche Beziehungen aufzunehmen. Nicht dass er uns ihnen vorgezogen hätte, die Buren waren damals einfach nur aufdringlicher. Wir haben diese Chance natürlich genutzt. London wollte die Vorherrschaft in Südafrika, während der arme alte Dingane nur einen Verbündeten brauchte, um Zululand von weißen Eindringlingen freizuhalten. Es gab eine Menge großartiges Gerede aus Whitehall, hauptsächlich Versprechungen, die Zulu vor der Sklaverei zu schützen, obwohl jemand beschloss, das 72. Highlander-Regiment auszusenden. Unter diesem Deckmantel verbarg Großbritannien sein wahres Ziel, nämlich zu verhindern, dass Zululand von den Buren überrannt wurde. Es ging keineswegs darum, Männer für Dingane in die Schlacht zu schicken. Man sandte eine Botschaft an Andries Pretorius, den Anführer einer Buren-Einheit, die beabsichtigte, sich an Dingane für den Verrat an Retief und den Siedlern zu rächen. Ich glaube, in der Botschaft stand etwas von Aufgabe und Rückzug. Wie Sie sich vorstellen können, waren die Buren nicht so leicht einzuschüchtern. Sie drängten weiter und schlugen ihr Lager am Ncome-Fluss auf.«

»Der wird heute Blood River genannt«, ergänzte Will.

»Nur von den Weißen.« Logan nahm den Einwurf stirnrunzelnd zur Kenntnis. »Die Zulu hatten ihre Spione ausgesandt. Sie wussten, dass Pretorius und seine Männer dort waren.«

»Wie viele Soldaten hatte er?«

»Ungefähr vierhundertfünfzig. Die meisten waren Farmerjungen, die mit einem Gewehr aufgewachsen waren. Außerdem verfügten sie über Kanonen. Dingane schickte ungefähr zehntausend *impi* gegen sie in den Kampf. Einige besaßen Schusswaffen, die sie Retief abgenommen hatten, aber die Zulu glaubten, dass Kugeln in einem Bogen flogen wie ihre *assegais*, ihre Speere. Sie trafen nicht ein einziges Ziel.

Der Ncome war zu tief; die Zulu konnten ihn nicht überqueren. Eine breite Schlucht verhinderte einen Vorstoß aus dem Süden. Sie hatten nur eine Möglichkeit – zwischen dem Fluss und der Schlucht. Das Gelände war offen, aber die Buren hatten sich am engsten Punkt verschanzt. Die Zulu griffen viermal an und wurden jedes Mal niedergemäht. Man schätzt, dass dreitausend Krieger in der Schlacht am Blood River ums Leben kamen. Die Buren verloren keinen einzigen Mann.«

»Was hat Großbritannien gemacht?«, fragte Robert, obwohl er sich nicht sicher war, dass er es wirklich hören wollte.

Logan lächelte sarkastisch. »Die gute alte englische Krone«, meinte er geringschätzig. »Lassen Sie es mich so formulieren: Als Dingane sie um Hilfe bat, dachte er an Truppen und Waffen. Was er vom Garnisonskommandeur in Port Natal bekam, war lächerlich. Die Briten schickten eine Botschaft an Pretorius, in der sie ihm mitteilten, dass sie das Abschlachten verurteilten, und ihn vor weiteren Übergriffen warnten. Sie ließen Dingane schändlich im Stich. Nach dem Verlust so vieler Menschenleben am Blood River begannen die Zulu, die Autorität ihres Königs infrage zu stellen. Der Rückhalt für Dingane schwand. Und raten Sie mal, wer bereits in den Startlöchern saß?«

»Mpande.«

»Richtig. Eine leichte Beute für politische Machenschaften. Mpande verfügte bereits über eine beachtliche Gefolgschaft. Die Buren waren immer noch besorgt über die diplomatischen Beziehungen Dinganes zu den Briten, daher bemühten sie sich um gute Kontakte zu Mpande. Es gab mehrere Zusammenstöße zwischen Dingane und Mpande, aber der Fäulnisprozess hatte bereits eingesetzt. Dinganes Gefolgsmänner fielen zu tausenden von ihm ab. Schließlich floh die alte Garde nach Norden, und Mpande wurde der dritte König der Zulu.«

»Und nun liegt er im Sterben.«

»Ja. Nach dreißigjähriger, vorwiegend friedlicher Regentschaft.«

»Und jetzt?«

»Nicht so schnell, alter Junge. Denken Sie daran – sowohl die Buren als auch die Briten hatten Interesse an Natal. Es ist wichtig zu verstehen, was geschah.«

»Was geschah also?«

»Ganz einfach Folgendes: Zulu, die vor Shakas und Dinganes Tyrannei geflohen waren, kehrten nach und nach zurück. Wir ermutigten sie dazu. Den Holländern gefiel das nicht, sie wollten jedoch keinen Krieg mit England riskieren. Sie protestierten eine Weile, dass sie von Wilden überrannt würden, dann begannen die Siedler, ihre Sachen zu packen und zu gehen.«

»Und nun ist Cetshwayo vermutlich der Nachfolger Mpandes?« Robert nickte, um zu signalisieren, dass er verstanden hatte.

»Es gibt eigentlich keine andere Wahl. Er hat seinen einzigen Widersacher umgebracht.«

»Charmant.«

»Er ist ein Zulu.«

Die Tatsache, dass Logan einfach hinnahm, was Robert für einen Mord hielt, zeigte ihm, wie viel er noch lernen musste. Aber heute nicht mehr. Gähnend kroch er in seinen Schlafsack. »Wie lange haben Sie gebraucht, bis Sie das alles verstanden haben?«

Logans Gesicht war in dem schwächer werdenden Feuerschein nicht zu erkennen. »Einige Jahre. Sie hören alle möglichen Versionen. Sie können nicht alle richtig sein. Hören Sie genau hin, und dann bilden Sie sich irgendwann eine eigene Meinung.«

»Das werde ich. Gute Nacht.«

Innerhalb von Sekunden war Robert eingeschlafen. Schemenhaft erschienen Zulu-Könige in seinen Träumen, verfolgt von mürrisch dreinblickenden Buren und Engländern mit falschem Lächeln.

Jeden Tag suchte sich Robert etwas von dem aus, was er von Logan oder Will erfahren hatte, und sprach darüber mit Mister David. Auf diese Weise gelang es ihm, sich ein Bild anzuschauen, ohne sich in dessen Farbe zu verlieren. Nachdem er von Logan gehört hatte, dass Mpande seinen Sohn Cetshwayo nicht mochte, erklärte ihm Mister David, warum. Es war eine komplizierte Geschichte über Liebe, Loyalität und geschwisterliche Eifersucht. Robert war froh, dass er die Grundzüge begriffen hatte, ehe er sich an kompliziertere Einzelheiten wagte.

Als der Kutscher schließlich schwieg, fragte Robert ihn, wie er darüber denke, dass Weiße die Geschichte seines Volkes erklärten. Er fragte ihn, ob deren Kenntnisse je an die der Zulu heranreichen könnten.

Mister David benötigte so lange, ehe er antwortete, dass Robert sich fragte, ob er es je tun würde. Dann machte er ganz plötzlich eine Bemerkung, die ohne jeden Zusammenhang zu sein schien. »Sehen Sie den Baum dort?«

»Ich sehe ihn.« Robert fragte sich, worauf der Mann hinauswollte.

»Wenn Sie mich fragen, was das ist, kann ich sagen, es ist ein Baum.«

»Das liegt daran, dass es einer ist.«

»Oder ich kann Ihnen erzählen, dass wir die Früchte essen, dass *inyanga* seine Rinde und seine Blätter zur Herstellung von Medizin benutzen, welche Vögel und Tiere in den einzelnen Teilen des Baums Schutz und Futter suchen. Sie werden erfahren, welche Teile des Baums zum Errichten unserer Häuser nützlich sind und ob wir das Holz zum Feuermachen verwenden können. Ich kann Ihnen sagen, wie lange er wächst und wie groß er sein wird, wenn er alt ist.«

»Ja«, antwortete Robert langsam und begann zu verstehen, worauf Mister David hinauswollte.

»Wollen Sie all diese Dinge wissen, oder reicht es Ihnen zu wissen, dass es ein Baum ist?«

Robert lachte. »Ich verstehe, was du meinst, Mister David. Vergiss nicht, ich bin neu in diesem Land. Wenn ich erst von Früchten und Blättern erfahre, lerne ich vielleicht nie, von welchem Baum sie stammen.«

Sein Kutscher dachte nach, ehe er nickte. »Ich kann Ihnen auch erzählen, dass es nichts weiter ist als ein Baum.«

Robert wollte, dass Mister David begriff, warum er es vorzog, dass die meisten seiner Informationen von weißer Ignoranz verwässert wurden. Er bemühte sich um eine Erklärung. »Hast du von Queen Victoria gehört?«

»Der großen weißen Königin? Ja, ich habe von ihm gehört.«

Robert ließ das durchgehen. Er hatte längst gelernt, dass Afrikaner häufig die Pronomen verwechselten. »Was weißt du über sie?«

Mister David zuckte die Achseln. »Er ist sehr mächtig. Unser König verehrt ihn.«

»Kannst du mir den Namen ihres Ehemanns nennen? Wie viele Kinder hatten sie, ehe er starb? Wer wird der nächste König sein? Wo lebt sie? Wer sind ihre wichtigsten Berater?«

»Warum sollte ich all diese Dinge wissen?«

»Es gibt keinen Grund. Aber ich könnte es dir sagen, weil sie meine Königin ist.«

Der Zulu lachte. »Mein Kopf würde brummen, wenn Sie das täten.«

»Genau, Mister David. Ebenso wie meiner, wenn ich alles über die Zulu zu verstehen versuchte. Oder über deinen Baum, wenn du möchtest.«

Der Kutscher wiederholte. »Ich kann sagen, es sei ein Baum.«

»Ja, aber du würdest denken, ich wüsste bereits, was es ist. Lass es mich so erklären. Was wäre, wenn ich dir sagte, dass Victoria eine prächtige Königin war, bis sie ihren geliebten Ehemann Albert verlor? Dass der Prinz von Wales ihr viele Sorgen bereitet?«

»Master?«

»Ach, komm. Verstehst du nicht? Ich weiß diese Dinge, warum du nicht?«

»Ah!«

»Ein Zulu würde sagen, dass eine große weiße Königin jenseits des großen Wasser in einem Ort namens London lebt. Er könnte vielleicht sogar sagen, dass ihr Mann tot ist und sie große Schwierigkeiten mit einem Sohn hat. Würdest du das verstehen?«

»Ja.«

»Dann könntest du mit diesem Wissen zu mir kommen und fragen, wer dieser Ehemann und Sohn sind und warum sie sich Sorgen macht. Ich würde antworten, dass ihr Mann Albert hieß und vor zehn Jahren gestorben ist. Der Sohn heißt Edward, verbringt viel zu viel Zeit mit nutzlosen Tändeleien und scheint überhaupt nicht ernst zu nehmen, dass er eines Tages König sein wird.« Robert lächelte. »Das würde die Frage beantworten, und dein Kopf würde nicht brummen, weil du bereits einen Teil der Geschichte kanntest.«

Der Schwarze lächelte zurück. »Ich höre Sie. Um das Ende zu verstehen, müssen wir erst den Anfang kennen. Ohne dies werden wir auf ewig mit den Augen eines Kindes sehen.«

»Ja, aber eine Mutter bringt ihrem Kind etwas so bei, dass es alles versteht. Zu viele Worte, und das Kind wäre verwirrt. In dem, was du sagst, ist viel Wahrheit. Nun gut. Der Weiße kann dir sagen, dass es ein Baum ist. Das ist der Anfang. Wenn du mich nach dem Baum fragst, werde ich wissen, dass deine Ohren offen sind.«

Mister David nickte und richtete seine Aufmerksamkeit erneut auf den Ochsen. Robert begann gerade erst zu ahnen, wie groß der kulturelle Graben war, der zwischen Schwarzen und Weißen herrschte. Würde es einem Europäer je gelingen, ihn auch nur annähernd zu überbrücken? Von dem, was er bisher erlebt hatte, wusste er, dass es Afrikaner gab, die bereitwillig helfen würden, ihn zu schließen. Unglücklicherweise schienen sie die Einzigen zu sein, die dem Abgrund die Stirn boten.

Sie waren seit gut einer Woche unterwegs, als sie die Howick Falls erreichten. Es war mitten am Nachmittag, und im Süden braute sich ein Gewitter zusammen; der Himmel sah bedrohlich aus. Die schmutzig braunen Fluten des Mngeni-Flusses rauschten vorbei, um sich in die dreihundertfünfzig Fuß tiefe Schlucht zu stürzen.

»In den Bergen hat es Regen gegeben«, bemerkte Will und zeigte auf die Drakensberge, die sich wie eine riesige purpurne Wand aus Basaltgestein zu ihrer Linken erhoben.

Logan hob eine Hand vor die Augen, um sich gegen die Sonne zu schützen, und suchte das gegenüberliegende Flussufer ab. »Keine Flagge«, stellte er fest. »Wir müssten es schaffen.«

Robert warf einen besorgten Blick auf den schäumenden Fluss.

»Sie hissen eine rote Flagge, wenn eine Überquerung zu gefährlich ist«, erklärte Logan.

»Ich finde nicht, dass es sehr Vertrauen erweckend aussieht«, antwortete Robert.

Will zeigte auf die andere Seite, wo sich ein Weißer dem Ufer genähert hatte. Er trug etwas Rotes bei sich. »Sieht aus, als stiege der Fluss.«

Der Mann sah sie und winkte ihre Wagen herüber. In Zeichensprache signalisierte er, dass es bald regnen würde und sie sich beeilen sollten.

»Kommt, lasst uns beginnen«, drängte Will. »Wenn wir noch länger warten, müssen wir vielleicht Tage hier ausharren.«

Die drei Kutscher zögerten nicht. Einer nach dem anderen trieb seine nervösen Ochsen unter Peitschengeknall auf den Fluss zu. Einige Tiere gerieten ins Stolpern, aber da sie ins Joch gespannt waren und die anderen weiterliefen, wurden sie rasch wieder auf die Beine gezogen. Die Pferde tänzelten und scheuten, aber es blieb ihnen nichts anderes übrig als weiterzulaufen. Ein Wagen, der letzte, der den Fluss durchquerte, befand sich ein Stück weiter stromabwärts und geriet gefährlich ins Schwanken, als zwei Räder von dem Felsvorsprung abrutschten, der die Überfahrtsstelle bildete. Nur wenige Meter weiter verschwand das Wasser gurgelnd in der darunterliegenden Schlucht. Ohne Rücksicht auf Leib und Leben sprangen ein halbes Dutzend Schwarze zu Hilfe, und die Katastrophe wurde abgewehrt. Das frei laufende Vieh schreckte zurück und brüllte, ehe es von hinten mit Stöcken vorwärts getrieben wurde. Einer von Wills Zulu rutschte aus, doch starke Hände packten rasch zu und halfen ihm wieder auf.

»Los!«, schrie Logan. »Denkt nicht lange nach.« Mit entschlossenem Gesichtsausdruck gab er seinem Pferd die Sporen.

»Das ist Wahnsinn«, murmelte Robert und folgte ihm, ohne zu zögern. Tosca stieg gehorsam in die Fluten, ihre Hufe gerieten ins Rutschen, und er hatte große Mühe, sich aufrecht zu halten. Anstatt durch das Wasser zu waten, zog sein Pferd es vor, sich aufzurichten und auf den Hinterläufen vorwärts zu stürzen. Auf diese Weise erreichten sie das andere Ufer. Will folgte dicht hinter ihnen.

Logan und eine Gruppe Zuschauer, hauptsächlich Kinder, erwarteten sie. »Der Fluss wird heute Abend weiter steigen. Wir dürften die Letzten sein, die ihn überquert haben.«

Ihr Weg führte in eine offene Landschaft mit saftigen Wiesen und kleinen Wasserläufen. Robert wusste, dass die Tiere dringend eine Pause benötigten, und beschloss, nicht weiter vorwärts zu drängen. Pferde und Ochsen ließen sich nicht zweimal bitten, als Logan eine geeignete Stelle für das Nachtlager fand. Selbst wenn der Fluss über die Ufer trat, würden sie hier sicher sein. Zwei Zulu, bewaffnet mit *assegais* und dicken Stöcken, wurden als Wachen aufgestellt. Einige andere waren damit beschäftigt, das Lager zu errichten, Kleider zu waschen und das Abendessen vorzubereiten.

Will hatte an diesem Morgen einen Büffel erlegt. Sie hatten das Fell gesalzen und zusammengerollt, ehe sie es auf den Wagen geladen hatten. Vier Schwarze schnitten das Fleisch nun in Streifen, um *biltong* zu bereiten. Bei diesem Prozess wurde auch das Fleisch mit Salz eingerieben und dann über Nacht in einer Mischung aus Kräutern und Essig eingelegt. Danach wurde es zum Trocknen in die Sonne gehängt. An jeden Wagen würden trocknende Fleischstreifen gehängt, bis sie eine Kruste bekamen und dann, je nach persönlicher Vorliebe, wie feucht oder trocken man seinen *biltong* bevorzugte, als Snacks gegessen wurden.

Mister David hatte die Aufgabe, neue *reims* herzustellen. Dazu musste die Tierhaut in Streifen geschnitten, gedehnt, gedreht, ausgefasert und dann eingefettet werden. Es war keine komplizierte Angelegenheit, aber sehr zeitaufwändig, weil der Prozess mehrfach wiederholt werden musste, bis die Haut zugleich stark und elastisch genug war, um die Bewegungen der Ochsen zu halten, ohne sie wund zu scheuern. Die meisten *reims* würden zu je zwei Schillinge verkauft werden, wenn sie die nächste Stadt erreichten.

Als die Nachmittagsschatten länger wurden und Robert den Gesprächen der Zulu bei der Arbeit lauschte, überkam ihn ein Gefühl großer Zufriedenheit. Verbannung mochte ein hartes Wort sein, aber im Moment war sein Leben trotz einiger kleinerer Unannehmlichkeiten nicht schlecht. Wenn alles gut lief, würde er bei dieser Expedition eine Menge Geld verdienen. Seine Partner waren erfahrene Männer, auch wenn sie sich oft wie die Kinder zankten. Er hatte einen Kutscher, der Englisch sprach und bereit war, ihm einiges über das Leben und die Kultur seines Volkes zu erzählen. Vieles war so neu für ihn, aber zugleich so interessant. Das Wetter würde höllisch werden, sobald sie das Thukela-Tal erreichten, aber dieser Teil des Landes lag hoch genug, um der schlimmsten Hitze zu entgehen. Die Tage waren heiß, nicht drückend, die Nächte kühl und perlend wie feiner Champagner. Die Landschaft, sanft und von dramatischer Schönheit, erstreckte sich bis zu den Wind und Wetter ausgesetzten Gipfeln am Horizont.

Robert hatte eine derartige Mannigfaltigkeit nicht erwartet. Afrika hatte für ihn, wenn er überhaupt je darüber nachgedacht hatte, dampfende Dschungel, tobende Flüsse und wilde Tiere bedeutet. Die Gegend um Howick war einigen Teilen Schottlands nicht unähnlich, wenn man einmal absah von der Kakophonie der Geräusche, die vor allem nachts die Luft erfüllte. Innerhalb kürzester Zeit hatte er gelernt, dass es für die meisten von ihnen eine beruhigende Erklärung gab.

Fremdartige und einst beängstigende Töne wurden weniger bedrohlich, wenn man sie identifizieren und einordnen konnte. Robert hatte nachts Löwen brüllen hören, häufig sehr nah und erschreckend laut. Inzwischen konnte er Unterschiede in ihren Äußerungen erkennen. Einige, so hatte er entdeckt, waren fragende Grunzlaute an den Rest des Rudels. Andere Laute kündeten von Revierkämpfen, sexueller Frustration oder Zufriedenheit. Die Nähe von Raubtieren bedeutete nicht notwendigerweise Gefahr. Robert hatte gelernt, genau zu differenzieren und sich am Verhalten ihres eigenen Viehs zu orientieren. Entweder ignorierten sie die Anwesenheit von Löwen oder wurden äußerst unruhig. Er hatte ebenfalls gelernt zu beurteilen, wie weit sie vom Lager entfernt waren.

»Schätzen Sie die Entfernung, verdoppeln Sie sie und verdoppeln Sie sie noch einmal«, sagte Logan. »Geräusche reichen hier oft sehr weit.«

Robert trug diese Theorie Mister David vor. »Ich verstehe nicht, wie die Weißen Entfernungen berechnen«, gab sein Kutscher zu. »Der *ngonyama,* den wir letzte Nacht gehört haben, hätte so lange benötigt, uns zu erreichen, wie wir am Morgen Zeit vom Schlaf bis zum Aufbruch brauchen.«

Das stimmte. Sie konnten das Lager innerhalb von dreißig Minuten abbrechen. Mithilfe von Logans Methode hatte Robert ausgerechnet, dass der Löwe etwa vier Meilen entfernt gewesen sein musste. Er wurde allmählich mit einer Vielzahl fremder Geräusche vertraut, die er in der Dunkelheit hörte. Das klagende Geheul der Schakale. Den durchdringenden Ruf des Ziegenmelkers, der so flehentlich klang. Das warnende Gebrüll eines Gorillas oder den heiseren, schrillen Schrei einer Hyäne in der Dämmerung. Er kannte den Unterschied zwischen einem gewöhnlichen Flussfrosch und dem scheuen Kassina, der sich anhörte wie eine dicke zerplatzende Seifenblase. Robert lernte die gutmütige, aber tödliche Puffotter kennen und angriffslustige, Gift spuckende Kobras. Trotz ihres zuweilen albtraumhaften Aussehens blieb er bei der unerwarteten Begegnung mit einer Spinne entspannt. Nur eine konnte einen Menschen töten, und das war die Schwarze Witwe, die außerhalb der Kap-Kolonie nur selten vorkam. Mit den Kenntnissen wuchs das Gefühl der Sicherheit. Jeder Tag wurde zum Schultag, und Will, Logan und Mister David waren seine Lehrer.

Roberts Hauptsorge blieben weiterhin die Konflikte zwischen Wills Kutscher und Logans Abdecker. Sie hielten Abstand voneinander und wechselten kein einziges Wort, und aus ihren Gesten und ihrer Körpersprache sprach ihre fortdauernde Feindschaft. Zweimal hatte Will seinen Kutscher scharf ermahnen müssen. Er hatte zugehört, gehorsam genickt und war dann sofort wieder in schweigende Provokation verfallen. Von den beiden Schwarzen schien der Sotho besser in der Lage zu sein, seine Gefühle unter Kontrolle zu halten.

Das beruhigte Logan nicht. »Ich kenne ihn gut. Er wird sich nicht lange zurückhalten können. Er wird zuschlagen, wenn niemand damit rechnet.«

Robert wusste, dass er nur wenig tun konnte, um weiteren Ärger zu verhindern. Logan und Will verhielten sich, als sei er unvermeidlich, schienen dadurch jedoch ungerührt. Er würde sich darum kümmern müssen.

Ein lauter Ausruf von Logan ließ Robert zusammenzucken. »Was hat dieser verdammte Idiot nur vor?«

Robert war tief in Gedanken versunken gewesen und hatte die beiden herankommenden Gespanne weder gesehen noch gehört. Das erste wurde von einem Weißen gefahren, neben ihm saßen zwei Frauen. Der Wagen dahinter wurde von einem Schwarzen gelenkt. Beide machten keine Anstalten, ihr Tempo zu verringern.

»Halt!«, rief Logan, sprang vom Feuer auf und wedelte mit den Armen. »Dort weht eine rote Fahne.«

Dem Fahrer des ersten Wagens blieb nichts anderes übrig, als stehen zu bleiben. »Das sehe ich.« Er war, so schätzte Robert, Anfang fünfzig und gut gekleidet.

»Aber wir müssen heute noch auf die andere Seite.«

Logan schüttelte den Kopf. »Wir haben den Fluss vor über einer Stunde überquert, und schon da war es schwierig. Seither ist das Wasser um mindestens dreißig Zentimeter gestiegen. Sie haben Frauen dabei. Seien Sie nicht dumm, Mann.«

Der Fuhrmann machte ein störrisches Gesicht. »Ich rate Ihnen zu überlegen, was Sie sagen, Sir.«

Die Frau neben ihm, vermutlich seine Ehefrau, hielt den

Blick gesenkt. Ein Mädchen, das auf der anderen Seite neben ihr saß und etwa siebzehn Jahre alt sein musste, konnte den ungeduldigen Ausdruck in seinen großen blauen Augen nicht verbergen. Es beugte sich zu seinem Vater hinüber und zupfte ihn am Ärmel. »Komm, Papa. Lass dich nicht aufhalten.«

»Bitte um Entschuldigung, Miss.« Will sprang plötzlich auf und zog sich den Hut vom Kopf. Das rote Haar stand ihm in unordentlichen Strähnen vom Kopf ab. »Mr. Logan hat Recht. Es ist viel zu gefährlich.«

Das Mädchen schüttelte den Kopf, aber der Mann sprang vom Kutschbock. »Jack Walsh.« Er streckte die Hand aus.

»Logan Burton.«

Walsh nickte. »Ich habe von Ihnen gehört.«

Logan stellte Robert vor.

»Sehr erfreut.« Walsh hatte einen festen Handschlag.

Dann kam Will an die Reihe.

Der Neuankömmling nickte, hielt ihm jedoch nicht die Hand hin. Will bemerkte es und sah ihn feindselig an.

»Wenn Ihre Boys uns helfen, könnten wir es schaffen.«

»Warum die Eile?«, meinte Will. »Es ist das Risiko nicht wert.«

Ein weiteres Mädchen, etwa im selben Alter wie das erste, streckte den Kopf aus dem zweiten Wagen hervor. Tiefrote Ringellöckchen umrahmten ihr herzförmiges Gesicht. »Es sieht nicht gut aus, Onkel Jack. Vielleicht sollten wir lieber warten.«

»Sei nicht albern, Sarah«, fauchte das andere Mädchen. »Ich muss unbedingt nach Pietermaritzburg.«

»Beruhige dich doch, Caroline«, meinte die Frau beschwichtigend.

Caroline schüttelte die Hand ihrer Mutter ab.

Jack Walsh lächelte. »Meine Tochter heiratet in Pietermaritzburg, Gentlemen, daher unsere Entschlossenheit, den Fluss so schnell wie möglich zu überqueren.«

»Es sieht gefährlich aus«, jammerte das Mädchen namens Sarah. »Bitte, Caroline, lass uns warten.«

Der Mann, der verantwortlich für das Aufstellen der Flagge war, tauchte plötzlich auf. Er schien den Rest der Unterhaltung mit angehört zu haben. »In den Drakensbergen hat es heftige Niederschläge gegeben. Der Fluss könnte tagelang unpassierbar bleiben.«

»Bitte, Papa.« Caroline klang weinerlich. »Die Hochzeit ist am Samstag. Und es ist noch so viel zu tun.«

Die Sorgen des Mädchens ließen Logan ungerührt. »Nehmen Sie es mir nicht übel, Lady, aber es ist leichter, die Hochzeit zu verschieben, als die Wasserfälle hinunterzustürzen.«

Logan lächelte, als er das sagte.

Aber sein Charme und sein Rat blieben ohne jede Wirkung. Caroline ignorierte beides. »Schick Thulani vor. Dann können wir sehen, wie tief das Wasser ist.«

Jack Walsh lächelte nachsichtig. »Das ist die Ungeduld der Jugend. Meine Tochter ist fest entschlossen.« Er rief einen Schwarzen zu sich und sprach einige Worte auf Zulu mit ihm.

Der Mann warf einen besorgten Blick auf das Wasser.

»Los, Thulani«, beharrte Caroline. »Es wird schon gut gehen.«

Robert konnte sehen, dass der Zulu Angst hatte. Er sprach, ohne lange nachzudenken. »Ihr Diener scheint mehr Vernunft zu besitzen als Sie, Miss Caroline. Es wäre ausgesprochen dumm, den Fluss jetzt zu überqueren.«

»Ach, um Himmels willen«, entfuhr es Caroline. »Versteht ihr denn alle nicht?« Sie beugte sich vor und griff nach der Peitsche. Ehe sie jemand aufhalten konnte, ließ sie sie gekonnt hinabschnellen und trieb das Gespann in die schäumenden Fluten.

Jack Walsh sprang auf den rollenden Wagen. »Du und Thulani, ihr bleibt hier«, rief er Sarah zu. »Ich winke euch herüber, wenn es sicher ist.«

Will kratzte sich am Kopf. »Ich wette ein Zweischillingstück, dass es traurig endet.«

Ohne führende Hand, die das Gespann leitete, fuhr der Wagen in der Tat geradewegs ins Unglück. Als sie den steinernen Übergang direkt oberhalb der Wasserfälle erreichten, blieben Walshs Ochsen wie erstarrt stehen. Ohne lange zu überlegen rannte Robert los und stürzte sich in das tosende Wasser.

»Kommen Sie zurück, Sie verdammter Idiot!«, brüllte Logan.

Aber Robert ließ sich nicht aufhalten. Er kämpfte sich vorwärts, bis er den Leitochsen erreichte und seinen *reim* zu fassen bekam. Mit aller Kraft zog er, während die Tiere angsterfüllt die Köpfe nach hinten warfen, und zwang sie weiterzugehen. Zu seiner großen Erleichterung kamen auch Mister David, und dann July und Tobacco zu Hilfe. Schlagend, pfeifend und zerrend bekamen sie das Gespann dazu, weiterzulaufen. Das brodelnde Wasser reichte den Männern bis an die Hüften, die Strömung war so stark, dass sie Mühe hatten, sich auf den Beinen zu halten. Als sie einmal in Bewegung waren, hatten die Ochsen es ebenso eilig wie die treibenden Männer, ins Trockene zu gelangen. Sie drängten ans rettende Ufer und zogen den Wagen heraus. Mit bebenden Flanken standen achtzehn erschöpfte Tiere an Land.

Jack Walsh schien außer sich vor Zorn, aber er äußerte kein Wort zu seiner Tochter. »Danke«, sagte er zu Robert. »Ohne Sie hätten wir es nicht geschafft.«

Mit jeder Minute stieg der Fluss höher. Robert nickte. »Der andere Wagen wird nicht mehr herüberkommen.«

Walsh war sich dessen bewusst. Er nickte unglücklich. »Dann bleibt mir keine andere Wahl, Mr. Granger, als Sie mit der sicheren Rückkehr meiner Nichte zu ihren Eltern in Colenso zu betrauen.«

Robert wandte sich um, um den tosenden Fluss erneut zu überqueren. »Bei meiner Ehre, Sir, ich werde dafür sorgen, dass ihr kein Leid geschieht.«

Walshs Abschiedsworte »Ich bin Ihnen sehr ergeben«, drangen undeutlich zu ihm, als er erneut ins Wasser stieg.

Die Strömung hatte weiter beängstigend zugenommen, aber es gab keine andere Stelle zum Überqueren. Robert und die drei Zulu fassten sich an den Händen und traten vorsichtig in das tiefe Wasser. Der Lärm war ohrenbetäubend. Vom Grund der Wasserfälle drang Sprühnebel wie feiner Regen herauf. Robert spürte, wie seine Stiefel auf dem glatten Boden ins Rutschen gerieten. Sie würden es nicht schaffen. Zentimeter für Zentimeter arbeiteten sie sich voran. Jeder verließ sich auf die anderen. Wenn einer ausrutschte, mussten ihn die anderen halten. Als Robert aufblickte, sah er Will und Logan in etwa fünf Meter Entfernung knietief im Wasser stehen. Logan hielt ein Seil in der Hand, das er flussaufwärts warf, damit es mit der Strömung zu ihnen trieb. Robert warf sich nach vorn, aber er verpasste die rettende Leine um Haaresbreite.

Wieder rutschten seine Füße weg. Dieses Mal versank er in den tosenden Fluten. Mister David neben ihm verlor ebenfalls den Halt. Mit vor Anstrengung verzerrten Gesichtern rissen die anderen beiden Männer sie wieder auf die Beine. Robert sah, dass Logan erneut das Seil schwang. Dieses Mal flog es hoch durch die Luft und entrollte sich direkt vor ihnen. Mit der freien Hand griff Robert danach und bekam es zu fassen.

»Master!«

Mit entsetztem Gesicht verlor July den Halt. In letzter Sekunde gelang es Robert, das Seil um sie alle vier zu schlingen und festzuknoten. Zusammengebunden wie Feuerholz wurden sie von hilfsbereiten Händen ans Ufer gezogen. Endlich waren sie dem wütenden Fluss entkommen.

Als Robert sich umdrehte, blieb ihm fast das Herz stehen. Ein entwurzelter Baum trieb vorbei, ehe er die Fälle hinabstürzte.

Zitternd und völlig durchnässt ging er zu Sarah und ihrem Kutscher Thulani. Ängstlich blickten die zwei ihm entgegen.

»Sie können auf keinen Fall mehr auf die andere Seite«, erklärte er ihnen und strich sich das nasse Haars aus dem Gesicht.

Die Nachricht schien sie zu erleichtern.

»Caroline ist verrückt«, meinte Sarah. »Wenn sie sich etwas in den Kopf gesetzt hat, lässt sie sich durch nichts und niemanden aufhalten.«

»Ihr Onkel hat mich gebeten, Sie wohlbehalten nach Hause zurückzubringen. Es liegt auf unserem Weg, und es ist mir eine Ehre. Wir werden die Nacht hier verbringen und morgen Früh weiterziehen. Wenn der Wasserstand des Flusses sinkt und sich Ihr Onkel noch auf der anderen Seite befindet, können wir Ihnen beim Überqueren behilflich sein. Wäre Ihnen das recht?«

»Ich danke Ihnen. Es tut mir Leid, dass ich die Hochzeit meiner Cousine versäume, aber da dies so ist, ist mir Ihr Schutz äußerst willkommen.«

Robert verbeugte sich. »Sie werden zweifellos hungrig sein. Wir haben genügend zu essen, und es wäre uns eine Ehre, wenn Sie unser Gast sein würden. Ihr Kutscher kann mit unseren Männern essen.«

»Sie sind sehr freundlich.« Sie streckte die Hand aus, und Robert half ihr aus dem Wagen. Er atmete angenehm berührt den blumigen Duft ein, der sie umgab. »Ihr Name, Sir?«

»Robert Granger. Kommen Sie, ich mache Sie mit den anderen bekannt.«

»Woher stammen Sie, Mr. Granger?«

»Aus Schottland.«

»Oh. Ich bin bereits dort gewesen.«

»Sind Sie dort geboren?«

»Ja. Meine Eltern sind vor zwanzig Jahren nach Afrika gekommen. Sie stammen aus Sussex.« Sie senkte den Kopf und kicherte. »Verzeihen Sie mir. Ich bin Sarah Wilcox.«

Sie hatten das Feuer erreicht, wo Logan und Will sich zu trocknen versuchten. Robert machte sie miteinander bekannt und erklärte, warum sie Miss Wilcox zu ihren Eltern nach Colenso begleiten mussten. Sarah machte vor jedem einen Knicks, was Will ganz offensichtlich amüsierte, und entschuldigte sich für ihre uneinsichtige Cousine. »Ich bin sicher, dass Caroline sich nicht darüber im Klaren war, dass es so gefährlich sein würde«, schloss sie.

Logan winkte großzügig ab. »Es ist ja kein Schaden entstanden.«

Will sah die Sache anders. »Die junge Lady bräuchte mal eine anständige …«

»Will!«, riefen Logan und Robert entrüstet.

»So, dass sie eine Woche nicht sitzen kann«, murmelte Sarah Wilcox. »Keine Angst, Mr. Green. Dafür wird mein Onkel zweifellos sorgen.«

Robert senkte den Kopf, um sein Lächeln zu verbergen.

Trotz ihres zarten Alters entpuppte sich Sarah Wilcox als charmante Reisegefährtin. In der Gesellschaft der drei fremden Männer, von denen einer Manieren wie ein Höhlenbewohner hatte, zeigte sie keinerlei affektiertes Getue. Als es für sie Zeit wurde, sich zurückzuziehen, erklärte sie ruhig: »Ich würde es sehr zu schätzen wissen, wenn in den nächsten zehn Minuten niemand meinem Wagen zu nahe käme, damit ich Vorkehrungen treffen kann, um schlafen zu gehen.«

»Was für eine charmante junge Dame«, meinte Logan, nachdem Sarah sie verlassen hatte.

»Sie ist in Ordnung«, räumte Will ein. »Pech nur für uns, dass wir sie nach Hause bringen müssen.«

»Wir müssen ohnehin nach Colenso«, erinnerte Robert ihn. »Es ist kein Umweg für uns. Und ich konnte mein Hilfe schlecht verweigern.«

»Trotzdem ist es lästig«, brummte Will.

Logan zwinkerte Robert zu. »Er ist verärgert, weil er sich in den nächsten Tagen benehmen muss.«

»Ich benehme mich immer«, antwortete Will beleidigt. »Dafür brauche ich nicht die Gesellschaft von Frauen.«

»Es ist nicht ihre Schuld«, meinte Robert. »Lassen Sie sie in Ruhe, Will. Sie wird uns begleiten, ob es Ihnen gefällt oder nicht.«

»Ist schon gut. Ich habe gesehen, wie Sie sie angestarrt haben. Und was für ein Theater Sie um sie gemacht haben.« Will äffte Robert nach. »Versuchen Sie ein Stück von diesem hier, Miss Wilcox, es ist besonders zart. Sind Sie sicher, dass alles zu Ihrer Zufriedenheit ist, Miss Wilcox? Ist Ihnen warm genug, Miss Wilcox? Miss Wilcox hier, Miss Wilcox dort. Warum sagen Sie nicht, was Sie denken? Wie wäre es mit einem …«

»Will!«, zischten Logan und Robert im Chor.

Mit dem Fuß stieß er ein herumliegendes Holzstück ins Feuer, ehe er brummig antwortete: »Ich bin bei Frauen direkter, das ist alles.«

Robert ignorierte die Bemerkung. Will klang eher eifersüchtig statt verärgert. Obwohl Sarah Wilcox ihm dieselbe Aufmerksamkeit entgegengebracht hatte wie Logan und Robert, hatten sie Will in ihrem Gespräch ein wenig links liegen lassen. Vielleicht war es das.

Es dauerte fünf Tage, bis sie Colenso erreichten und Sarah bei ihren Eltern ablieferten. Sie reiste mit Thulani in ihrem eigenen Wagen, traf sich mit den anderen zu den Mahlzeiten und machte kein Theater, wenn angeschwollene Flussläufe oder dringende Reparaturarbeiten zu Verzögerungen führten. Sie blieb sogar ruhig, als eines Morgens eine Schlange unter ihrem Wagen hervorkroch. Sarah ging ihr einfach aus dem Weg und erklärte Robert: »Sie ist harmlos. Sehen Sie die schwarzen Punkte an ihrem Rücken? Man nennt sie Gartenschlangen, weil sie Schnecken fressen. Kein Grund, sie zu töten.«

Selbst Will war beeindruckt.

Robert mochte Sarah. Sie war auf puppenhafte Weise hübsch, ein wenig plump und rundlich, aber sie hatte schmale Hüften, die ihre Brüste betonten. Mit seinem Blick für weibliche Formen wusste Robert, dass in wenigen Jahren die Beschreibung »üppig« auf sie zutreffen würden. Er genoss die Unterhaltungen mit ihr und fand ihre ungezierte und offene Art äußerst erfrischend. Er mochte ihr strahlendes Lächeln, ihre funkelnden dunklen Augen und ihre sanft geschwungenen Augenbrauen. Sie war die perfekte Frau für einen Farmer. Aber sie war nicht Lorna. Robert hatte nicht die Absicht, eine romantische Liaison mit ihr einzugehen. Mit Jette war das etwas anderes gewesen – sie war eine reife Frau, die dasselbe gesucht hatte wie er und an einer Bindung nicht interessiert gewesen war. Sicher war Sarah auf der Suche nach einem Mann, aber sie würde ihre Angel irgendwo anders auswerfen.

Sarah jedoch schien sich zu Robert hingezogen zu fühlen, vielleicht weil sie wusste, dass er ihrer Tante, ihrem Onkel und ihrer Cousine das Leben gerettet hatte. Sie sagte es nicht direkt, aber es war an ihrem Lächeln abzulesen, an ihren Blicken und an der Art, wie sie den Kopf neigte, wenn sie ihn ansah. Die Hinweise wurden immer häufiger. »Ich hoffe so sehr, dass Sie uns besuchen werden, wenn Sie noch einmal in unsere Gegend kommen, Mr. Granger. Meine Eltern würden sich sehr freuen.« Oder: »Sie sollten darüber nachdenken, ein Stück Land in der Nähe von Colenso zu erwerben, Mr. Granger. Dort gibt es besonders gute Weideflächen.«

Logan zog ihn unbarmherzig auf. »Sie sollten regelmäßig einen Blick in den *Natal Mercury* werfen, alter Junge, sonst verpassen wir noch die Veröffentlichung des Aufgebots.«

Will war pragmatischer. »Halten Sie Ihre Hände besser bei sich, Robert. Die kleinste Berührung, und sie wird Sie so schnell zum Altar zerren, dass Ihnen Hören und Sehen vergeht.«

Bei solchen Bemerkungen lächelte Robert nur und schüttelte den Kopf. Sein Herz gehörte einer anderen. Sarah war nicht in Gefahr.

Sarahs Vater, eine stattliche Erscheinung mit schroffen Manieren und der Angewohnheit, sein Gegenüber unter seinen dichten Brauen zu fixieren, schien über die sichere Rückkehr seiner Tochter alles andere als dankbar und begegnete den drei Männern mit einigem Misstrauen. Er schnitt Robert das Wort ab, als er die Umstände erklären wollte. »Geh ins Haus, Mädchen. Wir werden uns später unterhalten.«

Robert stockte mitten im Satz. Der vorwurfsvolle Ton überraschte ihn.

»Sie haben meine Tochter in eine höchst unangenehme Lage gebracht, Sir. Wenn sich das herumspricht, wird ihr Ruf für immer ruiniert sein.«

»Ich versichere Ihnen, Sir …«

»Ihre Versicherungen interessieren mich nicht. Warum haben Sie sie nicht an das andere Flussufer gebracht?«

»Ihr Onkel …«

»Pah! Der Dummkopf!«, schimpfte Mr. Wilcox. »Der Bruder meiner Frau lässt sich von seiner hochmütigen Tochter an der Nase herumführen.«

Logan ergriff das Wort. »Wäre es Ihnen lieber gewesen, wenn Sarah den Wasserfall hinabgestürzt wäre? Der Fluss hatte eine sehr starke Strömung. Mr. Granger hat für Ihren Schwager sein Leben riskiert.«

Der Mann ließ sich nicht besänftigen. »Hören Sie auf, Sir. Meine Tochter wäre in Pietermaritzburg, wenn Sie sich nicht eingemischt hätten. Und dort sollte sie jetzt auch sein.«

Robert hatte genug von seiner Unhöflichkeit. Er hob den Hut. »Wir wünschen Ihnen einen Guten Tag, Sir.«

»Nicht so eilig, junger Mann. Was beabsichtigen Sie nun zu tun?«

»Wie bitte?«

»Mit meiner Tochter. Kein anständiger Mann wird mehr einen Blick auf sie werfen. Sie haben ihren guten Namen ruiniert.«

»Machen Sie sich nicht lächerlich, Sir. Wir haben Sarah sicher nach Hause gebracht. Jegliche Unschicklichkeit existiert allein in Ihren Gedanken. Guten Tag.« Robert wandte sich an Mister David. »Treiben Sie das Gespann an«, murmelte er.

Mr. Wilcox stand vor seinem Haus und drohte ihnen mit der Faust. »Sie werden noch von mir hören, das schwöre ich Ihnen!«, brüllte er.

Logan ritt neben ihn. »Was für ein angenehmer Mann.« Er grinste. »Genau so, wie Sie ihn sich als Schwiegervater wünschen würden.«

»Wieso ich? Wieso nicht Sie oder Will?«

»Seien Sie vernünftig, alter Junge. Ich bin zu alt und Will ... Nun, sagen wir einfach so, von uns dreien haben Sie die besten Voraussetzungen.«

»Wenn irgendetwas verhindert, dass dieses arme Mädchen je einen geeigneten Ehemann findet, dann ist es ihr Vater«, prophezeite Robert düster.

»Es gibt Schlimmeres.«

»Aus Ihrem Mund klingt das fast wie Blasphemie.«

Logan lachte. »Vergessen Sie die ganze Angelegenheit, Junge. Dieser Mann war mit Sicherheit das Letzte, was Sie von der Familie Wilcox gesehen haben.«

# 8

Nachdem sie dem tobenden Mr. Wilcox entkommen waren, lenkten sie ihre Wagen in die Innenstadt von Colenso, um ihre Vorräte aufzufüllen. Über das Thukela-Tal war nur wenig bekannt, aber eines war ihnen allen klar: Bis sie in einigen Monaten die Flussmündung erreichten, würden sie auf alles, was sie nun vergaßen zu besorgen, verzichten müssen.

Colenso war nicht besonders sehenswert. Es war entstanden, um die Reisenden zu versorgen, die ins Landesinnere wollten – entweder nach Norden nach Transvaal oder in westliche Richtung in den Oranje-Freistaat. Ein paar Geschäfte, einige Dutzend Häuser und ein Hotel, das war alles. Die Geschäfte waren ebenso gut bestückt wie Catos Laden in Durban, und wenn einem ein Artikel ausgegangen war, schlug sein Besitzer bereitwillig das nächste Geschäft vor. Robert verkaufte ihre überzähligen *reims* – er erhielt pro Stück zwei Schillinge und sechs Pence.

Das British Hotel, geführt von einem eleganten Gentleman namens Captain Dickinson, war der Treffpunkt der Stadt. Hier wurden Geschichten erzählt, gute Ratschläge erteilt, staubige Kehlen mit feinstem Bier und Bäuche mit einfachen, aber guten Speisen gefüllt. Captain Dickinsons Geschäft blühte, vor allem in den feuchten Sommermonaten. Der brückenlose Thukela westlich der Stadt hielt Reisende je nach Menge der Regenfälle in den Drakensbergen oft viele Tage auf, ehe eine sichere Überquerung möglich war.

Nachdem die Einkäufe erledigt waren, die Ochsen ausgespannt und zum Bewachen an die schwarzen Bediensteten übergeben, wurde es Zeit für eine kleine Ruhepause. Guter Dinge machten sie sich auf den Weg ins Hotel, wo sich Männer wie ihresgleichen trafen. Sie waren ein bunt zusammengewürfelter Haufen aus allen Teilen der Welt, die eines vereinte: die Lust am Abenteuer. Logan und Will kannten viele von ihnen und waren schon bald in Gespräche vertieft. Robert hatte inzwischen genug über die Zulu und über Natal gelernt, um sich zumindest teilweise an der Unterhaltung beteiligen zu können. Dennoch kam er sich wie ein Außenseiter vor. Mehrmals hatte er das Gefühl, dass man ihn mit Belustigung ansah. In seiner Nähe stand ein junger Mann, der etwa im gleichen Alter war wie er selber.

»Es dauert einige Jahre, ehe sie einen akzeptieren«, erklärte er Robert. »Sie rechnen damit, dass man scheitert, wissen Sie. Ehe man sich bewiesen hat, interessieren sie sich nicht für einen.«

Robert drehte sich zu ihm um und streckte die Hand aus. »Robert Granger.«

Seine Geste wurde mit festem Druck erwidert. »Stephen Holgate.«

»Und wie beweist man sich?«

»Bleiben Sie am Leben.« Holgate zuckte lächelnd die Achseln. »Eigentlich ganz einfach.«

»Wenn viele der Geschichten, die ich gehört habe, stimmen, ist das nicht selbstverständlich.«

»Pah!« Holgate machte eine wegwerfende Handbewegung. »Hören Sie nicht auf das Gerede. Die Hälfte von dem, was sie erzählen, dient nur dazu, sich Konkurrenz vom Hals zu halten.«

»Wie lange treiben Sie bereits Handel?«

»Ungefähr vier Jahre. Ich habe gehört, Sie beabsichtigen, den Thukela bis zum Indischen Ozean entlangzufahren?«

Die meisten, die sich in Hörweite befanden, reagierten mit Erstaunen.

»Sind Sie verrückt geworden?«

»Wollen Sie unbedingt sterben, Junge?«

»Der alte Johnny Derby ist letztes Jahr in diese Richtung aufgebrochen. Er wurde seither nicht mehr gesehen.«

Stephen Holgate sah Robert neugierig an. »Ich habe selber ein- oder zweimal daran gedacht, diesen Trip zu wagen. Aber ich habe nie jemanden gefunden, der mich begleiten wollte. Unter den Eingeborenen herrscht eine Menge Aberglaube, was diese Route betrifft, er stammt noch aus Shakas Zeiten. Alles, was mit dem Gründer der Zulu-Nation zu tun hat, gilt als heilig.«

»Unsere Männer haben davon nichts gesagt.«

»Die Zeiten ändern sich. Zulu, die regelmäßig für Weiße arbeiten, wissen, dass sie einen Teil ihres Hokuspokus vergessen müssen, wenn sie dies auch künftig tun wollen. Das heißt aber nicht, dass sie nicht mehr daran glauben. Was die meisten Händler von der Thukela-Route abbringt, ist die Tatsache, dass die Kaffern sich plötzlich wieder an ihren Aberglauben erinnern, wenn sie sich erst in dem Tal befinden. Und glauben Sie mir, das ist fatal. Wenn Ihre Boys irgendwann nachts plötzlich verschwinden und Sie sitzen lassen, sind Sie in echten Schwierigkeiten.«

»Was ist es denn, wovor sich unsere Schwarzen fürchten, aber offenbar die, die dort leben, nicht?«

Holgate zögerte und zwirbelte nachdenklich an seinem Schnurrbart, ehe er antwortete. »Alte Rivalitäten. Sie mögen inzwischen alle Zulu sein, aber zu Shakas Zeiten waren sie es sicher nicht. Diejenigen, die in den Süden kamen, wurden als Feiglinge angesehen. Die Geschichten wurden im Laufe der Jahre immer mehr ausgeschmückt, und es ist schwierig zu erkennen, wo die Wahrheit endet und die Legende beginnt. Wissen Sie, zu Beginn dieses Jahrhunderts gab es eine große Trockenperiode. Das führte zu Konflikten zwischen Stämmen, die bis dahin friedlich zusammengelebt hatten. Einige flohen ins Thukela-Tal, aber dort war das Leben im Vergleich zum Norden sehr viel rauer. Ein paar trieben ihr Unwesen als Banditen, aber die meisten kämpften um Land. Man erzählt sich, dass es dort überall große Hügelgräber mit menschlichen Überresten gibt.« Holgate machte eine Pause und runzelte angestrengt die Stirn. »Haben Sie von Zulu-Lobeshymnen gehört?«

Robert nickte. »Sie scheinen viele zu haben.«

»So ist es. Wenn ein Junge zum Mann wird, werden in jeder Phase des Übergangs Lobeshymnen gesungen. Sobald er erwachsen ist, kann er sich diesen Ruhm nur noch durch Tapferkeit erwerben. Je mehr Lobeshymnen einem Krieger gewidmet sind, desto mehr wird er bewundert. Wie Sie sich vorstellen können, hat ein König hunderte davon, die in gewisser Weise ein Spiegel seiner Taten sind. Die Aufstände, die dazu führten, dass ganze Stämme ins Thukela-Tal flüchteten, werden Shakas Siegen über seine Rivalen zugeschrieben. Wenn ich mich recht erinnere, lautete eine der Lobeshymnen, die das pries, was damals als Sieg betrachtet wurde, ungefähr so:

*Die neu gesetzten Getreidepflanzen ließen sie klein zurück,*
*den Samen ließen sie zwischen den Maispflanzen.*
*Die alten Frauen wurden in der verödeten Gegend*
*zurückgelassen,*
*die alten Männer wurden auf dem Weg zurückgelassen.*
*Die Wurzeln der Bäume schauten hinauf zum Himmel.*

Holgate lächelte niedergeschlagen. »Bewegendes Zeug, das nur dazu beiträgt, dass ein Zulu aus dem Norden glaubt, sein Cousin aus dem Süden sei ein Feigling. Aber es ist komplizierter als das. Sie wissen vermutlich, wie wichtig die Ahnen für einen Zulu sind?«

Wieder nickte Robert.

»Man glaubt, dass das gesamte Thukela-Becken von verlorenen Ahnen nur so wimmelt. Feindliche Ahnen, keine freundlich gesonnenen. Verstehen Sie, worauf ich hinausmöchte?«

»Wie sollen wir uns also verhalten?«

»Es wird nicht einfach werden – es hängt wirklich davon ab, wie zivilisiert Ihre Kaffern sind. Bleiben Sie hart, aber seien Sie zugleich verständnisvoll. Sie sind in guter Gesellschaft. Will Green ist einer der besten Händler in dieser Gegend, und Logan Burton hat sich als Elefantenjäger großen Respekt verdient. Die Kaffern hören auf sie. Ich vermute, sie wissen, wo es hingeht?«

»Ja.«

»Dann wird sicher alles gut. Lassen Sie sich nicht von Ihrem Entschluss abbringen, aber wenn Sie wirklich Angst haben, hören Sie auf das, was die Kaffern sagen, und verhalten Sie sich entsprechend.«

Robert wirkte nachdenklich. »Afrika birgt viel mehr Geheimnisse, als ich je geglaubt hätte.«

Holgate grinste. »Wenn Sie das erkannt haben, sind Sie auf dem besten Weg, bald dazuzugehören. Einige Menschen fassen niemals Vertrauen zu diesem Kontinent. Sie bleiben verwirrt, sie sind unwillig, etwas zu lernen und die Vielschichtigkeit zu akzeptieren.«

»Gibt es sonst noch etwas, das ich über das Thukela-Tal wissen sollte?«

Stephen Holgate zögerte nicht. »Hören Sie auf das, was Ihnen die Bewohner der Gegend sagen. Sie kennen den Weg. Sie können nicht immer nur dem Flusslauf folgen. Das Gelände ist zu steil und zu felsig.«

Ein anderer Mann hatte ihnen zugehört und beteiligte sich an ihrer Unterhaltung. »Holgate hat Recht. Diejenigen, die dort leben, kennen sich aus. Sie sollten ihren Rat befolgen, aber …«, der Fremde streckte die Hände aus und zuckte mit den Schultern, »… das Problem ist, dass man den Einwohnern nicht immer trauen kann. Wenn sie gute Beziehungen zum Nachbardorf haben, werden Sie zuverlässige Angaben erhalten, wie Sie dort am schnellsten hinkommen. Wenn nicht, dann gnade Ihnen Gott. Sie werden alles tun, um zu verhindern, dass Handelsware in die Hände eines rivalisierenden Clans gelangt, notfalls nehmen sie dazu auch Ihren Tod in Kauf. Es ist riskant, junger Mann. Haben Sie einen Zulu, dem Sie vertrauen können?«

Robert nickte. »Mehrere.«

»Dann bitten Sie auch diese um ihren Rat. Sie werden spüren, wenn Sie belogen werden.«

»Müssen wir damit rechnen, auf viele feindlich gesinnte Eingeborene zu treffen?«

»Sie sind Ihnen alle feindlich gesinnt. Ich würde keinem von ihnen mein Leben anvertrauen. Aber sie treiben gern Handel. Sie brauchen nichts zu befürchten, solange Sie haben, was sie wollen.«

Logan gesellte sich zu ihnen. Als jemand Elefanten erwähnte, erhellte sich sein Gesicht.

»Ich sage Ihnen, Mann, dort wimmelt es nur so von ihnen!«

Robert hätte den Männern die ganze Nacht zuhören können, aber wie die meisten, die mit den ersten Sonnenstrahlen aufstanden und einen anstrengenden und langen Tag vor sich hatten, war er todmüde. Ein paar ganz Hartgesottene blieben, darunter auch Will, aber die Mehrheit ging früh ins Bett. Robert und Logan verabschiedeten sich ebenfalls.

Am nächsten Morgen hätte das Wetter Robert beruhigt, wenn er für Omen empfänglich gewesen wäre. Ein wolkenloser blauer Himmel, die Sonne schien, dazu wehte eine leichte Brise. Alles schien perfekt für ihre Weiterreise. Robert sah sich um. In der Ferne ragten die Drakensberge in den Himmel. Vor dieser Silhouette wirkte eine näher gelegene Hügelkette nahezu bedeutungslos, ihre Konturen verschwammen in der vor Hitze flirrenden Luft. Näher zur Stadt hin erstreckte sich die steinige Colenso-Ebene, bis ihr die Berge den Weg versperrten. Robert fragte sich, wieso um alles in der Welt Sarah nur auf die Idee kommen konnte, dies sei gutes Farmland.

Logan ritt neben ihm. »Ziemlich langweilig«, bemerkte er

und zeigte auf das Gelände ringsum. »Gut, dass wir hier nicht bleiben. Immer wenn ich durch diese Gegend komme, denke ich, dass die Landschaft nur besser werden kann, ganz gleich in welche Richtung man sich von hier aus bewegt.«

Gegen Mittag erreichten sie den Thukela. Er hatte noch immer eine starke Strömung, und das Wasser war braun und schlammig, aber es sah so aus, als würde der Wasserspiegel allmählich zurückgehen. Zur Abwechslung waren sich Logan und Will einmal einig. Sie würden vorerst am Südufer des Flusses bleiben. Da sie beabsichtigten, vor allem mit den Stämmen im Süden zu handeln, war es sinnvoll, auf dieser Seite des Flusses zu beginnen.

An diesem Morgen schien es Will nicht sehr gut zu gehen. Er hatte kaum gesprochen und, was ungewöhnlich für ihn war, beschlossen, auf dem Wagen mitzufahren statt selber zu reiten. Sobald er neben dem Kutscher saß, hatte er sich seinen Hut gegen die Sonne tief in die Stirn gezogen, die Arme verschränkt und war in sich zusammengesunken. Sein Stöhnen und Seufzen waren die einzigen Hinweise darauf, dass Will überhaupt noch lebte.

»Los geht's«, krächzte er, als sie von der Hauptstraße abbogen. »Einer der Männer gestern sagte mir, dass es ungefähr zehn Meilen von hier ein großes Dorf gibt.« Das Sprechen fiel ihm schwer, und er stöhnte vor Schmerzen.

Mister David bestätigte, was er gesagt hatte. »Ich war noch nie dort, aber mir ist das Dorf, das Master Green erwähnt hat, bekannt. Ein Bruder von mir lebt dort.«

Robert band Tosca seitlich an den Wagen und kletterte zu Mister David auf den Bock. »Du scheinst viele Leute Bruder zu nennen. In meiner Kultur werden nur die anderen Kinder meiner Eltern Bruder oder Schwester genannt.«

Mister David schien überrascht. Dann lächelte er. »Um den Baum zu verstehen, muss man ihn bis zu seiner Entstehung zurückverfolgen.«

»Bis zu seinem Vater?«, fragte Robert.

»Ja, *baba*«, bestätigte Mister David. »Wir nennen diesen Vater – den Mann, der seinen Samen in unsere Mutter gepflanzt hat – *baba.* Aber er ist nicht der einzige Vater, den wir haben. Seine ganzen Brüder und Schwestern sind ebenfalls unser Vater. Wir respektieren diese Väter ebenso wie *baba.* Manchmal sogar noch mehr.«

»Warum?«

»Wenn solch eine Person älter ist als unser *baba*, muss man ihm auch mehr Respekt entgegenbringen.«

»Was, wenn er eine ältere Schwester ist?«, fragte Robert, der zum ersten Mal verstand, dass Mister David seine Pronomen nicht unbedingt vermischte.

Mister David wiegte den Kopf hin und her. »Nicht so sehr.«

»Diese Väter«, tastete Robert sich weiter vor. »Müssen sie von derselben Mutter abstammen?«

»Nein. Nur von dem Vater von *baba.* Es ist möglich, einen Vater zu haben, der jünger ist als man selber, wenn er der jungen Frau des Großvaters geboren wurde.«

»Gilt das auch für eine Mutter?«

»Ja. Eine leibliche Mutter wird *umame* genannt. Ihre Schwestern und Brüder gelten ebenfalls als unsere Mutter.«

»Ist das nicht verwirrend?«

»Wir haben verschiedene Namen, die uns genau sagen, wer wer ist.«

»Nenn mir ein paar. Die wichtigen. Wie nennst du den älteren Bruder deines Vaters?«

»*Ubaba omkhulu.* Wenn er jünger ist, wird er *ubaba omncane* genannt. Wenn er eine Schwester ist, *ubabekazi.* Eine Schwester von *umame* ist *umamekazi.* Ihr Bruder heißt *malume.* Alle Kinder der Brüder unseres Vaters und der Schwestern unserer Mutter sind unsere Brüder und Schwestern. Aber die Kinder einer Schwester unseres Vaters oder des Bruders unserer Mutter werden *umzala* genannt.«

Robert vermutete, dass dieses Wort dieselbe Bedeutung hatte wie Cousin. Als er Mister David diese Frage stellte, sah der Zulu ihn ausdruckslos an und zuckte die Achseln.

»Kennen Sie das Wort *isibongo*?«, fragte er statt einer Antwort.

»Nein.«

»Ich werde versuchen, es Ihnen zu erklären. Es ist ein Ehrenname, den alle benutzen, die von demselben Vorfahren abstammen. Wenn ich also einen Mann treffe, der seinen Ehrennamen nennt, und es ist derselbe *isibongo* wie meiner, dann ist er ein Bruder.«

»Selbst wenn du noch nie etwas von ihm gehört hast?«

»Natürlich. Es wäre eine große Beleidigung, wenn ich ihn nicht als solchen behandeln würde.«

»In welcher Weise ist der Bruder in diesem Dorf, in das wir fahren, dein Bruder?«

»Er hat denselben *isibongo.* Ansonsten weiß ich es nicht.«

»Wie hast du von ihm erfahren?«

»Meine Mutter hat mir von ihm erzählt.«

»Welche Mutter?«

Mister David lachte. *»Umamekazi.«*

»Die Schwester deiner leiblichen Mutter?«

»Ja. Sie lernen schnell.«

Robert schüttelte den Kopf. »Nur sehr langsam, Mister David. Es ist nicht so einfach.«

Die gewöhnlich ausdruckslosen Augen seines Kutschers ruhten auf ihm. Anerkennung lag darin. »Sie versuchen zu verstehen«, sagte er. »Das ist sehr gut.«

Das Dorf, das Mister David als das Dorf von Häuptling Ngetho bezeichnete, kam am späten Nachmittag in Sicht. Inzwischen wusste Robert, was ihn erwartete und wie er sich zu verhalten hatte.

»Sie werden sehen, dass das, was Master Green ein Dorf

nennt, aus verschiedenen Krals besteht. Wir nennen sie *umuzi*. Weil einige *umuzi* eng beieinander liegen, machen die Weißen den Fehler zu glauben, sie seien alle Teil eines einzigen Dorfes. Das ist nicht so. Wenn *umuzi* eng zusammenstehen, gehören sie zu einem einzigen Stamm, das ist wahr. Aber jeder hat einen eigenen Häuptling.«

»Wie viele Menschen leben gewöhnlich in einem *umuzi*?«

»Einige sind sehr groß, andere sind nicht so groß. Der Häuptling, seine Frau und seine Kinder. Seine jüngeren Brüder und deren Frauen …«

»Wenn du Brüder sagst, meinst du dann alle Brüder oder nur die von seiner *umame* und seinem *baba*?«, unterbrach Robert ihn.

»Alle Brüder. Da gibt es bei uns keinen Unterschied.«

»Dann kann ein Kral oder *umuzi* also in der Tat sehr groß sein.«

»Manche Söhne bleiben ebenfalls dort. Selbst nicht verwandte Menschen können sich unter den Schutz eines Häuptlings begeben. Wenn der *umuzi* sehr groß ist, dann ist der Häuptling ein wichtiger Mann.« Als er Roberts fragenden Blick sah, erläuterte Mister David: »Er muss sehr reich sein, um sich viele Frauen leisten und sich um so viele Menschen kümmern zu können.«

»In dem *umuzi*, den wir nun besuchen werden, wie viele Leute mögen dort leben?«

Mister David zuckte die Achseln. »Ich weiß es nicht, aber er wird *zu sehr* groß sein. Häuptling Ngetho ist ein wichtiger Mann.«

Robert hatte bereits mitbekommen, dass sein Kutscher die Worte »zu sehr« bei mehr als einer Gelegenheit benutzte, um deutlich zu machen, dass etwas weit über ein normales Maß hinausging. Aus irgendeinem Grund bedienten sich die meisten Afrikaner dieser Formulierung, und zwar immer in überraschtem Tonfall, anstatt ein geeigneteres Wort zu benutzen, das die

Größe, Anzahl oder Bedeutung besser beschrieb. Daher wusste er, dass es keine Kritik war, wenn sein Kutscher sagte, der *umuzi* sei »zu sehr« groß, sondern lediglich eine Beschreibung. Es war nur eine Kleinigkeit, aber ebenso wichtig wie alles Übrige, was Robert schon gelernt hatte. »Werden sie uns willkommen heißen?«

»Ja!«

»Wegen deines Bruders mit demselben *isibongo*?«

»So ist es. Sobald sie erfahren, dass mein Bruder dort lebt, werden sie uns in ihren Kral einladen.«

Robert wollte auf keinen Fall jemanden durch Ignoranz beleidigen. »Sag mir, woran ich denken muss, damit ich einen guten Eindruck mache.«

»Sie müssen dasselbe erwarten. Das ist wichtig. Man wird Ihnen eine Erfrischung anbieten. Sie sollte von der *inkosikazi* kommen, oder Sie sind beleidigt worden.«

»Wer ist diese *inkosikazi*?«

»Die Große Frau eines Häuptlings.«

»Große Frau?«

»Ein Häuptling hat viele Frauen, aber nur eine kann ihm einen Sohn gebären, der nach seinem Tod Häuptling wird. Sie ist die Große Frau, die nach langer Beratschlagung mit anderen ausgewählt wird, weil es ihre Pflicht ist, sich um die Vorfahren zu kümmern.«

»Woher weiß ich, welche die Große Frau ist?«

»Ihr Haus ist das größte im ganzen Kral. Außerdem werden Sie sehen, dass es sich im hinteren Teil des *umuzi* befindet, genau auf der gegenüberliegenden Seite des Eingangs.«

Robert wurde allmählich klar, wie viel Disziplin und Ordnung in dieser Gesellschaft herrschte, der für einen Außenstehenden jede Art Struktur zu fehlen schien.

»Wenn Sie in eine Hütte gebeten werden, müssen Sie dort sitzen.« Mister David zeigte mit seiner rechten Hand. »Dies ist die Seite für einen Mann. Frauen und Kinder sitzen auf der anderen Seite. Gehen Sie nicht in den hinteren Teil, gegenüber dem Eingang, denn das ist der Platz für die Geister. Er wird *umsamo* genannt, und niemandem ist es gestattet, sich dort hinzusetzen. Bleiben Sie auch nicht in der Tür stehen, sondern gehen Sie sofort hinein.«

»Warum ist das so?«

»Wenn ein Haus gebaut wird, vergraben wir Medizin dort, um das Haus gegen das Böse und gegen Blitze zu schützen. Es ziemt sich nicht, auf diesem Platz zu stehen.«

Robert nickte. »Sprich weiter.«

»Eine Matte wird Ihnen angeboten werden. Setzen Sie sich nicht auf den nackten Boden. Sie müssen so sitzen.« Mister David zog die Knie an und zeigte es ihm. »Wenn Sie essen, warten Sie immer, bis der Häuptling angefangen hat. Es gehört sich nicht, die Finger über den Rand eines Gefäßes zu legen, in dem sich Nahrung befindet. Wenn man Ihnen Bier anbietet, halten Sie die Schale in der rechten Hand und die Unterschale in der anderen. Trinken Sie niemals im Stehen, und ziehen Sie immer Ihren Hut ab. Um zu zeigen, dass das Bier Ihnen schmeckt, reiben Sie sich über den Magen und machen Sie ein lautes Rülpsgeräusch.«

Robert verdaute diese Information noch, als Mister David bereits fortfuhr. »Denken Sie immer daran, hinter dem Häuptling zu gehen. Wenn Sie andere Männer überholen, sorgen Sie dafür, dass Sie ihnen Ihre starke Seite zeigen.«

»Meine starke Seite?«

Mister David zeigte auf seinen rechten Arm. »Mit dieser Hand hält man eine Waffe. Zeigen Sie sie einem anderen Mann und sie ist leer, dann weiß er, dass Sie in Freundschaft an ihm vorbeigehen.«

Du liebe Güte, dachte Robert. Ignoranz würde diese Leute nicht nur beleidigen, sie konnte sogar tödlich sein.

Mister David sah seinen verwirrten Gesichtsausdruck und lächelte. »Machen Sie sich keine Sorgen. Die Leute wissen, dass

Ihnen unsere Verhaltensweisen fremd sind. Wenn man sieht, dass Sie sich bemühen, wird man Ihnen Ihre Fehler nachsehen.«

Es war so, wie sein Kutscher gesagt hatte. Wenn Robert nicht gewusst hätte, dass jede kreisförmige Einfriedung ein eigener *umuzi* war, eine selbstständige, abgeschlossene Einheit, hätte Robert die einzelnen Krals als ein Dorf wahrgenommen. Häuptling Ngethos *umuzi* war ziemlich groß, er bestand aus vierzig oder mehr Hütten.

Als die Gespanne schließlich rumpelnd zum Stehen kamen, hatte sich am Eingang eine große Anzahl neugieriger Zuschauer eingefunden, die ihr Näherkommen beobachteten. Aufgeregtes Raunen kam von der versammelten Menge. Kinder versteckten sich schüchtern hinter ihren Müttern, Hunde bellten, Hühner und Schweine kratzten ungerührt weiter und suchten nach Nahrung. Alles war ziemlich primitiv, aber auf Robert, dem sein neu erworbenes Wissen über die Sitten und Gebräuche dieser Menschen zu einem tieferen Blick verhalf, wirkte die Szenerie ruhig und nicht im Mindesten bedrohlich.

Die Kinder waren bis auf eine Perlenschnur, die sie um die Hüften trugen, nackt. Sie sahen wohl genährt und glücklich aus. Robert registrierte mehrere Mädchen, höchstens sechs oder sieben Jahre alt, die Babys auf dem Rücken trugen. Mister David hatte erklärt, dass eine der Aufgaben von jungen Mädchen darin bestand, für ihre Mutter Babysitter zu sein. Die Selbstverständlichkeit, mit der sie ihre Aufgabe erfüllten, sagte viel aus über ihr Verantwortungsbewusstsein.

Teenager bedeckten ihre Genitalien – die Jungen mit Lederstreifen, die Mädchen mit Gras oder Perlenschürzen. Sie bedeckten ihre Brüste nicht, zeigten jedoch weder Verlegenheit noch stellten sie zur Schau, was ihnen ganz natürlich war. Einige ältere Frauen waren in ein Kuhfell gehüllt, andere trugen bunte Stoffstreifen quer über der Brust. Von Mister David wusste Robert, dass völlig bedeckte Frauen verheiratet waren, barbusige Mädchen unverheiratet und diejenigen mit kurzem Rock und verhüllter Brust einem Mann versprochen waren. Robert wusste nun auch, warum die Perlen, die sie mitgebracht hatten, ein so wertvolles Handelsgut war. Die Frauen verzierten damit Halsbänder, Röcke und Kopfschmuck.

Die älteren Männer waren zwar weniger farbenfroh gekleidet als die Frauen, aber auch sie waren mit Tierfellen und Federn geschmückt. Die meisten bedeckten sich mit Lederbändern oder einer Schürze aus Affenschwänzen, viele trugen Armreifen und Gamaschen aus gekämmtem Ochsenschwanz. Einige trugen auch Stirnbänder, an denen sie die Federn eines männlichen Straußes oder Hahns befestigt hatten.

Eine große Anzahl Frauen und einige der Männer wiesen Spuren von Hautritzungen an Wangen und Oberarmen auf: zwei oder drei Reihen von nicht mehr als sechs kleinen runden Narben. Robert wusste, dass sie sich die Schnitte mit einem Messer selbst zugefügt und dann mit Kuhdung bedeckt hatten. Anschließend war brennende Kohle daraufgelegt worden, die das Fleisch durch den Kuhdung hindurch ausgebrannt hatte. Diese Form der Dekoration hatte keinerlei kulturelle Bedeutung, und nicht jeder ließ sich darauf ein.

Robert beobachtete die wachsende Gruppe von Zuschauern, die die Neuankömmlinge neugierig musterten, und fragte sich, was er ohne die vielen Lehrstunden bei seinem Kutscher getan hätte. Er hätte diese Menschen mit einiger Sicherheit für unzivilisiert gehalten. Doch selbst ohne sie zu verstehen wären ihm die Würde und der Stolz in ihrem Auftreten nicht entgangen. Sie besaßen eine Kultur, die vermutlich älter war als seine eigene und die viel weniger bedeutungslosen Konventionen folgte. Schließlich führten sie ein hartes Leben, das sich an die gegebenen Umstände anpassen musste. Die Gewohnheit, als Zeichen des Respekts den Hut zu lüften, wie man es in Europa auch vielfach tat, schien eine so leere Geste angesichts ihrer Tradition, als Zeichen der Freundschaft die starke Seite zu präsentieren.

Mister David sprang vom Kutschbock hinab und ging zum Eingang des Krals. Die Umstehenden machten einen Weg frei, um ihn durchzulassen. Direkt vor dem Kral hockte er sich hin und sagte etwas auf Zulu. Logan, der sein Pferd gleich neben Roberts anband, erklärte ihm leise, was geschah.

»Er hat ihnen seinen Ehrennamen genannt und darum gebeten, mit dem Häuptling sprechen zu dürfen.«

»Und was passiert jetzt?«

»Wir warten.«

Aus den Augenwinkeln sah Robert, dass Will aufwachte, sich streckte, gähnte und den Mund öffnete, um etwas zu sagen. Sofort legte sein Kutscher die Hand auf seinen Arm und schüttelte stumm den Kopf. Will schaute sich um, erkannte, wo sie sich befanden, sah die schweigende Menge und sagte nichts.

Ein älterer Mann, aufwändiger dekoriert als die meisten anderen, bahnte sich einen Weg zum Eingang des Krals, wo Mister David wartete.

»Ah!« Logan atmete schneller. »Ein Mitglied des Rates ist da.«

»Des Rates?«

»Des Ältestenrates. Der Mann ist nicht so wichtig wie der Häuptling, aber einer, der ihn berät.«

»Woher wissen Sie das?«

»Jüngere Zulu sind sonst nicht so geschmückt. Es würde sie bei ihrer Arbeit stören. Sobald ein Mann seine volle Reife erreicht hat, wird von ihm nicht mehr erwartet, dass er so hart arbeitet. Seine Hauptaufgabe besteht dann darin, Mitglied des Ältestenrates zu sein. Er kann seine Kleidung länger tragen. Sehen Sie, das Leder an seinen Beinen berührt den Boden.«

Robert bewunderte das Gewand des Mannes, als Mister David ein Zeichen gab. »Die Show kann beginnen«, raunte Logan. »Was immer Sie tun, setzen Sie sich in einer Hütte niemals auf die linke Seite.«

»Die Frauenseite.«

Logan warf ihm einen erstaunten Blick zu. »Gut. Sie haben viel gelernt.«

Mister David begleitete sie nicht zum Häuptling. Robert sah seinen Kutscher Hand in Hand mit einem anderen jungen Mann davongehen, vermutlich war es sein »Bruder«. Sie schienen offensichtlich erfreut über das Wiedersehen, und ihre Unterhaltung war klar und deutlich zu vernehmen, damit alle um sie herum wussten, dass es sich um ein Treffen unter Verwandten handelte und dem Neuankömmling der entsprechende Respekt entgegenzubringen war.

Häuptling Ngetho erwartete sie. Robert spürte, wie enttäuscht er war. Er hatte mit Stärke gerechnet, vielleicht sogar einem Hauch Verwegenheit. Der alte Mann hatte einen dicken Kugelbauch, sehr krumme Beine, und seine Haut war voller Falten, aber seine Augen, mit denen er die Fremden musterte, waren hellwach. »*Sanibona*«, sagte er schließlich.

»*Yebo, baba*«, antwortete Logan.

Will schwieg, daher sagte Robert ebenfalls nichts.

Eine längere Unterhaltung zwischen Logan und dem Häuptling folgte. Ohne zu verstehen, was gesagt wurde, konnte Robert erkennen, dass der Häuptling das Gespräch führte. Er stellte eine Frage und Logan antwortete. Dann schwieg er, bis ihm die nächste Frage gestellt wurde. Robert wusste, warum der Häuptling nur mit Logan sprach, und warum Logan sich benahm, als sei er der Anführer ihrer Gruppe. Er war der Älteste. Offenbar verstand das auch Will, denn obwohl er der Unterhaltung folgen konnte, machte er keinerlei Anstalten, sich daran zu beteiligen. Schließlich wandte sich Logan an Robert. »Wir sind zum Biertrinken eingeladen. Der Häuptling hat vorgeschlagen, uns nach draußen in den Schatten zu setzen, wo sich der Rat zu uns gesellen wird. Eine kleine Feier zu Ehren unseres Besuchs.«

Ohne klar erkennbare Aufforderung erschien eine Frau mit einem großen Tontopf. Sie kniete vor Häuptling Ngetho nieder, hielt ihm das Gefäß hin und wartete auf seine Zustimmung. Als er nickte, begann sie Schaum abzuschöpfen und auf dem Boden zu verteilen. »Es ist Bier. Ein Opfer für die Geister«, murmelte Will leise.

Nachdem die Frau das Bier umgerührt hatte, goss sie etwas davon in eine kleine Kürbisflasche, trank daraus, füllte sie erneut auf und reichte sie dann dem Häuptling. Nachdem er gekostet hatte, wurde ein größeres Gefäß bis zum Rand gefüllt und dem Häuptling gereicht. Er trank einen Schluck, ehe er es weitergab. Robert registrierte, dass Logan, so wie der Afrikaner, das Gefäß in der rechten Hand hielt und die Unterschale in der linken, dicht unter dem Kinn. Will hingegen demonstrierte einen überraschenden Mangel an Manieren. Er griff mit beiden Händen nach dem Gefäß und ignorierte die Unterschale, die Logan vor ihn auf den Boden gestellt hatte. Robert bemerkte, dass der Häuptling missbilligend den Kopf schüttelte. Als er selber an der Reihe war, machte er es wie Logan.

Das, was Will Bier genannt hatte, war anders als alles, was er je getrunken hatte. Es hatte eine rötliche Farbe, war leicht trüb und roch frisch gebraut. Robert nahm einen Schluck und war vom Geschmack angenehm überrascht. »Hm.«

Alle lachten, und Logan beugte sich zum Häuptling hinüber und sagte etwas zu ihm. Der Mann antwortete, Logan nickte und übersetzte. »Häuptling Ngetho meint, Sie seien ein Mann, der über genug Jahre verfügt, den *isiCoco* zu tragen, daher seien Sie auch alt genug, *utshwala* zu trinken. Ihre Anerkennung freut ihn.«

*Utshwala* hieß offenbar Bier. Den Begriff *isiCoco* würde er später klären.

Robert gab das Bier weiter, und als ihn das Gefäß zum zweiten Mal erreichte, war es beinahe leer. Er sah enttäuscht um sich. Ob es ungehörig war, es zu leeren? Logan sprach kurz mit Häuptling Ngetho, ehe er ihm zu Hilfe kam. »Trinken Sie den Rest, und geben Sie die Flasche dann mit der Öffnung nach oben gerichtet an die *inkosikazi* weiter.«

Robert nickte und erinnerte sich daran, dass die *inkosikazi* die Hauptfrau war. Er leerte die Flasche und tat, wie Logan es ihm geraten hatte. Sie wurde erneut aufgefüllt und an ihn zurückgegeben. Er fragte sich, wie er signalisieren sollte, dass er genug hatte, befürchtete jedoch, den Gastgeber zu beleidigen. Als das Gefäß dreimal nachgefüllt worden war, gab der Häuptling es schließlich mit der Öffnung nach unten gerichtet an die *inkosikazi* zurück.

Es fiel ihnen allen nicht schwer, ihre Zustimmung so zu bekunden, wie es Sitte war. Das Bier wirkte, und alle stießen herzhaft auf.

Robert war überrascht, dass er sich nicht benebelter fühlte, sondern wunderbar entspannt. Wenn er zu Hause so viel Bier getrunken hätte, vor allem innerhalb so kurzer Zeit, wäre er völlig betrunken gewesen. Er hörte und schaute zu, als Logan und Häuptling Ngetho mit dem Handeln begannen. Die Aktion nahm mehrere Stunden in Anspruch, und als sie damit fertig waren, war die Nacht bereits hereingebrochen.

»Wir sind eingeladen, heute Abend mit dem Häuptling zusammen zu speisen«, sagte Logan zu Robert, als sie sich auf den Weg zu ihren Wagen machten. »Uns stehen einige Hütten zum Schlafen zur Verfügung. Alles ist sehr gut gelaufen. Einige der jüngeren Männer werden morgen mit uns kommen, um uns zu zeigen, wo wir Elefanten finden können. Um dem Häuptling für die uns erwiesene Gastfreundschaft zu danken, werden wir ihnen das Fleisch überlassen. Wir werden morgen sehr früh aufbrechen.«

Robert hätte Logan gern gefragt, womit sie handelten und was sie im Gegenzug dafür bekamen, aber dieser war jetzt mit den Vorbereitungen für die Jagd am nächsten Morgen beschäftigt. Er beschloss, Will zu fragen. Doch zuvor wollte er wissen, wie es dem normalerweise so redseligen Mann aus Yorkshire gelungen war, während der Verhandlungen still zu bleiben.

Die Frage schien Will zu kränken. »Ich weiß, wann ich meinen Mund halten muss«, antwortete er schnippisch. »Man kommt bei den Eingeborenen nicht weit, wenn man ihre Regeln nicht kennt.«

»Und warum haben Sie dann so viel Bier getrunken?«

»Ich hatte Durst.«

»Das hat dem Häuptling nicht gefallen.«

»Der verdammte Häuptling.« Will sah ihn trotzig an. »Es schadet nicht zu demonstrieren, dass man die Regeln kennt, aber es schadet auch nicht zu zeigen, dass man sie nicht unbedingt befolgt. Sie werden bald merken, dass man einem Kaffer nur den kleinen Finger geben muss, dann will er gleich die ganze Hand.«

Robert hätte gern widersprochen, aber da Will angeblich ein so guter Händler war, sagte er nichts. »Dann sind Sie also zufrieden mit Logans Arbeit.«

»Es war in Ordnung«, lautete die brummige Antwort.

»Hätten Sie eingegriffen, wenn er zu viel hergegeben hätte?«

»Nein.« Will wirkte ganz kurz verärgert. »Aber ich hätte es ihn inzwischen wissen lassen, da können Sie sicher sein.«

»Was haben wir denn verhandelt?«

»Für jeweils vier gelbe oder grüne Perlen bekommen wir ein Huhn.«

»Ein Huhn! Für vier billige Glasperlen! Das ist ja unglaublich!«

Will kicherte, seine gute Laune schien wiederhergestellt. »Nur die Hochgeborenen dürfen Gelb und Grün tragen. Man sagt, diese Perlen würden an einem magischen Ort auf Bäumen wachsen. Andere behaupten, sie stammten aus dem Meer. Diese kleinen Dinger sind für einen Zulu jedenfalls viel mehr wert als Gold oder Elfenbein.«

»Aber ich habe hier viele Menschen gelbe und grüne Perlen um den Hals tragen gesehen.«

»Nicht als Schmuck. Nur als etwas, das sie Liebesbriefe nennen. Dabei hat jede Farbe eine besondere Bedeutung.«

»Zum Beispiel?«

»Danach müssen Sie David fragen. Ich weiß es nicht. Übrigens, wenn Sie morgen unsere Perlen zählen, denken Sie daran, dass sie die kleinsten bevorzugen.«

»Haben wir auch andere Farben getauscht?«

»Alle. Aber nach Gewicht. Je nach Farbe bekommen wir für ein oder zwei Pfund Perlen eine Kuh oder einen Bullen.«

Kein Wunder, dass Händler reich werden konnten! Robert konnte kaum glauben, dass farbiges Glas einen solchen Wert besitzen konnte. Das sagte er Will auch.

»In früheren Zeiten«, erklärte sein Partner, »schmückten sich die Kaffern mit gewebtem und gefärbtem Gras, Schneckenhäusern, Hörnern, ja sogar mit Tierblasen, die mit Fett gefüllt waren. Diejenigen, die es sich leisten konnten, benutzten auch Kupfer und Messing. Zum Färben benötigten sie bestimmte Färbemittel. Es war ein langwieriger Prozess, und meist verblasste die Farbe in der Sonne oder verlief, wenn sie nass wurde. Daher wurden Glasperlen so beliebt, und sie sind bereit, ordentlich dafür zu zahlen.«

»Stört Sie das denn nicht? Von diesen Perlen sind zehn einen Penny wert.«

»Der Wert«, antwortete Will philosophisch, »liegt im Auge des Käufers.«

Das Mahl an diesem Abend war sättigend, aber nicht besonders köstlich. Es bestand aus mehligem Maisbrei und verschiedenen fremden Gemüsen in grüner Sauce. Die einzige Möglichkeit, es zu essen, bestand darin, die Hände zu benutzen. Man musste die teigartige Masse zu einer Kugel formen, den Rest daraufhäufen und dann in den Mund schieben. Auf den Hauptgang folgten verschiedene Sorten wilder Beeren. Sofort nach dem Essen entschuldigte sich der Häuptling.

Als er fort war, sahen sich Logan und Will bedeutungsvoll an.

»Was war das?«, fragte Robert.

»Kein Fleisch«, erklärte Will.

»Vielleicht haben sie keins.«

»Und ob sie das haben, und zwar reichlich. Aber wir sind nicht wichtig genug, um das Töten eines Tiers zu rechtfertigen. Dennoch ist der Handel gut verlaufen.«

»Ich muss ins Bett«, erklärte Logan. »Der größte Teil des Dorfes schläft bereits. Hier entlang. Besuchern werden immer die Hütten zur Rechten des Kraleingangs zugewiesen, dort wo auch die jüngeren Männer schlafen.«

Er hätte es sich denken können. Wieder dieser für die Zulu typische Ordnungssinn.

Die Zulu-Hütte, Robert hatte sie bisher nur von außen gesehen, war behaglich, jedoch sehr spartanisch eingerichtet. Komfort schien ein Fremdwort zu sein. Aus gebogenen Schösslingen wurde eine Art Stützskelett geformt und an drei Pfähle geschlagen, die das Dach hielten. Die Seitenwände sowie das Dach bestanden aus Stroh, ohne Fenster. Der bogenförmige Eingang war so niedrig, dass man auf Händen und Füßen hindurchkriechen musste. Der Boden im Innenraum bestand aus Erde von Termitenhügeln, die mit Ton vermischt und dann mit Steinen flach und hart geklopft wurde. Dann hatte man sie mit Kuhdung bedeckt und zu einer glatten, glasartigen Oberfläche poliert. Runde Schlafmatten waren zusammengerollt und mit Kuhfellen an der Wand befestigt. Darunter stand jeweils eine Art hölzerne Kopfstütze. Ansonsten war die Hütte bis auf die Kochstelle leer.

Robert wollte sich daranmachen, den aus drei Steinen gebauten Kochofen zu bewegen, der mitten zwischen den Stützpfeilern der Hütte stand. Wenn drei erwachsene Männer auf dem Fußboden schlafen sollten, war er im Weg, fand er.

»Berühren Sie ihn nicht«, riefen Will und Logan erschrocken, als sie seine Absicht durchschauten.

»Warum? Wir brauchen den Platz.«

Logan zuckte mit den Schultern. »Die Zulu sind sehr abergläubisch, einen dieser Steine betreffend. Ich weiß nie, welcher es ist, daher lassen Sie am besten alles so, wie es ist.«

Will lieferte die Antwort. »Es ist dieser hier.« Er zeigte auf den Stein hinter der Säule, auf den, der sich am nächsten zum Eingang befand. »Er wird *umLindiziko* genannt. Niemand wagt, ihn je zu berühren.«

»Gibt es einen Grund dafür?«, wollte Robert wissen.

»Es gibt für alles Gründe«, antwortete Logan. »Einige sind längst vergessen, daher bleibt nur noch reiner Aberglaube übrig. Ich vermute, dies ist ein Beispiel hierfür, weil ich noch niemanden getroffen habe, der es anständig erklären konnte. Aber verlassen Sie sich auf das, was wir sagen. Gott möge Ihnen helfen, wenn Sie diesen Stein bewegen.«

Robert folgte dem Beispiel seiner Kameraden, nahm eine Schlafmatte von der Wand und rollte sie aus. Dann beäugte er die Kopfstütze: zwei Holzklötze mit einem engen, aber stabilen Brett dazwischen. »Kann man darauf wirklich schlafen?«

»Die Zulu offenbar schon.« Logan zog sich das Hemd aus, rollte es zusammen und legte es sich unter den Kopf. »Ich habe es auch einmal versucht. Anschließend war mein Nacken so steif, dass ich tagelang gelitten habe.«

Robert benutzte ebenfalls sein Hemd. Als er schließlich gemütlich zusammengerollt auf seiner Matte lag, kam er zu dem Schluss, dass die Hütte mit dem angenehmen Geruch des Strohs, das sie vor den Elementen schützte, eine ebenso gute Schlafkammer ausmachte wie jede andere. Wie sehr er sich irrte! Da diese Hütte ausschließlich Gästen vorbehalten war, wurde die Kochstelle nur selten benutzt. Dadurch fehlte der Rauch, der dazu diente, das Strohdach von seinen weniger willkommenen Bewohnern rein zu halten, und das wiederum bedeutete, dass sie sich die Hütte mit allem möglichen Ungeziefer teilen mussten.

»Glaubt ihr, es wäre unhöflich, wenn wir auf die Gastfreundlichkeit der Zulu verzichteten und in unseren eigenen Schlafsäcken schliefen?«, fragte Robert die anderen.

»Sehr«, lautete Logans schläfrige Antwort. »Versuchen Sie nur, nicht auf dem Rücken zu liegen und zu schnarchen. Sonst könnte alles Mögliche in Ihren Mund gelangen.«

Mister David und die drei anderen, die mit ihm in einer nahe gelegenen Hütte untergebracht waren, schienen keine Probleme zu haben. Sonore Geräusche klangen durch die Nacht. Robert, der längst aufgegeben hatte zu schlafen, stöhnte auf. Seine Hüften schmerzten von dem harten Boden, auch sein Rücken schrie nach einem weichen Bett. Moskitos griffen ihn unaufhörlich an, und irgendetwas hatte mehr als nur ein flüchtiges Interesse an seinem Finger gezeigt, denn er juckte höllisch, brannte und fühlte sich an, als sei er doppelt so dick wie sonst. Irgendwann sank Robert dann doch noch in den Schlaf, wenn man es denn Schlaf nennen konnte. Er wälzte sich von einer Seite auf die andere, schlug um sich und kratzte sich unaufhörlich.

Am nächsten Morgen fühlte Robert sich matt und erschöpft. Es tröstete ihn wenig, dass sich keiner der Stiche infiziert hatte. Als er die Hütte verließ, gewöhnten sich seine Augen nur schwer an das grelle Licht, und er wurde sich bewusst, dass die Bewohner des Krals von Häuptling Ngetho schon seit einiger Zeit auf den Beinen waren. Der Boden war gefegt, Kalebassen waren bis zum Rand mit Wasser gefüllt, das aus dem Fluss geschöpft worden war, und Frauen machten sich mit Hacken ausgerüstet auf den Weg zum Feld. Eine Gruppe von Männern saß unter einem schattigen Baum und unterhielt sich. Logan und Will waren bereits bei den Wagen und überwachten das Ausladen der Handelsgüter.

»Gut geschlafen?«, fragte Logan neckend.

»Nein.« Die Antwort spiegelte Roberts schlechte Laune wider.

Logan stieß Will an. »Glauben Sie, unser junger Master ist mit dem falschen Fuß zuerst aufgestanden?«

»Sehr witzig«, antwortete Robert ungehalten. »Wo ist Mister David?«

»Hier, Master.« Der Kopf des Kutschers tauchte hinter einem der Wagen auf.

»Was ist ein *isiCoco*?« Gib mir eine klare und kurze Antwort, sagte sein Tonfall.

»Das ist der Kopfring, den die verheirateten Männer tragen«, erklärte Mister David.

»Danke.«

Häuptling Ngetho erschien, als sie mit dem Ausladen fertig waren. Er nahm die Waren in Augenschein, berührte sie, nickte und gab grunzende Laute von sich. Schirme und Decken waren sehr gefragt, aber am meisten geschätzt waren tatsächlich Perlen. Nachdem der Handel abgeschlossen war, waren sie um zwei Bullen, sechs Kühe, drei Ziegen und ein Dutzend Hühner reicher, außerdem um eine Auswahl Felle und mehrere Stoßzähne.

Am späten Vormittag rollten die Wagen wieder weiter. Eine Gruppe junger Männer begleitete sie. Robert drehte sich in seinem Sattel um und schaute noch einmal zu dem Dorf zurück, in dem er die erste Begegnung mit traditionellen afrikanischen Lebensformen gehabt hatte. Der *umuzi*, am Tag zuvor für ihn lediglich eine Ansammlung runder Hütten, die von einem Zaun aus dicht zusammengebundenen Ästen umgeben waren, bedeutete ihm heute sehr viel mehr. Er hatte bereits eine Menge gelernt, aber er wusste, dass er erst ganz am Anfang stand.

Roberts Gedanken schweiften ab. Bis vor kurzem noch war präzise vorhersagbar gewesen, was für ein Mann er hätte werden sollen. Nun war plötzlich nichts mehr sicher, bis auf eine einzige Tatsache: Wenn er einmal alt sein würde, besaß er Erinnerungen, von denen die meisten Menschen nicht einmal träumen konnten. Die Erfahrungen, die er nun machte, verschafften ihm auf der Trittleiter des Lebens, verglichen mit anderen Männern seines Alters, einen großen Vorsprung. Dieser Gedanke ließ den Tag, der so unangenehm begonnen hatte, plötzlich sehr viel heller wirken.

Die lachenden, winkenden Kinder, die den Wagen nachgelaufen waren, blieben allmählich zurück; die Ablenkung, die die Handelsreisenden gebracht hatten, musste nun wieder den Pflichten und Aufgaben weichen, die jeder Einzelne von ihnen hatte. So jung sie auch waren, sie alle wussten, dass der feine Unterschied zwischen einem leeren und einem vollen Magen Verantwortung bedeutete, geteilte Verantwortung – eine Lektion, die sie von den Erwachsenen gelernt hatten und die ihnen so in Leib und Seele übergegangen war, dass sie nie einer von ihnen infrage gestellt hätte.

Noch während er diesen Gedanken nachging, wurde Robert klar, dass sich die alten Traditionen durch ihre Berührung mit dem europäischen Leben im Laufe der Zeit verlieren würden. Er war sich nicht sicher, ob dies gut oder schlecht war.

Ein kleiner brauner Welpe, völlig unterernährt, rannte schon geraume Zeit neben ihnen her, auch als die Kinder längst fort waren. Er war wackelig auf den Beinen, schien aber dennoch entschlossen, ihnen zu folgen. Niemand rief ihn zurück. Mitleidig sah Robert ihm zu. Jeder Schritt kostete ihn offenbar große Anstrengung. »Geh nach Hause!«, rief er, mit dem Arm wedelnd.

Der Hund blieb kurz stehen, blinzelte und lief dann weiter.

»Verschwinde!« Robert versuchte es erneut.

Will schloss mit dem Gewehr in der Hand neben ihm auf. »Ich werde es ihm zeigen«, murmelte er und hob die Waffe.

»Reden Sie keinen Unsinn«, fuhr Robert ihn an. »Sie können doch nicht einfach ein fremdes Tier erschießen.«

Will sah ihn überrascht an. »Warum nicht? Die Zulu benutzen Hunde als Köder für Leoparden.«

»Das ist mir gleichgültig. Sie erschießen ihn nicht.«

»Gut.« Will schien enttäuscht. »Dann kümmern Sie sich doch um ihn.« Mit diesen Worten ritt er auf den führenden Wagen zu.

Wunderbar! Der Welpe lief ein Stück vor, hockte sich dann

ganz plötzlich hin und sah Robert mit seinen dunklen Augen flehend entgegen.

Robert hielt sein Pferd an. Du willst keinen Hund. Sieh ihm nicht in die Augen. Verflucht! Es ist doch nur ein dummes Tier.

Der Kleine begann zu winseln. Es klang ein wenig unsicher, aber das Geräusch schien dem Welpen so sehr zu gefallen, dass er es erneut probierte.

»Ein neuer Freund?« Logan war herangeritten, um zu sehen, was los war.

Gemeinsam sahen sie zu, wie sich das Tier mühsam erhob und näher kam.

»Könnte Tollwut haben«, meinte Logan. »Auf jeden Fall macht er keinen sehr glücklichen Eindruck!«

»Er sieht hungrig aus.«

Mister David rief Robert zu: »Er ist ein Geschenk an Sie von meinem Bruder.«

»Du liebe Güte, danke«, murmelte Robert.

»Werden Sie ihn behalten?«, fragte Logan und betrachtete das Tier mit einigem Misstrauen. »Er hat sicher Flöhe und alle möglichen Krankheiten. Es ist ein Kaffernhund. Inzucht und ohne eine einzige Zelle im Gehirn.«

»Habe ich eine Wahl?« Robert verfluchte sich für seine Weichheit. »Ich kann ein Geschenk schließlich nicht ablehnen«, fügte er mit einer Stimme hinzu, die nicht mal ihn selbst überzeugte.

Der Hund saß noch immer vor ihnen. Er jaulte auf. Tosca begann nervös zu tänzeln. Das Tier, das höchstens acht Wochen alt war, sah Robert mit seitlich geneigtem Kopf und aufgerichteten Ohren an.

»Also gut«, meinte Robert. »Dann lass uns sehen, ob wir aus dir etwas machen können. Was hältst du davon, wenn wir dich Ralph nennen?« Er stieg vom Pferd und hob den Hund, der kaum mehr als Haut und Knochen war, auf seine Arme. Der Welpe wand sich und versuchte, ihm das Gesicht abzulecken. Ralph war das traurigste und unappetitlichste Exemplar von Hund, das Robert je gesehen hatte. Doch sein Herz setzte plötzlich für einen Moment aus, und er drückte das von Flöhen wimmelnde Knäuel liebevoll an sich. »Mister David, haben wir noch etwas von diesem Maisbrei?«

»Ja, Master.«

Vorsichtig reichte Robert seinem Kutscher, der seinen Wagen ebenfalls angehalten hatte, den Welpen. »Dann gib ihm etwas davon.«

»Ralph«, meinte Logan und lachte. »Sie wollen ihn nicht ernsthaft so nennen, oder?«

»Warum nicht? Das ist doch ein schöner Name.«

Logan ritt davon und schüttelte den Kopf.

Robert band sein Pferd an den Wagen und setzte sich zu Mister David auf den Kutschbock. »Fahr weiter, ich werde Ralph füttern.«

Der Welpe fraß mit einem solchen Tempo, dass Robert davon ausging, dass das arme kleine Ding bisher um jeden Krümel Nahrung erbittert hatte kämpfen müssen. Als Ralph gefressen hatte, rollte er sich zu einem Ball zusammen und schlief auf dem Sitz zwischen seinem neuen Besitzer und Mister David ein.

Irgendetwas an der Art, wie der Zulu Ralph anschaute, verunsicherte Robert. »Wozu hat dein Bruder mir dieses Geschenk gemacht?«

»Damit er bei der Jagd hilft«, antwortete Mister David.

Robert sah den Kutscher an, der mit den Schultern zuckte und hinzufügte: »Vielleicht auch nicht.« Nach einer Weile des Schweigens gestand der Zulu kleinlaut: »Er hat Ihnen den Hund gar nicht geschenkt.«

»Wer denn?«

»Niemand.«

»Niemand? Du meinst, ich habe das Tier eines Fremden gestohlen?«

»Nein.«

Allmählich dämmerte es Robert. »Sie sind froh, dass er fort ist.«

»In dem Dorf gibt es viele Hunde.«

»Dann wäre es nicht unhöflich, sondern gedankenlos, ihn zurückzugeben.«

Mister David nickte.

Robert holte tief Luft. »Nun gut. Ich werde ihn behalten. Aber du musst wissen, dass weiße Männer ihre Hunde mit Liebe und Respekt behandeln.«

»Das habe ich schon gesehen.«

»Und ich erwarte, dass du dasselbe tust.«

Mister David nickte erneut, wenn auch etwas widerwillig.

Robert wechselte das Thema. Er wollte endlich mehr darüber erfahren, was die Perlen für die Zulu bedeuteten. Sein Kutscher war erleichtert.

»Jede Farbe hat eine eigene Bedeutung. Gemeinsam erzählen sie eine Geschichte.« Er berührte ein kleines Rechteck aus Perlen an seinem Hals. »Ich werde Sie hiermit testen.«

»Ist dies ein so genannter Liebesbrief?«

Mister David wirkte plötzlich verlegen. »Ja«, antwortete er nur.

Robert war unsicher, ob er den Mann weiter bedrängen sollte oder nicht. Aber der Kutscher lachte plötzlich. »Lesen Sie ihn, dann kennen Sie die Geheimnisse meines Herzens.«

Robert lächelte und wartete.

»Um dies zu verstehen, müssen Sie wissen, dass ein Mädchen erst dann einen Liebesbrief verschenken kann, wenn es ihr gestattet ist, einen Liebsten zu haben. Für heute will ich Ihnen nur erzählen, dass dies sehr lange dauert. Ein junger Mann darf einem Mädchen seine Gefühle nicht vor dem *buthwa* gestehen. Damit Ihnen der Kopf nicht zu sehr schwirrt, werden wir mit dem Baum beginnen.«

»Gute Idee.«

Mister David berührte erneut seinen Liebesbrief. »Wir nennen dies *inCwadi.* Jede Farbe hat einen Namen und eine Bedeutung. Weiß wird *iThambo* genannt, was in unserer Sprache Knochen bedeutet. Das steht auch für Liebe und Ehrlichkeit. Schwarz heißt *isiTimane,* Dunkelheit oder ein Schatten, der verhindert, dass wir zusammen sind. Die rote Perle, *umGazi,* steht für Blut und sagt uns, dass die Augen rot sind vom Weinen oder vergeblichem Ausschauhalten nach der Person, die wir lieben. Gelb heißt *iNcombo,* unser Wort für jungen Mais. Es steht für Reichtümer. Für einen Zulu bedeutet das eine große Menge Vieh.«

»Ist das der Grund, weshalb gelbe Perlen normalerweise nur von den Hochgeborenen getragen werden?«

»Ja. Sie sind die Hüter unseres Wohlstands.«

»Und Grün?«

Mister David wirkte plötzlich unsicher. »Unser Wort ist *oBuluhlaza,* das bedeutet neues Gras. An sich ist dies ein positives Symbol, denn es verheißt gute Zeiten für unser Vieh. Ich weiß nicht, warum, aber in einem Liebesbrief bedeuten grüne Perlen, dass wir uns einsam fühlen oder unsere Herzen voll Eifersucht sind.«

Erstaunlich, dachte Robert. In seiner Kultur war Grün ebenfalls die Farbe für Eifersucht. Wie kam das? Es musste irgendeinen tieferen Grund geben, aber welchen? Zu Mister David sagte er nur: »Du hast viele blaue Perlen in deinem Liebesbrief.«

»Blau steht für *iJuba,* die Taube. Ein Zeichen für Treue und Loyalität.«

»Und die rosafarbenen?«

»Ah! Das ist sehr schlecht. Sie bedeuten Armut. Ihr Vater kann den Brautpreis nicht zahlen.«

»Wie heißt das Wort dafür?«

»Wir nennen sie *ubuMpofu,* Arme.«

»Wir haben auch braune und gestreifte Perlen mitgebracht, auch wenn ich in deinem Liebesbrief keine entdecken kann. Was bedeuten sie?«

»Braun bedeutet *umLilwana*, ein schwaches Feuer. Es ist unser Wort für Enttäuschung. Das andere ist der gestreifte Grashüpfer, der für Zweifel steht. Wir nennen ihn *iNtotoviyane*.«

Eingehend betrachtete Robert Mister Davids Liebesbrief. »Wie lese ich ihn?«

»Beginnen Sie außen. Das Muster führt ins Zentrum.«

Robert machte es, wie Mister David es ihm geraten hatte. Ein wenig fühlte er sich dabei so, als läse er die private Post einer anderen Person. »Weiß. Sie liebt dich. Blau, sie ist treu. Weiß, sie liebt dich. Grün, sie ist eifersüchtig.« Er brach ab. »Warum ist sie eifersüchtig?«

»Das ist schwer zu erklären. Ihre Gefühle sind so, als sei sie eifersüchtig. Sie fühlt sich schlecht, weil wir nicht zusammen sind.«

Robert setzte seine Interpretation fort. Weiß ragte heraus, ebenso Schwarz, Blau und Rot. Die Botschaft des Mädchens wiederholte sich wieder und wieder und endete in einem festen Block aus weißen Perlen.

Mister David strahlte anerkennend. »Morgen werde ich Ihnen einen weiteren Liebesbrief zeigen, und Sie werden mir die Geschichte erzählen, indem Sie die Zulu-Worte für jede Farbe benutzen.«

Robert griff nach hinten, wo sein Tagebuch lag. »Dann solltest du sie lieber noch einmal wiederholen, damit ich sie mir besser merken kann.« Er schrieb die Worte in Lautschrift auf. Als er sie seinem Kutscher zeigte und fragte, ob er sie richtig buchstabiert habe, zuckte Mister David mit den Schultern. »Ich weiß es nicht.«

»Aber du bist doch zur Schule gegangen.«

»Ja, aber dort habe ich nur gelernt, Englisch zu schreiben.« Mister David zögerte, dann fragte er: »Bitte, seien Sie nicht böse, aber so wie Sie etwas über die Zulu lernen möchten, würde auch ich gern ein wenig mehr über die Weißen erfahren.«

»Das ist gut. Ich werde versuchen, dir zu helfen. Hat Master Leslie dir bereits etwas beigebracht?«

»Er war ein sehr beschäftigter Mann«, verteidigte Mister David seinen früheren Arbeitgeber. »Manchmal sprach er von seiner Heimat, aber ich glaube, in seinen Worten lag viel Sorge.«

»Gab es irgendetwas, das ihn davon abhielt, in seine Heimat zurückzugehen?« Robert fragte sich, ob Leslie vielleicht ebenso wie er verbannt worden war.

Der Zulu schüttelte den Kopf. »Nein. Irgendwann ist Master Leslie zurückgegangen, und ich habe ihn zwei ganze Jahre nicht gesehen. Dann war er froh, als er wieder hier war.«

»Was glaubst du, was ihn so traurig gemacht hat?«

Mister David zuckte die Schultern. »Ich denke, sein Herz hat gelogen. Es hat ihm etwas von Heimat zugeflüstert, aber alles was er dort vorfand, waren Fremde, die in Häusern ohne Schatten lebten.«

Robert dachte nach. Schatten und Dunkelheit wurden durch schwarze Perlen ausgedrückt, die in der Sprache der Liebesbriefe von Traurigkeit kündeten. Fremde in einem Haus ohne Schatten konnte die Abwesenheit oder Verzerrung ferner Erinnerungen bedeuten. Er versuchte eine Schlussfolgerung: »Master Leslies Herz hat sich daran erinnert, wie es zu sein pflegte, aber seine Augen sagten ihm, wie sehr sich alles verändert hatte?«

»So ähnlich muss es gewesen sein. Und mit der Zeit stellte er fest, dass auch er sich verändert hatte.«

Fremde in Häusern ohne Schatten. Wie unglaublich logisch. Robert nickte verstehend, dann fragte er: »Was möchtest du gern über meine Heimat erfahren?«

Mister David sah ihn unsicher an. »Können wir über alles sprechen?«

»Über alles, was du möchtest.«

»Und Sie werden sich an den Baum erinnern?«

Robert lächelte. »Natürlich.«

»Dann sagen Sie mir, wie es kommt, dass Sie so viele Kleidungsstücke tragen.«

Robert sah den Zulu überrascht an, denn mit seinen kurzen Hosen und dem Hemd war dieser durchaus europäisch gekleidet. Anschließend schaute er an sich selbst hinab. Stiefel, Socken, lange Hosen, langärmeliges Hemd und eine Weste. Es gab viele Möglichkeiten, diese Frage zu beantworten. Konventionen, Sittsamkeit, Mode, das alles ergab hier draußen nicht viel Sinn. Zweckmäßigkeit war schon eher verständlich. »In England ist es sehr kalt.«

»Aber hier ist es nicht so kalt.«

Die Art der Zulu, das Leben zu betrachten – die Logik bei allem, was man tat –, würde jede Antwort, die er geben konnte, sinnlos erscheinen lassen, das wusste Robert. Dennoch musste er die Frage ebenso ernst nehmen wie sein Kutscher die Fragen, die er gestellt hatte. »Du hast Recht. Aber so ist es bei uns Sitte.«

Mister David warf ihm einen fragenden Blick zu.

Robert hatte eine Idee. »Wenn du isst, sitzt du anders als eine Frau. Warum?«

»Eine Frau darf nicht mit angezogenen Knien sitzen. Das ist unschicklich.«

»Warum sitzen die Männer nicht mit den Beinen zur Seite gestreckt wie eine Frau?«

»Andere würden auf uns zeigen und lachen. Das ist einfach nicht unsere Art.« Er brach ab.

»Ah. Ich verstehe.«

»Das ist der Baum«, meinte Robert. »Man nennt ihn Tradition.«

Mister David nickte. »Wir haben ein Sprichwort, das besagt, dass es ebenso gefährlich ist, nichts zu verändern, wie alles zu verändern. Manche Dinge muss man in Ruhe lassen, während andere erfordern, dass man sie besser macht. Ich verstehe diesen Baum, den Sie Tradition nennen. Es ist richtig, die Dinge zu respektieren, die man Sie gelehrt hat. Aber wie Master Leslie selber gesehen hat, ist seine Vergangenheit nicht stehen geblieben. Irgendwann wird für ihn der Tag kommen, an dem er nicht mehr traurig ist und Glück in einem neuen Leben findet. Bei einem erwachsenen Mann kann dies lange dauern. Kindern wird der Abstand zu England größer erscheinen, das gilt auch für die Kinder der Kinder. Dafür wird Afrika sorgen.« Mister David lächelte plötzlich. »Verzeihen Sie. Ich habe eine Frage gestellt und Ihre Antwort nicht abgewartet.«

»Du scheinst sie ja bereits zu kennen.«

»Es gibt noch eine weitere Sache, die mich sehr beschäftigt. Unsere Frauen sind attraktiver für uns, wenn ihr …« Er zögerte, dann demonstrierte er mit den Händen die üppigen Proportionen eines wohl gerundeten Gesäßes. »Weiße Frauen sind nicht in dieser glücklichen Lage. Sie machen sich üppiger, indem sie mehr Kleidung tragen. Warum tun sie das? Um sich attraktiver zu machen?« Der Zulu lachte leise. »Bei uns funktioniert das nicht.«

Robert konnte nicht anders, er lachte schallend. Er persönlich fand, dass die Tournüre einer Frau das albernste Accessoire war, das er je gesehen hatte. Mister David stimmte in sein Gelächter ein, nachdem er sich vergewissert hatte, dass er damit keinen Anstoß erregte. Als er wieder Luft holen konnte, stellte Robert eine Frage. »Einige eurer Frauen haben Narben im Gesicht. Warum?«

»Sie denken, es macht sie schön.«

»Ist das so?«

»Viele mögen es. Ich nicht.«

»Wieso nicht?«

»Es verändert nichts. Im Innern ist die Frau so, wie sie geboren wurde.«

»Dann ist es also eine Mode?«

»Eine Mode?« Mister David sah ihn stirnrunzelnd an.

»Es gefällt anderen, deshalb tun sie es?«

»Ich denke, ja.«

»Das gilt auch für die Tournüre, die einige weiße Frauen tragen. Zum Glück ändert sich bei uns die Mode. In fünf Jahren wird das niemand mehr schön finden.«

»Dann können sie sich so kleiden, dass es bequem ist und gegen Hitze schützt?«

Robert schüttelte den Kopf. »Das bezweifle ich. Bedecken eure Frauen etwas, weil die Männer es nicht sehen sollen?«

Der Zulu wirkte überrascht. »Nur den oberen Teil ihrer Beine von hinten«, antwortete er schließlich.

»Dann hast du großes Glück. In meiner Kultur bedeckt sich eine Frau vom Kopf bis zu den Füßen.«

»Dann erregen sich weiße Männer sicher schneller.«

Robert grinste, sagte jedoch nichts.

»Der Baum. Es ist Tradition. Ein Ast ist das, was du Mode nennst. Ein anderer könnte Sittsamkeit sein.«

»So ist es.«

»Jetzt verstehe ich es besser. Danke.« Mister David wollte noch etwas sagen, doch in diesem Augenblick rebellierte Ralphs Magen gegen die ungewohnt üppige Mahlzeit, und er erleichterte sich sehr unelegant zwischen den beiden Männern. Während Robert die Schweinerei aufwischte, überlegte er, wieso die Kultur der Zulu so viel Sinn ergab, während seine eigene aus nichts als albernen Regeln und Gesetzen zu bestehen schien. Seine Antworten befriedigten ihn nicht. Die Zulu besaßen ein tiefes Verständnis für die Dinge, die das tägliche Leben beherrschten. Alles, was Robert tun konnte, alles, was er im Grunde je getan hatte, war, sich gegen das System aufzulehnen.

Am nächsten Tag fanden sie die ersten Spuren von Elefanten. Die Führer aus Häuptling Ngethos Kral hatten sie zu einer steil abfallenden Schlucht gebracht. Als sie sich dem schmalen Zugang näherten, gab es keinerlei Anlass zu der Vermutung, es könne einen Weg hinein geben. Die Felsen vermittelten den Eindruck einer geschlossenen Barriere.

Logan stieg von seinem Pferd und bückte sich, um die ersten Kotspuren zu untersuchen, die sie fanden. Er hob einen der suppentellergroßen ballförmigen Haufen auf, brach ihn in der Mitte, roch daran und prüfte mit den Fingern die Festigkeit. »Fünf oder sechs Stunden alt«, erklärte er Robert.

»Woher wissen Sie das?«

»Frischer Kot ist gelblich und hat einen stärkeren Geruch. Wie bei Rindern. Dann wird er so dunkel wie dieser hier, allerdings behält er ein wenig Feuchtigkeit. Alles, was noch älter ist, beginnt zu verblassen und wird von Käfern zersetzt.« Logan sprach mit einem ihrer Führer und hörte sich seine Antwort aufmerksam an, ehe er für Robert übersetzte.

»Angeblich lebt hier in der Gegend eine ziemlich große Herde. Dieser Pfad führt in ein Tal hinab und dann zurück zum Fluss. Die Elefanten halten sich seit ungefähr einem Monat hier auf. Offenbar gibt es hier gutes Futter, denn normalerweise bleiben sie nicht so lange an einer Stelle.« Logan richtete sich auf und wischte sich den bereits trocken gewordenen Kot von den Händen. »Es ist ein großes Gebiet, und der Thukela fließt unterhalb dieser Berge in Richtung Norden. Dort werden wir sie finden.« Er schwang sich wieder in den Sattel. »Ich schlage vor, dass wir noch ein Stück fahren, die Wagen dann zurücklassen und zu Fuß weitergehen.«

Der schmale Eingang in die Schlucht war kaum breit genug, um sie hindurchzulassen.

»Jesus!« Beim Anblick der auf einmal völlig veränderten Vegetation entfuhr Robert ein überraschter Ausruf. Vor ihnen lag ein von felsigen Hügeln umgebenes Tal, das etwa fünf Meilen breit war und sich über zwanzig Meilen oder mehr zum Horizont erstreckte. Wälder säumten die Hügel, die dort, wo der Fluss entlanglief, deutlich dichter waren, sodass sich eine geschlossene flache Ebene ergab. Die Bäume in dem Tal waren majestätisch, das Gras üppig und grün. Alles war von der späten Nachmittagssonne in ein goldenes Licht getaucht. Und so weit das Auge reichte, sah man Herden von Zebras, Springböcken, Antilopen, Weißschwanzgnus und Büffeln und viele andere Tierarten grasen oder einfach nur faul in der Sonne liegen. Giraffen stutzten die Kronen von Akazienbäumen zu perfekten Schirmen, besser als ein Gärtner es je vermocht hätte. Niemanden schien die Anwesenheit fremder Menschen auch nur im Geringsten zu stören.

Hitze und Feuchtigkeit lasteten schwer auf ihnen. Kein kühlender Wind fand den Weg in das Tal, nur ab und zu der Hauch einer Brise. Die Kleidung der Männer war feucht vom Schweiß und klebte ihnen am Körper. Ihre Augen brannten.

»Der Garten Eden«, kommentierte Logan und zügelte sein Pferd neben Robert. »Wo auch immer man glaubt, ihn gefunden zu haben, hat der liebe Gott irgendeinen kleinen Makel eingebaut.«

Robert gab einen seufzenden Laut von sich. Er hatte plötzlich nicht mehr die Energie, etwas anderes zu tun.

Sie spannten aus und ließen das Vieh grasen. Der Geruch fernen Wassers zog die durstigen Tiere in Richtung Fluss. Drei Zulu begleiteten sie, um dafür zu sorgen, dass sie nicht zu weit liefen.

»Glaubt ihr, die Wagen sind hier sicher?«, sorgte sich Will. »Was, wenn die Elefanten sich entschließen, in unsere Richtung zu kommen?«

»Wenn das der einzige Zugang ins Tal ist, dann können Sie davon ausgehen, dass es auch der einzige Ausgang ist und sie mit einiger Sicherheit in diese Richtung kommen werden.« Logan hatte wenig Verständnis für Wills Nervosität. »Deshalb sind wir ja weit entfernt von dem Pfad, den sie üblicherweise benutzen.« Logan kramte in den Seitentaschen des Wagens und zog eine verknitterte lange graue Hose und ein dunkles Hemd hervor, das er anstelle der Shorts und des weißen Oberteils anzog, das er bisher getragen hatte.

»Warum tun Sie das?«, fragte Robert.

»Elefanten sehen zwar schlecht, was aber nicht heißt, dass sie völlig blind sind. Wir werden in dichtes Buschland kommen, und dort möchte ich so unsichtbar wie möglich sein.«

»Dann sind Sie also doch beunruhigt«, meinte Will.

»Vorsichtig«, korrigierte Logan und drehte sich, um einen Luftzug aufzufangen, der plötzlich aufgekommen war. »Es könnte nicht besser sein.«

»Ich würde gern mit Ihnen kommen.«

Logan bereitete gerade zwei riesige Einzelschussgewehre vor. Er hielt inne und sah Robert an. »Was habe ich Ihnen in Durban gesagt?«

»Ich soll das tun, was Sie mir sagen.«

»Richtig. Und jetzt sage ich Nein.«

»Das akzeptiere ich nicht. Ich werde tun, was Sie mir sagen, aber ich komme mit Ihnen.«

»Sie haben keine Schusswaffe.«

Robert zeigte auf seine Yellow Boy.

Logan lachte verächtlich. »Mit diesem Spielzeug können Sie keinen Elefanten erlegen.«

»Ich habe mir in Durban auch das hier gekauft.« Robert zog ein Rawbone Doppelschlaggewehr hervor.

Logan schüttelte den Kopf. »Das ist schon besser. Aber diese gefalzten Metallgehäuse sind oft schwer herauszunehmen. Haben Sie je damit geschossen?«

»Nein.«

»Noch ein Grund, weshalb Sie nicht mitkommen.«

Die beiden Männer starrten sich an. »Ich kann schießen«, erklärte Robert kühl. »Und ich gerate nicht schnell in Panik.«

»Das wissen Sie genau, ja? Dabei sind Sie in Ihrem Leben bisher höchstens von ein paar verletzten Enten angegriffen worden, habe ich Recht? Und denen haben Sie widerstanden, ja? Bravo!«

»Ich muss schließlich irgendwo anfangen«, antwortete Robert trotzig.

»Aber nicht mitten im tiefsten Busch. In offenem Gelände vielleicht, aber das hier könnte haarig werden.«

»Dann wird ein weiteres Gewehr nützlich sein.«

»Wir schießen nicht auf Moorhühner, Sie Idiot.« Der ältere Mann wirke plötzlich angespannt. »Sie bleiben hier, verdammt.«

Aus früheren Erfahrungen wusste Logan, dass unter Bedingungen wie diesen eine nicht unerhebliche Gefahr bestand. Und innere Anspannung führte bei ihm immer zu einem Adrenalinstoß. Das hatte ihm mehr als einmal das Leben gerettet. Aber wie sollte er dies einem unerfahrenen Jungen erklären, dessen Mut nicht in Zweifel zu ziehen war, der jedoch, wenn es zum Schlimmsten kam, auch Logan würde erschießen können. Andererseits hatte der Junge Recht. Er musste irgendwo anfangen.

Roberts Logik überzeugte Logan schließlich. »Sie waren auch einmal so unerfahren wir ich. Wer hat Ihnen etwas beigebracht?«

»Niemand«, antwortete Logan knapp. »Aber da draußen sind Sie auf sich allein gestellt. Ich muss mich um andere Dinge kümmern. Also hören Sie mir zu, und zwar gut. Wohin würden Sie bei einem Elefanten zielen?«

»Auf das Herz. Das Gehirn. Die Lunge. Alles, was lebenswichtig ist.«

Logan gab einen grunzenden Laut von sich. »Richtig. Und wo genau finden Sie das?«

»An den üblichen Stellen. Am Kopf oder gleich unterhalb der Schulter.«

Logan lächelte verächtlich. »Das Herz eines Elefanten liegt mehr oder weniger an der Vorderseite seines Brustraums. Die Lungen befinden sich ein Stück darüber. Sie werden auf beiden Seiten zu einem großen Teil von einem Bein verdeckt. Von vorn ist der Rüssel meist im Weg. Und das Gehirn? Nun, sicher glauben Sie, es sei in einem derart großen Kopf leicht zu treffen, nicht wahr? Das ist es nicht. Das Gehirn eines Elefanten ist vergleichsweise klein und von schützenden Knochen umgeben. Es liegt zwischen den Ohrmuscheln. Für einen seitlichen Schuss müssen Sie genau zwischen Auge und Ohr zielen. Von vorne zielen Sie unterhalb der Augen, ungefähr in die dritte Hautfalte über dem Rüssel, aber das hängt davon ab, wie nah Sie sind. Die Ohrmuschel ist leider nicht sichtbar, wenn das verdammte Biest genau vor Ihnen steht. Wenn Sie nicht treffen, sieht es übel für Sie aus. Ein präziser Gehirnschuss ist die einzige Möglichkeit, einen Elefanten auf der Stelle zu töten. Wenn Sie ihn ins Herz treffen, rennt er weiter. Dann gibt es noch ein Problem. Der Rest der Herde wird nicht stehen bleiben und darauf warten, dass sie als Nächstes an die Reihe kommen. Sobald der erste Schuss fällt, ist die Hölle los. Da brauchen Sie einen klaren Kopf.«

Robert zuckte angesichts der dramatischen Schilderungen mit den Schultern. Er war sicher, dass er die Ruhe bewahren würde, wenn es so weit war. »Also gut, worauf würden *Sie* zielen?«

»Wie Sie bereits sagten, Herz, Gehirn oder Lunge, das hängt vom Standpunkt ab. Der Unterschied zwischen uns beiden ist nur der, dass ich weiß, wo ich diese Stellen finde.«

»Dann lassen Sie mich mitkommen. Ich werde nicht mal ein Gewehr tragen. Bloß zusehen, was Sie tun.«

Logan stieß einen Laut aus, der zwischen Ungläubigkeit und widerwilliger Zustimmung lag. »Sie kommen mit mir, mein Junge, Sie werden ein Gewehr mitnehmen und dafür sorgen, dass Sie es im Notfall auch benutzen können. Haben Sie verstanden?«

Robert nickte zufrieden.

»Sie gehen genau dann, wenn ich gehe, und in die Richtung, in die ich gehe. Sie bleiben stehen, wenn ich stehen bleibe. Sie schießen nur dann, wenn *ich* es Ihnen sage, aber dann sofort. Sie rennen wie der Teufel auf mein Kommando, am besten noch ehe ich zu Ende gesprochen habe. Verstanden?«

Ein weiteres Nicken.

»Sorgen Sie dafür, dass Ihr Gewehr geladen ist, halten Sie den Gewehrhahn gespannt, und die Finger weit vom Abzug entfernt. Verstanden?«

»Ja.«

»Wenn Sie ein einziges Mal ohne Grund feuern, und ich *meine* ein einziges Mal, hat mein Gewehrträger den Befehl, Sie zu erschießen. Verstanden?«

»Gut.«

»Gut.« Logan setzte die Arbeiten an seinen Waffen fort. Er rammte eine Kugel nach der anderen in jeden Gewehrlauf.

»Nur noch eines.«

Der ältere Mann seufzte.

»Ich möchte einen Elefanten erschießen.«

Ohne aufzusehen antwortete Logan. »Komisch, aber irgendwie wusste ich, dass Sie das sagen würden.«

»Nur einen einzigen.«

»Wir werden sehen. Wenn ich Ihnen sage, dass es nicht sicher ist, werden Sie dann auf mich hören?«

»Ja.«

Logan wandte sich an Mister David. »Haben Sie mit David Leslie Elefanten geschossen?«

»Ja, Master.«

»Gut. Sie können mit uns kommen. Was ist mit Ihnen, Will? Ich kann mir nicht vorstellen, dass Sie uns begleiten wollen, oder irre ich mich?«

Will schüttelte heftig den Kopf. »Ich bleibe hier. Und beim ersten Schuss, den ich höre, klettere ich auf den nächsten Baum.«

Logan, der sich eine Zigarre anzündete, warf ihm einen Blick zu und lächelte. »Haben Sie ein anständiges Gewehr?«

»Um Elefanten zu erlegen?« Will schüttelte erneut den Kopf. »Bloß ein Hayton Kapgewehr.«

»Welche Kombination?«

»Zwölf Kaliber und .577 Snider.«

»Das wird gehen.« Logan machte eine Kopfbewegung in Roberts Richtung. »Er wird Unterstützung brauchen. Geben Sie es David.«

»Und was ist mit mir?« Will sah ihn entsetzt an.

»Sie sind doch auf dem Baum, erinnern Sie sich nicht mehr? Nehmen Sie die Yellow Boy. Das müsste für einen Leoparden reichen.«

Will riss die Augen auf. Logan grinste.

Einer der jungen Männer von Häuptling Ngethos *umuzi,* der zwischen den Bäumen Ausschau gehalten hatte, kam atemlos zurückgelaufen. *»Ndhlovu«,* keuchte er und wedelte aufgeregt mit den Armen.

Nachdem er eine Zeit lang zugehört und den Schwarzen befragt hatte, übersetzte Logan: »Sie sind ungefähr drei Meilen entfernt und kommen genau auf uns zu.« Er blinzelte in die Sonne. »Sie werden noch ein paar Stunden grasen, dann werden sie nach Wasser suchen. Normalerweise warte ich, bis sie trinken, aber unser Vieh könnte sie nervös machen.« Er trat die Zigarre mit dem Absatz aus. »Okay. Kein Wort mehr«, meinte er angespannt und setzte sich in Bewegung.

Die fünf jungen Dorfbewohner liefen, nur mit Speeren bewaffnet, voraus. Logan und sein Gewehrträger folgten in zwanzig Metern Entfernung. Logan blieb, sobald ein leichtes Windchen ging, stehen, um mit Asche, die er in einem Beutel an seinem Gürtel trug, die Richtung zu prüfen. Ihm folgten vier Zulu, die nur ihre *assegais* bei sich trugen. Robert und Mister David bildeten die Schlusslichter. Sie liefen auf die Bäume zu ihrer Linken zu und dann in Richtung Osten, den Elefanten direkt entgegen.

Die Hitze ließ nicht nach, der Schweiß lief in Strömen über Roberts Gesicht und brannte ihm in den Augen. Er machte sich nicht die Mühe, ihn wegzuwischen. Nur seine eigene Bewegung sorgte für ein bisschen Kühlung.

Eine halbe Stunde später blieben die Schwarzen stehen. Logan tat dasselbe und machte Robert ein Zeichen, dort zu bleiben, wo er war. Sie horchten. Das Geräusch von brechenden Zweigen in der Nähe signalisierte den Männern, die beabsichtigten, Leben zu nehmen, dass sie bald auf die Tiere stoßen würden, die sich nur darauf konzentrierten, ihr Leben zu erhalten.

Langsam und schweigend bewegten sie sich vorwärts. Robert konnte nur erahnen, was Logan vorhatte. Sie mussten im Gegenwind bleiben, aber die Elefanten würden instinktiv versuchen, in diese Richtung zu fliehen, weil es der einzige Ausgang aus dem Tal war. Robert wusste daher, so unerfahren er auch sein mochte, dass beim ersten Schuss Panik ausbrechen würde; sie mussten damit rechnen, dass eine Reihe Tiere auf ihrer Flucht direkt auf sie zurannten. Er war plötzlich dankbar für die Stunden, die sein Vater damit zugebracht hatte, ihm beizubringen, dass man ein Gewehr wie die Verlängerung eines Arms behandeln musste. Er war ein ausgezeichneter Schütze. Aber würde er auch die Nerven behalten können?

Als sie zwischen den Bäumen verschwanden, winkte Logan Robert zu und wartete, bis er zu ihm aufschloss. Häuptling Ngethos Krieger und ihre eigenen Boys verschwanden, vermutlich an einen sichereren Ort. Sie würden erst dann wieder auftauchen, wenn die Schießerei beendet war.

»Sie sind ganz in der Nähe«, flüsterte Logan.

Angestrengt spähte Robert in das schattige Dunkel, konnte aber nichts erkennen. Er hörte ein tiefes Grollen, wie ein Magenknurren, das Knacken von Zweigen – und er roch etwas; es war ein angenehmer Dunggeruch, ähnlich wie der in den Ställen zu Hause, gepaart mit dem der schärferen, beinahe ätzenden Säure von Urin. Sein Blick ging suchend durch den Busch. Wie konnten so große Tiere sich so unsichtbar machen?

»Da«, zischte Logan. »Ein riesiger Bulle.«

Oberhalb eines Baumes von mindestens drei Metern Höhe kam der Kopf eines Elefanten in Sicht. Er knabberte an den zarten oberen Blättern, wickelte seinen Rüssel um einige Äste, beraubte sie ihres Laubes und stopfte es sich in sein Maul. Robert schätzte, dass das Tier höchstens sechs Meter entfernt war von der Stelle, wo er, Logan und die beiden Zulu wie angewurzelt standen. Da sich kein Wind regte und das Geräusch der brechenden Äste jeden anderen Laut übertönte, ahnte der Elefant nichts von ihrer Anwesenheit.

Logan hob das Gewehr. »Machen Sie sich bereit«, flüsterte er.

Robert nickte und krümmte den Finger um den Abzug. Ein rascher Blick zu Mister David versicherte ihm, dass der Zulu Wills Gewehr ebenfalls bereithielt.

Logan schien unendlich lange zu brauchen. Der Kopf des Elefanten war noch immer deutlich zu sehen. Was hatte sein Partner über einen seitlichen Gehirnschuss gesagt? Eine Linie zwischen Ohr und Auge. Das war es. Logan wartete darauf, dass ihm das Tier eine bessere Schussmöglichkeit bot.

Ein plötzlicher Knall ließ Robert zusammenfahren. Von dem Elefanten war nichts mehr zu sehen, stattdessen schien alles um sie herum zu explodieren. Das trompetende Gebrüll der Tiere, das Krachen der Äste, das Brechen von Unterholz – das alles vermischte sich zu einem höllischen Inferno.

»Zurück, zurück«, schrie Logan. Er wechselte die Gewehre, ohne sich länger um Vorsicht zu kümmern. »Wenn irgendwas auf uns zukommt, sofort schießen.«

Aus dem Nichts, so schien es, war der Busch plötzlich voller riesiger grauer Gestalten. Einen Moment war Robert wie gelähmt. Er hatte das Gefühl, nicht hier sein zu dürfen, nur die Augen schließen zu müssen, um irgendwo anders hinzugelangen – ganz gleich wohin. Der Anblick eines gewaltigen dunklen Schattens, der vor Wut schnaubend genau auf sie zustürmte, holte ihn auf die Erde zurück, machte seinen Kopf in Sekundenschnelle frei. Er vergaß seine brennenden Augen, die Angst, die Vorsicht, ja selbst seine Unerfahrenheit. Seine Reaktion war ruhig und präzise, ohne Panik. Er erinnerte sich mit absoluter Klarheit an jedes Wort, das ihm Logan eingeschärft hatte.

In dem vagen Bewusstsein, dass Logan erneut geschossen hatte, zielte Robert und feuerte ab. Er traf die Stelle genau unterhalb der Augen. Der gewaltige Kopf des Elefanten flog nach hinten, die Hinterläufe brachen ein. Im nächsten Moment tauchte ein zweites Tier auf; es drehte sich beim Geräusch seines stürzenden Kameraden um. Robert zielte direkt auf sein Herz. Der Elefant geriet ins Stolpern und dann, nach einigen taumelnden Schritten, knickten alle vier Beine ein, und der gigantische Körper sank in sich zusammen.

Mister David schnappte sich Roberts Gewehr und lud nach. Mit unglaublicher Geschwindigkeit wurde ihm seine Waffe zurückgeworfen, begleitet von einem gebrüllten: »Achtung – hinten.«

Robert wirbelte herum und riss das Gewehr nach oben.

Drei von ihnen. Noch im Feuern wurde ihm bewusst, dass einer durch einen Schuss von Logan niedergestreckt worden war. Ein zweiter fiel nach einem Treffer von ihm selbst, und der dritte drehte ab und tauchte im Busch unter. Ein Jungtier rannte vorbei, suchte mit panisch aufgerissenen Augen nach seiner Mutter. Inzwischen hatte die Herde die Quelle des Horrorszenarios ausgemacht. Alles, was ihr blieb, war die überstürzte Flucht vor dem Grauen, das das ansonsten so friedliche Tal heimgesucht hatte. In der Ferne erscholl ein langer trompetender Schrei, dann wurde es still im Busch. Ein paar Sekunden lang rührte sich nichts.

»Absichern«, brüllte Logan, rannte auf das Tier zu, das ihm am nächsten lag, und gab aus nächster Nähe einen gezielten Schuss auf sein Gehirn ab.

Robert lud nach und tat dasselbe. Zwei der Elefanten waren bereits tot, aber der ins Herz getroffene erzitterte noch einmal, als das Geschoss das Wenige auslöschte, was noch von seinem Leben übrig geblieben war.

»Guter Schuss, Master.« Mister David berührte Roberts linken Arm und lächelte breit. Sein Leben war kurzzeitig von dem Geschick eines jungen unerfahrenen Weißen abhängig gewesen, aber das Vertrauen, das er in ihn gesetzt hatte, war ungebrochen. Robert war die Tragweite einer solchen Verantwortung nicht eine Sekunde lang klar geworden, und er nickte erschöpft, während er den einst so mächtigen Elefanten ansah, der vor ihm im Staub lag. Tot war er nicht mehr als ein grauer, faltiger Fleischberg. Lebend war er großartig gewesen.

»Gutes Elfenbein«, bemerkte Mister David.

»Tatsächlich?« Die Stoßzähne kamen Robert so winzig vor.

»Wenn sie weiter reichen als bis zu den Ohren, lohnt es sich, sie mitzunehmen«, erklärte ihm Mister David. »Diese sind außerdem sehr dick. Sie müssten jeweils um die neunzig Pfund wiegen.«

Logan trat zu ihnen, sein Gesichtsausdruck eine Mischung aus Erleichterung, Zufriedenheit und etwas, das seltsam traurig wirkte. »Nicht schlecht. Jeder drei. Sie haben einen kühlen Kopf behalten, gut gemacht. Ich weiß, wie schwierig das beim ersten Mal sein kann, vor allem da die Bedingungen keineswegs ideal waren. Es war leicht, sich ihnen zu nähern, aber als sie in Panik gerieten, wurde es verdammt gefährlich.« Logan blickte auf den toten Elefanten hinab. »Eine Schande«, flüsterte er mitleidig.

Die Schwarzen waren zurückgekehrt und bewegten sich nun zwischen den toten Elefanten, um ihnen die Stoßzähne abzuhacken. Ihre Unterhaltung war lautstark und fröhlich.

»Das bedeutet für einige von ihnen eine Zeit lang einen gefüllten Magen. Gönnen wir es ihnen«, meinte Logan.

»Nur für einige? Ich dachte, eine solche Menge Fleisch sei mehr als reichlich für alle.«

»Das ist auch so, aber sie haben gewisse Tabus. Den jungen Leuten ist es zum Beispiel verboten, Elefantenfleisch zu essen.«

»Wissen Sie, warum?«

»Junge Paare fürchten, dass die Frau einen Elefanten gebiert, wenn einer von ihnen sein Fleisch isst. Ich glaube, das liegt daran, dass Elefanten so viele menschliche Eigenschaften zu haben scheinen. In Hungerzeiten jedoch, in denen sie Schwangerschaften vermeiden, essen auch sie davon.«

»Dann ist es also eher ein Aberglaube als eine natürliche Abneigung?«

»O ja. Und wie die meisten hat er seinen Ursprung in Fortpflanzungsmythen.«

Sie tauchten zwischen den Bäumen hervor, und Logan stieß einen schrillen Pfeifton aus. Die anderen schienen auf ein solches Signal gewartet zu haben, denn sie kamen sofort herbeigelaufen. Logan lachte. »Sie wollen ihren Anteil vom Fett.«

Der ältere Mann nickte. »Sie kochen damit und essen es mit Brot.«

Robert verzog das Gesicht.

»Es schmeckt eigentlich gar nicht schlecht. Sie sollten es einmal probieren.«

»Ich bin immer noch damit beschäftigt, mich mit *biltong* anzufreunden.«

Logan lachte. »Sie werden sich daran gewöhnen.« Er klopfte Robert auf den Rücken. »Ich weiß nicht, wie es Ihnen geht, aber ich brauche jetzt einen Drink.«

Erst da bemerkte Robert, dass er ziemlich wackelige Knie hatte. Die Größe, Nähe und Kraft der Elefanten hatten ihn überwältigt. Es war eine Sache, in seiner Heimat auf Wild zu schießen. Hier draußen war es etwas anderes. Das Leben eines Jägers war sehr viel mehr in Gefahr, was Logan ihm ja eindringlich klar gemacht hatte. Eine Ladehemmung, ein kurzer Moment des Zögerns – und das Blatt konnte sich gegen einen wenden.

»Kann man sich je daran gewöhnen?«, fragte er, als sie sich endlich auf den Weg zu ihren Wagen machten.

»Nicht richtig. Das da draußen war typisch für ein Elefantengebiet. Man muss sich dort hineinwagen, und dann kann alles passieren. Kühe mit Jungtieren sind besonders gefährlich. Bullen geben sich manchmal damit zufrieden, einen zu verjagen, aber weibliche Tiere töten sofort.«

»Wie kann man ein weibliches von einem männlichen Tier unterscheiden? Vor allem wenn man so wie Sie vorhin bloß den Kopf erkennen kann?«

»An seiner Form. Bullen haben eine rundere Stirn, während man bei Kühen deutliche eine eckige Form erkennen kann. Übrigens, versuchen Sie nicht noch einmal, eine trächtige Kuh zu töten.«

»Ich hatte keine andere Wahl. Sie kam direkt auf mich zu.«

Logan nickte. »In Ordnung. Ab und zu passiert das eben.«

Robert verzog das Gesicht. Als er dem Tier den Gnadenschuss verpasst hatte, hatte er gesehen, dass das, was er für einen Bullen gehalten hatte, in Wirklichkeit eine trächtige Kuh war. Trotz seiner Notlage hatte ihn die Tatsache, dass er dieses Tier töten musste, mit Widerwillen erfüllt.

Logan spürte sein Unbehagen und versuchte ihn aufzumuntern. »Ich habe noch keinen Elefantenjäger erlebt, der sich vorher höflich erkundigt hat, ob sein Opfer vielleicht rasch gebären könne, damit er das Elfenbein ohne Gewissensbisse mitnehmen kann. In diesem Gewerbe gibt es keinen Platz für Sentimentalitäten.« Er lachte kurz. »Der Himmel weiß, wieso ich überhaupt noch auf Elefantenjagd gehe. Sie ängstigt mich jedes Mal zu Tode.«

Aber Robert war in Gedanken noch immer bei der Elefantenkuh. »Ich bin nicht sentimental. Nun, vielleicht ein wenig. Ein trächtiges Tier ist normalerweise tabu, nicht wahr?«

Logan blieb plötzlich stehen. »Nichts ist tabu«, erklärte er knapp. »Das ist das Geschäft. Grundlage unseres Nahrungserwerbs. Es ist kein Vergnügen. Wenn Sie Vergnügen wollen, gehen Sie mit den Trophäensammlern auf die Jagd.«

»Verzeihen Sie.« Robert verstand nicht, was den älteren Mann plötzlich so aufgebracht hatte.

»Wenn Sie glauben, dass mir das gerade Spaß gemacht hat, irren Sie sich«, fuhr Logan fort. »Wenn ich ihre verfluchten Stoßzähne kriegen könnte, ohne sie zu töten, würde ich das liebend gern tun.«

»Aber …«

»Es gibt kein Aber. Elefanten sind die zerstörerischsten Wesen, die Gott auf diese Erde gebracht hat. Sie verwüsten die Getreidefelder, zerstören die Buschlandschaft, töten Bäume und erschweren es den anderen Tieren somit, Nahrung zu finden. Es gibt hunderte von ihnen, nein tausende, auf jeden Fall zu viele. Ein paar von ihnen zu töten macht keinen Unterschied. Ihr Elfenbein und ihre Haut sichern unseren Lebensunterhalt, und das Fleisch ernährt viele Stämme in dieser Gegend.« Logan holte tief Luft. »Aber wenn Sie je beobachtet haben, wie sie sich um ihre verwundeten Artgenossen kümmern oder um ihre Jungtiere, wenn Sie Zeuge ihrer Begrüßungsrituale oder Kommunikationsmethoden geworden sind – dann wissen Sie, dass Elefanten sanfte, intelligente und wahrhaft großartige Tiere sind, die unseren ganzen Respekt verdienen. Daher widerstrebt es mir zutiefst, sie zu töten.«

»Aber warum …?«

Wieder unterbrach Logan ihn.

»Warum? Geld, alter Junge. Die Geißel unserer modernen Welt. Ich töte Elefanten, weil ich muss. Weil es das Einzige ist, was ich kann. Aber ich muss es deshalb nicht mögen.«

Robert spürte, dass Logan wütend auf sich selbst war. »Wenn Sie solche Probleme damit haben, warum suchen Sie sich kein anderes Betätigungsfeld?«

Logan setzte sich wieder in Bewegung. »Ich kann nicht«, antwortete er leise. »Es gibt nichts, was mit dieser Erregung vergleichbar wäre. Und darin, mein junger Freund, liegt die paradoxe Natur des Menschen.«

Robert dachte noch immer über Logans Philosophien nach, als sie sich langsam den Wagen näherten. Will kam ihnen aufgeregt entgegengerannt.

»Ihr verdammten Bastarde!«, brüllte er und schüttelte seine Faust. Robert und Logan warfen sich verständnislose Blicke zu.

»Ihr schwachsinnigen Dummköpfe! Ihr hirnverbrannten Idioten! Ihr ... ihr ...« Will fehlten die Worte.

»Was ist los?« Logan blieb erstaunlich ruhig; er ging geradewegs auf seinen Wagen zu, kramte eine Weile darin herum und zog dann eine Flasche Brandy hervor.

»Geben Sie mir die«, rief Will, riss Logan die Flasche aus der Hand, entkorkte sie und begann, den Inhalt auszugießen.

»Hey!«, schrie Logan und brachte den Brandy wieder an sich. Er nahm einen Schluck und reichte Robert die Flasche. »Was ist denn in Sie gefahren?«

»Diese verfluchten Elefanten«, schrie Will. »Das haben Sie absichtlich getan!«

»Was denn, um Himmels willen? Wovon zum Teufel reden Sie nur?«

Will zeigte mit zitterndem Finger in Richtung der Bäume. »Sie kamen genau da heraus. Direkt auf uns zu. Sie haben Sie mit Absicht in unsere Richtung gejagt.«

Logan senkte den Kopf und zwickte sich in die Nase. Er schien bis zehn zu zählen. Als er aufschaute, konnte Robert sehen, wie wütend er war. »Wenn wir das nächste Mal Jagd auf Elefanten machen, Will, schlage ich vor, dass Sie tatsächlich auf einen schönen großen Baum klettern.«

»Und ob ich das tun werde.« Will sah ihn verächtlich an. »Ich hätte getötet werden können. Hier – Sie können ihre Spuren deutlich erkennen«, rief er und lief in Richtung der Bäume.

»Die Elefanten sind um ihr verdammtes Leben gerannt, Sie rückgratloses, instinktloses Etwas!«, schrie Logan außer sich. »Ich bezweifle, dass sie Sie überhaupt wahrgenommen haben.« Er zeigte mit dem Daumen auf Robert. »Dieser Mann hätte getötet werden können. Die Eingeborenen, die uns begleitet haben, hätten getötet werden können. Aber Sie? Warum sollten die Elefanten sich mit einem feigen kleinen Schwächling wie Ihnen abgeben?«

»So können Sie nicht mit mir reden. Schließlich sind wir Partner.«

Logan wandte sich angewidert ab. »Gehen Sie zum Teufel. Verschwinden Sie aus meinem Blickfeld.«

»Und Sie sollten ...«

Mit erstaunlicher Geschwindigkeit wirbelte Logan herum rannte auf Will zu und packte ihn am Kragen. Er schüttelte den Mann, bis ihm Hören und Sehen verging. »Noch ein Wort«, zischte er, »nur ein einziges, dann breche ich Ihnen Ihr verdammtes Genick.« Er stieß Will von sich und marschierte zu seinem Wagen.

Will richtete einen flehenden Blick auf Robert. Der zuckte lediglich mit den Schultern und ging ebenfalls davon. Nach der Gefahr, die ihnen im Busch gedroht hatte, war dieses kleine Zwischenspiel in Roberts Augen mehr als lächerlich.

Einer der jungen Männer aus Häuptling Ngethos Dorf machte sich auf den Weg, um Verstärkung zu holen. Es würde einige Zeit in Anspruch nehmen, sechs Elefanten zu zerteilen und die ungeheure Menge Fleisch zu versorgen. »Wir werden hier lagern«, erklärte Robert.

»Gute Idee!«, rief Logan ihm von seinem Wagen aus zu. »Wahrscheinlich werden wir auch noch den morgigen Tag hier bleiben.«

»Was ist, wenn die Elefanten zurückkommen?«

»Seien Sie still«, rief Logan. »Wenn sie das tun, werden wir Sie den Tieren zum Fraß vorwerfen.«

Robert warf Will ein Stück Seife zu, das sie mittlerweile erstanden hatten. »Waschen Sie sich. Die Elefanten werden nicht zurückkommen.«

Ohne ein weiteres Wort machte Will sich auf den Weg zum Flussufer. Sein Gewehr nahm er jedoch mit.

In dieser Nacht blieb die Stimmung angespannt. Will war

noch immer beleidigt. Logan verschwand, um sich seinem Gewissen zu stellen, während Robert sich schwor, nie wieder einen Elefanten zu töten. Logan konnte dies weiterhin tun und sich dafür bezahlen lassen, aber ohne ihn. Es war nicht die Angst, die Robert zu diesem Entschluss bewogen hatte, sondern allein der Respekt, den er vor den Tieren hatte.

Ralph tat sich am Elefantenfleisch gütlich und schlief irgendwann zufrieden am Feuer ein. Robert beneidete den Hund. Manchmal, so überlegte er, war die Unfähigkeit zu denken ein wahrer Segen.

## 9

Die Handelsfahrt entlang des Thukela hatte fünf Monate gedauert. Sie hatten sich die ungünstigste Zeit des Jahres ausgesucht. Hitze, Gewitterstürme, Überflutungen und eine rätselhafte Nierenkrankheit, der acht Ochsen zum Opfer fielen, waren darauf zurückzuführen, dass sie mitten im Hochsommer unterwegs waren. In dem Tal, das von mehreren Hügelketten umgeben war, herrschte eine so hohe Luftfeuchtigkeit, dass sich Bakterien ungehindert vermehren konnten. Insektenstiche entzündeten sich, selbst jeder kleine Kratzer. Sie mussten die Kühe und Pferde jeden Tag gründlich untersuchen, um sich zu vergewissern, dass sie sich nicht verletzt hatten, denn sie waren für Infektionen ebenso empfänglich wie Menschen. Festgefahrene Wagen, verlorene Ladung, lahmende Pferde und sinnlose Streitereien waren an der Tagesordnung. Zweimal verirrten sie sich fürchterlich, nachdem sich die Schwarzen geweigert hatten, ihren Weg fortzusetzen. Sie hatten auf einem Umweg bestanden, weil sie ein Omen hatten kommen sehen – einsam herumirrende Geister, die darauf warteten, dass ihre Familien kamen und sie zurückholten.

In der Regel wurden sie überall willkommen geheißen und trafen auf faire Handelspartner; nur wenige Male wurden sie von wütenden Kralbewohnern fortgejagt. Einmal wegen des unglücklichen Zeitpunktes ihres Auftauchens – das mit dem Tod eines Häuptlings zusammenfiel, ein anderes Mal, weil sich am

Morgen ihrer Ankunft ein Kalb dreimal zum Schlafen niedergelegt hatte, während seine Mutter gemolken wurde – ein Zeichen für eine bevorstehende Katastrophe, und ein drittes Mal war Eifersucht der Grund: Sie hatten zuvor einen Stamm besucht, mit dem dieser rivalisierte.

Der Hass zwischen Logans Abdecker und Wills Kutscher schien unter Kontrolle zu sein, aber er schwelte noch immer unter der Oberfläche und provozierte Mister David zu der Bemerkung: »Es wäre besser gewesen, wenn einer den anderen in Durban umgebracht hätte. Alle Boys haben Angst.«

»Warum?«

»Das ist schwer zu erklären.«

»Versuch es.«

Mister David zuckte entschuldigend die Achseln. »Zulu glauben, dass der Tod eines Menschen auch die Personen schwächt, die ihm nahe sind. Und solange wir schwach sind, können uns die Geister leicht hinter dem Toten herführen. Wir müssen uns stark machen, um dies zu verhindern.«

»Und wie macht man das?«

»Mit einer bestimmten *muthi.* Es gibt viele Dinge, die wir dazu benutzen. Wurzeln, Rinde von speziellen Bäumen, Fette, Puder, das Fleisch einiger Tiere. Wir nehmen diese Medizin mit der Nahrung zu uns. Selbst das Vieh muss damit behandelt werden, damit es geschützt ist. Und eine Woche lang dürfen wir kein *amasi* essen.«

Robert wusste, dass *amasi* als große Delikatesse galt, eine Art geronnene Milch – eines der Hauptnahrungsmittel der Zulu. Viele Tabus rankten sich um das Verspeisen von *amasi.* Man durfte *amasi* nie mit jemandem teilen, der nicht zur unmittelbaren Familie gehörte. Die Tatsache, dass die Zulu eine Woche lang auf diese äußerst beliebte Speise verzichteten, zeigte, wie ernst die Zulu den Tod nahmen und wie wichtig es ihnen war, sich mit stärkenden Mitteln dagegen zu schützen. »Weißt du, wie man diese *muthi* macht?«, fragte Robert leise.

»Ja, Master.«

»Kannst du die Dinge finden, die man dafür benötigt?«

»Ja, Master.«

»Dann schlage ich vor, dass du sie bereithältst, für alle Fälle.«

»Danke. Ich werde tun, was Sie sagen. Die anderen werden beruhigt sein, wenn sie das wissen.«

»Ich hoffe nicht, dass es nötig wird, sie anzuwenden.«

»Ich fürchte doch, Master. Das, was uns erwartet, ist zu stark, um es aufzuhalten.«

Die Tatsache, dass er damals einen Finger verloren hatte, als Robert sich in die Auseinandersetzung in Durban eingemischt hatte, schien Logans Sotho nicht weiter zu stören. Die Hand war eine Woche lang verbunden gewesen, dann hatte der Mann sich einen Sud gebraut, um die Wunde damit zu behandeln. Der Heilungsprozess verlief schnell, und sein Geschick, mit einem Häutungsmesser umzugehen, war kaum beeinträchtigt. Robert hätte erwartet, dass der Sotho ihn wegen dieses Vorfalls missachtete. Umso überraschter war er, als offensichtlich wurde, dass er vielmehr großen Respekt vor ihm hatte.

»Er ist Ihnen dankbar«, erklärte Logan.

»Dankbar? Ich habe ihm den Finger abgeschossen.«

»Es hätte auch die ganze Hand sein können.«

Das war natürlich auch eine Art, die Angelegenheit zu betrachten.

Wills Kutscher begegnete Robert ebenfalls mit Achtung. Er hatte eine tiefe Fleischwunde davongetragen und trug die Narbe wie ein Ehrenzeichen.

Logan erklärte es Robert. »Er hat nun einen Beweis dafür, dass ihn das Gewehr des weißen Mannes nicht besiegen kann. Wenn er in seinen *umuzi* zurückkehrt, wird ihm große Bewunderung entgegengebracht werden.«

Robert schüttelte den Kopf. Es gab noch so viel über diese Menschen zu lernen.

Auch an den Animositäten zwischen Will und Logan hatte

sich nicht viel geändert. Das Misstrauen, das zwischen den beiden Männern herrschte, war weder stärker noch schwächer geworden. Es war einfach da, auch wenn beide zähneknirschend ihren Respekt vor den Fähigkeiten des anderen bekundeten. Teil des Problems waren soziale Unterschiede, aber soweit Robert das beurteilen konnte, bestand der Hauptgrund für die Feindseligkeiten darin, dass sie beide Einzelgänger waren und daher die Anwesenheit des jeweils anderen verabscheuten. Robert tolerierten sie nur, weil er ihr Geldgeber war.

Trotz all dieser Schwierigkeiten konnte die Expedition durch das Tal des Thukela als erfolgreich bewertet werden. Logans Fähigkeiten als Jäger und Wills Geschick beim Handeln sorgten dafür, dass sich auf den Ladeflächen der Wagen nun statt Perlen und Decken Felle, Horn und Elfenbein türmten. Selbst die mitgeführten Schafe, Ziegen, Schweine und Hühner hatten sie unterwegs gegen Elfenbein eintauschen können.

Immer wenn sie auf einen besonders angenehmen Lagerplatz stießen, wo es saftiges Gras und genügend Trinkwasser gab, gewährte Robert den Tieren eine Ruhepause von bis zu einer Woche. Logan nutzte diese Unterbrechungen, um sich mit seinem widerspenstigen Sotho auf die Suche nach Elefanten zu machen. Meist gingen sie zu Fuß, lediglich ausgerüstet mit Gewehren, Munition, Schlafsäcken und etwas *biltong*. Manchmal blieben sie drei oder vier Tage fort, um dann häufig mit Informationen über neu entdeckte Dörfer und Elefantenherden zurückzukehren. Ab und zu kamen sie auch mit Elfenbein zurück, und bei einer Gelegenheit mussten die Boys aus dem Camp sogar noch einmal mit ihnen umkehren, um ihnen zu helfen, ihre Beute ins Lager zu tragen.

Während dieser Ruhepausen gab es immer etwas zu tun – Reparaturarbeiten an den Wagen oder dem Geschirr; *reims* und Nilpferdpeitschen wurden zum Verkauf hergestellt; die Ladung sortiert und neu gestapelt. Zu Hause in Edinburgh hatte eine Schneiderin jegliche Flickarbeiten oder Änderungen an der Kleidung durchgeführt, inzwischen war Robert im Umgang mit Nadel und Faden selbst sehr geschickt.

Will bewies große praktische Fähigkeiten und lehrte Robert bereitwillig Dinge aus seinem jahrelangen Erfahrungsschatz. Es waren die Tricks seines Handwerks – etwa wie man verhinderte, dass Bienen und Wespen ihre Nester in einem Gewehrlauf bauten, oder wie man aus Brot und Senf einen Breiumschlag herstellte, um das Herausziehen von Akaziendornen zu erleichtern, die sich so häufig in das Fleisch der Männer bohrten. Will spürte, dass ein Pferd oder ein Ochse krank war, noch ehe das Tier ersichtliche Symptome aufwies. »Das ist ganz einfach festzustellen«, erklärte er Robert. »Die Augen werden trüb.«

Aber sosehr Robert sich bemühte – als Will verkündete, Tosca ginge es nicht gut, konnte er an ihren Augen nichts Ungewöhnliches feststellen. Am nächsten Tag erlitt das Pferd eine böse Kolik. Will flößte dem armen Tier eine Mischung aus Rizinusöl und Maisbrei ein, um zu verhindern, dass es einen Darmverschluss erlitt, was zweifellos zu einem qualvollen Tod geführt hätte. Es funktionierte, obwohl Wills Behandlung so durchschlagenden Erfolg hatte, dass Robert befürchtete, der übermäßige Flüssigkeitsverlust könne nun wiederum zu Toscas vorzeitigem Dahinscheiden führen.

Immer wieder kamen Robert und Logan auf die Elefantenjagd und führten tiefgründige Gespräche über dieses Thema.

»Ich verstehe, was Sie über die zerstörerische Kraft der Elefanten sagen, und kann nachvollziehen, dass das ein Problem ist, aber ich habe auch gehört, dass die Bestände in den letzten Jahren dramatisch zurückgegangen sind. Ich habe weder ein Problem damit, Elfenbein zu kaufen oder zu verkaufen, noch damit, dass Sie weiterhin jagen. Es ist einfach nur so, dass ich persönlich keine Elefanten mehr töten werde.«

»Würden Sie eine Mücke oder eine Fliege töten?«

»Natürlich.«

»Sie würden auch ein Kaninchen oder einen Hasen erschießen?«

»Ja.«

»Liegt es an der Größe? Kleinere Tiere zu töten ist in Ordnung, große nicht?«

»Ich weiß nicht.«

»Angst?«

»Ich hatte sicher Angst, aber auch das ist es nicht.«

Logan schloss kurz die Augen, dann gestand er: »Ich beneide Sie. Sie sind ein Heuchler, aber wer ist das nicht? Okay, ich werde ab sofort das Töten übernehmen. Eine Frage hätte ich allerdings noch. Wenn ich Sie in einer schwierigen Situation um Hilfe bäte, würden Sie sie mir gewähren?«

»Ohne zu zögern.«

Logan nickte. »Gut.«

Einige Tage später sollte Robert Zeuge eines der seltensten, aber bewegendsten Phänomene werden, die Afrika zu bieten hat. Es war ein Ereignis, das alle sieben oder acht Jahre nur einmal auftritt, wie Logan ihm erklärte. Auch er hatte es nie zuvor erlebt und kannte nur wenige, die es mit eigenen Augen gesehen hatten.

Ein Elefantentreffen.

Robert und seine Leute hatten ihr Lager zwischen zwei kleinen Hügeln aufgeschlagen, die den Fluss von beiden Seiten einrahmten. Der Thukela wand sich wie eine Schlange zwischen ihnen hindurch. Dieser Teil des Tals war von den heimischen Viehbeständen abgegrast worden, daher gab es so gut wie keine Wildtiere mehr. Ein einsamer Bussard erhob sich in die Lüfte, in der Hoffnung, Nahrung zu finden, aber ansonsten hatten Robert und seine Mitstreiter die Gegend für sich. Logan, der auf Erkundungstour vorausgegangen war, kehrte mit der Nachricht zurück, dass das nächste Dorf ungefähr vier Meilen entfernt sei. Seit ungefähr drei Monaten hatte keiner von ihnen einen Elefanten gesehen.

Wie üblich waren die Afrikaner beim ersten Tageslicht auf den Beinen. Normalerweise machten sie Feuer fürs Frühstück, holten Wasser und trieben die Ochsen zusammen, und Robert wurde von diesen beruhigenden Geräuschen geweckt. Dieses Mal fuhr er auf, weil es ungewohnt still war. Irgendetwas stimmte nicht. Robert stand auf, rieb sich den Schlaf aus den Augen und gähnte. Die Schwarzen standen zusammen und schauten sich mit großen Augen um. Als Robert sah, warum, begann sein Herz wild zu klopfen.

»Herrje! Wo kommen die denn her?«

So weit das Auge reichte, sah man Elefanten, vielleicht an die tausend, und noch immer kamen mehr dazu: aus den Hügeln, den Fluss entlang, durch das gesamte Tal. Es war wie ein sich bewegender Teppich aus vor sich hintrottenden grauen Riesen.

Logan und Will, die von Roberts Ausruf erwacht waren, erstaunte der Anblick gleichermaßen. Robert wandte sich an Logan und erwartete eine Erklärung, aber sein Partner war genauso fassungslos wie er. »Du meine Güte!«, war alles, was er herausbrachte.

»Sind wir sicher?«, fragte Will besorgt.

»Die Elefanten wissen, dass wir hier sind, wenn Sie das meinen. Solange wir uns nicht von der Stelle rühren, werden sie uns in Ruhe lassen.«

»Aber Sie sagten doch …«, beharrte Will.

»Ich weiß. Keine Elefanten.«

»Aber wieso …«

»Das ist etwas anderes. Hier gibt es nur wenig Nahrung für sie. Das, was wir hier sehen, ist entweder vorher verabredet worden oder das Ergebnis eines bemerkenswerten Instinkts. Niemand weiß das. So etwas hat kaum je einer erlebt!«

»Aber es muss doch irgendeine Theorie geben«, meinte Robert. »Was glaubt man denn?«

»Die meisten denken, es sei ein Mythos, aber ich habe von anderen gehört, dass Familienverbände bis zu zweihundert Meilen zu einem solchen Treffen marschieren. Man nimmt an, dass jede Matriarchin kommt, um ihre jungen Bullen gegen Bullen aus anderen Familien einzutauschen, um die Herde vor Inzucht zu schützen. Wir werden es herausfinden. Auf keinen Fall können wir uns jetzt von hier fortbewegen. Die meisten Familienverbände haben Jungtiere dabei, die sie verteidigen. Wir können nur hier bleiben und zusehen.« Mit diesen Worten wandte sich Logan an die faszinierten Zulu. »Zündet das Feuer an. Bleibt dem Fluss fern, wir haben noch genügend Wasser. Überlasst das Vieh und die Pferde sich selbst. Sie werden sich nicht weit entfernen, und die Löwen werden sich längst verzogen haben. Macht keinen unnötigen Lärm, verrichtet eure Arbeit hier im Camp so, als wären die Elefanten gar nicht da.«

Zögernd taten die Afrikaner, was man ihnen befohlen hatte.

Logan machte es sich auf einem Klappstuhl bequem. »Setzen Sie sich zu mir«, sagte er zu Will und Robert. »Das, was wir heute erleben, ist ein Anblick, der nur ganz wenigen vergönnt ist. Wir sollten uns glücklich schätzen.«

Robert fragte Mister David, ob er je ein solches Elefantentreffen gesehen hätte.

»Ich habe schon davon gehört, aber ich habe es noch nie mit meinen eigenen Augen gesehen.«

»Ich bin mir nicht sicher, wieso wir uns glücklich schätzen sollten«, brummte Will. »Seht euch die Viecher an. Sie sind überall, verdammt.«

Logan ignorierte die Bemerkung, und als klar wurde, dass die Tiere nicht das geringste Interesse an ihnen zeigten, entspannte sich auch Will.

Sie verbrachten den größten Teil des Tages damit, die Elefanten zu beobachten. In vielerlei Hinsicht war es eine Lehrstunde. Geschwisterrivalitäten, Mutterliebe, männliche Aggression, die majestätische Zuversicht eines Leitbullen, verspielte Jungtiere – es war alles zu sehen. Laute, die an ein Magenknurren erinnerten, schienen eine Form der Kommunikation zu sein, aber es gab auch sanfte Berührungen wie das Ineinanderschlingen von Rüsseln, als sich scheinbar verschiedene Familien begrüßten, alte Freunde, die sich seit Jahren nicht gesehen hatten. Halb erwachsene Bullen bekämpften sich mit Trompeten, Ohrenschlagen und Kopfstoßen, aber das Ganze schien eher spielerisch als aggressiv zu sein. Robert sah verschiedene Tiere, die ihren verwundeten oder kranken Gefährten zur Seite standen.

»Die da wird sich bald verabschieden«, bemerkte Logan und zeigte auf ein großes weibliches Tier, das offensichtlich Mühe hatte, sich auf den Beinen zu halten. Die Familie hatte sich um sie herum versammelt und beugte sich zu der Kuh hinunter, um sie auf diese Weise aufrecht zu halten.

»Ist ihr Alter der Grund?«, fragte Robert.

»Wahrscheinlich. Sie sieht sehr erschöpft aus. Sicher war der lange Marsch zu anstrengend für sie.«

Noch während sie zusahen, geriet die Kuh ins Stolpern, ihre Beine brachen ein, und sie stürzte zur Seite.

»Das war es«, prophezeite Logan. »Sie werden sie nicht mehr auf die Füße stellen können.«

In den nächsten Stunden versuchte die Familie der gefallenen Kuh alles, um sie wieder aufzurichten. Dann stellten die Tiere ihre Bemühungen ganz plötzlich ein. Die Elefantenherde hatte das Unausweichliche akzeptiert. Sanft legte einer nach dem anderen seinen Rüssel auf den gewaltigen Leib der Kuh, als versuchten sie, sie zu trösten. Es war die bewegendste Szene, die Robert je erlebt hatte.

»Sehen Sie.« Will zeigte nach oben.

Am Himmel kreisten bereits Geier, die ihre Flugbahn von Sekunde zu Sekunde enger zogen.

»Woher wissen sie das?«, fragte Robert.

»Sie fliegen in gut zwei Meilen Höhe eine Formation. Jeder Vogel scheint sein eigenes Revier zu haben. Wenn einer zu einem toten oder verletzten Tier hinabfliegt, folgen die anderen ihm ziemlich bald.«

»Im Moment haben sie noch kein Glück«, ergänzte Logan. »Die Familie wird die Kuh beschützen.«

»Wie lange?«, fragte Robert.

Logan zuckte mit den Schultern. »Keine Ahnung. Vermutlich für den Rest des Tages. Manchmal begraben Elefanten ihre Toten unter abgebrochenen Zweigen.«

Trotz des Gedränges hielten die anderen Tiere Abstand von der trauernden Familie. Die Geier warteten geduldig in den Bäumen – die, die es wagten, zu nahe zu kommen, wurden sofort verjagt.

Robert wurde nicht müde, die Elefanten zu beobachten; er bewunderte die Sanftheit dieser großen Tiere. Einige Jungtiere stellten die Geduld ihrer Mutter ziemlich auf die Probe, aber es gab kaum Zurechtweisungen, und wenn doch, wurden sie mit liebevollen Gesten gemildert. Die Elefanten, die im Fluss standen, spritzten sich und andere mit Wasser nass. Sie sogen Wasser in ihre Rüssel und tranken langsam und mit großer Befriedigung.

»Sie können über sechzig Liter auf einmal trinken«, erklärte Logan.

Nachdem die Tiere ihren Durst gestillt hatten, wälzten sie sich im feuchten Schlamm.

»Das hält sie schön kühl und befreit sie von lästigen Insekten«, erklärte Logan. »Ziemlich klug eigentlich.«

Die Versammlung der Elefanten war ein weiterer Beweis für die Kommunikationsfähigkeit der Tiere. Matriarchinnen rieben die Köpfe aneinander, ihre grummelnde Unterhaltung dauerte bisweilen eine Stunde lang. Dann plötzlich wurde ein junger Bulle aus jeder Gruppe nach vorn geholt und begutachtet. Wurde er zurückgestoßen, schien der Handel perfekt, und beide Familienverbände gingen davon, um mit einer anderen Gruppe zu verhandeln. Wenn ein Austausch erfolgreich zustande kam, gab es ergreifende Abschiedsszenen, auf die freudige Willkommensfeiern in der neuen Familie folgten.

Ein junger Bulle, dem der Abschied offenbar schwer fiel,

drehte sich immer wieder um. Die Familie, der er künftig angehören sollte, wartete geduldig, als hätte sie Verständnis für ihn. Seine Mutter sah zu, machte aber keine Anstalten, ihn zurück an ihre Seite zu rufen. Schließlich wandte sie sich ab und wurde sogleich von anderen weiblichen Tieren ihrer Gruppe getröstet. Daraufhin schloss sich das Jungtier seiner neuen Familie an und wurde dort liebevoll begrüßt. Gemeinsam entfernten sie sich rasch, um ihm die Trennung zu erleichtern. Robert verspürte einen Kloß im Hals, als er die Szene beobachtete.

Auch am Ende des Tages wimmelte es im Tal noch von Elefanten. Das Trompeten und Rumoren setzte sich bis tief in die Nacht fort, im Schutze der Dunkelheit dann machten sie sich leise auf, um in ihre gewohnten Lebensräume zurückzukehren. Übrig waren nur noch die Elefanten, die die tote Kuh umstanden. Sie schenkten den vorbeirollenden Wagen keine Aufmerksamkeit.

Robert ritt neben Logan her. »Wie können Sie nach gestern noch einen einzigen Elefanten töten?«

»Hören Sie auf.« In Logans Stimme lag unterdrückter Ärger. Der ältere Mann kämpfte gegen sein Gewissen. Respekt und Bewunderung für die Tiere standen den Aufregungen der Jagd entgegen. Der Konflikt saß so tief, dass Logan Mühe hatte, sich zu erklären. Robert konnte seine Haltung nicht verstehen.

Sie folgten Pfaden, die von vielen verschiedenen Tieren stammten. Mister David erklärte, Elefanten fänden immer den schnellsten und einfachsten Weg durch die Berge. Sie schienen zu wissen, wo sie die Flüsse am leichtesten überqueren konnten, welche Berge sie am besten umgingen und welche es zu überqueren lohnte. Andere Tiere folgten ihren Exkrementen und den Spuren ihrer Zerstörungen. Eingeborenenstämme nutzten die Routen und verwandelten heruntergetretene Graspfade in bequeme sandige Wege. Und nun kamen die Abdrücke der Wagen hinzu. Robert wusste, dass auf diese Art eine Straße ins Landesinnere entstanden war, und fragte sich, ob ihr Pfad ebenfalls der Vorläufer einer künftigen Durchfahrtsstraße war. Die Vorstellung gefiel ihm. Irgendwie fühlte er sich dadurch als Teil dieses ihm noch so fremden Kontinents.

Will sprach ununterbrochen davon, wie leicht diese Reise war. »Ich habe es ja gleich gesagt«, wiederholte er mindestens dreimal am Tag.

Es war ein außergewöhnliches Erlebnis. Verglichen mit Roberts Leben in Schottland war die Freiheit, die er in Afrika genoss, berauschend. Er nahm so viele neue und faszinierende Dinge in sich auf, sah eine Landschaft, die in ihrer Wildheit und Ursprünglichkeit seine kühnsten Vorstellungen übertraf, erlebte Geräusche und Gerüche, Gefahren und Schönheiten, die ihn so sehr einnahmen, dass er immer weniger an sein Zuhause dachte.

Nur Lorna war ständig bei ihm. Immer wieder musste Robert an sie denken, häufig in ganz unerwarteten Augenblicken. Eines Tages war es der Ruf eines unbekannten Vogels, eine Reihe kichernder Töne, die ihn an ihr sanftes Lachen erinnerte, die Farbe von getrocknetem Gras, das sich im Sommerwind wiegte, ließ ihn an ihr Haar denken, die eleganten Bewegungen eines einsamen Steinbockweibchens an ihren Gang.

Seine Erinnerungen führten ihn zu dem Tag zurück, an dem sie in die höchsten Äste eines Baums geklettert und ohne seine Hilfe nicht wieder heruntergekommen war. An einen regnerischen Nachmittag, als Charlotte und Lorna, Charles und Robert beschlossen hatten, einen Schnaps zu kosten, den sie im Speisezimmer entdeckt hatten. Die Jungen waren damals zwölf gewesen, die Mädchen neun. Allen vieren war schlecht geworden, und sie waren unter großem Geschimpfe ins Bett geschickt worden. Er erinnerte sich an die Art, wie sie auf dem Ball ausgesehen hatte, den seine Eltern gegeben hatten, nachdem Lorna und Charlotte Königin Victoria vorgestellt worden waren. An den Geruch ihrer Haut und ihres Haars, als er sie in den Armen gehalten hatte.

Er versuchte, diese Erinnerungen zu verdrängen, aber sie kamen immer wieder zurück und blieben wie eine schmerzende Leere in seinem Herzen zurück.

Robert vermisste natürlich auch vieles andere – Charlotte und Charles, seine Mutter, die Sicherheit seiner Familie –, doch im Laufe der Zeit fühlte er sich dem immer weniger verbunden. Er war jung und hatte sich in ein neues, aufregendes Leben gestürzt, und der größte Teil seiner Vergangenheit rückte in den Hintergrund. Eines Abends, als sie am Feuer saßen und in die hypnotisierenden Flammen schauten, erwähnte er dies.

»Ich habe das Gefühl, dass ein Teil meines Lebens gar nicht mehr zu mir gehört.«

Logan schrak aus seinen eigenen Gedanken auf. »Sie haben sich verändert. Sowohl ich als auch Will haben das bemerkt. Das ist gut. So muss es sein.«

»Sie waren zu Hause gewesen, als wir uns zum ersten Mal begegneten. Wie war das?«

»Konnte es kaum erwarten, wieder aufzubrechen. Es wird jedes Mal schwieriger mit meiner Familie. Wir haben nur noch wenig gemeinsam. Sie findet, ich bin zu wild und zu grob. Ich finde sie affektiert und langweilig.«

»Was ist mit Ihnen, Will?«

»Ich war nie wieder in der Heimat«, antwortete er brummend.

»Was ist denn mit Ihrer Familie?«

Will verzog das Gesicht. »Was soll mit ihr sein? Mein Vater war ein Trunkenbold, die meiste Zeit ohne Arbeit. Meine Mutter hat sich in die Religion gestürzt. Ich bin eines von zwölf Kindern, vielleicht inzwischen auch mehr, wer weiß. Wahrscheinlich waren sie froh, mich von hinten zu sehen – damit hatten sie ein Maul weniger zu stopfen.«

»Wie alt waren Sie, als Sie von zu Hause fortgingen?«, fragte Logan.

»Elf.«

»Lieber Himmel!« Robert war fassungslos. In dem Alter war

er noch ein Kind gewesen. Wie es klang, hatte Will dieses Privileg nie genossen Sein Leben musste sehr übel gewesen sein, wenn er sein Zuhause so früh verlassen hatte.

Wills nächster Satz bestätigte diese Vermutung. »Schon mit sieben musste ich in der Grube arbeiten.« Er erschauerte. »Ich hatte keine andere Wahl. Hier draußen gehört ein Mann sich selbst.«

Es schien eine gute Art, es zu formulieren.

»Wie alt waren Sie, als Sie herkamen?«, fragte Will Logan.

»Dreiundzwanzig.«

»Schätze, Sie mussten sich die Überfahrt nicht erarbeiten?«

»Nein.« Logan grinste. »Mein Vater hat dafür bezahlt, dass er mich loswurde.«

»Sicher waren Sie ein ziemlicher Rabauke, oder?«

»Eigentlich nicht. Meine Mutter starb, als ich zwanzig war, und mein Vater hat danach eine sehr viel jüngere Frau geheiratet. Schätze, er wollte sich mögliche Konkurrenz vom Hals schaffen. Nicht dass ich interessiert gewesen wär. Sie war hübsch, das geb ich zu, aber die unangenehmste, widerlichste Kuh, die ich je getroffen habe. Nichts war ihr recht zu machen. Mein alter Herr hat sich fast ein Bein für sie ausgerissen. Am Ende hat ihn das umgebracht.«

»Ist sie noch am Leben?«, fragte Robert.

»Ja, leider. Sie macht meinem Bruder das Leben zur Hölle.«

»Hat sie Kinder von Ihrem Vater?«

»Nein. Ich glaub nicht, dass sie ihm nach der Hochzeitsnacht noch mal Zugang zu ihrem Boudoir gewährt hat.«

»Waren Sie je verliebt?«, fragte Will plötzlich.

Robert und Logan warfen sich einen Blick zu. »Ja«, erklärte Robert schließlich. »Sie hat einen anderen geheiratet.«

Die Blicke richteten sich auf Logan. »Einmal«, gestand er. »Das ist lange her.«

»Was ist geschehen?« fragte Robert.

»Tuberkulose«, antwortete Logan knapp.

Beide Männer sahen Will an, der nur die Achseln hob. »Weiß nicht. Fühlte sich so an. Sie war nicht interessiert.« Dann fügte er hinzu: »In Durban verkaufen viele Frauen Liebe.«

Alle drei schwiegen. Ihre Unterhaltung war dem, was in ihrem Leben fehlte, unangenehm nahe gekommen. Im Gegensatz zur allgemeinen Auffassung war die Freiheit, die viele Europäer darin sahen, dass Zulu-Männer sich so viele Frauen nahmen, wie sie sich leisten konnten und von früher Kindheit an zu sexuellen Experimenten ermutigt wurden, genau das Gegenteil. Innerhalb ihrer eigenen Kultur waren die Zulu ein sehr diszipliniertes und moralisches Volk. Jeder Weiße, der das Vergnügen für eine Nacht suchte und sich einbildete, jede Frau stände ihm dafür willig zur Verfügung, wurde im besten Fall gebeten zu gehen. Einige zahlten den ultimativen Preis für ihren mangelnden Respekt.

Weder Logan noch Will hatten Robert bisher zu seiner Vergangenheit befragt. Er war ihnen dafür dankbar, denn es bewahrte ihn vor einer Lüge. Dennoch fragte er sich, ob ihre Zurückhaltung auf Respekt vor seiner Privatsphäre beruhte oder auf der Vermutung, er habe etwas zu verbergen. Will hatte kurz spekuliert, als sie sich das erste Mal begegnet waren, aber er hatte das Thema danach nie wieder angeschnitten. Robert wusste, dass er hier, wo Männer abends oft nichts Besseres zu tun hatten, als am Feuer zu sitzen und zu reden, sein Geheimnis besser für sich behielt. Trotzdem bedauerte er, dass er nicht offen mit den beiden Männern sprechen konnte. Es gab Zeiten, in denen sie ihm näher waren als seine eigene Familie.

Tobacco unterbrach ihre Gedanken mit der Ankündigung, dass das Abendessen fertig sei. An diesem Abend erwartete Robert eine Premiere, und er bezweifelte trotz zahlreicher Versicherungen der anderen, dass er in der Lage sein würde, etwas zu essen. Ein verlassener Termitenhügel war zu einer Art Ofen umfunktioniert und ein Feuer darin entzündet worden. Daneben war eine Kammer ausgekratzt worden, bis sie groß genug war, um den Fuß eines Elefanten aufzunehmen. Dieser wurde dann fünf Stunden lang gekocht. Das Fleisch, das jetzt feierlich serviert wurde, ähnelte einer klebrigen Masse und erinnerte Robert an flüssige Sülze. Wilde Süßkartoffeln und ein grünes spinatähnliches Gemüse wurden als Beilage zu dieser Delikatesse gereicht.

Robert kostete vorsichtig. Nicht übel. Er nahm einen weiteren Bissen. Es schmeckte verflucht gut! Er überwand sein Unbehagen – der Elefant war tot, seine Stoßzähne im Wagen verladen, und schließlich machte sein Tod mehr Sinn, wenn seine Überreste wenigstens so weit wie möglich verwertet wurden. Außerdem musste ein Mann essen.

Trotz allmählich schwindender Vorräte ernährten sich die Männer gut. Sie genossen eine abwechslungsreiche Kost aus frischem Fleisch, Gemüse und Früchten. Tobacco entpuppte sich als einfallsreicher Koch. Eine der Lieblingsspeisen waren die Gedärme eines Ziegenbocks, die umgestülpt wurden und mit Leber und Niere des Tiers sowie mit Zwiebel gefüllt zu einer Wurst verarbeitet wurden. Ein weiteres beliebtes Nahrungsmittel waren Früchte, die mit wildem Honig gereicht wurden. Einmal begleitete Robert Tobacco bei seiner Suche nach einem Bienenstock und stellte zu seinem Erstaunen fest, dass sich der Afrikaner dabei von einem Vogel leiten ließ. Er flatterte vor ihnen her, so nahe, dass sie ihn fast berühren konnten. Sein Körper hüpfte auf und ab, sein Schwanz wippte, und er flog immer wieder auf einen Baum, um dort zu warten, bis sie ihn eingeholt hatten. Sobald die Honigquelle lokalisiert war, hockte sich der Vogel hin und wartete geduldig auf seinen Anteil der Beute. Tobacco entzündete ein stark qualmendes Feuer, um die Bienen zu vertreiben, nahm den größten Teil der Wabe an sich und legte dann feierlich ein Stück zurecht, um den Vogel zu belohnen.

Auf Zulu, das Robert inzwischen gut genug beherrschte, um einiges zu verstehen, erklärte Tobacco ihm, dass sie nie Honig nahmen, ohne sich bei ihrem kleinen Führer zu bedanken. Außerdem leerten sie den Bienenstock niemals vollständig.

Es gab hier Nahrungsquellen im Überfluss, solange man nur wusste, wo man nach Knollen, Beeren, Früchten und Kräutern suchen musste. Das Wasser des Thukela und der umliegenden Flüsse war sauber und bot ihnen frische Fische, die die Zulu *selber* nur fingen und zubereiteten, aber nicht aßen.

Die Wochen vergingen, und im April besserte sich das Wetter. Es war tagsüber noch immer sehr heiß, aber es regnete seltener, die Luft war vor allem nachts frischer und gewährte einen tieferen Schlaf. Die vielen Insekten, die sie in den Monaten zuvor belästigt hatten, hatten sich verflüchtigt, Infektionen waren nur noch ein geringes Problem.

Ihr Viehbestand war um acht Tiere gemindert, die sie wegen Krankheit verloren hatten, zwei hatten sich die Beine gebrochen, eines war beim Kalben verstorben, und sieben waren Löwen zum Opfer gefallen. Damit blieben ihnen achtundfünfzig, davon benötigten sie vierundfünfzig zum Ziehen der Wagen. Achtzehn Kälber waren geboren worden, aber sie waren noch zu klein, um in das Geschirr zu passen, daher erwarben sie unterwegs einheimische Tiere. Es funktionierte einigermaßen gut, denn die meisten waren durch die Feldarbeit an das Joch gewöhnt.

Die Furcht erregende Begegnung mit den Löwen hätte böse enden können, wenn Ralph nicht Alarm ausgelöst hätte und zitternd vor Angst in Roberts Schlafsack gesprungen wäre. Robert war sofort erwacht und hatte gehört, dass Ochsen und Pferde gleichermaßen beunruhigt waren. Als sich seine Augen an die Dunkelheit gewöhnt hatten, stellte er zu seinem Entsetzen fest, dass ihr Vieh von einem ganzen Rudel Löwen eingekreist war. Jedes Tier, das versuchte, in die Freiheit zu entfliehen, wurde sofort zur Strecke gebracht. Die Ochsen brüllten, die Pferde wieherten panisch. Der Lärm weckte schließlich auch alle anderen.

Die Zulu reagierten am schnellsten. Sie griffen sich noch brennende Äste aus den Feuerstellen, schlugen mit Metalllöffeln auf Kochtöpfe und traten mutig mitten zwischen ihre verängstigten Tiere. Die Löwen zogen sich langsam zurück. Robert, Will und Logan luden ihre Gewehre und schossen auf die Raubtiere. Ganz allmählich konnten sie das Rudel zurücktreiben, aber es war nicht gewillt, seine Beute aufzugeben. Während die Männer das Vieh, das überlebt hatte, in Sicherheit brachten, verloren die Räuber, deren Zahl um drei reduziert war, keine Zeit, sich die sieben zu holen, die sie erlegt hatten.

»Am besten stellen wir nachts Wachposten auf, solange wir uns in diesem Tal aufhalten«, schlug Logan vor. »Ein paar zusätzliche Feuer können ebenfalls nicht schaden, und vielleicht sollten wir auch überlegen, die Tiere mit einem Zaun aus dornigen Ästen zu schützen. Das ist das größte Rudel, das ich je gesehen habe. Die Tiere sind hungrig, das macht sie mutig. Solange wir uns in ihrem Revier aufhalten, werden sie uns keine Ruhe lassen.« Er gab Anweisungen, und drei Zulu machten sich daran, zusätzliche Feuerstellen zu errichten.

»Für heute müsste das reichen«, verkündete Logan. »Wenn sie sich an ihrer Beute satt gefressen haben, werden sie sich erst einmal ausschlafen müssen.«

Mit den besseren Wetterbedingungen war der Nachthimmel zu einem Baldachin aus funkelnden Sternen geworden, die zum Greifen nah schienen. Sie hatten plötzlich Farbe angenommen, was Robert in der nördlichen Hemisphäre noch nie gesehen hatte. Einige schienen rot, andere orange. Auch weiße, gelbe und blaue Sterne waren zu sehen. Logan zeigte ihm das Kreuz des Südens, den Orion und das Sternbild des Löwen. Eines Abends wurden sie Zeuge eines spektakulären Meteoritenschauers, der die Schwarzen derart verängstigte, dass sie sich unter den Wagen verkrochen und nicht wieder hervorlocken ließen.

Robert schüttelte den Kopf. »Ein schlechtes Omen, schätze ich.«

»Sie sollten sie einmal bei einer Mond- oder Sonnenfinsternis erleben«, meinte Logan. »Sie glauben, die Sonne oder der Mond seien dann krank, singen besondere Lieder und opfern Vieh, um sie wieder gesund zu machen.«

Am nächsten Morgen erklärte Mister David ihm, die Sterne seien für einen Zulu die Kinder von Sonne und Himmel. Er erläuterte Robert seine Auffassung vom Wesen des Universums.

»Der Himmel ist ein blauer Felsen, der uns umgibt. Auf unserer Seite dieses Felsens befinden sich Sonne, Mond und Sterne. Die Sonne ist ein großer Häuptling, der jeden Tag über den Himmel reist. Nachts folgt die Sonne einem Pfad unter dem Meer. Sie hat ein Sommerhaus und ein Winterhaus. Jedes Jahr geht sie dorthin.« Mister David zeigte nach Norden. »Jeden Tag bewegt sie sich ein Stück weiter, bis sie das Winterhaus erreicht. Da bleibt sie nicht lange, weil es dort so kalt ist, sie kehrt immer wieder in ihr Sommerhaus zurück. Der Mond ist ein Soldat der Sonne. Einige glauben, es sei ein Loch im Felsen, aber ich denke nicht, dass das richtig ist. Der Mond ist nicht so stark wie die Sonne. Die Tage verschlingen ihn Stück für Stück, bis er ganz dünn und blass ist. Dann erweckt die Sonne ihn wieder zum Leben. Wenn ein neuer Mond zu sehen ist, schlagen wir auf unsere Trommeln und arbeiten nicht auf den Feldern, denn wenn wir das tun, wächst nichts.«

Wie immer beeindruckt und zutiefst fasziniert von Mister Davids Geschichten, die für Robert voller Geheimnisse waren, machten sie sich wieder auf den Weg.

Eines Tages – es war so gegen Ende des vierten Monats – war der Hass zwischen Logans Sotho und Wills Zulu ohne jede Vorwarnung eskaliert. Niemand hatte es kommen sehen, und es gab nichts, was man hätte tun können, um es zu verhindern.

Der Morgen, klar und kühl, gab keinerlei Hinweis auf eine bevorstehende Katastrophe. Sie hatten eine angenehme Nacht an einem kleinen Flüsschen verbracht, wo Rinder und Pferde sich im saftigen grünen Gras tummelten. Niemand hatte es eilig, von dem Ort fortzukommen. Die Stille wurde nur ab und zu vom Geschnatter eines Perlhuhns oder dem Schrei eines Pavians durchdrungen. Eine leichte Brise, die den Geruch von

Dung und Buschvegetation mit sich trug, trocknete die Kleidung, die sie über verschiedenen Sträuchern ausgebreitet hatten.

Robert hatte in den letzten Monaten viel Zeit erfolglos damit verbracht, Ralph ein paar Tricks beizubringen. Der Welpe war von einem mageren, von Würmern und Flöhen befallenen Knäuel zu einem munteren jungen Hund mit glänzenden Augen herangewachsen, der gern durch die Gegend tollte, aber mehr war scheinbar nicht aus ihm herauszuholen.

»Sie werden ihm nie etwas beibringen, alter Junge«, meinte Logan achselzuckend. »Diese Kaffernhunde sind nicht besonders intelligent. Die meisten haben kaum mehr Verstand als ein Huhn.«

Robert sah allmählich ein, dass Logan Recht hatte. Ralph war zwar süß, anhänglich und offenbar auch treu, erwies sich aber als völlig unbelehrbar. Er besaß einen untrüglichen Instinkt für Ärger, die nervtötende Gewohnheit, sich an den ungeeignetsten Orten zu erleichtern und sich mitten in der Nacht, wenn alle schliefen, Spielkameraden zu suchen. Allmählich strapazierte er die Geduld aller.

Ralph besaß ein derart schlechtes Erinnerungsvermögen, dass es Robert schien, als würde ihm das, was er ihm mühsam beibrachte, innerhalb von drei Sekunden wieder entfallen. Immer wieder vergaß er, dass er nicht über das Wasser gehen konnte. Niemand wusste, wie häufig er schon aus dem Fluss gerettet worden war. Die nächtlichen Feuer erwiesen sich als weitere Gefahrenquelle. Ralph liebte die Wärme, aber es gelang ihm nicht zu verstehen, dass man sich einem Feuer nur bedingt nähern konnte. Die Hufe der Pferde waren für ihn eine ständige Herausforderung, danach zu schnappen, und immer wieder vergaß er die wütenden Tritte, mit denen die Tiere ihn traktierten. Durch Wagenräder musste er sich ständig neu hindurchzwängen, dabei hatte ihn eine eingeklemmte Pfote wochenlang hinken lassen. Löcher, die Warzenschweine oder Erdferkel gegraben hatten, waren wie geschaffen zum Erforschen, und Ralph erinnerte sich an unzählige Male, in denen er verschüttet worden war und mühsam wieder ausgegraben werden musste.

Ralph war ein regelrechter Vielfraß. Er warf Kochtöpfe um und schleckte das verschüttete Essen auf. Einmal fraß er sich durch einen Sack Grieß – er verschlang die gesamten zwei Pfund. Nichts war ihm heilig. Stiefel und Socken mussten über Nacht in Sicherheit gebracht werden. Logan hatte versucht, dem Hund eine Lehre zu erteilen, indem er scharfe Chilischoten in einer Socke versteckt und diese offen herumliegen lassen hatte. Am nächsten Morgen war die Socke samt den Chilischoten verschwunden. Ralph litt zwei Tage lang an entsetzlichen Krämpfen. Die Erfahrung lehrte ihn nichts.

An diesem Morgen versuchte Robert wieder einmal sein Glück. »Sitz!«, rief er und legte einen Finger auf die Nase des Hunds. In der anderen Hand hielt er einen Streifen *biltong*, eine Belohnung, sollte Ralph aus Versehen gehorchen. Bevor Robert auch nur einmal Luft holen konnte, machte das Tier einen Satz, schnappte nach dem Fleisch und verzog sich ins Gebüsch, um in aller Ruhe zu fressen.

»Vielleicht hilft eine Ladung Blei«, meinte Will gehässig.

Was dann geschah, ging so schnell, dass Robert sich fragte, ob er nur träumte. Niemand hatte den Leoparden bemerkt. Das an sich war nicht überraschend. Die Raubkatze, die normalerweise ein Nachtjäger war, war in der Lage, sich völlig unbemerkt an ihr Opfer anzuschleichen, ehe sie zum tödlichen Sprung ansetzte. Eine rasche Bewegung, ein kurzes Aufheulen, und dann war der Leopard mit Ralph in Richtung Baumgrenze verschwunden.

Robert rannte los, um sein Gewehr zu holen.

»Vergessen Sie es«, brüllte Logan. »Er ist bereits außer Schussweite. Und der Hund wird inzwischen längst tot sein.«

»War das da gerade, was ich denke, was es war?«

»Ein Leopard«, bestätigte Logan. »Ich hatte mich schon gewundert, warum der Pavian vorhin so einen Lärm gemacht hat.«

»Sehen wir es einmal so«, meinte Will pragmatisch. »Wenn Ralph bei uns geblieben wäre, hätte er auch nicht ewig überlebt.«

»Wir sollten jetzt besser aufbrechen«, stieß Robert aus. Der Hund war eine ziemliche Belastung gewesen, aber irgendwie hatte er sich in sein Herz geschlichen. Er würde ihm fehlen.

Während das Drama um Ralph die Aufmerksamkeit aller auf sich zog, achtete niemand auf Wills Kutscher und seinen Widersacher. Der Zulu hatte eine Peitsche in der Hand und schlug auf den Boden, seinen alten Feind herausfordernd anschauend. Der Sotho schnitt gerade ein paar *skeis* zurecht, Holzpflöcke, mit denen die *reims* bei den eingespannten Ochsen festgehalten wurden. Plötzlich sprang er auf, seine Hand schnellte nach vorn, und dann bohrte sich sein Messer bis zum Schaft in das Herz des erstaunten Zulu. Der Abdecker zog sein Messer heraus, wischte es am Hemd des Kutschers sauber und hockte sich wieder hin, um seine Arbeit fortzusetzen.

Mister David ging gerade zu seinem Wagen, um die Plane festzuzurren, als er sah, was geschehen war. Wild gestikulierend rannte er auf Robert zu und schrie außer sich: »Ärger! Großer Ärger.«

Robert, noch ganz in Gedanken bei Ralph, fuhr hoch. »Was ist jetzt los?«

»Kommen Sie, schnell.«

Der Zulu lag seltsam gekrümmt auf dem Boden. Blut sickerte langsam aus der Wunde in seiner Brust. Logan und Will kamen herbeigelaufen, alarmiert durch Mister Davids panische Schreie. Sie starrten auf den toten Kutscher, dann starrten sie den offensichtlichen Täter an. Der Sotho arbeitete ungerührt weiter.

Logan sprach ihn mit scharfer Stimme an.

Der Mann hob trotzig den Blick und zuckte die Achseln. »Er hat mich mit der Peitsche angegriffen«, war alles, was er zu dem

Vorfall zu sagen hatte. Der Zulu hielt die Peitsche noch in der rechten Hand, so blieb ihnen vorerst nichts anderes übrig, als die Geschichte zu glauben.

»Wir müssen ihn so schnell es geht begraben«, sagte Robert leise.

»Überlassen Sie das den Schwarzen. Sie haben ihre eigenen Rituale«, erklärte Logan.

»Sind diese Rituale heilig?«

»Einige. Hier draußen eher nicht, zumal keiner von seiner Familie anwesend ist. Tobacco wird sich darum kümmern.«

Tobacco, der die Familie des Kutschers flüchtig kannte, machte sich sofort auf, um Blätter von einem bestimmten, stark riechenden Strauch zu sammeln. Er kochte sie, und Robert beobachtete ehrfürchtig, wie er das Wasser, nachdem es abgekühlt war, benutzte, um damit das Gesicht des Toten zu waschen. Anschließend rasierte Tobacco dessen Kopf. Er lehnte den Körper in sitzender Haltung, die Knie unter das Kinn geklemmt, die Arme zu den Seiten herabhängend, gegen eines der Wagenräder. Mithilfe einer Decke wurde der Zulu dann in dieser Position festgebunden.

»Was geschieht nun?«, erkundigte sich Robert leise bei Mister David.

»Wir müssen warten.«

»Warum?«

Mister David zögerte zunächst, doch dann erklärte er es Robert. »Es wird allgemein angenommen, dass böse Geister Tote für üble Zwecke nutzen könnten. Wenn wir unsere Toten erst nach Sonnenuntergang beerdigen, können sie sie nicht finden.«

Eine Grube wurde ausgehoben – ungefähr zehn Meter tief und zwei Meter lang, in die an einem Ende ein Podest gegraben wurde. »Dort wird der Tote sitzen«, erklärte Mister David Robert. »Es ist wichtig, dass er mit dem Gesicht in Richtung seiner Heimat schaut.«

Kurz nach Sonnenuntergang wurde der Zulu zu seiner Ruhestätte getragen. Tobacco kletterte in die Grube und setzte den Mann in seine Schlafmatte gehüllt auf das Podest. Dann wurden die hölzerne Kopfstütze des Kutschers, eine Tabakdose, das Haar, das man ihm vorher abrasiert hatte, und seine Kleidung in das Grab gelegt. Die Stöcke und *assegais* des Mannes wurden zerbrochen und ebenfalls ins Grab gegeben. Ein flacher Stein wurde auf seinen Kopf gelegt, ein weiterer an seine Füße. Dann wurden Flusssteine vor seinem Körper aufgehäuft. Sobald er nicht mehr zu sehen war, wurde das Grab mit Erde gefüllt und mit Grasbüscheln bedeckt. Jeder Schwarze legte noch einen Stein auf das Grab.

»Das ist ein endgültiger Abschied«, erklärte Mister David und reichte auch Robert einen Stein. »Sie sind eingeladen, sich ebenfalls zu verabschieden.«

»Ist er nun bereits ein Ahn?«, fragte Robert und legte seinen Stein mit Bedacht ab.

»Nein. Sein Geist wird zunächst noch viele Jahre auf Wanderschaft gehen. Er muss nach Hause gebracht werden. Das ist eine ganz besondere Zeremonie, die nur jemand aus der Familie ausüben kann.«

An diesem Abend wurde nur sehr wenig gesprochen. Robert fühlte sich ohnehin nicht danach, zumal er erfahren hatte, dass Worte am Tag eines Begräbnisses als unheilvoll galten. Selbst Will, der es kaum erwarten konnte, Logans Abdecker zur Rede zu stellen, hielt sich zurück. Die Blicke, die er jedoch in die Richtung des Sotho entsandte, ließen keinen Zweifel daran, dass er eine Erklärung von ihm erwartete. Der schien ungerührt. Er verbrannte etwas Elefantenfleisch und einige Wurzeln, bis nur noch Asche übrig war. Die aß er, ehe er sich aufmachte, um im Fluss zu baden.

»Er muss seine Seele reinigen«, erklärte Logan. »Wenn die Sotho dies so ähnlich machen wie die Zulu, hat er nur die halbe Zeremonie verrichtet. Für ein vollständiges Ritual benötigt man auch noch das Fleisch eines Löwen, eines Pavians, eines Schakals und einer Hyäne. Aber er hat sein Bestes getan.«

»Was wird nun mit ihm geschehen?«

»Er wird vermutlich verschwinden, was bedeutet, dass wir zwei gute Männer verloren haben. Das Blut aller Zulu gehört ihrem König. Da dieser Mann einem anderen Stamm angehört, würde jeder Versuch der Wiedergutmachung, etwa durch das Bereitstellen von Vieh, auf taube Ohren stoßen. Er würde sofort getötet werden.« Mit sarkastischem Grinsen fügte er hinzu: »Das Vieh würden sie natürlich behalten.«

»Was ist mit unseren anderen Boys? Werden sie das Gesetz selber in die Hände nehmen?«

»Wenn einer von ihnen ein Bruder war, würde er sich moralisch dazu verpflichtet fühlen, seinen Tod zu rächen. Aber zum Glück sind unsere Männer nicht miteinander verwandt. Nein, in diesem Fall kann nur der König oder der Häuptling des Getöteten über das Schicksal des Täters entscheiden. Der Sotho ist im Moment noch sicher, aber eines Morgens werden wir erwachen, und dann wird er fort sein.«

Mister David war damit beschäftigt, die stärkende *muthi* herzustellen, die ihn und die anderen Zulu davor bewahren sollte, hinter dem Verstorbenen hergezogen zu werden. Den drei Weißen wurde nichts angeboten, allerdings wurden alle Ochsen in den Rauch eingehüllt, um sie ebenfalls zu schützen.

Zwei Tage bevor sie das Heimatdorf von John Dunn, einem Freund von Logan, erreichten, schlich sich der Sotho aus dem Lager. Mit dem Verschwinden des Abdeckers löste sich eine große Anspannung unter den Männern, und eine muntere und fröhliche Truppe erreichte die Mündung des Thukela, die zugleich das Ende ihrer Reise markierte.

Robert hatte in den vergangenen Monaten eine Menge gelernt. Seine Sprachkenntnisse waren noch immer sehr rudimentär, aber es reichte, um sich auf Zulu begrüßen und das Wichtigste verstehen und sagen zu können. Mit dem Verständnis der Lebensweise der Eingeborenen von Natal wuchsen auch sein Respekt und seine Anerkennung vor diesem Volk – und damit die Erkenntnis, dass er ihre Sitten und Gebräuche zwar bewunderte, aber nie einer von ihnen werden würde. Die Unterschiede waren einfach zu groß. Nur sehr wenigen Weißen gelang es, die Brücke zwischen den beiden Kulturen zu überqueren, und die, denen das gelang, kehrten ihrem früheren Leben gewöhnlich für immer den Rücken. John Dunn, ihr Gastgeber, war einer von ihnen.

Logan hatte Dunn als brummigen alten Kauz beschrieben. »Bildet sich ein, alles zu wissen. Schlechter Feind, guter Freund. Hasst die meisten Menschen. Und gibt das auch noch freimütig zu. Wenn man ihn nervt, sagt er einem das.«

An der Art, wie Dunn ihn begrüßte, konnte Robert keinerlei Hinweise auf unangenehme Eigenschaften entdecken. Er hatte vielmehr den Eindruck, dass der Mann ein Einzelgänger und ziemlich einsam war. John Dunn lebte mit den Zulu wie einer von ihnen. Sein Kral, fünf Meilen vom Thukela entfernt, war ebenso traditionell wie jeder *umuzi.* Trotzdem bot Dunn ihnen einen guten Wein an und Essen, das die Geschmäcker der Zulu und der Europäer miteinander verband. Zum Schlafen stellte er ihnen Strohhütten mit bequemen Matratzen zur Verfügung.

Entgegen Logans Beschreibung war Dunn nicht alt, er war Ende dreißig. Der Mann war sehr groß und kleidete sich wie ein Zulu. Stechende dunkle Augen und ein Vollbart verliehen ihm Autorität. Verwegen, schillernd und völlig unangepasst wie er war, war John Dunn zu seinem eigenen Erstaunen zu einer Legende geworden. Robert war fasziniert von ihm.

Dunn war in England geboren, doch schon als er zwei Jahre alt war, wanderte seine Familie nach Afrika aus. Sein Vater kaufte eine Farm, und der kleine John lebte zehn Jahre lang glücklich und zufrieden. Er mischte sich unter die Zulu- und Xhosa-Arbeiter, bis er deren Traditionen und ihre Sprache perfekt beherrschte. Mit zwölf hatte sich plötzlich alles verändert. Sein Vater war von einem Elefanten zu Tode getrampelt worden, vier Jahre später starb seine Mutter. John war siebzehn, als er in den Busch ging, Elefanten jagte und sich als Führer im Thukela-Tal sein Brot verdiente.

Wenn ein Mann den künftigen Zulu-König Cetshwayo kannte, dann war es Dunn. Die Ereignisse, die zu ihrer Freundschaft geführt hatten, waren ungewöhnlich, aber typisch für die Art der Zulu, wie auch Robert sie inzwischen kennen gelernt hatte. Ehe Dunn Cetshwayo begegnet war, war er mit dessen Erzrivalen um den Thron, einem Halbbruder namens Mbuyazi, befreundet gewesen. Eine Auseinandersetzung zwischen Cetshwayo und Mbuyazi schien unausweichlich. John Dunn, dem man Land im Austausch gegen seine Dienste angeboten hatte, willigte ein, eine bunt gemischte Truppe von Grenzpolizisten, die aus Natal stammten, anzuführen, um Mbuyazi dabei zu helfen, sich von seinem hartnäckigsten Widersacher zu befreien.

Cetshwayo hatte einen ähnlichen Akt der Rebellion erwartet und zur Unterstützung ungefähr zwanzigtausend Männer zusammengezogen. Mbuyazi verfügte lediglich über siebentausend. Die Kämpfe zwischen den Rivalen begannen an einem für die Jahreszeit ungewöhnlich kalten und nebligen Morgen im Dezember des Jahres 1856. Dunn stellte rasch fest, dass Mbuyazi um Klassen unterlegen war, und drängte die Zulu dazu, sich wieder zurückzuziehen. Mbuyazi jedoch, brennend vor Ehrgeiz und Stolz, weigerte sich. Es war ohnehin zu spät. Cetshwayos Krieger drängten Mbuyazi zurück zum Thukela, der nach schweren Regenfällen angeschwollen war und sich in einen reißenden Strom verwandelt hatte. Viele seiner Anhänger, die nicht im Kampf getötet wurden, ertranken bei dem Versuch, das schlammige braune Wasser zu durchqueren, und ihre Leichen wurden ins Meer gespült. John Dunn entkam in einem Boot, das er sich klugerweise vorher bereitgestellt hatte.

Cetshwayo setzte kein Kopfgeld auf Dunn aus, der fortan als

Feind des Prinzregenten galt. Das war nicht die Art der Zulu. Cetshwayo nahm sich ungefähr tausend Stück Vieh seines Feindes als Kriegsbeute, das unglücklicherweise verschiedenen europäischen Händlern gehörte.

John Dunn machte sich auf, um die Tiere zurückzuholen. Als Erstes ging er zu Mpande. Der alte König fürchtete sich so sehr vor Cetshwayo, dass er nur bereit war, inmitten eines Viehkrals mit Dunn zu sprechen, wo ihnen niemand zuhören konnte. Als er die Einzelheiten der Schlacht erfuhr, war Mpande sehr betroffen über den Verlust eines Sohnes, dennoch war er Dunn dankbar für seine Hilfe. »Gehen Sie zum Mangweni-Kral. Sagen Sie Cetshwayo, dass ich die Rückgabe des Viehs aller weißen Männer fordere.«

Der Prinz war sich Dunns Nähe zu Mbuyazi durchaus bewusst, erwähnte dies jedoch nicht. Das Vieh wurde ohne zu zögern zurückgegeben, und Dunn erhielt von den dankbaren Händlern eine Belohnung über 250 Pfund. Mit diesem Geld gründete John eine eigene Handelsgesellschaft in Zululand. In den folgenden Jahren traf er Cetshwayo einige Male, und zwischen den beiden entwickelte sich schließlich eine Freundschaft. Cetshwayo brauchte einen Weißen, dem er vertrauen konnte, einen, der ihn beraten und mit den Briten korrespondieren konnte. Er bot Dunn diese Position an, der nahm sie und bezog ein Stück Land, das Cetshwayo ihm schenkte. Dort baute er ein Haus und heiratete Catherine Pierce, die Tochter eines weißen Vaters und einer Mischlingsmutter. Im Laufe der Zeit hatte er neunundvierzig Zulu-Frauen um sich herum versammelt. Die Bewohner von Durban behandelten Dunn wie einen in Verruf geratenen Exilanten, doch die Zulu respektierten den Mann; ein paar sahen in ihm nicht nur einen weißen Stammesangehörigen, sondern sogar ihren Häuptling.

Als sich das Gespräch am Lagerfeuer um die Politik der Zulu drehte, hörte Robert aufmerksam zu. »Sie müssen wissen, dass Cetshwayo eigentlich mit niemandem verbündet ist außer seinem eigenen Volk«, erklärte ihnen Dunn als Antwort auf eine Frage von Will über den rechtmäßigen Erben der Zulu. »Er ist ein Traditionalist. Er würde sich gegen andere Stämme stellen, hat jedoch nicht den Wunsch, die Weißen zu bekämpfen.« Er zog einen brennenden Stock aus dem Feuer und zündete sich seine Zigarre neu an.

»Wir haben in letzter Zeit nicht viel von ihm gehört«, meinte Logan. »Was treibt er so?«

»Er wartet einen günstigen Zeitpunkt ab«, antwortete Dunn und trank einen Schluck besonders edlen Rotwein, den er irgendwo beschafft hatte. »Ich vermute, Sie haben gehört, dass Mpande akzeptiert hat, dass Cetshwayo sein Erbe ist.«

»Hat er eine andere Wahl? Der Prinz hat doch alle Gegner ermordet.«

»Nicht ganz.« Dunn paffte an seiner Zigarre, ehe er fortfuhr. »Ein paar konnten fliehen. Aber ich sage Ihnen, Zululand wird unter Cetshwayo besser dran sein. Wenigstens ist er einer, der die Interessen seines Volkes vertritt.«

»Was soll das heißen?«, fragte Logan.

»Die Buren bauen ebenfalls einen jungen Thronerben auf. Die Briten einen weiteren. Überlegen Sie, was das bedeuten könnte.«

»Gezerre um Land. Wir wissen, dass die Buren Zululand gern für sich hätten.«

»Das ist nicht zu übersehen. Sie dringen bereits dort ein, und die Zulu verjagen sie wieder. Was sie jedoch nicht davon abhält, es erneut zu versuchen.«

»Wie dem auch sei«, meinte Logan achselzuckend, »ich dachte, beide Seiten würden Cetshwayo als den nächsten König anerkennen.«

Dunn lächelte kopfschüttelnd. »Seien Sie nicht so einfältig, alter Freund. Die beiden Prinzchen werden vielleicht nie die Gelegenheit haben, Cetshwayo herauszufordern. Sowohl die Buren als auch die Briten wissen das. Andererseits, vielleicht doch.

Nichts ist vorhersehbar bis auf eines: Das Land wird immer ein Thema bleiben. Mpande hofiert die Holländer, Cetshwayo zieht unsere Landsleute vor. Glauben Sie, einer von ihnen hat Zulu-Interessen im Sinn? Das würden nur Dummköpfe behaupten. Eine dunkle Wolke hängt über uns, die nicht ignoriert werden kann. Diesem Land bleibt nicht mehr viel Zeit. Und eines sage ich Ihnen: Keines der Probleme wird am Tisch gelöst werden. Die Zukunft von Zululand wird sich auf dem Schlachtfeld entscheiden.«

»Kommt das von Cetshwayo? Wollen Sie damit sagen, dass die Zulu sich auf einen Kampf vorbereiten?«

»Die Zulu?« Dunn schien überrascht. »Noch nicht, aber ja, natürlich werden sie das verteidigen, was ihnen rechtmäßig zusteht. Was sollte man auch sonst von ihnen erwarten? Sie können unmöglich gewinnen, auch wenn ich bezweifle, dass das irgendjemand zugeben würde. Nein, meine Freunde, ich spreche von etwas viel Ernsterem. Einer Auseinandersetzung zwischen Buren und Briten. Ich versichere Ihnen, in diesem Land wird das Blut von uns allen fließen, von Zulu, Engländern und Holländern zugleich. Ich gebe ihm bestenfalls noch zehn Jahre.«

»Das ist ziemlich pessimistisch«, wandte Logan ein.

Dunn machte eine großzügige Handbewegung. »Sehen Sie sich doch um. Haben Sie je so fettes Vieh und so saftige Wiesen gesehen? Das hier ist das Land Gottes.«

In die Stille, die auf diese Bemerkung folgte, fragte Robert: »Wie ist Cetshwayo wirklich?«

Dunns Augen funkelten. »Sie haben ja keine Ahnung, wie oft ich das gefragt werde«, sagte er und lächelte. Als er sah, dass Robert seine Frage gerade wieder zurückziehen wollte, hob er die Hand. »Nein, nein. Wenn Sie hier Ihr Glück machen wollen, müssen Sie das wissen.« Er zögerte kurz, dann fuhr er fort: »Für einen Zulu gilt er als gut aussehend. Ein sehr schüchterner oder zumindest reservierter Mensch. Ein Mann, der mit ruhiger Stimme spricht, aber auch zuhören kann. Wenn es nötig ist, kann er sehr deutlich werden und fürchtet sich nicht, seine Meinung gegenüber anderen zu vertreten. Seine herausragende Eigenschaft ist es jedoch, dass er an den Prinzipien der Zulu festhält.« Dunn zuckte mit den Schultern. »Ich habe Achtung vor dem Mann. Er kann es mit den meisten Weißen aufnehmen und lässt sich durch politische Machenschaften nicht blenden. Cetshwayo ist sehr beliebt. Was kann man von einem zukünftigen König mehr verlangen?«

»Und Mpande?«

Dunn lachte leise. »In den Augen der Europäer ist er eine Witzfigur. Sie sehen in ihm nur einen unglaublich fetten Mann, zu dick zum Laufen. Er wird in einem kleinen Wagen durch die Gegend geschoben. Der König unterhält sich für sein Leben gern mit Händlern und hört sich ihr Geschwätz an. Sein Volk respektiert ihn, es singt sein Loblied. Er ist ebenfalls beliebt, und trotzdem wissen wir alle, dass die wahre Macht bei Cetshwayo liegt. Bei Mpande wird man sich hauptsächlich an seine friedliche Regentschaft erinnern, obwohl er sich in der ersten Zeit auch als guter Krieger erwiesen hat.«

»Cetshwayo hat einen Sohn, nicht wahr?«, fragte Logan.

»Richtig. Dinuzulu. Er ist bereits zum Nachfolger seines Vaters ernannt.«

»Wird er Gelegenheit haben zu regieren, was glauben Sie?«

»Nichts ist sicher, bis auf die Tatsache, dass die Zulu immer einen König haben werden. Wie viel Macht er tatsächlich haben wird, ist offen.«

Logan schaute zu seinem Freund auf. »Wo bleiben Sie bei alledem?«

John Dunn lachte. »Ich? Ich habe die beste Zeit in Zululand bereits erlebt. Jüngere Männer wie Robert hier werden sich eine Weile um das Land kümmern, aber, und da bin ich mir sicher, seine Söhne nicht mehr. Der nächste Zulu-König könnte ebenso gut der letzte sein. Auf jeden Fall wette ich, dass wir in Cetshwayo den Anfang vom Ende erleben werden.« Dunn runzelte die Stirn. »Und ich sage Ihnen noch etwas. Das alles ist nicht die Schuld der Zulu.«

»Was werden Sie tun in Zukunft?«, fragte Logan. »Ich kann mir nicht vorstellen, dass Sie sich in Durban niederlassen werden.«

»Ach, Mann.« Dunn reagierte unwirsch. »Seien Sie nicht dumm. Was soll ich denn in einer Stadt? Ich werde natürlich bleiben. Ich bin inzwischen mehr Zulu als Engländer. Mit etwas Glück erlebe ich das Ende auch gar nicht mehr.«

Seine Worte bedrückten alle, dann wechselte Will das Thema. »Wir werden von hier aus in Richtung Süden weiterziehen. Unsere Wagen sind voll geladen. Es war ein sehr erfolgreiches Unternehmen. Die Zulu sind noch auf den Handel angewiesen.«

John Dunn wollte seinen Optimismus nicht teilen. »Machen Sie das Beste daraus«, riet er. »Wenn die Engländer oder die Holländer diese Gegend erst in die Hände bekommen, wird es keinen Platz mehr für Händler geben. Sie werden dieses Land mit Straßen und Städten durchziehen, und die Kaffern werden Sie nicht mehr brauchen.«

Auf dem Weg nach Durban musste Robert immer wieder an Dunns Worte denken. Er hatte die Reise genossen und fragte sich, ob Will und Logan bereit sein würden, eine weitere mit ihm zu unternehmen. Wenn der Mann, den man als weißen Zulu bezeichnete, Recht behielt und sich seine Vorhersagen erfüllten, war es vielleicht keine schlechte Idee, so viel Geld wie möglich zu verdienen, solange noch Gelegenheit dazu bestand. Nach zwei Nächten in Durban stellte er seinen beiden Partnern die Frage.

Logan winkte ohne Umschweife ab. »Nehmen Sie das nicht persönlich, alter Junge, aber ich komme allein sehr viel besser zurecht. Ich habe auf dieser Tour genug verdient, um Ihnen alles zurückzahlen zu können und sogar noch etwas übrig zu behalten. Ich werde als Nächstes in Richtung Norden aufbrechen.«

Enttäuscht wandte sich Robert an Will.

»Wer wird Elefanten schießen, wenn er nicht mitkommt?«, fragte Will.

Das war eine gute Frage. Logans Erfahrung mit dem Gewehr hatte ihnen wesentlich mehr eingebracht als der Handel.

»Ich schätze, das heißt auch Nein.« Robert versuchte seine Resignation nicht zu zeigen. »Dann mache ich mich notfalls eben allein auf den Weg.«

Logan gab einen amüsierten Laut von sich. »An Ihrer Stelle würde ich mir deshalb keine schlaflosen Nächte machen. Wahrscheinlich dauert es keine drei Tage, bis Will wieder pleite ist. Dann wird er sicher wieder dabei sein.«

»Dieses Mal nicht.« Will schüttelte heftig den Kopf. »Ich werde meine eigene Reise finanzieren.«

»Um wohin zu gehen?«, fragte Logan spöttisch.

»In Richtung Süden, nach Pondoland.« Will grinste. »Ich habe gehört, es soll ein Dorado für Händler sein.«

»Also gut«, antwortete Robert, dem seine Enttäuschung jetzt deutlich anzumerken war. »Sollte euch beiden das Geld ausgehen, wisst ihr ja, wo ihr mich finden könnt. Ich bin wieder auf dem Weg ins Thukela-Tal.«

»Sie halten sich wohl für einen neuen John Dunn, was?«, witzelte Logan.

»Es gibt Schlimmeres«, antwortete Robert augenzwinkernd. »Ich mag diese Gegend.«

»Das tun die Zulu auch«, erinnerte ihn Will. »Und sie waren als Erste hier.«

»Ein Mann muss einen Plan haben«, warf Logan ein. »Erzählen Sie dem lieben Gott nur nichts davon.«

»Warum nicht?« Überraschenderweise schien Will ein religiöser Mensch zu sein.

»Weil er dann lachen muss.«

Sie verbrachten den größten Teil des Vormittags in Catos Warenhaus, wo sie ihr Elfenbein auspackten und sich über die Preise stritten. Die Wagen kamen zur Reparatur, nachdem man ihnen versprochen hatte, dass sie ihnen innerhalb von zwei Wochen wieder zur Verfügung standen. Robert würde zwei behalten, den dritten bekam Logan. Die Ochsen und das übrige Vieh sowie die Pferde würden verkauft. »Das ist das Einfachste. Wir können neue kaufen, wenn wir wieder losziehen.«

Ausnahmsweise waren Logan und Will einer Meinung.

Mister David erklärte, er würde für ein paar Tage nach Hause fahren. »In zehn Tagen«, sagte er zu Robert, »werde ich vor Catos Laden auf Sie warten, falls Sie dann wieder einen Kutscher brauchen.«

Robert fühlte sich ziemlich einsam, nachdem er sich von den Männern verabschiedet hatte, mit denen er so lange zusammen gewesen war.

Es war später Nachmittag, als er in Richtung The Berea ritt. In Mrs. Watsons Pension gab es vielleicht kein Zimmer für ihn, aber mit etwas Glück würden ihn dort wenigstens Briefe von zu Hause erwarten. Robert freute sich auf eine Nachricht von seiner Familie, aber vor allem hoffte er, dass Lorna ihm geschrieben hatte. Es war eine verzweifelte Hoffnung, das wusste er. Sie würde ihn sicher hassen.

Er hielt Tosca in gleichmäßigem Trab und dachte über all das nach, was er gelernt hatte, seit er damals mit dem Schiff in Durban angekommen war. Seine ersten Eindrücke waren von Angst und Zweifeln begleitet gewesen. Inzwischen kam ihm vieles sehr vertraut vor, und er fühlte sich fast zu Hause. Er war seit über einem halben Jahr von Schottland fort, und das, was er seither erlebt hatte, ging weit über das hinaus, was die meisten Menschen im Laufe ihres Lebens erfuhren. Als er dieses Land zum ersten Mal betreten hatte, war er völlig unwissend gewesen, fasziniert und eingeschüchtert zugleich; nun lernte er, es zu lieben.

Gut gelaunt – Robert hatte das Geld, das er zu Beginn der Reise investiert hatte, mehr als verdoppelt – zügelte er sein Pferd vor Mrs. Watsons Pension. Die vornehme Kutsche, die davorstand, beachtete er kaum. In freudiger Erwartung seiner Post stürmte Robert auf die Eingangstür zu.

Mabel, das afrikanische Dienstmädchen, öffnete, und er begrüßte sie in Zulu. Sie kicherte vor Freude und bat ihn zu warten.

An Ann Watsons Gesichtsausdruck sah Robert, dass etwas nicht stimmte. »Nun«, sagte sie und versperrte ihm den Weg. »Da haben Sie ja ein feines Balg hinterlassen. Ich bin überrascht, dass Sie den Mumm haben, nach einem derart skandalösen Benehmen hier noch einmal aufzutauchen. Haben Sie geglaubt, die ganze Sache würde sich einfach in Wohlgefallen auflösen?«

»Wie bitte?« Robert machte einen Schritt nach hinten, so sehr überraschte ihn ihr Ausbruch.

»Sie sind ein Schuft, Sir.« Mrs. Watson schrie die Worte geradezu heraus. »Das arme Mädchen hat sich beinahe die Seele aus dem Leib geweint. Eine Schande ist das. Wie können Sie es wagen, einfach hier aufzutauchen, als sei nichts geschehen?«

»Mrs. Watson, ich …«

»Sie werden keinen Fuß mehr in dieses Haus setzen, Sir, bis ich aus Ihrem Mund gehört habe, dass Sie beabsichtigen, das einzig Ehrenhafte zu tun.«

»Ehrenhafte? Was …?« Robert holte tief Luft. »Ich habe nicht die leiseste Ahnung, wovon Sie reden.«

Eine Stimme klang aus dem Haus, so laut und wütend, dass Robert zusammenzuckte. Die gedrungene, stämmige Gestalt von Mr. Wilcox war das Letzte, was er erwartet hatte. Er kam durch die Halle auf ihn zugestürmt, seine Miene ließ auf Mordabsichten schließen. »Ich werde Sie mit meinen bloßen Händen umbringen, Sie verdammter Blaubart. Sie schändlicher Verführer. Sie sind der Abschaum, Sir.« Mr. Wilcox blieb neben Mrs. Watson stehen und keuchte vor Wut. »Ich verlange zu erfahren, was Sie nun zu tun beabsichtigen.«

»In welcher Angelegenheit bitte?«, fragte Robert, der Mühe hatte, ruhig zu bleiben.

Mr. Wilcox, der ohnehin schon eine ungesunde Gesichtsfarbe hatte, wurde tiefrot. »In Angelegenheit meiner Tochter. Sie haben ihr Leben zerstört. Ich erwarte, dass Sie sie so schnell wie möglich heiraten.«

»Sarah?« Robert hatte immer noch Mühe zu begreifen, was vor sich ging. »Wovon in aller Welt reden Sie?«

Mrs. Watson schüttelte den Kopf. »Also wirklich, Mr. Granger, ich hätte wahrhaftig mehr von Ihnen erwartet.«

Mr. Wilcox wandte sich an Mabel, die mit großen Augen zuhörte. »Sag meiner Tochter, dass ihr nichtsnutziger Liebhaber zurückgekehrt ist. Sie soll sofort nach unten kommen.« Er warf einen Blick in Mrs. Watsons Richtung. »Wenn Sie nichts dagegen haben, Madam, hätte ich gern ein paar Minuten mit den beiden allein.«

»Natürlich, Mr. Wilcox.«

Mit einem letzten geringschätzigen Blick auf Robert verschwand Mrs. Watson in die Küche.

»Hinein«, schnappte Mr. Wilcox.

Robert folgte ihm in den Salon. Der sichtlich schwitzende Mann ließ sich in einen Sessel fallen und sprang dann wieder auf, um erregt im Zimmer umherzugehen. »Ich nehme an, Sie leugnen, meine Tochter verführt zu haben?«

»Verführt …?«

»Verführt, Sir. Sie erwartet ein Kind.«

»Ich …«

»Sie haben die Hilflosigkeit eines unschuldigen jungen Mädchens schamlos ausgenutzt. Sie, der für ihre sichere Rückkehr verantwortlich war. Sie …« Mr. Wilcox war so außer sich, dass er kaum reden konnte. »Sie … lasterhafter Mensch. Ich habe noch nie etwas Ungeheuerlicheres gehört. Was haben Sie zu Ihrer Entschuldigung zu sagen?«

Robert war fassungslos. »Das hat nichts mit mir zu tun, Sir. Ich habe Ihre Tochter nicht angerührt.«

Sein Dementi machte Mr. Wilcox nur noch wütender.

Robert ließ sich von der Wut des Mannes nicht beeindrucken. »Fragen Sie sie. Sarah wird das, was ich sage, bestätigen.«

»Fragen Sie sie doch selber, Sie niederträchtiger Widerling.«

Aus den Augenwinkeln sah Robert, dass Sarah im Türrahmen stand. »Sarah!«

Sie lief auf ihn zu. »Oh, mein Darling, ich wusste, dass du zurückkommen würdest.« Sie schlang die Arme um seine Hüfte und verbarg ihr Gesicht an seiner Brust.

»Sarah!« Robert schob das Mädchen sanft von sich. »Was …?«

Sie sah mit feuchten Augen zu ihm auf. »Jetzt können wir endlich heiraten, wie du versprochen hast.«

»Also bitte, Sir. Reden Sie sich da heraus, wenn Sie können. Ich verlange, dass Sie meine Tochter so rasch wie möglich heiraten.«

»Den Teufel werde ich tun!« Robert war plötzlich wütend. »Ich bin nicht verantwortlich für das Kind, das sie erwartet.«

»Meine Tochter ist keine Lügnerin, Sir. Sie ist selber noch ein Kind. Sie werden sie heiraten, oder bei Gott, Sir …«

»Ich will nichts damit zu tun haben. Ich habe Zeugen, die beweisen, dass Sarah unbeschädigt in Ihre Obhut zurückgegeben worden ist. Ich werde mich nicht zwingen lassen, sie zu heiraten.«

Mr. Wilcox lächelte bösartig. »Oh, ich denke doch. Ich habe mir die *London Times* per Schiff kommen lassen. In einer ihrer Ausgaben gibt es einen interessanten Bericht über einen Lord Robert Acheson und die Vorwürfe, die eine gewisse Lady de Iongh gegen ihn erhoben hat. Die Polizei sucht ihn dringend. Es gibt eine Belohnung für jeden Hinweis auf seinen Aufenthaltsort. Die Zeichnung sieht Ihnen sehr ähnlich, Mr. Robert Granger. Finden Sie es nicht auch interessant, dass Lord Achesons Familienanwesen in Edinburgh The Grange heißt?« Mr. Wilcox' Lächeln wurde triumphierend. »Sie haben zwei Möglichkeiten, junger Mann. Meine Tochter zu ehelichen oder in Ketten nach England zurückzureisen. Was sagen Sie?«

Robert ignorierte ihn. Er wandte sich an Sarah. »Würden Sie Ihrem Vater freundlicherweise die Wahrheit erklären?«

»Aber Robert ...« Tränen traten in ihre Augen, ihre Lippen zitterten. Eine perfekte Vorstellung gab sie ab, das musste Robert eingestehen.

»Ich habe Ihnen keinerlei Versprechungen gemacht, und Sie wissen sehr wohl, dass ich nicht der Vater Ihres Kindes bin. Warum lügen Sie also?«

Sarah verbarg das Gesicht in beiden Händen und schluchzte.

»Sagen Sie endlich die Wahrheit, Sie dummes Mädchen«, schnappte Robert. »Ich will mit diesen Betrügereien nichts zu tun haben.«

Sarah schluchzte nur noch heftiger.

»Genug, Sir. Ich werde es nicht hinnehmen, dass Sie meine Tochter derartig einschüchtern. Sie und niemand sonst sind für ihren Zustand verantwortlich, ungeachtet Ihrer feigen Dementis, die eines Gentlemans ganz und gar unwürdig sind. Beabsichtigen Sie nun, sich ehrenhaft zu verhalten, oder wird es nötig sein, nach der Polizei zu schicken?«

»Sarah!«, flehte Robert. »Um Himmels willen, sagen Sie Ihrem Vater bitte die Wahrheit.«

»Genug, sage ich«, donnerte Mr. Wilcox. »Sie haben zwei Möglichkeiten, und genau zwei Sekunden Zeit, sich für eine davon zu entscheiden. Welche wählen Sie?«

Robert starrte den Mann hasserfüllt an. Ihm blieb kaum eine andere Wahl. Eine Ehe mit einem Mädchen, das er nicht liebte und das das Kind eines anderen Mannes in sich trug, oder die Rückkehr nach Schottland, wo der Henker auf ihn warten würde. »Nun gut. Ich werde Sarah heiraten. Aber ich warne Sie, Sir, mein Name wird das Einzige von mir sein, was sie bekommen wird.«

Robert hörte Sarah erleichtert seufzen und spürte ihre Hand an seinem Arm. Es kostete ihn große Anstrengung, sie nicht abzuschütteln.

Sarahs Vater nickte zufrieden. »Es gibt keinen Grund für dich, weiterhin hier zu bleiben, Sarah. Geh und pack deine Sachen. Nun, da Mr. Granger seine Absichten verkündet hat, kannst du zu deiner Mutter und mir in die Stadt kommen, ins Hotel.«

Mit gesenktem Kopf gehorchte Sarah. Sie schaute weder Robert noch ihren Vater an.

Mr. Wilcox durchquerte den Raum. Er hatte die Hand ausgestreckt und lächelte nun, aber sein Lächeln wirkte noch immer berechnend. »Hervorragend. Willkommen in unserer Familie, Robert. Ich darf Sie doch Robert nennen, oder?« Er wurde plötzlich jovial und versuchte nicht mal, seine offensichtliche Erleichterung zu verbergen.

Robert ignorierte die ihm hingehaltene Hand, drehte sich um und ging zum Fenster. Er schaute hinaus, ohne wirklich etwas wahrzunehmen.

»Kommen Sie, junger Mann. Meine Tochter ist eine gute Partie. Sie werden keinen Anlass haben, Ihre Entscheidung zu bereuen.«

Robert sprach mit kalter Stimme. »Sie lassen mir keine Wahl. Ich finde es äußerst verwerflich, dass ein Vater seine Tochter einem Mann anvertraut, dem eine Vergewaltigung vorgeworfen wird. Das sagt mir zwei Dinge, Sir. Erstens, dass Sie nicht glauben, dass ich ein solches Verbrechen begangen habe, und zweitens, dass Sie sehr wohl wissen, dass ich nicht der Vater von Sarahs Kind bin. Sie nutzen ein angebliches Verbrechen für Ihre eigenen Zwecke. Ihr Geschwätz von Ehrenhaftigkeit ist eine Farce.«

Wilcox geriet erneut in Rage, doch Robert ließ ihn nicht zu Wort kommen.

»Sparen Sie sich Ihre falschen Behauptungen für diejenigen auf, die sie glauben. Sie haben mich in die Enge getrieben. Ich gratuliere Ihnen. Eine hervorragende Lösung für die schwierige Lage, in die Ihre Tochter Sie gebracht hat. Ich vermute, diese Idee stammt nicht von Sarah, auch wenn ihre Bereitschaft, das

Spiel mitzuspielen, kaum für ihren Charakter spricht. Ich liebe Ihre Tochter nicht und werde sie nie lieben. Erwarten Sie nicht von mir, in Ihrer Nähe zu leben und zu arbeiten. Ich werde meine Handelsreisen fortsetzen.«

»Aber Sarah kann doch nicht allein gelassen werden«, protestierte Wilcox.

Robert drehte sich immer noch nicht um. »Bringen Sie sie nach Colenso. Tun Sie, was immer Sie wollen. Es interessiert mich offen gestanden nicht. In genau zwei Wochen werde ich in Richtung Midlands aufbrechen, und ich habe die Absicht, mich mindestens ein halbes Jahr dort aufzuhalten.«

»So können Sie meine Tochter nicht behandeln«, brüllte Wilcox. »Sie verdient die Achtung ihres Ehemannes.«

»Versuchen Sie nicht, mir zu erklären, was Sarah verdient.« Robert wirbelte herum, um seinem zukünftigen Schwiegervater ins Gesicht zu sehen. »Seien Sie verflucht, Wilcox. Sie und Ihre niederträchtige Tochter.« Mit diesen Worten marschierte er aus dem Raum.

Er wäre fast mit Mrs. Watson zusammengestoßen, die sich vor der Tür hastig aufrichtete.

»Ich bin mir sicher, Sie haben alles mitgehört, Madam.«

Sie war verlegen, schaffte es jedoch, es zu überspielen. »Meinen Glückwunsch, Mr. Granger. Wenn Sie noch einen Moment warten, ich habe einige Briefe für Sie.«

Es waren drei. Ohne auch nur einen Blick darauf zu werfen, stopfte Robert die Umschläge in seine Tasche und ging aus dem Haus. Vor dem Tor schwang er sich auf Toscas Rücken und galoppierte in die Stadt zurück. Er brauchte jetzt einen Drink. Genauer gesagt beabsichtigte er, sich blindlings, hemmungslos und vollständig zu betrinken.

Sechs Tage später heiratete Robert Granger Sarah Wilcox in einer stillen schlichten Zeremonie, zu der außer ihren Eltern und Mrs. Watson keine weiteren Gäste geladen waren. Logan bot sich als Trauzeuge an, aber Robert erklärte ihm in kurzen Worten, dass seine Dienste unter den Umständen nicht nötig seien.

»Sind Sie sicher, alter Junge, dass Sie nicht doch ...?«

»Ich bin mir absolut sicher, dass ich mich daran erinnern könnte«, antwortete Robert knapp.

»Und warum weigern Sie sich dann nicht?«

»Ich kann nicht.«

Logan starrte ihn an. »Sie werden erpresst?«

»So ist es.«

»Ich werde nicht fragen ...«

»Dann tun Sie es auch nicht.«

Das Thema war damit beendet. Logan nahm den ersten Wagen, der fertig war, und machte sich auf den Weg in Richtung Norden.

Obwohl sie sich in anderen Umständen befand, trug Sarah zur Eheschließung ein weißes Kleid, das ihre sich rundende Taille noch betonte. Um genau zu sein hatte Robert den Eindruck, dass die Geburt unmittelbar bevorstand, Sarah jedoch behauptete, erst im vierten Monat schwanger zu sein. Das Hochzeitsgeschenk ihrer Eltern war ein bescheidenes Haus, drei Türen von Mrs. Watson entfernt, die versprochen hatte, sich in Roberts Abwesenheit um Sarah zu kümmern. Sarahs Vater hatte das Haus als Kapitalanlage gekauft, in der Absicht, eine Wirtin anzustellen und es als Pension zu führen. Robert nahm die Großzügigkeit seines neuen Schwiegervaters kaum zur Kenntnis; er hatte vielmehr das Gefühl, das Haus sei nur ein weiteres Glied in der schweren Kette, die ihn von nun an gefangen nahm.

In der Hochzeitsnacht, als Sarah und er das erste Mal allein waren, sprachen sie über die Situation, in der sie sich befanden. Es überraschte Robert nicht zu hören, dass seine frisch gebackene Braut ebenso wenig entzückt über die Verbindung war wie er selbst. Sarah, die von ihrem Vater vollständig dominiert wurde, gab zu, dass sie ihm einfach nur erlaubt hatte, sich ihrer Lage anzunehmen.

»Keine weiteren Geheimnisse mehr zwischen uns, Sarah. Wie weit bist du?«

»Im siebten Monat«, flüsterte sie.

»Dann wusstest du also schon, dass du schwanger warst, als ich dich nach Colenso gebracht habe?«

»Ich vermutete es.«

»Warum hast du den Vater des Kindes nicht geheiratet?«

»Ich konnte nicht. Vater hat es verboten. Es wäre auch unmöglich gewesen. Er …«

Robert hob die Hand. »Ich bin nicht daran interessiert, etwas über seine Identität zu erfahren. Ich schätze, dein Vater fand, er sei unter deiner Würde.«

Tränen traten in ihre Augen.

»Liebst du ihn?«

Sie senkte den Kopf, um ihn nicht anschauen zu müssen. Ihre dunklen Ringellöckchen hüpften, als sie nickte.

Robert atmete tief aus und stöhnte. »Oh, Sarah! Wie konntest du dieser Heirat nur zustimmen? Du hast unsere beiden Leben zerstört. Ich liebe dich nicht, und du liebst mich nicht. Hat es denn nicht gereicht, dass du dein eigenes Leben ruiniert hast? Warum musstest du auch noch meines kaputtmachen?«

»Vater …«

»Zur Hölle mit deinem Vater. Sprich nicht über diesen verfluchten Mann. Ich kann es nicht ertragen. Er hat mich unter Druck gesetzt und erpresst, um seine eigenen Ziele durchzusetzen, ohne je an etwas anderes zu denken als an sich selbst. Er mag dein Vater sein, Sarah, aber solange ich hier bin, ist er in diesem Haus nicht erwünscht. Ich möchte ihn nie wieder sehen.«

Sarah erhob sich, durchquerte den Raum und sank vor Robert auf die Knie. »Es tut mir Leid. Verzeih mir. Ich werde versuchen, dir eine gute Ehefrau zu sein.«

Tiefe Verzweiflung überkam Robert, und er vergrub sein Gesicht in den Händen. Lornas Brief, einer der drei, die er nach seiner Rückkehr von Mrs. Watson erhalten hatte und den er seither ständig bei sich trug, hätte ihn mit Freude erfüllen sollen. Er blickte auf Sarah hinab, zog den Umschlag aus seiner Tasche und hielt ihn ihr vors Gesicht. »Das hier ist die Frau, die ich liebe. Wenn du nicht wärst, würden wir bald heiraten können. Du hast mein Leben zerstört. Geh ins Bett, Sarah.«

Sie biss sich auf die Lippen, dann stieß sie hervor: »Und was ist mit mir? Du bist nicht der Einzige, den man zu etwas gezwungen hat. Ich bin auch unglücklich.«

Robert erhob sich. »Dann, meine Liebe«, sagte er mit schneidender Stimme, »hättest du wohl besser deine Beine zusammengehalten.«

Sarah zuckte zusammen, als hätte er sie ins Gesicht geschlagen.

Sofort bedauerte Robert seine Worte. »Ich entschuldige mich. Das war unverzeihlich.«

Sie versuchte aufzustehen, und er beugte sich hinunter, um ihr zu helfen. Mit festem Blick sah Sarah ihn schließlich an. »Ich weiß, dass du wütend bist. Ich verstehe das. Es tut mir Leid. Aber, Robert, viele heiraten ohne verliebt zu sein und werden trotzdem glücklich.«

»Sicher«, gestand er ein. »Viele Verbindungen werden ohne Liebe geschlossen, aber meist auch ohne Lügen.«

»Du bist also entschlossen, mich zu hassen, obwohl ich versuche, dir entgegenzukommen?«

Plötzlich fühlte er sich erschöpft. »Vielleicht wird es mit der Zeit besser, Sarah, aber jetzt noch nicht. Ich kann nicht etwas vortäuschen, was nicht da ist.«

Sie nickte langsam. »Können wir dann wenigstens versuchen, vernünftig miteinander umzugehen?«

Robert runzelte die Stirn. Sie gab sich große Mühe, vielleicht zu große. Er erinnerte sich daran, wie sie auf der Reise von Howick Falls nach Colenso mit ihm geflirtet hatte. Eine Frau, die schwanger war von einem Mann, den sie angeblich liebte, flirtete nicht mit einem anderen. Es sei denn ... Er sprach zögernd, tastete sich langsam voran. »Du liebst den Vater dieses Kindes gar nicht, stimmt's? Ich kam zufällig vorbei und habe dir einen perfekten Ausweg geboten. Du hast deinem Vater erzählt, ich hätte dich verführt. Es war alles deine Idee. Das ist die Wahrheit, nicht, Sarah? Ob er sie glaubt, kann ich nicht sagen. Ich vermute nicht.«

Ihr Blick gab ihm die Antwort.

»Du bist nicht besser als dein Vater. Sprich nie wieder von einem vernünftigen Umgang zwischen uns, den kann es nicht geben. Ich vertraue dir nicht.«

»Robert!« Sie streckte flehend die Hände aus. »Ich habe mich in dich verliebt.«

»Verliebt?« Er sah sie voller Verachtung an. »Du weißt doch gar nicht, was das ist.« Er wandte sich ab. »Geh jetzt ins Bett, Sarah. Es war ein anstrengender Tag. Keine Lügen mehr. Geh einfach.«

Die Stimme hinter ihm klang kleinlaut. »Wirst du auch kommen?«

Robert hätte fast schallend gelacht. »Nein, ich schlafe in einem anderen Zimmer.«

Sarah ließ nicht locker. »Wenn du willst, habe ich nichts dagegen.«

»Ich will nicht. Geh ins Bett.«

Sie drehte sich um und ging ohne ein weiteres Wort aus dem Zimmer.

Als er allein war, öffnete Robert Lornas Brief und las ihn zum hundertsten Mal:

*Mein lieber Robert,*

*gestern, während eines Besuchs in Edinburgh, habe ich deiner Mutter meine Aufwartung gemacht. Natürlich wollte Lady Pamela mir keine Neuigkeiten über dich berichten, und ich sah davon ab, sie durch meine Fragen in eine schwierige Situation zu bringen. Ich konnte jedoch nicht umhin, einen halb ge-*

*schriebenen Brief auf ihrem Sekretär zu erblicken, und als sie das Zimmer kurz verließ, sah ich, dass er an dich adressiert war. Dein Schreiben an sie lag darunter, und ich konnte nicht widerstehen – ich habe einen Blick darauf geworfen.*
*So vieles ist mir nun klar, mein Lieber. Ich hatte gedacht, du hättest mich betrogen. In gewisser Weise hast du das auch, und ich weiß noch nicht, wie weit ich dir verzeihen kann. Was ich jedoch weiß, ist, dass meine Liebe der entspricht, die du für mich empfindest. Und daher sitze ich nun hier in Canongate und schreibe dir eiligst diese Zeilen.*

Lorna hatte den Brief etwa vier Monate zuvor geschrieben. Sie fuhr fort:

*Mamas Anschuldigungen sind nichts weiter als ein Lügengespinst. Ich weiß, dass du zu solch dummen Dingen nicht fähig bist. Deine Doppelzüngigkeit ist es, die mich bedrückt. Ich versuche angestrengt zu verstehen, dass Männer anders sind, aber Robert – wie konntest du? Das ist es, was mich verunsichert. Liebst du mich wirklich? Wenn es so ist, kann ich dann zulassen, dass die Vergangenheit zwischen uns steht? Ist meine Liebe stark genug, um zu vergeben und zu vergessen? Wären nicht die Umstände so gewesen, wie sie waren, hättest du die Liaison mit Mama dann fortgesetzt?*
*Ich habe gute Gründe zu fragen. Du kannst an meine Adresse in Dumfries schreiben und sicher sein, dass alles, was du schreibst, unter uns bleiben wird. Meine Ehe hat sich als Farce entpuppt, ich glaube, dass du die Wahrheit wissen solltest.*
*Lord Dumfries hat einen Schlaganfall erlitten. Er schwebt nun zwischen Leben und Tod, und es gibt nur wenig Hoffnung für seine Genesung. Mein Lieber, er wurde in unserer Hochzeitsnacht vom Schlag getroffen, ehe er danach verlangen konnte, unsere Ehe zu vollziehen. Unser Kind wächst in mir weiter. Schon bald wird sich mein Zustand nicht mehr verbergen*

*lassen. Mein Ehemann wird wissen, dass das Kind unmöglich von ihm sein kann, doch er ist weder in der Lage zu sprechen noch sich zu rühren. Niemand wird etwas ahnen, und unser Sohn (denn ich bin davon überzeugt, dass es ein Junge ist) wird alles erben.*

*Ich weiß, dass es dir unmöglich ist, nach Schottland zurückzukehren, aber nach Lord Dumfries' Tod gibt es keinen Grund, weshalb ich nicht nach Afrika reisen könnte, wo wir endlich vereint wären.*

*Es wird dich freuen zu hören, dass Papa Charles und Charlotte erlaubt hat zu heiraten. Ich glaube, im tiefsten Herzen glaubt auch Papa nicht, dass du fähig bist, das zu tun, was er dir vorwerfen musste. Ich fürchte jedoch, dass ihm der Stolz nie gestatten wird, die gegen dich erhobenen Anschuldigungen zurückzunehmen.*

*Bitte, antworte mir so rasch du kannst. Bevor es Kontakt zwischen uns gibt, können wir nicht beginnen, das Vertrauen wiederherzustellen, das wir einst zueinander hatten. Ich würde es sehr schätzen, die volle Wahrheit von dir zu hören, Robert, ob sie nun gut oder schlecht ist.*

*Bis dahin bleibe ich für immer*
*deine Lorna*

Der Brief hätte Robert mit reinstem Glück erfüllen müssen. Stattdessen überfiel ihn die pure Verzweiflung. Was konnte er ihr sagen? Dass er sie liebte, aber zu einer Hochzeit gezwungen worden war, die er nicht wollte? Sie würde ihm niemals glauben, nicht nach allem, was er ihr bisher angetan hatte. Er konnte nicht lügen – er schuldete ihr die völlige Offenheit, um die sie gebeten hatte. Besaß er die Kraft, ihr zu sagen, dass er inzwischen glücklich verheiratet war und Lorna und ihr gemeinsames Kind der Vergangenheit angehörten? Nein, das konnte er nicht. Sollte er den Brief einfach ignorieren? Wie? Das wäre nicht fair. Und, oh Gott, wie sehr sehnte er sich danach, sie wiederzusehen.

Robert Granger verbrachte seine Hochzeitsnacht damit, tief in eine Weinkaraffe zu blicken, die aus unerfindlichen Gründen immer wieder nachgefüllt werden musste. Als er schließlich ins Bett fiel, war er zu seiner gänzlichen Befriedigung völlig betrunken.

Zehn Tage später brach Robert erneut ins Thukela-Tal auf. Logan, so dachte er, der die schnellere Küstenstraße genommen hatte, würde inzwischen tief in Zululand sein. Von Will hatte er kein Lebenszeichen mehr erhalten, allerdings hatte er gehört, dass dieser wie geplant in Richtung Süden gereist war. Mister David hatte sein Wort gehalten und vor Catos Warenhaus auf ihn gewartet. Tobacco und July hatten ebenfalls beschlossen, Robert zu begleiten. Für zwei Wagen würden sie eine zweite Mannschaft brauchen. Robert, der seine Lektionen gelernt hatte, wählte hierfür ausschließlich Zulu aus.

Robert konnte es kaum erwarten, Durban zu verlassen; er sehnte sich nach der geradlinigen und pragmatischen Art der Zulu. Er sehnte sich nach der Einsamkeit im Thukela-Tal, der Reinheit eines sternenklaren Himmels, der Unschuld der Tiere und der Bodenständigkeit der anderen Händler. Alles würde besser sein als Sarahs Nähe und ihre aufmerksamen Blicke, denen er ebenso misstraute wie ihren Worten.

In den zehn Tagen, ehe er aufbrach, hatte Robert mehr Zeit als nötig in der Stadt verbracht, meistens in Tavernen und billigen Kneipen, wo er die Gesellschaft von Fremden suchte, die keine Fragen stellten, weil ihr Leben nicht besser war als seins und sie sich nicht auch noch mit dem Gejammer eines anderen belasten wollten. In einem dieser Etablissements begegnete er Jeremy Hardcastle. Der ehemalige Erste Offizier der *Marie Clare* war voller Hass, Robert voller Wut. Beide hatten zu viel getrunken. Der unausweichliche Streit wurde sehr bald gewalttätig – Robert gewann ihn, indem er Hardcastle den Unterkiefer brach.

Die Polizei kam, um den Matrosen zu verhaften, der ihnen nach seinem ersten Angriff auf Robert versehentlich entwischt war. Hardcastle hatte gewusst, dass ihm in Frankreich Strafverfolgung drohte, weil er seinen Vertrag gebrochen hatte, also war er geflüchtet und lange nicht auffindbar gewesen. Allerdings hatte auch niemand sehr intensiv nach ihm gesucht. Der Fall war in Afrika ohne große Bedeutung, außerdem waren die Beziehungen zwischen Briten und Franzosen gespannt. Robert wurde wegen Erregung öffentlichen Ärgernisses verwarnt, und Tosca musste mal wieder mit einem ausgestreckt auf ihrem Rücken liegenden Robert nach Hause zurücktraben – allmählich gewöhnte sie sich daran.

Robert wusste, dass er sich schlecht benahm. Er konnte sich kaum dazu durchringen, mit Sarah zu sprechen. Sie tat alles, um ihm zu gefallen, sie hielt das Haus sauber und bereitete ihm Mahlzeiten, die er oft nicht essen konnte, weil er zu betrunken war. Nachdem die erste Arbeit von einem Gärtner verrichtet worden war, legte sie ein kleines Gemüsebeet an, das sie ihm stolz zeigte. Er schaute es an, zuckte mit den Schultern und ging wieder ins Haus zurück. Jeden Abend wiederholte sie, dass er jederzeit in ihrem Bett willkommen sei. Er gab meist keine Antwort und schlief immer allein.

Kurz bevor er sich wieder auf Reisen begab, schrieb er einen Brief an Lorna – er quälte sich mit jedem Wort.

*Meine Liebste,*
*wieder einmal haben sich die Umstände gegen uns verschworen. Ich weiß nicht, wie ich es dir erklären soll. Es ist das Beste, wenn du mich vergisst, denn in der Tat verdiene ich deine Liebe und deine Achtung nicht.*
*Eines sollst du wissen, meine Liebe. Ich habe dich immer geliebt und werde dich immer lieben. Die Entfernung, die auf so grausame Weise zwischen uns liegt, macht da keinen Unterschied. Mein Herz bricht wegen dem, was wir nicht haben können. Es ist jedoch mein innigster Wunsch, dass du eines Tages das Glück finden mögest, das du so sehr verdienst.*

*Oh, wenn ich dich und unser Kind nur in meinen Armen halten könnte. Aber ich weiß, es darf nicht sein.*
*Für immer der deine*
*Robert*

Am Morgen seiner Abreise war Robert verkatert und in sich gekehrt.

»Wann wirst du zurück sein?«, fragte Sarah.

»Keine Ahnung.«

»Was glaubst du?«, beharrte sie.

»In vier bis sechs Monaten.«

»Oh.«

»Warum so überrascht? Manche Händler sind noch länger unterwegs.«

»Ja, aber ...«

»Aber nichts. Das ist nun einmal mein Beruf. Gewöhne dich daran.«

Sarah biss sich auf die Lippen. »Hast du etwas dagegen, wenn meine Mutter hier wohnt? Wenigstens bis das Baby geboren ist?«

»Ich habe immer etwas dagegen, wenn es um deine Eltern geht. Was du tust, wenn ich nicht hier bin, kümmert mich aber nicht. Sorg nur dafür, dass sie wieder weg ist, wenn ich zurückkehre.«

»Robert, kannst du nicht wenigstens in Freundschaft fortgehen?«

»Die habe ich dir angeboten. Sieh, wohin mich das geführt hat.«

Sarah wurde rot, und sie blickte zur Seite.

Robert tippte sich an den Hut. »Adieu.« Er wendete Tosca und ritt davon. Das schlechte Gewissen ließ ihn noch einmal anhalten und sich umdrehen. Sarah stand vor dem Tor und schaute ihm nach. Robert kehrte um. »Es tut mir Leid, Sarah. Es ist mir zuwider, dass ich gezwungen wurde, dich zu heiraten, und ich kann dir nicht verzeihen, weil du dazu beigetragen hast. Vielleicht können wir die Dinge eines Tages klären, aber noch ist es dazu zu früh. Die Trennung könnte dabei hilfreich sein, aber vielleicht auch nicht. Ich wünsche dir alles Gute für die Geburt. Dein Baby wird meinen Namen bekommen, aber niemals mein Herz.«

»Und ich? Ist das alles, was du mir bieten kannst?« Tränen standen in ihren Augen.

»Ich möchte dich nicht belügen, Sarah. Erwarte nicht mehr. Es ist das Beste, was ich für dich tun kann.«

Sie drehte sich um und lief ins Haus zurück. Robert fand, dass sie aussah wie ein Walross, das sich mit seinem schweren Leib und linkischen Bewegungen unelegant aus dem Wasser hievte. Die Haustür fiel so laut ins Schloss, dass Tosca erschrocken zusammenzuckte.

»Was hätte ich anderes sagen sollen?«, fragte Robert sein Pferd und schnalzte leise mit der Zunge.

Tosca stellte die Ohren auf.

»Und was hätte ich Lorna sagen sollen?«, fügte er elendig hinzu. »Verdammte Hölle. Meine Frau verursacht mir ein schlechtes Gewissen, dabei ist sie diejenige, die Anlass zur Reue hat.« Robert trat Tosca leicht in die Flanken, und sie reagierte, indem sie in leichten Trab verfiel. »Ach zum Teufel damit!«, brüllte er und spürte wie er sich langsam entspannte, als sein Pferd schneller wurde. »Lass uns in den Busch zurückkehren.«

Die Reise verlief gut. Man erinnerte sich an Robert und hieß ihn willkommen. Er beherrschte die Sprache der Zulu immer besser, auch wenn er bei schwierigeren Verhandlungen dafür sorgte, dass Mister David in seiner Nähe war. Robert blieb bei seiner Weigerung, auf Elefantenjagd zu gehen, aber in vielen Dörfern gab es Elfenbeinvorräte, die er gegen seine mitgebrachten Waren tauschen konnte. Damit bekam er zwar weniger Elfenbein als bei der letzten Tour, aber er hatte auch keine Partner mehr, mit denen er teilen musste. Häufig blieben sie länger als nötig, wenn sie einen schönen Lagerplatz fanden. Sie hatten keine Eile, und es wurde eine entspannte, zufrieden stellende Reise.

Irgendwann kamen sie an der Stelle vorbei, an der Wills Kutscher begraben worden war. Die Zulu weigerten sich, sich dem Grab zu nähern. Robert respektierte es und steuerte das nächste Dorf an. Von dort ritt er allein zurück. Er vergewisserte sich, dass das Grab in einem guten Zustand war – alles war noch genau so, wie sie es hinterlassen hatten.

Ein anderes Mal passierten sie den Ort, an dem die Elefantenkuh gestorben war. Sie war ein Festmahl für die Räuber Afrikas geworden, für die großen ebenso wie für die kleinen. Vom Kadaver war kaum etwas übrig geblieben, aber die Stoßzähne waren unversehrt. Sie ließen sich leicht entfernen – es war über fünfzig Kilo Elfenbein, schätzte Robert.

Soweit er erkennen konnte, hatte seit ihrer letzten Reise niemand mehr in diesem Tal Handel getrieben. Er war froh darüber. Robert fühlte sich der Gegend verbunden, ja, er betrachtete sie als eine Art persönliches Refugium. Er begann die Berge zu erkunden, die Einsamkeit und Weite gaben ihm den Frieden und die Ruhe, die ihm seit den jüngsten Ereignissen in Durban verwehrt geblieben waren.

Irgendwann wurden Mister David und die anderen Zulu plötzlich seltsam unruhig. Es gäbe viele schlechte Omen, sagten sie. Dennoch wurden sie weiterhin in jedem Kral, den sie besuchten, mit großer Freundlichkeit empfangen.

»Irgendetwas ist nicht gut«, erklärte Mister David Robert, als sie einen *umuzi* verließen. »Die Menschen fürchten sich davor zu sagen, was es ist. Sie sagen, der König sei indisponiert.«

»Er ist ein alter Mann. Da muss man mit Krankheiten rechnen.«

Mister David schüttelte den Kopf. »Ich glaube, dass der König tot ist.«

»Wie kommen Sie darauf?«

»Cetshwayo hat alle Prinzen um sich versammelt. Mehr kann

ich nicht sagen. Es ist uns nicht gestattet, darüber zu sprechen, bis sich ein neuer König präsentiert.«

Robert hatte vor, John Dunn einen Besuch abzustatten. Er würde sicher wissen, ob Mpande tot war.

Er war angenehm überrascht, auch Logan dort anzutreffen, erschrak aber zutiefst, als er ihn sah. Logan konnte seinen linken Arm kaum mehr benutzen. Er war von einer Löwin angegriffen worden, die versucht hatte, ihre Jungen zu schützen. Nur mit einem Messer bewaffnet war es ihm gelungen, sie dazu zu bewegen, von ihm abzulassen.

»Dieser Idiot hat sie nicht getötet«, bemerkte Dunn missmutig.

»Sie hatte Junge«, protestierte Logan.

»Sie hätte Sie umbringen können!«

Draußen im Busch, weit entfernt von medizinischer Hilfe, hatte Logan, dessen Arm von der Schulter bis zum Ellbogen aufgerissen war, sich zunächst von Zulu nach traditioneller Stammesart behandeln lassen, aber er hatte schon bald hohes Fieber bekommen. Daraufhin hatte er darum gebeten, zu John Dunn gebracht zu werden. Die etwas über fünfzig Meilen waren in halsbrecherischem Tempo zurückgelegt worden; es war ein Rennen gegen die Zeit gewesen.

Dunn hatte nur einen einzigen Blick auf seinen Freund geworfen und nach dem nächsten *inyanga* geschickt. Der Medizinmann hatte die infizierte Wunde geöffnet und versorgt. Den Zulu waren die heilenden Kräfte von Penizillin, einem bläulich grünen Pilz, der auf schimmeligen Früchten wuchs, schon lange bekannt. Der *inyanga* braute eine Medizin zusammen, die unter anderem diesen Schimmelpilz enthielt, und gab sie auf die Wunde.

Auch wenn sich der Patient nur langsam erholte, ging es mit ihm doch zusehends bergauf. Logan war nun seit fast zwei Wochen in Dunns Kral und konnte es kaum erwarten, endlich weiterzuziehen. »Ich will weiter handeln, aber ich kann mit meinem verdammten Arm nicht mehr viel anfangen, alter Junge, daher werden meine Tage als Jäger wohl vorbei sein.«

Endlich hatte Robert Gelegenheit, sich nach Mpande zu erkundigen.

John Dunn wirkte einen Moment nachdenklich, als überlegte er, wie viel er sagen sollte. »Was genau haben Sie gehört?«

»Nichts. Nur dass Mpande indisponiert ist. Mister David sagt, das bedeutet, dass er tot ist, weigert sich jedoch, Genaueres zu sagen.«

»Hm.« Dunn warf einen Blick auf Mister David, der mit Tobacco, July und einigen anderen zusammensaß. »Das ist ein guter Kaffer, den Sie da haben. Ich bin überrascht, dass er Ihnen so viel erzählt hat. Niemand darf über den Tod eines Königs sprechen, bis sein Nachfolger ihn offiziell verkündet. Das wiederum darf nicht eher geschehen, bis sein Körper ausgetrocknet ist.«

»Ausgetrocknet?«

»Das ist bei ihnen Sitte. Sie binden die Leiche eines Königs in eine sitzende Position und wickeln ihn in die Haut eines jungen Stiers. Dann wird ein Feuer entzündet und in Gang gehalten. Sie verbrennen Holz, das einen angenehmen Geruch verbreitet; es soll den Leichengestank vertreiben, aber das funktioniert nicht. Man kann es meilenweit riechen.«

»Waren Sie im *isigodlo*?«

»Ich habe gehört, dass die Mitglieder des Ältestenrates ihre Köpfe kahl geschoren haben. Das ist ein Zeichen der Trauer. Außerdem habe auch ich erfahren, der König sei indisponiert. Ich habe selbst nach dem Rechten gesehen. Ich weiß nicht, wie diese armen Seelen mit diesem Geruch leben können.«

»Dann ist er also tot?«

»Das haben Sie nicht von mir gehört.«

»Sie werden seinen Leibdiener und einige seiner Frauen töten, damit sie mit ihm ins Grab gehen.« Logan schüttelte missbilligend den Kopf.

»Vermutlich.« Dunn zuckte die Achseln. »Das haben sie schon immer so gemacht.«

Wieder einmal wurde Robert klar, dass viele Zulu-Traditionen einen Sinn ergaben, manche Sitten für ihn jedoch nicht akzeptabel waren. Diese gehörte dazu. John Dunn schien weniger Probleme mit diesen seltsamen Aspekten der Zulu-Kultur zu haben, vermutlich weil er sie schon von frühen Kindeszeiten her kannte.

Robert und Logan kehrten gemeinsam nach Durban zurück. Sie waren fast sechs Monate lang unterwegs gewesen. Bei Cato trafen die zwei Männer auf einen glücklich aussehenden Will, und alle drei machten sich auf, um ihr Wiedersehen zu feiern.

Zwei Tage später verabschiedete sich Robert von seinen Freunden und kehrte in sein neues Zuhause zurück. Zu seinem Unmut waren Sarahs Eltern da.

Seine Frau kam ihm entgegen, als er die Tür öffnete. Sie wirkte sehr nervös. »Meine Mutter und mein Vater …«

»Ich weiß. Ich habe ihre Kutsche gesehen.«

»Robert!«, polterte eine Stimme von innen. »Freue mich, Sie zu sehen, mein Junge. Habe schon gehört, dass Sie zurück sind.« Mr. Wilcox klang ungewöhnlich herzlich. Widerstrebend betrat Robert den Salon, wo sein Schwiegervater auf ihn wartete. »Willkommen zu Hause. Sarah, wie wäre es mit einem Tee für den Burschen, er muss völlig ausgedörrt sein.«

Mrs. Wilcox blickte zu Robert und sah dann rasch weg.

»Madam«, meinte Robert und nickte. Es war ihm unmöglich, sie Mutter zu nennen. Sarahs Mutter warf einen raschen Blick auf ihren Mann und senkte dann den Kopf. Gut, dachte Robert bei sich. Ich habe auch keine Lust zu reden.

Sarah brachte Tee und Kuchen, aber Robert ignorierte beides. Er goss sich einen Whisky ein, zweifellos ein Geschenk von seinen Schwiegereltern. Dann wandte er sich seinem schweigenden Publikum zu.

»Niemand hat bisher Sarahs Kind erwähnt, dabei muss es doch inzwischen eins geben, denn meine Frau ist offensichtlich nicht mehr schwanger.«

Mr. Wilcox hüstelte nervös, seine Frau betupfte ihre Augen, und Sarah setzte sich plötzlich.

»Das Kind ist geboren«, antwortete Wilcox schließlich. »Ein Junge.«

»Oh.« Robert sah ihn gespannt an.

»Er kam vor vier Monaten auf die Welt. Zu früh«, erklärte Sarah.

Robert nickte und wartete.

»Ich muss mich entschuldigen.« Mr. Wilcox senkte den Kopf, und Robert benötigte einige Zeit, ehe er merkte, dass der Mann weinte.

»Ist er tot geboren? Ist er krank? Was ist passiert?«

Wilcox wischte sich über die Augen, nestelte in einer Tasche, zog ein Taschentuch hervor und putzte sich die Nase. »Das Baby ist gesund«, erklärte er.

Auch Sarah begann zu weinen, sie wich Roberts Blicken aus. »Bitte, versuch mir zu vergeben.«

Robert stellte sein Glas ab. »Wo ist der Junge?«, fragte er in schneidendem Tonfall.

Wilcox holte tief Luft. »Das Baby ist bei seinem Vater. Es ist das Beste so«, sagte er.

Allmählich dämmerte es Robert. Alles erschien ihm plötzlich so klar, dass er sich wunderte, wieso er nicht schon vorher daran gedacht hatte. Wenn es stimmte, was er glaubte, würde es ihm einen Ausweg aus dieser lieblosen Ehe bieten. »Wie äußerst ungewöhnlich«, sagte er leise. »Ein Verführer würde sein uneheliches Kind nicht haben wollen. Ebenso wenig, vermute ich, ein Mann, der bereits verheiratet ist. Damit bleibt nur noch eine einzige Möglichkeit, nicht wahr? Der Vater ist ein Schwarzer.« Er sah Sarah an. »Habe ich Recht?«

Ihr Mund öffnete sich, aber sie brachte keinen Laut hervor.

»Thulani«, vermutete Robert. »Der Zulu, der deinen Wagen gefahren hat. Er ist der Vater, nicht wahr?«

Sarah nickte widerstrebend.

»Dann hattest du also ein uneheliches Zulu-Kind im Bauch, das du mir unterschieben wolltest. Ich schwöre, ich weiß nicht, ob du heimtückisch bist oder einfach nur strohdumm. Du wirst schwanger, bekommst ein Kind, das dem Mann, den du zu einer Ehe erpresst, unmöglich gehören kann, ruinierst sein Leben und bittest ihn dann um Verzeihung.« Robert wandte sich an Wilcox. »Und Sie, Sir, waren Sie an dieser Täuschung beteiligt? Wussten Sie davon?«

Sämtlicher Hochmut war aus dem Gesicht seines Schwiegervaters gewichen. »Ich hatte keine Ahnung, wer ... Es war für mich ein ebenso großer Schock, wie es das für Sie sein muss.«

Robert stürzte den Rest seines Whiskys herunter und lachte höhnisch. »Es ist für mich kein Schock, das versichere ich Ihnen. Ihre gesamte Familie hat ohne Rücksicht auf die Gefühle anderer gelogen und betrogen. Ich verabscheue Sie alle.«

»Sohn ...«

»Ich bin nicht Ihr Sohn, Sir, und ich werde es niemals sein.« Robert wandte sich um und wollte den Raum verlassen.

»Wohin gehst du?«, schluchzte Sarah.

»Ich suche einen Anwalt.«

»Einen Anwalt!« Mr. Wilcox sah ihn verständnislos an. »Wozu?«

Robert hielt inne und sah ihn erstaunt an. »Ich beabsichtige, mich von Ihrer Tochter scheiden zu lassen. Unsere Ehe wurde nie vollzogen, und dieses Kind ist Beweis genug für ihre Untreue. Ich wünsche Ihnen einen Guten Tag.«

»Warten Sie!«

Robert sah ihn von oben bis unten an. Sein Blick war voller Verachtung. »Es gibt sonst nichts mehr zu sagen.«

»Sie werden sich nicht von meiner Tochter scheiden lassen, Mr. Granger. Der Skandal wäre entsetzlich. Ich verbitte mir das.«

»Versuchen Sie ruhig, mich aufzuhalten.«

»Nun gut, wenn Sie darauf bestehen. Ich besitze noch immer Informationen, die Sie an den Galgen bringen könnten. Zwingen Sie mich nicht dazu, zur Polizei zu gehen.«

»Nach allem, was sie getan hat?« Robert zeigte voller Verachtung auf Sarah. »Sind Sie völlig verrückt geworden? Besitzen Sie denn gar keinen Anstand?«

»Ich verstehe Ihren Ärger, mein Sohn.«

»Hören Sie auf, mich Ihren Sohn zu nennen. Ich möchte nichts mehr mit Ihnen oder Ihrer Tochter zu tun haben.«

»Sie werden mit Sarah verheiratet bleiben.« Der ältere Mann sah ihn entschlossen an.

»Der Galgen wäre mir lieber.«

»Stellen Sie mich nicht auf die Probe. Sie sind getäuscht worden, ich stimme Ihnen zu. Aber ich werde keinen Skandal dulden, das versichere ich Ihnen.«

Robert konnte sehen, dass er es ernst meinte. »Sie lassen mir kaum eine Wahl. Sarah kann meinen Namen behalten, aber das ist alles. Ich weigere mich, noch länger mit ihr unter einem Dach zu leben.«

»Robert!« Sarah hatte angefangen zu weinen. »Wie hätte ich es dir denn sagen können?«

»Offenbar fällt es dir sehr schwer, Wahrheit und Lüge voneinander zu unterscheiden. Guten Tag, Sarah.«

Es gab nur einen einzigen Ort, an den er gehen konnte. Zu Mrs. Watson. Sie schien ihn bereits zu erwarten. »Sie haben meine Nachricht also erhalten. Gut. Ich habe Ihre Besucher in Ihrem ehemaligen Zimmer untergebracht.«

Robert war nun vollends verwirrt. »Welche Besucher?«

»Nun, die Marquise von Dumfries und ihr Sohn aus Schottland. Sie sind vor einem Monat angekommen.«

# 10

Es dauerte eine Weile, ehe sein Gehirn begann, richtig zu arbeiten. Lorna? Konnte das möglich sein? Robert hatte das Gefühl, als seien seine Füße auf den Stufen vor Mrs. Watsons Eingangstür festgeklebt. »Sie sind hier?«, stieß er hervor.

Mrs. Watson presste die Lippen aufeinander. »Ein forsches junges Ding«, meinte sie spitz. »Sagte, sie würde hier warten, bis Sie zurückkämen. Anstalten, Ihrer Frau ihre Aufwartung zu machen, hat sie nicht unternommen.«

»Sie weiß ...?«

»Natürlich. Ich habe sie davon unterrichtet, dass Sie verheiratet sind. Ich muss sagen, Mr. Granger, Sie benehmen sich sehr merkwürdig, um es gelinde auszudrücken. Offenbar haben Sie keinerlei Interesse an Ihrer Ehe oder Ihrem Kind, und nun taucht auch noch diese junge Lady hier auf und benimmt sich, als hätte sie jegliches Recht dazu. Die Leute reden bereits, das sage ich Ihnen. Sie mag eine Marquise sein, Mr. Granger, aber die gnädige Frau ist keineswegs diskret. Ich habe gehört, dass sie erst kürzlich Witwe geworden ist, aber das lässt sich weder an ihren Manieren noch an ihrem Kleid ablesen. Kein Zeichen von Trauer. Hätte die Lady nicht diese gesellschaftliche Position, würde ich sie nicht länger in meinem Hause dulden.«

»Ist sie im Moment im Haus?«

»Die gnädige Frau hat das Haus noch nicht verlassen, seit sie von Ihrer Rückkehr erfahren hat. Ganz Durban hat sich übrigens schon gefragt, wann Sie endlich zu Ihrer Frau nach Hause zurückkehren. Das arme Mädchen ist über den Verlust ihres Kindes völlig verzweifelt.«

Aha! Die Lügereien von Sarah und ihrem Vater fanden also noch eine Fortsetzung. Das überraschte Robert nicht. Schließlich mussten sie irgendeine Erklärung für das Verschwinden des Babys abgeben.

»Wie überaus furchtbar«, fuhr Mrs. Watson fort. »Erst hat sie das Baby zwei Monate zu früh geboren, was sicher auf die Sorge um Sie zurückzuführen war, und dann verliert sie das arme Würmchen auch noch.«

Robert fragte sich, was die gute Frau wohl sagen würde, wenn sie die Wahrheit erführe.

Seine Gedanken begannen ganz allmählich, sich zu ordnen. »Erstens, Mrs. Watson, geht mein Privatleben außer mir niemanden etwas an. Zweitens, ist es so unbegreiflich, dass ich Freunde hatte, ehe ich in dieses Land kam? Ihre Neigung, zweifelhafte Schlussfolgerungen zu ziehen und mir Böses zu unterstellen, ist ziemlich nervend, um es gelinde auszudrücken.«

Mrs. Watson schien über seinen Ausbruch schockiert. »Was hätte ich denn sonst denken sollen?«

»Was immer Sie möchten, Mrs. Watson. Allerdings wundert es mich, dass Sie das sagen, wo Sie doch über die Umstände meiner Eheschließung bestens informiert sind. Es sei denn, Sie sind schwerhörig.«

»Also wirklich, Mr. Granger!« Mrs. Watson war errötet, ließ sich jedoch nicht beirren. »Nur ein Gentleman kann das Beste aus den Dingen machen. Ihr mangelnder Respekt vor Ihrer Frau lässt mir keine andere Wahl, als zu bezweifeln, dass diese Beschreibung auf Sie zutrifft.«

Robert fuhr sich mit den Händen durchs Haar. Neben der Auseinandersetzung, die er gerade mit seinem Schwiegervater gehabt hatte, machte ihm die Wirkung des Whiskys zu schaffen. Er sagte nichts mehr.

Mrs. Watson schien enttäuscht. Sie drehte sich um und nahm einen Stapel Post von einem kleinen Tischchen. »Diese Briefe sind für Sie gekommen.«

»Danke. Ich würde die Marquise jetzt gern sehen, wenn es Ihnen recht ist.«

Sie war noch nicht fertig mit ihm. »Unter den momentanen Umständen, Mr. Granger, bin ich nicht mehr in der Lage, Ihren Besitz hier länger in Verwahrung zu nehmen. Ich wäre Ihnen außerdem verbunden, wenn Sie davon Abstand nähmen, diese Adresse weiterhin für Ihre Korrespondenz zu benutzen.«

Robert sah sie ungerührt an. »Die Marquise, bitte.«

Mrs. Watson nickte steif. »Warten Sie hier. Ich werde sie rufen.« Mit diesen Worten drehte sie sich um und schlug ihm die Tür vor der Nase zu.

Robert wartete ungeduldig. Die Gefühle tobten in ihm. Sein Traum war wahr geworden, aber sie war zu spät gekommen. Er war verheiratet. Ihre Beziehung hatte keine Zukunft, dennoch war es das, wonach er sich so sehr sehnte. Lorna war die einzige Konstante in seinem Leben gewesen, trotz allem, was sich gegen ihn verschworen hatte. Die Verzweiflung rang mit der Aufregung, sie wiederzusehen. O Gott, wenn er doch nur frei wäre!

Er hörte Schritte auf der Treppe. Die Eingangstür flog erneut auf, und dann stand sie da, genau wie er sie in Erinnerung hatte. Ohne daran zu denken, wer sie sehen könnte, warf sich Lorna ihm entgegen und schlang die Arme um seinen Hals. Robert hielt sie fest an sich gedrückt, atmete ihren süßen Duft ein, den er nie vergessen hatte, verbarg sein Gesicht in ihrem Haar, spürte ihren warmen straffen Körper an seinem. »Oh, mein Liebes, mein Liebes«, flüsterte er.

Sie zog sich plötzlich zurück und sah ihn forschend an. »Du liebst mich noch«, sagte sie leise. »Das kann ich sehen.«

»Ich habe nie aufgehört, dich zu lieben.« Sie war so schön. Das Muttersein hatte das unschuldige junge Mädchens, das er in Erinnerung hatte, reifen lassen, aber ihr Gesicht war immer noch frisch und jugendlich. Er sehnte sich danach, sie erneut an sich zu ziehen, aber er hielt die Distanz, die sie zwischen ihnen geschaffen hatte, und ihm wurde mit Entsetzen bewusst, dass es nicht der Raum war, der sie voneinander trennte.

»Robert!«, rief sie, und in diesem einen Wort lag ihr ganzer Schmerz.

Mrs. Watsons Stimme drang aus dem Haus, begleitet von einem missbilligenden Schniefen. »Der kleine Junge weint, gnädige Frau.«

Lorna löste den Blick von ihm. »Danke.« Sie richtete sich auf, und in diesem Augenblick erkannte Robert Alison, ihre Mutter, eine Frau, für die die gesellschaftlichen Konventionen nicht galten. »Wenn Sie nichts dagegen hätten, Mrs. Watson, würden Robert und ich gern unter vier Augen miteinander sprechen. Mein Sohn ist aufgewacht, daher werden wir in mein Zimmer gehen.«

»Mylady, das wäre wirklich unanständig«, protestierte Mrs. Watson schwach.

Lorna lächelte huldvoll. »Unanständig? Wollen Sie uns etwa unschickliche Absichten unterstellen, Mrs. Watson?«

Angesichts solch hoheitlicher Gleichgültigkeit gegenüber der allgemeinen Etikette verwandelte sich Mrs. Watsons Missbilligung in Unsicherheit. »Nein, nein, natürlich nicht, Mylady. Ich bin ganz sicher, dass alles höchst züchtig ablaufen wird. Schließlich sind Sie ja alte Freunde. Eh … darf ich Ihnen eine Tasse Tee anbieten? Ich werde Mabel bitten, sie Ihnen nach oben zu bringen.«

»Danke, nein«, antwortete Lorna mit fester Stimme. »Wir möchten nicht gestört werden. Seien Sie unbesorgt, Mrs. Watson.«

Robert folgte Lorna nach oben in das Zimmer, das er einst bewohnt hatte. Er spürte die bohrenden Blicke der Wirtin im Rücken. Was dachte Lorna sich bloß? Ihre Missachtung für das, was sich ziemte, würde sich innerhalb von sechs Stunden in ganz Durban verbreitet haben. Was seine eigene Person betraf, kümmerte ihn das nicht, aber Lornas Ruf war in Gefahr. Das schien sie jedoch nicht zu stören. Lächelnd öffnete sie die Tür.

Ein mit Spitzen bezogenes Kinderbettchen stand in einer Ecke, darin lag ein weinendes Baby mit roten Wangen. Die Tränen versiegten sofort, als Lorna das Zimmer betrat, und das kleine Gesicht strahlte sie an. »Mama.« Der Kleine streckte Lorna seine speckigen Ärmchen entgegen.

»Mama ist ja da, mein Süßer.« Rasch lief Lorna auf ihren Sohn zu, hob ihn aus dem Bettchen und drehte sich mit funkelnden Augen zu Robert um. »Für seine zehn Monate ist er ziemlich weit entwickelt. Sicher fängt er bald an zu laufen.« Sie küsste den weichen Kopf des Babys, dann sagte sie: »Darf ich dir deinen Sohn vorstellen, den Marquis von Dumfries, Cameron Keith Adair Robert Kingholm. Ich nenne ihn Cam. Das Kindermädchen wird gleich kommen. Sie wird mit Cam einen Spaziergang machen, dann können wir in Ruhe reden. Es gibt vieles, was wir zu besprechen haben. Du hast mich betrogen, Robert, zum zweiten Mal. Ehrlich gesagt bin ich sehr wütend auf dich.«

»Lorna …«

Ihre Augen blitzten vor Zorn. »Wir werden warten, bis Cam und das Kindermädchen fort sind.«

Wieder musste er an Alison denken. Diese eiserne Entschlossenheit. Kein Respekt vor Konventionen. Es war keine Arroganz, auch wenn es so klang. Robert kannte Lorna schon sein ganzes Leben lang, und er spürte ihre Verunsicherung. Plötzlich bekam er Angst. Sie war hier, aber ungeachtet ihrer Begrüßung war es noch ein langer Weg bis zur Vergebung – vielleicht war sie sogar gänzlich unmöglich. Er würde ihr das nicht verübeln können, aber es beunruhigte ihn zutiefst.

Sie konnte so stur sein, dass sie für keine vernünftigen Argumente mehr zugänglich war. Dann wiederum hatte er erlebt, wie Lorna ihrem Bruder, der darauf bestanden hatte, ihr geliebtes Pony über eine Hürde springen zu lassen, die sie für zu hoch erachtet hatte, verzieh. Das Pferd war gesprungen und hatte sich dabei ein Bein gebrochen, sodass es eingeschläfert werden musste. Es hatte Lorna das Herz gebrochen, aber sie liebte Charles.

Nervös ging Robert auf sie zu, fasziniert von dem Baby, das ihn anlächelte und dabei zwei kleine Zähnchen entblößte. Robert spürte, wie ihm ein Schauer über den Rücken lief. Cam hatte blonde Locken und blaue Augen und war das Ebenbild seiner Mutter. Er spürte eine Blutsverbindung, die so gewaltig war, dass sie ihm den Atem raubte. Tief in seinem Innern regte sich ein Instinkt. In diesem Moment wusste Robert, dass er einen Mord begehen würde, um dieses Kind zu beschützen.

»Mein Sohn«, flüsterte er und streckte die Arme aus.

Lorna reichte ihm das Baby.

»Mein Sohn«, flüsterte Robert noch einmal und atmete den zarten Babyduft ein. »Hallo, Cam.« Über den Kopf des Kindes hinweg schaute er Lorna an. »Er ist wunderschön.«

Sie lächelte und gab für einen kurzen Augenblick ihr distanziertes Verhalten auf. »Er ist von uns. Wie sollte er da sonst aussehen?«

Als spürte er, dass der Mann, der ihn in den Armen hielt, nichts als gute Absichten hegte, schmiegte sich Cam an Roberts Schulter, brabbelte fröhlich vor sich hin und griff mit den Händchen genüsslich in das Haar seines Vaters.

Robert lachte. »Er ist stark.«

Lorna löste die Finger des Babys. »Komm, mein Schatz. Jetzt gibt es eine trockene Windel für dich.« Cam lächelte.

»Er ist so ein prächtiger Bursche«, bemerkte Robert, als Lorna seine durchweichte Windel entfernte. »Und mit allen Eigenschaften eines Mannes ausgestattet«, fügte er grinsend hinzu.

Sie sah ihn stirnrunzelnd an. »Wenn mich meine Erinnerung nicht trügt, kommt er ganz auf seinen Vater.«

Eine Locke war ihr über die Augen gefallen, und sie versuchte, sie wegzupusten. Robert streckte die Hand aus und strich sie behutsam zurück. Eine tiefe Sehnsucht überkam ihn. »Lorna …« Seine Stimme war rau, seine Augen waren dunkel vor Verlangen.

Sie warf den Kopf in den Nacken und schüttelte seine Hand ab. »Warte, habe ich gesagt.«

Ein Klopfen an der Tür kündigte das Erscheinen des Kindermädchens an. Zu Roberts Überraschung war es Lornas alte Nanny.

»Lord Acheson«, sagte die Frau und nickte. Ihr Gesicht war regungslos, aber aus ihrer Stimme klang ganz deutlich Missbilligung.

»Nanny Beth«, antwortete er, unbewusst den Namen benutzend, mit dem er sie als Kind hatte ansprechen dürfen. »Wie schön, Sie wiederzusehen.«

Nanny Beth gab keine Antwort.

»Cam braucht einen Hut«, meinte Lorna knapp. »Und einen Spaziergang. Die frische Luft wird ihm gut tun. Gehen Sie nicht zu weit, seien Sie in einer Viertelstunde zurück.«

»Ja, Mylady.«

Aus ihrem Blick schloss Robert, dass Lorna mit der sittenstrengen Frau nicht besonders glücklich war.

Als sich die Tür hinter dem Kindermädchen und Cam geschlossen hatte, verlor Lorna keine Zeit. »Verheiratet, Robert? Ich schätze, das ist es, was du in deinem Brief nicht erklären konntest?« Sie lächelte bitter. »Ich hatte geglaubt, du hättest dich auf vergangene Indiskretionen bezogen. Wie dumm von mir. Wenn du deutlicher geworden wärst, hätte ich uns nie in die Verlegenheit gebracht, in die uns mein Erscheinen hier versetzt hat.«

»Bitte, lass mich dir alles erklären.«

»Das solltest du tun, Robert, denn ich kann nicht glauben, dass du mich zweimal so schändlich behandeln kannst.« Lorna stand stocksteif vor ihm und sah ihn an. »Ich bin in bestem Vertrauen hierher gekommen. Dein offensichtlicher Betrug liegt mir schwer auf dem Herzen. Erkläre dich, wenn du kannst. Keine Lügen mehr. Das zumindest bist du mir schuldig.«

»Kein Tag ist vergangen …«

Lorna wandte sich um und schaute aus dem Fenster. Schließlich sprach sie mit leiser Stimme. »Bitte halte mich nicht zum Narren.«

»Das tue ich nicht.«

Sie wirbelte herum. »Dann, um Himmels willen, wag nicht, von mir zu erwarten, dass ich dir glaube, dass du mich nicht vergessen konntest. Du bist verheiratet, Robert. Eine andere Frau trägt deinen Namen. Ich hätte dir die Angelegenheit mit meiner Mutter verzeihen können, aber dies …« Sie stockte, als Tränen in ihr aufstiegen.

Robert ging zu ihr und zog sie zum Bett. »Setz dich, und ich werde dir alles erklären. Bitte, hör mir zu, Lorna, denn nichts ist so, wie es scheint. Darf ich mich zu dir setzen?«

Sie nickte, und Robert begann zu sprechen. Lornas Blicke ließen ihn nicht eine Sekunde los. Er beschönigte nichts, schilderte ihr lediglich die Tatsachen. »Als ich deinen Brief erhielt, war es zu spät. Wilcox drohte damit, mich bei der Polizei zu verraten. Ich war verzweifelt, als ich dir schrieb.« Er hielt inne, seine Lippen zitterten vor Emotionen. »Ich liebe dich, Lorna«, sagte er schließlich mit heiserer Stimme. »Ich habe nie aufgehört, dich zu lieben. Ich wollte dich nicht täuschen.«

Lorna seufzte tief. »Und nun hast du eine Frau.«

»Ja«, antwortete er. »Sie trägt meinen Namen.«

»Und das Kind?«

»Es ist bei seinem Vater.«

Lorna sah ihn überrascht an. »Was für eine Mutter ist sie denn?«

»Sarah befindet sich in einem sehr verwirrten Zustand. Es ist das Beste so. Ich bin heute hierher gekommen, um mein altes Zimmer wieder zu mieten. Ich hatte keine Ahnung, dass du hier bist. Ich kann es einfach nicht ertragen, mit Sarah zusammenzuleben.«

Robert hielt den Atem an und wartete. Lorna biss sich auf die Unterlippe – das hatte sie immer gemacht, wenn sie eine Entscheidung treffen musste. »Scheidung?«, fragte sie schließlich.

»Unwahrscheinlich.«

Sie nickte. »Du hast sie verlassen.«

»Ja.«

»Für immer?«

»Ja.«

»Schwör mir, Robert, dass du mir die Wahrheit sagst.«

Er legte eine Hand auf sein Herz. »Ich schwöre es.«

Lorna hörte auf, ihre Lippe zu malträtieren. »Ich habe Schottland gegen den ausdrücklichen Wunsch meines Vaters verlassen. Meine Familie und meine Freunde finden mein Verhalten unbegreiflich und schockierend, aber sie wären noch viel entsetzter, wenn sie den wahren Grund meiner Reise erführen. Mit anderen Worten, Robert, ich habe meinen Ruf bereits bis zu einem gewissen Grad geschädigt.« Sie seufzte. »Ich vertraue dir nicht mehr völlig. Du hast mir sehr große Schmerzen bereitet. Dennoch erinnere ich mich an den Robert, den ich einst kannte. Ich liebe diesen Mann. Gibt es ihn noch?«

Robert reagierte instinktiv. Vor ihm saß eine Lorna, die sehr gereift war, und er war sich ihrer gar nicht mehr sicher, aber Robert wusste, dass sie eine Bestätigung brauchte, Worte, keine Gesten. »Ja, es gibt ihn noch«, sagte er leise und sah ihr fest in die Augen. »Und er liebt nur dich allein.«

Auf einmal standen Tränen in ihren Augen. »Das sollte er auch«, stieß sie hervor. »Denn mein Herz kann nicht noch mehr Kummer ertragen.«

Er streckte die Arme nach ihr aus. »Ich liebe dich, so sehr. Verzeih mir, ich flehe dich an. Ich werde dir nie wieder Schmerzen bereiten.« Er hielt sie an sich gedrückt, während sie schluchzte, und strich ihr zärtlich und liebevoll über das Haar. »Es tut mir so Leid«, flüsterte er wieder und wieder.

Langsam beruhigte Lorna sich und zog sich zurück. »Was sollen wir jetzt tun?«, fragte sie.

»Wir haben zwei Möglichkeiten, mein Liebes.«

Lorna nickte. »Ich ertrage es nicht, eine von ihnen in Erwägung zu ziehen. Trotz allem, was geschehen ist, gehören wir zusammen.«

Roberts Anspannung löste sich in einem erleichterten Ausatmen. »Sei dir da ganz sicher.«

Lorna lehnte sich an ihn. »Wenn du an meiner Seite bist, kann ich stark sein.«

Robert spürte, wie sich sein Herz zusammenzog. Er zog sie näher zu sich heran und küsste sie. Es war ein langer, sehnsüchtiger Kuss voller Versprechungen und Liebe. »Mit dir an meiner Seite brauche ich sonst gar nichts mehr«, flüsterte er, als sie sich voneinander lösten.

Sie lächelte zaghaft. »Es wird eine Zeit lang dauern, bis ...«

Er legte einen Finger auf ihre Lippen. »Wenn es sein muss, werde ich den Rest meines Lebens damit verbringen, dir meine Liebe zu beweisen.«

»Als ich erfuhr, dass du verheiratet bist, wäre ich beinahe mit dem nächsten Schiff zurück nach Hause gefahren.«

»Ich bin froh, dass du es nicht getan hast. Was hat dich davon abgehalten?«

»Irgendetwas in Mrs. Watsons Stimme. Sie verlor kein Wort über die Umstände, aber ich spürte sofort, dass da noch etwas war ... etwas Unausgesprochenes. Das bewog mich zum Bleiben.«

Robert zog mit dem Finger die Linie ihres Kinns nach. »Gott sei Dank«, sagte er nur.

Sie hörten Cam und das Kindermädchen zurückkommen. »Nanny Beth wird äußerst ungehalten sein«, meinte Lorna, und ein Lächeln huschte über ihr Gesicht.

Sie täuschte sich nicht. Die Schottin reichte Lorna den Kleinen und schüttelte missbilligend den Kopf, während sie das Bett glatt strich. »Werden Sie meine Dienste heute noch einmal benötigen, Mylady?«

Lorna ging auf ihre alte Nanny zu und legte einen Arm um ihre runde Taille. »Nanny Beth.« Ihre Stimme klang weich. »Sie kennen uns beide seit unserer Geburt. Können Sie in Ihrem Herzen kein Verständnis finden?«

»Sie werden tun, was Ihnen gefällt, da bin ich mir sicher. Jeder Appell an Ihren Anstand wird auf taube Ohren stoßen.« Die Frau schüttelte Lornas Arm ab.

»Möchten Sie lieber nach Hause zurückkehren?«, fragte Lorna.

»Wie Sie meinen, Mylady.«

»Nun gut. Ich sehe, dass wir Ihnen großes Unbehagen bereiten. Ich möchte Ihre Geduld nicht zu sehr strapazieren. Sie können bei Mrs. Watson wohnen, bis ich eine Passage für Ihre Rückfahrt gebucht habe. Selbstverständlich werde ich unseren Vertrag erfüllen. Sie werden für die gesamten sechs Monate bezahlt werden.«

»Ich danke Ihnen, Mylady.« Ohne ein weiteres Wort und ohne einen Blick auf Robert oder Cam zu werfen, verließ das Kindermädchen den Raum.

»Nun gut.« Robert nahm Lorna den Jungen ab und schwang ihn durch die Luft. Cam jauchzte vor Freude.

Lorna kicherte. Sie klang zum ersten Mal wieder wie früher. »Es gibt etwas, das ich dir gern zeigen würde.«

»Was ist es denn?«

»Das wirst du gleich sehen. Es ist nicht weit von hier.«

Lorna ließ sich kein weiteres Wort entlocken, und Robert bedrängte sie nicht weiter.

Mrs. Watson stand an der Eingangstür und tat so, als poliere sie einen Messingtürklopfer. »Ihre Kutsche ist da, Mylady. Werden Sie zum Dinner zurück sein?«

»Ich denke nicht. Im Übrigen werden wir morgen ausziehen. Lediglich mein Kindermädchen wird noch eine Weile hier wohnen.«

Ann Watson verzog enttäuscht das Gesicht. So viel Herrschaftlichkeit im Haus zu haben war etwas ganz Besonderes gewesen, ungeachtet der jüngsten Ereignisse, die sie unbedingt weitererzählen musste. »Wie Sie wünschen, Mylady.«

Draußen wartete ein Einspänner, der Kutscher stand bereit, um Lorna und Cam hinaufzuhelfen. »Sprichst du Zulu?«, fragte Lorna.

»Ein wenig.«

»Dann bitte Joseph, sich nach hinten zu setzen. Du kannst fahren.«

Joseph verzog das Gesicht, als Robert die Aufforderung weitergab. »Madam fährt gerne selbst«, sagte er und kletterte gehorsam nach hinten.

Robert band Tosca hinten an, kletterte hinauf und nahm die Zügel. Lorna hakte sich bei ihm unter. Sie boten ein Bild vollkommenen Glücks.

»Wohin?«, fragte Robert, der sich bewusst war, welche Folgen es haben würde, wenn sie so an seinem Haus vorbeifuhren.

»Da entlang.« Lorna zeigte in die entgegengesetzte Richtung.

Er wendete, und sie fuhren los. Es war nicht weit. »Langsamer«, forderte Lorna zehn Minuten später. »Siehst du die Einfahrt? Bieg hinein.«

Robert war das Haus schon früher aufgefallen, und er hatte sich gefragt, wem es gehören mochte. Es lag ein gutes Stück zurück, hinter einer niedrigen Steinmauer. Bäume säumten eine halbrunde Zufahrt. Das zweistöckige Haus war im Regentenstil, der zu Anfang des 19. Jahrhunderts in England so beliebt gewesen war, erbaut. Es wirkte hier fast ein wenig fehl am Platz. »Wem gehört dieses Haus?«

»Mir.«

»Dir?«

Lorna lächelte, sein Erstaunen schien sie zu amüsieren. »Ich habe es einige Tage nach meiner Ankunft gekauft.«

»Du liebe Güte. Es muss das teuerste Haus in ganz Durban sein.«

»Das ist es auch, mein Lieber. Was hättest du sonst von einer Lady wie mir erwartet?«

Sie lachten, und einen Moment lang fühlte sich Robert zurückversetzt in die sorglose Zeit ihrer Jugend, als die Erwachsenen noch alle Verantwortung getragen hatten und das Leben eine Abfolge angenehmer Dinge gewesen war. Es war so typisch für Lorna, dass sie, nachdem sie ihre Meinung offen ausgesprochen hatte, sofort wieder besänftigt war. Sie war kein bisschen nachtragend. Er hatte sie böse im Stich gelassen, und so schwierig dies für sie gewesen sein musste, sie war in der Lage, ihren Schmerz zu überwinden, um ihr Problem so sachlich wie möglich angehen zu können. Roberts Liebe zu Lorna war nie so groß gewesen wie in diesem Augenblick.

»Warum hast du ein Haus gekauft, wenn du vorhattest, wieder nach Schottland zurückzukehren?«

Lorna verzog den Mund. »Sagen wir einfach, ich bin eine unerschütterliche Optimistin.« Ihr Blick war warm und liebevoll, als sie ihn ansah. »Außerdem könnte ich es nicht ertragen, so weit von dir entfernt zu sein.«

Robert, der sich der Anwesenheit des Zulu hinter sich bewusst war, beschränkte seine Antwort auf ein zufriedenes Grinsen.

Die Zufahrt führte sie an einer Reihe aufwändig dekorierter Wasserbecken, einigen bepflanzten Steingärten und Blumenbeeten sowie an großen Rasenflächen vorbei. »Ich liebe die Pflanzen hier«, schwärmte Lorna. »Diese Farben sind einfach großartig.« Im Garten arbeiteten Zulu-Frauen. »Die Männer wollen nicht arbeiten«, sagte Lorna. »Ist das nicht seltsam?«

»Das ist es nicht«, erklärte Robert ihr. »Gartenarbeit ist traditionell eine Aufgabe der Frauen. Ein alter Mann kann Tabak für seinen eigenen Gebrauch selber anpflanzen, aber niemals Getreide. Auf den Feldern hat sich das alles ein bisschen verändert, seit die Europäer den Pflug eingeführt haben. Heutzutage müssen die Männer manchmal die Erde bearbeiten, weil es den Frauen nicht gestattet ist, mit Vieh zu arbeiten. Ein Ziergarten wie dieser ist den Zulu gänzlich unbekannt – er hat für sie keinerlei Nutzwert.«

Er rief zwei Frauen, die Unkraut jäteten, einen Gruß zu; sie grüßten schüchtern, mit abgewendeten Gesichtern und gesenkten Blicken zurück.

»Warum sehen sie dich nicht an?«, fragte Lorna. »Das ist sehr irritierend.«

»Aus Respekt«, antwortete Robert. »Normalerweise grüßt ein Besucher eine Frau nicht, und wenn er es doch tut, muss sie direkten Blickkontakt vermeiden. Es gilt sonst als anmaßend.« Er hielt an, sprang vom Kutschbock und half dann Lorna beim Absteigen. »Hast du einen Stallburschen?« Wie aufs Stichwort erschien ein kleiner, drahtiger Mann, dessen flammend rotes Haar überhaupt nicht zu der scharlachroten Livree passte, die er trug. »Brauchen Sie die Kutsche heute noch einmal, Mylady?«, fragte er in breitestem schottischen Dialekt.

»Heute nicht.« Lorna wandte sich an Robert. »Darf ich dir Mr. Bruce Buchanan vorstellen? Ich habe ihn eingestellt, um einen Stallburschen und einen Kutscher sowie einen Butler anzulernen. Mr. Buchanan kehrt nächsten Monat nach Hause zurück.« Sie warf einen Blick auf den kleinen Schotten. »Mr. Buchanan, das ist …«

»Granger«, ergänzte Robert.

»Erfreut, Sie kennen zu lernen, Sir.«

Robert war überrascht über seinen festen Handschlag.

Der Kutscher schaute aus der Kutsche. »Sie fauler Kaffer. Sitzen da wie eine königliche Hoheit«, rief Mr. Buchanan.

Joseph verstand kein einziges Wort. Er grinste lediglich, sprang hinunter und führte Pferde und Kutsche fort.

Buchanan schüttelte den Kopf. »Zwecklos, auf Zulu mit ihm zu reden. Er versteht kein einziges Wort.«

Das wunderte Robert nicht. Wenn das Zulu des Mannes auch nur annähernd so schlecht war wie sein Englisch, würde Joseph tatsächlich kein Wort verstehen.

»Der Braune braucht einen neuen Huf, Mylady. Ich werde mich darum kümmern, der Kaffer hat anscheinend keine Ahnung. Am besten suchen Sie die Dienste eines Hufschmieds, wenn ich fort bin.«

»Versuchen Sie es weiter, Mr. Buchanan. Der Butler kommt schon ganz gut zurecht.«

»Mehr als mein Bestes kann ich nicht tun«, brummte der Mann.

Er sah Joseph hinterher und warf einen Blick auf Tosca. »Schöne Stute«, meinte er. »Nun, ich mache mich jetzt besser an die Arbeit.« Er verbeugte sich kurz und verschwand.

Lorna lächelte über Roberts Gesicht.

»Wo um alles in der Welt hast du den denn aufgetrieben?«

»Er hat sich an dem Tag, an dem ich das Anwesen in Besitz genommen habe, hier vorgestellt. Unehrenhafte Entlassung aus dem 45. Regiment. Angeblich hatte er eine handgreifliche Auseinandersetzung mit einem der Offiziere. Er hat sehr offen darüber gesprochen. Er hat mir gesagt, ich würde allein hier kein vernünftiges Personal finden können. Vielleicht hatte er Recht. Wie auch immer, ich habe es bisher noch nicht bereut, dass ich ihn eingestellt habe, auch wenn Beth, mein Kindermädchen, schon von der Idee völlig entsetzt war.«

Robert schüttelte den Kopf. Lornas Bereitschaft, ihr Leben selbst in die Hand zu nehmen, war bemerkenswert. Die meisten Frauen in ihrer Situation hätten nicht gewusst, was sie tun sollten. Mr. Buchanan mochte ein merkwürdiger Kauz sein, aber Lorna hatte nach ihrer Ankunft in diesem völlig fremden

Land instinktiv jemanden aus ihrer Heimat engagiert, der ihr helfen konnte, sich so schnell wie möglich zurechtzufinden. Das machte Sinn.

Robert fand Bruce Buchanan schon merkwürdig, aber das war nichts gegen die Erscheinung, die ihn wenig später im Haus begrüßte. Der Butler sprach kein Wort Englisch, trug einen schlecht sitzenden Anzug und ein baumwollenes Hemd. Er war barfuß und trug die Zulu-Insignie für Reife und den Stand der Ehe, den *isiCoco,* der in sein Haar eingeflochten, mit Bienenwachs dekoriert und dann eingefettet und poliert worden war. Wenn das Haar der Männer wuchs, so hatte ihm Mister David erklärt, wurde er gewöhnlich geschnitten und in der Größe angepasst. Der *isiCoco* von Lornas Butler bedurfte dem Geruch nach zu urteilen dringend der Erneuerung.

Robert grüßte den Zulu dennoch achtungsvoll. »Ich sehe dich.«

»Ja, ich sehe Sie auch.«

Aus dem Gesicht des alten Mannes sprachen Stolz und Würde.

»Dies ist Percy«, erklärte Lorna. »Keiner von uns beiden versteht den anderen, aber er ist wunderbar, wenn es darum geht, den Mädchen Befehle zu erteilen.«

»Percy«, murmelte Robert. Er wandte sich an den Zulu. »Wie lautet dein *igamu*?«

Percy lächelte und entblößte eine Reihe gelblicher kaputter Zähne. »Mein *igamu* ist Ndaba.«

Übersetzt bedeutete Ndaba »Angelegenheit«, was sich auf einen Streit oder eine wichtige Versammlung bezog.

Er erklärte: »Ich wurde während der großen *indaba* zwischen unserem *baba,* Shaka, und den weißen Männern, die vom Meer kamen, geboren.«

Robert wusste, dass es viele Versammlungen gegeben hatte, vermutete jedoch, dass sich Percy auf die bezog, die stattgefunden hatte, als die ersten Händler nach Natal gekommen waren und den ersten Zulu-König um Erlaubnis gebeten hatten, in seinem Königreich zu reisen und Handel zu treiben. Das würde zu seiner Schätzung passen, dass Percy ungefähr fünfzig Jahre alt war.

»Bist du der *induna* in diesem Haushalt?«, fragte Robert. Er wollte wissen, ob Percy sich als denjenigen betrachtete, der die Verantwortung trug und entsprechend respektiert wurde.

»*Yebo.*«

»Ist irgendeine der Frauen hier deine Ehefrau?«

»Sie sind alle meine Ehefrauen.«

Robert hätte wetten können, dass Lorna sich weder dieser Tatsache bewusst war noch der damit verbundenen Fallstricke. Sie durfte nicht einen Mann und seine Frauen gemeinsam beschäftigen, da Familienmitglieder häufig gemeinsam unter einer Decke steckten und ihren Arbeitgeber beraubten. »Die Madam spricht kein Zulu. Ihre Traditionen sind ihr nicht vertraut.«

»Er ist eine gute Madam«, antwortete Percy. »Er behandelt uns gut.«

Nun, zumindest brachte er Lorna den Respekt entgegen, der normalerweise einem Mann vorbehalten war.

Ausgerechnet in diesem Moment entschloss sich Cam, quengelig zu werden, und ein junges afrikanisches Mädchen erschien. »Er hat Hunger«, erklärte Lorna ihr. Das Mädchen nickte, lächelte, sprach leise auf Zulu mit dem Baby und trug es in die Küche. Percy verschwand ebenfalls.

»Was sollte das alles?«, wollte Lorna wissen. »Percy sieht ein wenig ungewöhnlich aus, aber ich bin sehr zufrieden mit ihm. Und die Mädchen springen sofort, wenn er etwas sagt.«

»Das liegt daran, dass sie seine Ehefrauen sind.«

»Alle?« Sie riss erstaunt die Augen auf.

»Ja.«

»Du meine Güte. Dann ist er ja wirklich ein beschäftigter Mann.« Sie lächelte. »Apropos, hättest du Lust zu einem Rundgang?« Sie zog die Augenbrauen hoch. »Durch das Haus, versteht sich.«

Seine sehnsüchtigen Augen gaben ihr die Antwort.

Es war das erste Mal, dass sie sich in einem Bett liebten und sich nicht darum sorgen mussten, erwischt zu werden. Das Vergnügen, sich gegenseitig auszuziehen, die vertrauten Körper neu zu entdecken, ihre lange Trennung und die Angst, sich möglicherweise nie wiederzusehen, machten diesen Nachmittag zu etwas ganz Besonderem. Lornas Verlangen nach Robert stand seiner Sehnsucht in nichts nach. Zu lange hatte er sich zwingen müssen, nicht an ihre seidig weiche Haut und die verlockende Wärme ihrer Lippen zu denken. Jetzt genoss er den süßen Duft ihrer geheimsten Stellen und ihr tiefes lustvolles Stöhnen. Sie gab sich ihm vollkommen hin, keine Geste und kein Wort waren zu intim. Nun, da sie endlich in seinen Armen lag, kam für Lorna nur die absolute Wahrheit infrage. Auch Robert fühlte so.

Die Liebe hätte ihnen so leicht entgleiten können und wäre dann nichts weiter gewesen als eine flüchtige Erinnerung, die sie immer wieder heimgesucht und mit Traurigkeit erfüllt hätte. Doch wie durch ein Wunder hatten sie eine zweite Chance bekommen. Robert würde die pure Macht der Liebe nie wieder so erleben wie an diesem Nachmittag.

Draußen auf dem Rasen wurden die Schatten bereits länger, als sie plötzlich an ihren Sohn dachten.

»Es geht ihm sicher gut«, flüsterte Lorna, und ein Schauer rann Robert über den Rücken, als ihr Atem seine nackte Haut streifte. »Queenie kann sehr gut mit ihm umgehen. Sie ist die Einzige, die ein bisschen Englisch spricht.« Lorna rekelte sich und gähnte. »Die Bediensteten werden über uns reden, aber das kümmert mich nicht. Ich hätte keine Minute länger warten können.«

Sie stützte sich auf einen Ellbogen. »Es gibt so vieles, was wir uns zu erzählen haben.«

»Ich weiß.« Seine Finger spielten mit ihrem Haar.

»Wirst du über Nacht bleiben?«

»Jede Nacht. Du bist in jeder Beziehung meine Frau, auch wenn du nicht meinen Namen trägst. Und so Gott will, wirst du auch den eines Tages bekommen.«

Lorna küsste ihn. »Ist das ein Antrag, Lord Acheson?«

»So darfst du mich nicht nennen. Ich habe hier keinen Titel. Und das ist gut so.« Er lächelte. »Und ja, es ist ein Antrag.«

»Ich nehme ihn an. Ich werde mich Mrs. Granger nennen. Zur Hölle mit allen Moralaposteln.«

Er lächelte. »Du hast dich verändert.«

»Du dich auch.« Sie küsste ihn wieder.

»Die neue Lorna gefällt mir.«

»Schockiere ich dich?«

»Ein wenig.«

»Vielleicht habe ich mehr Ähnlichkeit mit meiner Mutter, als du denkst.«

Robert nahm sie und schob sie unter sich. Sie lachte ihn an, ihr Blick war weich und zärtlich. Er liebte sie so sehr. »Du hast nur Lorna in dir. Vergleiche dich nicht mit anderen, denn keine kann dir auch nur annähernd das Wasser reichen.«

»Robert?« Sie war plötzlich ganz ernst.

»Ja, Lorna, mein Liebes.«

»Ich habe das vorhin ehrlich gemeint. Es interessiert mich nicht im Geringsten, was die Leute über uns sagen. Ich will dich, und alles andere muss sich unterordnen.«

Er küsste sie leidenschaftlich, wollte ihr zustimmen, aber sie reagierte sofort, und dann dachte er an nichts anderes mehr als an diesen einen Augenblick.

Als sie schließlich das Schlafzimmer verließen und sich auf die Suche nach Cam machten, fanden sie ihn in Zulu-Manier in eine Decke gewickelt und auf Queenies Rücken gebunden. Er döste ein wenig, während sie Gemüse zum Abendessen vorbereitete. Als er die Stimme seiner Mutter vernahm, war er sofort hellwach. »Lass uns ein wenig mit ihm hinausgehen«, schlug Robert vor.

Im kühlen, schattigen Garten breiteten sie eine Decke aus, und Robert spielte mit Cam. Lorna sah ihnen zu. »Du kannst so wunderbar mit ihm umgehen«, bemerkte sie.

»Er ist mein Sohn«, antwortete er nur.

Cam gähnte plötzlich.

»Und er ist ebenso müde wie ich«, fügte Robert hinzu und nahm das Baby wieder auf den Arm. »Komm, kleiner Mann. Deine schöne Mama und dein Papa werden dich jetzt in dein Bett bringen.«

Nach dem Dinner, als sich die Bediensteten zurückgezogen hatten und ihr Sohn oben in seinem Bettchen schlief, sprachen sie endlich über all die Dinge, die sie beide so sehr beschäftigt hatten. Lorna wollte alle Einzelheiten über Roberts Flucht hören. Sie erschauerte, als er ihr die Reise in der offenen Kutsche mit Victor beschrieb.

»Das Wetter in Schottland war übel. Ich habe mir immer wieder vorgestellt, wie schrecklich es für dich gewesen sein muss.«

Er erzählte ihr von Cousin Adrians Hilfe und davon, wie knapp er an Bord der *Newcastle Lady* einer Verhaftung entkommen konnte.

»Oh, Robert, wenn sie dich gefunden hätten, wäre ich gestorben.«

Roberts Arme umschlossen sie noch fester.

»Erzähl mir von Sarah. Ich weiß nun, wie ihr euch begegnet seid. Was für ein Mensch ist sie?«

Robert seufzte. »Sarah. Sie ist eine junge Lady, der ich wirklich besser aus dem Weg gegangen wäre.« Er warf Lorna einen kurzen Blick zu. »Bist du sicher, dass du das hören möchtest?«

»Ja. Ich habe nun nicht mehr das Gefühl, dass sie eine Bedrohung für mich ist.«

»Das war sie nie«, versicherte er ihr. »Ich werde versuchen, sie dir zu beschreiben, aber ich bin mir selber nicht mehr ganz sicher. Sie war mir nicht unsympathisch, als ich sie zum ersten Mal sah. Sie musste auf die Hochzeit ihrer Cousine verzichten, und das hätte sie leicht ungehalten und schwierig machen können. Aber sie akzeptierte die Situation und erwies sich als angenehme und unkomplizierte Reisegefährtin. Keiner von uns, weder Logan noch Will oder ich selber, hatten etwas anderes im Sinn, als sie zu beschützen. Ich schwöre, ich habe sie niemals angerührt.«

»Ich glaube dir. Ich höre es an deiner Stimme.«

So gut er konnte beschrieb Robert Sarahs äußere Erscheinung und ihre Persönlichkeit. Letzteres war nicht einfach – er hatte inzwischen so viele verschiedene Facetten von ihr erlebt, und trotzdem wusste er noch immer nicht, ob er sie auch nur annähernd verstand. »Kannst du dir vorstellen, wie ich mich fühlte, als ich nach Durban zurückkehrte und Wilcox mir die Schuld daran gab, dass seine Tochter ein Kind erwartete? Und Sarah stimmte in diese Vorwürfe mit ein. Erst als ihr Sohn geboren wurde, ließ sich die Wahrheit nicht länger verheimlichen.«

»Wie meinst du das?«

Er hatte es bisher noch nicht erwähnt, doch nun sagte er es ihr. »Der Vater ist ein Schwarzer.«

Lorna setzte sich aufgeregt auf. »Robert, das ist aber doch sicher ein ausreichender Grund für eine Scheidung.«

»Das dachte ich auch. Aber Wilcox benutzt dieselbe Erpressungstaktik weiter, die er auch benutzt hat, um mich zur Heirat mit seiner Tochter zu zwingen. Der verdammte Mann will einen Skandal umgehen, das ist alles, was ihn interessiert. Ich weiß nicht einmal, was Sarah möchte. Sie hat mir so viele Lügen aufgetischt, dass ich ihr kein Wort mehr glauben kann. Mir blieb nichts anderes übrig, als sie zu heiraten. Und nun habe ich keine andere Wahl, als verheiratet zu bleiben. Ihr Vater weiß von den Anschuldigungen, die gegen mich erhoben werden. Er hat sich ein Exemplar der *Times* aus England schicken lassen, den Bericht über mein vermeintliches Verbrechen gelesen und mir angedroht, der Polizei alles zu erzählen.«

»Wird er uns Schwierigkeiten machen?«

»Glaube mir, Lorna, ich verabscheue den Mann so sehr, dass ich ihm etwas antun würde, wenn er es versuchte. Nun, da wir endlich zusammen sind, wird nichts und niemand mehr zwischen uns kommen. Als ich zu Mrs. Watson kam, hatte ich Sarah und ihren Eltern bereits gesagt, dass ich ihr nie mehr als meinen Namen geben würde. Aber das ist alles, was sie wollen. Meine Verweigerung, ein richtiger Ehemann zu sein, störte sie nicht im Mindesten.«

»Aber wenn Sarahs Vater von uns erfährt, was wird er dann tun?«

»Nichts, wenn er weiß, was gut für ihn ist.«

»Wie kannst du dir so sicher sein?«

»Ich weiß, wer der Vater von Sarahs Kind ist. Er wird nicht schwer sein, ihn ausfindig zu machen. Und Wilcox würde alles tun, um dies geheim zu halten.«

Lorna legte den Kopf in den Nacken und sah ihn an.

Robert zuckte hilflos mit den Schultern.

»Schwächling«, sagte sie leise.

»Vielleicht«, gab er zu. »Zugegeben, ich habe Gründe und Beweise. Die Frage ist nur, ob ich mir dann noch in die Augen sehen könnte. Sarah ist ein Spielball ihres Vaters. Ich könnte nie so ein Schurke sein.«

»Du hättest jedes Recht, es zu sein.«

»Es ist das Schaf in mir.«

»Nein.« Lorna schüttelte den Kopf. »Ich kenne dich zu gut. Trotz deiner Eskapaden hast du dich nie vor der Verantwortung gescheut. Als wir Kinder waren, hast du sogar einmal die Schuld für mich auf dich genommen, erinnerst du dich noch?«

Beide lachten. Lorna war damals zehn und Robert vierzehn gewesen, und einer von ihnen hatte die Idee gehabt, von einem Türmchen aus mit Eiern auf die Gärtner zu werfen, die in The

Grange die Rosen beschnitten. Aus irgendeinem dummen Zufall war Lornas erster Wurf ein Volltreffer gewesen und hatte einen der Männer am Kopf erwischt.

Robert und Lorna waren davon überzeugt gewesen, den Mann getötet zu haben, und auf schnellstem Weg zu Lord Dalrymple gelaufen. Er war an die Streiche seines Sohnes gewöhnt, daher kam er sofort zu dem Schluss, dass das Wurfgeschoss nur von Robert stammen konnte.

Lorna, die sich vor Lord Dalrymples schrecklichen Wutanfällen fürchtete, wurde hysterisch. Robert ertrug das Auspeitschen mit dem Lederriemen ohne einen einzigen Laut. Später kam Lorna mit Cremeschnittchen, einem Krug Limonade und einem geflüsterten Dank in sein Zimmer geschlichen.

Lachend küsste Robert sie auf die Wange. »Du meine Güte! Wie lange kennen wir uns schon.«

»Nicht wahr?« Sie sah plötzlich sehr entschlossen aus. »Deshalb wird auch kein hinterhältiger kleiner Gemeinling zwischen uns kommen.« Sie hob die rechte Hand und legte sie an seine Wangen. »Abgemacht?«

Er legte seine Hand auf ihre. »Abgemacht.«

Diesen Eid hatten sie schon als Kinder immer geschworen, es hatte nichts von seiner Bedeutung verloren.

»Wirst du weiter Handel treiben?«

»Vorläufig ja. Abgesehen vom Profit mag ich das Land und seine Menschen.«

Robert berichtete Lorna vom Thukela-Tal. »Es ist wunderschön dort, Lorna. Eines Tages wird mir dort ein Stück Land gehören.« Er lächelte. »Wenn du nicht auf mich aufpasst, werde ich mich noch in einen langweiligen Farmer verwandeln, so wie mein Bruder.«

»Niemals. Dazu bist du viel zu verwegen.«

Robert sprach über die Zulu und seine wachsende Achtung vor ihnen. »Dort im Norden gibt es einen Mann namens John Dunn. Er hat den Europäern den Rücken zugewandt und lebt mit den Afrikanern wie einer der ihren. Er ist der glücklichste, zufriedenste Menschen, den ich je kennen gelernt habe.«

Sie saßen aneinander geschmiegt in einem riesigen gepolsterten Lehnstuhl. Robert küsste Lorna. »So, nun bist du an der Reihe. Ich habe genug geredet.«

»Du hast auch mehr zu erzählen.«

»Ich kann noch immer nicht glauben, dass du mich nicht hasst.«

Sie lächelte. »An dem Tag, als du ohne Erklärung einfach fortgegangen bist, bin ich zurück ins Haus gelaufen. Papa schrie Mama an. Ich wusste nicht, warum, doch dann erfuhr ich es. Ich habe dich damals gehasst.«

»Es tut mir Leid.«

»Ich weiß, dass du und Mama ... Es ging schon eine Weile so. Ich verstehe das. Aber wenn du mich geliebt hast, warum hast du die Beziehung dann nach jenem Tag am Fluss fortgesetzt?«

»Ich war krank vor Elend über deine Verlobung. Dabei wusste ich ja längst, dass du niemals mir gehören konntest. Ich hatte keinerlei Perspektive. Deine Eltern hätten dir eine Heirat mit mir nicht gestattet. Und dann warst du plötzlich noch unerreichbarer für mich. An jenem Tag am Fluss ... ich hätte stärker sein müssen. Aber du warst so unglücklich, und du wusstest so genau, was du wolltest. Und ich ... nun, ich liebte dich. Wahrscheinlich schon immer. Aber auf dem Debütantinnenball ist es mir zum ersten Mal klar geworden. Du warst plötzlich so erwachsen, so schön und so gelassen.«

»Gelassen? Eher zitternd vor Angst, du könntest mich nicht zum Tanz auffordern.«

»Was für ein Paar sind wir nur?«

Lorna küsste ihn auf die Wange. »Was ich immer an dir bewundert habe, Robert, ist, dass du dich nie von Konventionen leiten lässt. Ich bin genauso. Wie du dich sicher erinnerst, hat meine Familie in mir immer den Wildfang gesehen. Zu Hause hatte ich das Gefühl, nur eine Rolle zu spielen. Hier draußen bin ich viel mehr ich selber. Hier gibt es so viele Menschen, die sich nicht an überflüssigen Regeln stören. Das ist einer der Gründe, weshalb ich Mr. Buchanan eingestellt habe. Er ist eine echte Persönlichkeit.«

Robert nickte. »Warte, bis du meine ehemaligen Geschäftspartner kennen lernst.«

»Ich möchte jeden kennen lernen, den du kennst, damit ich hier rasch heimisch werde. Wenn wir schon nicht heiraten können, können wir wenigstens wie Mann und Frau zusammenleben. Ich bin mir sicher, dass viele andere es genauso machen.«

»Wahrscheinlich.« Er grinste. »Du wirst in einem Perlenrock sehr anziehend aussehen.«

»Einem was?«

Roberts Grinsen wurde breiter. »Er muss aber deine Oberschenkel hinten bedecken, sonst werde ich zu sehr erregt. Deine Brüste bedeuten mir dagegen gar nichts.«

»Robert, was redest du da?« Sie sah ihn mit hochgezogenen Augenbrauen an.

Er lachte. »Zulu-Traditionen, meine Liebe. Ich bin überglücklich, deshalb rede ich nur sinnloses Zeug.« Er wurde wieder ernst. »Erzähl mir mehr.«

Lorna berichtete ihm von den Tagen vor ihrer Hochzeit. »Ich war krank vor Angst um dich. Ich dachte, du wärst verhaftet und gehängt worden. Ich flehte Mama an, mir die Wahrheit zu sagen, aber das hat sie nicht getan. Papa hat sich geweigert, mir zuzuhören, aber er sagte: ›Wenn dieser Junge auch nur halb so klug ist, wie ich glaube, dann ist er längst in Sicherheit.‹ Ich habe Tage in meinem Zimmer verbracht und auf die Nachricht von deiner Gefangennahme gewartet.«

Bei der Erinnerung erschauerte Lorna. »Ich erinnere mich kaum an die Hochzeit. Es war ein scheußlicher Tag. Ich wollte am liebsten sterben. Ich habe ernsthaft überlegt, mich vom Dach zu stürzen – das Einzige, was mich davon abhielt, war unser Baby. Im Laufe der Zeit begann ich zu glauben, dass mein Vater Recht hatte und es dir irgendwie gelungen war, England zu verlassen. Das hat mir die Kraft gegeben, am Leben zu bleiben. Denn tief in meinem Herzen wusste ich, dass wir uns eines Tages wiedersehen würden, wenn du tatsächlich entkommen konntest.«

»So wie jetzt?«

»Genauso wie jetzt.« Lorna holte tief Luft. »Himmel, wie viel anders ist es nun mit dir. Ich habe diesen alten Mann gehasst – seine Stimme, seine Berührungen, alles.« Sie erschauerte wieder, nahm eine von Roberts Händen und hielt sie fest an ihre Brust gedrückt, bevor sie fortfuhr. »Nach der Trauung sind wir mit der Kutsche nach Dumfries gefahren. Die Reise dauerte drei Tage. Als wir losfuhren, war das Erste, was er sagte, Folgendes: ›Wenn du so lange warten kannst, meine Liebe, würde ich es bevorzugen, unser Erstgeborenes zu Hause zu zeugen.‹ Er tat so, als könne ich es kaum erwarten, mit ihm ins Bett zu kommen, dabei hatte ich ihn seit der Zeremonie weder angeschaut noch ein Wort mit ihm gesprochen. Der Mann musste gespürt haben, wie sehr ich ihn verabscheute.« Sie runzelte plötzlich die Stirn. »Dieser arrogante Bastard«, entfuhr es ihr.

Robert war nicht schockiert. Als Kinder hatten er und Lorna immer die Schimpfworte ausgetauscht, die sie von einigen der Familienbediensteten aufgeschnappt hatten.

»Die Reise war furchtbar. Jede Stunde hat mich weiter von zu Hause entfernt, jede Meile weiter von dem Ort, an dem du warst. Wir übernachteten in zweitklassigen Herbergen. Er hatte mir nicht erlaubt, mein Mädchen mitzubringen, deshalb schloss ich abends immer meine Zimmertür ab und hatte niemanden zum Reden. Und die ganze Zeit dachte ich daran, dass wir uns immer mehr dem Zeitpunkt näherten, an dem er seine ehelichen Rechte einfordern würde. So hat er es genannt, Robert. Er hat immer wieder davon angefangen.«

Die Erinnerungen setzten ihr sehr zu, aber Robert wusste, dass sie sie loswerden musste.

»Wir erreichten sein Anwesen gegen vier Uhr nachmittags. Von außen sieht es sehr eindrucksvoll aus. Das Haupthaus hat vier Stockwerke und ist viel größer als Canongate oder The Grange. Es gibt zwei Flügel, einen südlichen und einen nördlichen, die durch Glaspavillons miteinander verbunden sind. Der Himmel weiß, wozu er sie hat bauen lassen. Soweit ich informiert bin, wurden sie nie benutzt. Der Alte lebte ziemlich einfach, alles war nur spärlich möbliert und ohne jeden Komfort. Im Haus war es eiskalt, das Essen war schrecklich und die Angestellten unhöflich. Eine Hausmagd brachte mich zu meinem Zimmer. Eine Hausmagd, Robert! Als ich um ein anständiges Dienstmädchen für eine Lady bat, riet mir der Marquis, das kleine unnütze Ding ordentlich einzuarbeiten. Sie einzuarbeiten! Ich konnte kaum ein Wort verstehen von dem, was sie von sich gab. Das Mädchen war zu nichts zu gebrauchen. Ungeschickt, faul – wirklich, Percy ist besser ausgebildet. Ich bat sie, den Kamin anzumachen und mir heißes Wasser zu bringen. Sie weigerte sich. Angeblich verachtete der Marquis jeglichen Luxus, wie er es nannte. Als ich schließlich zum Dinner hinunterging, war ich außer mir vor Wut.«

Er hatte sie schon früher so erlebt. Wenn sie zornig war, war sie beängstigend.

»Das Essen wurde kalt serviert«, fuhr sie fort. »Ich wollte es in die Küche zurückschicken, aber er untersagte es. Sobald wir allein waren, sagte ich ihm, dass er mir ein wenig Autorität zugestehen müsse, wenn ich die Dame des Hauses sein sollte. Er lachte nur. Meinte, sein Haushalt habe seit über sechzig Jahren gut funktioniert, und daran hätte ich nichts zu ändern. Meine Gegenwart sei nur deshalb toleriert, weil ich ihm Erben gebären sollte. Ich sah ihn über den langen Tisch hinweg an, und in diesem Augenblick starb irgendetwas in mir. Ich war seine Gefangene, eine, vor der sein Personal nur wenig Respekt haben, jemand, dem es keine Loyalität entgegenbringen würde. Bis dahin hatte ich ihn nur gehasst, aber plötzlich überkam mich eine solche Angst und Verzweiflung, dass ich innerhalb von Sekunden nur noch eine leere Hülle zu sein schien. Ich fühlte mich vollkommen hilflos und verlassen.«

Robert strich Lorna das Haar aus dem Gesicht. »Dieses verfluchte Schwein!« In seiner ruhigen Stimme schwang der Hass mit, der in seinem Herzen brannte.

Sie lächelte mühsam. »Danke.«

»Du hast dich nicht aufgegeben, mein Liebes, auch wenn ich verstehe, welche Gedanken dich bewegten. Was ist weiter geschehen? Wann erlitt er seinen Schlaganfall?«

»Später. Beim Dinner trank er ziemlich viel. Ich zog mich früh zurück, in der Hoffnung, dass er zu betrunken sein würde.« Sie lachte höhnisch. »Aber meine Hoffnung ließ mich im Stich, wie sich herausstellen sollte. Gegen Mitternacht kam er plötzlich in mein Zimmer. Er schwankte hin und her, wurde von einem Lakaien mühsam auf den Beinen gehalten. Robert ...« Sie begann zu weinen. »Mir wurde schnell klar, dass er dem Mann befohlen hatte, dabeizubleiben. Er sollte helfen ...« Lorna brach ab und lehnte sich an Robert, um neue Kraft zu sammeln.

»Lieber Gott!« Robert war völlig schockiert. Zorn auf Lornas Vater packte ihn. Wie konnte ein Mann seine Tochter zu solch einem Schicksal verdammen? Lord de Iongh mochte unter seinesgleichen als achtbarer Mann gelten, aber Robert sah Alisons Eskapaden plötzlich in einem anderen Licht. Ihr Mann war kalt und entbehrte jeglicher Emotion. Er schloss die Arme um die Frau, die er so liebte.

»Lorna, du musst nicht weiterreden, wenn es dich zu sehr belastet.«

Sie schüttelte den Kopf. »Du musst es erfahren. Es darf keine Geheimnisse zwischen uns geben.« Sie wischte ihre Augen trocken und fuhr fort. »Ich machte die größte Szene meines Lebens. Ich schrie, ich fluchte und bewarf die beiden mit allem, was ich in die Finger bekam. Schließlich schickte er den Diener fort. Er befand sich in einem Zustand völliger Raserei. Er brüllte und schrie, beschimpfte mich und riss sich sein Nachthemd vom Körper. Da wurde mir klar, wie ich mich gegen ihn zur Wehr setzen konnte. Er konnte nicht ertragen, wenn ihm jemand nicht gehorchte oder sich über ihn lustig machte. Ohne darüber nachzudenken, was es für Folgen haben könnte, lachte ich ihn aus – ich warf ihm alles Grässliche an den Kopf, was mir einfiel. Seine Eitelkeit machte ihn noch wütender. Ich spottete über seinen kahlen Kopf, seine faltige Haut, sogar über seinen Geruch. Als er völlig nackt war, zeigte ich auf seinen … seinen … verschrumpelten … und fragte ihn, was er damit zu erreichen glaubte. Damit war das Maß voll. Er drehte durch, hatte plötzlich Schaum vor dem Mund, brüllte mir zu, was ich tun sollte. Ich hatte zwar Angst, aber vor allem war ich voller Hass. Ich lachte und lachte, nur um ihn weiter zu provozieren.«

Lorna umklammerte noch immer Roberts Hand, und er spürte die Macht ihrer schrecklichen Erinnerungen. »Sprich weiter«, bat er sie leise. »Lass alles heraus.«

»Ich glaube nicht, dass er noch etwas anderes spürte als seine unglaubliche Wut. Er griff sich jäh an den Kopf und brach auf dem Boden zusammen.«

»Gott sei Dank.«

»Am deutlichsten ist mir die plötzliche Stille in Erinnerung geblieben. Nach diesem ganzen Geschrei gab der Marquis plötzlich keinen Laut mehr von sich. Er lag einfach nur da; sein Mund öffnete und schloss sich, aber kein Wort drang aus ihm heraus. Mir war klar, dass etwas Ernstes geschehen sein musste. Nach einer kleinen Ewigkeit, so erschien es mir, trat ich ein paar Schritte näher. Seine Augen flehten mich an, Hilfe zu holen.« Ihre Stimme brach. »Ich stand einfach nur da und sagte ihm, er solle endlich sterben. Ich sagte es wieder und wieder. Und ich sah, dass er es verstand. Er hatte Angst, zitterte am ganzen Körper, aber er war hilflos, nicht einmal mehr in der Lage, eine Hand zu bewegen. Ich ging zum Sekretär, goss mir ein Glas Wein ein und setzte mich dann. Er konnte mir zusehen, wie ich trank. Die Zeit verging – es muss über eine Stunde gewesen sein. Ich hoffte, je länger ich wartete, desto größer würde der Schaden sein, den er davontrug. Robert, ich hatte keinen Funken Mitleid in mir. Schließlich zog ich mir einen Morgenmantel über und öffnete die Tür. Der elende Lakai war immer noch da. Er wartete in der Halle. Ich sagte ihm, ich hätte das Gefühl, der Marquis fühle sich nicht gut, und bat ihn, einen Arzt zu holen. Er war misstrauisch, aber er machte sich auf den Weg. Als der Familienarzt schließlich kam, meinte er, dass Lord Dumfries sich besser keine so junge Frau genommen hätte. Er schien zu glauben, dass der Anfall durch zu große körperliche Anstrengungen hervorgerufen worden war. Ich berichtigte ihn nicht. Selbst der Diener musste die Diagnose hinnehmen.«

Robert spürte, wie die Spannung langsam aus ihrem Körper wich. »In deinem Brief stand, er hätte noch gelebt.«

»Drei Monate.«

»Hat er von deinem Kind erfahren?«

»Ich habe es ihm erzählt. Und ich erhielt die erwünschte Reaktion. Man könnte wohl sagen, dass er die Kontrolle verlor. Es ist schwer zu sagen. Seine Augen traten hervor, und er wurde hochrot. Plötzlich … starb er einfach.« Sie zuckte die Achseln. »Nach der Beerdigung habe ich mich an seinen Angestellten gerächt. Ich habe sie alle gefeuert. Drei Monate lang hatte ich mit ihrer heuchlerischen Art leben müssen. Als ich dann die Herrin über das Anwesen war, blieb ihnen nichts anderes übrig, als meinen Anordnungen Folge zu leisten. Ein paar versuchten sich einzuschmeicheln, aber ich habe sie alle verabscheut. Ich stellte neues Personal ein und beschloss, nur so lange zu bleiben, bis unser Kind geboren sein würde. Obwohl ich wusste, dass ich nie dort wohnen würde, verschaffte es mir große Befriedigung, ein kleines Vermögen für die Renovierung des Hauses auszugeben. Bei jedem Penny, den ich zahlte, sah ich den Marquis sich in seinem Grab umdrehen. Sollte er doch in der Hölle verrotten.«

»Und alle glauben, dass Cam sein Sohn ist?«

»Alle, die es glauben sollen, ja. Cam erbt alles. Niemand hat seine Rechte infrage gestellt. Alle denken, der Marquis sei an den Folgen der Zeugung seines Erben gestorben.«

»Was wirst du unserem Sohn sagen?«

»*Wir* werden ihm die Wahrheit sagen.«

Robert lächelte über die Entschlossenheit in ihrer Stimme. »Gut.«

»Ich hoffe nur, dass Cam es verstehen wird.«

»Das wird er, wenn wir ihn richtig erziehen.«

»Was heißen soll?«

»Ehrlich zu sich selbst zu sein und zu respektieren, dass andere darauf ebenfalls ein Recht haben.«

»Was ist, wenn er zu dem Schluss kommt, dass wir schlechte Menschen sind?«

»Wenn er uns liebt, wird er das nicht denken. Wie auch immer, in zehn Jahren wird unsere Situation niemanden mehr interessieren. Mit ein wenig Glück wird Sarah einen neuen Mann gefunden und in die Scheidung eingewilligt haben. Und dann werde ich eine ehrbare Frau aus dir machen.«

Lornas Antwort kam unverzüglich. »Ich bin in meinen Augen ehrbar genug. Es auch für dich zu sein, ist alles, was mir wichtig ist.« Lorna widmete sich nun anderen Neuigkeiten. »Mama hat einen neuen Liebhaber.«

Als sie Alison erwähnte, bekam Robert ein schlechtes Gewissen. »Wie kommt es, dass du mir so bereitwillig verziehen hast?«

»Ich liebe dich. Warum soll ich da Jahre verschwenden und nachtragend sein? Was ergibt das für einen Sinn?«

»Weiß dein Vater von dem neuen Mann?«

»Wahrscheinlich. Ich denke, er hat es immer gewusst und weggeschaut.«

»Nur bei mir nicht. Er konnte das, was sich direkt vor seiner Nase abspielte, nur schwer ignorieren.«

Lorna stieß ihm mit dem Ellbogen in die Rippen. »Ich habe dir zwar verziehen, aber das heißt nicht, dass ich unbedingt daran erinnert werden möchte. Können wir dieses Thema künftig meiden?«

»Ich wollte die Beziehung nach dir beenden, und ich ... Sie hat es nicht zugelassen.«

»Mein lieber Robert, ich habe *Nein* gesagt.« Ihre Stimme war hart, und er spürte, dass die Vergebung an einem seidenen Faden hing.

Robert senkte den Kopf. »Ich habe meine Lektion gelernt.«

Lorna schenkte ihm ein Lächeln. »Ich möchte die Einzige sein.«

»Das bist du auch. Von jetzt an bis an das Ende meines Lebens.« Er legte eine Hand auf sein Herz. »Ich verspreche dir, solange ich dich habe, wird es keine andere mehr geben.«

Ihr Lächeln wurde breiter, und sie schmiegte sich enger an ihn. »Gut«, murmelte sie.

»Was ist mit Charlotte und Charles?«, fragte Robert, der wissen wollte, ob er dem Glück seines besten Freundes und seiner Schwester keinen ernsthaften Schaden zugefügt hatte.

»Sie gleichen sich wie ein Ei dem anderen, mein Lieber. Papa hat schließlich eingewilligt. Er hatte immer eine Schwäche für Charlotte. Die Hochzeit hat im Stillen stattgefunden, nur mit wenigen Familienangehörigen und Freunden. So hatten sie es sich gewünscht. Sie leben nun in Perthshire und kommen nur selten nach Edinburgh. Charlotte erwartet ein Baby; es könnte inzwischen bereits auf der Welt sein. Als sie erfuhren, dass ich hierher reisen würde, haben sie beide ihre besten Grüße an dich ausgerichtet.«

»Gott sei Dank. Nachdem ich dich betrogen hatte, war es besonders schlimm für mich zu wissen, dass ich auch ihr Leben zerstört haben könnte. Als ich in deinem Brief las, dass sie trotzdem heiraten durften, habe ich mich sehr für sie gefreut. Und dein Vater? Wie hat er auf deine Reisepläne reagiert?«

»Er wusste, weshalb ich dich unbedingt finden wollte.«

»Du hast es ihm gesagt?«

»Nein, Mama war es.«

»Woher wusste sie es?«

»Sie hat nur einen einzigen Blick auf Cam geworfen. Alle sagen, er sähe aus wie ich, aber Mama hat es sofort durchschaut. Ich sah keinen Grund, sie zu belügen. Jetzt kann sie es kaum noch ertragen, mit mir in einem Raum zu sein.«

»Das tut mir Leid.«

»Mir nicht. Wir waren uns nie sehr nah. Es hat sie auch nicht besonders interessiert, wo ich hinwollte. Papa hat versucht, mir die Sache auszureden, bis ich ihn an die unglaubliche Gleichgültigkeit erinnert habe, die er meinem Glück gegenüber gezeigt hatte, als er mich mit diesem … alten Mann verheiratet hatte. Da gab er auf.« Lorna lachte zynisch. »Was hätte er auch anderes tun sollen? Das Anwesen der Dumfries grenzt an unseres, und sein Enkelsohn ist der einzige Erbe. Land bedeutet meinem Vater mehr als sein eigenes Fleisch und Blut, das hat es schon immer getan.«

Robert wurde erneut ernst. »Mir nicht.«

»Sollte sich das je ändern, versichere ich dir, dass ich dich daran erinnern werde«, erklärte Lorna.

Er lachte. »Ich sehe schon, dass unser gemeinsames Leben nie langweilig werden wird.«

Lorna war nicht zum Lachen aufgelegt. »Was wirst du Sarah sagen?«

»Die Wahrheit. Sie verdient sie wahrscheinlich nicht, aber ich möchte sie nicht mehr täuschen als unbedingt nötig. Außerdem habe ich ihr in unserer Hochzeitsnacht von dir erzählt. Wir haben nie zusammen in einem Zimmer geschlafen, geschweige denn in einem Bett.«

»Ein weiteres glückliches Paar«, bemerkte Lorna. »Gott sei

Dank sind wir uns da einig, Robert. Das Leben ist zu kurz, um unglücklich zu sein. Von nun an treffen wir unsere eigenen Entscheidungen. Wenn sie falsch sind, tragen nur wir die Verantwortung dafür.« Sie wechselte das Thema. »Lady Pamela lässt dich herzlich grüßen. Lord Dalrymple ebenfalls.«

»Wissen sie von Cam?«

»Nein, ich hielt es für das Beste, es vorläufig vor ihnen geheim zu halten.«

Robert stimmte ihr zu, auch wenn es ihm wehtat, seinen Eltern den Jungen nicht als seinen Sohn präsentieren zu können. »Wie geht es meinen Brüdern? Hast du etwas von ihnen gehört?«

»Thomas …« Sie zögerte, dann grinste sie. »Ach, was soll es. Ich kann dir ebenso gut die Wahrheit sagen. Er ist ein netter Mann, aber ein schrecklicher Langweiler. Du bist wieder Onkel geworden, wusstest du das schon? Sie haben einen weiteren Sohn bekommen.«

Robert lächelte über ihre genaue Einschätzung seines ältesten Bruders. »Ich habe einen Brief von Mutter in der Tasche. Wahrscheinlich steht die Neuigkeit darin. Etwas viel Schöneres hat mich bisher davon abgehalten, meine Post zu lesen. Ganz zu schweigen von der Tatsache, dass ich meinen Sohn endlich kennen gelernt habe.«

»Dann lies ihn jetzt.«

Er schüttelte den Kopf. »Später. Im Moment höre ich lieber dir zu.«

Lornas Augen blitzten anerkennend. »Boyd ist immer noch bei der Armee.«

»Ich hoffe, er konnte seine Stellung behalten.«

»Ja. Dein Vater hat sich darum gekümmert. Er sagte, die Sünden eines Mannes dürften auf die ansonsten makellose Karriere seines älteren Bruders keinen Einfluss haben.«

Robert sah sie schuldbewusst an. »Der Earl ist ein guter Mann. Ich fürchte, ich habe ihn in all den Jahren ernstlich auf die Probe gestellt.«

»Zuckersüß«, stimmte Lorna zu. »Und ziemlich eindrucksvoll, wenn er so richtig in Wallung gerät. Boyds Kommandeur hat sich vor Eifer beinahe überschlagen, um seine Befehle auszuführen.«

Robert lachte. Obwohl Lord Dalrymple nicht sein leiblicher Vater war, verspürte er eine große Zuneigung ihm gegenüber. Der Mann war streng und unnachgiebig und zeigte seine Gefühle nur selten. Aber er war immer da, wenn man ihn brauchte.

»Wie geht es Glendon?«

Lorna sah ihn mit hochgezogenen Brauen an. »Dort ist etwas Merkwürdiges passiert.«

»Etwas Merkwürdiges?«

»Glendon wurde nach Indien geschickt. Wir wissen nicht, warum. Deine Eltern haben lediglich erfahren, dass seine Verlobung gelöst ist, seine Verlobte sich weigert, den Grund dafür zu nennen, und auch ihr Onkel, der Bischof, offenbar nicht gewillt ist, eine Erklärung für Glendons plötzliches Verschwinden abzugeben.«

»Ist da vielleicht etwas faul? Doch wohl nicht.«

»Ich schätze, irgendetwas soll vertuscht werden.«

Ihre Blicke trafen sich, und sie dachten beide an den jungen Mann, der so bereitwillig in den Dienst der Kirche eingetreten war, nicht wegen des Amtes, sondern aus dem tiefen Wunsch heraus, anderen zu helfen. War er mit einem zweifelhaften Vorgesetzten zusammengestoßen, oder hatte sich Glendon selbst eines Verbrechens schuldig gemacht, sodass es nötig wurde, ihn aus dem Blickfeld der Öffentlichkeit zu schaffen?

»Mach dir keine Sorgen um deinen Bruder. Lord Dalrymple hat sich der Sache längst angenommen. Und wenn irgendwer auf den Grund des Geheimnisses stoßen kann, dann ist das dein Vater«, versicherte Lorna. »Glendon ist vermutlich im Süden und versucht, die Tamilen zu bekehren.«

»Es schüttelt mich, wenn ich mir nur vorstelle …«

Lorna warf den Kopf in den Nacken und lachte. Es war so

natürlich, so warm und so gut. Robert kannte sie so genau, und doch gab es noch eine Menge über sie zu erfahren. Charles war sein engster Freund gewesen, Lorna Charlottes beste Freundin. Sie waren nicht gleich alt, hatten verschiedene Interessen, waren unterschiedlichen Geschlechts – und doch hatten sich ihre Wege immer wieder gekreuzt, und sie hatten sich immer gut verstanden. Ohne diese Kindheitserlebnisse, die ihre Beziehung stärkten, wären die Hindernisse, die sich nun vor ihnen auftürmten, vielleicht nicht zu bewältigen gewesen. So wusste jeder von ihnen, dass er sich auf den anderen verlassen konnte, auch wenn Robert noch einige Arbeit zu leisten hatte, um Lornas volles Vertrauen zurückzugewinnen. Sie konnten tiefere Gefühle zulassen, die frei waren von den Vorbehalten, die gewöhnlich auftauchen, wenn sich Fremde ineinander verlieben. Vielleicht würde ihnen die Erhabenheit über jeglichen Zweifel den Mut geben, den sie benötigten.

»Du hattest Glück, ein Zimmer bei Mrs. Watson zu bekommen. Ich weiß, dass sie sehr aufdringlich sein kann, aber ihre Pension ist ordentlich und sauber.«

»Ich wollte dort wohnen, weil ich wusste, dass du eines Tages dorthin kommen würdest, um deine Post abzuholen. Dieses Haus hier ist seit der letzten Woche bezugsfertig. Jetzt muss es dringend mit Leben erfüllt werden. Ich werde meine Sachen morgen bei Mrs. Watson abholen lassen.«

Er küsste sie aufs Haar. »Ich plane eine neue Reise. Komm mit mir.«

»Versuch einmal, mich davon abzuhalten. Ich kann es kaum erwarten, dieses Land kennen zu lernen.«

»Es ist nicht immer leicht. Bist du dir sicher?«

»Absolut.«

Er sah, dass sie es ernst meinte. »Cam sollte früh mit der Lebensweise der Zulu vertraut gemacht werden.«

Sie schmiegte sich an ihn. »Und er braucht Brüder und Schwestern.«

»Ganz bestimmt.«

»Und der Altersunterschied sollte nicht zu groß werden.«

»Schäm dich für diesen Gedanken.«

Sie streckte die Arme nach ihm aus. »Halte mich nicht für zügellos, Liebster, aber wenn wir jetzt nicht sofort nach oben gehen, werde ich an Ort und Stelle über dich herfallen.«

Robert stand auf und hob sie auf seine Arme. »Ich liebe dich sehr«, flüsterte er.

## 11

Am nächsten Morgen stellte Robert die Kutsche vor Mrs. Watsons Pension ab, wohl darauf bedacht, nichts vor Sarah zu verbergen, damit sie ihn nicht des Betrugs bezichtigen konnte. Während Lorna seine und ihre Habseligkeiten zusammenpackte und das Verladen ihrer Koffer überwachte, ging er die wenigen Meter bis zu dem Haus, das er eigentlich sein Zuhause nennen sollte. Es gab keinerlei Hinweise auf die Anwesenheit seiner Schwiegereltern. Das Hausmädchen ließ ihn ein, und Robert fand Sarah im vorderen Salon. Sie begrüßte ihn erschöpft.

»Wo sind deine Eltern?«

»Sie sind heute Morgen sehr früh zur Farm aufgebrochen.«

»Gut.« Er setzte sich auf einen Stuhl ihr gegenüber. »Ich habe dir etwas zu sagen.« Nun, da der Moment gekommen war, fühlte sich Robert plötzlich ganz ruhig. Er schuldete seiner Frau nichts, nicht einmal Respekt, aber er wollte ihr unter allen Umständen die Wahrheit sagen.

Sarahs Blick war ein einziger Vorwurf.

»Warum schaust du mich an, als hätte ich dich im Stich gelassen?«

Sie senkte die Lider. »Weil du genau das getan hast.«

»Ich?« Robert traute seinen Ohren nicht. »Du scheinst die Dinge etwas verzerrt wahrzunehmen. Wie habe ich dich denn deiner Meinung nach enttäuscht?«

»Wir sind verheiratet«, flüsterte sie. »Du hast das Eheversprechen abgelegt.«

»Ja«, stimmte er ihr zu. »Mit einem Messer im Rücken.«

»Viele werden zu einer Heirat gezwungen. Sie machen das Beste daraus.« Sie hob den Blick, und er sah die trotzige Entschlossenheit in ihrem Gesicht. »Du hast versprochen, mich zu lieben und zu ehren …«

»Das war mir angenehmer als der Galgen.« Robert merkte, dass er langsam wütend wurde.

»Können wir es nicht wenigstens versuchen?«

Er wartete einen Moment, um sich wieder ein wenig zu beruhigen. Sarah war ganz die Tochter ihres Vaters. Sie zeigte keinerlei Zeichen von Reue, dachte nur an sich selbst. »Ich habe nun noch weniger Neigung es zu versuchen als je«, sagte Robert schließlich. »In unserer Hochzeitsnacht habe ich dir einen Brief gezeigt und dir gesagt, dass die einzige Frau auf der Welt, die ich je lieben könnte, ihn geschrieben hätte, erinnerst du dich?«

Sarah nickte.

»Sie ist hier.«

»Was?« Nackte Angst stand Sarah im Gesicht geschrieben.

»Ich bin gestern von hier aus zu Mrs. Watson gefahren, um mein altes Zimmer wieder zu beziehen. Lorna war dort. Ich hatte keine Ahnung.«

»Eine nette Geschichte«, schnappte Sarah. »Du glaubst doch nicht im Ernst, dass ich sie dir abnehme?«

»Tu, was du willst. Es kümmert mich nicht, was du denkst. Du hast deinen Sinn für die Realität ohnehin längst verloren.« Es fiel Robert schwer, seine Stimme unter Kontrolle zu halten. »Das Gerede wird schon bald bis zu dir durchdringen. Ich erzähle es dir nur, damit du vorbereitet bist, auch wenn du so viel Rücksichtnahme bei Gott nicht verdient hast. Lorna und ich werden zusammenleben. Bis auf den Namen ist sie in jeder Hinsicht meine Frau. Wir haben bereits einen gemeinsamen Sohn. Widrige Umstände in Schottland haben es uns nicht gestattet zusammen zu sein, aber hier draußen werden wir unsere Liebe nicht verstecken. Ich möchte dich nicht in Verlegenheit bringen, Sarah, und ich beabsichtige auch nicht, dich zu verletzen. Wir hätten niemals zusammengelebt, das weißt du.«

»Ich hatte gehofft ...«

Robert schüttelte den Kopf. »Du hast mir viel zu viele Lügen erzählt, Sarah.«

Sie ließ den Kopf hängen. »Mein Vater ...«

Robert sprang von seinem Stuhl auf. All seine Wut brach nun aus ihm heraus. »Gottverdammt, Sarah. Obwohl du an dieser ganzen Farce die Verantwortung trägst, besitzt du die Unverschämtheit, mich zu bedrohen. Zur Hölle mit deinem verfluchten Vater. Ich wollte nicht so tief sinken, aber du zwingst mich dazu. Thulani wird leicht aufzufinden sein. Wenn es sein muss, werde ich die ganze verdammte Geschichte öffentlich machen. Erzähl das deinem verfluchten Vater.«

»Nein.« Sie sah ihn an. »Ich versuche nur, dich zu warnen.«

Robert lief unruhig auf und ab. »Wenn ich mich nicht täusche, ist dein Vater äußerst zufrieden. Dein Glück bedeutet ihm ebenso viel wie meins. Er sorgt sich um seinen Ruf, um sonst nichts. Wenn sich sein Schwiegersohn schlecht benimmt, wird er alles daransetzen, den Märtyrer zu spielen. In gewisser Weise passt das besser zu ihm als die Rolle des liebenden Schwiegervaters. Er mag mich ebenso wenig, wie ich ihn mag. Wenn er auch nur ein einziges Wort gegen mich äußert, werde ich meine Drohung wahr machen und die Geschichte mit Thulani aufdecken.«

»Ich werde alles abstreiten.«

»Versuch es nur. Die Hautfarbe des Babys wird für sich selbst sprechen. Thulani wird den Rest besorgen. Es gibt nur eine begrenzte Anzahl Hebammen in dieser Stadt. Was immer dein Vater ihnen anbietet, um sich ihr Schweigen zu erkaufen, ich werde das Doppelte bieten. Gefährde mein Glück noch mehr, als du es ohnehin schon getan hast, und du wirst gezwungen sein, Afrika zu verlassen und deinen Sohn niemals wiederzusehen.

Mach es nicht noch schlimmer, als es bereits ist, Sarah. Du hast schon genug Schaden angerichtet.«

»Das ist nicht fair«, weinte sie. »Niemand liebt mich. Thulani hasst mich auch.«

Robert zweifelte nun nicht mehr – das war die wahre Sarah. Ein Einzelkind, verwöhnt und verzärtelt. Auf den ersten Blick wirkte sie angepasst und nett, doch tief in ihrem Innern war sie selbstsüchtig und zu schwach, um sich nicht von ihrem Vater manipulieren zu lassen. Gemeinsam hatten sie eine Lösung für Sarahs selbst auferlegtes Schicksal ausgebrütet – er, um ihren und seinen Ruf zu schützen, sie aus reiner Niedertracht. Robert hatte keine Ahnung, ob ihre Beziehung zu dem Zulu auf Liebe oder Lust basierte. Sarah hatte auch Robert auf ihrer Reise bereitwillig für die Nächte, die sie in einem Haus verbracht hatten, in ihr Bett eingeladen. Sie hatte hoch gepokert und verloren. Diese Erkenntnis hinterließ in ihr nichts als Selbstmitleid. Er stand schweigend da und fragte sich, wie weit sie gehen würde, um ihn am Fortgehen zu hindern.

Sarahs dunkle Augen füllten sich mit Tränen. Verstohlen schaute sie zu Robert hinüber, um seine Reaktion zu testen. Als sie schließlich sprach, fiel es ihm schwer, nicht laut zu lachen über ihren verzweifelten letzten Versuch, ihn zu überreden. Sarah schien sich nicht einmal selbst zu glauben. »Ich hätte dich lieben können. Du hast mir gut gefallen.«

»So gut, dass du mich belogen hast, wie wir beide wissen.«

»Ich hatte keine andere Wahl.«

»Natürlich hattest du die.«

»Du kennst meinen Vater nicht.«

»Oh, ich denke doch.«

Ihre Tränen flossen nun unaufhörlich. »Es war nicht meine Schuld. Thulani hat mich gezwungen.«

Robert schüttelte den Kopf. »Versuch nicht, noch mehr Schaden anzurichten, du dummes Mädchen. Um Himmels willen, Sarah, hör auf, dich herauszureden. Du hast mit dem Feuer gespielt, und dann ist geschehen, was geschehen musste. Sieh den Tatsachen endlich ins Gesicht.«

»Ich weiß, was du von mir denkst, Robert, aber ich liebe mein Kind, und es bricht mir das Herz, dass Thulani es mir fortgenommen hat.«

»Es ist gut aufgehoben.« Robert wollte nur noch weg von ihr, zurück zu Lorna und allem, was ehrlich war. »Was wirst du nun tun? Wenn die ersten Gerüchte auftauchen, wird es hier für dich sehr schwer werden.«

»Meine Cousine Caroline hat mir angeboten, zu ihr nach Pietermaritzburg zu ziehen. Ich habe mir Bedenkzeit erbeten. Inzwischen glaube ich, dass ich ihr Angebot annehmen werde.«

Robert nickte und bewegte sich in Richtung Tür. Es war eine gute Entscheidung von Sarah, zu Caroline zu gehen. »Mit deiner Erlaubnis würde ich gern das, was mir gehört, von hier mitnehmen.«

»Das kannst du sofort tun. Deine Sachen stehen fertig gepackt für dich bereit.«

Falsches Märtyrergetue stand ihr ebenso wenig wie falsche Reue, Wut oder Pathos.

»Zu deinem eigenen Wohl hoffe ich, Sarah, dass du eines Tages die Person entdeckst, die du wirklich bist. Ich gebe auf. Ich gestehe, dass du mich völlig verwirrst. Adieu, Sarah. Ich wünsche dir alles Gute.«

Sie wandte ihr Gesicht ab.

Robert fand seine Habseligkeiten in zwei Koffer gepackt unter der Treppe. Er lud sie zu den anderen Dingen in die Kutsche. Lorna stand vor Mrs. Watsons Haus und verabschiedete sich von der Pensionswirtin. Robert ging zu ihnen und nahm Cam aus Lornas Armen. Das Baby krähte vor Vergnügen.

»Bist du bereit, Liebste?«

Lorna sah ihn aufmerksam an. Sie versuchte zu ergründen, wie seine Begegnung mit Sarah verlaufen war. Dann lächelte sie zuversichtlich. »Ja.«

»Dann verabschieden wir uns jetzt, Mrs. Watson. Und danke für alles.« Als er sich umdrehte, wurde die dicke Holztür gerade zugeschlagen. Die Fensterscheiben klirrten. »Nett, Sie kennen gelernt zu haben, Mrs. Watson.« Er grinste Lorna an. »Lass uns fahren. Wir haben den Rest unseres Lebens vor uns.«

Arm in Arm gingen sie auf die Kutsche zu. »Die Nachrichten werden sich innerhalb von vierundzwanzig Stunden in ganz Durban verbreitet haben«, vermutete Lorna.

»Ich widerspreche dir nur ungern, aber ich würde auf sechs tippen.«

»Wen kümmert es?« Lorna nahm ihren Hut ab und schüttelte ihre dicken blonden Locken. Ihre blasse Haut hatte in Afrika Farbe angenommen. Sie brachte das Blau ihrer Augen wunderbar zur Geltung.

»Deine Augen waren früher grau«, bemerkte Robert.

»Das muss eine Reflexion des Himmels gewesen sein«, antwortete sie lachend. Dann wurde sie wieder ernst. »Wie ist es gegangen?«

»Ich habe keine Ahnung.«

Sie zog fragend die Augenbrauen hoch.

Robert zuckte die Achseln. »Ehrlich, ich weiß es nicht. Sie hat auf jede für Frauen nur erdenkliche Weise reagiert und keine ernst gemeint. Könntest du mir etwas versprechen?«

»Das kommt darauf an.«

»Sei ehrlich. Wenn du wütend bist, sei wütend. Wenn du traurig bist, weine. Wenn du glücklich bist, lache. Wenn dir etwas Leid tut, entschuldige dich. Tust du das?«

Lorna rutschte näher an Robert heran und küsste ihn auf die Wange. »Ich verspreche dir, immer ehrlich zu sein.«

»Da«, brabbelte Cam glücklich.

»Hast du das gehört?« Robert grinste. »Er hat Daddy«, gesagt.«

»Unfug.«

»Da.«

»Wieder. Er hat es wieder gesagt.«

»Das ist doch nur Geplapper.«

Robert warf ihr einen strengen Blick zu. »Ich glaube, du bist eifersüchtig.«

»Bin ich nicht.«

»Dada.«

Lorna kitzelte ihren Sohn, dann küsste sie ihn. »Du treuloser kleiner Kerl.«

Robert sah Lorna lachend an. Sie war in jeder Beziehung außergewöhnlich, und Robert wusste, dass er sich sehr, sehr glücklich schätzen konnte.

Robert hätte am liebsten den ganzen Tag entspannt und jede einzelne Sekunde mit Lorna und Cam genossen, aber er hatte für die nächste Reise noch eine Menge zu organisieren. Er selber konnte auf jeglichen Komfort verzichten, aber von einer Frau und einem Baby konnte er das nicht verlangen. Sie würden einen zusätzlichen Wagen benötigen, der Bequemlichkeit und Privatsphäre bot, dazu mehr Vorräte. Die Liste der Gegenstände, die sie für das Baby brauchten, war erstaunlich.

»Benötigt er das wirklich alles?«

»Ja.«

Lornas Stimme machte deutlich, dass sie nicht bereit war, Kompromisse einzugehen. Also kaufte Robert alles, was sie aufgeschrieben hatte.

Auch wenn ihr Wohnarrangement zu einigem Gerede geführt hatte, kannten weder Lorna noch Robert genug Leute, um sich darum zu sorgen, jemanden ernstlich zu brüskieren. Wie Lorna es formulierte: »Es ist erstaunlich, wie sehr sich die Leute bemühen, wenn man genügend Geld hat.« Sein Ruf mochte eine Sache sein, aber darüber hinaus galt Robert als ein Mann, der seine Rechnungen zahlte, daher brachte man sowohl ihm als auch Lorna den nötigen Respekt entgegen. Was man hinter ihrem Rücken redete, kümmerte sie beide nicht.

Cam genoss die Aufmerksamkeit seines Vaters. »Er hat einen Vater gebraucht«, erklärte Lorna eines Abends. »Ich fürchte, er hat einen ganz schön sturen Kopf. Als Mutter gebe ich gewöhnlich sofort nach. Aber du bringst ihn dazu, sich zu fordern; das sehe ich, wenn du mit ihm spielst. Wenn Cam seinen Willen nicht bekommt, versucht er, was immer es ist, von einer anderen Seite anzugehen.«

Robert sah sie skeptisch an. »Bist du sicher? Er ist doch noch ein Baby.«

»Cam ist uns beiden sehr ähnlich, mein Lieber.«

»Du meine Güte! Was haben wir nur angerichtet?«

Lorna kicherte. »Wenn ich mich nicht irre, haben wir es erneut getan. Ich bin zwei Tage über die Zeit.«

Robert zog sie an sich. »Mmmm!« Er küsste ihren Nacken. »Wir sollten ganz sicher gehen.«

Sie nickte feierlich. »Ich stimme dir zu. Man sollte immer einen Reserveplan haben.«

Zwei Tage bevor sie aufbrechen wollten, folgte Robert auf seinem Weg in die Stadt einem plötzlichen Instinkt und ritt am Haus von Jettes Tante vorbei. Er wäre fast von seinem Pferd gefallen, als er die schöne Jette draußen im Garten sah. In einiger Entfernung blieb er stehen und beobachtete sie. Sie pflückte Blumen.

Jette schien seine Anwesenheit zu spürten, denn auf einmal richtete sie sich auf und drehte sich zu ihm um. »Robert!« In ihrer Stimme lag Freude, sonst nichts.

»Jette.«

Sie kam auf ihn zugelaufen und blieb am Gartentor stehen. »Wie gut du aussiehst.«

Er nickte knapp. »Du auch, Jette. Das ist eine hübsche Brosche, die du trägst.«

Jette blickte an sich hinab. »Nicht wahr?« Ihr Blick war herausfordernd. »Ein Verehrer hat sie mir geschenkt.«

»Er muss dich sehr verehrt haben.«

»O ja, das hat er.«

Robert stieg ab und kam näher. Sie sah ihn an, ein winziges, geheimnisvolles Lächeln umspielte ihre Lippen.

Robert empfand keinen Groll gegen sie. Ihr Blick hielt seinem stand, und statt Ärger verspürte er plötzlich nur Neugier. »Warum hast du das getan?«, fragte er.

Sie wirkte nicht im Mindesten schuldbewusst. »Ich bin eine Diebin, was hätte ich sonst tun sollen?«

»Unsere gemeinsam verbrachte Zeit hat dir nichts bedeutet?« Insgeheim ärgerte sich Robert über sein typisch männliches Bedürfnis nach Anerkennung. Es war dumm, so zu reden, das wusste er.

Jettes Lächeln wurde breiter. »Die anderen an Bord hatten nichts zu bieten. Mr. Logan schien finanziell sehr klamm zu sein. Soldaten und Matrosen waren noch nie mein Stil. Und der grässliche Mr. Arnaud war ein Langweiler. Du warst jung, attraktiv und machtest ein Geheimnis um deine Vergangenheit. Das hat mich fasziniert. Ich habe nicht mehr erwartet als einen angenehmen Zeitvertreib, und, das gebe ich freimütig zu, ich bin nicht enttäuscht worden.«

Robert konnte nicht anders – er lächelte.

Jette fuhr fort; ihre Augen funkelten amüsiert. »Als ich den Schmuck fand, hätte ich ihn fast dort gelassen, wo er war. Du warst so krank, dass ich instinktiv Mitleid mit dir hatte. Aber glücklicherweise, oder auch nicht, verfüge ich über genügend Professionalität.«

»Das kann man wohl sagen«, meinte Robert.

Sie lachte. »*Touché.* Wenn es dich tröstet, ich habe dann und wann ein schlechtes Gewissen, dass ich Geschäft und Vergnügen mische.« Jette zuckte mit den Schultern. »Aber das vergeht rasch wieder.«

Ihre Offenheit faszinierte ihn. »Hast du noch etwas übrig?«

»Alles. Ich bin eine Frau, und ich liebe schöne Dinge. Ich hätte den Schmuck jedoch sofort verkauft, wenn mir die Mittel ausgegangen wären. Glücklicherweise haben sich meine finanziellen Verhältnisse in Marokko drastisch verbessert.« Sie verzog den Mund. »Ich nehme an, du willst den Schmuck zurück?«

»Es sind Familienerbstücke, die einzige Verbindung zu meinem Vater, die mir geblieben ist.«

»Wie rührend! Jetzt benutzt du ein Argument, das mich langweilt – in meinem Geschäft gibt es keinen Raum für Emotionen.«

»Nun gut. Wie du brauche ich Geld.«

Jette lachte wieder, völlig entspannt. »Du hast in der Tat großes Glück, Robert. Das Schicksal hat es zur Abwechslung einmal gut mit mir gemeint. Ich stecke nicht länger in finanziellen Schwierigkeiten. Nimm zurück, was dir rechtmäßig gehört. Nur eine kleine Bitte hätte ich. Darf ich diese eine Brosche behalten?«

Er lächelte. Er konnte nicht anders. Sie war so schamlos. »In einer Sache hast du Recht. Ich habe dich grenzenlos bewundert. Ja, behalte die Brosche.«

Jette klatschte in die Hände. »Danke, sie gefällt mir außerordentlich gut. Binde dein Pferd an und komm herein.«

Er konnte sein Glück kaum fassen. »Ich hatte schon erwogen, deine Tante nach deinem Aufenthaltsort zu befragen.«

»Bist du ihr begegnet?«

»Nein. Logan hat mir ihre Adresse gegeben, aber ich habe die Angelegenheit nie weiter verfolgt.«

»Ich bin froh, dass du nicht mit ihr gesprochen hast. Sie hatte keine Ahnung von meiner … eh Profession.«

»Das hat mich zurückgehalten. Du sagtest *hatte*?«

»Sie ist gestorben.« Sie gab keine Erklärung ab, teilte ihm lediglich die Tatsache mit.

»Das tut mir Leid.«

Jette zuckte mit den Schultern. »Ich habe sie kaum gekannt. Sie hat mir dieses Haus und ein anständiges Erbe hinterlassen.

Meine Tante war Witwe, und ich bin ihre einzige Verwandte. Daher geht es mir jetzt ziemlich gut.«

Robert fragte nicht weiter nach. Er konnte sich alles andere denken. »Sultane sind bekannt für ihre Großzügigkeit.«

Jette neigte nur den Kopf.

»Wie bist du entwischt?«

»Das war ganz leicht. Ich bin einfach nachts in die Dunkelheit verschwunden.«

»Du hast Glück gehabt, dass man dich nicht gefasst hat. Ich habe gehört, dass Haremsdamen streng bewacht werden.«

Jette runzelte die Stirn. »Ist es das, was du über mich denkst, Robert? Ich dachte, du hättest wenigstens ein bisschen Achtung vor mir. Aber ich habe mich wohl geirrt.«

»Was soll ich denn sonst denken?«

»Das liegt an dir. Wenn man etwas nicht sicher weiß, sollte man auch keine Behauptungen aufstellen. Hat das Leben dich das nicht gelehrt?« Sie schüttelte den Kopf. »Egal. Was meine Flucht betrifft, ich hatte Hilfe.«

»Eine weitere Eroberung?«

»Da haben wir es schon wieder. Ich würde einem bloßen Bewunderer meine Sicherheit nie anvertrauen. Auch hier haben Emotionen nichts zu suchen. Was ich brauchte, war jemand mit einem kühlen Kopf, guten Ortskenntnissen und Gier.« Sie grinste. »Jemanden mit diesen Eigenschaften findet man in Marokko leicht.« Ganz plötzlich wechselte Jette das Thema. »Warte hier, ich bin in einer Sekunde wieder unten.«

Robert sah sich im Raum um und wartete. Er hatte keine Ahnung, wie lange Jette hier schon lebte. Sie schien nicht versucht zu haben, sich nach ihrem eigenen Geschmack einzurichten. Vielleicht hatte sie nicht die Absicht, lange zu bleiben; eine wie Jette würde sich rasch langweilen. Ihre Bereitwilligkeit, ihm wiederzugeben, was rechtmäßig ihm gehörte, hatte ihn völlig überrascht. Wenn er ihr glauben sollte, hatte sie den Entschluss, seinen Schmuck zu stehlen, ganz spontan getroffen. Galt das auch für ihre Entscheidung, ihn wieder zurückzugeben? Oder fürchtete sie Vergeltungsmaßnahmen? Nein, das war es nicht. Jette schien vor nichts Angst zu haben.

Sie kehrte zurück und fand ihn versunken in ein Porträt einer überaus schönen Frau, die komplett in Schwarz gekleidet war und einen hochmütigen, arroganten Gesichtsausdruck hatte. »Meine Mutter. Kalt wie Eis, härter als Stahl, egoistisch wie eine Katze und eine Hure erster Güte. Sie war jünger als meine Tante.«

Robert drehte sich um und sah, dass sie die beiden Lederbeutel in der Hand hielt, die seine Mutter ihm gegeben hatte. »Du scheinst sie sehr gemocht zu haben.«

Jettes Blick fiel auf das Porträt. »Das habe ich tatsächlich. Zumindest war sie ehrlich. Meine Mutter hat nicht ein einziges Mal in ihrem Leben so getan, als sei sie nett.« Sie zuckte mit den Schultern und reichte ihm die Beutel. »Wenn du mich nicht aufgesucht hättest, hätte ich keinen Versuch gemacht, sie dir zurückzugeben. Es ist noch alles drin bis auf diese hier.« Sie berührte die Brosche. »Eine Schande, den Schmuck herzugeben. Es sind ein paar außergewöhnliche Stücke darunter.«

Robert nahm die Säckchen. Er unterließ es, Jette zu kompromittieren und den Inhalt zu überprüfen. Irgendwie wusste er, dass sie die Wahrheit sprach.

»Kannst du noch bleiben?«

»Nicht lange. Ich werde in wenigen Tagen in Richtung Norden aufbrechen und habe noch einige Angelegenheiten zu regeln.«

»Nur noch ein paar Minuten. Ich möchte dir gern jemanden vorstellen.«

Sie wartete, bis er durch ein kurzes Nicken sein Einverständnis kundtat, dann lief sie aus dem Zimmer. Sie hinterließ den Hauch von würzigem Parfum. Eine Minute später kehrte Jette mit einem schlafenden Baby zurück. »Er heißt Torben. Er ist dein Sohn.«

Robert konnte es auf den ersten Blick sehen. So wie Cam das Ebenbild seiner Mutter war, gab es auch zwischen Torben und Robert eine unglaubliche Ähnlichkeit. Ihm wurde schwindelig, dann schüttelte er den Kopf und atmete langsam aus.

»Jette, ich hatte ja keine Ahnung.« Robert war wie erstarrt. »Das war das Allerletzte, was ich erwartet hätte.«

»Natürlich.« Sie lachte leise. »Eine Frau mit meiner Erfahrung trifft gewöhnlich Vorkehrungen. Das hattest du erwartet. Aber ich verspürte damals seit längerem ein seltsames Sehnen nach einem Kind. Ich hatte damit gerechnet, schwanger zu werden, als ich verheiratet war, aber …« Sie machte eine ausschweifende Handbewegung. »Es ist nicht geschehen. Als mein Mann starb, wurde mein Wunsch nach einem Baby größer als je zuvor. Ich hatte das Gefühl, die Zeit würde an mir vorbeiziehen, und es würde bald zu spät sein.«

Die Überraschung verwandelte sich rasch in Ärger. »Dann hast du das also beabsichtigt?«

»Ja.«

»Ohne Rücksicht auf mich zu nehmen?«

»Hättest du denn eingewilligt?«

»Wahrscheinlich nicht. Ehrlich, Jette, du bist kaum die Sorte Frau, die ein Kind aufziehen sollte, und schon gar nicht meinen Sohn.«

»Sei nicht so pedantisch. Das hat nichts mit dir zu tun.«

»Nichts …« Robert starrte sie an. »Du nennst Diebstahl nichts, und darauf läuft es doch hinaus.«

Jette lachte. »So habe ich das noch gar nicht gesehen.« Ihre Augen wurden ganz weich, und sie küsste das seidige Babyköpfchen. »Verzeih mir, Robert, denn ich habe tatsächlich nur an meine eigenen Bedürfnisse gedacht. Wäre es dir lieber gewesen, wenn ich dir nichts davon gesagt hätte?«

Er fuhr sich mit der Hand durchs Haar. »Was soll ich darauf antworten? Verdammt, Jette, wie kannst du dich einfach vor mich stellen und mir meinen Sohn präsentieren? Hast du gedacht, es hätte für mich keine Bedeutung?« Roberts Blick ruhte auf dem Kind. Es faszinierte ihn, ein so perfektes Ebenbild seiner selbst zu sehen. Er stöhnte. »Das verkompliziert mein Leben ganz unglaublich.«

Jette trat näher, in ihrem Gesicht lag nun Bedauern. »Das muss es nicht. Ich hätte es dir nicht sagen sollen, es tut mir Leid. Torben ist eine solche Freude, und ich wollte dir danken. Glaub mir, niemand muss es erfahren.«

»Man braucht ihn doch nur anzusehen.«

»Nun, das habe ich nicht vorhersehen können.«

»Und was verlangst du jetzt von mir?«

»Wie ich bereits sagte, nichts. Ich war in Marokko sehr erfolgreich. Ich werde nun ein ehrenwertes Leben führen, mein Lieber. Ich beabsichtige, ein Bekleidungsgeschäft zu eröffnen, für Wohlhabende, die gewillt sind, für etwas Importiertes ein ordentliches Sümmchen zu zahlen. Damit müsste sich ein Vermögen machen lassen.« Sie lächelte. »Vor allem, wenn die kleine Fabrik, die ich ebenfalls plane, Kopien zu produzieren beginnt.«

Robert musste plötzlich lachen. Diese Frau war einfach unglaublich. »Du bist unverbesserlich, Jette. Zweifellos wirst du großen Erfolg haben. Ich schwöre dir, du bist völlig skrupellos.«

»Danke. Ich fasse das als Kompliment auf.«

Sein Lachen war überraschend herzlich. »Verdammt, Jette«, meinte Robert, als er wieder sprechen konnte. »Was nun?«

»Nun, um ehrlich zu sein, du gefällst mir sehr. In meinem Leben gibt es keinen Mann.«

Er schnitt ihr das Wort ab. »In meinem Leben gibt es aber eine Frau.«

Jette nickte. »Wie schade. Ist sie etwas Besonderes?«

»Und ob.«

»Ich sehe, dass dir Falschheit nicht liegt. Ich ziehe mein Angebot zurück. Solltest du jedoch die Beziehung lösen ...«

»Wir haben ein Kind zusammen. Es ist ein paar Wochen älter als Torben.«

»Aha. Das ist zweifellos der Grund, weshalb du deine Heimat verlassen hast.«

»Nein.«

Sie wartete, dann fügte sie hinzu: »Es geht mich natürlich nichts an.« Als er noch immer nichts sagte, zuckte Jette mit den Schultern. »Sehr ehrenwert. Ich bete nur, dass mein Sohn von dieser Eigenschaft etwas geerbt hat.«

Jetzt musste er es wissen. »Was genau hast du in Marokko gemacht?«

»Was beunruhigt dich? Was ich getan habe oder die Tatsache, dass ich es getan habe, während ich dein Kind in mir trug?«

Robert verzog das Gesicht. »Letzteres.«

Ihr perlendes Lachen klang ein bisschen gezwungen. »Wie amüsant. Nun gut, da du darauf bestehst, ich war bei einem Sultan beschäftigt und habe ein kleines Glücksspieletablissement aufgebaut. Dies erforderte eine gewisse Erfahrung in diesem Bereich, über die ich verfüge. Er bezahlte mich großzügig, aber ich gestehe, dass ich mir einen Teil des Profits gesichert habe. Es war keine Sache, die lange unentdeckt bleiben konnte. Ich wusste, dass die Konsequenzen meinen sicheren Tod bedeuten würden, denn Sultane lassen sich nicht gern betrügen. Als ich befürchten musste, dass dieser Augenblick unmittelbar bevorstand, verschwand ich. So einfach war das.«

Er konnte nicht anders, er bewunderte sie. »Ich bin mir sicher, dass es das nicht war.«

»Vielleicht nicht«, gab sie zu. »Aber es gehört der Vergangenheit an. Heute sind Torben und ich sicher.«

»Und das Bekleidungsgeschäft? Wie lange wird es dich glücklich machen? Du wirst doch in kürzester Zeit gelangweilt sein.«

Sie schüttelte den Kopf. »Das ist nun anders. Torben hat mich verändert. Ich habe mich nie darum gekümmert, was die Leute von mir denken könnten, aber ein Kind braucht eine gewisse Sicherheit. Es wäre auf Dauer eine große Belastung für Torben, ein Bastard zu sein. Daher erzähle ich allen, sein Vater wäre tot. Du hast also keinen Grund zu befürchten, dass die Wahrheit herauskommt. Das Geheimnis kann zwischen uns bleiben. Ich bitte dich sogar darum, es für dich zu behalten.«

Keine Geheimnisse zwischen uns – das hatte Lorna von ihm verlangt. »Ich werde es Lorna sagen müssen.«

»Deiner Frau? Warum? Es wird sie nur beunruhigen.«

»Das wird es ganz bestimmt. Wenn ich mit diesem Schmuck nach Hause komme, werde ich ihr eine Erklärung liefern müssen. Sollte sie dir und Torben je begegnen; nun, der Junge sieht mir so ähnlich. Lorna wird zwei und zwei zusammenzählen. Sie ist nicht dumm.«

»Wird sie diskret sein?«

»Ja.«

»Gut. Dann tu, was du tun musst. Was mich betrifft, ist Torbens Vater vor seiner Geburt gestorben. Ein Unfall auf See. Er wird in diesem Glauben heranwachsen.«

Robert betrachtete den dunkelhaarigen kleinen Jungen. Er verspürte nichts von der Anziehungskraft, die er bei Cam sofort empfunden hatte. Aber Robert hatte immer gewusst, dass Lorna ein Kind von ihm bekam. Torben kam wie aus dem Nichts. Er war zwar fasziniert von dem Kind und der unglaublichen Ähnlichkeit zu ihm, aber es würde kaum eine emotionale Bindung geben. Robert zweifelte nicht daran, dass sie sich unter den richtigen Voraussetzungen einstellte, aber Jette hatte es ganz klar gemacht: Torben gehörte ihr, ihr ganz allein. Wahrscheinlich war es so für alle Beteiligten am besten.

Jette kam einen Schritt auf ihn zu, stellte sich auf die Zehenspitzen und küsste ihn. »Danke für mein wunderbares Kind.«

Robert trat zurück. »Es war mir ein Vergnügen.« Er wusste, dass dies die falsche Antwort war, aber, verflucht, es war ein Vergnügen gewesen.

Jette lachte. »Ich werde dich noch zum Tor begleiten.«

Den ganzen Tag fürchtete sich Robert vor Lornas Reaktion; er schwankte zwischen einer Unterlassungssünde und der Wahrheit. Wenn er log und Lorna es herausfand, würde sie ihm nie verzeihen. Diese Tatsache allein verlieh ihm die Kraft, ehrlich zu sein. Er wartete, bis sie nach dem Dinner allein waren.

»Was ist nur los, Robert? Du benimmst dich heute Abend so merkwürdig.«

Statt einer Antwort zog er die beiden Schmuckbeutel hervor und schüttete den Inhalt in ihren Schoß. Lorna starrte die Schmuckstücke an. »Wo um alles in der Welt kommt das her?«

»Das ist eine komplizierte Geschichte.«

Sie sah ihn lange an, dann klopfte sie neben sich auf die Chaiselongue. »Komm und setz dich zu mir.«

Robert erzählte ihr die ganze Geschichte – von der Enthüllung seiner Mutter angefangen, über seine Beziehung zu Jette an Bord des Schiffes, bis zu ihrem unerwarteten Wiedersehen an diesem Tag und der Nachricht, er sei der Vater ihres Kindes.

Lorna hörte ihm schweigend zu, ihre Finger spielten mit den funkelnden Schmuckstücken, die in ihrem Schoß lagen. Als er schließlich in verlegenes Schweigen verfiel, fragte sie leise. »Hast du mir alles erzählt?«

»Ja, ich schwöre es dir.«

»Diese Frau, Jette, empfindest du etwas für sie?«

»Nichts außer dem Gefühl, betrogen worden zu sein.« Er hielt es für unklug zu gestehen, dass er es unmöglich fand, Jette trotz allem, was geschehen war, zu hassen.

»Du musst sie sehr bewundert haben. Schließlich hast du sie in dein Bett genommen.«

»Ein Mann …« Er sah Lornas abfälligen Blick und brach ab. »Es tut mir Leid, meine Liebe, aber bei Männern ist das etwas anders.«

»Warum?«, fragte sie kalt.

»Wir sind fähig zu … zu …«

»Zu außerehelichem Geschlechtsverkehr?« Lorna nahm kein Blatt vor den Mund.

»Ja.« Robert blickte auf seine Hände, mit denen er krampfhaft seine Knie umklammert hielt. »Ein Mann, der keine Bindung zu einer anderen Frau hat …«

»Oh.« Ihr Gesichtsausdruck war nicht gerade ermutigend. »Aber, Robert, ich dachte, du hättest mich geliebt. War das keine Bindung?«

»Du warst verheiratet. Irgendwie musste ich dich doch vergessen.«

»In den Armen einer anderen?«

»Ja«, antwortete er mit einem Hauch von Trotz. »Ich habe nicht daran geglaubt, dass ich dich je wiedersehen würde.«

Lornas Gesichtsausdruck wurde etwas weicher, aber ihre Stimme blieb hart. »Nun, Robert, der Verlust des Eigentums deines leiblichen Vaters scheint auf deine eigene Dummheit zurückzuführen zu sein. Wie üblich hast du über das Schicksal triumphiert. Ich frage mich, ob es das wert war.«

»Wie meinst du das?«

»Du hast einen Sohn. Was empfindest du?«

»Wut. Ich habe das Gefühl, sie hat mir noch mehr geraubt als das, was in deinem Schoß liegt.«

Lorna presste die Lippen aufeinander, und er sah, dass sie sehr böse war. »Sie hat nur das genommen, was du ihr freiwillig gegeben hast. Das ist kein Diebstahl.«

»Sie hat mich betrogen.«

»Und ich? Habe ich dich auch betrogen?«

»Nein«, rief er gequält. »Mit dir war das ganz anders. Ich gestehe, Lorna, ich wusste, dass es möglich war, dass du ein Kind empfangen würdest. Ich wollte, dass es geschah. Wenn ich dich schon nicht haben konnte, so dachte ich damals, dann würden wir wenigstens etwas Kostbares teilen.« Robert verbarg das Gesicht in seinen Händen. Als er aufschaute, waren seine Augen feucht. »Ich habe versagt, das weiß ich. Ich war egoistisch und habe nur an meine eigenen Bedürfnisse gedacht. Um ehrlich zu sein, tue ich das noch immer. Wäre ich ein Gentleman, hätte ich die Lage akzeptiert, in die Sarah mich gebracht hat, und die Folgen getragen. Ich hätte dich wieder nach Schottland geschickt, dann wäre dein Ruf unbefleckt geblieben. Aber wenn ich in deiner Nähe bin, Lorna, kann ich an nichts anderes denken als an den verzweifelten Wunsch, mein Leben mit dir zu verbringen. Ich liebe dich so sehr, dass ich mir nichts anderes vorstellen kann, als mit dir zusammen zu sein. Ich bekenne mich schuldig.« Ihm fehlten die Worte.

Lorna nahm sich Zeit. Schließlich sagte sie: »Du bist kein schwacher Mensch, Robert, dennoch ist dein Verhalten höchst überraschend. Warum?«

»Ich weiß es nicht«, antwortete er elendig. »Ich hatte dich verloren. Nichts mehr sonst schien eine Rolle zu spielen.«

»Ich kann akzeptieren, dass du eine Liaison mit einer anderen hattest. Aber ein Kind, Robert. Sie hat etwas von dir, das ich für mein exklusives Recht gehalten hatte. Das macht einen großen Unterschied.«

O Gott, flehte er im Stillen, lass mich sie nicht verlieren, nicht nach allem, was wir durchgemacht haben. »Nicht für uns. Ich flehe dich an, lass das nicht zwischen uns kommen.«

»Kannst du das denn nicht verstehen? Es gibt ein Kind, dein Kind. Natürlich verändert das alles.«

»Nein.« Er nahm ihre Hände. »Woher hätte ich das wissen sollen? Jette verlangt nichts von mir. Als ich ihn sah, empfand ich nichts von der Zuneigung, die ich in Cams Nähe verspürte. Ich habe ihn nicht einmal im Arm gehalten.«

»Er gehört trotzdem dir. Du musst doch irgendwelche Emotionen haben.«

Robert schüttelte den Kopf. »Es ist schwer zu erklären. In dem Moment, als ich wusste, dass du mit unserem Kind schwanger warst, habe ich euch beide geliebt. Es erschien mir natürlich, richtig. Jette war bloß … eine Abwechslung.«

Lorna starrte ihn ungläubig an.

»Es ist wahr. Wenn sie mir nicht etwas gestohlen hätte, hätte ich keinen Gedanken mehr an sie verschwendet. Es tut mir Leid, Liebes, es war keine Untreue, und ich habe ganz sicher nicht mit einem Kind gerechnet. Vielleicht ist das der Grund dafür, dass ich nichts fühle.«

Ihr Blick ruhte unerbittlich auf ihm. »Könnte es sein, dass es noch eines gibt?«

»Was?« Er hatte diese Frage nicht erwartet.

»Ein Kind. Könnte es sein, dass du noch ein Kind gezeugt hast?«

»Nein. Ich schwöre es.«

»Ich will es für dich hoffen.«

»Es gibt keine Geheimnisse mehr. Kein einziges. Ich war so etwas wie eine verlorene Seele, aber das hat sich geändert. Seit du in mein Leben zurückgekehrt bist, habe ich ein Ziel, einen Grund zu leben. Ich brauche nichts anderes außer dir und unseren Kindern. Ich werde mein Leben unserer Familie widmen. Das ist alles, was ich mir je gewünscht habe.«

Lorna sah ihn ernst an. »Ich liebe dich sehr, Robert, aber sei gewarnt. Ich werde keine weiteren Überraschungen dieser Art hinnehmen. Wenn wir zusammen sind, dann gibt es keine andere, weder in der Vergangenheit noch in der Gegenwart. Ich meine jedes Wort, so wie ich es sage. Ich habe dir bereits viel verziehen, aber es gibt Grenzen.«

Er nahm sie in seine Arme und war erleichtert, dass sie sich nicht sträubte. »Es gibt keine andere mehr. Ich habe in meinem Leben vieles falsch gemacht und teuer dafür bezahlt. Nun, da wir endlich zusammen sind, werde ich dich für immer festhalten. Ich habe kein Interesse an anderen Frauen. Jette hat sich mir angeboten, und ich habe abgelehnt.«

»Wegen mir?«

»Ja.«

»Und wenn ich nicht hier gewesen wäre?«

Robert wich nicht aus. »Dann hätte ich wahrscheinlich Ja gesagt.«

»Aha.« Lorna lächelte, aber ihre Augen blieben kalt. »Dann habe ich also Konkurrenz.«

»Nein. Ich will keine außer dir. Das ist die Wahrheit.«

Sie sah ihn nachdenklich an, und er hielt ihrem forschenden Blick stand, in der Hoffnung, dass sie ihm glaubte. Schließlich wurde ihr Gesichtsausdruck weicher. Sie warf einen Blick auf die Ringe, Armbänder, Ketten und die anderen schönen Stücke. »Was ist damit?«

»Sie gehören dir. Unsere Kinder werden sie einmal erben.«

Sie nahm ein mit Diamanten überzogenes Diadem in die Hand und hielt es so, dass sich die glitzernden Steine im Kerzenlicht brachen. »Glaubst du, ich werde das je tragen?«

»Es würde wunderbar zu einem perlenbestickten Rock aussehen ...« Er wartete angespannt, mittlerweile hatte er ihr etwas mehr über die Traditionen der Zulu erzählt. War er zu respektlos? Oh Gott, Lorna, lach, bitte, lach doch endlich!, flehte er.

Als sie endlich zu lachen begann, atmete Robert befreit auf. Wieder einmal hatte sie ihm gezeigt, wie wenig nachtragend sie war.

»Macht es dir etwas aus, dass ich dir nicht das Anwesen und das hochherrschaftliche Leben in Schottland bieten kann?«

»Ob es mir etwas ausmacht? Natürlich nicht. Ich meine es ernst, Robert. Alles hier draußen ist so lebendig. Ich fühle mich so voller Energie. Und ich freue mich so unglaublich auf unsere Reise, dass ich es kaum erwarten kann.«

Er nahm ihr Gesicht in seine Hände. »Ich verspreche dir, es wird keine weiteren Überraschungen geben.«

Ihre Augen erforschten seine, um die Wahrheit herauszufinden. »Du bist Magie für mich«, erklärte sie schließlich. »Ich kann nicht ohne dich leben.«

»Das wirst auch niemals müssen.« Er zog sie an sich und küsste sie.

Ein lautes Klopfen an der Tür ließ sie beide zusammenfahren. »Wer um alles in der Welt ist das um diese Stunde?« Die Uhr auf dem Kaminsims hatte gerade Viertel nach zehn geschlagen.

Robert erhob sich. »Es gibt nur einen Weg, das herauszufinden. Räum den Schmuck lieber fort, man weiß nie.« Er verließ den Raum, durchquerte die breite Eingangshalle und öffnete die Haustür.

»Sie sind schwer aufzufinden«, rief Logan ihm anstelle einer Begrüßung entgegen.

Will stand neben ihm und grinste idiotisch. »Mrs. Watson schickt ihre besten Wünsche.«

Robert konnte sich das nur allzu gut vorstellen. Die arme Frau ging gewöhnlich um acht Uhr ins Bett. Er trat zur Seite. »Kommt herein.«

»Wer ist da?« Lorna kam aus dem Salon, und Robert machte sie mit seinen Reisegefährten bekannt.

Logan brachte kaum einen Gruß hervor, sein Blick traf den von Will, der mit offenem Mund dastand. Dann wandte er sich an Robert.

»Verzeihen Sie mir diese Frage, alter Junge, aber was ist aus Sarah geworden?«

»Das ist eine lange Geschichte.«

»Kein Problem«, antwortete Logan grinsend. »Wir haben die ganze Nacht Zeit.«

»Das ist es, was mich beunruhigt«, konterte Robert. »Kommt, ihr zwei. Man kann euch den Durst förmlich ansehen.«

Sie gingen in den Salon. »Smith's Glenlivet«, flüsterte Logan voller Ehrfurcht. »*Der* Glenlivet. Es gibt keinen, der so schmeckt wie dieser. Die Highlands brauchen der Welt nichts anderes mehr zu geben. Und so«, er hob sein Glas, »sollte er serviert werden. In einem feinen Kristallglas und mit großzügiger Hand. Cheers, alter Junge. Verzeihen Sie mir, dass ich nicht warten kann.«

Während Logan weiter von den Vorzügen eines Smith's Glenlivet schwärmte, goss Robert Will ein Glas Schnaps ein, denn er wusste, dass der Mann aus Yorkshire dafür eine besondere Schwäche hatte. Dann schenkte er sich und Lorna ebenfalls ein Glas Whisky ein. Logan sah sie verwundert an, was Lorna sofort registrierte. »Haben Sie etwas dagegen, Mr. Burton?«

»Keineswegs, Madam«, antwortete Logan hastig.

Lorna lächelte. »Viele Vergnügungen sind Frauen im Namen von Sitte und Anstand nicht vergönnt, Mr. Burton. Stimmen Sie mir da nicht zu? Ich glaube, dass diese Verhaltensregeln von Männern erdacht wurden, und ich frage mich, wovor sie sich fürchten. Was glauben Sie?«

Robert wusste, dass Lornas Worte nicht unbedingt provozierend gemeint waren, sondern eher darauf abzielten, Logans Einstellung zu testen. Gott mochte seinem alten Partner helfen, wenn er versuchte, ihr ernstlich zu widersprechen. Glücklicherweise machte er erst gar nicht den Versuch.

»Was den Whisky betrifft, Madam, so fürchten sie sich vermutlich davor, selber nicht genug abzukriegen.«

Lorna lachte und wandte sich an Will. »Mr. Green, Robert sagt, Sie hätten ihm das eine oder andere über das Handelsgeschäft beigebracht. Darf ich fragen, wie Sie zu dieser Profession gekommen sind?«

»Durch Versuch und Irrtum, Miss ... eh ... Mrs. ...«, brummte Will, der sich offenbar unbehaglich fühlte und nicht wusste, wie er Lorna ansprechen sollte.

»Aha«, antwortete Lorna knapp, als ihr klar wurde, dass sie Will nicht mehr entlocken würde. »Sie hatten nach Sarah gefragt, Mr. Burton. Wenn Sie mich nun bitte entschuldigen würden, Gentlemen, ich würde mich gern zurückziehen.« Sie küsste Robert auf die Wange. »Bleib nicht zu lange, Liebster.« Lorna nickte den anderen zu, leerte ihr Glas und ging.

Im Raum herrschte neugieriges Schweigen. Robert seufzte.

»Lassen Sie mich Ihre Gläser auffüllen. Setzen Sie sich.« Er erzählte den beiden Männern seine Geschichte, aber Will konnte er nicht überzeugen. Im Gegenteil, nachdem die vornehme Marquise den Raum verlassen hatte, wurde er sehr redselig. »Sie haben diese Frau in Schottland zurückgelassen, damit sie dort einen alten Mann heiratete, obwohl sie ein Kind von Ihnen bekam? Stattdessen haben Sie eine andere geheiratet, die ebenfalls ein Kind bekam, dieses Mal aber nicht von Ihnen. Und dann taucht die erste wieder auf, Ihre Frau lässt zu, dass Sie mit ihr zusammenleben, verweigert aber die Scheidung. Stimmt das?«

»Ja.«

»Das versteh ich nicht. Sie müssen uns doch was verschweigen.«

»Es ist ganz einfach, alter Junge«, meinte Logan.

»Ja? Dann seien Sie doch bitte so gut und erklären es mir. Warum hat er diese Schönheit zurückgelassen? Die beiden sind doch offensichtlich sehr verliebt.« Logan wandte sich an Will. »Unser junger Freund hier ist ein Typ, der normalerweise die Faust in der Tasche macht und seine Sachen durchzieht. Aus irgendeinem rätselhaften Grund hat er das in diesem Fall nicht getan und ist hierher gekommen. Nun ist es traurig, aber wahr, dass man in der Aristokratie nur selten aus Liebe heiratet. Die Britischen Inseln schwimmen geradezu in dem Blut gebrochener Herzen. Seine Lady wird mit einem Mann verheiratet, den sie nicht liebt. Robert kann sie nicht heiraten. Was sagt uns das? Sie sind Aristokraten.«

»Man braucht ihnen doch nur zuzuhören, um das zu wissen.«

Stirnrunzelnd fuhr Logan fort: »Aber warum ist er fortgegangen?« Er hob einen Finger und dachte kurz nach. »Unser junger und vermutlich adeliger Freund hat noch einen anderen Grund. Welchen, höre ich Sie fragen? Nun gut, es gibt da eine Reihe von Möglichkeiten, aber ich vermute, Flucht vor den Gesetzeshütern ist die wahrscheinlichste.« Er sah Robert an. »Ein

Duell? In England inzwischen illegal. Nein? Etwas anderes also. Fahren wir fort.«

Will wurde allmählich ungeduldig.

»Ich bitte noch um einen Moment Nachsicht.« Logan ahnte, dass er ihn gleich unterbrechen würde.

»Das sind doch alles nur Spekulationen«, warf Will dazwischen.

»In der Tat. Aber das Schweigen unseres jungen, vermutlich adeligen Flüchtlingsfreundes sagt mir, dass ich auf der richtigen Spur bin.«

»Nahe dran jedenfalls«, murmelte Robert.

Logan grinste zufrieden. »Aus irgendeinem Grund heiratet er Sarah. Warum? Wie Sie und ich wissen, Will, hat Robert dem Mädchen nicht mehr Aufmerksamkeit geschenkt als wir zwei. Also hat der unsympathische Mr. Wilcox vielleicht das Geheimnis unseres jungen, vermutlich adeligen Flüchtlingsfreundes herausgefunden und ihn gezwungen, seine Tochter zu heiraten. Erpressung. Wie kann das sein? Nun stellen wir fest, dass unser Held sein Zuhause verlassen und sich in diesem Haus niedergelassen hat. Plötzlich kümmert ihn das, was Sarahs Vater gegen ihn in der Hand hält, nicht mehr – was immer es ist. Könnte das bedeuten, dass Robert seinerseits etwas gegen ihn in der Hand hält?« Zwei sehr wache Augen bohrten sich in die Roberts. »Die Androhung eines Skandals. Jawohl! Wo ist das Baby?«

»Genug«, Robert hob energisch die Hand.

Logan nickte und machte dann einen letzten Versuch. »Thulani.«

»Der Kaffer.« Will war empört. »Das ist ja widerwärtig. Man sollte ihn erschießen, den …«

»Nein, lieber Freund. Erzählen Sie mir nicht, Sie hätten sich noch nie der Leidenschaft hingegeben.«

»Das ist etwas anderes.« Will wandte sich an Robert. »Ist das wahr?«

»Fragen Sie ihn nicht«, riet Logan. »Sie zwingen ihn sonst zur Lüge.«

Robert, der sich in der nachfolgenden Stille unbehaglich fühlte, wechselte das Thema. »Was bringt Sie beide hierher?«

»Wir sind bankrott«, antwortete Will.

»Kommen Sie, lassen Sie uns nicht so plump sein.«

»Wie würden Sie es denn nennen?«

Logan ignorierte die Frage. »Sie brechen bald wieder auf, wie wir erfahren haben. Wenn Sie uns noch einmal dieselben Bedingungen bieten könnten, wären wir Ihnen sehr verbunden.«

»Ich brauche keine Partner.«

Zwei flehende Gesichter sahen Robert an. Er musste lächeln. »Also gut. Derselbe Handel wie zuvor. Wir starten in zwei Tagen. Hat einer von Ihnen einen Wagen?« Ihre Blicke gaben ihm die Antwort. »Dann treffen Sie die nötigen Vorbereitungen, und zwar rasch. Setzen Sie sie auf die Rechnung. Wenn Sie nicht reisefertig sind, wenn ich es bin, ist der Handel hinfällig.«

Lorna war noch wach, als Robert ins Bett ging. »Kommen sie mit uns?«, fragte sie erwartungsvoll.

»Würde dich das stören?«

»Nein. Ich glaube, ich mag sie. Und jetzt komm – ich vergehe vor Sehnsucht.«

Logan und Will mussten rund um die Uhr gearbeitet haben, denn beide standen schon bereit, als Robert bei Cato erschien, um die Handelsware und Vorräte einzukaufen.

»Kommt sie etwa auch mit?«, fragte Will leise.

Robert hatte es gehört. »Das tut sie. Und das Baby auch. Sie sind meine Familie. Noch Fragen?«

Will zuckte zurück. »Nein. Natürlich nicht!« Wenn Robert in diesem Ton sprach, war es sinnlos, sich auf eine Diskussion einzulassen, das wusste Will.

# 12

Lorna und Cam kamen unterwegs gut zurecht. Der Wagen war behaglich eingerichtet, eine Holzbarriere verhinderte, dass der Kleine herausfiel. Mister David, Tobacco und July waren äußerst erfreut, sie erneut begleiten zu dürfen. In jeder Hinsicht, bis auf eine, waren die drei ein perfektes Team. Sie stritten sich ständig darum, wer Zeit mit Cam verbringen durfte. Während sie fuhren, saß der Kleine meistens auf Mister Davids Schoß, wenn sie ausgespannt hatten, stritten sich Tobacco und July um Cams Gunst. Logan, Will und die anderen Männer erhoben ebenfalls Anspruch auf Cams Aufmerksamkeit. Jeder hatte eine eigene Art, das Kind zu unterhalten, und bei all der Zuwendung blieb der kleine Junge fröhlich und gut gelaunt.

»Er war schon immer ein zufriedenes Baby«, sagte Lorna zu Robert. »Aber jetzt blüht er regelrecht auf. Das Reisen scheint ihm gut zu tun.«

»Wie sehr sich seine Kindheit von unserer unterscheidet.«

Sie verzog das Gesicht bei der Erinnerung. »Ich wäre liebend gern so aufgewachsen.«

Robert lachte. »Ich finde, du bist auch so wild genug.«

Und sie lachte mit ihm, in der Gewissheit, dass er sie liebte, so wie sie war. Wenn es je zu Missstimmungen kam, dann wegen Logan. Bei Auseinandersetzungen versuchte Lorna oft, ihn mit weiblicher List zur Vernunft zu bringen, doch Logan durchschaute sie meist.

»Das war ein netter Versuch«, sagte er dann zu ihr, »aber zufällig bin ich nicht empfänglich für die Reize einer Frau, die so offensichtlich an einen anderen gebunden ist. Ich weiß, dass Sie es gut meinen, aber ich lasse mich nicht umstimmen.«

Lorna brachte seine Sturheit zur Raserei. »Gehen Sie doch zum Teufel!«, rief sie ihm jedes Mal zu. »Es wird mich nicht kümmern.«

»Es kommt, wie es kommt«, antwortete Logan immer wieder. »Unser Schicksal wird am Tag unserer Geburt besiegelt.« Dann grinste er. »Und es *würde* Sie kümmern.«

Logans linker Arm war ziemlich gut geheilt. Auch wenn er vom Ellbogen bis zur Schulter praktisch kein Gefühl hatte, konnte er ein Gewehr heben und damit schießen. Triumphierend hatte er angekündigt, seine Zeit als Jäger sei vielleicht doch noch nicht vorüber. Die anderen, die sahen, wie langsam er geworden war, sorgten sich um ihn. Im Kampf gegen einen Elefanten konnten Sekunden entscheidend sein. Aber davon, Elefanten zu jagen, ließ Logan sich nicht abbringen.

Ansonsten gab es kaum Schwierigkeiten. Will hatte einen neuen Wagenmeister, seine anderen Boys waren dieselben geblieben. Logans Abdecker war nie wieder aufgetaucht, sein Ersatzmann war ein exzellenter Spurenleser und Gewehrträger. Auseinandersetzungen, wie sie unter den Afrikanern normal waren, blieben auf ein geringes Maß beschränkt. Alles in allem hätte Lorna keine besseren Bedingungen vorfinden können, um in das Leben der fahrenden Händler eingeführt zu werden.

Will, der davon überzeugt war, nur er allein könne die erforderliche Qualität und Quantität der Handelsware bemessen, hatte mit erfahrenem Blick Roberts Einkäufe begutachtet und anerkennend genickt. »Sie haben viel gelernt. Sie sind jetzt einer von uns.«

Das Kompliment erfüllte Robert mit Selbstzufriedenheit und Stolz. Der Respekt, den man ihm in der Vergangenheit entgegengebracht hatte, basierte auf seiner aristokratischen Abstammung und seinem Erbe und nicht auf dem, was er persönlich geleistet hatte. Das war nun anders.

Vor Beginn ihrer Reise hatte Lorna für Aufregung gesorgt, als es um die Frage der Kleidung ging. Robert war bewusst, dass Lorna anders war als die meisten Frauen, und ihre Idee klang durchaus sinnvoll. Dennoch wusste er nicht, ob er stolz sein oder versuchen sollte, sie ihr auszureden.

»Gott möge den Frauen Durbans helfen«, bemerkte er trocken. »Sie werden in Ohnmacht fallen, wenn sie dich sehen.« Insgeheim fand er, dass sie wunderbar aussah.

Alles hatte damit begonnen, dass Lorna sich weigerte, im Damensitz zu reiten. »Das ist viel zu unbequem. Man muss ständig die Seite wechseln, wenn man keine Rückenschmerzen bekommen will. Und das bedeutet absteigen, den Sattel umdrehen und wieder aufsteigen. Das ist schlicht Zeitverschwendung.«

»Dann reise doch im Wagen.«

»Nein. Ich will mit dir reiten. Ich genieße die Freiheit, ein eigenes Pferd zu haben.«

Lorna ließ ihre Kattunkleider umändern, Röcke in Hosen verwandeln und Oberteile in Kittel, unter denen sie eine leichte Bluse tragen konnte. Die modernen Tournüren und Keulenärmel, die warm und unbequem waren, kamen für sie nicht infrage. Die entsetzte Schneiderin versuchte sie davon zu überzeugen, die Beinkleider weit und bauschig zu lassen und an den Fußknöcheln eng zu nähen, um wenigstens einen Hauch von Anstand zu wahren. Aber Lorna bestand auf gerade geschnittenen Beinen mit Taschen, wie man sie bei Männerhosen fand. Dazu trug sie stolz von Hand gearbeitete Reitstiefel. Der Anblick einer Frau in derart schockierendem Aufzug empörte die Bewohner Durbans. Zähneknirschend kamen sie zu dem Schluss, dass die Aristokratie mal wieder ungestraft das tat, was sie immer tat, nämlich das, was sie wollte.

Robert, der seine unpraktische Ausstattung schon längst gegen leichtere, bequemere Kleidung eingetauscht hatte, konnte

Lorna ihre Entscheidung nicht verübeln und fand, dass sie Bewunderung verdiente. »Du wirst einen neuen Modetrend kreieren, Liebes. Praktisch und trotzdem attraktiv.«

Sie lächelte spitzbübisch. »Solange du mich nicht für einen Mann hältst.«

»Mit deinem wunderbaren Haar und dem hübschen Gesicht? Ich glaube nicht.«

»Du bist befangen.«

»Ich bekenne mich schuldig.«

»Ich habe ein paar elegante Kleidungsstücke eingepackt, nur für den Fall. Bist du sicher, dass es dich nicht stört, wenn ich mich so kleide?«

Robert lachte. »Ich weiß ja, was darunter ist.«

»Sei nicht so unanständig!«

Sie neckten sich unaufhörlich. Es machte ihnen Spaß, und Robert genoss es, dass Lorna ebenso gut austeilen wie einstecken konnte. Sie war klug und nahm kein Blatt vor den Mund. Zu Roberts diebischer Freude konnte Lorna fluchen wie ein Bierkutscher, wenn die Situation es erforderte. Logan und Will waren zunächst schockiert gewesen, aber Lorna hatte ihre Herzen im Sturm erobert.

Die Schwarzen waren vor allem von Lornas Haar fasziniert. Lange blonde Locken waren ein sehr seltener Anblick. Die meisten Europäerinnen trugen ihr Haar hochgesteckt und mit einem Hut bedeckt. Lorna mochte es, wenn ihr die Haare offen auf die Schultern fielen, und sie setzte nur dann einen Hut auf, wenn die Sonne zu heiß brannte. So wurde sie zum Gesprächsthema Nummer eins zwischen Durban und dem Thukela-Tal.

Mister David musste erst seine tief verwurzelte Überzeugung ablegen, nach der Frauen auf dieser Erde waren, um Kinder zu gebären, Mahlzeiten zuzubereiten, Bier zu brauen und Getreide anzupflanzen, ehe er Lorna in die Sitten der Zulu einweisen konnte, so wie er es bei Robert getan hatte. Die Fragen, die sie stellte, waren ein wenig anders und konzentrierten sich mehr auf die Rolle der Frau. Er erklärte aus der Warte eines Mannes und zeigte sich überraschend ahnungslos, als sie von ihm wissen wollte, wie sich Zulu-Frauen fühlten, was sie beschäftigte, oder gar, worüber sie sprachen, wenn sie allein waren. Lorna musste sich mit oberflächlichen Antworten zufrieden geben, nahm sich jedoch fest vor, Zulu zu lernen, um ihre Neugier irgendwann an anderer Stelle befriedigen zu können.

Bereitwillig akzeptierte sie Mister Davids Rat, was Cams Kleidung betraf. Er überredete sie dazu, tagsüber keine Windeln mehr zu benutzen. »Es ist ganz normal, wenn er nass oder schmutzig ist. Der Junge muss sein Geschäft verrichten wie unsere Kinder. In der Natur.«

Aus praktischen Gründen – Cam schlief zwischen seine Eltern gekuschelt – bestand Lorna nachts jedoch weiterhin darauf, eine Windel zu benutzen.

Ihr Tagesablauf unterschied sich nur geringfügig von dem Mal, als die drei Männer ohne eine Frau zusammen unterwegs gewesen waren. Die Freiheit, im Fluss zu baden und nackt zurück zum Wagen zu spazieren, bestand nicht mehr. Offene Gespräche über das weibliche Geschlecht waren tabu. Robert stellte seinen Wagen ein Stück entfernt von den anderen – mit der Entschuldigung, dass sie niemanden stören wollten, falls Cam einmal mitten in der Nacht aufwachte. Die Wahrheit war wesentlich profaner, und jeder kannte sie. Niemand hatte einen Zweifel daran, was in ihrem Wagen während der Nacht vor sich ging. Was Cam betraf, er verschlief gehorsam alles, was um ihn herum geschah.

Die Fahrt nach Pietermaritzburg verlief ohne Zwischenfälle. Ihre Ochsen und Pferde stammten aus guter Zucht, und die Wagen waren in ausgezeichnetem Zustand. Tagsüber war es sehr schwül, aber die Nächte wurden kühler, sobald sie das Thukela-Tal erreichten.

In Pietermaritzburg stockten sie ihre Vorräte auf, und Robert kaufte ein zweites doppelläufiges Gewehr, für alle Fälle. Die

Nachricht von seiner Heirat mit Sarah hatte auch diese Stadt längst erreicht, aber niemand erwähnte sie. Vermutlich schüchterte Lornas Titel die meisten ein. Die verstohlenen Blicke, mit denen man Lorna taxierte, waren ihr oft unangenehm, aber sie tat es mit großer Gleichgültigkeit ab. Robert wusste, dass er in großen Teilen dafür verantwortlich war, und er tat alles, was in seiner Macht stand, um sie zu unterstützen.

Sie waren beide froh, als sie Pietermaritzburg hinter sich gelassen hatten. Das Verwaltungszentrum Natals war von vielen Anhängern britischer Bürokratie besiedelt. Sie hielten sich streng an ihnen vertraute Regeln, eine Verhaltensweise, die den meisten Menschen in einem fremden Land Sicherheit gab. Die Gerüchte, die Robert und Lorna umgaben, fanden sie natürlich skandalös.

Als sie wieder unterwegs waren, sprach Lorna aus, was sie beide dachten. »Ich hätte nie geglaubt, dass es so anstrengend ist, anders zu sein.«

»Interessiert es dich, was sie denken?«

»Ja und nein.«

Robert lächelte. »Wir alle suchen Bestätigung. Einige von uns passen sich an und bekommen sie dafür. Aber von wem? Von Menschen, die wir respektieren?«

Lorna lächelte zurück. »Du hast Recht. Logans und Wills Anerkennung ist mir wesentlich wichtiger.« Sie warf einen Blick in die Richtung der beiden Männer. »Danke.«

»Wofür?«

»Du weißt genau, wofür. Du gibst mir Selbstvertrauen.«

»Davon hast du doch schon genügend. Du bist wunderbar.«

»Ohne dich …«

»Das wird es nie mehr geben.«

Sie küsste ihn auf die Wange. »Ich bin so glücklich.«

Robert lächelte. »Ich auch. Ich habe das Gefühl, nichts kann mehr zwischen uns kommen.«

»Robert?«

Irgendetwas in ihrer Stimme warnte ihn. Er sah sie aufmerksam an. »Wird mir das, was du sagst, gefallen?«

»Ich weiß es nicht.«

Er beobachtete sie immer noch. »Und?«, fragte er.

»Sei nicht so diktatorisch.«

»Du kneifst. Komm schon, heraus mit der Sprache.«

»Ich weiß nun ganz sicher, dass ich ein Kind bekomme.« Es kam aus ihr herausgesprudelt, als hätte sie Angst vor seiner Reaktion.

Robert war sogleich besorgt. »Um Himmels willen! Wie willst du das schaffen? Der Thukela kann ziemlich rau sein. Sollen wir nicht besser umkehren?«

»Ich wusste, dass du das sagen würdest. Auf keinen Fall kehren wir um. Ich werde es ganz bestimmt schaffen. Ich mache mir viel eher Gedanken um dich. Wie fühlst du dich dabei?«

Sein Lächeln war voller Liebe. »Nicht besonders. Ich bin nur außer mir vor Freude.«

Sie lachte. »Ist das alles?«

Er lachte mit ihr, war aber noch immer beunruhigt. »Wenn etwas schief gehen sollte … Versprich mir, dass du es nicht allzu schwer nehmen wirst.«

»Robert …«

»Ja?«

»Tu mir einen Gefallen.«

»Jeden.«

»Rede nicht wie eine alte Frau.«

Er schüttelte den Kopf und lächelte. Aber seine Stimme klang ernst, als er sprach. »Ich bin immer da, falls du mich brauchst.«

»Ich weiß«, antwortete Lorna leise, »das ist es ja, was mich so glücklich macht.«

In Colenso stockten sie erneut ihre Vorräte auf. Zu Roberts außerordentlicher Erleichterung war von Mr. Wilcox nirgends etwas zu sehen. Dennoch war er sich ziemlich sicher, dass er von ihrer Durchreise erfahren würde. Als sie den Thukela erreichten, nahmen sie die Straße nach Norden in Richtung Zululand. »Endlich«, sagte Robert zu Lorna. »Jetzt geht es richtig los.«

Sie lächelte, aber ihr Lächeln wirkte angestrengt, und sie war sehr blass.

»Ist alles in Ordnung?«, fragte Robert besorgt. Lorna war den ganzen Morgen so still gewesen.

»Es ist die morgendliche Übelkeit«, erklärte sie. »Das ist ziemlich lästig, aber es wird in ein paar Wochen vorbeigehen.«

»Warum legst du dich nicht ein wenig in den Wagen?«

»Damit ich die großartige Aussicht verpasse? Ausgeschlossen. Mach dir keine Gedanken, Robert, ich komme schon zurecht.«

Und tatsächlich ging es Lorna im Laufe des Tages immer besser. Am nächsten Morgen war ihr wieder übel. »Vielleicht sollten wir irgendwo lagern, bis du das hinter dir hast.« Robert wurde zunehmend beunruhigt. »Es gefällt mir nicht, wenn ich dich so elendig sehe.«

Lorna erhob sich von einem Übelkeitsanfall und wischte sich den Mund ab. Auf ihrer Stirn standen Schweißperlen, ihre Hautfarbe war alarmierend. »Verdammt! Behandele mich nicht wie eine Kranke«, fuhr sie ihn an, »sonst benehme ich mich noch wie eine.«

Robert presste die Lippen zusammen, um nicht zu lächeln. Es amüsierte ihn immer, wenn sie so fluchte. Dabei waren es weniger ihre Worte, die ihn belustigten, sondern vielmehr der Ton, in dem sie sprach. »Also gut«, lenkte er schließlich ein. »Wir machen alles so, wie du es möchtest.«

»Danke. Nichts anderes habe ich erwartet.« Lorna beugte sich würgend vor und erbrach erneut. »Hilf mir«, sagte sie plötzlich.

Er war sofort bei ihr und stützte sie.

»Tut mir Leid, dass ich so wackelig auf den Beinen bin.«

»Das ist doch nicht deine Schuld.«

»Es ist alles so frustrierend, Robert. Ich hasse es, mich so zu fühlen, deshalb bin ich auch so ungehalten.«

Robert küsste sie aufs Haar. »Stur ist wohl der passendere Ausdruck.«

Sie lehnte sich an ihn. »Ich glaube, ich lege mich doch eine Weile hin.«

»Das ist eine gute Idee.«

»Leistest du mir Gesellschaft?«

»Natürlich.«

Lorna schlief einige Stunden, und als sie wach wurde, war sie wieder ganz die Alte.

Logan und Will hielten sich von Roberts privaten Problemen fern. Sie ahnten längst, dass Lorna schwanger war, und wussten, dass sie nichts für sie tun konnten. Die Männer fürchteten sich vor ihr, wenn sie übel gelaunt war, und überließen es nur allzu gern Robert, sich mit ihren Ausbrüchen auseinander zu setzen. Auch Mister David ging Lorna dann aus dem Weg. Er sprach mit Robert über ihren Zustand, und als er erfuhr, dass sie geträumt hatte, sie hätten einen angeschwollenen Fluss überquert, erklärte Mister David, dies sei ein Zeichen dafür, dass sie ein Mädchen erwarte.

»Verspüren Zulu-Frauen auch diese Übelkeit?«

»Das kann passieren.«

»Gibt es eine Möglichkeit, es zu verhindern?«

»Nein. Das ist normal. Unsere Frauen werden vor anderen Dingen geschützt.«

»Und die wären?«

Mister David erzählte Robert ungern von bösen Geistern. »Sie müssen vor Zauberern geschützt werden mit einer Medizin, die nur ein *inyanga* herstellen kann. Wenn Sie möchten, kann ich im Kral von Häuptling Ngetho danach fragen.«

»Danke.« Auch wenn Robert nicht wusste, wie Lorna darauf reagieren würde, war alles einen Versuch wert. »Was sonst noch?«

»Die Madam ist weit von ihrem Zuhause entfernt.« Mister David ging zum Wagen und holte eine Hand voll Kräuter heraus. »Ich habe das hier für sie gesammelt, damit sie sicher ist – die *umkhondo*-Pflanze. Sie sollte sie sich um die Fußknöchel binden.«

Robert nahm die welkenden Kräuter. Vermutlich würde es Lorna gefallen, sie zu tragen, denn sie war an etwas Neuem immer interessiert.

»Madam darf nicht stehen, wenn sie isst.« Mister David wirkte sehr besorgt. »Das wäre sehr schlecht.«

»Warum?«

»Dann steht das Baby auch und wird mit den Füßen zuerst auf die Welt kommen.«

Das übertraf Roberts Horizont. Er hatte nicht die geringste Ahnung, welcher Teil eines Babys zuerst geboren werden musste. Kälber kamen mit Vorderbeinen und Kopf zugleich auf die Welt, allerdings vermutete er, dass dies bei Menschen anders war. »Oh«, war das Einzige, was er antworten konnte.

Mister David fand Gefallen an dem Thema. »Und Sie müssen vom Fluss fernbleiben, weil er Sie davontragen würde.«

»Wie soll ich mich dann waschen?«

»Ich werde Ihnen Wasser bringen.«

Er wirkte so ernst, dass Robert seine Zustimmung gab.

»Ich werde etwas *isiHlambezo* zubereiten, wenn die Zeit der Geburt naht.«

Das war ein Wort, das Robert noch nie zuvor gehört hatte, und er bat um eine Erklärung.

»Wir weichen bestimmte Pflanzen ein und halten sie in einem Topf bedeckt. Ein kleiner Löffel jeden Tag sorgt für eine einfache Geburt. Sorgen Sie dafür, dass niemand außer Ihnen die Medizin sieht, denn ansonsten ähnelt das Kind dieser Person und nicht Ihnen.«

Trotz Roberts großer Bewunderung für die Zulu und ihre Traditionen erschien ihm einiges von dem, was Mister David erzählte, eher wie ein Ammenmärchen. Lorna war seiner Meinung. »Ich werde die Kräuter umbinden und mich zum Essen hinsetzen, wenn das Mister David glücklich macht. Aber das ist alles. Ich werde nicht das Gebräu von irgendeinem Hexendoktor schlucken. Und was dieses Forttragen im Fluss betrifft, frage ich mich, wie das möglich sein soll.«

Der Thukela war fast ausgetrocknet. Am nächsten Morgen trauten sie ihren Augen nicht: Regen in den Drakensbergen hatte das Rinnsal über Nacht in ein reißendes, brodelndes Gewässer verwandelt. Lorna war sprachlos, als sie es sah. »Wo sind diese Kräuter?«, war alles, was sie herausbrachte. »Sag Mister David, er soll noch welche pflücken.«

Als sie Häuptling Ngethos *umuzi* erreichten, hatte Mister David Lorna auf das, was sie erwarten würde, gut vorbereitet. Robert war bei ihren Gesprächen häufig dabei gewesen. Bisher waren die Informationen, die ihm der Kutscher gegeben hatte, für einen Mann bestimmt gewesen. Frauen waren anders. Sie galten als das Eigentum eines Mannes, und Lorna würde nicht anders behandelt werden. Sie durfte sich weder am Biertrinken beteiligen noch an den Handelsgeschäften, außerdem durfte sie nicht in die Nähe des Viehs kommen oder sprechen, ohne dass sie dazu aufgefordert wurde. Eine Frau hatte zu allen Zeiten zurückhaltend und bescheiden zu sein, Augenkontakte und gemeinsame Mahlzeiten mit den Männern waren ihr untersagt.

Robert war froh, dass Lorna die Regeln der Zulu akzeptierte, die sich so sehr von allem unterschieden, womit sie beide aufgewachsen waren. Er hatte befürchtet, Lorna könne gegen den niedrigen Status, der den Frauen zugewiesen wurde, protestieren. Doch obwohl sie selber ihrer Zeit voraus war und wusste, dass sie in ihrer Gesellschaft niemals die Stellung einer Zulu-Frau würde akzeptieren können, sah Lorna keinen Grund, die uralte Tradition infrage zu stellen. Sie konnte hinter die Fassade schauen und die dahinterliegenden Gründe erkennen, auch wenn sie die abergläubischen Gewohnheiten ebenso wie Robert insgeheim ablehnte.

Das Leben einer Zulu-Frau schien in jeder Hinsicht ausgesprochen hart zu sein. Sie kochte nicht nur und machte sauber, sie arbeitete zudem endlose Stunden auf den Feldern, um unter der sengenden Sonne Mais anzubauen, das Hauptnahrungsmittel der Zulu. Sie musste zu allen Zeiten freundlich sein, vor allem gegenüber ihrem Mann, den anderen männlichen Familienmitgliedern und allen Frauen, die ihr gesellschaftlich überlegen waren. Sie konnte nicht einmal davon träumen, einen anderen Mann anzusehen.

Kinder wurden ohne großes Aufsehen geboren. Die Zulu-Frau verbrachte bis zu acht Tage in völliger Isolation in einer eigens dafür ausgewählten Hütte, bis die Nabelschnur des Kindes abfiel, und zugleich erwartete man von ihr, dass sie bereits am Tag nach der Geburt wieder ihre mühsame Arbeit auf den Feldern verrichtete. Das Wasserholen und das Waschen der Kleidung in mit Krokodilen verseuchten Flüssen war ihre Aufgabe – und afrikanische Frauen verloren regelmäßig ihr Leben an diese gefährlichen und verhassten Killer. Auch das Sammeln von Feuerholz gehörte zu ihren Pflichten. Sie trug häufig schwere Lasten auf dem Kopf, lief große Strecken unter der gnadenlosen Sonne und stellte sich den wilden Tieren, die unterwegs lauerten.

Die Männer schienen es dagegen leicht zu haben; sie verbrachten viele Stunden damit, im Schatten zu sitzen, sich zu unterhalten, das Bier zu trinken, das eine der Frauen gebraut hatte, zu essen und ihre Frauen abwechselnd mit ihren sexuellen Neigungen zu beglücken. Allerdings war jeder Mann, der alt genug war zum Kriegsdienst – und dieses Alter reichte von ungefähr sechzehn bis siebzig und darüber –, verpflichtet, seinen König, seinen Clan und seinen Häuptling zu verteidigen. In den Schlachten waren viele Todesopfer zu beklagen, vor allem nachdem die Weißen Schusswaffen eingeführt hatten. Ein Zulu-Krieger hatte den Kugeln lediglich einen Schutzschild und einen *assegai* entgegenzusetzen. Sie starben zu zehntausenden. Auch die ständigen Stammesfehden führten zu einer erheblichen Dezimierung des Zulu-Volkes. Die Folge davon war, dass es mehr Frauen als Männer gab.

Ein Ehemann war daher etwas sehr Erstrebenswertes. Er war verpflichtet, jede seiner Frauen mit Nahrung und Kleidung zu versorgen und ihr Schutz zu gewähren. Da das Vieh für Frauen tabu war und auch die Jagd zu den Aufgaben der Männer gehörte, waren Frauen von einem Ehemann abhängig, um Milch und Fleisch zu bekommen. Er schenkte ihr auch die Kinder, die eine wichtige Altersversorgung darstellten. Unverheiratete Frauen waren selten und galten als Ausgestoßene. Der Tod eines Ehemannes bedeutete nicht unbedingt das Ende aller Sicherheiten – häufig übernahm einer seiner Brüder die Verantwortung für seine Frauen. Daher konnte eine verheiratete Frau sich lebenslang eines gewissen Schutzes einigermaßen sicher sein.

Bei so vielen Frauen, die es zu beherrschen und glücklich zu machen galt, war eine gewisse Rangordnung unerlässlich. Strenge Strafen machten die Frauen gefügig, und Kinder und diverse andere Pflichten hielten sie beschäftigt. Es war ein System, das jahrhundertelang gut funktioniert hatte. Also schwieg Lorna, beobachtete genau, lernte von Mister David und bekam mehr und mehr Respekt vor den Regeln der Zulu. Hin und wieder kam es zu Meinungsverschiedenheiten, die jedoch immer mit Würde und Humor gelöst wurden.

Die Behandlung ihres Sohnes war eine ganz andere Sache. Als männliches Kind wurde Cam ununterbrochen verwöhnt. In den zwei Tagen, die sie in dem *umuzi* verbrachten, wurde er auf den Rücken einer jungen *inTombazana* gebunden, die sich um ihn kümmerte. Cam wurde an den Fluss gebracht zum Baden und Spielen, oder zu einer Hütte, um Essen zu kosten, das die Mutter des Mädchens extra für ihn zubereitete.

Lornas und Cams Haarfarbe blieb für alle eine ständige Quelle der Faszination. Die Etikette verbat es einem Mann, sich

Lorna zu nähern, aber der kleine Cam wurde ständig am Kopf berührt und staunend an den Haaren gezogen. Manchmal, wenn es etwas zu heftig war, riefen seine Tränen große Bestürzung hervor oder zogen gar eine Strafe nach sich, wenn der Verursacher ein Kind war. Frauen schenkten Lornas Locken noch mehr Beachtung, einige baten sie sogar um eine Strähne. Lorna hätte diese Bitte gern erfüllt, aber Robert warnte sie davor, dass sie am Ende kahlköpfig sein würde.

Lorna verbrachte einen großen Teil der Zeit in Häuptling Ngethos *umuzi* damit zu lernen, Liebesbriefe für Robert zu machen. Dies sorgte für großes Gekicher unter den *utombi*, den Mädchen, die im heiratsfähigen Alter, jedoch noch nicht versprochen waren. Lornas Beharren darauf, hauptsächlich weiße Perlen zu benutzen, amüsierte alle. »Ich liebe ihn sehr«, antwortete sie dann in einfachstem Zulu, was zu erneutem Gelächter führte und zu vielen schlüpfrigen Bemerkungen über Roberts Fähigkeiten, sie zufrieden zu stellen.

Die älteren Frauen zeigten sich besorgt darüber, dass Cam bei der Geburt nicht von *isiGwenba* gesäubert worden war. Mit Mister Davids Hilfe erklärten sie Lorna, dass er zu besonderer Lüsternheit oder zu Ekzemen neigte, wenn diese Prozedur nicht vorgenommen würde. Sie bestand darin, den Stiel eines Rizinusölblattes zu nehmen, in den After des Babys zu stecken und so lange zu drehen, bis reichlich Blut lief. Die Vorstellung entsetzte Lorna, vor allem, als Mister David ihr erzählte, dass viele Babys bei der Behandlung verbluteten. Robert mischte sich ein und erklärte, Cam sei in Großbritannien geboren, wo es ähnliche Bräuche gäbe. Er beschrieb ausgiebig die Reinigungszeremonie – vor allem die Taufe – und erläuterte, wie man ein Baby durch Bespritzen mit besonders gesegnetem Wasser vor *isiGwenba* schützte. Die Frauen waren nicht zu überzeugen, bis Robert improvisierte und eine völlig frei erfundene Geschichte von einem Ritual beschrieb, das dem der Zulu so ähnlich war, dass sie sich schließlich zufrieden gaben.

Als es Zeit wurde, Häuptling Ngethos *umuzi* zu verlassen, hatte sich Lorna mit so vielen Frauen und Kindern angefreundet, dass die vormittägliche Arbeit liegen blieb, weil alle zusammenliefen, um sich zu verabschieden. Als sie schließlich neben Robert herritt, war sie bester Dinge. »Sind diese Menschen immer so freundlich?«

»Nicht immer. Mister David hat einen Bruder in diesem Kral. Deshalb empfangen sie uns so herzlich. Vergiss nicht, Colenso ist nicht weit entfernt. Weiße Gesichter sind für sie nichts Neues. Das ändert sich, je weiter wir in das Tal vordringen.«

»Wird es Zulu geben, die uns feindlich gesinnt sind?«

»Das ist möglich. Wie sind ein paarmal davongejagt worden. Die meisten Zulu handeln gern, aber das bedeutet nicht, dass man jedes Mal willkommen ist. Je weiter wir uns von der Zivilisation entfernen, desto abergläubischer werden die Menschen. Man könnte uns aus ganz profanen Gründen den Zugang verwehren, etwa weil in der Nacht zuvor eine Eule auf dem Dach einer Hütte geschrien hat.«

»Du hast so viel gelernt. Manchmal habe ich das Gefühl, deinen Wissensstand nie erreichen zu können.«

»Das solltest du auch nicht, schließlich bist du eine Frau. Das ist unschicklich.«

Sie lachte, und dann wurde ihr Gesicht plötzlich ohne jede Vorwarnung aschfahl. Sie beugte sich seitlich vom Pferd und würgte.

Wenn Lorna aufwachte, fühlte sie sich meist gut, doch dann wurde ihr innerhalb einer Stunde übel. Dieser Zustand hielt einige Stunden an. Robert gewöhnte sich daran und lernte, dass es das Beste war, sie in dieser Zeit in Ruhe zu lassen. Wenn er sie zu sehr umsorgte, wurde sie nur ungehalten. Es half, wenn er ihr Cam abnahm. Er ritt liebend gern mit seinem Vater aus, der ihn vor sich auf dem Sattel sitzen ließ. Auch Robert genoss das. Der kleine Junge schien vor seinen Augen groß zu werden, aus dem ersten Babygebrabbel wurden schon bald erste Worte in Zulu oder Englisch. Eine große Wärme überkam Robert jedes Mal, wenn Cams Augen aufleuchteten, weil er seinen Vater sah. Robert war glücklich, die verlorene Zeit mit seinem Sohn nun intensiv nachholen zu können.

Abgesehen von der Beeinträchtigung durch ihre häufigen Übelkeitsattacken liebte Lorna es, im Busch unterwegs zu sein. Das Leben im Freien war vorwiegend Männersache, aus dem einfachen Grund, weil es recht unkomfortabel war. Die Tatsache, dass die meisten Frauen es mieden, empfand Lorna nur als herausfordernd. Mit grimmiger Entschlossenheit und der Absicht, erfolgreich zu sein, nahm Lorna die Herausforderung an.

Nur wenige andere Frauen waren zusammen mit ihren Männern unterwegs. Noch weniger jagten, auch wenn einige von ihnen mit Schusswaffen ebenso geschickt umgehen konnten wie ihre Männer. Einige Jäger hatten die gleiche Einstellung wie Matrosen – dass es Unglück brachte, mit einer Frau unterwegs zu sein. Lorna war da ganz anderer Meinung.

»Das ist ausgesprochener Blödsinn«, schnappte sie, als Will auf das Thema zu sprechen kam.

»Ich sage ja nur, dass einige das glauben.«

»Und Sie?«, meinte sie herausfordernd.

Will schüttelte heftig den Kopf. »Ich natürlich nicht.« Aber seine Stimme strafte seine Worte Lügen.

Ihre Augen funkelten. »Doch, tun Sie wohl, Will. Kommen Sie schon, geben Sie es zu.«

Will zuckte verlegen mit den Schultern.

»Wenn man mit Problemen rechnet, finden sie einen immer.« Lorna wandte sich an Logan. »Ist es nicht so?«

»Ich schätze, ja«, stimmte Logan ihr zu und grinste über Wills Unbehagen. »Obwohl Will in einer Hinsicht Recht hat. Eine Frau mitzunehmen ist nicht ohne Risiko. Und ehe Sie wieder auf Ihr hohes Ross steigen, möchte ich Ihnen noch sagen, dass ein Mann sich schließlich verpflichtet fühlt, seine Frau zu beschützen. Das bedeutet, dass er sich nicht gänzlich auf sich selbst konzentrieren kann und damit verständlicherweise mehr Unfälle passieren.«

»Ich verstehe, was Sie meinen«, antwortete Lorna ein wenig kleinlaut. »So habe ich das noch nie betrachtet.«

»Aber Sie sind keine Belastung für uns«, fügte Will noch hinzu, weil er unbedingt seine Loyalität demonstrieren wollte.

Die Ungezwungenheit, die zwischen ihnen allen herrschte, war vor allem Lornas Fähigkeit zu verdanken, alles Formale zu ignorieren. Sie war natürlich keinem Mann gleichzusetzen, so weit reichte die Vorstellungskraft bei keinem von ihnen, aber sie benutzte die Tatsache, dass sie eine Frau war, nicht ein einziges Mal als Entschuldigung. Lorna hatte rasch begriffen, dass es das Beste war, sich in den Wagen zu verziehen, wenn ihr wieder einmal übel wurde. Sobald die Übelkeit verflogen war, kam sie wieder heraus und tat, als sei nichts gewesen. Noch immer verweigerte Lorna das Frühstück, weil sie es nicht bei sich behalten konnte. Niemand versuchte sie zu überreden, denn alle wussten, dass sie etwas essen würde, sobald sie sich besser fühlte.

Getrocknete *biltong*-Streifen, wilde Früchte und Beeren ergaben das Mittagsmahl, und die kulinarischen Fähigkeiten ihres Kochs sorgten dafür, dass es ihnen allen schmeckte, auch wenn die Zutaten manchmal sehr fremd waren. Cam war wie ein Fass ohne Boden, wenn es ums Essen ging. Stolz sah Robert zu, wie der kleine Körper seines Sohnes jeden Tag kräftiger und sonnengebräunter wurde. Cam, erfüllt von frischer Luft, endloser Stimulation, unbegrenzter Entdeckungsfreude und gutem Essen, schlief am Ende des Tages meist in irgendwelchen Armen ein, eifrig den Lagerfeuererzählungen lauschend. Sein Leben war unbeschwert, sicher und frei. Er reagierte darauf mit Fröhlichkeit und unendlicher Neugier.

Will und Logan stritten sich immer noch ab und zu, aber ihre Auseinandersetzungen hatten jegliche Schärfe verloren. Jeder, so schien es, hatte gelernt, Respekt vor der Erfahrung des anderen zu haben, würde aber eher sterben, als dies zuzugeben.

Trotz regelmäßiger Übungen mit seinem Gewehr bereitete Logans Arm ihm Sorgen. »Es ist nicht Ihre Zielsicherheit«, meinte Robert eines Abends. »Die war noch nie besser. Es ist die Schnelligkeit. Sie sind einfach zu langsam.«

»Unsinn«, fuhr Logan ihn an. »Ich bin noch genauso schnell wie immer.«

»Nein, sind Sie nicht. Und in einer gefährlichen Situation mit Elefanten könnte das leicht tödlich enden.«

»Aber wir brauchen das Elfenbein. Ich werde in dieses Tal gehen, und Sie werden mich nicht davon abhalten.«

Robert atmete tief ein und verkündete widerstrebend eine Entscheidung, die er vor wenigen Tagen getroffen hatte. »Nein, das werde ich nicht. Aber ich kann Sie begleiten.«

Der Ausdruck der Erleichterung in Logans Gesicht machte deutlich, dass auch er beunruhigt war.

Sie erreichten das Tal, in dem Robert das erste und einzige Mal auf Elefantenjagd gegangen war. Es war genauso schön, wie Robert es in Erinnerung hatte – umgeben von grasbewachsenen Hügeln, mit Bäumen, die den Flusslauf säumten, und einer Ebene, die sich über nahezu zwanzig Meilen erstreckte. Unzählige wilde Tiere weideten hier. Es war ein Paradies für jeden Jäger.

Für Will war das Tal Angst einflößend, zumal die enge Schlucht der einzige Zugang war. Die Spuren, die auf die kürzliche Anwesenheit von Elefanten schließen ließen, waren nicht zu übersehen.

Es war so schwül wie beim letzten Mal. Feuchtigkeit und Hitze lasteten schwer auf ihnen, der Schweiß rann ihnen über die Gesichter, und die Kleidung klebte an ihren Körpern. Cam bekam ganz plötzlich einen Ausschlag und wurde ungewöhnlich quengelig. Lorna rührte eine Zinkpaste an und rieb seinen Körper damit ein. Mister David kochte eine Mischung aus zerdrückten Blättern und klein geschnittenen Wurzeln, ließ den Sud abkühlen und trug ihn großzügig auf. Ob es an dem Zink lag, an der *muthi* des Zulu oder einer Kombination aus beidem, wusste niemand zu sagen, aber Cam ging es rasch besser.

Am späten Nachmittag kamen die Elefanten. Es waren mehr als beim letzten Mal, ungefähr hundert, schätzte Robert, die sich in gleichmäßigem Tempo auf eine etwa eine Meile breite Wasserstelle am Fluss zubewegten. Der Anblick ließ alle erstarren. Weder die Wagen noch das im Schatten grasende Vieh schienen eine Bedrohung für die Elefanten zu sein. Sie nahmen keinerlei Notiz von ihnen.

Die Gruppe wurde von einer alten Matriarchin angeführt. Jungtiere stolperten nebenher, um das Tempo mitzuhalten. Robert zählte mindestens sechs ausgewachsene Bullen mit guten Stoßzähnen.

»Sie sind wunderschön«, meinte Lorna atemlos.

»Ungewöhnlich«, murmelte Logan. »Es gibt genügend Nahrung und Wasser in der Gegend. Warum haben sich so viele Familien zusammengetan?«

»Jäger?«

»Ich hoffe nicht«, antwortete Logan. »Wenn das der Fall wäre, wären sie verdammt aggressiv.«

»Sie zeigen keinerlei Zeichen von Nervosität«, bemerkte Robert. »Vielleicht ist es das gute Weideland.«

»Möglich.« Logan klang nicht überzeugt. »Es sind ein paar kapitale Burschen unter ihnen. Mit etwas Glück können wir eine Menge Geld verdienen.«

»Keine Heldentaten«, warnte Robert. »Wir sollten sie in der freien Ebene ins Visier nehmen.«

Logan warf ihm einen verächtlichen Blick zu. »Wir werden sie dort ins Visier nehmen, wo wir können. Morgen.«

Die Anwesenheit derart vieler Elefanten beunruhigte Robert. Familienverbände bestanden normalerweise aus zehn bis zwanzig Tieren. Sie begrüßten andere Herden gern, trennten sich normalerweise aber wieder. Dieses hier war keine Zusammenkunft, wie sie sie im letzten Jahr erlebt hatten. Welcher äußere Druck te dafür gesorgt, dass die Tiere in so einer großen Gruppe zusammenblieben?

Will, der beschlossen hatte, der drückenden Schwüle des Tals für eine Weile zu entkommen und ihnen etwas zum Abendessen zu schießen, lieferte die Antwort. »Jäger«, erklärte er nach seiner Rückkehr. »Habe einige Kadaver gefunden. Die Stoßzähne fehlen. Radspuren führen in die Berge. Es ist ein paar Wochen her, würde ich sagen.«

»Hm«, brummte Logan. »Im Tal gibt es keine Spuren mehr von ihnen. Das ist wenigstens etwas.«

Als sie später am Abend in ihrem Wagen waren, erkundigte sich Lorna bei Robert nach den Gefahren. Er machte keinen Versuch, seine Sorge zu verbergen. »Das hängt davon ab, wo sie sind und ob sie bereits beschossen worden sind. Der Wald am Flussufer ist teilweise sehr dicht. Man muss sehr nah an sie heran. Wenn sie sich im Wasser oder auf einer Lichtung befinden, ist es einfacher.«

»Warum schießt ihr nicht, wenn sie ins Tal kommen?«

»Weil wir dann nicht genug Deckung haben. Wir würden niemals dicht genug an sie herankommen. Außerdem würden sie nach dem ersten Schuss in Panik geraten und in Richtung Schlucht rennen. Es ist besser, ihnen genügend Raum zur Flucht zu lassen.«

»Müssen wir sie denn überhaupt töten?«

Robert zog sie in seine Arme. »Wenn es nach mir ginge, nein. Ich empfinde genauso wie du. Aber ich fürchte, wir sind in der Minderheit. Die meisten Jäger hegen keine Gefühle für Elefanten. Sie bedeuten für sie bloß Geld, das ist alles. Logan ist nicht so wie sie, aber er ist auch nicht wie wir. Ich weiß nicht genau, was ihn treibt. Es kommt mir vor, als müsse er etwas beweisen. Dieses Mal ist es anders.«

»Wieso?«

»Nun, normalerweise zieht er los, schießt, was er kriegen kann, wird dann übellaunig, als habe er ein schlechtes Gewissen, und fängt am nächsten Tag wieder von vorne an. Er hat einmal gesagt, nichts gehe ihm über die Aufregung. Vielleicht ist es einfach nur das – ich weiß es nicht. Dieses Mal habe ich das Gefühl, sein Ruf stünde auf dem Spiel. Er ist ein sehr stolzer Mann. Und ein sehr starrköpfiger dazu. Sein Arm funktioniert nicht mehr zuverlässig, und das weiß er. Daher kann ich ihn nicht alleine losziehen lassen. Wenn die Elefanten in alle Richtungen stürmen, braucht man wenigstens zwei wirkungsvolle Gewehre. Selbst wenn sein Gewehrträger für ihn nachlädt, könnte Logan zu langsam sein.«

»Kann das denn nicht ein anderer machen?«

»Will hat fürchterliche Angst vor Elefanten. Und die meisten Zulu können nicht mit Gewehren umgehen.«

Lorna schloss die Arme enger um ihn. »Ich kann auch schießen.«

»Das weiß ich. Du bist eine verdammt gute Schützin. Aber es ist zu gefährlich. Du kannst nicht mit uns kommen.«

Es war stockdunkel im Wagen. Robert spürte, dass sie verletzt war.

»Es tut mir Leid, Liebes, aber du bist mir zu kostbar, um dich einer Gefahr auszusetzen. Was würde aus Cam, wenn wir beide ...«

»Bitte nicht.« Sie hielt die Hand über seinen Mund. »So etwas darfst du nicht einmal denken.«

»Ich hasse es, Elefanten zu töten«, fuhr Robert fort und küsste ihre Finger. »Einmal hat mir gereicht. Sie sind in mancher Hinsicht beinahe menschlich. Ich habe mir geschworen, nie wieder einen zu erlegen. Und nun ...« Seine Stimme stockte.

»Wenn dir etwas zustößt, bringe ich Logan um.«

Robert musste über die Entschlossenheit in ihrer Stimme lächeln. »Du und Cam, ihr werdet hier im Lager sicher sein. Sobald du den ersten Schuss hörst, sorgst du dafür, dass ihr beide euch hier im Wagen flach auf den Boden legt. Die Elefanten werden in diese Richtung laufen, um die Schlucht zu erreichen.

Sie werden die Wagen nicht angreifen, aber wenn ihr draußen herumlauft, könntet ihr in Schwierigkeiten geraten. Versprich mir, dass du tust, was ich gesagt habe.«

»Aber du wirst draußen sein, nicht wahr?«

»Hinter einem Baum mit einem geladenen Gewehr in der Hand.«

»Ich habe Angst. Es sind so schrecklich viele.«

»Vielleicht sind sie morgen schon fort.«

»Gott, ich hoffe es.«

Die Elefanten blieben. Es war kaum hell, als Mister David Robert leise weckte. »Die *Ndhlovu* sind noch da. Die, die wir gestern gesehen haben, und noch mehr.«

Roberts Magen zog sich zusammen. Es waren zu viele. Es war Wahnsinn, sich einzubilden, dass zwei Männer mit Gewehren es mit einer solchen Anzahl aufnehmen könnten.

Er zog sich an und ging zu Logan ans Feuer. »Sind Sie noch bei mir?«, fragte der ältere Mann.

»Habe ich eine andere Wahl?«

Logans Augen fixierten seine und wanderten dann weiter bis zu dem Gewehr, das er überprüfte. »Sie wissen, dass Sie das haben.«

Robert schüttelte den Kopf. »Und Sie wissen, dass ich das nicht habe.«

»Wer braucht schon eine Amme?« Logan lud seine beiden Waffen mit Bleiprojektilen, die mit Zinn gehärtet worden waren. »Bleiben Sie hier bei Ihrer Frau und Ihrem Sohn.«

»Sie sind verrückt. Das wissen Sie, habe ich Recht?«

Logan lächelte mit zusammengepressten Lippen, sagte jedoch nichts.

Robert spürte, dass es sich als schwieriger erwies als in der Vergangenheit, sich in die richtige Geisteshaltung zu versetzen. »Wir müssen das nicht tun.«

»Sie nicht. Ich schon.« Logans struppiger Kopf drehte sich, und seine Augen bohrten sich wieder in die von Robert. »Ich brauche das Geld. Ich werde nicht jünger. Verstehen Sie das nicht? Dies ist meine letzte Chance.«

»Das ist Unsinn, das wissen Sie genau. Sie können allein mit dem Handel ein anständiges Auskommen haben.«

»Das ist nicht dasselbe.«

Robert gab auf. Sie hatten diese Diskussion schon früher geführt, und trotz seiner gestrigen Worte gegenüber Lorna verstand er Logans Argumentation dieses Mal nicht besser. Der Mann schien fest entschlossen, sich selbst auf die Probe zu stellen. In gewisser Hinsicht war Robert ihm ähnlich, auch er verhielt sich häufig anders, als die meisten Leute erwarteten. Aber das hier ging weiter. Er hatte schon erlebt, dass sein Partner Risiken eingegangen war, doch nun schien ihn eine gewisse Verzweiflung zu treiben.

»Entspannen Sie sich«, riet Logan Robert. »Sie sind noch zu weit entfernt. Wir werden sie noch eine Weile grasen lassen.«

Es dauerte noch über eine Stunde, ehe sie mit der Jagd begannen. Logans Stimmung schwankte zwischen Trotz und Angespanntheit, und auch Robert war sehr unruhig. Er war zwar weiter fest entschlossen, Logan zu begleiten, aber er musste sich eingestehen, dass er in seinem ganzen Leben noch nicht so viel Angst gehabt hatte.

»Lassen Sie uns gehen«, meinte Logan schließlich und reichte seinem schwarzen Gewehrträger eine geladene Waffe. Mister David stand mit einem von Roberts leichteren Gewehren bereit. »Es wird eine Weile dauern, bis wir in Schussposition kommen«, erklärte er Will und Lorna. »Wenn Sie Schüsse hören, gehen Sie sofort zu den Wagen und bleiben dort. Da drinnen sind Sie in Sicherheit.«

»Pass auf dich auf.« Lorna küsste Robert. Angst stand in ihren Augen geschrieben. »Das Gleiche gilt für Sie.« Sie zwickte Logan in die Wange.

Robert registrierte, dass Logan dümmlich grinste, als sie fortgingen.

Die Elefanten waren einige Meilen entfernt und schienen Blätter zu fressen. Robert konnte keinen sehen, aber er hörte sie ziemlich deutlich. An einigen Stellen war der dichte Busch mehrere tausend Meter tief. Kein Windchen regte sich. Logans Gewehrträger führte sie schweigend zum Fluss. Wenn sie aus dieser Richtung feuerten, würden sie die Elefanten in die Ebene zwingen.

»Wir könnten noch einen gebrauchen, der schießt«, bemerkte Logan. Das war der einzige Hinweis darauf, dass auch er die Gefahr fürchtete.

Robert versuchte, sich auf seine Aufgabe zu konzentrieren. Jetzt war nicht die Zeit, über die Zerstörung nachzudenken, die sie unter den vielen ahnungslosen Tieren anrichten würden. Diesen Luxus konnte er sich später gönnen. Im Augenblick galt sein gesamtes Streben dem Ziel, sie alle am Leben zu halten. Er war machtlos gegen die Anspannung, die ihn überkam, als sie sich stetig weiter vorarbeiteten. Seine Hände blieben ruhig, aber innerlich zitterte er. Mister David war einen Schritt hinter ihm und hielt Roberts zweites Gewehr. Logans Mann blieb ganz vorn. Mit einigem Abstand folgten die afrikanischen Abdecker, die nur mit *assegais* und Messern bewaffnet waren.

Als sie den Fluss erreichten, ungefähr eine halbe Meile entfernt von den Elefanten, erstarrte Logans Gewehrträger. Er machte eine kurze Kopfbewegung. Eine kleine Herde Zebras hatte gerade das Wasser verlassen und kam durch die Bäume, um auf dem offenen Gelände davor zu weiden. Die Zebras hatten sie nicht bemerkt, aber wenn sie sie gesehen hätten und in Panik geraten wären, hätten sie die Elefanten leicht in die Flucht schlagen können. Glücklicherweise verschwand die Herde, ohne dass etwas darauf hindeutete, dass sie eine Bedrohung wahrgenommen hätten.

Plötzlich sahen sie, dass sich in den fernen Bergen dunkle Wolken zusammenbrauten. Ein Gewitter zog heran. Ein jäher Windstoß brachte das Laub über ihren Köpfen zum Rascheln.

Logan übernahm jetzt die Führung. Im Zeitlupentempo bewegte er sich vorwärts durch den Busch. Das Gewehr dicht vor seinen Körper gedrückt, setzte er vorsichtig einen Fuß nach dem anderen auf, um jegliches Geräusch zu vermeiden.

Ein knackender Zweig – dann wieder Totenstille. Sie erstarrten. Schweiß rann ihnen über die Gesichter, aber sie ignorierten es. Atemlos lauschten sie, nahmen jede winzige Veränderung wahr. Robert hielt inne. War da eine Bewegung ganz in seiner Nähe? Was war das? Ein Schatten? Er kniff die Augen zusammen. Als sie sich an die Lichtverhältnisse gewöhnt hatten, setzte sein Herz für einen Moment aus. Überall um sie herum waren fressende Elefanten. Irgendwie waren sie mitten in die Herde hineingeraten.

Robert sah, dass Logan sich langsam umdrehte. Er hob das Kinn. »Zurück.« Die Geste war klar. Robert schaute sich um und erstarrte. Es war zwecklos. Elefanten, wohin er auch sah. Himmel! Wie viele mochten es sein?

Eiskalter Schweiß rann Robert über Brust und Rücken. Seine Kehle war ganz trocken, der Magen krümmte sich, sein Herz donnerte in seiner Brust. Mach dich bereit!, redete er sich zu. Er hob einen Daumen zum Spannstück seines Gewehrs. Wir werden es nicht schaffen. Sie sind zu nah. Es sind zu viele.

Robert konnte sie riechen, hörte das Knurren ihrer Mägen. Ein Bulle direkt neben ihm hörte auf zu fressen. Er stand mucksmäuschenstill da. Schlag mit den Ohren! Friss! Tu etwas, egal was!

»Der Wind hat sich gedreht«, zischte Logan. Seine Stimme klang absurd, selbstmörderisch, schockierend laut. »Vorsicht, sie haben uns bemerkt.«

Einen Augenblick passierte gar nichts. Mensch und Tier nahmen ihre gegenseitige Nähe zur Kenntnis. Die Folgen konnten tödlich sein – für beide. Dann brach jäh die Hölle aus.

Robert und Logan reagierten instinktiv. Sie platzierten sich Rücken an Rücken. Ihre Augen waren überall, sie hatten die

Gewehr hochgerissen und schussbereit, die Waffenträger waren dicht an ihrer Seite. Ohne dass ein Wort gesprochen wurde, übernahm jeder ein Gebiet vor sich und zu seiner Linken.

Robert, der spürte, dass nur noch sein Selbsterhaltungstrieb funktionierte, nahm rechts neben sich eine Kuh wahr, die ihren Rüssel hob. Sie schüttelte heftig den Kopf, dann rannte sie mit schrillem Trompeten los. Robert ignorierte sie und konzentrierte sich vollkommen auf sein eigenes Schussfeld, registrierte aber dennoch alles, was sein Partner tat.

Logans schweres Gewehr donnerte los. Die Kuh lief weiter, und er griff nach seinem anderen Gewehr, zielte erneut. Ehe er feuern konnte, brach die Kuh zusammen. Langsam, ohne in seiner Konzentration nachzulassen, hob Logan das Gewehr und schoss wieder. Eine weitere Kuh stürzte, zwei Schüsse, zwei Treffer. Robert registrierte, dass Logan mit seinem verletzten Arm nach dem anderen Gewehr griff, daran hantierte und es wieder sinken ließ. Ohne nachzudenken übernahm er die Deckung für sie beide, bis sein Partner wieder schussbereit war. Es sah so aus, als ob die Elefanten anstatt zu fliehen geradewegs auf sie zukämen. Zorniges Gebrüll ertönte. Mensch und Tier beherrschte nur ein einziger Gedanke: zu töten oder getötet zu werden. Keiner von ihnen wollte sterben. Die Nervosität, die Robert noch einen Moment zuvor beherrscht hatte, war der kühlen und sicheren Gewissheit gewichen, dass sie ihn kriegen würden, wenn er sie nicht kriegte. Und in der ganzen Zeit, in jeder einzelnen Sekunde des Chaos, das um sie herum ausgebrochen war, fühlte er sich wie ein Außenstehender. Er spürte nichts.

Einer der Abdecker hatte sich umgedreht und versuchte zu rennen. Er wurde überholt, mühelos aufgehoben und hoch in die Luft geschleudert. Robert sah, wie er, von einem grässlichen Geräusch begleitet, auf dem Boden aufprallte. Zwei weitere Elefanten brachen nach Hirnschüssen zusammen, ehe er sich auch nur umdrehen konnte. Der junge Bulle stürzte sich auf sein Opfer, die Schmerzensschreie waren lauter als das Trompeten um sie herum. Robert zögerte. Es dauerte nur den Bruchteil einer Sekunde. Wenn er das Tier tötete, konnte es den Zulu unter sich begraben. Wenn nicht, war der Mann auf jeden Fall tot. Es war mehr Instinkt als Verstand, der ihn trieb. Er feuerte. Ein Knieschuss. Der Elefant versuchte einen Schritt nach vorn zu machen, stolperte und stürzte. Der Abdecker war dem tödlichen Gewicht entkommen, bewegte sich jedoch nicht. Roberts Verstand arbeitete fieberhaft. Der Zulu lag unnatürlich gekrümmt und blutüberströmt da. Der Elefant wand sich, versuchte aufzustehen. Er würde ihn später erledigen.

Logan schrie ihm plötzlich etwas entgegen, und Robert sah sich um – drei Elefanten kamen auf sie zugestürmt. Das Gewehr seines Partners schien eine Ladehemmung zu haben, er fluchte laut. Logan griff nach seinem zweiten Gewehr, aber Robert schoss schon, und eines der Tiere knickte ein. Er wandte sich an das nächste und feuerte erneut. Gewehr zurück. Die zweite Waffe schlug gegen seine linke Hand. Spannen. Zielen. Feuern. Wo war Logan? Spannen. Zielen. Feuern, Gewehr zurück. Er und Mister David funktionierten wie Maschinen. Wo war dieser verdammte Logan? Jetzt waren es nicht mehr so viele Tiere, aber Robert war nur von einem Gedanken besessen: Ich werde sie kriegen. Er hatte keine Ahnung, wie lange das Blutbad bereits andauerte und wie viele Tiere er schon getötet hatte. Das Einzige, was er registrierte, war die Tatsache, dass das Gewehr seines Partners verstummt war.

Plötzlich trat eine schmerzhaft laute Stille ein. Sie waren weg – die Elefanten, die dem Kugelhagel entgangen waren, hatten die Flucht ergriffen. Aber wo war Logan? In Zeitlupe, das Gewehr schussbereit, drehte Robert sich um. Seine Augen blickten suchend. Staub hing in der Luft, es roch nach Schießpulver. Angst kroch in ihm hoch, sein Herz begann zu hämmern. Logan war direkt hinter ihm gewesen. Jetzt war da nichts als staubige Leere. Robert zitterte, fluchte, weinte. »Logan?«, stieß er aus.

Nichts. Totenstille. Es war die Art Stille, die Furcht erregend war. Sie verhieß Katastrophales.

»Verdammt, Logan. Wo steckst du?«

Er nahm vage Mister Davids Hand wahr, die seinen Arm berührte und ihn drückte. Der Schwarze nickte, sein Blick wanderte nach links. Logan! Er saß da, an einen Baum gelehnt, die Beine ausgestreckt, das Gewehr im Schoß, den Kopf zur Seite geneigt. Irgendetwas stimmte nicht. Es war zu still.

Dann sah Robert das Blut. Es quoll aus einer offenen Wunde in Logans Brust. Die Erkenntnis setzte mit einem Schlag ein. Robert rannte auf seinen Partner zu. Logan atmete schwach.

»Logan. Jesus. Sprechen Sie mit mir.«

Logan öffnete die Augen und verzog sein Gesicht; ein tiefer Seufzer entfuhr ihm. »Der Bastard hat mich erwischt«, keuchte er schwer atmend. Seine Worte waren kaum hörbar. »Es war einer zu viel.« Hellrotes Blut sammelte sich in seinem halb geöffneten Mund.

Robert kniete sich neben ihn. Der Stoßzahn hatte Logans Herz offenbar verfehlt, aber die Verletzung, die er ihm zugefügt hatte, würde dennoch tödlich sein.

»Bleiben Sie bei mir.« Logans Stimme war nur noch ein Flüstern, als das Leben ihn langsam verließ. »Gute ... gute Art zu gehen.«

Schweiß und Tränen strömten über Roberts Gesicht. Es gab nichts, was er tun konnte, nichts, was irgendwer tun konnte. Er streckte die Hand aus und berührte Logans Schulter. Sie fühlte sich hart und stark an. Zuverlässig. Lebendig. Logan hob seinen Blick. »Adieu, mein Junge.« Einen Moment später ergriff ihn ein Zittern, dann war es vorbei.

Fassungslos starrte Robert auf seinen Partner. Das konnte nicht sein. Noch Sekunden zuvor hatte Logan gedacht, gefühlt, geatmet. Jetzt war da nichts mehr. Wohin war er gegangen? Das Leben konnte doch nicht einfach so zu Ende sein.

Robert zuckte zusammen, als er erneut Schüsse hörte. Mister David erteilte den Tieren, bei denen es nötig war, den Gnadenschuss. Nichts, das dich noch kümmern würde, Logan, alter Freund, dachte Robert, aber neben seiner Trauer empfand er Anerkennung für seinen Waffenträger, der sie davor bewahrte, in einem Moment, in dem sich alle schon in Sicherheit wähnten, doch noch angegriffen zu werden.

Als Mister David zurückkehrte, kniete Robert noch immer da, umklammerte die Schulter seines Freundes und versuchte dem Mann zu versichern, dass er bei ihm war. Tränen, eine Mischung aus Trauer und überstandener Angst, waren gekommen und gegangen. Robert musste nachdenken, wusste, dass er etwas tun musste, aber er war nicht fähig dazu.

»Sechzehn«, verkündete Mister David.

»Was?« Robert blickte auf, sein Blick verständnislos. Wovon redete dieser Mann?

»Sechzehn Elefanten«, wiederholte Mister David geduldig, als er die Lähmung begriff, die seinen Arbeitgeber erfasst hatte. Für den Zulu war Robert zu einem Helden geworden. »Zwei weitere Männer sind tot. Alle anderen sind weg, fortgelaufen.« Mister David verzog das Gesicht. »Frauen!«, fügte er verächtlich hinzu.

Robert konnte es ihnen nicht verübeln. Wenigstens waren sie am Leben.

Neunzehn Leben waren an diesem Morgen ausgelöscht worden. Als die Zahl sich langsam in seinem Kopf setzte, entfuhr Robert ein verzweifelter Seufzer. Und wozu das alles? Aus reiner Profitgier. Er erhob sich mühsam und blickte auf Logan hinab, den Mann, der gestorben war, als er das getan hatte, was er am liebsten tat. Eine beinahe fatalistische Gerechtigkeit lag darin. Aber was war mit den beiden Zulu? Sie hatten ihr Leben verloren, weil sie blind darauf vertraut hatten, dass die Waffen der weißen Männer sie beschützen würden. Robert vermutete, dass der andere Tote Logans Gewehrträger war. Er war bis zum Ende geblieben. Was sagten die Jäger? Ein guter Kaffer ist einer, der nicht davonläuft. Am Lagerfeuer machte das Sinn, die Wirklichkeit war anders. Und die Elefanten? O ja, sie hatten eine Wahl gehabt: zu flüchten oder getötet zu werden, und nun waren sechzehn von ihnen tot.

Robert gelang es langsam, sich zu beruhigen. Er dachte nach. So vieles musste jetzt getan werden. Die Toten mussten begraben werden, die Stoßzähne herausgeschnitten, das Fleisch verteilt. Sie mussten fort von diesem grauenvollen Ort.

Plötzlich nahm er Schüsse in der Ferne wahr. Sie schienen vom Lagerplatz zu kommen, dort wo ihre Wagen standen. Lorna! Cam! Er hatte sie mit zwei Afrikanern und Will dort zurückgelassen, sie waren nicht mal alle bewaffnet. Sein zweiter Partner war zweifellos halb wahnsinnig vor Angst. In Panik geratene Elefanten – zu verängstigt, um vorsichtig zu sein. O Jesus!

Robert rannte los, ohne sich um die Dornen zu kümmern, die seine Kleidung und sein Fleisch aufrissen, ohne Rücksicht auf die erdrückende Mittagshitze, gleichgültig gegenüber seinem protestierenden Körper, der schon längst viel mehr ausgehalten hatte, als ein Mensch aushalten konnte. Er rannte, als würde er von einem unaussprechlichen Grauen verfolgt. Die Schüsse waren verstummt, aber er lief immer noch durch diese heiße, feuchte Hölle. »Lorna!«, schrie er schrill, die Stimme verzerrt vor Angst und Erschöpfung. »Lorna?« Er rannte die gesamten drei Meilen, jeder Schritt begleitet von Angst, die so groß war, dass sie ihn fast erstickte.

Etwa fünfzig Meter vor dem Lagerplatz stieß er auf den ersten Toten. »Lorna?« Sein Schrei war von Panik erfüllt. Eine weitere Leiche. Robert rannte weiter.

»Robert?«

O Gott! Die Erleichterung überrollte ihn wie eine Flutwelle. Sie war unversehrt. Sie kam auf ihn zugelaufen, und Robert fing sie auf, hielt sie, so fest er konnte. Sein Atem ging stoßweise, ein schmerzhaftes Keuchen, seine Lungen brannten, seine Brust hob und senkte sich mühsam, seine Beine hielten ihn kaum, aber er umklammerte sie voller Verzweiflung. Sie weinte und zitterte, aber sie lebte und war in seinen Armen.

Robert spürte, dass er die Grenzen seiner körperlichen Belastbarkeit erreicht hatte, aber er wusste auch, dass er sich noch lange nicht ausruhen konnte. »Was ist geschehen?«, stieß er aus und schaute an ihr vorbei zu ihrem Wagen. Fassungslos sah er, dass dort drei tote Elefanten lagen.

»Cam«, flüsterte Lorna und klammerte sich an ihn. »Ihm war so heiß. Tobacco hat ihn zum Fluss getragen. Sie waren gerade auf dem Rückweg, als ich die ersten Schüsse hörte. Dann kamen die Elefanten. Mein Gott, Robert, so etwas habe ich noch nie gesehen. Cam und Tobacco liefen ihnen geradewegs entgegen. Sie begannen zu flüchten, aber ich wusste, dass sie es nicht schaffen würden. Ich griff mir deine Winchester und feuerte los.«

»Ist Cam am Leben? Bitte, sag, dass er lebt!«

Er spürte, wie sie nickte.

»Du hast diese Elefanten erlegt? Mit der Yellow Boy?«

»Ja.«

»Mein Gott.«

Lorna löste sich plötzlich von ihm, beugte sich vor und erbrach sich. Das Ausmaß dessen, was sie durchgemacht hatte, traf Robert mit einem Schlag, Entsetzen erfüllte ihn. Schwanger, zitternd vor Angst und Übelkeit, hatte sie sich dutzenden panisch davonstürmenden Elefanten entgegengestellt. Sie hatte sich selbst in Gefahr gebracht, um ihren Sohn vor dem sicheren Tod zu retten. Als sie sich wieder aufrichtete, zog er sie an sich. »Nie wieder. Niemals, das verspreche ich dir. Ich weiß, dass ich das auch beim letzten Mal gesagt habe, aber jetzt meine ich es ernst. Niemals wieder.«

Sie sank gegen seine Brust. »Ich hatte noch nie so große Angst. Alles ging so schnell. Ich hatte gar keine Zeit zum Nachdenken.«

Robert spürte ihre heißen Tränen, und während sie sich aneinander klammerten, wurde er plötzlich sehr wütend auf Logan und seinen albernen Stolz, und er war entsetzt über sich selber, weil er das, was ihm das Kostbarste war, allein gelassen hatte. Die Elefanten trugen keine Schuld, die Menschen waren verantwortlich. Denen hatte Gott das Geschenk der Vernunft gemacht. Vernunft! Das, was heute geschehen war, hatte nicht einmal entfernt etwas mit Vernunft zu tun.

Über Lornas Kopf hinweg sah er Will auf sie zukommen. Er hielt sein Kap-Gewehr in der Hand und sah so wütend aus, wie Robert sich fühlte. »Wie oft muss ich es noch sagen?«, donnerte er los. »Diese Elefanten sind gefährlich. Jetzt wird Ihr idiotischer Freund es vielleicht endlich begriffen haben.« Als er den Ausdruck in Roberts Gesicht bemerkte, verstummte er. »Was ist passiert?«

Robert schloss seine Arme fester um Lorna. »Logan ist tot.«

Er spürte, dass sie schneller atmete, und sah, dass sämtliche Farbe aus Wills Gesicht gewichen war.

»Außerdem haben wir zwei der Boys verloren.«

Will Green, dieser durchtriebene kleine Mann aus Yorkshire, auf dessen Wort man niemals zählen konnte, der log, betrog, sogar stahl, wenn er glaubte, nicht erwischt zu werden, hatte plötzlich Tränen in den Augen. Ungeduldig wischte er sie fort, aber seine Augen füllten sich erneut. »Nein«, flüsterte er. »Nicht Logan. Das ist nicht möglich.«

Robert sah, wie Will sich verzweifelt bemühte, das, was geschehen war, zu akzeptieren. Sie hatten beide geglaubt, Logan wäre unbesiegbar. Die Tatsache, dass dies nicht so war, war irgendwie noch schockierender als sein eigentlicher Tod. Es kam ihnen vor wie Betrug.

Doch im Angesicht des nackten Terrors war noch etwas ganz Unerwartetes geschehen. Will hatte nie ein Geheimnis daraus gemacht, dass es ihm in erster Linie nur um sich selber ging, doch trotz seiner übergroßen Angst vor Elefanten hatte er, als der Zeitpunkt gekommen war, an dem er gebraucht wurde, Lorna nicht im Stich gelassen. Die Gefahr, weniger für ihn selbst als für die beiden Menschen, die seinem Schutz unterstanden, hatte einen Mut ans Licht gebracht, den niemand, schon gar nicht er selber, je erwartet hätte. Und damit war sein Selbstvertrauen immens gewachsen.

Will wischte seine Tränen fort und nickte Robert zu. »Kümmern Sie sich um Ihre Familie, ich werde mich um alles andere kümmern.« Dann ging er entschlossen davon, um die zurückkehrenden Abdecker um sich herum zu versammeln. »Kommt mit mir. Es gibt eine Menge Arbeit. Du, bring die Schaufeln. Du, geh zurück zu Häuptling Ngetho. Hier gibt es Fleisch für sein ganzes Volk. Du, hol meine Bibel. Dieser verdammte Mann benötigt Gottes Segen, ob er es will oder nicht. Du hältst das Feuer in Brand. Wir wollen Kaffee zu unserem Brandy.«

Robert traute seinen Ohren nicht. Aber er war Will sehr dankbar. Ein Mann, dem er sehr verbunden gewesen war, war ihm heute genommen worden. Nun brauchte Robert die beiden Menschen, die er am meisten liebte, ganz besonders. Es würde ihm seinen alten Freund nicht zurückgeben, aber sein Tod hatte ihm klar gemacht, dass nichts als selbstverständlich erachtet werden durfte. Arm in Arm ging er mit Lorna zu ihrem Wagen. Cam, dem die Gefahr, in der er geschwebt hatte, glücklicherweise nicht bewusst war, saß im Wagen und spielte mit seinen Holzklötzen. Tobacco stand in seiner Nähe.

»Sir.« Der Afrikaner schlug die Augen nieder. »Es tut mir Leid, Master.«

»Das muss es nicht. Dich trifft keine Schuld.«

Tobacco ließ den Kopf hängen. »Ich hätte ihn nicht zum Fluss mitnehmen dürfen.«

»Ich habe dich darum gebeten«, antwortete Lorna ruhig. »Ich hatte geglaubt, uns bliebe noch genügend Zeit. Es ist meine Schuld.«

Robert sah, dass der Zulu Lornas Englisch nicht verstand. Er ging auf den Mann zu und legte ihm die Hände auf die Schultern. »Cam liebt das Wasser, und es war sehr heiß. Du hast genau das Richtige getan. Ich mache dir keinen Vorwurf. Wir möchten gern, dass du dich weiter um ihn kümmerst. Wir vertrauen dir.«

Lorna stimmte ihm zu. »Bitte, Tobacco. Es hätte auch dein Leben sein können. Nur durch dich war es uns überhaupt möglich, unseren Sohn zu retten.«

Robert übersetzte.

»Madam.« Tobacco schaute auf. Er versuchte sich zu artikulieren, aber es gelang ihm nicht. Der Augenblick wurde ihm durch eine jahrhundertealte Tradition erschwert. Ein Mann, dem eine Frau das Leben gerettet hatte, verdiente nichts als Verachtung. Der Einfluss der Europäer hatte in den letzten Jahren dazu geführt, dass die Zulu zähneknirschend ihnen bislang völlig unbekannte technische und medizinische Sachkenntnisse übernommen hatten. Die Weißen hatten seltsame Sitten und Gebräuche, auch wenn niemand ihre Klugheit bezweifelte. Außerdem garantierten sie Beschäftigung, ein notwendiges Übel, wenn sie die hoch geschätzten Güter, die sie mitgebracht hatten, erstehen wollten. In diesem Tal und an diesem Tag kämpfte Respekt gegen den noch immer weit verbreiteten Glauben, Frauen seien untergeordnet.

»Sie sind jetzt meine Schwester«, sagte Tobacco an Lorna gewandt. Es war die größte Gunstbezeugung, die er hervorbringen konnte, ohne die männliche Überlegenheit infrage zu stellen.

Lorna, die rasch begriff, wusste, dass sie diese Geste so erwidern musste, dass es dem Zulu möglich war, sein Gesicht zu wahren. »So wie Cam dein Bruder sein wird«, antwortete sie.

Ein breites Lächeln der Anerkennung signalisierte ihr, dass sie die richtigen Worte gefunden hatte.

Später versuchte Robert ihr zu erklären, dass die Bruder-Schwester-Angelegenheit höchst kompliziert sei und er nicht einmal sicher wisse, ob Tobacco ohne die Erlaubnis seines

Häuptlings einfach einen neuen Bruder und eine neue Schwester annehmen dürfe. Lorna aber wollte davon nichts hören. »Er kann uns so nennen, wie er möchte. Wir sind einander verbunden. Das ist mir genug«, sagte sie, und ein gewisser Stolz erfüllte sie, denn sie war der Kultur der Zulu wieder ein Stückchen näher gekommen.

Logan wurde im Tal beerdigt, so wie es bei den Zulu Brauch war: in sitzender Position, das Gesicht gen Heimat gewandt. Gewehr und Häutungsmesser wurden ihm mit ins Grab gegeben. Will bestand darauf, ein Totengebet zu sprechen. Es war kurz und bittersüß, aber er hatte es selbst erdacht: »Lieber Gott, auch wenn er nicht religiös ist, ist er ein guter Mann. Verüble ihm nicht, dass er auf Elefanten geschossen hat. Irgendwer muss das tun, denn sie fressen zu viel. Du hast sie so dick gemacht, und das verüble ich dir auch nicht. Wie auch immer, nimm dich seiner an, Gott, damit er in Frieden ruhen möge. Und wenn es dir nichts ausmacht, Gott, such ihm einen Freund. Er war hier unten sehr einsam. Danke.« Will sah sich trotzig um und wartete darauf, dass jemand lachte. Niemand tat es.

»Amen«, sagte Robert.

»Ach ja, tut mir Leid, Gott. Amen.«

Mister David kümmerte sich darum, dass auch der Abdecker, der zu Tode getrampelt worden war, und Logans Gewehrträger begraben wurden. Letzterer war auf ähnliche Weise zu Tode gekommen wie sein Arbeitgeber: Er war von einem Elefantenstoßzahn regelrecht aufgespießt und mitgeschleppt worden.

An diesem Abend bedrückten alle die leeren Plätze am Feuer. Die Afrikaner sprachen kein einziges Wort. Robert, Lorna und Will dachten an Logan. Alle hielten es für das Beste, früh schlafen zu gehen.

Häuptling Ngethos Männer kamen am nächsten Morgen und machten sich an die unangenehme Aufgabe, das Fleisch von neunzehn Elefanten zu zerteilen. Es begann in der Hitze bereits zu verwesen. Geier, Schakale, Hyänen und Ameisen hatten sich in der Nacht schon gütlich getan, aber selbst für deren Appetit war die Fleischmenge zu groß. Die Männer arbeiteten hart. Es war eine schweißtreibende, schmutzige Tätigkeit, die durch Raubtiere, die entschlossen waren, auch einen Anteil abzubekommen, zusätzlich erschwert wurde. Robert und Will überwachten das Entfernen und Wiegen der Stoßzähne. Alle hatten es eilig, das Tal mit seinen drückenden Temperaturen und den traurigen Erinnerungen so schnell wie möglich zu verlassen. Zwei Tage später war das Elfenbein auf Logans Wagen geladen, und sie machten sich auf den Rückweg.

Als sie das Tal hinter sich ließen, sahen sie erneut Elefanten. Sie waren Gewohnheitstiere, die die Erinnerung an die viele Nahrung und die reichlichen Wassermengen zurücklockte. Beim Anblick der Wagen und dem Geruch von Menschen breitete sich unter der Herde sofort Unruhe aus. Innerhalb kürzester Zeit flohen alle in Richtung der fernen Berge und verschwanden. Robert sah ihnen nach, und sein Herz zog sich vor Mitleid zusammen.

Lorna, deren Übelkeitsattacken an diesem Morgen etwas weniger heftig schienen, saß neben Robert, der ihren Wagen steuerte. Der kleine Cam lag hinter ihnen und spielte mit seinen Zehen. »Glaubst du, Logan würde es dort gefallen, wo er beerdigt ist?«

»Der Mann liebte das Tal so, wie er ganz Zululand liebte. Zuletzt sagte er noch, dass es eine gute Art zu gehen sei. Er meinte damit, draußen im Busch zu sterben und nicht in der Stadt. Logan war immer ein Einzelgänger. Er wird glücklich sein. Ich glaube, er hat damit gerechnet, so zu enden.«

»Wir hätten ihn zurückhalten sollen.«

»Wie? Du hast doch seine Entschlossenheit mitbekommen. Er wäre notfalls allein gegangen.«

»Es war beängstigend. Wie konnte Logan so etwas nur aufregend finden?«

»Die Herausforderung«, antwortete Robert. »Manche Leute brauchen das.«

»Vermutlich.« Sie klang zweifelnd. »Hatte er Familie?«

»Ja, in England. Sie sind nicht gut miteinander ausgekommen, und ich habe keine Ahnung, wie ich Kontakt zu ihnen aufnehmen soll.«

»Wir müssen es versuchen. Wenn er Papiere besaß, könnten sie in seinem Wagen sein.«

»Ich werde nachsehen. Wenn ich irgendwo eine Adresse finde, werde ich hinschreiben.«

Lorna schwieg.

»Was beunruhigt dich?«

»Wenn wir tot hier draußen lägen, wer würde unsere Familien benachrichtigen?«

»Du bist noch völlig durcheinander, Liebes. Das bin ich auch. Logan war ein Freund, ein guter Freund. Ich werde ihn sehr vermissen. Aber versuch daran zu denken, dass er auf keine andere Weise hätte sterben mögen.« Robert legte den Arm um Lorna. »Außerdem werden wir nicht sterben. Wir werden uns ein Stück Land kaufen und sehr glücklich sein.«

Lornas Blick hielt seinen fest. »Das klingt sehr verlockend.« Sie lehnte den Kopf an seine Schulter. Endlich war sie bereit, über das zu sprechen, was im Tal geschehen war. »Ich dachte, du wärst tot. Als die Elefanten auf uns zustürmten, sah ich, dass einer von ihnen voller Blut war. Ich hatte fürchterliche Angst um Cam. Irgendetwas – ich weiß selbst nicht was – überkam mich. Ich griff mir das Gewehr und Munition und rannte auf sie zu. Ich glaube, ich habe geschrien. Dann stand ich einfach nur da und feuerte. Dabei war mir vollkommen gleichgültig, was mit mir passierte. Will war plötzlich an meiner Seite, und wir beide haben wie eine Einheit gehandelt. Als das erste Tier zusammenbrach, empfand ich nur Befriedigung. Wir trafen zwei weitere, darauf haben sich die anderen verzogen. Erst als ich zu unserem Wagen zurückging, wurde mir bewusst, was passiert war. Es ist ein seltsamer Ort, Robert. So schön, und dennoch lauert überall die Gefahr.«

»Das, was dort geschehen ist, war unsere Schuld, Logans und meine. Du kannst den Elefanten keinen Vorwurf machen.«

»Ich weiß.« Sie lehnte sich an ihn und schlang die Arme um seine Hüften. »Ich liebe dich. Wenn du mir genommen würdest, würde ich auch sterben wollen.«

Als Robert sich nach Cam umsah, schlief der tief und fest. Er rief nach Mister David, sprang vom Wagen und löste Tosca und Lornas Braunen. »Hast du Lust auf einen Ausritt?«

»Ja, sehr.« Lorna benötigte keine Hilfe. Sie wechselte mit der Geschmeidigkeit eines kleinen Jungen vom Wagen zu ihrem Pferd. »Wohin?«

»Dort hinauf.« Robert zeigte auf die Berge. »Hinter diesen Bergen ist etwas, das ich dir gern zeigen würde. Wir werden ein paar Stunden fort sein. Glaubst du, wir können Cam so lange allein lassen?«

Lorna warf einen Blick auf Mister David. Der nickte. »Wenn er aufwacht, werde ich Tobacco rufen.«

»Dann lass uns losreiten.«

Sie hielten die Pferde in gemächlichem Trab. Auch wenn Lorna darüber schimpfte, fand Robert, dass ihr Zustand kein höheres Tempo zuließ. Lorna gab schließlich auf. Sie folgten dem Flusslauf, dann überquerten sie ihn an einer breiten, sandigen Biegung und ließen ihre Pferde trinken. Anschließend führte Robert sie vom Fluss weg in Richtung zweier kleiner Hügel. Dahinter fiel das Land steil ab und erstreckte sich meilenweit in großer Farbenpracht. »Schau nur.« Mit einer Handbewegung zeigte er auf die Szenerie, die sich vor ihnen ausbreitete. »Siehst du diesen Fluss? Es ist der Ndaka. Folge ihm, so weit du kannst, dann wirst du noch einen Wasserlauf erkennen.«

»Dort drüben?«

»Ja. Das ist der Thukela. Er fließt in einem weiten Bogen Richtung Norden und trifft dort auf den Ndaka.«

Lorna hob die Hand vor die Augen, um sich gegen die Sonne zu schützen. Eine endlose Ebene mit sandigem Boden und gelbem Gras, das in der Brise wehte, lag vor ihr. Die Hitze flirrte. Eine Fata Morgana täuschte große Wasserseen vor, die niemand, auch nicht in den kühnsten Träumen, für real halten konnte. Kleine Staubwolken schwebten über dem erhitzten Boden. Lange Zeit ließ Lorna ihren Gedanken freien Lauf, ehe sie Robert anschaute. »Das ist unglaublich.«

Er grinste. »Nicht wahr? Der Thukela macht einen Bogen nach Osten und nimmt auf seinem Weg ins Meer viele große Nebenflüsse auf.«

»Wie weit ist das entfernt?«

Robert zuckte die Schultern. »Ungefähr hundert Meilen, grob geschätzt.«

»Und?«, drängte Lorna weiter.

»Die letzten fünfzig Meilen interessieren mich sehr. Es ist weit genug im Landesinnern und liegt hoch genug, um vor der Feuchtigkeit der Küste geschützt zu sein. Das Gebiet wird von zwei Flüssen begrenzt – dem Nsuzu im Norden und dem Thukela. Es gehört zu den schönsten Landstrichen, die ich je gesehen habe.«

»Warum hast du mich hierher gebracht?«

»Ich wollte dich ein wenig ablenken.«

Lorna lachte. »Es hat funktioniert. Ich dachte eigentlich, du wolltest mir erklären, dass du hier leben möchtest.«

»Ich hätte nichts dagegen. Ich liebe diese weite, raue Landschaft. Aber für dich ist es hier vermutlich zu einsam.«

Sie warf ihm einen fragenden Blick zu. »Wie einsam ist es hier denn?«

»Sieh dich um. Nirgends regt sich etwas.«

Lorna beugte sich vor und küsste ihn. »Das ist gut«, flüsterte sie lächelnd.

Als sie John Dunns Kral in Mangethe erreichten, war Will fest davon überzeugt, dass Logans Geist sie begleitete – dass er ihnen Glück brachte, gutes Wetter und ausgezeichnete Geschäfte. Er hatte Lorna sogar von ihren Übelkeitsattacken befreit. Und als Cam sich eines Morgens einer Puffotter unwissentlich bis auf wenige Zentimeter näherte, verhielt sich die Schlange, die normalerweise sofort zuschlug, ganz untypisch und verzog sich. »Logan«, verkündete Will mit viel sagendem Blick.

Atemlos flüsterte Robert: »Danke, alter Junge.«

Das Wetter wurde von Tag zu Tag angenehmer. Warme, trockene Tage wechselten sich mit kühlen Nächten ab. Alle schliefen nun viel besser.

Im letzten Dorf vor John Dunns Kral war ihr Vorrat an Handelsware erschöpft. Neben Elfenbein, Fellen und einem Haufen selbst gemachter Lederutensilien hatten sie eine beeindruckende Sammlung an Kühen, Ziegen und Federvieh zusammen. Dunn kaufte ihren gesamten Restbestand an Vieh auf.

Inzwischen waren sie seit nahezu fünf Monaten unterwegs. Cam, der um fast zehn Zentimeter gewachsen war, hatte sich zu einem kräftigen Kleinkind entwickelt, das lieber rannte als ging und pausenlos redete. Lorna, die normalerweise sehr schlank war, hatte nun einen runden Babybauch. Sie hatte das Reiten zwei Monate zuvor aufgegeben, reiste nun entweder im Wagen oder ging zu Fuß nebenher, wenn das Gelände es zuließ. Ihr Gesicht und ihre Arme waren ganz undamenhaft gebräunt, sie war kerngesund, und ihre Augen leuchteten vor Glück.

John Dunn empfing sie mit großer Herzlichkeit und bestand darauf, dass sie mindestens drei Nächte in seinem neu errichteten europäisch anmutenden Gästehaus blieben. Die Nachricht von Logans Tod betrübte ihn zutiefst. Er, der selber ein Abenteurer war und lange in Zululand gehandelt und gejagt hatte, fand offene, aber zutreffende Worte: »Er ist so gestorben, wie er gelebt hat. Mit einem Gewehr in der Hand, meilenweit von der so genannten Zivilisation entfernt, und als er das tat, was er am besten konnte. Er hat hoch gepokert und verloren, und um ganz ehrlich zu sein, er hat damit gerechnet, sich eines Tages auf diese Weise zu verabschieden. Was kann ein Mann aus dem Busch sonst noch verlangen? Ich vermisse ihn, aber in gewisser Weise beneide ich ihn auch.«

Die Unterhaltung drehte sich unweigerlich um Politik. Will hatte das Thema gleich an ihrem ersten Abend angeschnitten, als er die Anerkennung der Briten, besser gesagt ihre mangelnde Anerkennung, für den selbst ernannten Zulu-König infrage stellte.

Dunn verdrehte die Augen. »Cetshwayo wartet noch immer darauf, von den Briten akzeptiert zu werden. Shepstone wird jeden Tag hier erwartet, um ihn offiziell und im Namen Ihrer Majestät zu krönen. Die Verzögerung hat Cetshwayo nicht beeindruckt. Um ehrlich zu sein, konnte er es sich nicht erlauben zu warten. Vor einigen Monaten hat er die Trauerzeit für Mpande für beendet erklärt und den königlichen Kral nach Ulundi verlegt, eine Gegend, die man als das Herz von Zululand bezeichnet. Noch während wir hier sitzen und uns unterhalten, wird neben dem alten *isigodlo* seines Vaters ein neues gebaut.«

Robert wollte wissen, warum Cetshwayo nicht auf Shepstone hatte warten können.

»Das hat zwei Gründe. Er ist in erster Linie ein Traditionalist und erst dann ein Politiker. Es war ihm wichtig, dass seine Untertanen sahen, dass er auf althergebrachte Art gekrönt wurde. Noch wichtiger jedoch war die Tatsache, dass mehrere Häuptlinge aus dem Norden sich mit fünf von Mpandes jüngeren Söhnen, die in Natal unter britischem Protektorat leben, gegen ihn verschworen hatten. Er musste rasch handeln. Ich habe ihn begleitet, was sich als sehr klug herausstellte.«

»Warum?«, fragte Robert.

Für eine Sekunde stand Trotz in Dunns Gesicht. »Gewehre. Einige der Zulu waren bewaffnet.«

»Sie haben ihnen die Waffen besorgt?«

»Warum nicht? Es war legal. Ich hatte die Genehmigung.«

»Aber wie haben Sie die Behörden dazu gekriegt einzuwilligen?«

»Ich habe ihnen die Wahrheit gesagt. Cetshwayo musste die Autorität über sein eigenes Volk bekommen. Übrigens, ich habe vergessen zu erwähnen, dass ich ihm angeboten habe, einige seiner *impi* auszubilden.«

Robert nickte. »Ich kann mir vorstellen, dass ein paar Jäger und Händler ebenfalls geholfen haben.«

Dunns Blick wurde misstrauisch. »Woher wissen Sie das?«

Robert lachte. »Ob Wahrheit oder Fiktion, Nachrichten verbreiten sich in Windeseile.«

»Wollen Sie nun wissen, was geschehen ist, oder nicht?«

»Verzeihung. Fahren Sie bitte fort.«

Dunn warf Lorna einen resignierten Blick zu und setzte seinen Bericht fort.

»Auf unserem Weg in Richtung Norden mussten wir eine Jagd zur Reinigung abhalten. Die Zulu glauben, dass sie während einer Trauerphase von bösen Einflüssen heimgesucht werden. Bevor ein neuer König gekrönt wird, müssen sie ihn und sich davon befreien, indem sie ihre Speere in Blut waschen. Im Mhlathuze-Tal bildeten tausende Jäger einen Kreis von ungefähr fünf Meilen Durchmesser. Dann zogen sie den Ring zusammen und töteten alles, was sich in seinem Innern befand. Anschließend setzten wir unseren Weg nach Mtonjaneni fort, um die Häuptlinge aus dem Norden zu treffen. Hier erhielt Cetshwayo den ersten Hinweis für den Segen der Ahnen. Seine Krieger drängten einen Löwen in eine Falle und töteten ihn. Dieses gute Omen ermunterte ihn, sich weiter in Richtung Parfümerie voranzubewegen.«

Auf die fragenden Blicke von Robert und Lorna erklärte Dunn: »Die Tradition geht auf Shakas Vorfahren zurück. Die Parfümerie ist der Ort, an dem Könige und die unmittelbar in seiner Nähe lebenden Personen mit süß duftenden Kräutern gesalbt wurden. Während seiner Regentschaft hat Mpande diesen

Ort umgebaut, und er bekam große Bedeutung für den Stamm. Wie auch immer, nachdem wir einige Tage dort verbracht hatten, zogen wir weiter dorthin, wo die Krönungszeremonie stattfinden sollte. Wir kamen durch offenes Gelände, und Cetshwayos Gefolgsleute waren nervös, vor allem, als eine große Truppe, angeführt von einem der Häuptlinge, der Anspruch auf den Thron erhob, auftauchte. Sie formierten sich in Schlachtordnung, ungefähr eine Meile von der Stelle entfernt, an der wir warteten. Und als ob das nicht gereicht hätte, kamen noch zwei weitere Konkurrenten hinzu, und wir saßen zwischen den rivalisierenden Clans regelrecht in der Falle.«

»Was geschah dann?«, fragte Lorna gespannt.

»Cetshwayo blieb ruhig. Er entsandte Boten, um mit jedem der Häuptlinge zu sprechen.«

»Sie müssen ziemlich überzeugend gewesen sein«, bemerkte Robert grinsend.

Dunn lächelte. »Der Anblick von bewaffneten Zulu-Kriegern und zweihundert mit Gewehren ausgestatteten Weißen war ein ziemlich gutes Argument«, stimmte er zu. »Die rivalisierenden Parteien näherten sich angespannt, aber in friedlicher Absicht, bis Cetshwayo einige spezielle Rinder für seine Ahnen opferte. Danach konnte niemand mehr sein Recht auf den Thron infrage stellen.«

»Was waren das für Rinder?«, wollte Lorna wissen.

»Sie stammten von *kwaNobamba* – dem Ort der Einheit und Stärke. Dort wird der heilige Ring der Zulu aufbewahrt. Die Tiere waren in einer geheimen Zeremonie gewaschen worden, um sie von den Geistern, die den Geburtsort der Zulu-Nation umgeben, zu reinigen. Durch die Opferzeremonie verknüpfte Cetshwayo sein Recht auf den Königsthron symbolisch mit der Treue seiner Untertanen. Dadurch entstand eine Verbindung, die sehr viel stärker war als alle Ambitionen seiner Rivalen. In den Augen der gesamten Zulu-Nation ist Cetshwayo nun König und wird dies bis zu seinem Tod bleiben.«

Lornas Augen leuchteten auf. »Es ist sicher schwierig, etwas zu erklären, das einem so selbstverständlich ist. Danke.«

John Dunn, dessen Vorliebe für Zulu-Frauen nicht zu übersehen war, war auch ihrem Bann erlegen. »Keineswegs, Mylady. Es erfreut mich zutiefst, auf ein derartiges Interesse zu stoßen.«

»Wird die Anerkennung Großbritanniens einen Preis kosten?«, fragte Robert, den es amüsierte, dass Dunn wesentlich umgänglicher war als sonst.

»Höchstwahrscheinlich. Ich habe Gerüchte gehört, dass man den Häuptlingen einen Teil ihrer Macht entziehen will. Wenn Cetshwayo dem zustimmt, was er sicher tun muss, wird ihm Widerstand, vielleicht sogar offene Rebellion entgegenschlagen. Dann wird er den Respekt seines Volkes verlieren.«

»Welche Macht sollen die Häuptlinge denn abgeben?«, wollte Will wissen.

»Die Briten sind vor allem mit dem, was sie als wahlloses Töten bezeichnen, nicht einverstanden. Sie verlangen faire Urteilsverfahren und das Recht eines jeden Menschen auf königliche Begnadigung. Außerdem bestehen sie darauf, dass ohne Cetshwayos Zustimmung niemand getötet werden darf. Man spricht sogar davon, dass für weniger schwer wiegende Vergehen eine Art Bußgeldsystem eingeführt werden soll.«

»Klug, aber gefährlich«, bemerkte Robert. »So viel zur Autorität eines Häuptlings.« Er zuckte mit den Schultern. »Schließlich sorgt seine Macht über Leben und Tod in seinem Clan für Zucht und Ordnung. Wenn diese Verantwortung künftig allein bei Cetshwayo liegt und er sich mit den Briten verbündet, wird er zu ihrer Marionette. Andere Stämme könnten sich dagegen auflehnen und es als Einmischung in ihr Stammessystem betrachten. Ich frage mich, ob das klug ist.«

»Ich habe versucht, ihn zu warnen. Er hört nicht auf mich. Cetshwayo will alle Macht und versteht nicht, dass sich diese schnell gegen ihn richten könnte. Und wenn das geschieht, fliegen die Fetzen. Im Grunde haben wir ein dreischneidiges

Schwert vor uns – Shepstone, der behauptet zu wissen, was er tut; die Briten, die ihr ganzes Vertrauen in ihn setzen; und Cetshwayo, der nicht die Absicht hat, sich von Außenstehenden diktieren zu lassen, wie er zu regieren hat. Warten Sie nur ab. Wenn diese so genannte Krönung stattfindet und Cetshwayo die Bedingungen annimmt, wird Großbritannien einen Weg finden, sie gegen ihn zu verwenden. Und das kann nur eine Katastrophe bedeuten. Sie überschätzen Shepstones angebliche Sachkenntnis und unterschätzen den Stolz der Zulu auf ihre Nation. Es wird zum Krieg kommen, mein Freund, und zwar zu einem blutigen.«

»Wo würden Sie dabei bleiben?«

»Interessante Frage. Ich habe keine Wahl – die Bedingungen ändern sich. So oder so würde ich Zululand verlassen müssen. Die Briten bestehen darauf, dass ich das tue, und die Zulu haben mir ebenfalls zu verstehen gegeben, was geschieht, wenn ich es nicht tue.« Er lächelte, und in seinen Augen stand eine ungeheure Traurigkeit. »Vielleicht kann ich nach einer gewissen Zeit zurückkommen. Aber meine Zukunft hier ist ungewiss. So ist es eben.«

»Sie und jeder andere Weiße auf dieser Seite des Thukela würde verschwinden müssen«, prophezeite Will unheilvoll.

»Keineswegs«, widersprach Dunn. »Ich müsste gehen wegen meiner engen Freundschaft zum König. Ich könnte in einem Krieg gegen meine eigenen Leute nicht für ihn kämpfen, so gern ich das täte. Diejenigen, die sich hier angesiedelt haben, vor allem die Farmer, würden sich selbst überlassen sein. Die Zulu haben nur wenig Probleme mit ihnen.«

Lorna beugte sich vor. »Ich weiß, dass Sie kein Hellseher sind, aber da Sie die Siedler erwähnt haben – es gibt einen Landstrich zwischen dem Thukela und dem Nsuzu, der uns sehr interessiert. Er gehört zu Zululand, nicht wahr?«

»Richtig. Und Ihr Interesse ist durchaus gerechtfertigt. Es ist sehr gutes Land.«

»Was müssten wir tun, um ein Stück davon zu erwerben?«

»Sie würden dort leben wollen? Selbst nachdem Sie das eben gerade gehört haben?«

»Ja.«

Dunn runzelte die Stirn. »Nun«, sagte er nachdenklich und zog an seinem Ohrläppchen, »der König müsste Ihnen die Nutzung gestatten. Heutzutage, fürchte ich, wird er im Austausch Waffen verlangen. Aber selbst wenn Sie die Waffen liefern, gibt es keine Garantie, dass er auch seinen Teil des Handels erfüllen wird. Und wenn er es täte, würde Ihnen das Land nie richtig gehören. Ich würde Ihnen raten, sich woanders umzusehen.«

Lorna sah Robert an, nach Unterstützung suchend.

John Dunn lachte. »Eine entschlossene junge Lady. Das gefällt mir. Nun gut, ich werde mit dem König sprechen. Aber Sie werden ihn persönlich treffen müssen. Sind Sie bereit, erneut hierher zu reisen, wenn ich Ihnen Nachricht schicke?«

»Natürlich«, antwortete Robert.

»Er könnte Nein sagen«, warnte Dunn.

»Wir können es wenigstens versuchen«, erwiderte Lorna optimistisch.

»In der Tat.« John Dunn lächelte. »Und ich wünsche Ihnen viel Erfolg. Ich werde Ihre Bitte vortragen, allerdings habe ich in dieser Angelegenheit keinerlei Einfluss.«

Zehn Tage nachdem sie nach Durban zurückgekehrt waren, erhielten sie eine Nachricht von Dunn. Cetshwayo war bereit, mit ihnen über einen Handel zu sprechen. Er würde ihnen im Austausch gegen Waffen ein Stück Land geben. Der König erklärte, er benötige die Gewehre, um die eindringenden Buren vom Gebiet der Zulu fern zu halten. »Ich kann Snider-Enfield-Hinterlader organisieren«, hatte Dunn geschrieben. »Es ist für Sie nur eine Frage des Gewissens.«

»Was meint er damit?«, fragte Lorna.

»Wenn Großbritannien und die Zulu Krieg führen, würden sie gegen unsere Truppen benutzt werden.«

»Aber die Zulu sind ohnehin von Tag zu Tag besser ausgerüstet. Wenn sie die Waffen nicht von uns bekommen, werden sie sie von anderer Seite erhalten. Selbst John Dunn gibt zu, Cetshwayo zu beliefern.«

»Ich weiß. Mein Gewissen ist unbelastet. Ich kann mir keine Konfrontation vorstellen. Cetshwayo bemüht sich sehr um gute Beziehungen zu den Briten.«

»Tun wir es also?«

Robert lächelte. Lornas Enthusiasmus freute ihn. »Ich werde aufbrechen und mit dem König sprechen. Sehen, was er verlangt und welches Land er uns anbietet.«

»Ich komme mit.«

»Liebes, das wäre nicht klug.«

»Warum nicht?«, entgegnete sie herausfordernd.

»Du bist beinahe im siebten Monat schwanger.«

»Und? Mister David kann mir *muthi* geben, die mir bei der Geburt helfen. Ich werde das schon schaffen.«

Robert nahm sie in seine Arme. »Und außerdem, meine Liebste, bist du eine Frau. Hab Respekt vor diesen Menschen. Deine Gegenwart wäre ein Affront gegen den König.«

Lorna schloss die Augen. Sie wusste, dass er Recht hatte. »Willst du damit andeuten, dass ich allein hier bleiben und unser Kind zur Welt bringen muss, während du durch die Welt fährst und dich amüsierst?«

»Ich werde zurück sein, bevor das Baby kommt.« Er zog sie enger an sich und küsste ihr Stirnrunzeln weg. »Versprochen.«

»Das ist nicht fair.« Lorna stampfte mit dem Fuß auf, aber in ihrer Geste lag weniger Ärger als vielmehr Enttäuschung.

»Eine Schande, dass Mr. Buchanan nicht mehr hier ist. Ich wäre beruhigter, wenn du jemand Verlässliches an deiner Seite hättest.«

Der Zulu, den Bruce Buchanan anzulernen versucht hatte,

hatte sich als faul und unzuverlässig erwiesen. Am Ende waren sie übereingekommen, Mister David die Stelle als Stallbursche anzubieten. »Später, wenn wir ein neues Stück Land bekommen, möchten wir gern, dass du uns begleitest. Es wird viel zu tun geben, und ich werde einen Mann brauchen, dem ich vertrauen kann.«

»Wo ist dieser Ort?«

Als Robert Mister David von der Gegend berichtete, in der er Farmland zu bekommen hoffte, breitete sich ein Lächeln auf Mister Davids Gesicht aus, und er berührte den Liebesbrief an seinem Hals.

»Ah!« Robert lächelte zurück. »Ich sehe, die Idee gefällt dir.«

»Das ist der Baum«, antwortete Mister David ernst. »Er hat viele Äste. Von einigen werden Sie erfahren, andere sind nicht Ihre Angelegenheit.«

Roberts Lächeln wurde breiter. »Nun gut, Mister David. Aber vorerst möchte ich, dass du hier bleibst und dich gut um meine Frau kümmerst.«

»Es wird mir eine Ehre sein, denn er ist eine gute Madam.«

»Ich werde in zwei oder drei Wochen zurück sein.«

»Sie werden mich noch hier finden, Master.«

»Danke. Sag Tobacco und July, dass es auch für sie Arbeit gibt, wenn sie wünschen.«

Robert reiste zurück nach Zululand. Er nahm dieses Mal die schnellere Route an der Küste entlang. Die Straßen waren trocken und die meisten Flüsse leicht zu überqueren. Nach vier Tagen erreichte er John Dunns Kral. Sein Gastgeber war kurz angebunden. »Sie waren sehr schnell. Wir brechen morgen Früh auf. Der König erwartet uns.«

In dieser Nacht war Robert voller Aufregung und Hoffnung. Mit Lorna und ihren Kindern in einem solch wunderschönen Land zu leben war alles, was er sich je erträumt hatte. Er bedauerte es nicht, dass seine Zeit als Händler vorbei sein würde. Die

Arbeit hatte ihm Spaß gemacht, sie war manchmal gefährlich gewesen und überaus einträglich, aber mit einer Familie konnte er dieses Leben nicht fortsetzen. Robert hatte eine Menge über die Zulu und ihr Land gelernt, genug, um gut mit ihnen zusammenleben und -arbeiten zu können. Vielleicht würde es nie zu einem Krieg zwischen ihnen und den Europäern kommen. Und selbst wenn, würde Robert sich nicht von reinen Spekulationen davon abhalten lassen, eine Zukunft in diesem Land zu wagen.

## 13

Das Zusammentreffen mit Cetshwayo war gut verlaufen. Der Zulu-König hatte Robert die Nutzung des Landstücks gewährt, um das er gebeten hatte, und auch wenn Robert es niemals sein Eigen nennen würde, konnte er es, solange er es hegte und pflegte, in jeder Hinsicht nutzen, wie er wollte. Nach der Zusammenkunft hatte Robert mehrere Tage bei John Dunn verbracht, der sich als äußerst hilfsbereit erwies. Er hatte ihm gesagt, wo er das beste Vieh kaufen konnte, welche Zulu-Arbeiter er benötigen würde, wie er mit Häuptling Gawozi umzugehen hatte, der in diesem Teil des Landes regierte, und ihm viele weitere wertvolle Ratschläge gegeben. Robert, Lorna und ihre wachsende Familie lebten inzwischen seit fünf Jahren friedlich mit ihren Zulu-Nachbarn zusammen.

Sie hatten es schon lange kommen sehen, sich jedoch immer wieder einzureden versucht, dass es sich lediglich um leere Drohungen handelte, doch jetzt war es so weit: Das Grollen des Krieges bedrohte ernsthaft ihr idyllisches Leben. An diesem Morgen traf auch noch ein Brief ein, der an den Absichten der Briten keinen Zweifel mehr ließ.

Lautstark streitende Stimmen rissen Robert aus seiner Konzentration. Er runzelte die Stirn und versuchte sie zu ignorieren. Er hatte den Brief nun zum vierten Mal gelesen und fand seinen Inhalt noch immer unbegreiflich. Großbritannien hatte der Zulu-Nation den Krieg erklärt, und man erwartete von ihm, dass er sich aufgrund seiner ausgezeichneten Kenntnisse als Übersetzer und Späher zur Verfügung stellte.

Robert hatte mit einer höflichen Anfrage gerechnet, nicht mit einer derartigen Forderung. Als Einwohner von Zululand galt für ihn die Zwangseinberufung zum Waffendienst nicht, den alle in Natal lebenden erwachsenen männlichen Kolonisten erhalten hatten. Die deutlich formulierte Empfehlung, sich an seine Pflichten für Königin und Vaterland zu erinnern, hatte ihn überrascht. Schließlich erinnerte sich Robert auch daran, dass seine Königin und sein Vaterland vermutlich noch immer ein Kopfgeld auf ihn ausgesetzt hatten. Sich einer Einheit Freiwilliger anzuschließen würde ihn gefährlich dicht in die Nähe der Briten bringen, und er bezweifelte, dass seine wahre Identität lange verborgen bleiben würde. Wenn er in den Krieg musste – und Robert war darauf nicht besonders erpicht –, dann war es besser, sich einer der kleinen Kommandotruppen anzuschließen, die hauptsächlich aus Buren bestanden, die ihre Dienste aus einem grundlegenden Hass gegen alle afrikanischen Rassen zur Verfügung stellten. Aber auch das war nicht besonders verlockend. Schließlich hasste Robert die Zulu nicht, sondern respektierte und bewunderte die von Shaka gegründete Nation.

Der Lärm draußen war so groß geworden, dass er nachsehen musste, was los war.

»Das hast du absichtlich getan«, rief Cam.

»Stimmt gar nicht. Du bist mir vor die Füße gelaufen«, widersprach Torben.

»Nein, ist er nicht. Ich habe es genau gesehen«, mischte sich Ellie ein.

»Mama! Cam blutet«, brüllte Kate.

Irgendwie ging es diesmal lautstärker zu als sonst. Robert erhob sich seufzend und ließ seinen Brief auf dem Küchentisch liegen. Lorna war nirgends zu sehen. Vermutlich kümmerte sie sich um das Baby. Er trat auf die schattige Veranda hinaus, wo ihm vier Augenpaare entgegenblickten – eins trotzig, eins schmerzerfüllt und zwei empört. »Was ist passiert?«

Er hätte es besser wissen müssen. Alle sprachen auf einmal, bis er die Hand hob und sie zum Schweigen brachte.

»Cam, woher hast du die Verletzung?«

»Torben hat mich mit dem Stock geschlagen.«

Robert richtete seinen Blick auf den Beschuldigten.

»Es war nicht meine Schuld. Cam ist mir zu nahe gekommen.«

»Ist er gar nicht.« Ellie war zwar erst fünf, aber wegen ihres ausgeprägten Gerechtigkeitssinns suchten ihre Eltern die Wahrheit meist bei ihr. »Torben hat ihn mit Absicht geschlagen.«

Die dreijährige Kate zog den Daumen aus dem Mund, nickte so heftig, dass ihre goldenen Locken hüpften, und rückte Schutz suchend an ihre ältere Schwester heran.

»Hinein«, verkündete Robert streng. Er war erschrocken über die Menge an Blut, die über Cams Gesicht lief und auf seine nackte Brust tropfte. Zwei Wolfshunde und ein Bullterrier – Familienhaustiere, die derart anhänglich waren, dass ihre Rassennamen beinahe albern klangen – leckten eifrig die Tropfen vom Boden auf.

Die vier Kinder trotteten an Robert vorbei.

Er schaute seine ältere Tochter an, die seinen Blick ruhig erwiderte. »Ellie, deine Mutter ist beschäftigt, daher musst du mir jetzt helfen.« Obwohl sie noch so jung war, konnte man sich auf Ellie verlassen. Sie tat das, was man von ihr verlangte. Er wandte sich an seinen ältesten Sohn. »Auf den Tisch mit dir, junger Mann.«

Cam, der größer war als die meisten Jungen in seinem Alter, legte sich auf die glatte Holzplatte. Das Blut rann ihm immer noch über das Gesicht.

»Muss es genäht werden?«, fragte Ellie und goss Wasser aus dem Kessel in eine Schüssel. Sie stellte sie auf ein Tablett, dazu ein Fläschchen Jod, etwas Watte, Gaze, eine Mullbinde, eine

Pinzette und eine Sicherheitsnadel, und trug es vorsichtig dorthin, wo ihr Vater wartete.

Robert tauchte einen Wattebausch in das lauwarme Wasser und tupfte damit behutsam Cams Stirn ab. Obwohl sie so stark blutete, war es nur eine oberflächliche Wunde – ein breiter, aber nicht sehr tiefer Schnitt. »Ich fürchte, wir müssen ihm gleich den ganzen Kopf amputieren«, meinte Robert und zwinkerte seinem Patienten zu.

Der Scherz gefiel dem fast siebenjährigen Cam. Er grinste. »Ist es so schlimm?«

»Was heißt aputieren?«, fragte Kate.

»Amputieren, du Dummerchen. Das heißt abschneiden«, antwortete Torben voller Bösartigkeit.

Kates weiches Herz schmolz dahin, und sie begann zu weinen. Ellie legte den Arm um sie und warf Torben einen vorwurfsvollen Blick zu.

»Papa hat nur einen Scherz gemacht«, sagte sie. »Du brauchst nicht zu weinen.«

Herbeigelockt durch den andauernden Lärm, erschien Lorna, die den sechs Monate alten Duncan auf den Hüften trug. »Was ist los?«, fragte sie, warf einen Blick in die Runde und erriet exakt, wer wem was angetan hatte. Sie reichte Duncan an das bereitstehende Kindermädchen weiter, eilte rasch zum Tisch und bestätigte, dass die Verletzung schlimmer aussah, als sie in Wirklichkeit war. »Jod bitte, Ellie. Und etwas … Ah, ich sehe, du hast bereits alles vorbereitet. Braves Mädchen.«

Ellies strahlendem Lächeln sah man an, wie sehr sie sich über dieses Lob freute. Sie trat einen Schritt vor, um zuzusehen, wie ihre Mutter das Blut abtupfte. Je älter ihre erste Tochter wurde, umso ersichtlicher wurde es für Lorna und Robert, dass alles, was mit Blut und Verletzungen zu tun hatte, Ellie faszinierte. Wenn Tiere geschlachtet, Wild geschossen oder ein Farmarbeiter verletzt wurde, selbst bei einem Unfall wie heute – Ellie war immer mit der Nase so nahe dabei, wie sie konnte, und ihren wachen Augen entging nichts. Sie demonstrierte eine klinische Distanz, für die viele Medizinstudenten und selbst die junge Florence Nightingale alles gegeben hätten. Ungeachtet der Schwere einer Verwundung – einmal hatte sie eingehend das verbrannte Fleisch eines jungen Zulu begutachtet, der von einem Blitz getötet worden war, ein Anblick, der Robert an den Rand der Übelkeit gebracht hatte –, schien Ellies Interesse immer auf die Anatomie gerichtet und deutlich mehr zu sein als makabre Faszination. »Du hast eine Stelle übersehen«, informierte sie Lorna.

»Du hast Recht. Könntest du sie bitte reinigen, Liebes, während ich einen Verband vorbereite?«

Ellie wurde auf den Tisch gehoben und machte sich mit großer Sorgfalt an ihre Aufgabe. Cam ließ es geschehen; er zeigte keinerlei Anzeichen von Unbehagen.

Kate schaute zum Tisch, und in ihren Augen standen Tränen des Mitleids. Im Gegensatz zu ihrer älteren Schwester nahm sie sich jedes Unglück zu Herzen und litt beinahe so sehr wie das Opfer. Eine kleine Hand tastete sich zu Cam hinauf. Er blickte in ihr ernstes Gesicht und lächelte. »Es tut nicht weh.«

»Aber es brennt bestimmt.«

»Nur ein bisschen.« Aber ihm entfuhr dennoch ein leises Stöhnen, als das Jod seine ganze Wirkung entfaltete.

»So.« Geschickt bandagierte Lorna seine Stirn, und als sie damit fertig war, drückte sie einen kleinen Kuss auf Cams Kopf und sagte ihm, er sei ein tapferer kleiner Krieger, der sicher eines Tages erzählen könnte, wie er einen Löwen mit seinen bloßen Händen getötet habe.

Cam sprang vom Tisch, lief an Torben vorbei, der mit verschränkten Armen und missmutigem Gesichtsausdruck an der Anrichte lehnte, und schlug den Mädchen vor, ihnen eine Geschichte vorzulesen. Die drei stürmten sofort in Richtung Salon.

Robert hakte den Fuß um das Bein eines Stuhls und zog ihn hervor. »Setz dich.« Torbens trotziges Gesicht grenzte an Unverschämtheit, aber sein Vater sagte nichts dazu. Stattdessen warteten er und Lorna gemeinsam darauf, dass der Junge tat, was von ihm verlangt wurde.

Torben setzte sich, das Gesicht abgewandt.

»Sei vorsichtig, junger Mann«, zischte Robert. »Und werde ja nicht unhöflich.«

Widerstrebend drehte sich Torben zu ihnen herum.

Robert atmete tief ein, entschied sich für eine Taktik und begann. »Es hat keinen Zweck zu lügen. Du hast Cam mit Absicht geschlagen. Ich werde dich nicht um eine Erklärung bitten, wahrscheinlich weißt du nicht einmal, warum du das getan hast.«

Torben blickte überrascht auf.

»Wie auch immer«, fuhr Robert fort und bewegte sich auf ihn zu, bis er vor ihm stand, »möchte ich gern, dass du verstehst, dass du deinen Bruder hättest töten können.« Er ließ den Arm vorschnellen und traf Torben so heftig an der Schläfe, dass der Junge schmerzverzerrt das Gesicht verzog. »Wenn du ihn dort getroffen hättest, wäre er tot. Hast du dazu etwas zu sagen?«

Stummes Verneinen.

»Wie wäre es mit einer Entschuldigung?«

»Tut mir Leid.«

Robert schüttelte den Kopf. »Ich bin nicht derjenige, den du geschlagen hast.«

Der Junge verzog trotzig den Mund.

Robert zog sich zu Lorna zurück, ihre Augen schauten in stummer Verzweiflung. Robert wandte sich wieder an Torben und versuchte es auf einem anderen Weg. »Cam ist sicher nicht perfekt. Das ist niemand. Hat er etwas getan, das dich verärgert hat?«

»Würdest du ihn bestrafen, wenn es so gewesen wäre?«, fragte Torben herausfordernd.

»Das kommt darauf an, was es war.«

»Du bist doch immer auf seiner Seite.«

»Ich gebe dir Gelegenheit, alles zu erklären.«

»Was soll das schon nützen? Niemand versteht mich.«

»Ich versuche es«, antwortete Robert sanft. »Aber wenn du mir nicht entgegenkommst, fürchte ich, stehst du alleine da.«

»Ich werde mich nicht entschuldigen. Er hat es so gewollt.«

»Wie? Um alles in der Welt, Sohn, sprich mit mir.«

Tränen traten in Torbens Augen, und er wischte sie ungeduldig mit dem Handrücken weg. »Die Mädchen mögen ihn mehr als mich. Er weiß das und wartet, bis wir zusammen spielen, dann kommt er und drängt mich fort. Es tut mir nicht Leid, dass ich ihn geschlagen habe.«

Robert seufzte. Es war sinnlos, ihn zu einer Entschuldigung zu zwingen. »Ich überlasse es deinem Gewissen.« Er griff oben auf die Anrichte und zog eine Lederpeitsche herunter. »Deine Erklärung ist keine Entschuldigung für etwas, womit du deinen Bruder hättest töten können. Wenn du nicht so böse zu den Mädchen wärst, würden sie dich mehr mögen. Wenn es keinen anderen Grund für dein Verhalten gibt, wirst du bestraft werden müssen.«

Robert wartete, aber Torben starrte ihn nur an.

»Nun gut. Steh auf und beug dich nach vorn.«

Hastig verließ Lorna den Raum. Sie konnte die nur sehr selten vorkommenden körperlichen Züchtigungen nicht ertragen, auch wenn sie in den Fällen, in denen Robert sie für nötig erachtete, gerechtfertigt waren.

Torben nahm die sechs Hiebe wie ein Mann hin, nur seine gerunzelte Stirn und die zu Fäusten geballten Hände deuteten darauf hin, dass er litt. Robert schlug nie sehr heftig, auch wenn sein Sohn das nicht wusste. Er schlug immer nur so zu, dass der bestrafte Junge, und es war gewöhnlich Torben, es gerade so spürte. »Und jetzt geh in dein Zimmer und bleib dort. Du kannst zu den Mahlzeiten herunterkommen, aber ansonsten hast du zwei Tage lang dort zu bleiben.«

Wortlos tat Torben, was man ihm befohlen hatte. Robert schaute ihm nach. Als er an der Tür zum Salon vorbeikam, wo die anderen Kinder saßen, entfuhr ihm ein böses »Waschlappen«.

Wenn Cam darauf antwortete, hörte Robert nicht, was er sagte. Cam war kein Engel. Zweifellos würde er sich nichts gefallen lassen.

Seufzend sank Robert auf einen der Küchenstühle. Sosehr er sich auch bemühte, er konnte einfach nicht an Torben herankommen. Niemand konnte das. Der Junge fühlte sich ständig angegriffen, und kein Familienmitglied konnte ihn von diesem Gefühl befreien. »Es muss der Däne in ihm sein«, hatte Robert bei einer Gelegenheit einmal bemerkt.

Bereits als Kleinkind hatte er leicht zu Wutausbrüchen und Übellaunigkeit geneigt, aber zumindest war er erreichbar gewesen.

Cams heiteres, unbeschwertes Temperament betonte nur noch, wie schwierig Torben war, und je älter die beiden Jungen wurden, desto deutlicher zeigten sich diese Unterschiede. Robert und Lorna war klar, dass es zu Torbens Wesen gehörte, sich schnell ungerecht behandelt zu fühlen. Das wiederum verstärkte seine Aufsässigkeit nur noch.

Kurz nach seinem sechsten Geburtstag nahmen Torbens Launenhaftigkeit und seine Verschlossenheit nochmals an Intensität zu. Damals erfuhr er, dass Lorna nicht seine leibliche Mutter war.

»Glaubst du, er erinnert sich an Jette?«, fragte Lorna häufig verzweifelt.

»Wie könnte er das?«, antwortete Robert. »Er war damals doch noch fast ein Baby.«

Als Robert von seiner Begegnung mit Cetshwayo zurückgekehrt war, hatte er an Mister Davids besorgtem Gesicht sofort abgelesen, dass etwas nicht in Ordnung war.

»Was ist los, mein Freund?«

»Es ist nichts, Master.«

»Ach, komm. Erwarte nicht, dass ich dir das glaube. Hast du schlechte Nachrichten?«

Der Zulu wich seiner Frage aus. »Ist der König wohlauf?«

»Er erfreut sich bester Gesundheit. Man hat mir ein Stück Farmland im Herrschaftsgebiet von Häuptling Gawozi zugestanden.«

Zufriedenheit blitzte in Mister Davids Augen auf. »Das ist gut.«

»Er ist dein Häuptling, wenn ich es richtig verstanden habe?«

»Ja.«

»Und du trägst den Liebesbrief eines Mpungo-Mädchens?«

Mister Davids Finger berührten die Perlenbotschaft.

»Dann wird es dich freuen zu hören, dass wir nach der Geburt unseres zweiten Kindes in Richtung Norden ziehen werden.« Robert lächelte. »Nun sage mir, da ich dir gute Nachricht bringe, was besorgt dich so?«

Mister David wich seinem Blick aus. »Es ist nicht meine Angelegenheit.« Er wandte sich um und führte Tosca zum Stall. »Aber«, kamen die Worte über seine Schulter, »die Madam möchte Sie dringend sprechen.«

Lorna hatte ihn kommen hören und stand an der Eingangstür. Als Antwort auf sein breites Lächeln und seine geöffneten Arme, schüttelte sie den Kopf und zog sich nach innen zurück.

Erstaunt folgte Robert ihr.

Sie hatte die Hände in die Hüften gestemmt und wartete am Fuße der Treppe. Als er sie küssen wollte, wehrte sie ihn ab.

»Was ist los, Liebes? Habe ich dich in irgendeiner Weise verärgert?«

»Nein. Ich bin diejenige, die deinen Unmut auf sich ziehen könnte.«

Robert nahm Lornas Arme und zog sie an sich. »Das könntest du niemals tun.« Er atmete den Geruch ihres Haares ein. »Hm. Es tut gut, nach Hause zu kommen.«

»Robert.« Mühsam befreite Lorna sich. »Du kommst jetzt besser mit mir.« Sie drehte sich um und lief die Treppe hinauf.

Robert folgte ihr und fragte sich, was um alles in der Welt

nur geschehen sein konnte. Sie hatte sich nicht einmal nach dem Ausgang seiner Verhandlungen mit Cetshwayo erkundigt.

Vom Flur aus bog Lorna in Cams Zimmer. »Wir haben Besuch bekommen.«

Robert riss erstaunt die Augen auf. Im Bettchen bei ihrem Kind saß Torben. »Wo zum Teufel kommt er her?«

Queenie, das Zulu-Mädchen, das die Rolle des Kindermädchens übernommen hatte, weil sie die einzige Hausbedienstete war, die Englisch sprach, saß neben dem Bett und sah neugierig zu. Sie wusste, dass Torben der Sohn des Masters war. Was sie nicht vorhersehen konnte, war, wie dieser auf das unerwartete Auftauchen seines Sohns reagieren würde. Aber Lorna schüttelte nur den Kopf und sagte: »Wir reden unten.«

Im Salon goss sie Robert einen großen Scotch ein und sich selber einen kleineren. »Bekomme ich keinen Kuss?«, fragte er, als er das Glas entgegennahm.

Sie ignorierte seine Worte und sank auf einen Stuhl. »Erst reden wir. Wir haben ein Problem.«

»Torben?« Er hätte sich auf die Zunge beißen können. Lorna war nicht in der Stimmung für Frivolitäten, und ihr Problem war offensichtlich. Sie runzelte die Stirn und kam gleich zur Sache.

»So ist es«, antwortete sie knapp. »Um es gelinde auszudrücken, der Junge wurde uns zugeschoben.«

Robert fuhr sich mit der Hand durchs Haar. Das plötzliche Auftauchen von Jettes Kind war eine Sache. Dass er mehr war als nur ein kurzer Besucher eine ganz andere. »Es sieht so aus, als hätte diese verdammte Frau nicht die geringsten Skrupel.«

»Ich bin geneigt, dir zuzustimmen, allerdings muss ich zugeben, dass sie äußerst beunruhigt schien.«

Robert setzte sich auf einen Stuhl Lorna gegenüber. »Am besten schilderst du mir genau, was geschehen ist«, sagte er ruhig.

Lorna nippte an ihrem Drink, seufzte tief und begann zu erzählen. »Vor fünf Tagen kam Mister David zu mir, um mir zu berichten, dass ein Mr. Jeremy Hardcastle in Begleitung einer Mrs. Jette Petersen und eines kleinen Jungen am Tor warteten und Einlass begehrten. Natürlich habe ich sie hereingebeten.«

»Natürlich? Obwohl du wusstest, wer sie war?«

»Ich war neugierig, deinen Sohn zu sehen. Und um ehrlich zu sein, war ich auch gespannt darauf, die Mutter des Jungen kennen zu lernen.«

Robert unterdrückte ein Grinsen. Bei mehr als einer Gelegenheit hatte Lorna versucht, ihm Informationen über Jette zu entlocken. Er war immer vage geblieben, weil er das für das kleinere Übel gehalten hatte. Jeder Versprecher war sofort zum Anlass genommen wurden, ihn auszufragen, und sie wollte sich nicht eher zufrieden geben, bis sie alles wusste. Vorsichtig beschränkte Robert das Gespräch nun auf Tatsachen, um nur ja kein Risiko einzugehen und auf Lornas Achillesferse zu treten. Sie würde schon früh genug auf Jette zu sprechen kommen. »Du sagst, sie waren in Begleitung von Jeremy Hardcastle?«

»Ja. Ein unangenehmer Mann. Ich glaube, sie hatte Angst vor ihm.«

Robert sagte nichts dazu. Jette kannte den ehemaligen Schiffsoffizier gut genug, um ihm aus dem Weg zu gehen, wenn sie das wollte.

»Mrs. Petersen war ziemlich aufgelöst. Sie sagte irgendetwas von einem Sultan, der sie ausfindig gemacht habe und mit Rache drohe, falls sie sein Geld nicht zurückzahle. Um was geht es da, weißt du das?«

»Ich habe dir ja erzählt, dass Jette in Casablanca vom Schiff geflohen ist. Angeblich hatte sie den Auftrag, für den Sultan von Marokko ein kleines Spielkasino in Rabat zu errichten. Typisch für Jette, hat sie ihn anschließend ausgeraubt und ist geflohen.«

»Warum hast du mir das nicht früher erzählt?«

»Liebes, du scheinst dich von Jette bedroht zu fühlen, obwohl es dafür überhaupt keinen Grund gibt. Ich versuche, so wenig wie möglich über sie zu sprechen, damit du mir nicht unterstellst, ich hätte noch Gefühle für sie.«

»Du musst aber welche gehabt haben. Torben ist der lebende Beweis dafür.«

»Ich war einsam. Sie war attraktiv. Das ist alles.«

Lorna rieb sich mit den Fingern über die Augen und nickte. »Es tut mir Leid. Ich bin eifersüchtig, das gebe ich zu, vor allem nachdem ich sie gesehen habe. Sie ist wirklich sehr schön.« Ihr Blick bohrte sich in seinen.

»Kann ich zu dir hinüberkommen?«

»Nein.«

»Nun gut. Dann lass uns dies ein für alle Mal klarstellen. Ja, Jette ist sehr schön. Ja, ich habe mit ihr geschlafen und hatte Vergnügen daran. Das haben wir alles schon einmal besprochen. In Jette steckt jedoch etwas ganz und gar Unattraktives. Sie kann sehr charmant sein, daran gibt es keinen Zweifel, aber ich würde ihr niemals vertrauen. Sie nimmt ständig, ohne etwas zu geben. Neben dir hat sie nicht die geringste Chance.« Robert brach ab und schüttelte den Kopf. »Mehr fällt mir nicht ein, um dich zu überzeugen. Ich liebe dich. Du bist mein Leben. Sonst niemand.«

Lorna versuchte zu lächeln. »Ich höre deine Worte und wünsche mir verzweifelt, sie glauben zu können. Es kann eine Weile dauern, nachdem ich sie nun kennen gelernt habe.«

»Hat das etwas mit der Tatsache zu tun, dass ich eine Affäre mit deiner Mutter hatte, als …«

»Ja, natürlich hat es das«, zischte Lorna. »Frauen kommen über so etwas nicht so einfach hinweg, auch wenn sie sich noch so sehr bemühen.« Lorna seufzte. »Wie sind wir vom Thema abgekommen? Ich vertraue dir, Robert, wirklich. Ich weiß, dass du mich liebst.«

»Bitte, lass mich zu dir kommen.«

»Noch nicht. Lass uns erst das Gespräch über Torben und

seine Mutter zu Ende bringen. Mrs. Petersen wirkte sehr verängstigt. Ich glaube nicht, dass sie sich um sich selbst gesorgt hat, vielmehr schien sie um Torben zu fürchten. Ich hatte das Gefühl, dass Mr. Hardcastle irgendetwas mit der ganzen Sache zu tun hatte.«

»Das überrascht mich nicht. Der Mann ist verrückt nach Jette. Er würde alles tun, um sie zu bekommen. Dazu gehört auch, Leben zu gefährden.«

»Er hat nicht viel gesagt, während sie hier waren. Er hat nur immer wieder auf seine Uhr geschaut, als hätte er es eilig zu gehen. Sie sagte, es sei seine Idee gewesen, Torben zu dir zu bringen. Anscheinend hat es ihr sehr wehgetan, ihr Kind hier zu lassen, aber sie sah wohl keinen anderen Ausweg. Ich soll dir sagen, dass ein Treuhandfonds für Torben eingerichtet worden ist, der an seinem fünfundzwanzigsten Geburtstag ausgezahlt wird.« Lorna reichte Robert einen Briefumschlag. »Die Einzelheiten stehen hier drin. Diese Tatsache schien Mr. Hardcastle sehr zu überraschen. Er wurde sehr wütend, warf Mrs. Petersen vor, ihm Informationen vorenthalten zu haben, und verlangte die Vollmacht für den Fonds. Das war das einzige Mal, dass sie sich gegen ihn gewehrt hat. Sie bestand darauf, dass du ihn verwaltest, und ging überhaupt nicht auf seine Forderungen ein. Der Mann hatte sie offenbar völlig in der Hand, aber nichts, was er sagte oder tat, brachte sie dazu, ihm die Kontrolle über Torbens Erbe zu überlassen. Das zeigte mir, wie viel Angst sie hatte, dass ihrem Sohn etwas zustoßen könnte. Als sie gingen, sagte sie, sie hoffe, dass du ihr verzeihst und den Jungen in dein Herz schließt.«

Robert nahm einen extragroßen Schluck Scotch. »Du meinst, sie kam hier einfach so vorbei, um ihren Sohn abzugeben und ihn bei uns zu lassen … für immer?« Seine Kehle brannte, und seine Stimme klang ganz heiser. »Ich fasse es nicht! Kommt sie denn gar nicht mehr zurück zu ihm?«

»Nein.«

Robert sprang auf und begann erregt auf und ab zu laufen.

»Das ist lächerlich. Ich habe diesen Jungen gezeugt, wie du weißt, ohne auch nur die geringste Ahnung davon gehabt zu haben, dass Jette mich für diesen Zweck missbraucht hat. Sie hat mir versichert, nie etwas von mir zu verlangen. Torben gehöre ihr, sagte sie, ihr ganz allein. Und nun wirft sie ihn weg wie ein gebrauchtes Möbelstück. Verdammt, Lorna, warum hast du nicht Nein gesagt?«

»Das konnte ich nicht. Die arme Frau. Ich glaube, ihr ist fast das Herz gebrochen. Torben sieht dir so ähnlich. Wenn ich abgelehnt hätte, wärst du vielleicht auch nicht einverstanden gewesen.«

Robert kniete vor Lorna nieder. »Cam ist mein Sohn. Ich liebe ihn.« Er legte eine Hand auf ihren geschwollenen Leib. »Und dieses Kleine gehört auch zu uns.« Er streichelte sie sanft. »Aber Torben? Ich weiß nicht, was ich für ihn empfinde. Und was ist mit dir? Das Kind ist mein Fleisch und Blut, aber für dich ist er gar nichts.«

Sie lächelte kurz. »Das ist nicht ganz richtig. Er ist ein Spiegelbild von dir. Ich werde ihn in mein Herz schließen. Was geschehen ist, ist nicht seine Schuld. Er ist nur eine Marionette seiner Mutter und dieses grässlichen Mannes. Ich habe gehört, dass die beiden nach Norden zur Gold Coast wollten. Ich habe keinen Zweifel daran, dass Mrs. Petersen fürchtete, Torbens Leben sei in Gefahr. Sie machte einen sehr verängstigten Eindruck. Ich glaube auch, dass Mr. Hardcastle irgendetwas gegen sie in der Hand hält. Es war offensichtlich, dass sie ihn nicht besonders mag.«

»Niemand mag diesen Mann. Er ist ein Schuft erster Güte.« Robert seufzte frustriert. »Ich wünschte, ich wäre hier gewesen, Lorna. Vielleicht hätte ich ihr helfen können. Die Frau ist eine Diebin und skrupellos wie eine Straßendirne, aber zumindest gibt sie das offen zu. Trotz allem, was ich dir bisher über sie erzählt habe, und ich meinte jedes Wort ernst, mag ich sie noch immer.«

»Ich mag sie auch. Das ist vermutlich der Hauptgrund, weshalb ich mich bereit erklärt habe, Torben aufzunehmen. Sie hat mir die Wahrheit gesagt.«

»Dann haben wir also jetzt einen zweiten Sohn.«

Zum ersten Mal, seit er nach Hause zurückgekehrt war, wirkte Lorna ein wenig entspannter, wenn auch noch längst nicht glücklich. »Es sieht so aus.«

»Wie ist er?«

»Ziemlich ruhig. Nicht so zutraulich und fröhlich wie Cam. Er spricht schon ganz gut, aber sein Englisch ist fürchterlich. Er scheint sehr launisch zu sein und ist dann überhaupt nicht ansprechbar. Aber vielleicht legt sich das bald. Sicher vermisst er seine Mutter. Davon abgesehen ist er jedenfalls ein süßer kleiner Junge. Und Cam ist glücklich, Gesellschaft zu haben.« Lorna beugte sich zu Robert hinüber und küsste ihn. »Willkommen zu Hause. Du hast mir gefehlt.«

»Sah gar nicht so aus, als ich zur Tür hereinkam«, brummte er.

»Es tut mir Leid. Ich war ein wenig durcheinander wegen Jette. Und ich war mir nicht sicher, wie du auf Torben reagieren würdest.«

»Ich bin nicht glücklich darüber«, gestand Robert. »Es ist das Letzte, was ich erwartet hätte.« Er küsste sie zurück. »Damit haben wir zwei Dinge, an die wir uns neu gewöhnen müssen.«

»Zwei?«

»Torben und Zululand.« Er war nicht darauf vorbereitet, dass sie ihm begeistert um den Hals fallen würde. Gemeinsam stürzten sie zu Boden. »Vorsicht, mein Lieber.«

Ihre Augen glänzten. »Wann. Wann geht es los? Erzähl mir alles ganz genau.« Das Problem mit Torben und Jette schien plötzlich wie weggeblasen.

Robert lächelte. »Wann immer du möchtest. Allerdings müssen wir noch ein Haus bauen und eine Menge organisieren. Ich denke, wir sollten solange in Durban bleiben, bis das Baby da ist. Aber wenn ihr zwei nicht von mir runterrutscht, könnte das jeden Augenblick geschehen.« Er drehte Lorna sanft auf den Rücken und küsste sie. »Ich liebe dich«, sagte er leise. »Du hast ein sehr großes Herz.«

Das lag nun über fünf Jahre zurück. Es hatte Zeiten gegeben, in denen Robert sich gewünscht hatte, Jette nie getroffen zu haben. Welche allein stehende Frau würde ungeachtet aller Umstände einfach schwanger werden, um die Verantwortung dem Vater aufzuladen, sobald es ein wenig schwierig wurde? Jette musste sich nicht mit Typen wie Jeremy Hardcastle umgeben, ganz gleich welche Drohungen er ausgestoßen hatte. Sie war eine erfahrene Frau, die es durch eigenen Einsatz zu einer Menge Geld gebracht hatte. Sie hätte doch sicher einfach verschwinden können – schließlich hatte sie das schon zuvor getan –, um Torben irgendwohin zu bringen, wo er in Sicherheit gewesen wäre.

Robert schüttelte den Kopf über die Verschiedenheiten der menschlichen Charaktere, nahm den Brief wieder zur Hand und wandte sich erneut seinem augenblicklichen Problem zu. Was sollte er tun? Der Inhalt war nicht neu. Eine kurze Erklärung, in der zum Ausdruck kam, dass man es als nötig erachtete, die Zulu zu unterwerfen, um sie unter einer von den Briten verwalteten Konföderation zu vereinen. Robert wusste vermutlich mehr als die meisten anderen über die jüngsten Entwicklungen und darüber, welchen Einfluss sie auf die Zulu hatten. Die Tatsache, dass dieser Brief überhaupt eine Information beinhaltete, war an sich eine Art Rechtfertigung für etwas, das Robert für eine starke Überreaktion hielt.

In den letzten fünf Jahren war alles so gekommen, wie John Dunn es vorhergesehen hatte. Cetshwayo, der die von Shepstone zum Zeitpunkt seiner Krönung aufgestellten Bedingungen und Vereinbarungen akzeptiert hatte, stellte nun fest, dass sie gegen ihn arbeiteten. Obwohl er nichts tat, was die britischen Interessen in Zululand bedroht hätte und seine fünfzigtausend *impi* aus anderen afrikanischen Aufständen heraushielt, war Cetshwayo in Schwierigkeiten geraten aufgrund der wachsenden Anzahl der Hinrichtungen, die er für nötig erachtete, um die Disziplin innerhalb seiner Regimenter zu wahren. Das größte Problem bereitete die Tatsache, dass Cetshwayo darauf beharrte, traditionelle Gesetze zur Eheschließung von Kriegern beizubehalten. Kein Mann durfte sich eine Frau nehmen, es sei denn, er hatte seinen Speer in Blut getränkt oder war über vierzig Jahre alt. Die friedliche Politik des Königs gab keine Gelegenheit zum Blutvergießen, und Auseinandersetzungen über Frauen waren an der Tagesordnung. Frustrierte Zulu bekämpften und töteten sich wegen Frauen, die sie nicht heiraten durften. Natürlich wurde Mord bestraft. Die Zahl der Hinrichtungen stieg. Die Verwaltung war ebenso entsetzt über die Zahlen wie über die Methoden, die ihnen zutiefst barbarisch erschienen. Niederprügeln und Erstechen wurden gerade noch geduldet. Als sich jedoch das Gerücht verbreitete, den Schuldigen würden Lanzen durch den After bis zum Hals hinauf gestoßen, verwandelte sich Abscheu in Entsetzen. Diese Ereignisse weckten die Aufmerksamkeit von Sir Henry Bulwer. Der Vizegouverneur von Natal sah sich gezwungen, mit Cetshwayo zu sprechen und ihn an die Versprechen zu erinnern, die er zum Zeitpunkt seiner Krönung Shepstone gegenüber gegeben hatte.

Cetshwayos Reaktion war gänzlich vorhersehbar gewesen. »Warum spricht der Gouverneur von Natal mit mir über Gesetze? Gehe ich nach Natal und schreibe ihm seine Gesetze vor? Ich bin zwar an freundschaftlichen Beziehungen zu den Briten interessiert, aber ich werde nicht zulassen, dass mein Volk von Gesetzen regiert wird, die sie bestimmen.«

Bulwer akzeptierte diese Antwort, denn er kannte die Zulu gut genug, um ihren Wunsch nach Unabhängigkeit zu respektieren. Aber für den neu ernannten Hochkommissar für Eingeborenenfragen in Südafrika, Sir Bartle Frere, war es eine Kriegserklärung. Umgehend bat er die Briten um Verstärkung, doch sein Gesuch wurde abgelehnt. Zwei Tage bevor ihn dieser negative Bescheid erreichte, unternahm Frere, in der Gewissheit, dass er schon bald mindestens zwei weitere Bataillone und Kavallerie zur Ergänzung der regulären britischen Truppen und Freiwilligeneinheiten erhalten würde, die ersten Schritte in Richtung dessen, was das Zulu-Reich endgültig beenden würde. Er handelte ohne die Unterstützung seiner Regierung und aus dem Wunsch heraus, den britischen Einfluss nördlich des Thukela zu erweitern. Sein dringendes Anliegen, die Herrschaft über das fruchtbare Zulu-Gebiet zu erringen, wurde noch verstärkt durch die Tatsache, dass die Buren ebenfalls Schritte gegen die Zulu erwogen, um sich deren Land zu Eigen zu machen.

Frere kündigte an, dass das Gebiet Blood River, von Buren und Zulu heiß umkämpft, seit zwölftausend *impi* vierzig Jahre zuvor im Kampf um ihr ohne ihre Zustimmung annektiertes Land dort geschlagen worden waren, an die Zulu zurückgegeben werden sollte. Doch Frere hatte sich einige Freiheiten erlaubt. Anstatt dafür zu sorgen, dass die Buren für die Aufgabe ihres Landes von Transvaal entschädigt wurden, sollten diejenigen, die das Gebiet verließen, von den Zulu eine Entschädigung erhalten.

Außerdem musste jeder Zulu, der an den Grenzscharmützeln mit den Buren um das Blood-River-Gebiet beteiligt gewesen war, innerhalb von zwanzig Tagen ausgeliefert werden, als Strafe war die Zahlung von sechshundert Stück Vieh festgesetzt worden. Innerhalb von dreißig Tagen sollten Schnellexekutionen ohne Gerichtsverfahren eingestellt werden. Die Zulu-Armee sollte aufgelöst werden. Junge Männer durften heiraten, sobald sie reif genug waren. Ein Vertreter der britischen Verwaltung, ein so genannter Resident, sollte in Zululand stationiert werden, um diese Maßnahmen zu überwachen, und niemand durfte ohne ausdrückliche Zustimmung aus Zululand vertrieben werden. Jede Auseinandersetzung, in die ein Europäer verwickelt war, musste sowohl vom König als auch vom Residenten angehört werden.

Cetshwayo akzeptierte, dass diejenigen, die sich Übergriffe gegen Buren hatten zuschulden kommen lassen, an die Briten ausgeliefert wurden. Er war sogar damit einverstanden, die festgesetzten Strafen zu zahlen, auch wenn ihm die Forderung von sechshundert Stück Vieh völlig übertrieben schien. Die übrigen britischen Forderungen tat der König jedoch verächtlich als arrogante Einmischungsversuche und als Bedrohung für die Lebensweise der Zulu ab.

Cetshwayo erklärte, dass er wegen der jahreszeitlich bedingten Überschwemmungen der Flüsse länger als die vereinbarten zwanzig Tage benötigen würde, um die Männer und das Vieh zu übergeben. Frere hielt dies für eine Ausrede und antwortete, das Ultimatum sei unabänderlich. Wenn der König nicht innerhalb der geforderten Zeit seinen Pflichten nachkäme, würde den britischen Truppen nichts anderes übrig bleiben, als nach Zululand vorzudringen. Cetshwayo schwieg, und am 11. Januar 1879 überquerten Lord Chelmsfords Streitkräfte den Thukela.

Cetshwayo hatte John Dunn geraten, »abseits zu stehen«. Die Siedler in Zululand, darunter auch Robert und Lorna, waren unentschlossen, wie sie sich verhalten sollten. Zululand war ihre Heimat. Die Mehrheit von ihnen hatte gute Beziehungen zu ihren afrikanischen Nachbarn. Es ging das Gerücht, dass diejenigen, die sich nicht gegen die Zulu stellten, nicht um ihre Sicherheit bangen müssten. Aber die meisten hatten auch tief verwurzelte Verbindungen zu Großbritannien. Anders als Cetshwayo, der versprochen hatte, Siedlern, die sich zum Bleiben entschlossen, keinen Schaden zuzufügen, griffen die Briten zu emotionaler Erpressung. Es sei dem Gewissen jedes Einzelnen überlassen, hieß es in dem Brief. Sie könnten in Zululand bleiben und als Verräter angesehen werden oder freiwillig die zahlenmäßig ernstlich unterlegene britische Armee in ihrem edlen Kampf um die Hoheitsrechte über Zululand unterstützen, um damit das Leben derer zu schützen, die dort lebten.

Aufrüttelnde Worte, es sei denn, man wusste, so wie Robert, dass es sich um rhetorisch geschickte Formulierungen handelte, mit der die bloße Gier nach Land vertuscht werden sollte. Er billigte die Invasion nicht und hatte sich daher zunächst zurückgehalten. Aber nun war dieser Brief mit seinem offenen patriotischen Appell gekommen.

»Was wirst du tun?« Lorna war in die Küche zurückgekehrt und hatte ihn mit in die Hände gestütztem Kopf angetroffen.

»Was meinst du? Torben oder das hier?« Er schaute auf und winkte mit dem Brief.

»Den Brief.«

»Meine Güte! Ich weiß es wirklich nicht.«

Sie trat zu ihm an den Tisch. »Das ist nicht fair. Warum können sie uns nicht aus der Sache heraushalten? Die Zulu versuchen das doch auch.«

»Die Zulu wollen keinen Krieg. Die Briten haben ihn erklärt und sind entschlossen, ihn unter allen Umständen zu gewinnen.«

»Dann hast du keine Wahl, oder?«

»Im Grunde nicht. Wenn ich mich weigere, gelte ich als Verräter. Wenn ich mich ihnen anschließe, verlieren wir hier alles. Cetshwayo hat uns dieses Land in gutem Vertrauen zur Verfügung gestellt, und wir haben dieses Vertrauen nicht gebrochen. Dieser verrückte Idiot Frere will unbedingt Krieg, und es wird erwartet, dass sich jeder körperlich taugliche Mann freiwillig meldet. Ich bin kein Verräter, Lorna, aber ich kann beim besten Willen keinen Sinn in einer Konfrontation erkennen, solange nicht alles andere versucht worden ist. Frere weiß, dass er Cetshwayo nur bis zu einem bestimmten Punkt drängen kann, und er überschreitet die Grenzen mit Absicht. Er zwingt die Zulu zu einem Krieg, den sie nicht gewinnen können. Das ist einem Verbrechen gleichzusetzen.«

»Und es wird damit nicht enden, habe ich Recht?«

Robert schüttelte den Kopf. »Wenn die Zulu geschlagen sind, hat Großbritannien die Kontrolle über die gesamte Region. Das werden sich die Buren nicht gefallen lassen.«

»Dieser verfluchte Mann«, brach es aus ihr hervor, und damit meinte sie Frere. »Er und seine arrogante Für-Königin-und-Vaterland-Mentalität sollen verdammt sein.«

Robert stimmte Lornas offen ausgesprochenen Gefühlen meist zu. Sie dachte häufig darüber nach, in welchem Zustand sich die Welt befände, wenn sie von Frauen beherrscht würde. Wenn andere sie dann darauf hinwiesen, dass dies in Großbritannien bereits der Fall sei, antwortete sie knapp, Königin Victoria sei in Wahrheit nur eine Marionette, die von ihren männlichen Beratern gelenkt würde.

Aber die Entscheidung lag nicht in Roberts Händen. So sehr es ihm widerstrebte, er wusste, dass ihm keine Wahl blieb. »Wir werden packen und von hier fortgehen müssen«, sagte er zu Lorna. »Du und die Kinder, ihr könnt in Durban leben, bis es vorbei ist.« Wütend zerknüllte er den Brief. »Verdammt! Egal von welcher Seite man es betrachtet, wir verraten jemanden.«

Lorna stand hinter ihm, schlang die Arme um seine Schultern und legte das Kinn an seinen Kopf. »Selbst John ist ein Späher geworden«, sagte sie und meinte damit ihren Freund John Dunn.

»Was hätte er sonst tun sollen?«, fragte Robert. »Cetshwayos Berater geben ihm die Schuld am Scheitern der Verhandlungen zwischen Großbritannien und den Zulu. Sie haben damit gedroht, ihn zu töten. Es blieb ihm nichts anderes übrig, als in den Süden zu gehen. Und als John einmal in Natal war, blieb ihm erneut keine Wahl. Dasselbe wird uns passieren. Entweder bleibe ich hier auf der Farm und hoffe auf das Beste, oder ich suche die Sicherheit in Durban und werde zur Pflicht gerufen. Das ist nicht wirklich eine Wahl, oder?«

»Oh, Robert.« Sie nahm seine Hände in ihre. »Gerade jetzt, wo alles so gut geht.«

Robert küsste ihre Finger, dann stand er vom Küchentisch auf. Er hatte eine Entscheidung getroffen. »Fang an zu packen«, sagte er. »Ob es uns gefällt oder nicht, uns bleibt keine andere Möglichkeit. Also versuchen wir, das Beste daraus zu machen.« Er setzte sich einen Hut auf und machte sich auf den Weg, um mit Mister David zu sprechen.

Robert sattelte Tosca und ritt tief in Gedanken versunken los. Die sanften grünen Hügel, der weite bilderbuchblaue Himmel und die glitzernden Flüsse schienen ihn zu verhöhnen. Man hatte ihn gewarnt, dass es nicht andauern konnte. Jung wie er war, hatte er den Warnungen keine Beachtung geschenkt und darauf vertraut, dass er, wenn der Zeitpunkt käme, einfach weiterziehen könnte, ohne einen Blick zurückzuwerfen. Robert hatte nicht geahnt, dass sich das Land in sein Herz schleichen könnte, dass seine Liebe zum Leben als Farmer so unlösbar mit seinen Kindern und Lorna verbunden sein würde, dass es ihm unmöglich war, sich das eine ohne das andere vorzustellen. Das Weggehen tat weh. Es war nicht das Vieh. In weiser Voraussicht hatte er das meiste verkauft. Die wenigen Tiere, die er zurückließ, würden in dem Moment, in dem er ihnen den Rücken zudrehte, in die Hände der Zulus fallen.

Es war auch nicht das Haus, auch wenn er weiß Gott genug Blut, Schweiß und harte Arbeit hineingesteckt hatte. Es waren die Erinnerungen. Ein Frühlingsmorgen, die Luft klar und kühl, der Schrei eines Adlers, das zufriedene Muhen der Rinder, der Geruch des Holzfeuers an dem Tag, als Kate ihren ersten Atemzug machte. Es waren Familienpicknicks am Fluss, die samtene Schwärze der Nacht, der Duft nach einem Regenguss und eine Million kleiner anderer Erinnerungsfetzen, die sich zu einem Mosaik des von ihm gewählten Lebens zusammenfügten. Das war es. Er hatte eine Entscheidung getroffen, und nun zerstörten gesichtslose ehrgeizige Idioten alles. Robert wusste, dass es nahezu unmöglich war, ohne jegliche äußere Einflüsse zu leben. Aber das hieß noch längst nicht, dass ihm das gefallen musste.

In dieser üblen Stimmung entdeckte er Mister David, und er stieg ab. Die beiden Männer begrüßten sich, dann standen sie wortlos Seite an Seite, blickten über die fernen Berge. Sie hatten die gleichen Gedanken.

Schließlich brach Roberts *induna* das Schweigen. »Der König hat neue Boten geschickt.«

Robert nickte. »Ich mache ihm keinen Vorwurf. Er braucht jeden Mann, den er kriegen kann. Bist du schon zum Kriegsdienst einberufen worden?«

»Ja. Wir brechen morgen auf.«

Robert hielt sich die Hand vor die Augen und schaute in die wunderschöne Landschaft. »Was wird nur aus diesem Paradies?«, fragte er leise. »Wer auch immer diesen verfluchten Krieg gewinnen wird, Zululand wird nie wieder so sein wie früher.«

»Ich fürchte, Sie haben Recht. Es ist bei uns nicht Sitte, Land zu besitzen, das kann nur der König. Aber wenn wir es behalten wollen, muss sich bei uns etwas verändern. Wir benötigen einen Beweis auf Papier, dass es uns gehört.«

Robert warf Mister David einen fragenden Blick zu. »Was ist, wenn ihr verliert?«

»Das wird nicht so sein. Eine Niederlage hat keinen Platz in unseren Herzen. Auch nicht in denen des Feindes«, erinnerte David ihn.

Er zuckte mit den Schultern. »Es hat keinen Zweck, daran zu denken. Niemand kann vor den Plänen von *Unkulunkulu* davonlaufen.«

Robert zog die Brauen in die Höhe, sagte jedoch nichts. *Unkulunkulu* war der ganz, ganz Alte, der die Menschen erschaffen hatte, die Tiere, die Flora, das Wetter und die geologischen

Formationen auf der Erde. Seine Errungenschaften waren anerkannt, auch wenn er nicht als Ahn verehrt wurde. Denn die Zulu akzeptierten zwar, dass alle Menschen von *Unkulunkulu* abstammten, sie glaubten jedoch auch, dass er bereits vor so langer Zeit gestorben war, dass sich niemand an seine Lobeshymnen erinnern konnte. Als Vater der Menschheit war er dafür verantwortlich, den Zulu die Geister ihrer Vorfahren zu geben. Als solcher war *Unkulunkulu* in der Zulu-Kultur eine respektierte, wenn auch nur schemenhafte Gottheit geworden.

»Ich sehe, Sie kauen lange an meinen Worten«, bemerkte der Zulu.

Robert lächelte. »Ich habe vorhin darüber nachgedacht, wie sehr es mir missfällt, wenn die Taten anderer Einfluss auf mein Leben haben. Durch dich sehe ich nun, dass dies nicht nur für die Lebenden gilt. Manchmal können wir keinen Grund erkennen. Du hast Recht. Es hat keinen Zweck, sich über das zu beklagen, was sich jenseits unseres Einflusses befindet.«

»Sie werden gegen uns kämpfen?«

»Ich muss.«

»Nun gut.« Mister David streckte eine Hand aus, und sie schüttelten sie auf afrikanische Art, Daumen, Innenfläche, Daumen, Händedruck. »Heute sind wir Freunde. Morgen Feinde. Was in unseren Herzen ist, wird darüber entscheiden, wo wir stehen, wenn die Kämpfe zu Ende sind.«

»Bleib unversehrt, Mister David, denn ich möchte unsere Freundschaft nicht an etwas verlieren, das nicht in unserer Macht steht.«

Der Zulu sah ihn überrascht an. »Wenn es geschehen muss, ist es besser so. Im Krieg passieren solche Dinge, aber es wäre eine schwere Last in Friedenszeiten, den Tod eines Freundes zu verursachen.«

Sie gingen gemeinsam zu den Krals. Niemand ging seinen Pflichten nach, aber das hatte Robert auch nicht erwartet. Ein Ruf des Königs verlangte nach sofortiger Antwort, dennoch waren gewisse Rituale nötig, um einen Krieger vor Schaden zu bewahren. Als Robert sah, dass die Männer beschäftigt waren, einige mit ihren Rindern die Ahnen anrufend, andere in Vorbereitung auf den Krieg Kampfesstellungen oder Schutzhaltungen einnehmend, ließ er sie in Ruhe. Zu irgendeinem Zeitpunkt in der Nacht würden sie alle aufbrechen, um sich ihren Einheiten anzuschließen, ehe sie sich im *isigodlo* des Königs versammelten, um den Willen ihres großen Vaters zu erfüllen.

Als Robert zum Haus zurückritt, befand er sich in sehr nachdenklicher Stimmung.

Fünf Jahre waren vergangen. Besser als nichts, aber nicht annähernd genug. Würde er zurückkommen dürfen? Würde er zurückkommen wollen? Robert wusste es nicht, vermutete jedoch, dass es nicht so sein würde. Wenn Großbritannien den Krieg gewann, und so würde es mit großer Wahrscheinlichkeit kommen, würde Zululand zerfallen. Die Eroberer würden absichtlich versuchen, eine Vereinigung zu hintertreiben, und darauf vertrauen, dass alte Stammesrivalitäten verhinderten, dass sich das Land als Einheit erheben konnte. Ohne einen König würden die Stämme nicht zusammenhalten. Die daraus resultierenden Splitterkriege würden dafür sorgen, dass die Zukunft der Weißen dort unsicher sein würde. Wenn die Zulu durch irgendein Wunder siegten, würden die Afrikaner die Siedler, die zuvor sowohl ihre Freundschaft als auch Cetshwayos Schutz genossen hatten, womöglich als Verräter ansehen. Außerdem würden die Briten, wenn sie diesen Krieg verloren, eines Tages zurückkehren und erneut kämpfen. Es war wesentlich besser, jetzt zu gehen.

Robert führte Tosca zum höchsten Punkt der Farm. Von hier aus hatte er den besten Blick auf das Land, das er immer als seines betrachtet hatte. »Es war mein Fehler«, sagte er zu sich selbst. »Es gehört dem König.«

Seine Erinnerungen wanderten zurück zu dem Tag, als Cetshwayo ihm dieses Stück Land zugeteilt hatte. Zusammen mit

Dunn war er nach Ulundi geritten, wo der König sie erwartete. Nachdem er Dunn mit großer Herzlichkeit begrüßt hatte, hatte er seine intelligenten Augen auf Robert gerichtet und den Fremden gemustert, noch ehe er ihm vorgestellt worden war. Robert hatte registriert, dass Cetshwayo John mit großer Ungezwungenheit behandelte, John jedoch alle Formalitäten streng einhielt.

»Willkommen«, sagte der König mit tiefer, fester Stimme. Er sah Dunn an. »Spricht Ihr Freund unsere Sprache?«

John machte Robert ein Zeichen und forderte ihn auf, selbst zu antworten.

»Ich lerne noch, *Baba*.«

Cetshwayo lächelte. »Dann verzeihen Sie mir, wenn ich Ihre Fehler korrigiere, denn schlecht gesprochenes Zulu beleidigt meine Ohren.«

Der König war lässig gekleidet – das bedeutete, er war nackt bis auf einen schmalen Streifen Fell, den er um die Hüften geschlungen hatte. Hinten war ein Stück Tierleder angenäht und vorne ein Busch aus Ginsterkatzenschwänzen. Cetshwayos einziger Schmuck waren der *isiCoco* und ein Messingarmreif. Er neigte zwar zur Fettleibigkeit, aber noch schien sein Körper fest und muskulös zu sein.

»Ich sehe, es überrascht Sie, dass ich aussehe wie einer meiner weniger glücklichen Untertanen«, sagte er, und seine großen glänzenden Augen zwinkerten ihm zu. Er lachte, und sein Bauch bebte. »Ich bin zu Hause«, erklärte er schlicht. »Wen sollte ich mit meiner Kleidung beeindrucken?«

»Niemanden, *Baba*«, antwortete Robert hastig.

Wieder lachte der dicke Bauch. »Setzen Sie sich. Wir werden Bier zusammen trinken.«

Dunn und Robert setzten sich auf Matten, während Cetshwayo einen kleinen Holzschemel heranzog. Robert erinnerte sich noch gut, wie sehr ihn die Erscheinung des Königs beeindruckt hatte. Er hatte ein offenes, freundliches Gesicht, das durch einen kurzen, ordentlich geschnittenen Bart sehr würdevoll aussah. Sein Blick wanderte ruhelos hin und her, als befürchtete er, etwas zu verpassen. Er hielt sich gerade und hatte den Kopf hoch erhoben, wie ein Angehöriger des englischen Königshauses. Seine Haut war dunkler als die der meisten Zulu, und wenn er lächelte, erschienen seine Zähne ungeheuer weiß.

Bier wurde serviert, und der Krug wanderte einige Male zwischen ihnen hin und her, ehe Cetshwayo auf den Anlass ihres Besuches zu sprechen kam.

»Ich habe gehört, dass Sie ein Stück Land in der Heimat meines Volkes suchen. Hat Großbritannien denn noch nicht genug?«

Roberts Herz sank. Das war kein guter Anfang. »Es stimmt, *Baba,* die Engländer haben viel Land. Aber ich habe mein Herz hier verloren.«

»Ich auch, weißer Mann. Dieses Land gehört mir. Warum sollte ich mein eigenes Volk beschneiden, indem ich einen Teil davon an einen Fremden abgebe?«

»Ich würde es behandeln, als wäre es mein eigenes. Ich würde viele Menschen beschäftigen und sie ermutigen, ihre eigenen Krals zu bauen, die Felder zu bestellen und selber Vieh zu züchten. Außerdem würden sie für ihre Arbeit bezahlt.«

Cetshwayo nickte langsam. »Sie sprechen unsere Sprache gut, weißer Mann. Wer hat sie Ihnen beigebracht?«

»Er ist mir als Mister David bekannt. Er hat einst für David Leslie gearbeitet.«

»Ah. Dann hatten Sie einen guten Lehrmeister. Ich kenne diesen Mann.« Der König wandte sich an Dunn. »Das Land, von dem Sie sprechen, befindet sich auf dem Gebiet von König Gawozi kaSilwana. Er muss um Rat gefragt werden.«

»Wenn ich mich nicht irre, *Baba,* dann hat er bereits seine Zustimmung gegeben«, antwortete Dunn.

Cetshwayo lachte schallend. »Ihnen entgeht nichts, John Dunn, ganz und gar nichts. Ich hatte ganz vergessen, dass drei Ihrer Frauen dem Volk der Mpungo angehören«, sagte er schließlich, wischte sich die Augen trocken und wandte sich an Robert. »Ein guter Mann, Gawozi. Ich verlasse mich auf sein Urteil, auch wenn sein Körper nutzlos ist.«

Dunn erklärte. »Häuptling Gawozi ist gelähmt. Trotzdem wird er sehr geschätzt. Sein Verstand ist klar und scharf.«

»Ja, ja, ja«, unterbrach Cetshwayo ungeduldig. »Es stimmt, dass Gawozi keine Einwände hat. Dennoch muss ich überzeugt werden. Sagen Sie mir, weißer Mann, was bieten Sie sonst noch im Tausch gegen dieses Land?«

»Ich werde Ihnen moderne Landwirtschaftstechniken beibringen, aber auch von Ihren lernen. Ich biete die *muthi* der Weißen, respektiere aber auch die Tradition der Zulu-Medizinmänner. Frauen können lernen, in Haus und Garten eines Weißen zu arbeiten, und werden dennoch ermuntert, zu Hause ihre eigenen Sitten und Gebräuche beizubehalten. Kinder bekommen zusammen mit meinen eigenen Unterricht bei einem Englischlehrer, und ich hoffe, dass die, die die Sprache und die Lebensweise der Zulu lehren, meine Familie einschließen, damit die Kinder beide Kulturen kennen und verstehen lernen. Ihre Zeremonien und Traditionen werden aufrechterhalten und respektiert. Ich schlage vor, ein Handelsgeschäft zu gründen und zu führen für alle, die auf diesem Land wohnen und arbeiten.«

Robert verstummte. Es war eine lange Rede gewesen, die er vollständig auf Zulu gehalten hatte. Er war sich seiner Unzulänglichkeit in der Sprache durchaus bewusst und vermutete, viele Fehler gemacht zu haben. Dennoch betrachtete Cetshwayo ihn sehr wohlwollend.

»Das sind feine Worte, weißer Mann, wenn man ihnen Glauben schenken kann. Sind sie leer oder ehrlich gemeint?«

»Es gibt keinen Anlass, Sie zu täuschen. Ich habe viele Zulu-Traditionen kennen gelernt, und häufig erschienen sie mir sinnvoller als meine eigenen.«

»Die Briten wollen mein Land für sich nehmen, ebenso die Buren. Woher soll ich wissen, dass Sie anders sind?«

»Ich habe keine Worte, um meine Aufrichtigkeit zu beweisen, *Baba.*«

»In der Tat, das haben Sie nicht. Aber die Wahrheit spricht aus Ihren Augen. Sagen Sie mir, weißer Mann, wenn dieses Land in Flammen aufgeht, auf welcher Seite des Flusses werden Sie dann stehen?«

Es hatte keinen Zweck zu lügen, Cetshwayo würde jeden Versuch, ihn zu umschmeicheln, sofort durchschauen. »Auf der Seite meiner Vorfahren, *Baba.*«

Ein tiefer Seufzer entrang sich Cetshwayos nackter, breiter Brust. »Das ist gut gesagt. Dieses Land ist Ihres. Behandeln Sie es mit Respekt.« Der König sah John Dunn an. »Die Bedingungen sind die, die wir vereinbart haben. Zweihundert Gewehre.«

»Sie werden Sie in zehn Tagen erhalten, *Baba.*«

Cetshwayo blickte wieder zu Robert. »Eines Tages, Mr. Granger, könnte sich das, was Sie nun für Ihr Land zahlen, gegen Sie richten.«

Robert nickte. »In meiner Kultur, *Baba,* gibt es Menschen, die Veränderungen herbeiführen, und andere, die viel zu viel nachdenken, um etwas tun zu können. Ich kann die Zukunft nicht beherrschen, aber ich kann in der Gegenwart leben. Das ist meine Art.«

»Und die Vergangenheit?«

»Die betrifft das Gewissen derer, die damals gelebt haben.«

»Und wenn diese Zeit für Sie kommt, weißer Mann? Wenn Ihr Haar grau ist und Ihr Rücken gebeugt, was werden Sie dann bereuen?«

»Viele Dinge, da bin ich sicher, aber ich bete, dass der heutige Tag nicht dazugehört.«

Cetshwayo entpuppte sich als Philosoph. Er liebte es, sich zu unterhalten, und bestand darauf, alle neuen Nachrichten aus Durban zu erfahren, die Geschichten von Händlern und Jägern. Nachdem sie das Geschäftliche erledigt hatten, sprach der König noch mehrere Stunden mit den beiden Männern, ehe er sich offensichtlich widerstrebend formeller kleiden musste, um sich dringenden Stammesangelegenheiten zu widmen.

»Erwarten Sie nichts Schriftliches«, warnte John, als sie das *isigodlo* verließen. »Das Wort des Königs gilt, bis er sich anders entscheidet.«

»Danke für Ihre Hilfe. Alleine wäre ich nicht so erfolgreich gewesen.«

»Da muss ich Ihnen widersprechen. Der König war sehr beeindruckt von Ihnen.«

»Empfängt er Besucher immer in dieser Kleidung?«

Dunn lachte. »Cetshwayo überrascht viele, sein eigenes Volk eingeschlossen. Die Art, wie er sich selbst darstellt, scheint die Stimmung widerzuspiegeln, in der er sich gerade befindet, aber in Gesellschaft von Freunden neigt er dazu, traditionelle Kleidung zu bevorzugen. Sie müssen zugeben, das ist wesentlich bequemer.«

»Woher soll ich das wissen?«, antwortete Robert. »Er trägt sie sehr würdevoll. Er ist ein sehr gut aussehender Mann.«

»Er geht jeden Tag zehn Meilen, um sich fit zu halten.« Dunn wechselte das Thema. »Ihre Frau, Lorna – sie wird mit dem Ergebnis Ihrer Verhandlungen sehr zufrieden sein.«

»In der Tat. Sie hat es ebenso eilig wie ich, aus Durban wegzuziehen.«

»Geschwätz ist ein hässlicher Zeitvertreib. Unglücklicherweise verbreiten sich Gerüchte sehr schnell. Ich habe gehört, dass Sie bereits eine Frau haben.«

»Eine junge Lady trägt meinen Namen«, antwortete Robert knapp.

»Und ich kenne ihren Vater flüchtig.«

»Dann werden Sie verstehen, dass mir keine andere Wahl blieb.«

»Ein Mann, der herumtändelt, sollte bereit sein, dafür zu zahlen.«

»Ah! Das ist nur eine Seite der Geschichte.«

»Nun gut. Sie schützen also Ihren guten Namen. Ich werde nicht mehr dazu sagen. Für mich ist Lorna Ihre Ehefrau. Ich wollte nur, dass Sie das wissen.«

»Danke.« Robert lachte erleichtert. »Und Sie?«

Dunn lachte ebenfalls. »Catherine ist meine Hauptfrau. Der Rest?« Er zuckte mit den Schultern und lachte erneut. »Sie sind einfach geschehen. Im Grunde war es Cetshwayo, der mich dazu ermuntert hat, mir mehrere Frauen zu nehmen. Zwei sind seine Schwestern, und ein solches Angebot vom König lehnt man nicht ab.«

»Ich hoffe nur, dass er mir nie ein solches Angebot macht. Lorna würde das nicht mitmachen.«

»Das wird er nicht«, versicherte Dunn. »Cetshwayo weiß, dass er damit Schaden anrichten würde.«

Robert tauchte aus seinen Erinnerungen auf. Er wusste, er sollte eigentlich bei Lorna im Haus sein und ihr helfen. Aber seine Gedanken wanderten unwillkürlich in die Vergangenheit zurück, zu dem Tag, als ihnen klar geworden war, dass Torben nun ein Teil ihres Lebens sein würde.

Robert und Lorna hatten anfangs große Mühe gehabt, das Kind einfach nur zu mögen. Jette hatte ihm offensichtlich jede Laune nachgesehen. Mit Cam zu teilen war etwas, das Torben völlig fremd war. Der Junge forderte und nahm, erachtete alles als selbstverständlich und zeigte keine Dankbarkeit. Er schrie vor Empörung, sobald Lorna ihre Aufmerksamkeit auch nur für kurze Zeit von ihm abwandte.

Irgendwie gelang es Torben dennoch, sich einen Weg in das Herz seiner neuen Eltern zu bahnen. Wenn er zufrieden war, war der Kleine ein Sonnenschein. Und als Robert und Lorna von Jettes und Jeremy Hardcastles Schicksal erfuhren, gehörte Torben längst ebenso zur Familie wie die anderen Kinder.

Gerüchten zufolge waren Jette und Jeremy an einem Ort namens Kumasi ums Leben gekommen, der Aschanti-Hauptstadt im Landesinnern einer britischen Kolonie, die unter dem Namen Gold Coast bekannt war. Man berichtete, sie seien in eine Stammesfehde zwischen dem Volk der Fanti von der Küste und den Aschanti geraten. Es gab einigen Zweifel am Wahrheitsgehalt dieser Geschichte, denn die Fanti galten nicht als kriegerisches Volk. Auseinandersetzungen zwischen ihnen und den Aschanti fanden ausnahmslos in der Nähe der Küste statt, wo sie sich höchstens einmal gegen ihre marodierenden nördlichen Nachbarn wehrten.

Wie bei vielen anderen Erzählungen, die Seeleute bei ihren Landgängen berichteten, war Robert unsicher, ob diese stimmte. Bei seinen Bemühungen, es herauszufinden, kam er nicht richtig voran. Die Verwaltung von Natal hatte nur wenig Interesse an allem, was sich tausende von Meilen weiter nördlich ereignete. Daher erfuhr Robert lediglich, dass es einen Vorfall gegeben hatte, bei dem der Name Jeremy Hardcastle eine Rolle spielte, und dass dieser Mann für tot gehalten wurde.

Es überraschte ihn nicht, dass die beiden in Richtung Gold Coast unterwegs gewesen waren. Auch wenn Großbritannien dort seit dem 16. Jahrhundert die dominierende Kraft war, hatten die Dänen bis 1850 starkes Interesse gezeigt. Die Gegend hätte sowohl zu Hardcastle als auch zu Jette gepasst. Robert konnte sich gut vorstellen, dass Jette dennoch ihrem Sultan in die Hände gefallen war, oder sie waren unschuldige Opfer der Briten geworden, als diese 1874 Kumasi bis auf die Grundmauern niedergebrannt hatten. Angesichts der Weigerung der Behörden von Natal, Einzelheiten preiszugeben, neigte Robert dazu, Letzteres anzunehmen.

Als Cam und Torben sechs Jahre alt wurden, erklärte man ihnen die Umstände ihrer jeweiligen Geburt. »Ich weiß, dass sie noch jung sind«, sagte Lorna zu Robert, »aber es ist besser, dass wir es ihnen sagen, ehe sie es selber herausfinden. Da es kaum einen Altersunterschied zwischen den beiden gibt, kann ich mich auf Dauer unmöglich als Torbens Mutter ausgeben.«

Robert stimmte ihr zu und überließ ihr diese Aufgabe bereitwillig. In den Jahren, in denen sie nun zusammen waren, hatten sie festgestellt, dass Stärken und Schwächen zwischen ihnen gleichmäßig verteilt waren, und Diplomatie gehörte definitiv zu Lornas herausragenden Charaktereigenschaften.

Cam nahm die Nachricht sehr gefasst auf. Er hatte immer gewusst, dass Robert sein Vater war. Die Tatsache, dass seine Eltern nicht verheiratet waren, interessierte ihn wenig. Sie waren zusammen, und beide liebten ihn. Das war alles, was zählte. Dennoch erregte der tote Mann seiner Mutter seine Neugier. »Was ist ein Marquis?«

»Ein Mitglied des britischen Adels.«

»Was ist das?«

»In Schottland bedeutet dies, dass er ein Lord ist.«

»So wie Gott?«

»Nein, nicht wie Gott. Ein Marquis ist normalerweise sehr reich und besitzt viel Land.«

»Wie ist er gestorben?«

»Er war schon ziemlich alt. Sein Herz war müde, und eines Tages hat es ganz aufgehört zu schlagen.«

»Was ist mit dem Land geschehen?«

»Wenn du älter bist, wird es vermutlich dir gehören.«

»Mir? Warum?«

»Die Leute denken, der Marquis wäre dein Vater.«

Cam kräuselte die Nase. »Ich bin froh, dass er es nicht war.«

»Das bin ich auch«, antwortete Lorna seufzend.

»Dann gehört das Land also mir?«

»Nur wenn du Anspruch darauf erhebst.«

»Wie macht man so etwas?«

»Indem du den Marquis von Dumfries als deinen leiblichen Vater anerkennst.«

»Aber das ist er doch nicht.«

»Das stimmt. Die Leute denken das bloß.«

»Dann möchte ich es nicht.«

Lorna lächelte. »Du musst dich jetzt noch nicht entscheiden. Erst wenn du einundzwanzig wirst, musst du deine Wahl treffen.«

»Ich habe meine Wahl bereits getroffen.«

»Gut. Das ist wirklich deine Sache.«

Cam sah nachdenklich aus. »Wer kümmert sich um dieses Land?«

»Mein Vater.«

»Dann soll er es auch weiter tun. Vielleicht ändere ich meine Meinung noch.«

Damit war die Angelegenheit für Cam vorerst beendet. Lorna hatte die offene Art, wie er mit der Situation umgegangen war, sehr amüsant gefunden.

Torben war da ganz anders, und Robert stärkte Lorna den Rücken, indem er bei dem Gespräch anwesend war.

»Du bist nicht meine richtige Mutter?«

»Nein, Liebes. Wir glauben, dass deine Mutter bei einem Unfall getötet worden ist.«

»War ich da noch sehr klein?«

»Ja.«

»Wer ist mein Vater?«

»Robert.«

Lorna sah, wie es im Kopf des Sechsjährigen arbeitete. Sie versuchte es ihm zu erklären. »Ich war damals mit einem anderen Mann verheiratet. Robert lernte deine Mutter kennen, und du wurdest geboren. Deine leibliche Mutter hat dich sehr geliebt.«

»Warum ist Vater nicht bei meiner Mutter geblieben?«

»Sie wollte das nicht.«

»Warum nicht?«

»Es war ihre Entscheidung. Dein Vater hat erst von dir erfahren, als du einige Monate alt warst.«

»Ist das der Grund, weshalb er mich hasst?« Torben richtete seinen Blick auf Robert – der verzog jedoch keine Miene.

»Er hasst dich nicht, mein Lieber, das weißt du genau. Dein Vater liebt dich sehr.«

»Und Cam ist auch Vaters richtiger Sohn?«

»Ja, das ist er.«

»Warum hast du dann jemand anderen geheiratet?«

Lorna seufzte innerlich. Es würde übel ausgehen. »In Schottland suchen sich die Frauen ihre Ehemänner nicht immer alleine aus. Ihre Eltern tun es für sie. Das führt manchmal dazu, dass ein Mädchen einen Mann heiratet, obwohl sie eigentlich einen anderen liebt. So war es auch mit deinem Vater und mir.«

»Was ist aus dem Mann geworden, den du geheiratet hast?«

»Er ist gestorben.«

Torben dachte eine Weile nach. Dann sagte er: »Wenn du nicht meine richtige Mutter bist, brauche ich auch nicht zu tun, was du mir sagst.«

»Doch, das musst du«, antwortete Lorna sanft. »Denn Lernen gehört zum Großwerden. Wie willst du etwas lernen, wenn ich deine Fehler nicht korrigiere?« Lorna sah, dass der Junge wieder einen seiner Ausbrüche bekam. Sie begannen immer damit, dass sein Hals ganz rot anlief. »Torben«, sagte sie beruhigend, »du gehörst zu unserer Familie genau wie alle anderen. Ich bin vielleicht nicht deine leibliche Mutter, aber ich liebe dich sehr und will nur das Beste für dich. Verstehst du das?«

»Ich mag dich nicht.«

»Das meinst du nicht ernst.«

Lornas Fähigkeit, angesichts Torbens regelmäßiger Unhöflichkeiten und Verletzungen ruhig zu bleiben, erstaunte Robert immer wieder. Gewöhnlich hielt er sich aus diesen Auseinandersetzungen heraus, weil er wusste, dass sie emotional besser dafür gerüstet war als er. Aber dieses Mal war es zu viel.

»Du entschuldigst dich, junger Mann. Aber sofort!«, fuhr er dazwischen.

Zwei Augenpaare starrten sich an, die Spannung war fast spürbar. In der folgenden Stille war Torben der Erste, der nachgab. »Tut mir Leid.« Aber er war noch nicht fertig. »Wie soll ich dich nennen?«

»Wie du mich immer genannt hast. Mama.«

Der kleine Kopf bewegte sich trotzig hin und her. »Nein. Du bist nicht meine Mutter.«

»Nun gut«, antwortete Lorna knapp. »Wenn dir das lieber ist, kannst du mich auch Tante Lorna nennen.«

Und sie blieb Tante Lorna. Von diesem Augenblick an nutzte Torben jede Gelegenheit, Lorna daran zu erinnern, dass sie keine Ansprüche auf ihn hatte. Es frustrierte und ärgerte Robert, zu sehen, wie sehr ein so kleiner Junge die Frau, die er liebte, verletzen konnte. Lorna hingegen verteidigte Torben noch mehr als zuvor. Manchmal schien es, als versuche sie zu sehr, fair zu sein.

Während Cam es genoss, auf der Farm zu leben und mit den Zulu-Kindern zu spielen, zog sich Torben immer mehr in sein Schneckenhaus zurück. Cam gedieh. Mit nichts am Körper als einem Paar alter Shorts durchstreifte er das Land und verbrachte fast genauso viel Zeit in den Zulu-Krals wie zu Hause. Torben hingegen vertiefte sich immer mehr in Bücher und ging nur selten ins Freie. Wenn er es doch einmal tat, endete es meist damit, dass er einen Streit anzettelte. Der Vorfall an diesem Morgen war ein typisches Beispiel gewesen.

Der Umzug nach Zululand war glatt verlaufen. Nachdem Eleanor geboren war – sie wurde bereits nach fünf Minuten Ellie genannt und blieb es –, erfasste Lorna eine große Ungeduld, ihr neues Leben in Zululand zu beginnen. Wagen und Zelte waren ihr erstes Zuhause. Dann lebten sie weitere sechs Monate nach Zulu-Art in einer bienenstockähnlichen Strohhütte, bis ihr neues Haus bewohnbar war. Das Steinhaus mit seinen hölzernen Fenstern, Böden und Balken, dem Schieferdach und der breiten, ringsum verlaufenden Veranda war nicht zu vergleichen mit den stattlichen Häusern, in denen Lorna und Robert aufgewachsen waren. Aber anders als in ihrer Kindheit war das Haus von Fröhlichkeit und Gelächter erfüllt.

Mister David stellte Männer ein, die sich um das Vieh kümmerten. Sowohl Tobacco als auch July gehörten zu den Ersten, die zu ihnen kamen. Das Leben schien ihnen Gesundheit, Glück und, so Gott wollte, Frieden und Wohlstand zu verheißen. Zwei Jahre nach Ellie wurde Katherine geboren. Alle nannten sie nur Kate. Als Duncan schließlich zur Welt kam, bestand Lorna darauf, dass er nie Dunk genannt werden dürfe.

Robert hielt Wort. Die Zulu, die auf der Farm arbeiteten, die er und Lorna *Ludukaneni* genannt hatten – der Ort, an dem man sich verlor –, blieben ihren Traditionen verhaftet. Die Leute wurden für ihre Arbeit bezahlt, und die Kinder erhielten eine Ausbildung, sofern ihre Eltern es wünschten. Die Rinder, die den Afrikanern gehörten, durften frei grasen, die Felder wurden auf althergebrachte Weise bestellt. Das Jagen war erlaubt, solange es zum Nahrungserwerb und zur Herstellung von Kleidung diente und nicht dem Profit. Im *umuzi* gab es einen *inyanga* und einen *sangoma* ebenso wie andere *muthi*-Spezialisten. Der Hauptmann oder Häuptling war zu alt zum Arbeiten und beschloss, Mister David zum *induna* zu machen – unter der Bedingung, dass seine Autorität akzeptiert würde, wenn er in den *umuzi* zurückkehrte.

Ein Schulraum wurde errichtet – aufrechte Pfähle, halbhohe Wände aus geflochtenem Stroh, ein festgetretener Boden und ein Schieferdach. Es gab Pulte und Bänke, aber nur wenige benutzten sie. Sie zogen es stattdessen vor, auf dem Boden zu sitzen. Der Lehrer, ein Mann mittleren Alters, der als Missionar nach Zululand gekommen war und das Vermitteln praktischer Kenntnisse befriedigender fand als den Dienst an der Kirche, war eines Tages aus dem Nichts aufgetaucht. Er hatte gehört, dass in *Ludukaneni* ein Lehrer gesucht würde. Er sprach fließend Zulu und Deutsch, aber sein Englisch war gebrochen. Bisher waren alle Versuche, einen geeigneten Lehrer zu finden, gescheitert. Da Robert Cetshwayo versprochen hatte, dass die Kinder Englisch lernen würden, nahm er den Mann, bestand jedoch darauf, dass die Stunden in jener Sprache abgehalten würden. Dies führte dazu, dass die meisten seiner Schüler am Ende einen starken deutschen Akzent hatten.

Cam und Torben kamen mit fünf Jahren in die Klasse. Torben war ein fixer Denker, und das Lernen machte ihm Spaß. Cam hingegen ließ sich leicht ablenken und zog es vor, mit seinen Zulu-Freunden zu spielen. Die anregenden Schulstunden führten jedoch dazu, dass der ständige Krieg zwischen den beiden Jungen ein wenig gemindert wurde.

Robert und Lorna liebten Zululand. Keiner von ihnen wollte es je wieder verlassen. Ihre Bindung zu *Ludukaneni* wurde nur durch die Liebe zueinander und zu ihrer ständig größer werdenden Familie übertroffen. Sie waren noch immer unverheiratet, denn Sarah und ihr Vater weigerten sich trotz flehentlicher Bitten weiter beharrlich, einer Scheidung zuzustimmen, aber das störte sie nur selten. Kurz nach ihrem Umzug auf die Farm hatten sie eine private Zeremonie abgehalten, sich das Eheversprechen gegeben und Ringe ausgetauscht. Sie waren einander ebenso verbunden wie verheiratete Paare, vielleicht sogar noch mehr.

Doch nichts bleibt, wie es ist. Dunkle Wolken der Konfrontation ballten sich südlich des Thukela zusammen. Großbritanniens Kriegsgelüste waren offen ersichtlich. Unnachgiebig, getrieben von der Gier nach Land und Macht, gedrängt von ehrgeizigen Offizieren, die ihre Namen in den Geschichtsbüchern verewigt sehen wollten, drohten die Briten, den unbeschwerten Zeiten ein Ende zu setzen. Robert und Lorna sahen zu und warteten. Sie erhielten regelmäßig Nachrichten. Wenige Tage nach dem Ultimatum von Sir Bartle Frere erfuhren sie von seinen vernichtenden Bedingungen. Da sie wussten, dass der Zulu-König die Forderungen niemals akzeptieren würde, schien alles auf einen Krieg hinauszulaufen. Dennoch gaben sie die Hoffnung nicht auf. Cetshwayo wollte keinen Krieg gegen die Briten, allein diese Tatsache hatte sie all die Zeit optimistisch sein lassen.

Robert trieb Tosca voran und ritt schweren Herzens nach Hause zurück. Es würde in dem Land, das er so liebte, unweigerlich Tote geben. Cetshwayo konnte dreiunddreißig Einheiten mobilisieren, jede mit einer durchschnittlichen Stärke von fünfzehnhundert Kriegern. Dennoch würden die Zulu, was ihre Bewaffnung anging, hoffnungslos unterlegen sein. Gut, sie verfügten inzwischen über Feuerwaffen. Aber abgesehen von einigen wenigen guten Schützen begriffen die meisten von ihnen nicht, dass es besser war, erst zu zielen und dann zu feuern, anstatt wild in der Gegend herumzuschießen.

In jedem Fall bevorzugten die *impi* auch weiterhin den Nahkampf und verließen sich auf ihr Geschick mit Schutzschild und *assegai*. Sie waren sehr gut trainiert und in der Lage, bis zu fünfzig Meilen am Tag zu marschieren. Spezielle, von den Ärzten des Königs durchgeführte Zeremonien gaben den Männern Schutz und machten sie im Kampf unbesiegbar – zumindest glaubten sie das.

Robert sah das anders. General Lord Chelmsford, der Militärkommandeur der britischen Streitkräfte in Südafrika, mochte nur über sieben Bataillone verfügen, knapp unter achtzehntausend Offiziere und Männer, aber die Königliche Artillerie war mit schweren Kanonen und Raketengeschossen ausgestattet sowie dem neu eingeführten Gatling-Gewehr. Jeder Infanterist trug einen 450-Kaliber Martini-Henry-Hinterlader mit Bajonett bei sich. Es gab nur wenig Zweifel, dass Chelmfords Truppen die Zulu-Hauptstadt zerstören und Cetshwayo gefangen nehmen oder töten konnten. Es würde ein Blutbad geben.

In der Küche fand Robert Lorna beim Packen vor. Sie schaute auf und seufzte. »Wir können nicht alles mitnehmen. Es bricht mir das Herz, so viel zurücklassen zu müssen.«

Er durchquerte den Raum und hielt sie fest. »Wir sind nicht die Einzigen, Liebes.«

Sie schmiegte sich an ihn. »Ich weiß.«

Die Tränen waren nicht mehr fern. »Es ist albern, so sehr an materiellen Dingen zu hängen. Aber alles, was ich sehe, ist voller Erinnerungen. Alles, was ich berühre, ist ein Stück aus unserer Vergangenheit, und, Robert, es fällt mir so schwer, mich zu entscheiden.«

Er spürte ihre heißen Tränen an seiner Brust und nahm ihr Gesicht in seine Hände. Behutsam wischte er die Tränen fort. »Wir werden es gemeinsam tun.«

Robert, Lorna und die Kinder verließen ihre Farm am Morgen des 21. Januar 1879. Das, was sie mitnahmen, passte in drei Wagen. Die drei Hunde trotteten neben ihnen her, eine Katze thronte abwechselnd auf den aufeinander gestapelten Habseligkeiten oder streckte sich behaglich auf dem Platz neben einem der Kutscher aus. Robert fuhr einen Wagen, Lorna den zweiten, und Cam und Torben, so jung wie sie waren, den dritten. Niemand blickte zurück. Als sie an den Krals vorbeifuhren, sahen sie, dass Frauen und Kinder zurückgeblieben waren. Sie hielten nicht an, um sich zu verabschieden, und die Bewohner nahmen ihr Vorbeifahren nicht zur Kenntnis. Alle, Zulu und Weiße, standen unter Schock. Der Krieg berührte jeden von ihnen, und in jedem einzelnen Herzen blieb eine einzige Frage zurück. Warum?

Lord Chelmsford war zehn Tage zuvor in Zululand einmarschiert. Robert und seine Familie wurden mehrere Male von britischen Spähern angehalten, die von ihnen wissen wollten, ob sie unterwegs irgendwelche Hinweise auf *impi* gesehen hätten. Obwohl ihnen Zulu-Spähtrupps begegnet waren, brachte es Robert nicht übers Herz, sie zu denunzieren, solange sie sich nördlich des Thukela befanden. War dies Landesverrat? Vielleicht. Es kümmerte ihn nicht. Die Zulu hatten ihm und seiner Familie nichts als Freundlichkeit und Achtung entgegengebracht, und er würde sie auf ihrem eigenen Grund und Boden nicht den Briten ausliefern.

Als sie weiter in Richtung Süden vorankamen, drangen Gerüchte über eine Niederlage der Briten bei Isandlwana und einen anschließenden Sieg in Rorke's Drift zu ihnen durch. Die Geschichten waren sehr unterschiedlich, und die Anzahl der Todesopfer schwankte zwischen eintausend und zehntausend. Auch wenn Robert dazu neigte, die meisten dieser Gerüchte als übertrieben abzutun, führte ihm die Tatsache, dass sie überhaupt existierten, die Realität des Krieges einmal mehr vor Augen.

Die Rückkehr in ihr Haus in Durban verlief ernst und freudlos. Percy, der zu alt war, Cetshwayos Einberufung Folge zu leisten, war bei den Frauen geblieben. Queenie, außer sich vor Freude, die Kinder wiederzusehen, kümmerte sich sofort um sie. Percy hatte eine Menge Neuigkeiten über Isandlwana, aber die Gerüchte hatten bereits eine lange und von Stolz erfüllte Reise hinter sich gehabt, ehe sie sein Ohr erreicht hatten. Robert hörte aufmerksam zu, insgeheim tat er jedoch eine Menge als bloßes Hörensagen ab.

Er hatte gute Gründe dazu. Der vermeintliche Zulu-Sieg in Isandlwana sollte am 22. Januar stattgefunden haben, einen Tag nachdem sie *Ludukaneni* verlassen hatten. An diesem Tag hatten zwei Naturereignisse stattgefunden, die Zweifel an der Kampfbereitschaft der Zulu weckten. Erstens war es der Tag des toten Mondes, der Tag vor Neumond also. Traditionellerweise wurde zu diesem Zeitpunkt niemals mit einem wichtigen Unternehmen begonnen. Und als ob dies nicht Omen genug gewesen war, hatte es während des Nachmittags eine teilweise Sonnenfinsternis gegeben. Da die Zulu glaubten, dies sei ein Hinweis für eine Krankheit der Sonne, wären sie viel zu sehr damit beschäftigt gewesen, zu klagen und Opfer zu bringen, um sie wieder aus ihrer Lethargie zu erwecken.

Aber als Robert sich, einen Tag nachdem sie in Durban angekommen waren, bei der Einheit meldete, erfuhr er, dass es tatsächlich am 22. Januar zwei große Schlachten gegeben hatte. Isandlwana, wo fünfzehnhundert Zulu zu Tode gekommen waren – die meisten durch Gewehrschüsse und Artilleriefeuer, als sie ungeschützt auf die Briten zumarschiert waren. Sobald sie sich in Nahkampfposition befunden hatten, hatte sich das Blatt jedoch gewendet. Achthundert Soldaten aus regulären Einheiten, mehr als fünfhundert Soldaten der Natal-Eingeborenentruppe, hunderte von Kutschern und andere Nichtkämpfer waren ebenfalls auf dem Schlachtfeld getötet worden.

Die Schlacht beherrschte das Gespräch dermaßen, dass die Heldentaten und der abschließende Sieg einer Hand voll britischer Soldaten, die das Feldhospital in Rorke's Drift verteidigt und etwa viertausend Zulu vertrieben hatten, eine Zeit lang nicht zur Kenntnis genommen wurden. Am Ende wurden elf Victoriakreuze verliehen, aber da Tapferkeit auf dem Schlachtfeld erwartet wurde und etwas anderes als ein deutlicher Sieg nicht vorstellbar war, sprach man in Durban von kaum etwas anderem als jener Isandlwana-Niederlage.

In der Garnison stellte Robert rasch fest, dass er und viele andere freiwillige Kolonialisten den Offizieren Kopfzerbrechen bereiteten, denn niemand wusste genau, wohin man sie entsenden sollte. Das Hauptproblem schien die schlechte Nachrichtenlage zu sein.

John Dunn, der hundertfünfzig Mann Begleitung um sich geschart hatte, war augenblicklich der Eshowe-Befreiungskolonne angeschlossen. Als Robert um Abkommandierung ersuchte, wurde ihm diese verweigert. »Wir gehen davon aus, dass Sie sich im Thukela-Tal auskennen«, kommentierte ein Offizier. »Die Führung in Natal benötigt erfahrene Männer. Wir könnten Sie in Colenso gebrauchen.«

Das war der letzte Ort auf der Welt, wo Robert hinwollte.

»Oder Sie können die Küste in der Nähe von Gingindlovu ausspähen. Wir werden Sie rechtzeitig informieren.«

Alles war äußerst vage angesichts der Dringlichkeit, die der Brief, den er erhalten hatte, vermittelte. Irritiert kehrte Robert nach The Berea zurück.

»Wann brichst du auf?«, fragte Lorna.

Er schüttelte den Kopf. »In der Garnison herrscht Chaos. Niemand, am allerwenigstens der Kommandeur, weiß, was los ist. Ich werde zunächst abwarten.«

»Wirst du kämpfen?«, fragte Cam.

»Wenn ich muss.«

»Was ist, wenn du einen unserer Zulu siehst? Was, wenn es Mister David ist?«

Robert schaute in das ernste junge Gesicht seines ältesten Sohnes. »Es herrscht Krieg, Sohn. Mister David würde nicht zögern, mich zu töten, wenn er eine Gelegenheit dazu bekäme.«

»Aber er ist ein Freund.«

»Er ist ein Kaffer.« Torben sprach mit abfälliger Stimme. »Wenn sein Blut erhitzt ist, würde er dich ebenfalls töten.«

»Nur als Krieger«, korrigierte Robert ihn. »Es ist seine Pflicht, den Zulu-König und die Zulu-Nation zu verteidigen. Ebenso wie es meine Pflicht ist, Großbritannien zu verteidigen – so wenig die ganze Angelegenheit auch meine Zustimmung findet. Wenn Mister David und ich diesen Krieg überleben, werden wir uns wiederfinden und erneut Freunde sein.«

»Das ist dumm«, meinte Torben. »Ich würde mit niemandem etwas zu tun haben wollen, der versucht hat, mich zu töten.«

»Das liegt daran, dass du die Zulu nicht verstehst«, stieß Cam hervor. »Du hältst dich für besser als sie. Dabei kannst du nicht einmal ihre Sprache sprechen.«

»Wie auch? Die halbe Zeit grunzen sie nur.«

»Das tun sie nicht.«

Robert sah einen Zusammenstoß herannahen. »Das reicht, Kinder. Wir befinden uns im Krieg, und jeder Mann muss seine Pflicht erfüllen. Ende.«

Später an diesem Abend sprachen Lorna und Robert erneut

über den Krieg. »Ich kann Torbens Einstellung verstehen«, sagte sie. »Wenn dies alles vorbei ist, könntest du dann wirklich wieder Mister Davids Freund sein?«

»Natürlich«, antwortete er und erinnerte sich an die Worte des Zulu, als sie zuletzt Seite an Seite in *Ludukaneni* gestanden hatten. »Entscheidend ist, was in unseren Herzen ist.« Der Krieg war zwischen sie gekommen, aber der Respekt würde bleiben, auch wenn das letzte Gewehr schon lange schwieg und der letzte Mann sinnlos im Namen der Ehre gestorben war.

»Wie soll ich diese Menschen bekämpfen? Sie sind nicht meine Feinde, sie sind Opfer.« Aus seinen Worten sprach die ganze Verzweiflung, die er empfand.

»Du hast es bereits gesagt. Die Pflicht ruft dich.«

»Pflicht.« Verächtlich wiederholte Robert das Wort. »Wer hat das Recht zu bestimmen, wo die Verpflichtung eines einzelnen Menschen liegt? Plötzlich sollen wir uns alle an unsere Abstammung erinnern. Reicht das, frage ich mich? Mein Herz und meine Seele gehören nach Zululand, und nun stehe ich hier und soll gegen das Volk eben dieses Landes kämpfen. Es gehört rechtmäßig ihnen. Frere kann es nennen, wie er will, es ist nichts anderes als Diebstahl.«

»Das ist ein bisschen hart, Robert. Wenn die Briten es nicht an sich reißen, werden es die Buren tun.«

»Ja«, stimmte Robert ihr düster zu. »Und darin liegt eine Geschichte, die erst noch geschrieben werden muss.«

Lorna küsste ihn. »Meine Güte, du bist heute Abend ernst gestimmt.«

»Das tut mir Leid. Es ist nur so, dass ich dasselbe Gefühl in mir habe wie damals, als ich aus Schottland geflohen bin. Ich habe ein Stück meiner selbst zurückgelassen. Wie viele Male kann das noch geschehen, ehe nichts mehr von meiner Loyalität übrig bleibt?«

Lorna lächelte. »Nichts?«, fragte sie. »Was ist denn mit den Kindern und mir?«

Robert zog sie dichter an sich. »Du hast Recht. Und dafür danke ich Gott.«

Ein lautes Hämmern an der Eingangstür ließ Lorna zusammenfahren. Robert griff nach seinem Martini-Henry-Karabiner und lief hinaus in die Halle. Er sprach durch die geschlossene Tür. »Wer ist da?«

»Ich. Will.«

Robert entspannte sich und ließ ihn ein. Seit ihrer letzten Handelsreise hatte er Will Green nur selten gesehen. Kam der drahtige Mann aus Yorkshire auf dem Rückweg vom Thukela-Tal nach Durban bei Robert vorbei, hatte der ihm seine überflüssigen Viehbestände abgekauft. »Will! Kommen Sie herein, kommen Sie herein.«

Er war von einem Regenguss überrascht worden und triefend nass. »Besser nicht.«

Lorna, die den Akzent erkannt hatte, kam an die Tür. »Herein mit Ihnen, Will Green. Ich bitte Sie. Sie werden sich den Tod holen, wenn Sie noch länger hier draußen stehen.«

Grinsend gehorchte Will.

»Ziehen Sie den Mantel aus. Geben Sie mir Ihren Hut. Und die Stiefel.« Ohne Anzeichen von Widerwillen nahm Lorna die zerrissenen, nicht allzu sauberen Kleidungsstücke an. »Wie ich sehe, tragen Sie noch immer keine Strümpfe«, bemerkte sie mit einem Blick auf seine nackten Füße. Dann schob sie ihn in den Salon, wo er sich aber nicht setzen wollte. »Ich bin zu nass«, protestierte er.

»Hier.« Sie zog einen Holzstuhl heran, dessen Sitz aus einem Flechtwerk aus Rinderleder bestand. »Dann setzen Sie sich hierher.«

Will zuckte hilflos die Achseln, aber er seufzte zufrieden.

Robert reichte ihm ein Glas Rotwein. »Ist es noch immer in gutem Zustand?«, fragte er.

Alle drei wussten, was er damit meinte. Will war der Einzige von ihnen, der Logans Grab regelmäßig besuchte. »Ein paar

Schäden durch Elefanten. Beim letzten Mal war die Erde überall verteilt. Könnte ein Schimpanse gewesen sein, obwohl das unwahrscheinlich ist. Ich habe in dem Tal noch nie welche gesehen. Wie auch immer, ich habe alles wieder instand gesetzt.«

»Gut.« Robert schwieg eine Weile und dachte an das stille Tal und jenen unvergessenen Tag, an dem Logan Burton gestorben war. Es gab Zeiten, auch jetzt noch, in denen er noch immer damit rechnete, aufzuschauen und den stämmigen alten Jäger mit der Zigarre im Mund und einer sarkastischen Bemerkung auf den Lippen vor sich stehen zu sehen. »Was führt Sie zu uns?«, fragte er schließlich.

»Ich war auf Ihrer Farm. Ich habe gesehen, dass Sie sie verlassen haben, und habe Sie in Durban vermutet. Und – ich habe mich gefragt, was Ihre Pläne sind.«

Robert schüttelte den Kopf. »Ich habe mich bei der Garnison gemeldet. Sieht so aus, als hätten sie mehr von uns, als sie im Augenblick gebrauchen können.«

»Das ist nur halb richtig. Sie benötigen dringend Ortskundige, je mehr, desto besser. Ihr größtes Problem ist, dass sie aus bunt zusammengewürfelten Truppen schlagkräftige Regimenter bilden müssen. Es gibt nicht genügend Offiziere, und die meisten von uns erwarten einen militärischen Rang.« Will zuckte mit den Schultern. »Welchen Sinn hat das? Lassen Sie uns in die Schlacht ziehen, unsere Pflicht erledigen und es hinter uns bringen.«

»Ich stimme Ihnen zu«, antwortete Robert.

Will erhob sich von seinem Stuhl. »Je von Colonel Wood gehört?«

»Von der 90. Infanterie?«

Will nickte. »Ja. Das ist er. Guter Mann. Er sucht noch Freiwillige.«

»Ich habe gehört, es seien alles Eingeborene.«

Will nickte erneut. »So war es bisher auch, aber er benötigt Späher. Sie wissen, wie unzuverlässig die Zulu sind. Wood ist auf der Suche nach Weißen.«

»Wo ist er?«

»Er ist für das Gebiet zwischen Hlobane Mountain und Kambula Hill zuständig. Ich werde mich ihm anschließen.«

»Sie?« Robert war überrascht. Will war nie jemand gewesen, der sich freiwillig für etwas gemeldet hätte.

In Wills Blick lag ein neues Selbstvertrauen. »Haben Sie etwas dagegen?«

»Nein. Es ist nur so, dass ich nicht erwartet hätte ... Was bringt Sie dazu, sich ausgerechnet für Wood zu entscheiden?«

»Es geht das Gerücht, dass Chelmsford einen Angriff auf Ulundi plant. Wood ist dafür verantwortlich, die Zulu im Norden beschäftigt zu halten.«

Robert hielt den Blick auf Will gerichtet.

Der Mann machte ausladende Handbewegungen, während er sprach. »Wood war während des Krimkriegs bei der Marine. Dann wechselte er zum 17. Lancer-Regiment und verdiente sich in Indien ein Victoriakreuz. Danach war er zusammen mit Wolseley in Westafrika. Das ist nun sechs Jahre her.«

»Und?«

»Er hat Buller bei sich – China in den sechziger Jahren und Leiter des Nachrichtendienstes während des Aschanti-Krieges.«

»Dann decken sie also ihren ...« Robert stockte und warf einen Blick auf Lorna.

»Hintern«, ergänzte sie ungerührt.

Robert unterdrückte ein Grinsen. »Ich habe gehört, er ist stocktaub.«

»Wer? Buller oder Wood?«

»Wood.«

Um prominente Männer und Frauen rankten sich immer Gerüchte, und Robert kannte beide Offiziere vom Hörensagen. Evelyn Wood galt trotz wiederholter Krankheitsanfälle als durch und durch professionell. Die Zulu nannten ihn *Lukuni*, nach dem Holz, aus dem sie ihre Schlagstöcke machten. Sie achteten seine Fähigkeiten als Soldat und Anführer. Redvers Buller war ebenfalls ein guter Anführer, allerdings weniger konventionell. Die Launen des Mannes waren inzwischen legendär, aber sein Geschick im Umgang mit den freigeistigen Spähern machten ihn einzigartig. Beiden Männern sagte man nach, sie hätten gemeinsam mehr Verständnis für afrikanische Kriegsführung als jedes andere Offiziersgespann. Robert konnte verstehen, warum sich Will ihnen anschließen wollte. Es war wesentlich klüger, sich solchen Männern anzuvertrauen als welchen, die nicht einmal die grundsätzlichsten Kenntnisse über die Zulu und ihre Kampfmöglichkeiten besaßen.

»Wie schließen wir uns ihnen an?«

»Wir sagen dem Garnisonskommandeur Bescheid und gehen. Entweder das, oder wir gehen einfach so. Man wird uns nicht vermissen. Zwei weniger, um die sie sich sorgen müssen.« Will grinste. »Haben Sie *wir* gesagt?«

»Vielleicht komme ich mit Ihnen.«

Wills Grinsen wurde breiter. »Gut«, erklärte er nur und hielt Robert sein leeres Glas zum Nachfüllen hin. »Wir können morgen aufbrechen.«

Lorna stand auf. »Ich werde deine Sachen morgen Früh packen.«

»Ich brauche nicht viel.«

Sie nickte, aber er sah Tränen in ihren Augen glitzern, als sie sich an Will wandte. »Sie werden natürlich über Nacht bleiben.«

»Sehr gern.«

»Vorausgesetzt, Sie nehmen ein Bad. Ansonsten fürchte ich, muss ich Ihnen den Stall zuweisen.«

»Für Gottes Sohn war der auch gut genug.« Mitten in Wills Antwort platzte ein frustrierter Percy.

»Master, dieses Pferd frisst unser Gemüse auf.«

Robert wusste, dass der alte Zulu sich vor Pferden fürchtete. »Keine Angst. Wir werden uns selbst darum kümmern. Könntest du unserem Gast vielleicht heißes Wasser machen?«

Percy wirkte maßlos erleichtert, verbeugte sich und ging.

Will hob fragend die Augenbrauen.

»Stellen Sie keine Fragen«, riet Robert ihm. »Er ist von Lorna eingestellt, nicht von mir.«

»Percy ist in Ordnung«, sagte Lorna trotzig. »Er ist äußerst treu und zuverlässig.«

»Haben Sie denn keinen Stallburschen?«

»Doch«, antwortete Robert. »Aber er ist wahrscheinlich inzwischen betrunken.«

»Diese verdammten Zulu«, sagte Will. »Ich bin froh, wenn alles vorbei ist.«

»Das sind wir alle«, stimmte Robert zu. »Ich kann Treuebruch nicht ertragen.«

Will nickte. »Das ist es wirklich. Die armen Teufel.«

Es war typisch für Will, einerseits zu schimpfen und andererseits Mitleid zu zeigen. Die meisten Europäer, die mit den Zulu zusammenlebten und -arbeiteten, verhielten sich so. Sobald Fremde eine abschätzige Bemerkung machten, sprangen diejenigen, die dieses stolze Volk kannten, rasch zu ihrer Verteidigung ein.

»Zum Wohl.« Will erhob sein Weinglas. »Auf ein schnelles Ende.«

»Auf ein schnelles Ende«, wiederholten Robert und Lorna.

Alle drei tranken.

»Und lang lebe der König«, fügte Will hinzu.

»Amen«, sagte Robert. Merkwürdig, dachte er und nippte an seinem Scotch. Nur eine Hand voll Leute würde einen solchen Toast verstehen. Dennoch war es eine der aufrichtigsten Gesten, die er seines Wissens je gemacht hatte.

# 14

Es regnete schon seit Wochen wie aus Kübeln. Würde es je aufhören?

»Warum kämpfen wir eigentlich um diesen verdammten Ort?«, fragte jemand übellaunig.

Ein Teppich aus Schlamm bedeckte die Erde, an manchen Stellen bis zu fünf Zentimeter dick. Trotz der Feuchtigkeit blieben die Temperaturen hoch. Männer und Pferde litten unter der Schwüle. Die Soldaten hatten den Krankheitserregern, die sich in diesem grauenvollen Wetter rasch ausbreiteten, wenig entgegenzusetzen. Ebenso wenig gefielen ihnen die verschimmelten Nahrungsmittel, die verfaulenden Stiefel und die vermoderten Uniformen. Zelte tropften, Schlafsäcke trockneten nicht, und der Schlamm setzte sich in alle Poren.

Es war Ende März. Britische Truppen lagerten am Kambula Hill, seit sie Ende Januar die Nachricht von der Isandlwana-Niederlage erreicht hatte. Die Tatenlosigkeit verstärkte die schwindende Moral der Männer noch zusätzlich.

Robert und Will waren fünf Wochen zuvor zur Kolonne gestoßen. Drei davon hatte es geregnet.

Die Kolonialisten, die sich zum Kriegsdienst gemeldet hatten, waren ein bunt gemischter Haufen von etwa sechzig Männern. Hauptsächlichen Buren und Briten – Farmer, Händler, Jäger, Führer – Menschen, die an ein raues Leben gewöhnt waren. Sie waren eine harte, unabhängige Gruppe, die lieber selber die Initiative ergriffen als Befehlen folgten. Die einzige Ausnahme bildete Oberstleutnant Redvers Buller. Als stellvertretender Kommandeur der Kolonne wurde er vor allem wegen seiner Furchtlosigkeit geschätzt, seiner Reiterfahrung und seiner Führungsqualitäten. Sie wären ihm bis in die Hölle gefolgt, wenn er das von ihnen verlangt hätte, aber nur zu ihren Bedingungen.

Buller verstand es, aus dem Freigeist seiner Männer Nutzen zu ziehen. Die meisten von ihnen sprachen Zulu, alle verfügten über wertvolle Kenntnisse der afrikanischen Lebensweise, keiner beklagte sich über die Bedingungen, und manche verfügten gar über nützliche und einflussreiche Kontakte zur Zulu-Bevölkerung. Er hetzte mehrere Clans gegen Cetshwayo auf. Bis zum letzten Mann waren alle willig und in der Lage, instinktiv zu handeln, ohne dass man ihnen sagte, was sie zu tun hatten.

Von einem Journalisten waren sie ungerechtfertigterweise beschrieben worden als »… zusammengewürfelte Truppe: getürmte Matrosen, flüchtige Sträflinge, der Abschaum südafrikanischer Städte, stumpfsinnige Afrikaner, auch einige Amerikaner darunter, ein Mexikaner, ein Chilene, mehrere Australier und eine Reihe kanadische Reisende, die irgendwo aus der Arktisregion stammten …« Sicher trafen die Bemerkungen des Verfassers auf einige von ihnen zu. Aber Redvers Buller machte mit denjenigen, die nur auf ein Abenteuer und kostenlose Mahlzeiten aus waren, kurzen Prozess. Sie fanden sich schnell beim Latrinendienst oder etwas ähnlich Profanem und Abscheulichem wieder, bis sie desertierten und auf Nimmerwiedersehen verschwanden. Und die Übrigen verstand Buller geschickt auszubilden – zu Spähtrupps, die die Stärke des Feindes auskundschafteten, Krals plünderten, Rinder beschlagnahmten und ganze Clans auf ihre Seite zogen.

Colonel Evelyn Wood, Kommandeur der Truppe, beschäftigte seine regulären Soldaten damit, das Lager am Kambula Hill zu befestigen. Die Lehre, die ihnen in Isandlwana erteilt worden war, saß tief, und er wollte kein Risiko eingehen. Das Lager war gut platziert und lag hoch genug, um einen weiten Blick nach Norden und Westen zu gewährleisten. Eine sechseckige Wagenburg war errichtet worden, in der Nähe befand sich ein sicherer Viehkral. Beides war durch Gräben und Erdwälle geschützt und durch eine Steinbarrikade in etwa hundert Metern Entfernung vor der Wagenburg noch einmal zusätzlich gesichert. Dazwischen lag eine Palisade, aus Schösslingen errichtet.

Die Ereignisse der vergangenen zwei Monate hatten Chelmsfords geplante Offensive zunichte gemacht. Colonel Wood erreichte die Nachricht, er sei ab sofort auf sich selbst gestellt.

Buller hatte seine Freiwilligen um sich geschart, um sie über die Lage zu unterrichten. »Wir haben verlässliche Informationen erhalten, dass sich in Ulundi etwa zwanzigtausend *impi* versammeln, um einen Angriff auf uns zu starten. Im Moment sind wir in einer ziemlich üblen Lage.« Die durchdringende Stimme des Mannes passte zu seiner äußeren Erscheinung. »Wir können nicht mit Verstärkung rechnen. Es bleibt uns nichts anderes übrig, als uns der gesamten verfluchten Zulu-Armee zu stellen, wenn es sein muss.«

Die Männer starrten ihn gespannt an. Die Einheit am Kambula Hill zählte insgesamt knapp über zweitausend Soldaten.

Buller räusperte sich und spuckte auf den Boden, ehe er fortfuhr. »Es gibt keinen Zweifel daran, dass sich diese schwarzen Bastarde rasch vorwärts bewegen können. Wir wissen, dass weitere viertausend, hauptsächlich *abaQulusi,* in Hlobane gedrillt werden.« Er zeigte mit dem Daumen auf die im Dunst liegenden Umrisse eines Berges etwa elf Meilen östlich. »Ich weiß von einigen von Ihnen zuverlässig, dass sie diszipliniert sind, bewaffnet und mit dem Gelände vertraut.«

Einige Köpfe nickten zustimmend. Von dem, was man beobachtet und gehört hatte, trainierten die *abaQulusi* jeden Tag und waren Cetshwayo treu ergeben. Der Zulu-König hatte befohlen, dass sie, sollte sich eine Gelegenheit bieten, das britische

Camp am Kambula Hill angreifen sollten. Bisher hatte sich diese Möglichkeit noch nicht ergeben, und nun, Ende März, gingen den *abaQulusi* die Nahrungsvorräte aus, das Vieh fand trotz des unaufhörlichen Regens nicht mehr genügend Futter, und die Krieger wurden zunehmend unruhig.

»Unsere Absicht ist es, sie zu überfallen, jetzt, ehe Verstärkung kommt«, fuhr Buller fort. »Sie blockieren jeden Vormarsch auf Ulundi, wir müssen den Weg frei machen.«

»Das wäre auch für einen Rückzug verdammt nützlich«, murmelte ein junger Bure und sorgte für amüsierte Blicke unter denen, die neben ihm saßen.

Sein Vater, der Buren-Kommandant Piet Uys, zog seinen Sohn an den Ohren. *»Pass op«*, warnte er ihn. Sei vorsichtig.

Will, der in der Nähe stand, hörte den kurzen Dialog mit an und grinste. »Er hat Recht.«

»Ja«, stimmte ihm Uys zu. »Aber die Rotnacken würden das nicht zugeben.«

Will zog den Kopf ein und kicherte. Der Ausdruck »Rotnacken« war eine direkte Anspielung auf die Tatsache, dass die empfindliche Haut im Nacken der britischen Soldaten nie braun zu werden schien. Einige von ihnen erlitten an dieser Stelle einen derart heftigen Sonnenbrand, dass ihre Haut aussah wie die scharlachroten Tuniken der Infanteristen. Auch dieses Kleidungsstück zog den Hohn der Buren auf sich. Die Truppen in ihren auffallend roten Uniformen mit den goldenen Borten und Knöpfen waren von weitem zu erkennen, und die Buren machten sich in aller Offenheit darüber lustig.

Die Briten reagierten beleidigt und rächten sich, indem sie die Buren als »Felsspinnen« oder »behaarte Rücken« beschimpften. Diese Kränkungen waren für die Beziehungen zwischen Briten und Buren nicht eben förderlich und wurden deshalb nur sparsam angewandt.

Buller redete immer noch. Bis zu diesem Augenblick hatte er seine Männer in ihrer Unabhängigkeit bestärkt. Nun galt es, sie zusammenzuhalten. »Wir werden im Schutz der Dunkelheit angreifen. Sie unterstehen dabei meinem direkten Kommando.«

Proteste wurden laut, die von Bullers finsterer Miene rasch erstickt wurden.

»Unsere Aufgabe besteht darin, die Ostroute frei zu machen und die Rinder der Zulu einzufangen. Oberstleutnant Russell wird von Westen vordringen. Damit decken wir das gesamte Gebiet des Hlobane Mountain ab. Dies ist eine Militäroperation, Gentlemen. Bei dieser Gelegenheit haben Sie meinen Befehlen zu gehorchen. Jeder, der den Gehorsam verweigert, kommt vor das Kriegsgericht.«

Piet Uys sah ihn verächtlich an. »Ich befehlige meine eigenen Männer«, rief er.

Das gefiel Buller nicht. »Und ich befehlige Sie«, brüllte er. »Vergessen Sie das nicht.«

Irgendwer im Hintergrund murmelte: *»Fock jo«*, und auch wenn Buller kein einziges Wort Afrikaans verstand, war ihm die Bedeutung klar. Er wurde rot vor Wut.

Robert wartete gespannt, was die Buren als Nächstes tun würden. Auch wenn sie Buller respektierten, gefiel es ihnen offensichtlich gar nicht, sich von einem britischen Offizier Befehle erteilen zu lassen.

Uys trat vor, bis er dicht vor Buller stand. Die beiden Männer bauten sich voreinander auf. Sie waren ein ungleiches Paar: Buller, muskulös und mit scharf geschnittenen Gesichtszügen, ungeduldig und ehrgeizig, Uys hingegen behäbig agierend und im Vergleich dazu beinahe gutmütig wirkend – bis man ihm in die Augen schaute. Er hatte sich mit vieren seiner Söhne gemeldet und zusätzlich vierzig Burgher mitgebracht, Bürger aus den Buren-Siedlungen. Das an sich war nichts Besonderes, das Militärsystem der Buren verlangte es, dass sich jeder männliche Erwachsene zur Verfügung stellte, wenn es notwendig wurde. Aber Uys und seine Männer waren die einzigen Transvaal-Buren, die ihre Dienste ohne Zahlungsforderungen anboten. Allein diese Tatsache sorgte dafür, dass Piet Uys Befehle verachtete. Er war aus freiem Willen hier, unbezahlt, motiviert allein durch seinen Hass auf die Zulu. Wenn es ihm zu viel wurde, gab es nichts, was Uys und seine Männer davon abhielt zu gehen.

Buller wusste das. »Hören Sie, ich will keinen Streit mit Ihnen. Wir müssen die östliche Seite des Hlobane säubern und das Vieh vertreiben. Dies sind meine Befehle. Wenn wir in Schwierigkeiten geraten, möchte ich nicht, dass Sie und Ihre Männer eigenmächtig handeln. Weitere Truppen werden aus dem Westen hereinkommen.«

Uys zog seine Hosen hoch. »Gut«, meinte er streitlustig. »Aber wenn meine Männer einen Kaffern sehen, ist er tot.«

»Sie feuern nur dann, wenn ich es sage. Keine Sekunde eher.«

Uys wandte sich um und gesellte sich zu seinen Männern. »Ich habe nicht von Schießen gesprochen«, zischte er, blinzelte ihnen zu und zog ein Häutungsmesser aus dem Gürtel. »Einen Kaffern erledige ich auch hiermit.«

Ein anerkennendes Raunen ging durch die Menge. Die Burgher galten als die Härtesten der Harten, sie einte der unerschütterliche Glaube, Kaffern seien Untermenschen. Schließlich hatte man ihnen beigebracht, dass das Gehirn eines Kaffern viel kleiner war als das eines Weißen. Auf ihren Farmen bläuten sie ihren schwarzen Arbeitern wie Hunden Disziplin ein – mit einer Nilpferdpeitsche. Die Buren waren sehr stolz auf ihre Härte, sie war für sie ein Zeichen der Männlichkeit, schon kleine Jungen wurden angehalten, auch die geringsten Gefühlsregungen zu unterdrücken.

Robert fragte sich manchmal, ob die Buren tief in ihrem Innern ahnten, dass ihre Einstellung falsch war. Warum sonst klammerten sie sich mit einer beinahe fanatischen Hingabe aneinander und an ihre Religion? Das Aufbegehren ihres Anführers – seine offene und verächtliche Haltung gegenüber jeglicher Disziplin sowie die anschließende Demonstration der

Solidarität – war typisch. Sie bedeutete: Wir sind bei euch, aber nur zu unseren Bedingungen.

Buller musste es hinnehmen. Er war ein harter Mann, der von den Taten und dem entschiedenen Verhalten anderer ebenso abhängig war wie von seinen eigenen, um sich den Respekt zu verschaffen, der notwendig war, Männer in einer Schlacht anführen zu können, und er schätzte Piet Uys sehr. Der Mann genoss die Achtung seiner Burgher und hatte sich schon mehrfach als exzellenter Späher erwiesen. Buller wusste, dass Uys die Macht besaß, einfach seine Männer zu nehmen und zu verschwinden, wenn er es zu weit trieb. Und der Oberstleutnant brauchte jeden Mann, den er kriegen konnte.

»Wir brechen morgen bei Sonnenaufgang auf«, erklärte er. Im Umdrehen bellte er: »Granger, Green, kommen Sie mit.«

Robert und Will folgten Buller ins Zelt von Colonel Wood. Der Kommandeur schaute kurz zu ihnen auf und konzentrierte sich dann auf die vor ihm ausgebreiteten Karten. Einige Minuten vergingen, ehe er wieder hochsah. Er zeigte mit dem Finger auf das Papier und fragte ohne Vorrede: »Kennt einer von Ihnen diese Gegend?«

»Nein, Sir«, antwortete Robert.

»Bin schon ein- oder zweimal dort gewesen«, sagte Will.

»Dann erzählen Sie mir etwas über den Teufelspass.« Er sah Will gespannt an.

Will informierte ihn kurz und knapp. »Er liegt weit oben, noch oberhalb des Plateaus. Steigt etwa sechzig Meter steil an. Hauptsächlich Geröll mit dickeren Steinen dazwischen. Nicht gut für Pferde. Führt in ein offenes Gelände darüber.«

»Hm«, meinte Wood und widmete sich wieder seiner Karte. Ohne aufzuschauen sagte er: »Wir haben gehört, dass sich dort oben irgendwelche Höhlen befinden. Wird der Feind sie nutzen?«

»Es sind Zulu. Natürlich werden sie das.«

Colonel Wood kaute mit seinen vom Tabak vergilbten Zähnen auf der Unterlippe. Niemand sagte ein Wort. Die Stille dauerte eine gute halbe Minute an. Plötzlich zeigte er erneut mit seinem Finger auf die Karte. »Sind Sie bereits informiert worden?« Er wartete die Antwort nicht ab. »Buller wird hier hinaufsteigen, Russell dort. Ich muss wissen, wo sich die *abaQulusi* am stärksten verteidigen. Können Sie beide mir diese Information beschaffen?«

»Ja, Sir.«

»Gut.« Wood salutierte abwesend. »Sie sind entlassen.«

Draußen verschwendete Buller nicht viele Worte. »Sie brechen im Schutz der Dunkelheit auf. Gehen dort hinauf, finden heraus, was Sie können, und verschwinden dann wieder. Hinterlassen Sie keine Visitenkarte. Die Burschen brauchen nicht zu wissen, dass wir kommen. Viel Glück, Männer.« Mit diesen Worten entfernte er sich in Richtung seiner Unterkunft.

Robert fragte sich laut, wie Colonel Wood so viele Männer nach Hlobane schaffen wollte, ohne dass die Zulu es merkten. »Es kommt mir vor, als habe er den Befehl erhalten, absichtlich ein Ablenkungsmanöver zu arrangieren.«

»Vielleicht ist es so«, antwortete Will. »Achtung, jetzt wird es ungemütlich.«

Der Buren-Anführer Piet Uys baute sich vor ihnen auf. »Und?«, fragte er, die Hände herausfordernd in die Hüften gestemmt.

»Und was?«, antwortete Robert, dem die Art, mit der Uys klar machte, dass er und seine Männer die einzig wichtigen waren, überhaupt nicht gefiel.

»Reden Sie nicht so unsinnig mit mir, Mann. Wohin gehen Sie?«

»Hlobane«, antwortete Will.

Uys betrachtete sie einen Moment lang. »Dann sorgen Sie ja dafür, die nötigen Informationen zu beschaffen.«

»Was ist los?«, fragte Will herausfordernd. »Glauben Sie, wir Engländer sind dazu nicht in der Lage?«

»Genau«, erklärte Uys offen und wandte sich ab. »Ich ziehe es vor, von meinen eigenen Leuten geschützt zu werden.«

»Wie charmant«, meinte Will süffisant.

»Vergessen Sie es«, riet Robert. »Er ist verstimmt, weil man ihn nicht gefragt hat.«

»Der Mann ist doch selber schuld«, brummte Will. »Wir können in dieser Phase nicht überall tote Zulu gebrauchen.«

Zurück in seinem Zelt wusch und rasierte sich Robert gründlich, ehe er sich hinlegte, um sich etwas auszuruhen. Die Aufgabe, die ihnen zugeteilt worden war, würde vermutlich die ganze Nacht in Anspruch nehmen, und er wollte nicht riskieren, dass ihn Müdigkeit überkam oder er einen Fehler verursachte, der ihn und Will möglicherweise das Leben kostete. Robert hatte keinen Zweifel daran, dass die *abaQulusi* ausgeruhte und wache Männer als Späher aussandten. Es würde nicht leicht sein, die Informationen zu beschaffen, die Wood benötigte.

Während er auf den Schlaf wartete, dachte Robert über Mister David und all die anderen Zulu nach, die er kennen gelernt und mit denen er sich angefreundet hatte. So viele Afrikaner waren tot. Tausende mehr waren zu schwer verletzt, um erneut zu kämpfen. Dennoch schien Cetshwayo in der Lage zu sein, weitere Krieger zu rekrutieren, auch wenn der König inzwischen sicher in den tiefsten Tiefen kramen musste. Einige der Regimenter waren von Shaka gegründet worden. Sie spielten zahlenmäßig kaum eine Rolle, wie das *uSixepi*- oder das *umBelebele*-Korps, deren Angehörige ein Durchschnittsalter von neunundsiebzig Jahren hatten. Aber Robert hatte auch kleinere Zulu-Einheiten gesehen, deren Krieger kaum die Pubertät erreicht hatten. War Cetshwayo so verzweifelt, dass er bereit war, alte Männer und unausgebildete Kinder in den Krieg zu schicken?

Er fragte sich, was die Zulu selbst vom Verlauf des Krieges hielten. Es hatte auf beiden Seiten überraschende Siege und Niederlagen gegeben. Aber Robert konnte sich des Gefühls nicht erwehren, dass die Zulu müde wurden. Viele Clans waren abtrünnig geworden. Einige kämpften inzwischen sogar komplett auf der Seite der Briten.

Die Zulu verfügten über eigene Strategen, von denen einige äußerst erfindungsreich waren. Aber sie waren nicht so flexibel und erfahren wie die Briten, deren Offiziere in Indien, China oder anderen Teilen Afrikas gewesen waren. Obwohl er die Stärke und die Willenskraft seines Gegners sicher unterschätzte, sah Lord Chelmsfords Strategie – ein Angriff von drei Seiten auf die Hauptstadt, der mit der Gefangennahme Cetshwayos endete – auf dem Papier gut aus.

Die zentrale Kolonne, der sich Lord Chelmsford angeschlossen hatte, war fast fünftausend Mann stark und unterstand Colonel Richard Glyn vom 24. Regiment. Sie sollte bei Rorke's Drift nach Zululand vordringen und dann direkt in Richtung Ulundi ziehen. Glyn, ein Mann von kleiner Statur, hatte sich bei vorhergehenden Schlachten in Südafrika als exzellenter, kluger und sensibler Kommandeur bewährt.

Zugleich sollte eine zweite Kolonne, angeführt von Colonel Pearson vom 3. Buff-Regiment, ein Veteran aus dem Krimkrieg, über die rechte Seite kommen, den Thukela in der Nähe seiner Mündung überqueren und auf der Zulu-Seite ein Fort errichten, um von dort aus weiter vorzudringen zur Missionsstation von Eshowe. Dort sollten sie weitere Anweisungen abwarten, um schließlich ebenfalls nach Ulundi zu marschieren und dort beim finalen Showdown zu helfen.

Die Kolonne, die über die linke Flanke angreifen sollte, Colonel Woods Männer, bewegte sich ebenfalls in Richtung der Zulu-Hauptstadt, aber von weiter nördlich. Wood verfügte über insgesamt fast zweitausendachtzig Männer. Sein Auftrag bestand darin, die nördlichen Stämme zu beschäftigen und dann ebenfalls in Richtung Süden zu ziehen und sich Chelmsford und Pearson anzuschließen.

Pearson bekam Probleme mit dem Wetter. Er benötigte fünf Tage, um seine Wagen und Männer über den angeschwollenen, reißenden Thukela zu bringen. Sobald die Errichtung von Fort Tenedos am Nordufer in Gang gesetzt war, wurden zwei Divisionen nach Eshowe entsandt. Von Chelmsford war keine Nachricht gekommen, und Pearson, der keine Ahnung von den Ereignissen in Isandlwana und Rorke's Drift hatte, ging davon aus, dass die mittlere Kolonne wie geplant vorangekommen war. Unterwegs trafen er und seine Männer auf vereinzelte Zulu-Verbände, aber ihr Hauptproblem bestand darin, drei weitere Flüsse und mehrere Bäche zu bewältigen. Dann, als sie den Berg, auf dem sich die Eshowe-Mission befand, fast erreicht hatten, traf die Truppe auf heftigen Widerstand von etwa sechstausend *impi*. Die Zulu griffen in traditioneller hornförmiger Formation an und waren nicht nur in der Überzahl, sondern hatten zudem das Überraschungsmoment auf ihrer Seite. Ohne die Gatling-Gewehre hätte Pearson eine blutige Niederlage erlitten. So wurden nur zehn Männer getötet und sechzehn verwundet. Die Zulu verloren dreihundertfünfzig Krieger, ehe sie sich zurückzogen. Als die Briten am nächsten Tag Eshowe erreichten, fanden sie die Mission verlassen vor.

Aber Befehl war Befehl, daher blieben die Briten in der Missionsstation. In den nächsten Wochen wurde zunehmend deutlich, dass die Zulu sie erfolgreich eingekesselt hatten. Die allgegenwärtigen *impi* machten keinen Versuch, ihre Anwesenheit in den umgebenden Bergen zu verbergen. Die rechte Flanke war gefangen und außer Kraft gesetzt.

Acht Tage früher als geplant erreichte die mittlere Kolonne bei Rorke's Drift Zululand. Sie ließ eine Reserveeinheit dort zurück, der Rest strebte weiter nach Osten in Richtung Ulundi. Als sie Isandlwana erreichten, fand Chelmsford, dass die Stadt ein ideales Basislager war, und ließ dort ein Camp erreichten. Von hier aus konnte er, bevor er weiter in Richtung Hauptstadt vordrang, Spähtrupps aussenden, die den weiteren Weg erkundeten. Da es nur ein vorübergehender Halt sein sollte, weigerte er sich trotz gegenteiliger Ratschläge, eine Wagenburg oder sonst irgendeine Schutzvorrichtung zu bauen. Stattdessen ordnete er an, dass die Reserveeinheit, die sie in Rorke's Drift zurückgelassen hatten, ebenfalls nach Isandlwana nachrücken sollte, während der Hauptteil der Truppe sich in zwei Gruppen aufteilen und versuchen sollte, eine große Zulu-Einheit aufzuspüren, die sich in der Gegend aufhielt.

Die *impi* entgingen zunächst der Entdeckung und schlossen bis auf fünf Meilen zum Lager auf. Dort hielten sie sich in einem Tal versteckt, wo sie schließlich von einem berittenen Patrouillenposten entdeckt wurden. Nachdem ihnen jegliches Überraschungsmoment genommen worden war, blieb den Zulu nichts anderes übrig, als anzugreifen. Trotz überlegener Bewaffnung waren die verbliebenen Soldaten den zwanzigtausend fanatischen Kriegern nicht gewachsen. Chelmsford, der mit einem seiner Spähtrupps am späten Nachmittag zurückkehrte, war entsetzt. »Ich traue meinen Augen nicht!«, rief er. »Ich habe doch tausend Mann hier zurückgelassen.«

Während der Kampf wütete, brachen vier Regimenter der Zulu aus und machten sich auf den Weg nach Rorke's Drift. Nur hundertneununddreißig Männer blieben zurück, um das Lager zu verteidigen. Sie errichteten Barrikaden – alles benutzend, was ihnen in die Hände fiel: von Säcken mit Munition bis zu Keksdosen. Hoffnungslos in der Unterzahl – das Verhältnis betrug vierzig zu eins – wehrten die Soldaten zwölf endlose Stunden lang Angriffswelle um Angriffswelle der Zulu ab. Um vier Uhr morgens zogen sich die *impi* ganz plötzlich zurück und hinterließen unzählige erschöpfte und verwundete Soldaten. Bei Sonnenaufgang tauchten sie auf den Hängen eines nahe gelegenen Hügels noch einmal kurz auf, eine schweigende Menge schwarzer Krieger, die nun nach Zululand zurückkehrte. In späteren Jahren wurde diese Geste als Zeichen der Achtung vor der Tapferkeit der britischen Soldaten gewertet. In Wahrheit hatten die Zulu Lord Chelmsfords Einheit zurückkehren sehen und waren klugerweise verschwunden.

Robert schlief. Er schlief noch immer tief und fest, als Will erschien. »Fertig?«

»Nur eine Sekunde.« Gähnend kroch er aus seinem Schlafsack.

Während er sich bereitmachte, wünschte sich Robert an jeden anderen Ort der Erde, nur nicht dahin, wo er jetzt gerade war. Er wollte die Zulu nicht ausspionieren. Aber er wollte sich auch nicht von ihnen überrennen und töten lassen. Der Instinkt des Selbstschutzes war stark, aber das hielt ihn nicht davon ab, die Lage zu beklagen, in der er sich befand.

»Kommen Sie«, sagte er barsch und überraschte damit Will. »Bringen wir die Sache hinter uns.«

»Beunruhigt Sie etwas?«

»Sie nicht?«, konterte Robert.

Will blickte auf seine durchweichten, vom Schlamm verklebten Stiefel hinab. »Mich beunruhigt eine Menge an diesem Krieg«, sagte er schließlich. »Es gibt nur eines, das mich nicht belastet.«

»Was ist das?«

»Mein Gewissen«, antwortete Will. »Und Sie wissen verdammt gut, dass Logan dasselbe gesagt hätte.«

Robert lächelte. »Sie beide wären zu zweit gut mit einem halben Gewissen ausgekommen.« Er sah Will an. »Danke, mein Freund.«

Will grinste, dann wurde er ernst. »Ich bin nicht wie Sie und denke nicht so viel nach. In dieser Situation hilft das. Sie können diesen Krieg nicht auf Ihre Schultern laden. Wir sind dafür nicht verantwortlich, wieso sollten wir uns also mit Schuldgefühlen belasten? Wir kämpfen oder wir sterben. Das ist alles, was wir wissen müssen.«

Robert schwang sich in den Sattel. »Zur Abwechslung«, sagte er, als Will ebenfalls aufgestiegen war, »könnten Sie einmal Recht haben.«

Unterwegs dachte er über Wills Worte nach. Aber wer war verantwortlich? Wer hatte eine solche Gewalt über Leben und Tod? Es gab viele, aber drei Namen ragten heraus – Sir Bartle Frere, Lord Chelmsford und Cetshwayo. Wenn es zur Abrechnung an der Himmelstür oder wo auch immer kam, so hoffte Robert, würde Frere zumindest eine Erklärung für diesen Krieg liefern müssen.

Der Regen fiel unablässig weiter. In gewisser Weise war er ein Segen. Er nahm ihnen die Sicht, verhinderte aber zugleich, dass sie gesehen wurden. Nicht, dass sie damit rechneten, nachts außerhalb der Berge auf Zulu-Späher zu treffen.

Auch wenn sie an raue Bedingungen gewöhnt waren, war diese Mission für die Männer eine Herausforderung. Das Wasser drang in jede Ritze, sie waren so durchweicht, als seien sie in voller Bekleidung in einen Fluss gesprungen. Die Pferde warfen ständig die Köpfe herum und schüttelten sich. Jedes Geräusch, das sie machten, schien ungewöhnlich laut. Robert zitterte trotz der warmen Nacht.

»Haben Sie etwas von zu Hause gehört?«, fragte Will leise.

»Zwei Briefe im Postsack am Montag. Einer von Cam«, gab Robert ebenso leise zurück. Auch wenn sie im Regen zu versinken schienen, könnten ihre Stimmen leicht davongetragen werden.

»Wie geht es ihnen?«

»Torben ist weiterhin äußerst schwierig. Den anderen geht es gut.«

»Und meinem Patensohn?« Will war Pate von Duncan und nahm seine Verantwortung sehr ernst.

»Er ist ein Heide.« Robert grinste. »Er hat die Bibel zerrissen, die Sie ihm geschenkt haben.«

»Ich werde dem Jungen eine neue besorgen«, erklärte Will.

»Ich würde warten, bis er lesen kann«, riet Robert. »Er

scheint im Moment wild entschlossen, alles zu zerstören, was er in die Finger bekommt.«

»Er versucht nur herauszukriegen, wie die Dinge funktionieren«, verteidigte Will den Kleinen. »Daran ist doch nichts Verwerfliches.«

»Das stimmt.« Robert nickte. »Es muss etwas mit dem Geräusch von zerreißendem Papier zu tun haben. Er hat in seinem Zimmer, so weit er kam, die Tapete abgerissen.«

Will kicherte. »Er ist so ein süßer kleiner Junge. Erinnert mich an Cam, als er in dem Alter war.«

»Cam hat aber nicht versucht, das Haus abzureißen.«

»Wenn ich mich richtig erinnere, gab es damals auch keins, das er hätte abreißen können.«

Sie schwiegen. Robert lächelte in die Dunkelheit, als er daran dachte, wie er Will kennen gelernt hatte. In seinen wildesten Träumen hätte er niemals vorhergesehen, dass sie Freunde werden würden. Sicher galt das auch für Will.

Der Mann aus Yorkshire hatte sich nicht verändert. Will war noch immer der risikofreudige Abenteurer, der er damals schon gewesen war – nur ein bisschen gereifter. Er trank gern und neigte zum Spielen. Er steckte immer voller Ideen, wie man an Geld kommen konnte. Dennoch liebte er Robert und seine Familie abgöttisch und hatte sich auf seine eigene Art als treuer und halbwegs ehrlicher Freund erwiesen.

»Was werden Sie tun, wenn dies hier alles vorbei ist?«, fragte Robert.

»Ich lasse mich auszahlen und eröffne eine Warenhandlung in Swasiland. Und Sie?«

Robert schüttelte den Kopf. »Ich weiß noch nicht. Wieder irgendeine Farm, schätze ich.«

*»Ludukaneni?«*

»Kommt darauf an. Wer weiß, wie es in Zululand aussehen wird.«

»Wo denn sonst?«

Robert seufzte. »Keine Ahnung, Will. Am besten ist es abzuwarten.« Er dachte einen Augenblick nach, dann fragte er Will: »Warum Swasiland?«

»Es klingt so schön.«

Robert lächelte. Was ihn betraf, so war dies ein Grund wie jeder andere. »Seien Sie nur vorsichtig, mein Freund. Die Swasis sind Schwindlern nicht freundlich gesonnen.«

»Schwindlern?« Will tat empört. »Ich werde Ihnen zeigen …«

»… dass Sie eine Säule der Gesellschaft sind?«, beendete Robert den Satz lachend. »Natürlich sind Sie das, Will. Das sollte nur ein Scherz sein.«

Will brummte etwas vor sich hin, dann schwiegen sie beide wieder.

Sie erreichten den Westhang des Hlobane um kurz nach halb zehn. Der Regen hatte nun fast aufgehört. »Wir lassen unsere Mäntel bei den Pferden«, flüsterte Robert. »Ich würde sogar vorschlagen, wir gehen ganz ohne Kleidung, Will.«

»Gute Idee.«

Es machte Sinn. Kleidung und Stiefel waren völlig durchnässt und eher hinderlich als sonst irgendetwas. Mit bloßen Füßen und nur in Unterwäsche würden sie sehr viel beweglicher sein und weniger Lärm verursachen.

Rasch entledigten sie sich ihrer Sachen und stopften sie in die Satteltaschen. Die Pferde banden sie im Busch an. Sich zu tarnen war ganz einfach: Sie rieben sich großzügig Gesicht und Körper mit Schlamm ein.

»Gewehre?«, fragte Will.

Keine Visitenkarte hinterlassen, hatte Buller gesagt. Gewehre gaben Sicherheit, waren aber auch eine Belastung. »Messer«, entschied Robert. Die *abaQulusi* hatten Gewehre, aber mit etwas Glück würden sie nicht mit Besuchern rechnen. Und mit ganz außergewöhnlichem Glück würden sie geschützt um ein Feuer herumhocken, um dem Regen zu entgehen.

Der Weg, ein steiler, steiniger Pfad, der für Pferde völlig unpassierbar war, war für Menschen fast ebenso schwer zu bewältigen. Robert und Will wussten, dass die Zulu Wachposten aufgestellt haben würden, aber während des Aufstiegs gab es keine Gelegenheit, sich zu verstecken. Die Unterstände befanden sich auf dem Plateau – so vermuteten sie, ungefähr dreihundert Meter über ihnen. Entscheidend für Erfolg oder Misserfolg ihrer Aktion war nun, wie aufmerksam die Wachen waren und wie leise Robert und Will klettern konnten. Oberstleutnant Russell und seine Männer konnten jedenfalls nicht darauf hoffen, sich völlig geräuschlos nähern zu können. Die *abaQulusi* würden sie selbst nachts hören, und dann würde die Zahl der Opfer wahrscheinlich hoch sein.

Robert und Will hatten einen Felsvorsprung erreicht, und sie wussten nur allzu gut, dass ein falscher Schritt sie in die Tiefe reißen würde. Ihr Weg wurde noch steiler, bis sie gezwungen waren, auf Händen und Füßen zu kriechen. Der nasse Fels war rutschig. Kleine Steine, die sich unter ihnen lösten, rollten polternd den Hang hinunter.

Es war stockdunkel. Der Regen hatte ganz aufgehört, aber weder Mond noch Sterne waren am Himmel zu sehen. Die Angewohnheit der Zulu, sich laut zu unterhalten, warnte Robert und Will, dass sich das Plateau direkt über ihnen befand. Sie legten sich der Länge nach auf den Stein und horchten, um eine genaue Richtung auszumachen.

»Geradeaus«, raunte Will in Roberts Ohr.

Robert nickte zustimmend und tastete nach einem passenden Stein. »Fertig«, flüsterte er und warf ihn so weit wie möglich weg von der Stelle, an der sie das Plateau erreichen würden.

Die Stimmen über ihnen wurden aufgeregter, die Wachposten entfernten sich, um nachzusehen.

»Los!« Robert sprang auf und kroch über den Rand. Will war dicht neben ihm. Sie konnten die Männer nun sehen und hören, sechs von ihnen saßen im flackernden Feuerschein eines brennenden Astes.

»*Mbili*«, rief einer von ihnen und meinte damit das zwischen den Felsen lebende kaninchenähnliche Tier, das es irgendwie schaffte, in dem unwegsamen Gelände zu überleben.

Ein anderer schüttelte den Kopf. »Nein. Es ist der Regen. Seht hier.« Mit dem Fuß stieß er gegen einen großen Stein, der sich sogleich löste und polternd in die Tiefe rollte.

Robert und Will tauchten in die Dunkelheit, registrierten die selbst gebauten Schutzhütten, vor deren Eingang jeweils ein eigenes Feuer brannte. Zu ihrer Überraschung waren es nur drei, wobei offenbar jeder Hütte zwei Wachposten zugeteilt waren.

Der Teufelspass lag direkt vor ihnen. Ein etwa sechzig Meter langer, extrem steiler Aufstieg über dicke Steine, die so etwas wie Stufen bildeten. Das letzte Stück war schmal und sehr gefährlich. Auf diesem schwierigen Aufstieg waren keine Wachen positioniert, was nicht überraschend war, was sie jedoch erstaunte, war die Tatsache, dass sich auch oben keine Sicherheitsposten befanden.

»Offenbar erwarten sie keinen Angriff von westlicher Seite«, bemerkte Robert leise.

»Warum sollten sie? Keiner, der klar bei Verstand ist, würde versuchen, Soldaten hier heraufzubringen. Russell und seine Männer werden es mit ihren Pferden nie bis zum Kamm schaffen, geschweige denn so weit.«

»Sie dienen ja bloß zur Ablenkung«, erinnerte ihn Robert. »Buller hat die schwierigste Aufgabe.«

Sie bewegten sich über das Plateau. Will schätzte, dass es ungefähr vier Meilen lang und eine Meile breit war. Hier befanden sich die Krals der *abaQulusi.* In der Dunkelheit benutzten Robert und Will ihren Geruchssinn, um sie zu umgehen – der Geruch von brennendem Holz und dem über Nacht eingepferchten Vieh erleichterte ihnen die Orientierung. Nur einmal stolperten sie über einen Hund mit seinen Welpen. Das Weibchen heulte erschrocken auf, sprang auf die Füße und lief davon.

»So viel zu ihrem Mutterinstinkt«, murmelte Robert.

Es war nicht schwer, sich von den *umuzis* entfernt zu halten, aber ihren eigenen Geruch konnten sie nicht unterdrücken. Hunde und Rinder würden die fremde Witterung aufnehmen und entsprechend reagieren. Robert verfluchte sich dafür, dass er sich vorher gewaschen hatte. Seife, Zahnpasta und Rasiercreme hinterließen einen lang anhaftenden Duft, der in der mittlerweile kühlen und windstillen Luft leicht auszumachen war. Und tatsächlich bellte bereits ein Hund. Robert und Will erstarrten. Eine verschlafene Stimme rief das Tier zur Ruhe, und es gehorchte sofort. Darauf erklang eine weitere Stimme, lauter und bestimmter: »Geh und sieh nach, was diesen Hund beunruhigt hat.«

Will stieß Robert an, und die beiden ließen sich fallen. Irgendjemand näherte sich und brummte ungeduldig vor sich hin. Er ging dicht an ihnen vorbei, blieb dann stehen, um sich zu erleichtern. Beim Zurückkehren beklagte er sich noch einmal darüber, dass er geweckt worden war, dann verschwand er wieder im *umuzi.* Robert und Will warteten noch gut fünf Minuten, dann erhoben sie sich vorsichtig und liefen leise weiter.

Obwohl sie unterwegs angehalten hatten, um sich mit Kuhmist einzureiben, registrierte sie später ein weiterer Hund. Unglücklicherweise beschloss dieser, der Sache nachzugehen. Er gab ein halbherziges Bellen von sich, dem niemand Beachtung schenkte, und winselte nur noch einmal kurz auf, als Will ihm die Kehle durchschnitt.

»Sie scheinen sich ziemlich sicher zu fühlen«, flüsterte Robert. »Trotzdem sollten wir den Hund nicht hier liegen lassen. Der Regen müsste das Blut wegspülen.«

»Das Land fällt eine halbe Meile von hier wieder steil ab«, sagte Will. »Das dürfte weit genug sein. Dort können wir ihn loswerden.« Sie liefen vielleicht zehn Minuten, sich immer weiter von den Krals entfernend. »Das ist Weideland«, erklärte Will Robert. »Um diese Zeit wird hier niemand unterwegs sein.« Er blieb plötzlich stehen. »Vorsicht. Wir stehen jetzt dicht am Abgrund.« Er warf den Hund in die Tiefe.

Das Geräusch, mit dem der tote Körper unten auf dem Grund aufschlug und Steine auf dem steilen Abhang ins Rollen brachte, schien ungewöhnlich laut. Es dauerte eine Ewigkeit, bis wieder Stille herrschte. Sie warteten einige Minuten, ehe sie weiter vorwärtsschlichen.

Beide Männer bemerkten, dass es nicht mehr so dunkel war wie zuvor. Die Wolken begannen, sich zu verziehen, und der Mond tauchte hinter ihnen auf. Wenn die Wolken vollständig verschwanden, würde es zu hell sein.

Als sie das Plateau überquerten, konnten sie ungefähr abschätzen, wie viele Menschen hier lebten. Buller hatte von etwa viertausend Kriegern gesprochen. Will und Robert konnten diese Zahl bestätigen. Die Krals befanden sich dicht beieinander, es waren nur wenige, die aus nicht einmal dreißig bienenstockähnlichen Hütten bestanden. Zusätzlich erblickten sie jedoch etwas, das aussah wie Militärbaracken, in denen mit Leichtigkeit mindestens tausend Soldaten untergebracht werden konnten. Die *abaQulusi,* so schien es, hatten ihre Clansleute zusammengetrommelt und eine ansehnliche Truppe auf die Beine gestellt.

Sie erreichten den östlichen Zugang zum Plateau. Er würde gut bewacht sein, denn wenn die *abaQulusi* mit einem Angriff rechneten, dann von dieser Stelle aus. Erstaunlicherweise war niemand zu sehen. Will fand den ausgetretenen Pfad, der zu beiden Seiten über den blanken Felsen nach unten führte. Er wusste, dass unten an seinem Fuße große Steine aufgetürmt lagen, die im Laufe der Jahrhunderte hinabgestürzt waren und höhlenartige Spalten und Löcher geformt hatten. Dies musste die Hauptverteidigungslinie der Zulu sein. Mit etwas Glück würden die Wachposten, die dort stationiert waren, nur den Weg hinauf und nicht den nach unten beobachten.

Als sie hinabstiegen, begann es erneut zu regnen. Rasch wurde klar, dass der Regenguss ihre Lehmtarnung abwaschen könnte. Robert und Will beteten, dass die Wachen irgendwo Schutz gesucht hatten, während sie sich Zentimeter für Zentimeter nach unten tasteten. Sie vernahmen unterdrücktes Husten, Männer, die sich räusperten, und andere, die sich mit gedämpfter Stimme unterhielten. Aus den Höhlen drang flackernder Feuerschein. Die *abaQulusi* waren in der Verteidigung nicht sehr diszipliniert, aber auf dieser Seite ihrer Berge war das Risiko, das sie eingingen, geringer. Robert schätzte, dass sich in dem Höhlensystem mindestens hundert Männer versteckt hielten. Er zählte etwa fünfzig kleine Feuer, die so winzig waren, dass man sie von unten nicht erkennen konnte.

Robert und Will duckten sich so tief an die Erde, dass sie nur sehr langsam an den Höhlen vorbeikamen. Es brauchte nur ein Mann aus seinem Schutz herauszutreten, dann würden sie wahrscheinlich entdeckt. Robert schaute auf und zählte erneut die Feuer. Es war wichtig für Buller, die genaue Anzahl zu kennen.

Will tippte ihn an. Zeit weiterzugehen, unter ihnen erstreckten sich weitere Steilhänge. Der Regen hörte ebenso plötzlich auf, wie er eingesetzt hatte. Der Mond drohte wieder, ganz hinter den Wolken hervorzukommen, entschlossen schlichen sie weiter. Plötzlich rutschte Will aus, Steine fielen polternd in die Dunkelheit.

»Wer ist da?«, rief eine barsche Stimme.

»Ein Mann muss ab und zu pinkeln«, antwortete Will in perfektem Zulu.

Andere lachten, als er genau dies tat. Ohne weitere Zwischenfälle erreichten sie den Fuß des Hanges.

»Wir müssen uns beeilen«, mahnte Robert. »Es sind noch gut sechs Meilen um den Berg herum zurück zu den Pferden.« Die beiden Männer verfielen in einen federnden Lauf.

»Sie sind also auf dieser Seite. Was würden Sie sagen, Will? Mindestens hundert in den Höhlen?« Sie waren in den letzten zwanzig Minuten schweigend gelaufen und befanden sich inzwischen weit entfernt vom östlichen Pfad.

»Ich habe diese Gegend bei Tageslicht gesehen. Ich würde doppelt so viele schätzen, aber in den Grotten könnten sich auch gut zehnmal so viele verstecken. Wenn die Zulu uns kommen sehen, wette ich, dass sie so viele Männer wie möglich dort verbergen. Wir würden regelrecht zerfetzt werden.«

»Nach unten zu schießen ist schwieriger«, antwortete Robert, der nicht über die Aussichten eines Nahkampfes spekulieren wollte. »Die Pferde würden das meiste abkriegen.«

»Scheiße!« Will stieß mit einem Zeh an, geriet ins Stolpern und fing sich dann wieder. »Meine verdammten Füße bringen mich um.«

»Meine mich auch.«

Ein warnendes Zischen vor ihnen ließ sie mitten im Schritt erstarren. »Was war das?«, fragte Robert.

»Dieses Geräusch habe ich erst ein einziges Mal in meinem Leben gehört«, antwortete Will. »Unter meinem Bett. Es ist eine verfluchte Puffotter.«

Beide Männer verließen seitlich den Pfad und warteten ein paar Minuten ab.

»Man sagt, es sei ein Tod in zwei Schritten«, meinte Will, als sie auf den weicheren Sandweg zurückgekehrt waren. »Man macht zwei Schritte und ist tot«, fügte er unnötigerweise hinzu.

»Wenigstens hat sie uns gewarnt«, bemerkte Robert. »Das war nett von ihr.«

Die Pferde befanden sich noch genau dort, wo sie sie zurückgelassen hatten. Robert und Will verloren keine Zeit und ritten ins Lager zurück.

Die britischen Truppen verließen Kambula Hill im Morgengrauen. Colonel Wood, der sich auf die Informationen von Robert und Will verließ, kam zu dem Schluss, dass es zwecklos war, sich auf das Überraschungsmoment zu verlassen. Die *abaQulusi* rechneten offenbar mit einem Angriff, und er konnte nicht darauf hoffen, so viele Männer ungesehen dort hinaufzubringen.

Russell, Wood und ihre Männer schlugen ihr Lager drei Meilen vom Westhang entfernt auf, ohne sich die Mühe zu machen, sich zu verbergen. Buller ging fünf Meilen südöstlich der anderen Zugangsroute in Stellung. Diejenigen, die zu beiden Seiten des Berges Wache hielten, hatten mehr als genug Zeit, die *impi* zu warnen. Als es Nacht wurde, war die Zahl der Krieger an der Westseite des Plateaus auf mehrere hundert angeschwollen. In den Felsgrotten hielten sich mehr als zweitausend versteckt und warteten.

Wood hatte im Alleingang, ohne auch nur seine beiden nächstrangigen Offiziere zu informieren, eine Nachricht an Lord Chelmsford gesandt, dass er einen Angriff auf den Hlobane Mountain vorbereite und das Ablenkungsmanöver schaffe, das sein Kommandeur verlangt hatte. In seiner Botschaft gestand er: »Ich rechne nicht mit einem Erfolg.«

Als er draußen auf der Ebene lag und durch seinen Feldstecher auf die Steilstufen blickte, die Russell und seine Männer bezwingen mussten, kamen Wood noch mehr Zweifel. Er behielt seine Befürchtungen jedoch für sich.

Buller blieb pragmatisch, was den Ausgang des Unternehmens anging. Er und seine Männer mussten das Plateau erreichen. Die Zulu wussten inzwischen, dass sie kamen. Es würde Opfer geben. Aber er hatte dennoch die Absicht, den Gipfel zu erreichen.

Robert und Will waren bei Buller. Sie nutzten die erzwungene Wartezeit, um dringend benötigten Schlaf aufzuholen, da sie seit ihrer Rückkehr nach Kambula Hill noch keine Gelegenheit gehabt hatten, sich auszuruhen. Nach einem raschen Frühstück machten sie sich erneut auf den Weg zum Hlobane.

Um zehn Uhr an diesem Abend befahl Buller, die Feuer zu entzünden. Jeder, der sie vom Hlobane Mountain beobachtete, musste glauben, dass der Feind noch immer fünf Meilen entfernt war. Wie es das Schicksal wollte, machte ihnen das Wetter einen Strich durch die Rechnung. Ein schweres Gewitter kam auf, Buller jedoch zog unverzagt weiter zum Fuß des Hlobane. Erst gegen Morgen waren sie bereit, ihre Pferde den Pfad hinaufzuführen. Das Unwetter tobte noch immer, Blitze verrieten ihre Position. Aus den Grotten über ihnen eröffneten die Zulu das Feuer.

Die Kavalleristen verfluchten das Wetter, die Zulu, die Berge und die Pferde und drängten weiter voran. Die *abaQulusi* hatten sich zu beiden Seiten des Weges positioniert. Je höher Buller und seine Männer stiegen, desto zielsicherer wurden die Zulu. Robert merkte, dass eine Kugel seine Hose streifte, dann spürte er ein brennendes Gefühl. Um ihn herum wieherten die Pferde vor Angst und aus Protest. Donner krachten und rollten vorüber, Männer brüllten, Gewehre donnerten, Blitze zuckten. Die Pferde litten am stärksten. Sie boten eine größere Angriffsfläche, und da die Zulu dazu neigten, einfach loszufeuern, bedeutete dies, dass viele in dieser Nacht verwundet oder gar getötet wurden. Auch Tosca schien die Gefahr zu spüren. Robert hielt die Zügel straff, und das Pferd folgte ihm widerstrebend, aber stetig über den steinigen Pfad.

Der Sturm wütete drei Stunden lang. Als die Truppen die Höhlen erreichten, hatten die *abaQulusi* diese Stellung längst aufgegeben, sodass sie einigermaßen unbehelligt nach oben gelangen konnten. Es kam Robert so vor, als ob die Zulu auf etwas warteten, und er fühlte sich zunehmend unbehaglich.

»Was führen sie nur im Schilde?«, rief Piet Uys, der ebenfalls beunruhigt war. »Warum sitzen sie einfach nur da draußen herum?«

Diejenigen, die noch in der Lage dazu waren, bestiegen erneut ihre Pferde. Buller galoppierte vorbei und rief lauthals Befehle. Inzwischen war es hell. Eine Truppe der Frontier Light Horse blieb zurück, um die *abaQulusi* in Schach zu halten und sie von hinten zu sichern. Eine Einheit aus Eingeboreneninfanteristen trieb das Vieh zusammen, um es in Richtung Westen zu bringen.

»Sie werden nicht viele diesen Weg hinunterkriegen«, rief Robert dem britischen Offizier nach. Wenn Buller es gehört hatte, ließ er sich nichts anmerken.

»Verdammter Idiot«, bemerkte Will laut.

Das hatte er mit Sicherheit gehört. Buller zügelte sein Pferd, entschied sich dann jedoch anders und ritt weiter.

»Das wird Sie teuer zu stehen kommen«, warnte Robert.

»Ah!« Will schüttelte ungeduldig den Kopf. »Was soll das? Der Mann weigert sich, mir zuzuhören.«

Warum sahen die Zulu unbeteiligt zu, wie man ihnen ihre Rinder fortnahm? »Irgendetwas stimmt da nicht«, sagte Robert zu Piet Uys.

»Ja, Mann. Das Gefühl habe ich auch.«

Drei Stunden nachdem sie das Plateau erreicht hatten, warf Buller den ersten Blick auf den gefährlichen Abstieg des Teufelspasses und gab den Befehl, zur Ostroute zurückzukehren. In diesem Moment sah er von seinem Aussichtspunkt fünf *impi*-Kolonnen aus südöstlicher Richtung über die Ebene kommen. Sein Oberkiefer klappte herunter. Die Krieger bewegten sich gleichmäßig und absolut schweigsam vorwärts wie ein Heuschreckenschwarm. »Zu spät«, bellte er. »Wir müssen den Teufelspass nehmen.«

»Darauf haben diese schwarzen Bastarde gewartet.« Uys hatte vor Zorn ein hochrotes Gesicht. »Sie wussten, dass die *impi* kommen würden.«

Die *abaQulusi* hatten sich tatsächlich zurückgehalten, bis Verstärkung kam. Beim Auftauchen der zwanzigtausend Männer, die ihnen zu Hilfe kamen, begannen sie, ihre Gewehre nun ernsthaft gegen die Soldaten zu richten. Als sie den Schusswechsel vernahmen, fielen die vordringenden *impi* mühelos in Gefechtsformation und erhöhten das ohnehin hohe Tempo noch. Sie wollten den Briten auflauern, wenn diese die Ebene erreichten.

Buller reagierte sofort, denn ihm war klar, dass nicht nur seine Männer gefährdet waren. Denjenigen, die in der dezimierten Garnison von Kambula Hill zurückgeblieben waren, drohte möglicherweise eine neuerliche Niederlage, wie sie sie in Isandlwana erlebt hatten. »Wir haben keine andere Wahl«, rief er. »Der Teufelspass oder nichts.«

Die gefangenen Rinder und die Eingeboreneninfanterie begannen ihren gefährlichen Abstieg. Panik breitete sich aus. Eile verwandelte sich in eine wilde Hetze ums Überleben. Viele Tiere und etliche Männer glitten aus und stürzten in den Tod. Auf dem Plateau blieb keine Zeit zum Nachdenken. Ihre Stellung musste verteidigt werden, bis alle mit dem Abstieg beginnen konnten. Robert handelte aus reinem Instinkt. Er fühlte sich wie an dem Tag, an dem er mit Logan den nahezu aussichtslosen Kampf gegen die Elefanten aufgenommen hatte, der schließlich zu Logans Tod geführt hatte.

»Da kommen sie«, rief jemand, als die *abaQulusi* entschlossen auf sie zugestürmt kamen. »Dichter als Gras und schwärzer als die Hölle.«

»Fallt zurück, Männer«, rief Buller. »Sie versuchen, uns aufzuhalten, bis die *impi* uns den Weg abschneiden können. Wir müssen runter.« Die Zulu schienen überall zu sein.

Piet Uys sah sich hastig um. Er konnte nur drei seiner Söhne sehen.

»Los, setzt euch in Marsch«, befahl Buller.

»Mein Sohn«, rief der Bure verzweifelt.

»Runter mit Ihnen«, schrie Buller ihn an.

»Sohn!« In diesem Moment drehte Uys ihm voller Verachtung den Rücken zu und rannte an die Stelle, an der er seinen ältesten Sohn entdeckt hatte. Er sank neben dem verletzten Jungen in die Knie und riss ihn in seine Arme. Robert warf dem Buren einen letzten Blick zu, ehe er Tosca weitertrieb. Er sah Piet Uys nie wieder.

Am Teufelspass waren so viele Pferde erschossen worden oder gestürzt, dass die Männer sich auf die verbliebenen Tiere aufteilen mussten. Wills Pferd war von einer fehlgeschlagenen Kugel getroffen worden, er schwang sich hinter Robert auf Tosca. Trotz des gewagten Aufstiegs und des hastigen Abstiegs schien das Pferd zu spüren, dass es das Schlimmste überstanden hatte. Wie durch ein Wunder war Tosca unverletzt geblieben, sie hatte lediglich zwei Hufeisen verloren. Auch Will war kein Haar gekrümmt worden. Roberts Oberschenkel hingegen begann heftig zu schmerzen. Er hatte noch keine Zeit gehabt, die Wunde genauer zu inspizieren, aber er würde medizinische Hilfe benötigen, wenn er eine Infektion vermeiden wollte.

Als die letzten britischen Truppen Kambula erreichten, wurde das Ausmaß ihrer Niederlage erst deutlich. Fünfzehn Offiziere und neunundsiebzig Soldaten waren ums Leben gekommen. Die Freiwilligen hatten Piet Uys und einen seiner Söhne verloren. Mehr als hundert der Eingeboreneninfanteristen waren tot. Die Afrikaner, die überlebt hatten, schimpften über den gefährlichen Rückzug den Teufelspass hinab und die mangelnde Deckung, die sie dabei gehabt hatten. Das, was vom 2. Bataillon übrig war, ein Zulu-Regiment, desertierte. Die Border Horse – hauptsächlich englische Siedler aus Transvaal – waren irgendwie von Buller getrennt worden. Sie trafen mit der Truppe der Frontier Light Horse zusammen, die sich selbstständig an den Abstieg gemacht hatte, nachdem sie Bullers Befehl ausgeführt und die *abaQulusi* in Schach gehalten hatten, während das Vieh den Berg hinabgetrieben wurde. Da keiner von ihnen von den vorrückenden *impi* wusste, ritten sie gemeinsam Richtung Süden, um möglichen Versprengten beizustehen. Das führte sie geradewegs in die rechte Flanke der Zulu. Beide Truppen wurden in Richtung Berge zurückgedrängt und massakriert.

Als Nächstes würde Kambula an die Reihe kommen. Robert und Will schlossen sich auf Bullers Anweisung Kommandant Pieter Raafs Transvaal-Rangern an. Am nächsten Tag ritten sie bei Sonnenaufgang los, um den Aufenthaltsort der *impi* ausfindig zu machen. Die Zulu hatten ihr Lager auf der östlichen Seite des Hlobane aufgeschlagen. Robert sah, dass sie Kriegsvorbereitungen trafen.

»Tatsächlich, sie machen sich bereit«, bestätigte Will.

Ein kleines Feuer war entzündet worden, und was immer sie darin verbrannten, es qualmte fürchterlich. Die Männer liefen jeweils zu zweit hindurch, und während sie das taten, wurden sie mit *muthi* besprengt. Anschließend reichte ein spezieller Kriegsmedizinmann jedem Krieger etwas zu trinken.

»Sie schlucken es nicht«, erklärte Will Robert. »Sie entfernen sich und spucken es in Richtung Kambula. Sie glauben, es würde sie vor den Kugeln schützen.«

»Ich habe genug gesehen«, sagte Raaf. »Sie werden sich in Kürze formieren. Lasst uns gehen.«

Eilig ritten sie zurück, um Bericht zu erstatten. Robert und Will stimmten Raafs Einschätzung zu, dass ihnen nicht mehr als fünf Stunden blieben, ehe die *impi* bereit zum Angriff sein würden. Sie schätzten die Stärke der Zulu auf mehr als zwanzigtausend Krieger und gaben diese Information an Colonel Wood weiter.

»Gut«, antwortete der Kommandeur. »Dann bleibt uns noch genügend Zeit, uns zu stärken, Gentlemen.«

Die Männer, die Kambula Hill verteidigen sollten, setzten sich hin, um zu essen. Sie konnten die *impi* herankommen sehen; noch waren sie sechs oder sieben Meilen entfernt. Trotz der erniedrigenden Verluste am Hlobane am vorhergehenden Tag waren sie wieder voller Selbstvertrauen. Die Briten waren auf diesen Angriff gut vorbereitet – die Befestigung war ausreichend, und jeder Mann kannte seine Aufgabe. Sie waren mit Martini-Henry-Karabinern ausgestattet, besaßen mehr als genug Munition und die Unterstützung schwerer Artillerie.

Nach dem Essen wurden rasch die letzten Vorbereitungen getroffen. Zelte wurden abgebrochen, Munitionskisten geöffnet und der Inhalt verteilt, Truppen nahmen ihre Kampfposition ein. Die *impi* näherten sich langsam, um Kraft zu sparen, in fünf langen Kolonnen, die noch immer drei Meilen entfernt waren. Die gesamte Truppe blieb noch einmal kurz stehen, um ein letztes Mal Kriegsrat zu halten. Die Entscheidung – die Garnison in Kambula Hill auszulöschen und dann zur Stadt Utrecht weiterzuziehen – musste von denen getroffen werden, die die *impi* anführten. Ihr König hatte seine Armee angewiesen, Utrecht anzugreifen. Als die Zulu jedoch sahen, dass die Zelte der Soldaten abgebaut wurden, glaubten sie, die Briten würden die Flucht vorbereiten. Das war zu verlockend.

Nachdem sie beinahe eine Stunde lang die Taktik besprochen hatten, drangen die *impi* weiter vorwärts. Robert sah einige Männer zum Himmel schauen, als suchten sie nach einer Wolke, die für ihr Tun verantwortlich sein könnte.

Von einer Seite zur anderen erstreckte sich die Armee in Hornformation auf einer Länge von über zehn Meilen. Die Krieger bewegten sich von allen Seiten auf Kambula Hill zu. Außerhalb der Reichweite der schweren Geschützstationen blieben sie erneut stehen und entledigten sich bis auf Lendenschurze und Halsbänder, die dazu dienten, sie mit der Magie ihres Stammes zu schützen, aller Kleidung.

»Verbessern Sie mich, wenn ich mich irre«, meinte Robert trocken und versuchte sich selbst zu beruhigen, »aber es sieht so aus, als wären wir deutlich in der Unterzahl.«

Will brummte nur.

Sie waren in der Unterzahl. Colonel Woods Streitkraft bestand nur noch aus zweitausend Mann, davon lagen achtundachtzig verwundet in einem eilig hergerichteten Lazarett.

»Da kommt die rechte Flanke«, erklärte Will und sah zu, wie sie näher kam. Er klang bemerkenswert ruhig.

»Die Vorhersagbarkeit ihrer Angriffstaktik wird ihnen eines Tages das Genick brechen«, antwortete Robert, der froh war, dass man seiner Stimme die Angst, die er empfand, nicht anhörte.

Seit Shakas Zeiten griffen die Zulu immer in einer Zangenformation an. Eine Flanke täuschte gewöhnlich einen Angriff vor, der es den Kriegern der anderen gestattete, sich, versteckt im hohen Gras, näher an den Feind heranzuschleichen. Dann würde der Mittelteil, dem die größte Zahl der Krieger angehörte, vordringen. Dahinter lag eine zweite mächtige Front in Wartestellung, deren Krieger dem Schlachtfeld den Rücken zudrehten, damit sie nicht zusehen konnten. Das verhinderte, dass sie zu unruhig wurden und einen vorzeitigen Angriff starteten. Der unheimliche Kriegsgesang, *uSuthu,* erklang. Tausende und abertausende gleichzeitig ertönende Baritonstimmen hatten schon viele Soldaten entmutigt. Beobachtet wurde die Schlacht in der Regel von einem Kommandeur, der sich ein Stück entfernt an einem erhöhten Ort befand und den Fortgang der Kampfeshandlungen bestimmte, indem er Boten mit entsprechenden Anweisungen entsandte.

Die rechte Flanke stoppte erneut, sie befand sich noch immer außerhalb der Reichweite der Artillerie. Herausfordernde Rufe schollen den wartenden Briten entgegen. »Wir sind die Jungs aus Isandlwana.«

»Worauf warten sie noch?«, fragte irgendwer nervös.

Buller war durchaus bewusst, dass sich der linke Flügel vermutlich bis auf wenige Meter nähern würde, solange sich die Aufmerksamkeit aller auf die rechte Flanke richtete. Er schlug Colonel Wood vor, einen vorzeitigen Angriff des rechten Flügels zu provozieren. Wood willigte ein.

»Kommt, Männer. Lasst es uns diesen Bastarden zeigen.«

Mit der Edendale-Truppe der Natal Native Horse und den verbliebenen Kolonialisten, darunter auch Robert und Will, ritt Buller forsch voran. Seine etwa hundert Männer stiegen ab und feuerten mehrere Schusssalven auf die zweitausend *impi* des rechten Flügels ab. Sofort stürmten die Zulu ihnen entgegen. Buller und seine Männer schwangen sich auf ihre Pferde, ließen sich zurückfallen, stiegen wieder ab und feuerten erneut. Auf diese Weise lockten sie die blutrünstigen Krieger bis in Reichweite ihrer großen Waffen, ehe sie sich umdrehten und in Sicherheit galoppierten. Die Soldaten der Edendale Native Horse, die in Isandlwana gekämpft hatten und keine weiteren Verluste verkraften konnten, nutzten diesen Moment zur Flucht. Sie stürmten in Richtung Westen.

Die großen Kanonen eröffneten das Feuer, vermochten die *impi* jedoch nicht aufzuhalten. Sie drängten stetig voran. Erst als sie in Reichweite der Gewehre kamen, zwang sie die Zielsicherheit der britischen Schützen zum Rückzug. Niemand, weder Zulu noch Europäern, war zu diesem Zeitpunkt klar, dass das Vereiteln der Vereinigung des rechten und des linken Flügels hinter den britischen Reihen der Wendepunkt des Zulu-Krieges sein würde. Die Krieger des rechten Flügels waren derart demoralisiert, dass sie sämtliche Befehle vergaßen, in dem felsigen Gelände Deckung suchten und das Gewehrfeuer eröffneten. Die meisten von ihnen hatten lediglich Einzelschussvorderlader. Mit ihrem Rückzug gingen die linke Flanke und die Mitte unverzüglich zum Angriff über.

»Herrje!«, schrie jemand, als Siebenpfünder riesige Löcher in die Zulu-Reihen rissen. »Seht euch das an. Sie kommen immer näher.«

Robert glaubte seinen Augen nicht zu trauen. Die Zulu hatten kaum Deckungs- und keinerlei Verteidigungsmöglichkeit gegen das Artilleriefeuer. Aber sie zauderten nicht ein einziges Mal. Einige trugen sogar große Steine auf ihren Köpfen, die sie auf die Erde warfen, um dahinter Schutz zu suchen, wenn der Kugelhagel zu heftig wurde. Welle um Welle näherte sich der Garnison. Ein paar Zulu, die den Kugelhagel wie durch ein Wunder überlebt hatten, stürmten auf die Wagenburg zu.

Plötzlich stürzte sich einer der Krieger auf Robert. Seine Augen waren vor Kampfeslust rot unterlaufen, aus seiner Brust erklang dumpfer Kriegsgesang. Die beiden Männer standen sich sekundenlang gegenüber und starrten sich an. Robert registrierte die glänzende schwarze Haut des Zulu und den Geruch von Schweiß, dann begann der Kampf: *assegai* und Schutzschild gegen Bajonett – Robert hatte keine Gelegenheit gehabt, sein Gewehr nachzuladen. Aus den Augenwinkeln sah er, dass Will ganz in seiner Nähe mit einem weiteren Zulu rang.

Roberts Gegner war stark. Wieder und wieder benutzte er seinen Schild, wehrte das Bajonett ab und versuchte, Robert so aus dem Gleichgewicht zu bringen, dass er mit seinem *assegai* zustechen konnte. Robert spürte, wie seine Kräfte nachließen, da stolperte der Afrikaner plötzlich rücklings und stürzte zu Boden. Buller zog eine Grimasse, als er sein Bajonett aus dem Rücken des Mannes zog, wandte sich um und erledigte Wills Gegner auf dieselbe Art und Weise.

Es gab keine Zeit für Dankesworte. Robert sprang nach vorn, kniete sich, lud nach und begann erneut zu feuern. Der Kampf hielt Stunden an. Fast wäre es dem linken Flügel der Zulu gelungen, die Wagenburg zu stürmen. Sie wurden mit Bajonetten zurückgedrängt.

Robert, Will und die übrigen Kolonialisten feuerten nun unter Hochdruck. Buller stand seelenruhig da, brüllte Anweisungen und nahm nicht eine Sekunde den Blick vom Feind. Es war eine mutige Demonstration von Präzision und Disziplin – Eigenschaften, die die *impi* in der Hitze des Kampfes verloren hatten –, die den Konflikt zu Großbritanniens Gunsten wendete. Mit ihren Gewehren, die fast zu heiß zum Anfassen waren, behielten die Briten kühl die Nerven und wehrten systematisch jeden neuen Angriff ab. Gegen fünf Uhr nachmittags hatten die Zulu jegliches Selbstvertrauen verloren. Sie bereiteten ihren Rückzug vor.

»Gut gemacht, Männer.« Bullers Lob wurde von den erschöpften Truppen kaum zur Kenntnis genommen. Unermüdlich ging ihr Kommandeur von Mann zu Mann, klopfte Schultern und sprach Ermutigungen aus. Plötzlich ertönte ein langer und lauter Anfeuerungsruf. Die Zulu wandten sich um, um den langen Rückmarsch zum Hlobane Mountain anzutreten. Die Garnison eröffnete das Feuer und das, was als geordneter Rückzug begonnen hatte, verwandelte sich in panikartige Flucht. Hastig versuchten die Zulu, aus der Reichweite der Gewehre und der Artillerie zu gelangen. Aber ihre Tortur war noch längst nicht vorüber.

Hörner erklangen und riefen zu den Pferden, und drei von Buller angeführte Kolonnen machten sich auf, die fliehenden *impi* zu verfolgen.

Geschlagen, entmutigt und fassungslos darüber, dass die stärkenden und reinigenden Riten nicht gewirkt hatten, leisteten die Zulu wenig oder keinen Widerstand. Über eine Strecke von sieben Meilen wurden sie von Bullers Männern entweder erschossen oder von ihren eigenen *assegais* aufgespießt, was der Tapferkeit, die die *impi* demonstriert hatten, nicht würdig war. Robert hatte kein Verständnis dafür. Hunderte starben während dieses Rückzugs, und er hielt keinen einzigen Tod für gerechtfertigt. Die Zulu hatten etwas Besseres verdient.

Später würde die Zählung der Toten ergeben, dass mehr als tausend Zulu und achtzehn britische Soldaten gefallen waren. Der Sieg am Kambula Hill war der Anfang vom Ende.

Noch lange nach Anbruch der Dunkelheit war die Garnison damit beschäftigt, die Wagenburg von toten oder sterbenden Zulu zu räumen. Robert lief ziellos umher und fand sich plötzlich an der Stelle wieder, wo er mit einem der Krieger gekämpft hatte. Der Zulu lag immer noch da. Im flackernden Licht einer Fackel sah Robert voller Entsetzen, dass das im Tode erstarrte Gesicht etwas Vertrautes hatte. Ein Auge schaute geradeaus, das andere zur Seite. Roberts Magen drehte sich, als er sich neben die Leiche hockte. Tobacco hatte tapfer gekämpft. Robert bezweifelte, dass der Zulu seinen Bezwinger erkannt hatte.

»O mein Gott!« Alle Verzweiflung angesichts dieser sinnlosen Verschwendung von Leben und eines Krieges, der so leicht hätte vermieden werden können, lag in diesen Worten.

Buller fand Robert neben dem toten Körper kniend. »Sie kennen ihn, nicht wahr, mein Sohn?«

»Ja.« Robert spürte, wie sich seine Kehle zusammenzog. »Er hat meinem Sohn das Leben gerettet.«

Buller drückte Roberts Hand. »Ein verfluchtes Geschäft. Wir sollten nicht gegen diese armen Teufel kämpfen.«

Mühsam nahm Robert den Blick von seinem ehemaligen Angestellten, dem Mann, der beim Angriff der Elefanten Cam an sich gerissen und sein eigenes Leben riskiert hatte, um seinen Sohn in Sicherheit zu bringen. Er schaute auf. »Was geschieht nun, Sir?«

»Wir bringen es zu Ende«, erklärte Buller mit fester Stimme. »Aus Großbritannien ist Verstärkung eingetroffen. Lord Chelmsford hat nun mehr Rekruten, als er benötigt. Die Freiwilligen können nach Hause zurückkehren, wenn sie wollen. Heute haben wir Cetshwayos halbe Armee demoralisiert. Nur noch wenige werden erneut ihre Waffen gegen uns erheben.« Buller zeigte auf Roberts Oberschenkel. »Suchen Sie ein Krankenhaus auf. Wie ich sehe, sind Sie verwundet.« Mit diesen Worten wandte er sich um und ging davon.

Als Robert sich erhob, tauchte Will aus der Dunkelheit auf. »Tobacco«, war alles, was Robert sagte.

Will nickte bloß. Er sah erschöpft aus und hatte eine klaffende Wunde an der Stirn und eine Stichwunde an einem Arm. Seine Kleidung war von Schlamm und getrocknetem Blut verschmutzt.

Robert zweifelte nicht daran, dass er selber genauso aussah. Sein Oberschenkel klopfte an der Stelle, wo ihn die Kugel getroffen hatte. Er vermutete, dass sich die Wunde entzündet hatte. In der linken Handfläche hatte er einen tiefen Schnitt, und in einem der Stiefel spürte er eine Blutlache. Ein *assegai* war durch das Leder ins Fleisch seines Fußes eingedrungen.

Plötzlich schmerzte ihn alles. Robert verspürte den verzweifelten Wunsch, sich hinzulegen und die Augen zu schließen. »Kommen Sie«, sagte er zu Will. »Wir sollten uns jemanden suchen, der uns wieder zusammenflickt.«

Wills Arm musste genäht werden, aber seine Stirn wurde nur verbunden. Roberts Oberschenkel sah böse aus. Ein Sanitäter goss Superoxyd in die Wunde, es brannte höllisch. Seine Hand und sein verletzter Fuß wurden ohne größere Schwierigkeiten gesäubert und versorgt.

Am nächsten Morgen wurden Will und Robert offiziell aus dem Kriegsdienst entlassen. Mit ihnen verabschiedeten sich noch mehr Freiwillige, was die Zahl der Briten auf den Schlachtfeldern Zululands noch einmal erheblich verringerte. Jeden Tag wurde mit Verstärkung gerechnet, sie hofften auf perfekt ausgebildete Männer für ihren finalen Angriff auf Cetshwayo. Das schöne Land aus der Vergangenheit existierte nicht mehr. Überall lagen Leichen vom Blutbad des Vortages. Die Garnison hatte nur die Toten beerdigt, die sich in ihrer unmittelbaren Nähe befanden. Der Rest wurden den Raubtieren und Aasfressern Afrikas überlassen. Es war eine große Erleichterung, sich von diesem grässlichen Anblick abwenden zu können.

Robert und Will wagten es, nach *Ludukaneni* zu reiten. Die Krals waren verlassen. Das wenige Vieh, das Robert zurückgelassen hatte, war verschwunden. Aus dem Laden war alles gestohlen worden, ehe das Gebäude selber bis auf die Grundmauern abgebrannt worden war. Auch das Schulhaus war in Flammen aufgegangen. Überraschenderweise war das Gehöft selber stehen geblieben, auch wenn vieles von der Einrichtung abhanden gekommen war.

Die Wasserpumpe funktionierte noch. Sie pumpten genug Wasser, um zu baden und ihre Kleidung zu waschen. Als sie sich sauber und ein wenig erfrischt fühlten, stellte Robert fest, dass der Keller nicht betreten worden war. Vielleicht hatten diejenigen, die das Haus geplündert hatten, keine Zeit gehabt, in den dunklen Keller hinabzusteigen. Was auch immer der Grund war, die trockenen Feldfrüchte schmeckten um einiges besser, als sie sie mit einigen Flaschen anständigem Rotwein herunterspülten.

Wer auch immer den größten Teil des Mobiliars an sich gebracht hatte, hatte offenbar keinen Bedarf an Betten gehabt. Zum ersten Mal seit fast zwei Monaten schliefen Robert und Will wieder auf einer Matratze.

Kurz bevor er in den Schlaf sank, dachte Robert darüber nach, was Cetshwayo wohl als Nächstes tun würde. Würde seine Armee weiteren Kämpfen standhalten? Die Taktiken, die Shaka ersonnen hatte, hatten die Zulu lange unbesiegbar gemacht. Doch plötzlich mussten sie der Tatsache ins Gesicht sehen, dass sie den Schusswaffen und der schweren Artillerie nicht gewachsen waren. Die unschlagbaren *impi* und ihre berüchtigte *umkhumbi* oder Flügelformation gehörten der Vergangenheit an. Einige von ihnen würden möglicherweise erneut in den Kampf ziehen, aber würden sie je wieder dieselbe Tapferkeit und denselben Mut aufbringen, die sie bisher ausgezeichnet hatten? In Südafrika waren sie legendär gewesen. Nun standen sie einer überlegenen Macht gegenüber, gegen die sie keine Chance hatten.

Was war mit dem König? Cetshwayo hatte getan, was er konnte, um einen Kampf zu verhindern. Aber zwei Dinge hatten gegen ihn gearbeitet. Die Briten wollten sein Land, und seine Krieger, angespornt von dem verzweifelten Wunsch, ihre Speere in Blut zu waschen, um sich Frauen nehmen zu können, ließen sich nicht zurückhalten. Heute kehrten die einstmals unbesiegbaren *impi* resigniert zu ihren Krals zurück. Wie konnte Cetshwayo da noch an einen Sieg glauben? Das Beste, worauf er hoffen konnte, war ein Waffenstillstand.

Würde er ihm gewährt? Robert glaubte nicht daran. Lord Chelmsford war entschlossen, die Niederlagen in Isandlwana und am Hlobane Mountain zu rächen. Er schien besessen von dem Wunsch, den Zulu-König gefangen zu nehmen, als würde ihn das von dem Stigma befreien, das nach dem Verlust so vieler britischer Leben auf ihm lastete.

Robert und Will kehrten erschöpft nach Durban zurück. Die beiden Männer verabschiedeten sich vor Catos Laden, dann wendete Robert sein Pferd und machte sich auf den Weg nach Hause. Er war nur zwei Monate fort gewesen, aber es kam ihm viel länger vor. Sein Körper schmerzte, seine verheilenden Wunden juckten. Er sehnte sich danach, ein langes heißes Bad zu nehmen, in einer von Lornas speziellen Kräutermischungen zu entspannen. Er wollte den hartnäckigen Schweiß- und Blutgeruch aus Kleidern, Haut und Haaren spülen, aber vor allem brauchte Robert die Nähe Lornas. Er dachte an ihren weichen, zart duftenden Körper, ihren süßen Atem dicht an seinem Ohr, ihre sanften Hände an seinen müden Muskeln.

Tosca schien zu spüren, dass sie nach Hause ritten. Sie stellte die Ohren auf und beschleunigte ihren Schritt. Robert konnte sich gut vorstellen, dass sie an einen sauberen Stall dachte, an weiches Heu, frisches Wasser und den Luxus, ausgiebig gebürstet und gestriegelt zu werden. Sein Pferd hatte ihn nicht ein einziges Mal im Stich gelassen. Er hatte Tosca viel abverlangt, sie verdiente ein wenig Pflege und Aufmerksamkeit, Ruhe, schattige Weideflächen und Leckerbissen.

Robert hörte seine Kinder bereits, bevor er sie sah. Sie spielten auf dem Rasen vor dem Haus – eine Partie Kricket, wie es klang. Eine unbekannte Stimme mahnte: »Komm, Torben, das ist nicht fair. Ellie kann das nicht so schnell. Denk daran, dass sie erst fünf ist.«

Robert runzelte die Stirn. Er kannte diese Stimme, konnte aber beim besten Willen nicht sagen, wem sie gehörte. Gespannt ritt er durch das Tor.

»Papa!« Cam sah ihn als Erster und kam ungestüm auf ihn zugerannt. Ellie ließ den Schläger fallen und folgte ihm dicht auf den Fersen. Torben machte ein paar Schritte und blieb dann stehen, während die kleine Kate sich schüchtern an die Hand eines Mannes klammerte.

Robert stieg ab, und im nächsten Augenblick stürmten Cam und Ellie in seine Arme.

»Du riechst nicht gut«, bemerkte Cam offenherzig.

»Er war im Krieg, Dummkopf.« Ellie verteidigte ihren Vater, aber auch sie hielt sich die Nase zu.

»Willkommen zu Hause, Vater«, sagte Torben steif.

»Ja, alter Junge, willkommen zu Hause.«

Endlich erkannte Robert seinen Bruder. »Wo um alles in der Welt kommst du denn her?« Er stellte Ellie und Cam vorsichtig auf die Füße.

Boyd trat auf Robert zu und klopfte ihm auf die Schulter. »Ich wollte auch gern bei euch mitmachen. Ich habe um Versetzung in das königliche Dragoner-Regiment gebeten. Aber es sieht so aus, als hätte ich das meiste verpasst.«

Robert sagte nichts, er hob Kate auf seine Arme. »Wie geht es meinem kleinen Mädchen? Ich habe dich vermisst.«

Mit dem Daumen im Mund schmiegte sie sich an seine Brust.

Robert schaute seinen Bruder an, und ganz kurz flackerten Kindheitserinnerungen in ihm auf. Sie waren sich einmal sehr nah gewesen. Hatte Boyd immer schon dieses Zucken im linken Auge gehabt? War die Lücke zwischen seinen Vorderzähnen größer geworden? Hatte er beim Lächeln schon früher diesen spöttischen Zug um die Mundwinkel gehabt? Selbst der Akzent seines Bruders kam ihm anders vor, irgendwie so fremd. Es war acht, fast neun Jahre her, seit sie sich das letzte Mal gesehen hatten. Es war schockierend zu erkennen, dass ihre Beziehung, die Robert immer so selbstverständlich erschienen war, einen Bruch erlitten hatte. Wo war die brüderliche Zuneigung geblieben?

»Seit wann bist du hier?«, fragte er, eher um sich Zeit zu verschaffen als aus Interesse.

»Seit einigen Wochen. Hier ist alles ein bisschen schlicht, alter Junge. Ich weiß gar nicht, wie du das aushältst.« Boyd entfernte einen Fussel von seiner scharlachroten Tunika. »So viele verfluchte Wilde«, sagte er gedankenlos, als könne man mit diesen paar Worten den gesamten Zulu-Konflikt zusammenfassen.

»Was ist mit ihnen?«, antwortete Robert gereizt.

Boyd zuckte mit den Schultern. »Höchste Zeit, dass ihnen mal eine anständige Lektion erteilt wird.«

Er drosch Armee-Phrasen, wiederholte Worte seiner Vorgesetzten wie ein Papagei. Robert vermutete, dass sein Bruder sich nicht von anderen Neuankömmlingen unterschied. Warum sollte er seine Energie darauf verschwenden, mit ihm zu streiten? Boyds Einstellung würde sich vermutlich ändern, wenn er die »verfluchten Wilden« einmal in Aktion sah. Als Erstes würde sein Bruder seine arrogante Überzeugung ablegen müssen, dass alles, was nicht britisch war, nicht gut genug war. Robert räusperte sich. »Ulundi muss noch eingenommen werden, aber die Zulu sind geschlagen. Ich schätze, du wirst noch genug Krieg erleben, wenn du das meinst.«

»Ja, alter Junge, natürlich meine ich das. Wir werden in wenigen Tagen in Richtung Norden aufbrechen.«

»Schön für dich.«

Boyd bemerkte die Ironie nicht einmal. »Wo wart ihr?«

»Kambula und Hlobane.«

Sein Bruder sah ihn neidisch an. »Du Glücklicher.«

»Glücklich?« Robert, der es kaum erwarten konnte, Lorna zu sehen, und die Begrüßung seiner Kinder der Unterhaltung mit einem, der einen Krieg als Abenteuer betrachtete, vorzog, ließ seinen ganzen Unmut heraus. »Es hat nichts mit Glück zu tun, eine großartige Armee von Männern niederzumähen, die nur mit Speeren und Schutzschilden bewaffnet ist. Die Zulu hatten nicht die geringste Chance.«

»In Isandlwana haben sie sich aber ganz gut geschlagen.«

»Nur weil die Briten dumm genug waren, sich für überlegen zu halten. Das sind sie nicht. Ihre Waffen sind bloß wirkungsvoller.«

Boyd sah ihn erstaunt an. »Vorsicht, alter Junge. So wie du redest, klingt das nach Landesverrat.«

Robert schaute zum Haus. »Wo ist Lorna?«

»Oben, vermute ich. Dem Kleinen geht es nicht besonders gut.«

»Duncan? Was fehlt ihm denn?«

»Er ist schon seit fünf Tagen krank«, berichtete Cam. »Mama hat bereits mehrere Male nach dem Arzt geschickt.«

Ganz plötzlich und ohne Grund wurde Robert wütend. Alles, was er sich gewünscht hatte, war, nach Hause zu kommen und bei seiner Familie zu sein. Er wollte nicht, dass sein Sohn krank und seine Frau beschäftigt war, und er wollte auch nicht, dass sein Bruder über die Aufregungen des Krieges schwadronierte. »Wo ist der Stallbursche?«

»Es scheint hier keinen zu geben, alter Junge.«

»Ich werde dir Tosca abnehmen«, bot Cam an. »Mister David ist immer noch fort.«

Robert nickte. Es überraschte ihn nicht, dass Cetshwayo bis tief nach Natal kam, um sich Rekruten zu beschaffen.

»Einen Tag hier, am nächsten wieder weg«, philosophierte Boyd, der nichts verstand. »Unzuverlässiger Haufen.«

Nur mit Mühe gelang es Robert, seinen Ärger unter Kontrolle zu halten. Schließlich war Boyd sein Bruder. »Unzuverlässig?«, wiederholte er. »Ganz im Gegenteil.« Seine Stimme war barscher, als er beabsichtigt hatte. »Wenn der König nach Soldaten verlangt, kann er sich auf seine Untertanen verlassen.«

»Der König?« In Boyds attraktivem Gesicht stand Verständnislosigkeit.

»Cetshwayo«, antwortete Robert kurz.

»Ach der.« Boyd machte eine verächtliche Handbewegung.

Plötzlich wusste Robert ganz genau, was ihn so ärgerlich machte. Wenn er in Schottland geblieben wäre, wäre er heute vermutlich genauso wie Boyd. Sein Bruder hatte einen Schatten aus der Vergangenheit mit sich gebracht, der in seinem Leben nun keinen Platz mehr hatte. Robert hatte sich von der Oberflächlichkeit und Arroganz der europäischen Gesellschaft wegbewegt, und das hatte er in nicht geringem Ausmaß der Lebensweise der Zulu zu verdanken. Er wandte sich zum Gehen. »Wenn du nichts dagegen hast, würde ich nun gern Lorna begrüßen.«

»Sie hat sich ebenfalls verändert«, fuhr Boyd fort, ohne auf

Roberts Wunsch einzugehen. »Genau wie ihre Mutter, wenn du mich fragst.«

Robert sah seinen Bruder an und erkannte plötzlich, dass dieser weder Verständnis für eine Lebensweise außerhalb seines erlernten Verhaltenskodexes hatte noch den Willen, sie zu akzeptieren. Vorsichtig stellte Robert Kate auf ihre Füße zurück, und sie griff nach Boyds Hand. Robert wandte sich um und ging auf das Haus zu.

Percy begrüßte ihn auf Zulu. Mit Tränen in den Augen sah er ihn an. »Man erzählt sich, dass unsere *impi* geschlagen sind.«

Robert schloss die Augen. Er war müde. Er wollte nur zu Lorna. »Sie sind immer noch stark«, antwortete er behutsam. »Aber in ihren Herzen verlieren viele die Hoffnung.«

»Warum wollen Sie einen Krieg? Was haben wir getan?«

Percys Frage beschäftigte vermutlich jeden Zulu. »Warum kämpft ein Zulu?«, fragte Robert anstelle einer Antwort. »Kämpft er nicht, um Land oder Vieh zu gewinnen? Kämpft er nicht, um den Feind daran zu hindern, ihm zu nahe zu kommen? Die Briten sind da nicht anders.«

Percy senkte den Kopf. Als er aufschaute, rannen die Tränen seine Wangen hinab. »Es ist so. Verzeihen Sie, Master, aber ich bin sehr besorgt über unsere Verluste.«

Robert wusste, dass er damit das Land meinte und nicht die Menschenleben. »Du hast nichts verloren, alter Mann. Es ist noch immer da, aber es ist nun an der Zeit, es zu teilen.«

»Teilen.« Ganz kurz blitzte Verachtung in Percys Augen auf. »Ein Zulu kennt dieses Wort nicht. Er erobert oder er wird erobert. Das ist unsere Art.«

»Ich weiß.« Robert hatte großes Verständnis. Dieser Mann hatte vermutlich mehr Stammeskämpfe hinter sich als die meisten, und in seiner Brust schlug ein Herz, das so voller Stolz war, dass er den Tod einer Niederlage vorzog.

»Sind wir ein verlorenes Volk?«, fragte Percy.

Er verdiente es, dass Robert ihm die Wahrheit sagte. »Was

hat euer großer König Shaka gesagt? ›Ihr werdet nicht regieren, wenn ich nicht mehr bin, denn Heuschrecken und Weiße werden über unser Land herfallen.‹ Ich fürchte, seine Worte sind wahr. Die alten Zeiten sind vorbei, aber eure Nation ist gefestigt. Niemand kann sie euch wegnehmen.«

»Und was passiert nun?«

»Nun kostet ihr das Bittere, mit dem Shaka seine Feinde gefüttert hat.«

»Dann gibt es immer noch einen Ort für sein Volk?«

»Ja, und es wird ihn immer geben.«

»Sie verstehen uns«, sagte Percy langsam, »wo andere empört aufschreien würden. Sie sind ein wahrer Zulu.«

Robert lächelte. »Nein. Ich kann keiner von euch sein. Aber hör mich an. Nichts im Leben steht still, alter Mann. Es wäre dumm, das zu erwarten.«

»Es wäre nicht weise zu glauben, dass unsere Nation der Vergangenheit angehört. Schon viele haben uns unterschätzt und einen hohen Preis dafür gezahlt«, warnte Percy. Ganz plötzlich wechselte er das Thema. »Ihr jüngster Sohn ist krank. Das Fieber der Moskitos brennt heiß in ihm.«

»Ja. Ich muss ihn unbedingt sehen.«

»Ich habe meine Töchter aufs Feld geschickt, damit sie nackt dort schlafen.«

»Danke, alter Mann. Ich weiß das, was du getan hast, sehr zu schätzen.«

Percy drehte sich um und schlurfte davon. »Ich werde Ihnen heißes Wasser für ein Bad besorgen.«

Robert ging die Treppe hinauf. Er war tief berührt, dass Percy trotz des Krieges noch genügend Mitgefühl besaß, um seine Familie aufzufordern, Duncan zu helfen. Es war eine alte Tradition, die man nur noch selten sah. Während einer Epidemie verließen die jungen Mädchen nach Anbruch der Dunkelheit ihre Hütten, um im Freien zu schlafen. Sie trugen keine Kleidung, aber bei Tagesanbruch schnitten sie Gräser und machten sich daraus lange Röcke und Umhänge, um ihre Schultern und Köpfe zu bedecken. Damit kehrten sie dann nach Hause zurück, wo sie singend über die kleineren Kinder sprangen, um sie davor zu bewahren, ebenfalls krank zu werden. Diese Sitte, die *um-Tshopi* genannt wurde, war so gut wie ausgestorben, vermutlich weil der Kontakt zu den Europäern den Ausbruch von Krankheiten verstärkt und die Unzulänglichkeiten dieser Praxis deutlich gemacht hatte.

Robert konnte hören, dass Lorna beruhigend auf Duncan einredete. Sie saß in seinem Zimmer auf dem Bett, den Rücken zur Tür gewandt. »So ist es brav, mein Kleiner. Noch einen Löffel. Schluck es einfach herunter.«

Die Medizin, die sie ihm verabreichte, schmeckte scheußlich, das wusste Robert aus eigener Erfahrung. Duncan war zu derselben Einsicht gelangt, was nicht überraschend war. Robert trat in den Raum. »Hallo, mein Liebes«, sagte er leise.

Lorna zuckte zusammen und drehte sich um. »Robert«, rief sie atemlos. »Oh, Gott sei Dank.«

Robert blickte auf seinen jüngsten Sohn. So blass und krank er war, er hatte noch immer genug Kraft, um den Löffel wegzudrücken.

»Wie geht es ihm?«

»Ich habe mir schreckliche Sorgen gemacht, aber er hat das Schlimmste überstanden. Er nimmt nun wieder Flüssigkeit zu sich, heute Morgen hat er sogar ein bisschen Maisbrei gegessen. Oh, Robert, es tut so gut, dich zu sehen. Kannst du bleiben? Musst du wieder fort?«

»Ich denke nicht. Die Garnison wimmelt nur so von kriegslüsternen Abenteurern. Sollen sie sich doch ins Getümmel stürzen.«

Duncans Augen fielen zu, und Lorna erhob sich von seinem Bett. »Er schläft jetzt ein. Armer kleiner Kerl.«

»Percy besorgt gerade heißes Wasser. Komm, und massier mir den Rücken.« Robert nahm Lornas Hand, und sie gingen in ihr Zimmer. Ihr Gesichtsausdruck sagte ihm, dass sie widersprechen würde, wenn er versuchte, sie in die Arme zu nehmen. Das konnte er ihr nicht verübeln. Als er sich auszog, konnte er seinen eigenen Körpergeruch kaum ertragen.

Mit einem um die Hüfte geschlungenen Handtuch sah er zu, wie die Wanne mit heißem Wasser gefüllt wurde. Es sah so einladend aus. Percy kam gerade mit der letzten Kanne.

»Wird der Master diese Kleidung noch benötigen?«, fragte er und zeigte auf die abgelegten Teile.

»Nein«, antwortete Robert. »Du kannst alles verbrennen.«

Percy hob die Kleidungsstücke auf und hielt sie so weit wie möglich von sich.

»Du kannst nun die Tür schließen.« Als Robert sich in die Wanne setzte, konnte er einen tiefen Seufzer des Wohlbehagens nicht unterdrücken. »Ahhhh.«

Lorna goss Öl in die Wanne. Der Dampf trug bald den erfrischenden Duft von Kampfer, Thymian und Sassafras. Sie entfernte seine Verbände und betrachtete besorgt seine Verletzungen. »War es schlimm?«, fragte sie leise.

»Das Schlimmste war, dass die Zulu keine Chance hatten. Sie wussten das auch. Ihre Tapferkeit war unglaublich.« Er konnte jetzt nicht über Einzelheiten sprechen. Von Tobaccos Tod würde er ihr später erzählen.

Sie erkundigte sich mit ängstlichem Blick nach Will.

»Es geht ihm gut. Wir haben uns bei Cato getrennt. Er wollte nach Swasiland, um dort eine neue Warenhandlung zu eröffnen.«

Lorna war erleichtert zu hören, dass ihr Freund noch lebte. Sie begann, Roberts Haare zu waschen und seine Wunden zu reinigen, dann rief sie nach Percy. »Gießen Sie das aus und bringen Sie uns frisches Wasser, bitte.«

Robert genoss den Luxus des Badens, während Lorna neben ihm stand und ihn sehnsüchtig betrachtete.

»Ich habe dich vermisst«, sagte sie mit heiserer Stimme.

Er riss sie in seine Arme, und sie küssten sich leidenschaftlich. Es fühlte sich so gut an, sie so nah bei sich zu haben. Für einen Augenblick konnte er die letzten Wochen vergessen. Verlangen mischte sich mit dem Bedürfnis, Lornas Nähe zu genießen – das Verlangen gewann. Später, als sie zusammen dalagen und redeten und redeten, fiel ihnen Boyd wieder ein.

»Ich habe meinen Bruder unten getroffen. Wohnt er hier?«

»So gut wie. Er scheint sich hier verantwortlich zu fühlen.«

»Ich bin mir sicher, dass du ihm den Kopf zurechtgerückt hast.«

»Ich habe es versucht. Aber Boyd hört gar nicht zu.« Lorna runzelte die Stirn. »Findest du, dass er sich verändert hat?«

Robert lächelte. »Wir sind diejenigen, die sich verändert haben.«

»Wenn er mich noch ein einziges Mal ›meine liebe, süße Lady‹ nennt, schwöre ich, dass ich ihm eigenhändig das Gesicht zerkratze.«

Robert lachte und umarmte sie fest. Eine Woge des Glücks überkam ihn. Dies hier war seine Welt. Hier fühlte er sich vollkommen wohl. Außenstehende konnten eindringen, aber solange Lorna und die Kinder bei ihm waren, konnten sie ihm nichts anhaben.

Lorna schmiegte sich an ihn. »Hm.«

»Was soll das heißen?«, fragte er lächelnd.

Sie zog die Augenbrauen hoch. »Wenn das einer Erklärung bedarf, Sir, vergessen Sie, dass ich es erwähnt habe.«

Ehe sie nach unten gingen, sahen sie noch einmal nach Duncan. Lorna legte vorsichtig die Hand auf die Stirn des Babys. »Ich glaube, er hat kein Fieber mehr.«

»Er ist sehr blass«, meinte Robert besorgt.

Queenie saß in einer Ecke des Zimmers und häkelte. »Er wird bestimmt wieder ganz gesund«, sagte sie, ohne aufzusehen. Neben ihr stand ein Tontopf. Weder Robert noch Lorna wussten genau, was es damit auf sich hatte, aber sie fühlten sich beruhigter. Welchen Sud auch immer die Zulu für ihren Sohn gebraut hatten, sie wussten, dass er den Heilungsprozess nur fördern konnte.

»Wenn er aufwacht, gib ihm etwas Wasser«, wies Lorna Queenie an.

»Ich habe Maisbrei vorbereitet.«

»Gut. Schau, ob er etwas davon isst. Aber er benötigt vor allem viel Wasser.«

Arm in Arm verließen sie das Zimmer und gingen nach unten. Boyd saß im Salon und las. Sein gesamter Körper drückte Missbilligung aus. »Wo sind die Kinder?«, fragte Lorna.

»In der Küche«, antwortete er, ohne von seinem Buch aufzuschauen. »Die Köchin hat Brot gebacken. Diese kleinen Ungeheuer warten nicht einmal, bis es abgekühlt ist.«

Lorna lachte und Robert grinste.

Boyd klappte jäh das Buch zu und legte es auf einen Tisch. »Ich finde das nicht witzig«, rief er gereizt. »Sie müssen disziplinierter sein. Sie sind wie kleine Wilde. Cameron benutzt nicht einmal das Bad. Er ... uriniert, wo immer es ihm gefällt. Es ist widerwärtig. Eleanor hat angefangen, es ihm nachzumachen. Sie sind die meiste Zeit halb nackt. Es kann auch nicht gut für sie sein, wenn sie ständig mit bloßen Füßen herumlaufen.«

Robert spürte, dass er die Geduld verlor, aber ehe er etwas sagen konnte, hatte Lorna bereits das Wort ergriffen. »Sei nicht so ein steifer alter Langweiler«, sagte sie. »Sie sind die gesündesten Kinder auf der ganzen Welt.«

»Wirklich?« Boyd verzog hämisch den Mund. »Ich vermute, das gilt auch für Duncan, oder?«

»Duncan erholt sich wieder«, antwortete Lorna knapp. »Malaria ist hier draußen eine ganz normale Krankheit.« Sie zögerte, dann fügte sie mit spitzer Zunge hinzu: »Du solltest dich darauf gefasst machen, Boyd, dass auch du die eine oder andere Attacke erleben wirst, solange du hier in Zululand bist.«

Er ignorierte ihre Bemerkung. »Wenn du die Kinder anständig anziehen und im Haus halten würdest, gäbe es sicher keine Probleme mit Malaria.«

»Bestimmt nicht«, antwortete Lorna, »aber wäre das bei diesem herrlichen Klima nicht grausam?«

»Ich glaube nicht, dass du mir richtig zuhörst«, meinte Boyd verächtlich. »Andere Eltern, die ich kenne, sind nicht so kurzsichtig, wenn es um ihre Kinder geht. Wie eure je ihren Platz in der Gesellschaft finden sollen, ist mir rätselhaft. Sie wissen einfach nicht, wie man sich zu benehmen hat.«

Lorna täuschte ein Gähnen vor und hielt sich die Hand vor den Mund.

Auch Robert hatte genug. Die Tatsache, dass seinem Bruder das Leben, das sie hier führten, nicht gefiel, war eine Sache, aber dass er sich das Recht herausnahm, sie offen zu kritisieren, war eine ganz andere. »Boyd, du bist bei uns herzlich willkommen«, sagte er scharf, »aber nur unter der Bedingung, dass du unser Privatleben respektierst. Ehrlich, Boyd, es interessiert mich nicht im Geringsten, was du über uns denkst.« Er brach ab, als Percy in der Tür erschien.

»Eine Madam bittet darum, Sie sprechen zu dürfen, Sir. Und ein Mann, der sagt, er sei ihr Vater.«

»Wer ist es?«

Percy war sein Unbehagen deutlich anzusehen. »Die Madam behauptet, sie sei Ihre Frau.«

»Scheiße!«, entfuhr es Lorna, und Boyd starrte sie voller Entsetzen an. Sie starrte zurück. »Scheiße«, wiederholte sie. »Oder würdest du etwas Derberes bevorzugen?«

Boyd war sprachlos.

»Führ sie herein«, sagte Robert zu Percy. »Wir werden sehen, was sie zu uns bringt.«

Sie hörten Mr. Wilcox bereits, ehe er das Zimmer betrat. »Ich werde das Gespräch führen.«

»Ja, Vater.«

Wilcox betrat den Salon wie ein aggressiver Bullterrier – mit kurzen stämmigen Beinen, vorgerecktem Unterkiefer, hervortretenden Augen und gefletschten Zähnen. Er nickte Lorna kurz zu. »Madam.«

Lorna antwortete höflich. »Sir.«

Wilcox sah Boyd neugierig an, und Robert stellte seinen Bruder Vater und Tochter vor. Er registrierte, dass Sarah den Blick sittsam gesenkt hielt. Sie würde eine gute Zulu abgeben, dachte Robert böse.

Nachdem die Formalitäten erledigt waren, wartete Robert darauf, dass Wilcox auf den Anlass seines Besuches zu sprechen kam. Der Mann schien zu zögern. »Granger, ich bin froh, dass ich Sie zu Hause erwische.«

»Ich bin heute erst zurückgekehrt«, antwortete Robert knapp. »Möchten Sie vielleicht eine Erfrischung?«

»Nein, nein. Wir bleiben nur einen Augenblick.«

Die Wanduhr schlug laut und monoton, sonst war es ganz still. Schließlich fragte Robert: »Nun, wie kann ich Ihnen helfen, Sir?«

Wilcox räusperte sich umständlich. »Kommen Sie, Granger, wir hatten in der Vergangenheit Differenzen. Können wir die alte Feindschaft nicht begraben?«

Das war zu viel. »Wir haben keinerlei Beziehung mehr. Nennen Sie mir freundlicherweise den Grund Ihres Besuches.«

Das joviale Grinsen fiel in sich zusammen. Ganz kurz flackerte Hass in den Augen des älteren Mannes auf. Er sprach mit kalter Stimme. »Gibt es vielleicht einen Ort, wo wir uns unter vier Augen unterhalten können?«

»Mein Arbeitszimmer.« Robert ging voran.

Als sie die Tür hinter sich geschlossen hatten und allein waren, wurde Robert klar, dass Wilcox das, was ihn hergeführt hatte, äußerst unangenehm zu sein schien. Er wirkte ungewöhnlich verunsichert. »Glauben Sie mir, Granger, es bereitet mir kein Vergnügen, Sie wiederzusehen.«

»Dieses Gefühl ist beiderseitig.«

»Seien Sie nicht unverschämt, Sie Grünschnabel.«

»Dies ist mein Haus«, erinnerte Robert ihn. »Um Himmels willen, Mann, sagen Sie mir endlich, was Sie von mir wollen, und dann verschwinden Sie wieder.«

Die unverblümte Unhöflichkeit ließ Wilcox tief einatmen. Er ballte die Hände zu Fäusten und hatte offensichtlich große Mühe, ruhig zu bleiben. »Möchten Sie nun hören, was ich Ihnen zu sagen habe?«, brüllte er plötzlich. »Ich bin nicht gekommen, um mich beleidigen zu lassen.«

Robert ließ sich das, was er dachte, nicht anmerken. Er wartete darauf, dass Wilcox sich wieder beruhigte.

Seufzend legte der Mann den Grund seines Besuches dar. »Ich bin heute Abend hergekommen, um Ihnen die Auflösung des Vertrages anzubieten, den Sie offenbar sowieso nicht respektieren wollen.«

»Und was verlangen Sie dafür?«

Wilcox starrte ihn an. »Bei meiner Ehre, Sir, Ihre Respektlosigkeit kennt keine Grenzen.«

»Sprechen Sie mir gegenüber nicht von Ehre«, meinte Robert mit schneidender Stimme. »Sie besitzen keine. Und ich habe auch keinerlei Respekt vor Ihnen, wenn Sie es genau wissen wollen. Was wollen Sie also?«

»Sie haben das Leben meiner Tochter ruiniert. Eine Form des Ausgleichs ist da sicher angemessen. Sie sind kein reicher Mann, das weiß ich. Aber die Marquise ist sehr wohlhabend. Was ist Ihnen beiden die Freiheit zu heiraten wert?«

Die Wut überwältigte Robert beinahe. »Aha«, antwortete er mit eiskalter Stimme. »Die Scheidung hat also einen Preis. Ich habe es gewusst. Was für ein widerliches Stück Mist Sie sind, Wilcox.«

Ärger verdunkelte das Gesicht des älteren Mannes. »Was Ihre Ehre angeht, Sir, Sie und diese Ehebrecherin sind das Gespött von ganz Durban.«

»Lady Lorna ist keine Ehebrecherin, Sie erpresserischer Widerling.« Robert spuckte die Worte voller Abscheu aus. »Sie, und nur Sie haben uns in diese Situation gezwungen.«

Hinter seiner polternden Fassade war Wilcox ein Feigling, der vor einer offenen Konfrontation zurückschreckte. »Ich habe nicht die Absicht, dies weiter zu diskutieren«, stieß er auf einmal hastig aus. Angesichts Roberts Wut war er aschfahl geworden. »Ich habe keinen Grund, Sie zu mögen. Sie haben meiner Tochter das Herz gebrochen.«

»Tatsächlich?« Robert klang ganz ruhig, dabei hätte er am liebsten das Schüreisen gegriffen und es auf Wilcox' schwitzenden Kopf sausen lassen.

»Und ob Sie das haben, Sir.«

Robert hatte die Scharade plötzlich satt. »Verschwinden Sie. Nehmen Sie Ihre verlogene Tochter und lassen Sie uns in Ruhe.«

»Und das Geld?«

»Welchen Preis sind Sie bereit zu zahlen, wenn ich weiter schweige, was den wahren Vater von Sarahs Kind anbetrifft?«

»Das würden Sie nicht wagen.«

»Wenn Sie mich weiter reizen, Wilcox, werde ich es wagen.«

»Dann würde ich mich genötigt sehen, die Polizei zu benachrichtigen und über Ihren Aufenthaltsort zu informieren.«

»Eins zu eins«, erklärte Robert leise.

»Nein, Sir, Sie haben mehr zu verlieren als ich.«

»Wirklich?« Robert sah seinen Schwiegervater an.

Der ältere Mann wich seinem Blick aus. »Sie werden noch von mir hören, Granger. Ich werde Ihnen nicht gestatten, Sarah auf derart schändliche Weise zu behandeln. Sie *werden* zahlen, oder, bei Gott, das Seil des Galgens wird das Letzte sein, was Sie von dieser Erde sehen.«

Robert drehte sich um und schaute durch das Fenster in die Dunkelheit hinaus. »Gehen Sie beide zum Teufel«, sagte er ruhig. »Bei Ihrem Anblick wird mir schlecht.«

Wilcox wollte noch etwas erwidern, doch dann nickte er abrupt. »Ich wünsche eine Gute Nacht, Sir.« Mit diesen Worten wandte er sich um und verließ den Raum.

Kochend vor Wut blieb Robert im Arbeitszimmer stehen, bis er Sarah und ihren Vater davonfahren hörte. Würde Wilcox seine Drohung wahr machen? All die schönen Worte über den Ruf seiner Tochter bedeuteten dem Mann überhaupt nichts. In Wahrheit trieb ihn nur die Gier. Interessant war lediglich, dass er so rasch das Selbstvertrauen verloren und einen Rückzieher gemacht hatte, als Robert ihm seinerseits gedroht hatte. Übel gelaunt kehrte er in den Salon zurück.

Boyds schockierte Reaktion auf die Enthüllung, dass Robert zwar verheiratet war, aber nicht mit Lorna, wie er vermutet hatte, kam Robert völlig ungelegen. Er war mit seiner Geduld am Ende.

»Ach, sei doch still«, fuhr er ihn an. »Deine alberne Haltung interessiert mich nicht im Geringsten.«

Ungerührt ereiferte sich Boyd weiter. »Das arme, arme Mädchen. Schande über euch beide. Offenbar hast du in Afrika allen Anstand verloren.«

»Wenn du mich jetzt entschuldigen würdest«, stieß Robert mühsam beherrscht hervor. »Es gibt da ein paar Dinge, die ich mit Lorna zu besprechen habe.« Als Boyd keine Anstalten machte, das Zimmer zu verlassen, fügte er hinzu: »Allein.«

»Kümmert euch nicht um mich.« Boyd setzte sich und schlug die Beine übereinander. »Als älterer Bruder ist es meine Aufgabe …«

»… zu merken, wenn deine Gegenwart unerwünscht ist.« Robert fuhr sich mit der Hand über die Augen und seufzte. »Meine Güte, Boyd, du kennst nicht die Hälfte der Geschichte. Dieses kleine Biest hat mich belogen und zu einer Heirat gezwungen. Ihr Vater hat mich auf übelste Weise erpresst. Es gibt keinerlei Liebe zwischen uns. Lorna würde ich sofort heiraten, wenn ich frei wäre, dies zu tun. Dein Rat mag wohlgemeint sein, aber er hilft uns nicht.«

»Dennoch«, meinte Boyd steif und verbarg seine Kränkung nicht, »bringst du die Marquise of Dumfries in eine unerträgliche Lage. Ich dränge euch beide, euch voneinander fern zu halten, bis es keinen Hinderungsgrund mehr gibt und ihr Mann und Frau werden könnt.«

Roberts und Lornas Blicke trafen sich. Lornas Augen blitzten. Sie würde gleich die Geduld verlieren, und Robert konnte es ihr nicht verübeln. Er wandte sich erneut an Boyd. »Da du dich gegenüber meiner Bitte, uns allein zu lassen, taub stellst, lässt du mir keine andere Wahl, als es noch einmal zu wiederholen: bitte, geh. Ich war fast zwei Monate lang weg und möchte gern etwas Zeit mit meiner Familie verbringen. Und da du außer zu Kritik zu nichts fähig zu sein scheinst, schließt dich das nicht ein.«

Boyd wandte sich an Lorna – das war ein großer Fehler. »Liebe, süße Lady, siehst du denn nicht den Sinn in dem, was ich sage?«

Sie sah ihn funkelnd an. »Soll ich dir sagen, was ich sehe?«, fauchte sie. »Jemanden, von dem ich einmal geglaubt habe, ich würde ihn kennen und mögen. Das war mein Fehler. Du bist der arroganteste und langweiligste Mann, dem ich je begegnet bin. Wie kannst du es wagen, mir und Robert vorzuschlagen, getrennt voneinander zu leben? Wir haben Kinder, oder hattest du das vergessen? Behalte deine Ansichten für dich, Boyd. Ich möchte sie jedenfalls nicht hören.«

Mit offenem Mund konnte Boyd nur stammeln: »Aber, Mylady.«

Robert schaltete sich ein, bevor Lorna sich ganz vergaß. Er zeigte mit dem Finger auf sie. »Das hier ist Lorna de Iongh, du Idiot. Erinnerst du dich? Du kennst sie seit ihrer Geburt. Hör mit dem Getue auf. Das ist in diesem Haus fehl am Platz.«

»Also wirklich.« Boyd stand auf und strich sich seine Tunika glatt. »Ich merke, dass es keinen Sinn hat, an eure Moral und euren Anstand zu appellieren. Ich wünsche euch beiden eine Gute Nacht.«

Robert atmete erleichtert auf und brachte seinen Bruder zur Tür. Aber Boyd war noch etwas eingefallen, was er unbedingt loswerden musste. »Wirst du beim finalen Schlag gegen Ulundi dabei sein?«

»Nein.«

»Warum nicht?«

»Ich habe meinen Beitrag geleistet.«

»Aber du hast doch eine Vaterlandspflicht«, antwortete Boyd verständnislos.

Robert ignorierte es. »Chelmsford hat mehr als genug Leute. Ulundi wird leicht einzunehmen sein. Die Zulu sind bereits geschlagen. Nichts kann sie mehr retten.«

»Das klingt ja, als wärst du auf ihrer Seite.« Boyd war schon wieder in Kampfesstimmung. »Sie sind der Feind, mein lieber Junge.«

»Für mich nicht. Sie haben mir nichts als Herzlichkeit, Freundschaft und Großmut entgegengebracht. Die Zulu sind meine Freunde. Ich habe nicht den Wunsch, weiter gegen sie zu kämpfen.«

»Freunde?« Boyd war erstaunt. »Sie sind Wilde, der ganze Haufen. Man braucht sie sich doch nur anzusehen.«

»Oh, dazu wirst du noch reichlich Gelegenheit haben, glaub mir. Ich hoffe, deine Augen sind dann weit offen. Wenn du die *impi* über zehn und mehr Meilen über die Ebene verteilt siehst und zwanzigtausend Stimmen *uSuthu* rufen hörst, kannst du sie durchaus zunächst für Wilde halten. Aber schau noch einmal genauer hin. Sieh zu, mit welcher Disziplin sie in Gefechtsformation fallen. Und dann, wenn deine Nackenhaare zu Berge stehen und dir ein Schauer über den Rücken läuft, könnte es sein, dass du erkennst, welche Intelligenz und Erfahrung in ihnen steckt, und dass du schnell etwas tun musst, ehe du umzingelt bist. Überleg dann, ob du sie immer noch für Wilde hältst. Sie sind tapfere und entschlossene Gegner, die sich uns mit nichts als ihren Schilden und *assegais* entgegenstellen, obwohl sie wissen, dass sie gegen unsere Schusswaffen nichts ausrichten können. Gott möge dir helfen, wenn sie dir nahe genug kommen, um sie zu benutzen. Wenn du dann um dein Leben kämpfst, merkst du vielleicht, dass dir die Zulu überlegen sind. Und das könnte durchaus dein letzter Gedanke sein. Wenn du jedoch überlebst und von deinem Elfenbeinturm gestürzt wirst, wirst du vielleicht Vernunft annehmen. Vielleicht auch nicht, da du dir ja anscheinend so sicher bist, dass das Recht auf deiner Seite ist und die Zulu nicht viel mehr als Tiere sind.«

Mit spöttischer Miene hörte sich Boyd Roberts lange Rede an. Er hörte die Worte, aber ihre Bedeutung war so weit von allem entfernt, was ihm andere gesagt hatten, dass er sie nicht begreifen konnte. Als Robert endlich schwieg, fragte Boyd nur: »Was ist nur in dich gefahren, alter Junge?«

»Du«, antwortete Robert seelenruhig. »Du und deine verdammte Arroganz, dein dämliches Getue, deine verlogenen Ansichten. Verdammt, Junge, du hast gerade erst einen Fuß in dieses Land gesetzt. Was gibt dir das Recht, alles und jeden zu beurteilen? Nimm endlich deine Scheuklappen herunter.«

Boyd schüttelte den Kopf. »Du hast dich verändert.«

»Ja«, stimmte Robert ihm zu. »Ich habe die Wahrheit gefunden, und ich freue mich, dass auch Lorna dies getan hat.«

»Die Leute reden über euch.«

»Und? Lass sie doch.«

Boyd nahm seinen Umhang, Hut und Stock von der Garderobe. »Warum bist du nicht bei deiner Frau geblieben? Ich finde, sie ist ein nettes junges Ding. Genau die Sorte Frau, nach der ich suche.«

»Bedien dich«, erwiderte Robert knapp und öffnete die Tür. »Ach, und noch etwas«, fügte er hinzu. »Falls du etwas mit Sarah anfangen solltest, noch ein Hinweis: Auch sie mag die Zulu.« Mit diesen Worten entließ er seinen Bruder in die Nacht.

Lorna hatte die erhobenen Stimmen gehört und kam, um nachzuschauen. Robert wandte sich mit einem breiten und zufriedenen Lächeln zu ihr um. Fest umarmte er sie. »Ich bin ein gemeiner alter Schurke.«

»Bist du nicht«, protestierte sie. »Nur ein bisschen ungeduldig vielleicht.« Sie rückte ein Stück von ihm ab und sah ihm in die Augen. »Was wollten Sarah und ihr Vater?«

Robert erklärte es ihr. »Es sieht so aus, als sei ihm der Skandal einer Scheidung angesichts einer Summe Geldes völlig gleichgültig.«

»Ich habe viel …«

»Nein.«

Sie neigte den Kopf zur Seite und sah ihn an. »Du machst ein ziemlich störrisches Gesicht.«

»Du auch.«

»Du wirst nicht zahlen, gib es zu.«

»Nicht, wenn ich es verhindern kann.«

»Können wir wenigstens darüber sprechen?«

Er küsste sie auf die Nasenspitze. »Natürlich.«

»Verdammt, Robert«, brach Lorna hervor und stampfte mit dem Fuß auf. »Hör auf, so verdammt vernünftig zu sein. Wenn ich helfen kann, wieso …?«

Ein plötzlicher Schrei drang aus der Küche, gefolgt von einem lauten Poltern und Kates Weinen. »Willkommen zu Hause, Liebster.« Lorna befreite sich aus seinen Armen. »Wir können später noch darüber reden. Ich sehe schnell nach Duncan, vielleicht kannst du dich solange um Kate kümmern.«

»Zu freundlich.« Robert beugte sich vor und küsste sie noch einmal auf die Nase.

Sie lächelte. »Wird Sarah sich tatsächlich von dir scheiden lassen, wenn du zahlst?«

»Wilcox behauptet das, und er scheint ihr Leben zu beherrschen.« Was immer sich in der Küche abspielte – Robert konnte es nicht länger ignorieren.

»Werden wir dann heiraten?«

»Ich sollte doch derjenige sein, der diese Frage stellt.«

»Dann stell sie.«

»Wirst du mich heiraten?«

»Darauf kannst du dich verlassen.« Sie drehte sich um, lief leichtfüßig die Treppe hinauf und ließ ihn mit einem glücklichen Grinsen zurück.

»Master.« Percy erschien. Er war weiß von Kopf bis Fuß.

Bei näherem Hinsehen erkannte Robert den Grund. Mehl. »Was ist geschehen?«

Percy sagte nur ein Wort. »Torben.«

Seufzend lief Robert zur Küche. Der Alltag hatte ihn wieder. Trotz Boyds unerwünschter Einmischungsversuche und dieses erpresserischen Hurensohns Wilcox hätte Robert nicht glücklicher sein können.

# 15

In den folgenden Wochen waren Lorna und Robert zur Untätigkeit verdammt. Sie hingen in Durban fest, bis der Krieg vorüber war, und es sah so aus, als hätte Lord Chelmsford es nicht sonderlich eilig, den Konflikt zu beenden.

Das stimmte natürlich nicht ganz. Chelmsford selber führte die Befreiung von Colonel Pearsons Kolonne an, die in der Eshowe-Mission drei Monate lang gefangen gehalten worden war. Aus diesem Grund trug er Colonel Evelyn Wood auf, am Hlobane Mountain ein Ablenkungsmanöver zu schaffen. Fünf Tage nach der Schlacht von Kambula Hill hatte Chelmsford erfolgreich annähernd zwölftausend *impi* besiegt. Im Grunde war Cetshwayos Armee längst das Herz herausgerissen worden. Der Kampf dauerte nur zwanzig Minuten und hinterließ tausend Tote und Sterbende.

In Durban berichtete John Dunn, der die Position und die Stärke der Zulu persönlich ausgekundschaftet hatte, Robert von der Schlacht.

»Cetshwayo untersagt seinen *impi* immer noch, nachts anzugreifen. Sie sind unter dem Schutz dichten Nebels im Morgengrauen losmarschiert. Sobald es hell wurde, kam jeder Mann, den er aufbieten konnte, auf uns zu.« Dunn lächelte boshaft. »Einige von unseren Jungs hatten noch nie eine Schlacht erlebt, geschweige denn einen verdammten Zulu-Krieger. Es war ein beeindruckender Anblick, aber der Geist fehlte. Sie sind nicht einmal nahe genug gekommen, um ihre *assegais* zu benutzen.«

»Die armen Schweine«, antwortete Robert leise.

»Ja.« Dunn seufzte tief, dann machte er seiner Frustration Luft. »Ich möchte, dass das aufhört. Es ist fast so etwas wie Mord. Warum das Unausweichliche in die Länge ziehen? Ich sage Ihnen, Mann, auch wenn es sentimental klingt, aber dieser so genannte Krieg ist eine Farce. Cetshwayos *impi* weigern sich zunehmend, sich gegen unsere Waffen zu erheben. Warum nimmt Chelmsford nicht endlich Ulundi ein und bereitet der Sache ein Ende?«

»Sie könnten sich da heraushalten. Warum bleiben Sie?«

Dunn fuhr sich mit der Hand über das Gesicht. »Es gibt Gründe. Ich kann nicht darüber sprechen.«

Robert konnte sehen, dass Dunn sehr aufgewühlt war. Ihm selber war es schwer gefallen, ein Volk zu bekämpfen, das er zu respektieren gelernt hatte. Für John musste es noch viel schwieriger sein.

Es sollte noch weitere drei Monate dauern, bis Lord Chelmsford zum Angriff auf die Hauptstadt bereit war. Die Verzögerung war reine Taktik, um den Verstärkungstruppen Zeit zur Akklimatisierung zu geben. Noch wichtiger war die Tatsache, dass die Pferde, die die neu eintreffenden Einheiten mitbrachten, sich nach der langen Schiffsreise in einem schlechten Zustand befanden und Zeit benötigten, um wieder zu Kräften zu kommen.

In dieser Zeit lief das Leben für Robert und Lorna gemächlich voran. Gerüchte erreichten sie, dass Zululand, sobald Ulundi gefallen sein würde, in kleinere Königtümer aufgeteilt werden sollte.

Boyd, der damit gerechnet hatte, dass es viel schneller zu neuen kriegerischen Auseinandersetzungen kommen würde, war in Durban geblieben und hatte seinen moralischen Kreuzzug gegen die Lebensverhältnisse seines Bruders beharrlich fortgesetzt. Auch die Zeit änderte nichts an seiner Einstellung gegenüber den Zulu. Ohne irgendein Verständnis, das über das Verhältnis zwischen Master und Diener hinausging, hatte Boyd ein Urteil gefällt und die Zulu als primitiv, faul und nicht vertrauenswürdig abgestempelt. Robert und Lorna fanden seine Gesellschaft weiterhin als störend und nahmen sie nur deshalb hin, weil sie sich als Familienangehörige dazu verpflichtet fühlten.

Dann erreichte sie die Nachricht vom plötzlichen und unerwarteten Tuberkulosetod von Lornas Mutter. Die Nachricht war traurig, aber der Haftbefehl gegen Robert wurde endlich aufgehoben. Lady Pamela schrieb, dass Lord de Iongh mehr als nur seine Frau verloren habe. Der Mann schien das Interesse an allem verloren zu haben. Nachdem er die Anschuldigung zurückgenommen hatte, von der er immer gewusst hatte, dass sie falsch war, hatte er sich völlig aus dem öffentlichen Leben zurückgezogen. Es stand Robert nun frei, nach Schottland zurückzukehren.

Die Todesnachricht belastete Lorna nicht sehr, da sie beiden Elternteilen nicht besonders nahe gestanden hatte. Viel bedeutsamer war für sie die Tatsache, dass Roberts Name endlich wieder rein war. »Jetzt können wir wenigstens nach Schottland reisen, um dort einmal die Ferien zu verbringen«, war alles, was sie sagte.

Robert hatte sich so sehr daran gewöhnt, in Ungnade gefallen zu sein, dass er erst nach einem Brief von Lord Diamond – der Diplomat, der mit ihm zusammen an Bord der *Marie Clare* nach Afrika gereist war – tatsächlich glauben konnte, dass man nun nicht mehr nach ihm fahndete. Der Brief war die Bestätigung all dessen, was auch Lady Pamela geschrieben hatte. Robert war ein freier Mann.

Auch wenn er sich über diese Nachricht freute, die Freiheit, Lorna heiraten zu können, war das, wonach sich Robert wirklich sehnte. Er schrieb eine kurze Nachricht an den Diplomaten und bedankte sich für seine Bemühungen. Lord Diamond antwortete erneut und bot ihm eine Position in der Verwaltung von Kapstadt an. Robert lehnte ab.

John Dunn wohnte bei ihnen in The Berea, wann immer er in der Stadt war. Auch der junge Händler Stephen Holgate, den Robert in Colenso kennen gelernt hatte, war ein regelmäßiger Besucher in ihrem Haus.

Der Zulu-Krieg hatte für weltweite Aufmerksamkeit gesorgt und mehr Abenteurer nach Afrika gelockt als je zuvor. Zu ihnen gehörte auch Cecily Jerome, die in Amerika zu den oberen Zehntausend gehörte. Endlich hatte Lorna eine Geistesverwandte gefunden, mit der sie alle Frauenthemen besprechen konnte, die Robert langweilig fand. Cecily war für sie wie ein frischer Windhauch. Ihre Cousine Jennie hatte Lord Randolph Churchill geheiratet und einen Sohn bekommen – Winston. Lorna wusste, dass sie eine Frau getroffen hatte, die wie sie kein Blatt vor den Mund nahm, als Cecily unverblümt erklärte: »Der verdammte Mann ist politisch, gesellschaftlich und intellektuell ein Langweiler. Er hasst Frauen. Die arme Jennie führt ein schreckliches Leben. Und was ihren Sohn angeht, der Himmel weiß, was aus dem mal werden soll – der Junge sitzt die meiste Zeit allein herum und spielt mit Zinnsoldaten.«

Cecily war mit zoologischen und anthropologischen Ambitionen nach Afrika gekommen, denn sie hatte das Pech, mit wissenschaftlichen Neigungen geboren worden zu sein. Von sich selber sagte sie: »Ich kann lesen und schreiben, das verdanke ich einer Gouvernante. Meine Fertigkeiten in Handarbeit sind außerordentlich, dafür haben jede Woche endlos langweilige Stunden mit der trübseligen und verarmten Miss O'Neill aus Dublin gesorgt. Ich spiele voller Liebreiz auf dem Pianoforte. Das ist ein Widerspruch an sich.«

Lorna fand sie ehrlich und amüsant. »Wer hat Ihnen das erzählt?«

»Mein Hauslehrer.« Cecily lächelte bösartig. »Ein sanfter, verträumter junger Mann mit ziemlich abartigen sexuellen Theorien und wenig Talent. Er hat Musik gelehrt, als hätte er Angst davor.« Cecily verzog den Mund. »Ich habe darum gebeten, Latein und Griechisch lernen zu dürfen, und meinen Vater angefleht, mir jemanden zu suchen, der mich in Physiologie unterrichten könne. Aber ohne Erfolg. Anständige junge Damen belasten sich nicht mit solchen Dingen.«

Lorna spürte den Ärger hinter Cecilys leicht dahingesagten Worten. »Aber Sie müssen doch irgendeine Form des Unterrichts genossen haben?«

»Bücher«, antwortete Cecily. »Ich habe mich selbst unterrichtet. Das ist der Grund, weshalb ich nie ernst genommen werde.« Sie lächelte bitter in Lornas Richtung. »Die verdammten Männer und ihre Egos.«

Einer dieser verdammten Männer und sein Ego kollidierten bereits wenige Minuten nach dem ersten Zusammentreffen mit Cecilys überragendem Intellekt. Boyd äußerte seine Sorge darüber, dass sie beabsichtigte, in ausschließlich afrikanischer Begleitung an die zerklüftete Westküste zu reisen. »Meine liebe Lady«, protestierte er. »Vergessen Sie diese alberne Idee.«

»Alberne Idee?«, wiederholte Cecily mit funkelnden Augen.

Lorna und Robert lehnten sich zurück und genossen schamlos, wie Cecily Boyd und seine Vorurteile in der Luft zerriss. Sie tat das so erfolgreich, dass Boyd plötzlich starke Kopfschmerzen befielen und er sich vom Lunch entschuldigen ließ, worüber alle anderen nicht im Geringsten betrübt waren.

Auch Robert mochte Cecily. Ihre Gesellschaft war nicht nur gut für Lorna; wenn sie in der Nähe war, war die ganze Atmosphäre fröhlich und anregend. Eines Tages fragte jemand, wieso immer ein Revolver in ihrem breiten Gürtel stecke.

»Ich dachte, das wäre offensichtlich«, antwortete sie unbekümmert. »Man hofft natürlich, ihn nicht benutzen zu müssen, aber man weiß, wann man ihn doch mal benutzen muss. Dann nämlich muss man ihn verdammt schnell zur Hand haben.«

Es war ein trauriger Tag, als sich Cecily, auf Lornas Rat mit Hosen bekleidet, auf die Reise machte. Später erfuhren Lorna und Robert, dass sie beim Überqueren der Howick Falls Stephen Holgate getroffen hatte, der mit Elfenbein unterwegs nach Durban war. Cecily und Stephen hatten über Lorna und Robert voneinander gehört, waren sich aber zuvor nie begegnet. Der Händler war von der Amerikanerin so fasziniert, dass er seinem Gewehrträger sein Elfenbein anvertraute, um sie zu begleiten. Empörte Damen aus der vornehmen Gesellschaft und neidische Gentlemen aus exzellenten Familien tauschten eifrig aus, was an Gerüchten nach Durban drang. Danach benahmen sich Cecily und Stephen »ganz ungeniert so ›als seien sie verheiratet‹«. Lorna und Robert waren begeistert.

Mitte Mai 1879 verließ Boyd Durban und brach in Richtung Zululand auf. Seine Schwadron war das einzige der königlichen Dragonerregimente, das sich Lord Chelmsford anschloss. Der Rest seines Regiments, unter dem Befehl von Generalmajor Hugh Clifford, war verantwortlich für die Verwaltung und die Kommunikation zwischen Durban und der Grenze nach Zululand.

»Ziemlich viel Glück, alter Junge«, schwärmte Boyd. »Ich wäre ganz schön ungehalten, wenn ich den ganzen Weg hierher umsonst gemacht hätte.«

Robert hatte längst aufgegeben, seinen Bruder zur Vernunft zu bringen. Er schüttelte Boyd die Hand, wünschte ihm Glück und war verdammt froh, ihn endlich von hinten zu sehen.

Es war offensichtlich, dass der geplante Angriff auf Ulundi unmittelbar bevorstand. Nach den vorherigen Verzögerungstaktiken überschlugen sich nun die Ereignisse. John Dunn und seine Späher drangen am Lower Thukela Drift nach Zululand ein. Unter dem Kommando von Generalmajor H. H. Crealock würde eine Küstenkolonne zur St.-Paul's-Missionsstation vordringen, fünfundzwanzig Meilen vom königlichen Kral in Ulundi entfernt.

Colonel Evelyn Wood und seine Männer, die von Kambula Hill gekommen waren, hatten bereits ihre Position eingenommen und warteten darauf, sich mit Chelmsfords Leuten zu vereinen.

Der Gesamtkommandeur und seine Ulundi-Kolonne überquerte Rorke's Drift und machte einen Umweg von etwa fünfundvierzig Meilen, um Isandlwana und die Spuren der Schlacht Monate zuvor zu umgehen.

Die Briten näherten sich der Hauptstadt wie ein gigantisches Raubtier mit ausgestreckten Klauen. In einem verzweifelten Versuch, eine finale Auseinandersetzung zu vermeiden, sandte Cetshwayo Geschenke und Botschaften an Lord Chelmsford. Im Gegenzug verlangte dieser Dinge von ihm, die unmöglich zu erfüllen waren. Es schien, als könne nichts mehr den endgültigen Todesstoß verhindern. Zwei Tage nachdem Chelmsford in Zululand einmarschiert war, fand ein Ereignis statt, das das Schicksal der Zulu-Nation nachhaltiger besiegelte als alles, was bis dahin geschehen war.

Von Durban aus verfolgten Robert und Lorna dieses Treiben mit Entsetzen, aber auch mit zunehmender Ungeduld, weil sie darauf warteten, dass der Krieg endlich zu Ende ging. Über Cetshwayo erreichten sie nur wenige Nachrichten. Um den König herum war es still geworden, vermutlich kümmerte er sich um Angelegenheiten, die in den vergangenen Monaten liegen geblieben waren. Schließlich erfuhren sie, dass man Boten entsandt hatte, um Krieger nach Ulundi zu rufen. Sie hörten auch, dass Cetshwayo es für nötig erachtete, diese Aufforderung zu wiederholen, ehe sich seine Armee schließlich versammelte.

Doch selbst als er seine *impi* zusammengerufen hatte, ließ der König in seinen Bemühungen um eine friedliche Lösung nicht locker. Als Bote um Bote mit Absagen oder unerfüllbaren Forderungen nach Ulundi zurückkehrte, verzweifelte Cetshwayo.

Er richtete einen flehentlichen Appell an Chelmsford: »Was habe ich getan? Ich möchte Frieden – ich bitte um Frieden.«

Die Antwort war herausfordernder als je zuvor.

»Sie wussten, dass er niemals auf ihre Forderungen eingehen würde. Sie wollen ihn zerstören«, erklärte Robert ungehalten. »Mit etwas anderem werden sich die Briten nicht zufrieden geben.«

Während sie Zeuge des unausweichlichen Todes einer Nation wurden, drängten sich weitere Angelegenheiten in den Vordergrund. Robert hatte eine letzte Auseinandersetzung mit seinem Schwiegervater. Sarahs Vater nahm die Einladung zu einem Drink voller Misstrauen an. Es war das allererste Mal, dass sein Schwiegersohn ihn um ein Treffen gebeten hatte.

In seinem Arbeitszimmer wandte sich Robert an den Mann, den er so sehr verabscheute. »In Großbritannien sind alle Anschuldigungen gegen mich aufgehoben worden«, begann er.

Wilcox überkam eine böse Vorahnung. Sein Gesicht verfinsterte sich.

»Daher«, fuhr Robert fort, »sind Ihre Drohungen gegen mich nun gegenstandslos.«

»Kommen Sie, kommen Sie«, brauste Wilcox auf. »Das Wort eines Gentlemans und all das.«

»Ich bestehe darauf, dass Sie unverzüglich die Scheidung veranlassen. Wenn Sie versuchen, das Verfahren zu verzögern, werde ich zu meiner Verteidigung eine öffentliche Erklärung abgeben. Ich werde nicht lange fackeln. Sarahs Ruf, der Ihnen angeblich so wichtig ist, wird völlig ruiniert sein. Ich kann sogar das Kind vorweisen. Und Sie, Sir, können davon ausgehen, dass Sie wegen Erpressung verklagt werden. Sie haben die Wahl.«

»Robert … Sohn … das meinen Sie nicht ernst.«

»Jedes Wort.«

Wilcox wusste, dass er verloren hatte. Er verließ das Haus in The Berea, und Robert sah ihn nie wieder.

Die Niederlage hielt den Mann jedoch nicht davon ab, seinen Schwiegersohn mithilfe von Rechtsanwälten so gut er konnte anzuzapfen. Es gab Zeiten, in denen Robert das Gefühl hatte, keinen Schritt voranzukommen.

»Sei nicht so wütend«, versuchte Lorna ihn dann jedes Mal zu beruhigen.

»Ich möchte dich endlich heiraten, verdammt«, polterte Robert. »Ist das denn so schwer zu verstehen?«

Lorna lächelte ihr gelassenstes Lächeln, und meist gelang es Robert nach einiger Zeit, ebenfalls etwas gelassener zu sein.

»Es tut mir Leid.« Er schämte sich für seine Ausbrüche.

»Das sollte es auch«, antwortete sie.

Eines Tages, als Robert wieder einmal der Verzweiflung nahe war, sagte Lorna: »Eine Frau in meinem Zustand verdient etwas mehr Rücksicht.«

»Wir bekommen noch ein Baby? Meine Güte, Lorna.« Er drückte sie an sich. »Ich liebe dich.«

»Danach ist aber Schluss«, murmelte sie an seinen Lippen. »Ich verliere sonst noch meine Figur.«

»Unsinn.« Seine Hände glitten über ihr Gesäß. »Du hast noch immer den Körper eines jungen Mädchens.«

Es stimmte. Robert konnte nie genug davon bekommen, Lorna anzuschauen. Er genoss ihren Lebenshunger, ihre Respektlosigkeit vor gesellschaftlichen Regeln und ihre offensichtliche Liebe zu ihm. Sie war noch immer so schön wie die Debütantin, die damals sein Herz erobert hatte. Robert liebte sie von ganzem Herzen.

Die Kinder waren eine weitere Quelle der Freude. Torben blieb schwierig, fand jedoch eine gewisse Befriedigung in seiner Leidenschaft fürs Lernen. Er genoss das Leben in Durban und ließ sich von der Energie der aufstrebenden Stadt anregen. Lorna und Robert sorgten sich manchmal, weil er ein Einzelgänger war – der Junge schien keinerlei Freunde zu haben –, aber im Großen und Ganzen machte er einen zufriedenen Eindruck.

Cam bereitete seinen Eltern ebenfalls Sorgen, denn im Gegensatz zu Torben weigerte er sich beharrlich gegen alles, was auch nur entfernt etwas mit Bildung zu tun hatte. Der Junge liebte Tiere, und er liebte den Busch. Er hatte viele Freunde, aber am liebsten war er mit Zulu-Kindern zusammen. Cam konnte das Kriegsende kaum erwarten, damit sie endlich nach Zululand zurückziehen konnten.

Ellies Faszination für alles Medizinische blieb bestehen. Cecily Jerome war völlig begeistert von ihr, und Lornas Entschlossenheit, Ellie in ihren Interessen zu ermutigen, festigte ihre Freundschaft noch einmal zusätzlich.

Kate hatte sich zu einer kleinen Lorna entwickelt – körperlich jedenfalls. Ansonsten war sie eher sanft und zurückhaltend. »Woher hat sie das bloß?«, fragte Lorna mehr als einmal Robert. »Sie ist kein bisschen wie wir.«

»Nein, sie ist eine ganz eigene Persönlichkeit«, antwortete Robert dann jedes Mal. »Aber das ist ja kein Fehler.«

Duncan erholte sich von seiner Malaria und fuhr fort, die Tapete von den Wänden zu reißen. Papier war für ihn ein Material, das man zerriss. Alle Bücher mussten hinter Schloss und Riegel aufbewahrt werden, dasselbe galt auch für wichtige Dokumente. Wenn man Duncan einen *Natal Mercury* in die Hände gab, war er das glücklichste Baby der Welt.

»Glaubst du, dass sich das auswächst?«, sorgte sich Lorna.

»Ich hoffe es ehrlich gesagt«, antwortete Robert. »Er wird größer. Als Nächstes werden die Bilder an die Reihe kommen.«

In seiner wachsenden Ungeduld, nach Zululand zurückkehren zu können, suchte Robert das Gespräch mit dem Hochkommissar General Sir Garnet Wolseley, der entsandt worden war, um das Ende des Krieges zu beschleunigen.

Es war allgemein bekannt, dass Großbritannien den Zulu-Konflikt endlich hinter sich bringen wollte. Isandlwana und Hlobane waren peinliche Niederlagen gewesen. Der lange Belagerungszustand von Eshowe war erniedrigend gewesen.

Wenn Chelmsford den Sieg nicht erringen konnte, behauptete Wolseley, würde er es tun. Da er ein viel beschäftigter Mann war, war Robert überrascht, dass der Hochkommissar ihn empfing.

»Ich habe Ihr Gesuch gelesen«, begann Wolseley und schüttelte Robert die Hand. »Wie kann ich Ihnen behilflich sein?«

»Ein einfaches Ja oder Nein würde reichen«, antwortete Robert. Er hatte sich nach der Möglichkeit erkundigt, auf seine Farm zurückzukehren, sobald der Krieg vorüber war.

Wolseley nickte. »Nein.«

Robert, der über die Antwort völlig überrascht war, brachte nur ein »Danke« hervor.

Wolseley strich über seinen Bart, dann zeigte er auf Roberts Schreiben. »Wenn das hier vorbei ist, wird Zululand Männer wie Sie brauchen. Daher habe ich diesem Treffen zugestimmt.« Er stand auf und ging zu einer Karte, die an der Wand hing. Er lächelte kurz, als er Roberts Gesichtsausdruck sah. »Sicher sind die Gerüchte bereits bis zu Ihnen vorgedrungen. Wie Sie an diesen roten Linien erkennen können, wird Zululand in dreizehn Gebiete aufgeteilt werden.«

»Das meinen Sie nicht ernst!« Robert war entsetzt. »Dann wird Anarchie herrschen. Innerhalb weniger Monate werden sich die Clans gegenseitig bekämpfen.«

Wolseley zuckte bloß mit den Schultern. »Zululand wird irgendwann an Großbritannien angeschlossen werden. Der Zusammenbruch von Recht und Ordnung käme unserem Vorhaben sehr entgegen.« Seine Finger fuhren die südlichen Ausläufer des Gebietes entlang. »In dieser Gegend sollten Sie sich nach einer Farm umsehen.«

Robert starrte auf die Karte. Es war alles John Dunns Land. War dies der Grund, weshalb John seine Dienste als Späher immer wieder angeboten hatte? »Sie würden Dunn zum Häuptling machen?«

»Zum König, wenn er das möchte.«

»Nur um einen Puffer zwischen den Zulu und Natal zu schaffen?«

Wolseley neigte den Kopf zur Seite.

»Was würde mit Cetshwayos Erben geschehen?«

»Dinuzulu? Das entscheidet Ihre Majestät.« Wolseley zeigte auf einen Küstenstreifen. »Ich habe gehört, Sie sind Viehzüchter. Nehmen Sie einen guten Rat von mir an. Zuckerrohr. Das Klima hier ist perfekt dafür. Jeglicher Antrag auf Landerwerb zum Anbau von Zuckerrohr wird von Dunn besonders wohlwollend behandelt.«

»Er ist auch ein Viehzüchter.«

»Tatsächlich?« Ein kurzes Lächeln umspielte Wolseleys Lippen. »Nett, Sie kennen gelernt zu haben, Granger.« Seine ausgestreckte Hand signalisierte, dass das Treffen beendet war.

Lorna war schockiert, als sie dies hörte. »Dann hat John also alles verkauft.«

»Was hätte er sonst tun sollen? Sie haben ihm einen sehr verlockenden Köder hingeworfen. Ein Amt als Häuptling sichert seinen Lebensstil, den einzigen, den er sich wünscht.«

»Es wird nicht einfach für ihn werden. Er wird dorthin gehen müssen, wo ihn die Verwaltung hinschickt. Er wird zu ihrer Marionette werden. Das hätte ich nie von ihm erwartet.«

»Verurteile John nicht, Liebes. Ich denke, selbst Cetshwayo wird das verstehen. Außerdem wird John, wie wir ihn kennen, einen Weg um die Bürokratie herum finden.«

Am nächsten Tag wurden Nachrichten laut über das Ereignis, das die endgültige Konfrontation und das offizielle Ende des Zulu-Krieges vorantrieb. Sehr zu seinem Unmut war Lord Chelmsford die Verantwortung für das Wohlergehen des französischen Kronprinzen Louis Napoleon, Sohn von Napoleon III. und Kaiserin Eugenie, übertragen worden. Louis hatte eine bemerkenswerte militärische Ausbildung genossen. Er war dreiundzwanzig Jahre alt, von denen er die letzten neun zusammen mit seiner Mutter in Großbritannien im Exil verbracht hatte. Vier Jahre zuvor war er als siebter einer Klasse von vierunddreißig aus der Königlichen Militärakademie in Woolwich hervorgegangen. Der Kronprinz, der darauf brannte, in den aktiven Militärdienst einzutreten, musste sich zunächst noch mit theoretischen Manövern in Aldershot zufrieden geben. Disraeli war nicht bereit, die Verantwortung für ein Missgeschick zu übernehmen, das einen jungen Mann ereilen könnte, der von vielen seiner Landsleute bereits als Napoleon IV. angesehen wurde.

Als Verstärkungstruppen von Großbritannien in Richtung Südafrika aufbrachen, wollte auch Louis gern dabei sein. Disraeli verweigerte ihm die Erlaubnis. Unter dem Druck der Königin jedoch war der britische Premierminister gezwungen, seine Meinung zu ändern. Er bestand allerdings darauf, dass der Prinz auf eigenem Beschluss und lediglich als Zuschauer nach Afrika reiste.

Louis stellte sich bei Chelmsford vor, ausgestattet mit einem Brief des Herzogs von Cambridge, in dem dieser darum bat, den jungen Mann so viele Schlachtaktivitäten wie möglich beobachten zu lassen. Außerdem hatte er ein Zeugnis des Kommandanten von Woolwich bei sich, der seine militärischen Fähigkeiten pries. Beide Empfehlungsschreiben enthielten überdies die Warnung, der Prinz neige zu impulsiven Reaktionen. Angesichts der Unterstützung von Königin Victoria und des Premierministers hatte Lord Chelmsford keine andere Wahl, als ihn großzügig, wenn auch widerwillig als Adjutanten zu akzeptieren.

Weil Chelmsford wusste, wie ernst die Folgen sein würden, falls dem Anwärter auf den französischen Thron etwas zustoßen würde, zumal Frankreich Großbritannien ohnehin nicht sonderlich zugetan war, vertraute er Louis der Obhut seines vertrauenswürdigsten Offiziers an. Oberstleutnant Redvers Buller nahm den Prinzen auf einer Patrouille mit, weigerte sich danach jedoch, ihn ein zweites Mal mitzunehmen. Als man ihn nach dem Grund befragte, gab Buller an, bei einem möglichen Beschuss könne die Verweigerung des Prinzen zum Gehorsam zu einem ernsten Zwischenfall führen, für den er keine Verantwortung übernehmen wollte.

Daraufhin fiel die Aufgabe Leutnant Carey zu. Bei einer Routinepatrouille gerieten sie unter leichten Beschuss von Zulu-Einheiten, die sich in einem felsigen Gebiet verschanzt hatten. Auch diesmal ignorierte der Prinz das Kommando zurückzubleiben. Stattdessen zog er das Schwert seines Großonkels und stürzte sich ins Schlachtgetümmel. Die Art, wie er mit seinem Leben spielte, bereitete Chelmsford große Sorgen, Louis hingegen wurde durch das Erlebnis nur noch mehr angespornt.

Am 1. Juni schließlich bekam der Kronprinz von Frankreich weitaus mehr, als er herausgefordert hatte.

Die charismatische Kraft seiner Persönlichkeit und die völlige Missachtung anderer entpuppten sich als verhängnisvolle Kombination. Der Prinz war mit einer Eskorte von sechs Männern, darunter Leutnant Carey, unterwegs zu einem Gebiet zwischen den Flüssen Ityotosi und Lombokola, wo Louis Skizzen machen wollte. Als sie ihr Ziel erreichten, zeigte Louis auf einen verlassenen Kral und sagte: »Wir können Wasser aus dem Fluss holen. Hier gibt es doch sicher irgendwo Holz. Ein Kaffee wäre jetzt ausgesprochen angenehm.«

Carey widersprach. »Sehen Sie, wie dicht das Getreide an allen Seiten wächst? Dort könnten sich leicht hundert Kaffern verstecken. Es ist viel zu gefährlich.«

»Unsinn, mein Freund. Die Gegend ist völlig verlassen. Kommen Sie, wir könnten alle eine kleine Pause vertragen.«

Carey war nicht Buller. Er ließ sich umstimmen.

Dreißig bewaffnete Zulu hielten sich im Feld verborgen. Sie warteten. Die Soldaten stiegen ab, banden die Pferde fest, und die Tiere begannen zu grasen. Die Zulu sahen zu, wie die Männer ein Feuer entzündeten, um Wasser zu kochen. Als sie den Zeitpunkt für gekommen sahen, kamen sie mit lautem Kriegsgeschrei aus der Deckung gestürmt. Der Prinz und zwei seiner Begleiter wurden getötet.

Leutnant Carey konnte sich in Sicherheit bringen. Als er sich außer Schussweite befand, hielt er sein Pferd an, sah sich um und überlegte, was er als Nächstes tun sollte. Nach einigen Minuten, in denen mehr als zwanzig Zulu versuchten, ihn einzukreisen und ihm den Rückweg abzuschneiden, kam er zu dem Schluss, dass der Kronprinz tot sein musste, und ritt davon.

Robert und Lorna erfuhren die ganze Geschichte von Percy. Das zuverlässige Nachrichtensystem der Zulu sorgte dafür, dass jeglicher Versuch der Briten, die Geschichte zu vertuschen, scheiterte. Tatsache war, dass Leutnant Carey Louis' Leben hätte retten können.

Als die Zulu angriffen, scheute das Pferd eines der Männer und warf ihn ab. Er wurde durch einen *assegai* getötet. Ein zweiter Soldat wurde getötet, als er davonritt. Louis ergriff die Flucht. Er rannte neben seinem Pferd her und versuchte, in den Sattel zu springen. Die heranstürmenden Eingeborenen sahen, dass der Fuß des Prinzen abrutschte, als sich sein Pferd ängstlich aufbäumte. Er klammerte sich an ein Halfter, das vorne an seinem Sattel befestigt war, das Halfter riss, und Louis stürzte und verletzte sich schwer an der rechten Hand. Sein Pferd galoppierte davon. Als der Prinz aufstand, sah er sieben Zulu mit erhobenen *assegais* auf sich zukommen.

Percy, der zufällig denselben Namen trug wie Louis' Pferd, erzählte die Geschichte auf höchst dramatische Weise und brachte seinen Respekt vor der Tapferkeit des Mannes zum Ausdruck. »Er blieb stehen und versuchte, seinen eigenen *assegai* zu finden«, berichtete der Zulu Robert und meinte damit das Schwert des Prinzen. Es war zu Boden gefallen. Nur mit einem Revolver lief er einen Hang hinauf, aber mit seiner verletzten Hand konnte er das Gewehr nicht bedienen. »Einer der Krieger schleuderte seinen *assegai*, der ihn genau hier traf.« Percy zeigte auf seinen Oberschenkel. »Der Prinz zog ihn heraus und lief direkt auf sie zu. Es war sehr mutig von ihm, sieben Zulu anzugreifen. Ein weiterer Speer traf ihn hier.« Percy tippte an seine Brust. »Dann wurde er umzingelt und getötet. König Cetshwayo erhielt den *assegai* des Prinzen.«

Robert wusste, dass man dem Thronerben, wie es bei den Zulu üblich war, den Magen aufgeschlitzt hatte. Und er fragte sich, wie französische Royalisten mit der Tatsache umgingen, dass das Schwert des großen Napoleon sich nun im Besitz eines Zulu-Königs irgendwo in der Wildnis von Afrika befand.

Als Buller die Nachricht hörte, war er wütend auf Leutnant Carey. »Sie verdienen, erschossen zu werden, und ich hoffe, dass dies geschieht. Ich würde es am liebsten selbst tun.« Der unglückselige Carey wurde elf Tage später für sein Versagen, den Prinzen zu verteidigen, vor ein Kriegsgericht gestellt.

Für Cetshwayo war damit jede Chance auf ein friedliches Ende des Krieges verwirkt. Lord Chelmsford musste letztlich die Verantwortung für den Tod des Prinzen übernehmen. Nach diesem neuerlichen Desaster brauchte er nun einen raschen Erfolg. Nichts anderes war mehr möglich.

Was den toten Louis anging, so wurde er in einer feierlichen Zeremonie nach Hause transportiert. Lange vor der Leiche des Prinzen erreichte die Nachricht von seinem Tod Europa auf telegraphischem Weg. Sie löste sowohl in England als auch in Frankreich Schock und Entsetzen aus. Diesem einen Tod wurde wesentlich mehr Aufmerksamkeit zuteil als den Opfern von Isandlwana. Es gab jedoch auch einige pragmatische Beobachtungen. Ein Mann etwa bemerkte öffentlich: »Die Zulu haben unbeabsichtigt eines der schwierigsten Probleme der französischen Geschichte gelöst.«

Mitte Juli, zehn Tage nachdem Ulundi gefallen war, tauchte John Dunn ganz unerwartet in Durban auf. Er berichtete Lorna und Robert von der Niederlage der Zulu. Um die äußerst effektive Strategie Cetshwayos zu durchbrechen, hatte Chelmsford seine Männer in einer Rechteckformation angreifen lassen. Fünf Kompanien näherten sich von vorn und von den Seiten, während zwei von hinten aufschlossen. Innerhalb befanden sich die Hauptquartiere der Soldaten, von Maultieren gezogene Karren mit Ersatzmunition, Lazarettwagen, Freiwillige und eine Truppe des königlichen Dragonerregiments. Die gesamte Kampfeinheit bestand aus gut fünftausenddreihundert Mann. Sie näherten sich dem königlichen Kral in dieser Formation bis auf eineinhalb Meilen. Dann hielten sie an.

Nichts geschah. Der Zusammenstoß, den Chelmsford sich so lange gewünscht hatte, schien sich ihm erneut zu entziehen. Nervöse Rekruten, die dramatische Schilderungen über die Macht und Kampfeskraft der Zulu gehört hatten, fanden die verlassene Gegend beängstigend. Mehr als einer fragte: »Wo sind sie?« Die Stille war unheimlich, das einzige Geräusch, das sie vernahmen, war das laute Pochen ihrer Herzen.

Berittene Späher schwärmten aus und suchten nach dem Feind, der sich in nichts aufgelöst zu haben schien.

»Sie waren in der Nähe, daran gab es keinen Zweifel«, erklärte John. »Wir konnten sie zwar nicht sehen, aber die Gegend bebte. Es war merkwürdig, eine beinahe fassbare Spannung lag in der Luft. Zwanzigtausend Männer hatten sich im Gras versteckt, und wir konnten nicht einen von ihnen finden.« Er schüttelte den Kopf. »Als sie sich endlich zeigten, taten sie es so, dass ein Regiment nach dem anderen auftauchte. So etwas habe ich noch nie gesehen. Wir waren vollständig umzingelt. Sie standen einfach nur da, in völliger Stille, und hielten sich ihre Schutzschilde vor die Brust. Gott!« Er schüttelte erneut den Kopf und bekam bei der Erinnerung feuchte Augen.

Die Vorstellung bewegte Robert zutiefst. Was für einen Mut besaßen jene Männer, von denen viele bereits erlebt hatten, wie leicht Kugeln Unterstände durchschlugen und wehrlose Körper zertrümmerten.

John weinte nun hemmungslos. »Es war unglaublich. Sie

wussten, was sie erwartete, dennoch erhoben sie sich gegen uns und wichen keinen Zentimeter zurück. Mit einem Mal begannen das Stampfen der Füße und das Schlagen der *assegais* gegen die Schilde. Der Lärm war so groß, dass unsere Köpfe zu platzten drohten. Dann ertönte Kriegsschrei, und sie stürmten direkt auf uns zu.«

»Jesus Christus, Robert, die Bastarde fielen wie die Fliegen. Die Neunpfünder zerfetzten sie. Die Gatling-Gewehre rissen sie in Stücke, und dennoch wären sie fast bis zu uns durchgedrungen.« Ungeduldig wischte er sich über die feuchten Wangen. »Eine halbe Stunde. Dreißig Minuten. Mehr war nicht nötig, um sie zu brechen. Das 17. Lancer-Regiment und die Dragoner liefen hinter ihnen her, als befänden sie sich auf einer Sauhatz.«

Robert hatte am Kambula Hill etwas Ähnliches erlebt, es war ein Anblick, den er zutiefst verabscheut hatte. Er fragte sich, ob Boyd dabei gewesen war. Wahrscheinlich.

»Sie brannten den königlichen Kral nieder. Ich glaube, Wolseley will dort sein Hauptquartier aufschlagen, bis der König gefangen ist. Chelmsford hat darum gebeten, nach England zurückkehren zu können. Es ist vorbei.«

John blieb über Nacht. Nach dem Abendessen gestand er ihnen, müde und mehr als nur ein wenig betrunken, seine wahren Gefühle. Die drei saßen vor einem Holzfeuer. Draußen regnete es, was für die Jahreszeit sehr ungewöhnlich war. Es war nicht richtig kalt – auch wenn es so aussah. Das Feuer bot eine angenehme Ablenkung. Die Stimmen der Kinder, die von oben herunterdrangen, waren zur Abwechslung friedlich.

»Was nun, John?«, fragte Robert. »Gibt es eine Nachricht über den König?«

Dunn schüttelte den Kopf. »Er bewegt sich von Kral zu Kral. Seine Helfer legen falsche Fährten.«

»Es kann nicht so weitergehen.«

»Cetshwayo weiß das. Aber indem er der Gefangennahme

entgeht, versucht er seinem Volk seinen Stolz zurückzugeben. Der König hat seine Nation und das Haus von Shaka immer an die allererste Stelle gesetzt.« Dunn erhob sich unsicher und schwankte zur Anrichte, wo er sein Glas klirrend abstellte und nach einer Karaffe griff. Er lehnte sich an, um nicht umzufallen, und fuhr fort. »Die Zulu haben das südliche Afrika jahrhundertelang beherrscht.« Dunn hob die Achseln. »Was sollen wir also tun? Sie schlagen und uns zurücklehnen, bis sie sich wieder erheben, gewaltiger als zuvor? Oder haben wir etwas verloren, was sich nie wieder ersetzen lässt?« Er wartete eine Antwort gar nicht erst ab. »Ich sage euch, was ich denke. Die Briten sind nicht dumm. Sie planen, das Zulu-Volk unter verschiedenen Häuptlingen aufzuteilen. Sie haben eine kluge Wahl getroffen und diejenigen ausgesucht, die sich schon jetzt gegenseitig bekämpfen. Wenn es nicht funktioniert, wird Wolseley oder wer auch immer behaupten, dass die Zulu ihre Angelegenheiten allein nicht regeln können, das Gebiet annektieren und die Herrschaft übernehmen. Dieses Volk braucht seinen König und seine Einheit, wenn es stark bleiben will. Das wird unmöglich sein.«

John bestätigte nur das, was Robert bereits wusste. »Ich glaube, dass Sie einer dieser Häuptlinge sein sollen.«

»Woher zum Teufel wissen Sie das?«

»Ich habe mit Wolseley gesprochen. Er hat kein Geheimnis daraus gemacht. Er hat mir sogar vorgeschlagen, Sie um ein Stück Land zu ersuchen.«

John bewegte sich zurück zu seinem Stuhl und ließ sich darauf fallen. »Dieser Idiot.« Er trank einen großen Schluck Scotch. »Und ich habe zugestimmt«, nuschelte er. »Ich! Derjenige, der versucht hat, Cetshwayo davor zu warnen, den Briten zu trauen.« Müde Augen schauten Robert an. »Sie geben mit einer Hand eine Schüssel Maisbrei und nehmen mit der anderen ein ganzes verdammtes Feld. Ja, ich werde für ein Gebiet verantwortlich sein.« Er schnaubte verächtlich. »Das war der

Preis. Ich bin darauf hereingefallen, das wussten sie. Dann nannten sie die Bedingungen.« Er schwieg und schaute düster in die Flammen.

»Ich habe eine Karte in Wolseleys Büro gesehen. Ihr Land ist die Pufferzone.«

»So ist es, mein Freund.« Er hob sein Glas. »Würden Sie noch einmal nachfüllen?«

Robert stand auf und goss es voll. Wenn jemand verdient hatte, sich zu betrinken, dann war es John.

»Danke.« Er nahm einen weiteren Schluck. Seine Augen wurden ganz schmal, er hatte Mühe, sie offen zu halten. »Häuptling John Dunn«, meinte er spöttisch und salutierte. »Haben Sie eine Vorstellung, wie viele Clans auf diesem Stück Land leben? Fünf. Wo um alles in der Welt sollen sie hin, wenn es ihnen von den Briten fortgenommen wird?« Er ließ den Kopf sinken. »Ich habe sie verraten«, murmelte er.

Robert sprang auf, als Dunn das Kristallglas aus den Fingern rutschte.

Lorna brachte einen Schemel. Sie zogen ihm die Stiefel aus, breiteten eine Decke über ihn und ließen ihn schlafen.

Beinahe zwei Monate gelang es Cetshwayo, seiner Gefangennahme zu entgehen. Im Ngome-Wald, nördlich des Black-Mfolozi-Flusses, wurde er schließlich aufgespürt und nach Ulundi gebracht. Dort informierte Wolseley den Zulu-König, dass er entmachtet sei. Er wurde nach Kapstadt gebracht, wo er drei Jahre lang gefangen gehalten wurde.

Wolseley verlor keine Zeit. Er erklärte den etwa zweihundert Clanhäuptlingen, dass Zululand in dreizehn Gebiete aufgeteilt werden würde, deren Herrscher er auswähle. Neue Regeln und Gesetze wurden verkündet – britische Regeln, die nur die Briten verstanden. Die verwirrten Zulu konnten nur versuchen, irgendwie mit ihnen zurechtzukommen.

Als Boyd nach Durban zurückkehrte, hatte er nicht viel mehr Verständnis für Afrika und sein Volk, ganz gleich ob schwarz oder weiß, als bei seiner Ankunft. Aufgeregt redete er von einem ruhmreichen Sieg, ohne den Mut der Zulu zu erwähnen oder die Tatsache, dass sie waffentechnisch hoffnungslos unterlegen gewesen waren. Stattdessen neigte er dazu, Cetshwayos *impi* als hirnlose Hanswurste zu diffamieren, die nur das bekommen hätten, was sie verdienten.

Eines Tages tauchte er mit einem jungen Mann auf, der Robert irgendwie bekannt vorkam. Es war Nesbit Pool, ein Mitpassagier auf der *Marie Clare*, der sich dem 17. Lancer-Regiment in Kapstadt angeschlossen hatte.

»Er sagt, er kennt dich, alter Junge«, meinte Boyd.

Robert betrachtete aufmerksam den jungen Mann mit den rot geränderten Augen, den zitternden Händen und der Angewohnheit, ständig mit den Schultern zu zucken. Er war als frischer, eifriger Fähnrich in Afrika angekommen. Nun war er ein Obergefreiter mit zerrütteten Nerven. »Nett, Sie wiederzutreffen«, sagte Robert.

»J-j-ja«, stammelte Pool.

»Steht noch unter Kugelschock«, erklärte Boyd schulterzuckend, als sei dies die normalste Sache der Welt. »Ein Heimaturlaub wird ihn wieder herrichten.«

Robert bezweifelte das. Der leere Blick in Pools Augen grenzte an Wahnsinn.

»Er war in Isandlwana«, fügte Boyd leise hinzu.

»Erzähl mir nicht, dass sie ihn in diesem Zustand nach Ulundi geschickt haben.«

»Natürlich, alter Junge. Wohin sonst? Ein Mann hat schließlich seine Pflicht zu erfüllen.«

Er gehört in eine Zwangsjacke, dachte Robert, sprach aber seinen Gedanken nicht laut aus. Pools Zustand war einfach nur eine Form des Leidens. Es gab viele wie ihn.

Kurz bevor Boyd nach Schottland zurückkehrte, sagte Robert ihm, dass Lord de Iongh alle Anschuldigungen gegen ihn aufgehoben hätte. Boyd war überaus erstaunt, als sowohl sein Bruder als auch Lorna erklärten, dass sie dennoch in Afrika bleiben wollten und Schottland der Ort sei, wo sie am allerwenigsten leben wollten.

»Aber meine liebe Lady, das Erbe!«

»Vergiss es«, antwortete Lorna achselzuckend. »Mein Vater lebt nun auf dem Anwesen. Es bedeutet mir nichts.«

Boyd verließ Afrika in der Überzeugung, dass sowohl sein Bruder als auch die Frau, mit der er wie Mann und Frau zusammenlebte, vollkommen verrückt waren.

Robert und Lorna erwarben Land, beinahe zweitausend Hektar, am Mhlathuze-Fluss, in der Nähe der winzigen Küstensiedlung Richards Bay. Es war wie Wolseley gesagt hatte: Man brauchte nur das Wort Zuckerrohr zu erwähnen, dann öffneten sich alle Türen. John Dunn war froh, sie in seiner Nähe zu haben. Robert und Lorna waren Menschen, auf die er sich verlassen konnte, die die Zulu verstanden und ihnen bei der Umstellung helfen würden. Als klar wurde, dass Robert nur wenig Interesse am Anbau von Zuckerrohr hatte – nur ein Fünftel seiner Landfläche war damit bepflanzt, der Rest war Weideland –, ignorierte Dunn wohlweislich die Bedingungen des Vertrages. Sowohl er als auch Robert wussten, dass die männlichen Zulu die Arbeit in den Zuckerrohrplantagen verweigerten, weil sie diese als unter ihrer Würde ansahen, sich dafür aber umso lieber um das Vieh kümmerten.

Die Farm erhielt den Namen Morningside, nach einem Stadtbezirk in Edinburgh. Lorna und Robert zogen zwei Monate nach Frazers Geburt dort ein.

Einige Wochen vor dem Umzug kehrte Cecily Jerome von ihrem Ausflug an die Westküste zurück, um alles, was sie dort gesehen und erlebt hatte, niederzuschreiben. Stephen Holgate begleitete sie; er war noch immer fasziniert von dieser Frau, obwohl er fünfzehn Jahre jünger war als sie. Eines Tages luden sie Lorna und Robert zum Essen ein.

»Keine Späße über ihr Alter«, warnte Lorna, als ihr Wagen in die Einfahrt von Cecilys Haus bog.

»Sprichst du mit mir?«, fragte Robert grinsend zurück.

Cecily und Stephen erwarteten sie Arm in Arm auf der Treppe vor dem Haus.

»Hallo, altes Mädchen, schön, dass du wieder da bist.« Robert konnte nur mühsam einen Schmerzenslaut unterdrücken, als sich Lornas Ellbogen in seine Rippen drückte.

Cecily kam die Treppe herunter und stemmte die Hände in die Hüften. »Sehr witzig, Robert. Lass uns eines klarstellen. Stephen ist achtundzwanzig. Ich bin dreiundvierzig. Wir haben kein Problem damit. Was ist also eures?«

»War ja nur ein Scherz.« Robert warf Lorna einen vorwurfsvollen Blick zu. »Ehrlich«, beteuerte er, als sie sich weigerte, ihn anzusehen.

Cecily drehte sich um und ging lachend die Treppe wieder hoch. »Kommt ihr nun zum Essen herein oder nicht?«

Es wurde ein entspannter und vergnüglicher Nachmittag. Cecily und Stephen versuchten gar nicht erst, ihre Beziehung zu rechtfertigen, sondern taten so, als sei sie gar nichts Außergewöhnliches. Die beiden waren offensichtlich verliebt, und es war ihnen gleichgültig, was andere darüber dachten. Gegen Abend kehrten Lorna und Robert gut gelaunt nach Hause zurück.

Als sie sich ihrem Haus näherten, bemerkte Robert ein Gespann, das in sehr großer Eile davonfuhr. Es hatte vor ihrem Haus gestanden. Er runzelte die Stirn. Sein Gefühl sagte ihm, dass etwas nicht stimmte, und er trieb die Pferde vorwärts. Der Passagier in der Kutsche, die von einem Afrikaner gefahren wurde, hatte den Hut tief ins Gesicht gezogen und den Mantelkragen hochgeschlagen. Plötzlich überfiel Robert eine böse Vorahnung. An diesem Mann kam ihm irgendetwas bekannt vor. Er verringerte das Tempo und bog in die Zufahrt.

»Hast du den Mann in diesem Zweisitzer gesehen? Ich hätte schwören können ...« Robert schüttelte den Kopf. »Es kann nicht sein. Er ist doch angeblich tot.«

»Nein, und ich habe nicht die geringste Ahnung, von wem du redest.«

»Jeremy Hardcastle.«

»Was?« Lorna war blass geworden. »Das ist unmöglich. Und überhaupt, was sollte er hier tun?«

»Ich weiß es nicht, aber wenn er es war, dann gibt es einen unangenehmen Grund für sein Auftauchen.«

Im Haus schien alles in Ordnung zu sein. Queenie kümmerte sich um Frazer. Duncan, Kate und Ellie spielten im Salon Mikado. Cam war zu einem Freund gegangen, und Torben saß in seinem Zimmer und las. Es hatte keine Besucher gegeben und niemand hatte etwas Außergewöhnliches bemerkt.

Robert wischte seine Bedenken beiseite. Die Nachricht von Jettes und Hardcastles Tod war überzeugend gewesen. Das übereilte Davonfahren der Kutsche bedeutete nichts; vermutlich war es reiner Zufall gewesen.

Zwei Tage später verkündete Percy, dass ein Mr. Jeremy Hardcastle sie zu sprechen wünsche.

Während Lorna und Robert warteten, dass er eingelassen wurde, rückten sie unwillkürlich zusammen. Der Besuch konnte nur einem gelten: Torben.

Als Hardcastle den Raum betrat, konnte Lorna einen überraschten Ausruf nicht zurückhalten. Er ging langsam, zog ein Bein auffällig nach. Schwer stützte er sich auf einen Stock, ohne den er sich offenbar nicht auf den Beinen halten konnte. Seine linke Gesichtshälfte war grässlich vernarbt, die Haut blau und runzelig. Eine tiefe Narbe verlief durch ein Auge bis hinab zum Hals. Das Auge selbst schien blind zu sein, es hatte eine seltsam milchige Farbe, das Lid war halb geschlossen. Auch der Mund war entstellt – von einem Mundwinkel bis zur Mitte existierte keine Lippe mehr. Was immer diese Verletzungen verursacht hatte, hätte den Mann ebenso gut töten können.

Hardcastle war nur wenige Jahre älter als Robert, aber seine Haare waren schlohweiß geworden. An der rechten Kopfhälfte wuchs es dicht, aber auf der linken Seite und oben drangen nur noch spärliche Büschel durch die Kopfhaut, die deutliche Spuren schwerer Verbrennungen aufwies.

Trotz seines tiefen Misstrauens und seiner Abneigung gegen den Mann verspürte Robert Mitleid mit ihm. Er hatte offenbar schreckliches Leid erfahren. »Wir haben gehört, Sie seien tot.«

»Wie Sie sehen können, bin ich noch sehr lebendig.« Die Stimme war rau, die Worte, die durch die entstellten Lippen drangen, waren kaum verständlich.

»Bitte, setzen Sie sich.«

»Danke.« Es kostete Robert alle Mühe, Hardcastle nicht zu helfen, seine Extremitäten gehorchten ihm nicht mehr. Als er endlich saß, merkte man ihm die Erleichterung deutlich an. Das Stehen hatte ihm offensichtlich große Schmerzen bereitet.

»Jette lässt Sie grüßen.« Es war kaum mehr als ein Flüstern.

»Was um alles in der Welt ist Ihnen zugestoßen?«

Hardcastle schluckte mühsam. »Feuer«, erwiderte er knapp. Und dann: »Dürfte ich Sie um einen Schluck Wein bitten? Meine Kehle ist so schrecklich trocken.«

Robert goss ihm ein Glas ein und reichte es ihm. Dabei bemerkte er, dass die linke Hand des Mannes ebenfalls vernarbt und die Finger grässlich verstümmelt waren.

»Was wollen Sie von uns?«

Der entstellte Mund verzog sich zu etwas, was Robert nur als Lächeln deuten konnte. »Charmant wie immer, Granger.«

»Wir sind keine Freunde«, erklärte Robert knapp. »Sie haben offensichtlich eine schwere Zeit hinter sich. Das tut mir sehr Leid. Jedoch ändert das nichts an der Beziehung zwischen uns. Ich wiederhole, was führt Sie zu uns?«

Hardcastle trank einen Schluck Wein, ehe er antwortete. Ein Tropfen rann an seinem Kinn hinab, und er tupfte ihn mit einem Taschentuch ab. Er trank noch einen Schluck, so als ob er sich Mut machen müsste. Schließlich beantwortete Hardcastle Roberts Frage. »Jette möchte ihren Sohn zurückhaben.«

Die Seide ihres Kleids raschelte laut, als Lorna sich mit entschlossener Miene vor ihrem Gast aufbaute. »Einfach so?« Ihre Stimme klang ärgerlich. »Sie geben ihn bei uns ab, und dann glauben Sie, nach acht Jahren einfach hier hereinspazieren und ihn wieder mitnehmen zu können? Ich muss Sie enttäuschen, Mr. Hardcastle, aber ich habe nicht die Absicht, Ihrem Wunsch Folge zu leisten.«

Jeremy Hardcastles rechtes Auge zuckte. Ein Anflug von Panik lag darin. »Jette ist seine Mutter.«

»Und Robert ist sein Vater. Wir haben Torben in all der Zeit ernährt, gekleidet, ausgebildet und lieben gelernt. Er ist ein Teil dieser Familie. Hat einer von Ihnen je einen Gedanken an seine Gefühle verschwendet? Er glaubt, seine Mutter sei tot. Jette hat jeglichen Anspruch auf Torben verloren, als sie ihn damals verließ.« Hektische rote Flecken glühten auf Lornas Wangen. »Ich würde Sie eher zum Teufel wünschen, als ihn Ihnen zu überlassen.«

Ihr Ausbruch schien Hardcastle nicht zu beeindrucken. »Seien Sie vorsichtig, Madam. Solche Worte könnten sich gegen Sie selber richten.«

»Soll das eine Drohung sein, Mr. Hardcastle?« Lorna sah ihn verächtlich an.

Robert mischte sich ein. »Halten Sie Ihre Zunge im Zaun, Hardcastle. Sie sind nicht in der Position, sich hier aufzuspielen. Ich dulde es nicht, wenn Sie meine Frau bedrohen.«

»Frau?«, krächzte die heisere Stimme voller Verachtung. »Wohl kaum.«

Lorna rückte ab, ihr Gesichtsausdruck entschlossen. »Es sieht so aus«, sagte sie zu Robert, als sei sonst niemand im

Raum, »als hätte Mr. Hardcastle auf seinen Reisen seine Manieren verlernt. Er kommt hierher, fordert Torben und schreckt zugleich nicht davor zurück, diejenigen zu beleidigen, die ihn aufgezogen haben. Man sollte meinen – nein, erwarten –, dass er ein wenig Dankbarkeit zeigt. Schließlich war es damals seine Idee, den Jungen loszuwerden.«

»Ich hatte gute Gründe«, krächzte Hardcastle und zeigte nun deutlich seinen Ärger. »Wie Sie an meinem Gesicht erkennen können, hat der Sultan alles getan, um Jette zu bestrafen.«

»Wenn das so ist, macht es noch mehr Sinn, dass wir den Jungen bei uns behalten«, erklärte Lorna knapp.

Wieder verzog sich Hardcastles Mund zu einem hässlichen Lächeln. »Der Sultan ist tot. Mit ihm starb auch sein Wunsch nach Rache.« Ein heftiger Hustenanfall überkam Hardcastle, den er nur zum Stillstand bringen konnte, indem er das Weinglas in einem Zug leerte.

»Wo ist Jette?«, wollte Robert wissen und riss das Glas geradezu an sich, um es neu zu füllen. Als er Hardcastle den Wein reichte, fügte er hinzu: »Warum kommt sie nicht selbst, um Torben zu holen?«

»Sie ist …« Hardcastles Blick wich aus. »Indisponiert. Nichts Ernstes. Eine leichte Erkältung.«

Nun war Roberts Misstrauen gänzlich geweckt. Er musste den Mann dringend loswerden. »Ich werde diese Angelegenheit nicht weiter diskutieren. Jette würde sich niemals von einem Schnupfen davon abhalten lassen, ihren Sohn zu sehen. Sie lügen, Hardcastle. Ich weiß nicht, was Sie im Schilde führen, aber ich traue Ihnen nicht. Wenn Jette über Ihr Vorhaben unterrichtet ist und Torben sehen möchte, dann muss sie selber herkommen. Ich werde mir dann ein Bild über ihre Aufrichtigkeit verschaffen.«

Das vernarbte Gesicht nahm eine bräunlich rote Farbe an. »Entweder geben Sie mir jetzt sofort den Jungen, oder, bei Gott, ich werde ihn mir selbst nehmen.«

»Nun ist es genug.« Robert packte Hardcastle an den Oberarmen und zog ihn vom Stuhl. Er sah, dass sich das entstellte Gesicht vor Schmerz verzog, aber er war zu wütend, um sich darum zu kümmern. »Verschwinden Sie, ehe ich Sie hinauswerfe.«

»Um Himmels willen, lassen Sie mich den Jungen mitnehmen«, flehte Hardcastle. Er schwankte leicht, fand dann jedoch das Gleichgewicht wieder.

»Nein« rief Lorna voller Zorn. »Torben ist kein Möbelstück, das man nach Belieben hin und her schiebt. Er hat sich an das Leben bei uns gewöhnt, und ich werde nicht zulassen, dass Sie ihn da herausreißen.«

»Madam, Sie stellen meine Geduld auf eine harte Probe. Wenn Sie mir gehörten, würde ich Ihnen eine anständige Lehre erteilen. Hiermit.« Er wedelte mit seinem Stock.

Robert zögerte nicht. Niemand bedrohte die Frau, die er liebte. Mit einer Hand an Hardcastles Rücken und der anderen an dessen gesundem Arm, schob er den Mann energisch durch die Eingangstür und knallte sie hinter ihm ins Schloss. Er lächelte zufrieden, als er zurückkehrte.

»Was ist daran so lustig?«, fragte Lorna, noch immer außer sich vor Zorn.

»Ich glaube nicht, dass er sich je so schnell bewegt hat, seit er diese Verletzungen hat.«

Lorna verzog das Gesicht. »Du bist unmöglich«, stieß sie dann hervor.

»Genau«, stimmte er ihr lächelnd zu. »Niemand hat so mit dir zu sprechen. Absolut niemand.«

Sie schlang die Arme um ihn und schmiegte sich an seine Brust. Plötzlich löste sie sich wieder von ihm. »Torben! Er ist noch in der Schule, müsste sich aber jeden Augenblick auf den Heimweg machen. Wenn Hardcastle ihn trifft, könnte er … Oh, Robert!«

Er war bereits aus dem Zimmer gerannt, ehe sie ihren Satz

vollendet hatte, und ritt so rasch zur Schule, dass sein Pferd schweißnass war, als er es vor dem Gebäude zügelte. Torben, der sich gerade auf den Heimweg machen wollte, sah voller Erstaunen seinen Vater vor der Schule stehen. Robert stieß erleichtert die Luft aus, stieg ab und wartete, bis Torben ihn erreicht hatte. Sein Sohn war in Sicherheit, das war alles, was jetzt zählte. »Hast du etwas dagegen, wenn ich dich begleite? Es gibt da eine Sache, über die ich gern mit dir sprechen möchte.«

Mit unbewegtem Gesicht nahm Torben zur Kenntnis, dass seine Mutter vielleicht noch am Leben war.

»Wenn wir Mr. Hardcastle glauben können, möchte sie dich zurückhaben.« Robert wählte seine Worte mit Bedacht. »Ich traue dem Mann nicht. Dennoch halte ich es nur für fair, dass du über die Situation unterrichtet bist.«

»Würdet ihr mich zurückgeben?« In Torbens Stimme lag weder Freude noch Angst.

»Nur, wenn dies dein Wunsch wäre«, antwortete Robert vorsichtig. »Wir würden dir nicht im Weg stehen, wenn du dich entschließen würdest, bei deiner Mutter zu leben. Aber, mein Junge, ich müsste ganz sicher sein, dass es nur zu deinem Besten ist.«

»Dann würdest du mich also weggeben?« Dieses Mal lag Verunsicherung in seiner Stimme.

Robert schlug mit der Hand gegen die immer noch dampfende Flanke des Pferdes. »Als uns klar wurde, dass Mr. Hardcastle dich vielleicht treffen und versuchen könnte, dich zu entführen, bin ich hierher geritten wie der Teufel. Verdammt, Torben, ich will dich nicht verlieren, mein Sohn. Es würde mir das Herz brechen, wenn du zu deiner Mutter zurückgingst.«

»Was ist mit Tante Lorna?«

»Das gilt auch für sie. Glaub mir, sie liebt dich ebenso sehr wie ich.«

Eine lange Stille entstand. Dann sagte Torben mit leiser Stimme: »Ich möchte bei euch bleiben.«

Robert spürte einen dicken Kloß im Hals. Er blieb stehen und schaute in Torbens ängstliche Augen. »Dann wirst du auch bei uns bleiben.«

»Werde ich sie sehen?«

»Bestimmt, daran habe ich keinen Zweifel. Aber denk daran, mein Sohn, deine Mutter hat nur das getan, was sie für das Beste hielt. Wenn du sie wiedersiehst, möchte ich gern, dass du das akzeptierst und sie respektvoll behandelst.«

»Das werde ich, Vater.«

»Gut. Aber in den nächsten Tag wünsche ich, dass du zu Hause bleibst.«

Torben nickte.

»Ich würde diesem Hardcastle alles zutrauen«, fügte Robert hinzu. »Komm, lass uns jetzt nach Hause gehen.«

Am Tor zu ihrer Farm blieb Torben stehen, trat gegen einen Kieselstein und blickte verlegen zu seinem Vater auf. »Ich fühle für Tante Lorna wie für meine Mutter.«

»Mein Sohn«, antwortete Robert und lächelte. »Bist du schon zu groß für eine Umarmung?«

Am nächsten Tag kehrte Jeremy Hardcastle zurück. Jette begleitete ihn, aber sie war nicht mehr die Frau, die Robert in Erinnerung hatte. Es waren beinahe sieben Jahre vergangen, seit er sie zuletzt gesehen hatte, aber sie war um mindestens zwanzig gealtert. Das dicke Make-up überdeckte die Blutergüsse in ihrem Gesicht nur unzureichend. Ihre Augen, die einst vor Vergnügen und Abenteuerlust gefunkelt hatten, waren glanzlos. »Hallo, Robert.« Einer ihrer Schneidezähne fehlte.

»Jette.« Er küsste sie auf die dargebotene Wange und stellte dabei fest, dass sie am ganzen Körper zitterte.

»Sind Sie jetzt zufrieden?« Hardcastle sah ihn triumphierend an. »Hier ist nun die Mutter des Jungen.«

Robert musterte ihr einst so schönes Gesicht. Welche Katastrophe auch immer Hardcastles Verletzungen verursacht hatte, Jette schien davon nicht betroffen gewesen zu sein. Dennoch wirkte sie irgendwie zerbrechlicher als er. Ihre einst so stolze Art, den Kopf zu neigen, war verschwunden. Ihr ehemals schimmerndes schwarzes Haar hatte graue Strähnen und hing glanzlos herab, der lebende Beweis dafür, dass sie sich nicht länger um ihr Äußeres kümmerte. Sie war sehr schlicht gekleidet, und von der Ausstrahlung, die sie früher besessen hatte, war nichts mehr übrig.

»Du möchtest Torben sehen?«

»Wir beabsichtigen, ihn mitzunehmen. Nicht wahr, meine Liebe?«

Robert hielt den Blick auf Jette gerichtet. »Ich habe mit der Mutter des Jungen gesprochen.«

Eine Geste, die so unauffällig war, dass Robert sich fragte, ob er sie sich nur eingebildet hatte. Ein winziges Kopfschütteln und ein warnender Blick in ihren Augen. Beides war so schnell wieder verschwunden, wie es gekommen war. »Ich will meinen Sohn.«

In ihrer Stimme lag keine Leidenschaft, keine Spur von Sehnsucht. Stattdessen hörte Robert nur Verzweiflung. »Du kannst ihn natürlich sehen, denn ich würde dir niemals den Zugang zu ihm verwehren. Aber, Jette, Torben hat eines ganz deutlich gemacht: Er möchte gern bei uns bleiben.«

Ganz kurz flackerte Erleichterung in ihren Augen auf, während sie seinem Blick standhielt.

Jeremy Hardcastle, der sich bis jetzt auf seinen Stock aufgestützt hatte, war plötzlich blass geworden. »Hilf mir, ich möchte mich setzen«, verlangte er.

Jette gehorchte sofort.

Sobald er saß, schaute er Robert an. »Sie haben den Jungen gegen uns aufgehetzt.« Der Hustenkrampf, der nun folgte, war schmerzhaft mit anzusehen. Lorna reichte Hardcastle ein Glas Wasser, das er gierig leerte. »Wasser, Madam«, sagte er mit verächtlicher Stimme, als er fertig war. »Gestern war es noch Wein.«

»Gestern«, antwortete sie mit kalter Stimme, »wusste ich

auch noch nicht, wie hinterhältig Sie sind, Mr. Hardcastle. Man muss Jette nur anschauen, um zu sehen, zu welchen Grausamkeiten Sie fähig sind. Ich würde keinen Hund in Ihre Obhut geben, geschweige denn ein Kind.«

Jette blieb neben dem Stuhl stehen, ihre Hände hingen teilnahmslos herab. Sie zeigte keinerlei Reaktion auf Lornas Bemerkung.

Hardcastles gesundes Auge flackerte. »Der Junge gehört rechtmäßig ihr. Geben Sie ihn zurück, und wir werden Sie in Ruhe lassen. Ohne Torben werden wir von hier nicht weggehen.« Der Stock, der nun auf seinem Schoß lag, schnellte plötzlich hervor und schlug hart gegen Jettes Beine. »Sag ihnen das, du dämliche Frau.«

Ohne ein Zeichen von Schmerz zu zeigen, hielt Jette den Blick gesenkt und antwortete mit tonloser Stimme. »Wir wollen Torben haben.«

Roberts und Lornas Blicke trafen sich. Was immer ihnen hier gespielt wurde, hatte nichts mit Mitleid von Hardcastles Seite zu tun, und Jette schien ganz offensichtlich überhaupt kein Interesse daran zu haben, Torben mitzunehmen.

»Verflucht, Frau!« Hardcastle versuchte zu brüllen, scheiterte jedoch. Wütend erhob er den Stock. »Sag es ihnen noch einmal.«

Ein Schluchzer drang aus ihrer Kehle, als sie zurückwich, um weiteren Misshandlungen zu entgehen.

Robert machte zwei Schritte nach vorn, griff nach dem schweren Ebenholzstock und schlug ihn kräftig gegen Hardcastles Schienbeine. »Sie Schwein!«, schrie er aufgebracht.

Schmerzenstränen quollen aus dem rechten Auge des Mannes, als er die Hand ausstreckte und seine Beine rieb. »Sie ist meine Frau.« In seinen Worten lag keinerlei Bedauern. »Ich behandele sie, wie ich will.«

»Nicht in meinem Haus.« Robert drehte sich um und wandte sich an Jette. »Du bist hier willkommen, aber er verschwindet.«

»Warte«, meinte Lorna plötzlich. Sie ging auf Jette zu und legte den Arm um ihre Schulter. »Noch besser wäre es, wenn Sie ganz bei uns blieben. Ich spreche eine offene Einladung aus. Was sagen Sie dazu, Jette?«

Die Dänin schüttelte langsam den Kopf. »Es ist zu spät«, flüsterte sie. »Viel zu spät.«

In diesem Augenblick öffnete sich die Tür, und Torben schaute sie der Reihe nach an.

»Da ist er ja«, frohlockte Hardcastle. »Hol deine Sachen, Junge. Das ist deine Mutter. Du kommst mit uns.«

Torben warf Robert einen verunsicherten Blick zu.

»Mach dir keine Sorgen, mein Sohn. Du wirst bei uns bleiben, wie ich es dir versprochen habe.«

Jette hielt den Kopf von Torben abgewandt. Offenbar hatte sie Angst, ihn anzusehen.

»Da ist dein Sohn, meine Liebe.« Hardcastle schien den Augenblick zu genießen. »Was für ein hübscher Junge. Willst du ihn denn nicht wenigstens begrüßen?« Er starrte Torben an, der wie angewurzelt in der Tür stand. »Du musst ihr verzeihen. Sie ist überwältigt von ihren Gefühlen.«

»Mutter?« Torbens Stimme bebte. »Bist du es wirklich?«

»Bitte.« Jette hob die Hände verzweifelt in Jeremy Hardcastles Richtung. »Tu das nicht. Ich flehe dich an, bring mich nicht dazu, es zu tun.« Sie fiel vor ihm auf die Knie. »Bitte«, schluchzte sie mit gebrochener Stimme.

»Steh auf«, zischte er und riss mit einer Hand grob an ihren Haaren.

Robert hatte nun genug. Er zerrte Jette von Hardcastle fort. »Bring sie hier heraus«, sagte er zu Lorna. »Ich kümmere mich um dieses Ungeheuer. Führ Torben und Jette irgendwo hin, wo sie allein sein können.«

Lorna versuchte Jette aus dem Raum zu schieben, aber sie entzog sich ihr. »Nein. Sie verstehen das nicht.«

Robert richtete seine ganze Aufmerksamkeit auf Jeremy

Hardcastle. »Raus!«, donnerte er. »Verlassen Sie sofort mein Haus.« Er bewegte sich drohend auf ihn zu.

»Vorsicht!«, schrie Jette plötzlich. »Er hat einen Revolver.«

Im gleichen Augenblick registrierte Robert die Pistole, die sich auf ihn richtete. »Lauf, Lorna«, rief er verzweifelt und sprang. Es war zu spät. Als sich der Schuss löste, stürzte sich Jette mit einem hysterischen Schrei zwischen sie und sackte jäh zusammen.

»Nein!« Hardcastle entfuhr ein Schrei, ein Laut, der wie der eines Tieres klang, als er durch das zerstörte Gewebe seines Kehlkopfes drang. Er stöhnte fassungslos. »Jette, nein. Ich wollte nicht … Jette, steh doch auf.«

Robert stürzte sich auf ihn und wand ihm die Waffe aus den Fingern. Er sah, dass sich Lorna und Torben nicht von der Stelle gerührt hatten, und fiel neben Jette auf die Knie. »Sie lebt noch«, stieß er aus.

Hardcastle versuchte, sich von seinem Stuhl zu erheben. Ohne seinen Stock war er vollkommen hilflos. Robert richtete die Pistole auf ihn. »Bleiben Sie, wo Sie sind.«

»Jette. Ich muss ihr helfen.«

Robert sah ihn entschlossen an. »Noch ein Schritt, und ich werde Sie erschießen.«

Der Mann hielt inne und begann, verzweifelt zu weinen.

Cam, der den Schuss gehört hatte, stürzte ins Zimmer. »Was ist geschehen?«, rief er. Mit großen Augen betrachtete er die Szenerie, verständnislos starrte er seinen Vater an. Hinter ihm standen Percy und Queenie und zwei weitere Bedienstete. Die drei Hunde brachen in wütendes Gebell aus, als sie witterten, dass im Haus etwas nicht in Ordnung war.

»Sattle ein Pferd«, sagte Robert knapp. Er wusste, dass er sich darauf verlassen konnte, dass Cam besonnen handelte. »Sieh nach, ob Doktor Grey zu Hause ist. Sag ihm, er soll sofort herkommen, jemand ist angeschossen worden. Dann reite in die Stadt und benachrichtige die Polizei.«

Cam zögerte nicht.

Jette stieß einen schmerzerfüllten Schrei aus. Robert sah, dass die Kugel sie knapp über der rechten Brust getroffen hatte. »Der Arzt kommt gleich, Jette.«

»Torben?«

Lorna legte den Arm um den zitternden Jungen und schob ihn zu seiner Mutter. Ängstlich und verwirrt klammerte er sich an seine Stiefmutter. »Ist schon gut, Liebes«, beruhigte Lorna ihn. »Ich bleibe bei dir.«

Endlich riskierte Jette einen Blick auf ihren Sohn. Tränen standen in ihren Augen. »Es ist kein Tag vergangen, an dem ich nicht an dich gedacht habe«, flüsterte sie. »Hab keine Angst. Ich habe nie aufgehört, dich zu lieben.« Ein Schauer durchfuhr sie. »Ich wusste, dass dein Vater dich beschützen würde.«

Torben stand noch immer neben Lorna, sein Gesichtsausdruck eine Mischung aus Fassungslosigkeit, Entsetzen und Abscheu. Robert und Lorna hatten ihm immer erzählt, wie schön seine Mutter sei, aber die alte Frau, die zu seinen Füßen lag, war alles andere als schön. Jahrelang hatte er ein strahlendes Bild in seinem Herzen getragen. Diese Frau und der entstellte Mann, der auf sie geschossen hatte, waren so weit entfernt von seinen Fantasien, dass Torben mit keinem von ihnen etwas zu tun haben wollte. Er drängte sich dichter an Lorna. »Sie ist nicht meine Mutter.«

Jette hörte es. Schmerz und Verzweiflung standen in ihrem Gesicht geschrieben. Sie richtete den Blick flehend auf Robert. »Es gab gute Gründe, Torben bei euch zu lassen. Was ich nicht wusste, war, dass Jeremy dem Sultan selber verraten hat, wo er mich finden würde. Ich war eine Närrin, Robert. Jeremy schien sich verändert zu haben, und ich glaubte, wir könnten zusammen glücklich werden. Als ich zur Besinnung kam, war es zu spät.« Sie hustete, und Blut lief an ihrem Kinn herab.

Robert wischte es mit einem Taschentuch vorsichtig fort. »Psst. Quäl dich nicht zu sehr. Der Arzt wird bald hier sein.«

Jette verzog das Gesicht und schüttelte kaum merklich den Kopf. »Ich muss es euch erzählen – jetzt. Der Sultan entsandte einen Boten, um mir mitzuteilen, dass ich zwei Tage Zeit hätte, um das Geld zurückzugeben. Das konnte ich nicht, es war in dem Geschäft und der Fabrik festgelegt. Meine Panik trieb mich geradewegs in Jeremys Hände, und damit hatte er gerechnet. Er schlug vor, zu verschwinden und Torben bei euch zu lassen. Zunächst weigerte ich mich. Dann brannte die Fabrik nieder. Ich hielt es für eine Warnung des Sultans und vermutete keine Sekunde, dass Jeremy dahinter stecken könnte. Schließlich kam auch ich zu dem Schluss, dass es zu gefährlich war, länger in Durban zu bleiben. Ich hatte schreckliche Angst, dass Torben etwas zustoßen könnte. Es brach mir fast das Herz, als ich ihn hier ließ.«

»Hat der Sultan ihm das angetan?«, fragte Robert und zeigte auf Hardcastle.

»Nein. Ich weiß, dass er euch etwas anderes erzählt hat, aber Jeremy wurde in einem Gebäude eingeschlossen, als die Briten Kumasi in Brand setzten.«

»Du hättest ihn verlassen können.«

»Wie denn? Ich hatte kein Geld, und Jeremy drohte mir damit, Torbens Aufenthaltsort zu verraten. Marokkanern ist es gleichgültig, an wem sie sich rächen. Wenn der Sultan mich nicht finden würde, würde er an meinem Sohn Vergeltung üben, das wusste ich.«

»Warum bist du dann gekommen, um ihn zurückzuholen?«

»Der Sultan ist tot. Wir waren in Sicherheit, aber das bedeutete zugleich, dass Jeremy keine Macht mehr über mich hatte.« Jette stöhnte auf, als ein Schmerz durch ihre Brust zuckte. Mühsam sprach sie weiter. »Jeremys Gewalttätigkeit … nun, sie forderte ihren Tribut. Ich wusste, was er vorhatte, als er vorschlug, Torben zurückzuholen. Es war die Herrschaft über mich, das Einzige, was er braucht. Robert, ich sehnte mich verzweifelt danach, Torben zu sehen, und fasste einen eigenen Plan.«

Ihre Stimme überschlug sich nun fast in dem verzweifelten Bedürfnis, sich zu erklären.

»Genug, Jette. Spar deine Kräfte.«

Ein verzagtes Lächeln huschte über ihr Gesicht. »Wir wissen beide, wo dies hier enden wird. Lass mich den Rest erzählen.«

Jeremy Hardcastle versuchte erneut aufzustehen. Robert bemerkte es nicht, bis er Lorna sagen hörte: »Ich werde Ihnen mit diesem Stock die Beine brechen, wenn Sie sich noch einmal rühren.«

Robert drehte sich um und sah den Zorn im Gesicht des Mannes.

»Hören Sie nicht auf Jette. Sie lügt.«

Robert reichte Lorna die Pistole. »Sie ist geladen. Zögere nicht, sie zu benutzen.«

Lornas Hand war ganz ruhig. »Keine Sekunde«, erklärte sie mit kühlem Lächeln.

Robert schaute wieder auf Jette hinab. Schweißperlen standen auf ihrer Stirn. Das Sprechen strengte sie fürchterlich an, aber er verstand ihr Bedürfnis, ihre Geschichte zu erzählen. Sie tat es für Torben. »Ich hatte vor, unseren Sohn zu nehmen und mit ihm wegzulaufen. Ich hatte ein wenig Geld, es wäre möglich gewesen. Aber als wir nach Durban kamen, wurde mir klar, dass Jeremy mir bereits einen Schritt voraus war. Gefälschte Ehe- und Todesurkunden. Er hatte sie vor Jahren an einen Rechtsanwalt geschickt. Alles, was ich besitze, ist auf seinen Namen überschrieben. Es gab nichts, was ich tun konnte.«

»Du hättest zu mir kommen können.«

»Habe ich dir denn noch nicht genug angetan, Robert?« Sie zitterte. »Es ist so kalt. Wird es schon dunkel?«

Robert zog eine Decke von der Rücklehne des Sofas und deckte Jette damit zu.

»Danke«, flüsterte sie, ihre Stimme wurde immer schwächer. »Du bist ein guter Mensch. Pass auf Torben auf. Ich habe mein Leben ruiniert. Er ist das einzig Gute, das daraus hervorgegangen ist.«

»Bitte«, flehte Hardcastle. »Lassen Sie mich zu ihr.«

»Ich denke nicht. Jette hat klar gemacht, dass sie Sie verachtet.«

»Jette!« Es war ein verzweifeltes Krächzen. »Ich liebe dich.«

Sie wandte ihren Kopf ab und schloss die Augen.

Als Robert erneut zu Jette hinuntersah, erkannte er, dass es vorüber war. Der Arzt, der wenige Minuten später erschien, konnte nur noch ihren Tod feststellen. Er erkundigte sich misstrauisch nach ihren Blutergüssen.

»Der Mann, der sie erschossen hat«, erklärte Robert kalt. »Er kann das alles erklären.«

»Nein!« Hardcastle war außer sich, zitterte, weinte und schüttelte den Kopf. »Ich habe sie geliebt. Sie hat mir gehört. Ich wollte sie nicht töten. Ich wollte ihr auch nicht wehtun. Ich habe das nur getan, wenn sie ... wenn ich glaubte ... sie durfte mich doch nicht verlassen. Verstehen Sie denn nicht?« Schierer Wahnsinn glänzte in seinem gesunden Auge. »Sie hat mich gebraucht«, schluchzte er. »Das musste ich ihr erst beibringen.«

Der Arzt sah Hardcastle entsetzt an. Er erhob sich von Jettes Seite. »Ich schätze, die Polizei ist bereits verständigt worden. Eine Autopsie wird zeigen, wie viel die Frau gelitten hat. Ich werde einen Wagen herschicken.« Mit diesen Worten wandte er sich an Jeremy Hardcastle. »Was Sie angeht, Sir, ich hoffe, dass Sie in der Hölle schmoren werden.«

Wenig später traf die Polizei ein und führte Hardcastle ab. Zwei Monate später verurteilte ihn ein Gericht wegen des Mordes an Jette Petersen. Vor einer grölenden, betrunkenen Menge, die nichts Besseres zu tun hatte, als solchen Ereignissen beizuwohnen, wurde Jeremy Hardcastle gehängt. Robert und Lorna hielten sich dem Spektakel fern.

Torben brauchte einige Zeit, um sich von dem schrecklichen Erlebnis zu erholen. Merkwürdigerweise belastete ihn vor allem die Tatsache, dass seine Mutter nicht die Schönheit war, die er erwartet hatte. Unverzüglich hörte er auf, Lorna mit Tante anzusprechen. Es war, als benötigte er ihr Bild, um vergessen zu könne, was aus Jette geworden war.

Trotz viel Geduld, Liebe und Verständnis von Lornas und Roberts Seite war Cam schließlich derjenige, der den Graben zwischen Torben und seinen Geschwistern überwand.

Die beiden Jungen hatten wild im Garten getobt. Es begann als Spaß, aber ein Hieb hatte Cams Ohr unglücklich getroffen, und er reagierte entsprechend. Die Auseinandersetzung wurde plötzlich ernst.

Lorna wollte eingreifen, aber irgendetwas sagte Robert, dass sie sich dieses Mal heraushalten sollten. »Lass sie in Ruhe«, raunte er ihr zu.

Die beiden waren in Größe und Stärke identisch. Sie schlugen aufeinander ein, es schien kein Ende nehmen zu wollen. Plötzlich ließen sie gleichzeitig voneinander los und fielen erschöpft auf den Rasen, wo sie nebeneinander nach Luft ringend liegen blieben.

Lorna konnte nicht länger zusehen. Mit fliegenden Röcken lief sie zu ihnen. »Meine Güte«, schimpfte sie. »Seht nur, was ihr euch gegenseitig angetan habt. Ihr seid doch Brüder.«

»Sind wir nicht«, keuchte Torben.

»O doch.« Schwer atmend nach der körperlichen Anstrengung drehte Cam den Kopf und sah Torben an. »So fühlt es sich jedenfalls an.«

Torben gab einen verächtlichen Laut von sich.

Cam grinste, dann verzog er das Gesicht – seine aufgeplatzte Lippe schmerzte.

Plötzlich fingen die beiden Jungen an zu lachen. Sie lachten und lachten und schienen nicht mehr aufhören zu können.

Lorna schüttelte den Kopf und lief ins Haus. »Wenn ihr fertig seid, könnt ihr hereinkommen und die Küche aufräumen«, rief sie ihnen zu.

Robert und sie standen am Fenster und schauten ungläubig hinaus. Sie sahen die Jungen auf allen vieren in Richtung Haus kriechen und sich dann mühsam erheben. Cam stützte sich auf Torbens Schulter, Torben umklammerte Cams Hüfte.

Was Lorna und Robert nicht hören konnten, waren Torbens und Cams Worte.

»Hast du das ernst gemeint?«

»Na klar. Wieso sollte ich sonst manchmal den Wunsch haben, dich umzubringen?«

Und wieder lachten sie, bis ihnen die Bäuche wehtaten.

Eines Tages stand plötzlich Mister David vor der Tür.

»Ich sehe Sie«, begrüßte der Zulu Robert.

»Ich sehe dich«, erwiderte Robert, der sich freute, ihn wiederzusehen.

»Ich denke, Sie werden einen *induna* brauchen.« Mister David hatte ein breites Grinsen im Gesicht.

»So ist es in der Tat.«

Mister David zeigte auf eine schwangere Frau, die in einiger Entfernung geduldig wartete. »Meine Frau«, sagte er.

Robert nickte. Es war sinnlos, ihm vorzuschlagen, sie möge sich zu ihnen gesellen.

»Ich brauche gute Männer für das Vieh.«

»Ich werde sie finden.«

Mister David zog ein. Drei Tage später folgte July. Er war durch eine Verwundung leicht behindert. Eine Kugel hatte sein rechtes Schienbein zertrümmert. Die traditionellen Heilmethoden hatten, außer dass sie eine Infektion abgewehrt hatten, nicht viel ausrichten können. Nun konnte er sich nur noch mithilfe eines Stocks vorwärts bewegen. Robert übertrug ihm die Verantwortung für die Instandhaltung der Arbeitsgeräte, eine Position, bei der July den größten Teil des Tages an der Werkbank sitzen konnte.

Wills Warenhandlung in Swasiland entpuppte sich als Katastrophe. Er hielt es einfach nicht lange an einem Ort aus. Regelmäßige Handelsreisen hielten ihn oft für Monate fort. Während seiner Abwesenheit gab die Swasi-Frau, die Will geheiratet hatte, ihr Bestes. Leider war ihre Loyalität gegenüber ihrem Stamm stärker als ihr Geschäftssinn. Immer wenn Will zurückkehrte, musste er feststellen, dass der größte Teil seiner Waren entweder verschenkt oder verliehen war.

»Diese verdammte Frau fällt auf jede Geschichte rein«, beklagte Will sich während eines Besuchs bei Lorna und Robert.

»Hat sie eine Wahl?«, fragte Robert.

»Eigentlich nicht«, gab Will zu. »Sie ist allen männlichen Familienmitgliedern zum Gehorsam verpflichtet. Mir war nur nicht klar, dass es so viele sind.«

»Sehen Sie, dass Sie den Laden loswerden. Oder gehen Sie zu John, um zu hören, was er vorschlägt.«

Will versprach, darüber nachzudenken.

Er behielt den Laden und nahm sich eine zweite Swasi-Frau. Ob es Dunns Rat gewesen war oder Wills eigene kluge Idee, wusste Robert nicht, aber jedes Mal bevor Will sich wieder auf eine Reise begab, räumte er alle Waren aus seinem Laden – es war ganz einfach. Seine Frauen konnten nichts weggeben, was es nicht gab, und diese Lösung kam allen zugute.

Am 15. August 1881, einen Tag nach seiner offiziellen Scheidung, heiratete Robert die einzige Frau, die er je geliebt hatte. Ihre Hochzeitsreise führte sie zusammen mit allen Kindern nach Schottland.

Es war seltsam, wieder in der alten Heimat zu sein. Die Landschaft, ja selbst die Häuser wirkten fremd. Sie kamen Ende Oktober dort an, in dem Monat, in dem in Zululand die Regenzeit begann, eine stickige, feuchte Jahreszeit. In Schottland wurde es allmählich Winter. Kühle Schatten fielen auf Wasserpfützen, die bereits von einer dünnen Eisschicht überzogen waren. Alles war grau, die Farbe der Kälte. Der Herbst war vorüber, die Bäume kahl.

Roberts Eltern holten sie in Edinburgh vom Zug ab. Es gab Freudentränen, als Lady Pamela ihren Lieblingssohn, Lorna, die sie immer gemocht hatte, und ihre vielen Enkelkinder in die Arme schloss. Der Earl war zurückhaltender, aber er drückte Roberts Hand so fest, dass er zusammenzuckte, und seine Augen bekamen einen weichen Glanz, als ihm die Kinder vorgestellt wurden.

The Grange wirkte älter und ungepflegter, als Robert es in Erinnerung hatte. Es war nicht, wie Mister David es ausgedrückt hätte, ein Haus ohne Schatten, es war vielmehr ein Ort, an dem Robert sich nicht mehr wiederfand. Zehn Jahre waren vergangen. Robert hatte sich viel zu sehr von seinem alten Leben entfernt, um je wieder dorthin zurückkehren zu können. Er stellte bald fest, dass er seine Heimat durch die Augen eines Fremden betrachtete.

Als Robert Victor gegenüberstand, wurden die Erinnerungen an seine Flucht wieder lebendig. Er ignorierte die ausgestreckte Hand und zog den überraschten Diener in eine stürmische Umarmung. »Ich habe Ihnen nie gedankt«, sagte Robert heiser.

»Mylord, ich habe doch nur meine Pflicht getan.« Victor zog sich zurück, in seinem Gesicht lag Unbehagen. Zwischen der Aristokratie und den Bediensteten kam es normalerweise nicht zu solchen Vertraulichkeiten.

Das große Haus und die weißhäutigen Dienstboten verunsicherten die Kinder. Sie fühlten sich unwohl. »Dürfen wir hinausgehen und spielen?«, fragte Cam.

»Natürlich«, antwortete Robert. »Aber haltet euch von den Blumenbeeten fern.«

Als Lady Pamela wenig später aus dem Fenster schaute, rief sie erschrocken: »Die Kinder haben sich die Schuhe ausgezogen. Sie werden sich den Tod holen. Bitte, sag ihnen, sie sollen vorsichtig sein, Robert. Ich sehe eines der Mädchen ganz oben auf einem Baum. Du liebe Güte, was um alles in der Welt haben sie jetzt vor?«

Lorna trat zu ihrer Schwiegermutter ans Fenster und lächelte über ihr entsetztes Gesicht. »Fische fangen«, erklärte sie. »Mach dir keine Sorgen, sie werden ihnen nichts antun. Ich fürchte, unsere Kinder werden dir ziemlich wild vorkommen.«

»Nein, nein«, antwortete Lady Pamela hastig. »Nur anders.«

Anders. Alles war anders. Steife Formalitäten statt natürlichem und echtem Lachen. Starre Regeln statt Freiheit. Bedienstete, die eher sterben würden, als ihre Distanziertheit abzulegen, statt Zulu, die die Kinder wie ihre eigenen behandelten.

Zu Ehren ihres Besuches kamen Charles und Charlotte aus Perthshire angereist. Sie wohnten in Canongate, verbrachten jedoch den nächsten Tag in The Grange. Es war eine Katastrophe von Anfang bis Ende. Robert hatte sich gefreut, seinen alten Freund wiederzusehen, war jedoch überrascht über seine kühle Begrüßung. Charles hatte Robert seine Liaison mit Alison offenbar nicht verziehen. Robert nahm ihm das nicht übel, fragte sich jedoch, wieso Charles so viel Aufwand betrieben hatte, um ihn zu treffen. Er hätte Charlotte einfach gestatten können, sie allein zu besuchen.

Ihre vier sich tadellos benehmenden Kinder waren wie Aufziehpuppen. Sie saßen mit im Schoß gefalteten Händen da und rührten sich nur, wenn ihre Eltern es ihnen erlaubten. Angus, der Älteste, der ein Jahr jünger war als Cam und Torben, ging auf Charles' Aufforderung hinaus zu seinen Cousins. Wenige Minuten später kehrte er in Tränen aufgelöst zurück. Cam und Torben hatten sich in einem Stockkampf gegenübergestanden, eine Zulu-Tradition, mit der persönliche Differenzen gelöst wurden. Schon fünfjährige Kinder beherrschten das Schlagen mit Stöcken. Angus war Zweitbester geworden, nachdem man ihn dazu überredet hatte, es einmal auszuprobieren. Ein Schlag auf den Kopf, mit dem er seinem Cousin nur zeigen wollte, wohin er zielen musste, so schwor Cam, fand weder bei Angus noch bei seinen Eltern großen Anklang.

Charlotte, die sich gegenüber ihrem Bruder, der ihr völlig verändert schien, unsicher fühlte, hielt das Thema der Unterhaltung strikt auf ihre Kindheitserlebnisse beschränkt. Es war die einzige Gemeinsamkeit, die es noch zwischen ihnen gab.

Niemand, so schien es, hatte das geringste Interesse, etwas über Afrika zu erfahren. Als Lorna versuchte, ihnen von Percy zu erzählen, löste sie überall Kopfschütteln aus.

»Wie überaus furchtbar, dass ihr keine anständigen Bediensteten findet«, bemerkte Charlotte.

»Nehmt euch doch Personal von hier mit«, riet Charles.

»Er klingt … so anders«, murmelte Lady Pamela.

Thomas und seine Familie kamen aus Tayside. Robert war seinem ältesten Bruder nie sehr verbunden gewesen, und die Unterhaltung wäre bereits nach fünf Minuten ins Stocken gekommen, wenn Lady Pamela nicht gewesen wäre. Thomas reiste am nächsten Tag wieder ab, unter dem Vorwand, zu Hause viel Arbeit zu haben.

Boyd würde am folgenden Wochenende kommen, und auch Lord de Iongh wollte ihnen irgendwann einen kurzen Besuch abstatten.

Am sechsten Tag ihres Aufenthaltes fragten sich Robert und Lorna, wie sie die restliche Zeit durchstehen sollten. Zu allem Überfluss wurde das Wetter immer schlechter, und die Kinder begannen, sich zu langweilen. Nur Torben fand ein wenig Ablenkung in der Bibliothek. Das hätte auch auf Ellie zugetroffen, wenn der Earl das Kind nicht mit der Nase in einer medizinischen Enzyklopädie vorgefunden hätte, wo es in aller Seelenruhe die männlichen Genitalien betrachtete. Lord Dalrymple war entsetzt und ließ sich auch nach allen Erklärungsversuchen über Ellies wissenschaftliche Interessen nicht dazu erweichen, seiner Enkeltochter wieder Zugang zur Bibliothek zu gewähren. Unglücklicherweise erstreckte sich dieses Verbot auch auf Torben, sodass Ellie und Torben fast eine ganze Woche im Kriegszustand verbrachten.

Lorna und Robert wussten, dass sie ihren Familien keinen Vorwurf machen konnten. Sie waren diejenigen, die sich verändert hatten.

Als Lord de Iongh eintraf, machte Robert sich rar. Der Mann hatte unmissverständlich klar gemacht, dass er nur seine Tochter und seine Enkelkinder sehen wollte. Torben, so wusste er, war nicht Lornas Sohn. Also fuhren Robert und Torben für einen Tag nach Edinburgh, um das Schloss, die Nationalgalerie sowie verschiedene andere Sehenswürdigkeiten zu besichtigen. Am späten Nachmittag kehrten sie mit einem Stapel Bücher für Torben und diversen medizinischen Nachschlagewerken für Ellie nach The Grange zurück.

Verglichen mit den anderen war der Besuch von Boyd äußerst erfrischend. Er war wenigstens in Afrika gewesen. Auch wenn sich seine Einstellung gegenüber dem Land und seinen Bewohnern nicht verändert hatte, gab es doch einige Gemeinsamkeiten.

Zwei Tage bevor sie nach London aufbrachen, wo sie noch ein paar Tage verbringen wollten, ehe sie an Bord des Schiffes gingen, das sie nach Hause bringen würde, bat Lady Pamela Robert um ein Gespräch unter vier Augen. Sie trafen sich in einem kleinen Salon. Ein Feuer knisterte im Kamin; draußen schneite es.

»Ich schätze, du wirst froh sein, nach Hause zurückzukehren.«

»Ich will nicht lügen, Mama. Du hast Recht. Zululand ist meine Heimat geworden.«

Seine Mutter lächelte. »Bitte, denk nicht schlecht über uns. Wir verfügen nicht über deine Erfahrungen.«

»Könntest du dir vorstellen, uns einmal dort zu besuchen?«

»Ja, aber der Earl weigert sich. Ich fürchte, er hat sich von Boyd zu sehr beeinflussen lassen.«

»Schade, dass er sich nicht von mir beeinflussen lässt. Boyd war nicht lange genug dort, um sich eine Meinung bilden zu können. Außerdem hat er die Augen gar nicht richtig geöffnet.«

»Das ist nicht sein Fehler, mein Lieber.«

»Wahrscheinlich nicht.« Robert goss ihnen etwas Wein ein. »Dann komm alleine. Du bist uns herzlich willkommen.«

»Ich kann nicht.«

»Warum nicht?«

»Darüber genau möchte ich mit dir sprechen. Ich habe erfahren, dass dein Vater in Natal lebt.«

»In Natal? Wo? In welcher Gegend?«

Lady Pamela trank einen Schluck Wein. »Er besitzt eine Farm in der Nähe von Colenso.«

»Woher weißt du das?« Roberts Herz schlug wild. Ausgerechnet Colenso.

»Er hat mir geschrieben.«

»Nach all den Jahren?«

Seine Mutter stellte ihr Glas ab. »Es geht ihm nicht gut. Er wollte sich verabschieden.«

Robert betrachtete ihr gefasstes Gesicht. Ihre Erziehung verbat ihr jegliche Gefühlsregung. »Wie hast du dich gefühlt, als du den Brief gelesen hast?«

Sie zuckte kaum merklich die Achseln. »Verwirrt. Es war alles so unerwartet. Da du die ganzen Jahre fort warst, wurde ich nicht länger an ihn erinnert. Und seine Worte ... er klang so anders als der Jonathan, den ich in Erinnerung hatte.«

»Afrika verändert die Menschen. Sag mir seinen Namen, oder nennt er sich noch immer Jonathan Fellowes? Glaubst du, er würde mich willkommen heißen, wenn ich ihn besuchte?«

»Ich sagte dir ja, dass es ihm nicht gut geht. Es gab Komplikationen nach einer Verwundung, die er sich im Kampf gegen die Zulu zugezogen hat. Aus seinem Brief würde ich schließen, dass er inzwischen nicht länger auf dieser Erde weilt.«

»Wie schade.« Robert verspürte nur leichtes Bedauern.

Schließlich hatte er seinen leiblichen Vater nie kennen gelernt. »Aber wenn dies so ist, warum kannst du uns dann nicht besuchen?«

Seine Mutter blickte auf ihren Schoß hinab. »Was, wenn er doch noch am Leben ist?«, flüsterte sie. »Es wäre äußerst unangenehm.«

»Unangenehm. Hör auf deine innere Stimme, Mama. Außerdem lebe ich in Zululand. Colenso ist weit entfernt.«

»Nein«, antwortete sie leise. »Es wäre nicht klug. Außerdem würde ich niemals ohne den Earl reisen, und er weigert sich beharrlich.«

Robert gab auf, auch wenn es ihn verletzte. Stattdessen sagte er. »Nenn mir seinen Namen.«

»Er nannte sich damals Walsh«, antwortete seine Mutter. »Jack Walsh.«

Die Nachricht traf Robert wie ein Schlag in die Magengrube. Jack Walsh! Der Mann, dem er bei Howick Falls das Leben gerettet hatte. Und Caroline war seine Tochter. Roberts Halbschwester, Sarahs Cousine. Was Sarahs fürchterlichen Vater zu seinem Onkel machte. »Ich kenne ihn«, brachte er mühsam hervor. Er erklärte seiner Mutter die Umstände.

»Oh, du meine Güte«, sagte sie und wischte sich die Augen trocken, als er schwieg. »Es musste so kommen.«

Später, als er Lorna von dem Gespräch erzählte, wurde Robert klar, was seine Mutter gemeint hatte. Er hatte dem Mann das Leben gerettet, der ihm seines geschenkt hatte. Das zu erfahren war die sonst so unerfreuliche Reise nach Schottland wert gewesen.

An Bord des Schiffes, das sie mit jedem Tag der Heimat ein Stück näher brachte, überraschte auch Lorna ihn mit einer Neuigkeit. »Erinnerst du dich an all jene langweiligen Abende, an denen wir früh ins Bett gingen, nur um uns den anderen entziehen zu können?«

»Ich werde sie nie vergessen«, antwortete Robert und lächelte bei dem Gedanken daran. »So schön es war, alles wiederzusehen, aber ich war noch nie so froh, irgendwo wieder verschwinden zu können. Warum hast du diese Frage gestellt?«

»Aus Langweile entsteht Leben«, erklärte Lorna philosophisch.

»Willst du damit sagen, was ich glaube, was du sagen willst?«

»Ich bin schwanger.«

»O Gott. Nicht schon wieder diese monatelangen Ausbrüche.« Er heulte auf, als sie ihm einen Stoß in die Rippen versetzte.

Margaret, die nur Meggie genannt wurde, kam gut sieben Monate später zur Welt.

Ihre Farm blühte, während Zululand sich an neue Regelungen gewöhnte. Robert tat, was er konnte, um den Zulu bei der Umstellung zu helfen. Er beschäftigte so viele von ihnen wie möglich, Männer ebenso wie Frauen. Jeder erhielt auf dem einen oder anderen Gebiet eine besondere Ausbildung. Er baute eine Schule, zahlte das Gehalt von zwei Lehrern und ermunterte jedes afrikanische Kind auf der Farm, am Unterricht teilzunehmen. Jeder Schritt entfernte sie ein Stück mehr von der Kultur, die sie jahrhundertelang beherrscht hatte. Robert wurde klar, dass sich die Zulu verändern mussten, um zu überleben.

Genau das sagte er zu Mister David.

»Es ist nur ein Baum«, antwortete der Zulu.

In Roberts Lächeln lag ein Hauch von Traurigkeit. Veränderungen mochten ein Baum sein, aber mit jedem Jahr, in dem er weiter wuchs, würden die Blätter und Früchte der Zulu-Tradition welken und absterben.

Kurz nachdem sie aus Schottland zurückgekehrt waren, sprachen David und Robert über das einzige Thema, das sie bisher immer vermieden hatten: den Krieg.

Mister David erinnerte sich. »Die roten Soldaten waren nur wenige, aber wie sie kämpften.«

»Bewunderst du sie?«

»Natürlich. Wir hatten viel mehr Krieger, und trotzdem konnten wir nicht gewinnen.«

»Wo hast du gekämpft?«

»Überall. Hlobane, Kambula ...«

»Du warst in Kambula?«

»Ja.«

»Tobacco war auch dort.«

Mister David nickte. »Er wurde getötet.«

»Ich weiß.« Robert zögerte. »Ich war ebenfalls da.«

»Sie waren ein roter Soldat?«

»Nein. Ein Späher.«

»Ah! Fanden Sie das nicht wunderbar? Jeder Krieger hat den Kriegsschrei ausgestoßen, als er seinen Feind tötete.«

»Ja, wir waren Feinde. Und trotzdem hast du dich entschlossen, für mich zu arbeiten.«

Mister Davids Antwort war ganz einfach. »Der Krieg ist vorbei. Wir sind keine Feinde mehr.«

»Ich bewundere deine Einstellung. So viele Zulu sind getötet worden. Euer König wurde gefangen genommen und ins Gefängnis geworfen. Was wird aus allem, wofür die Zulu standen?«

»Wir waren stark. Wir können es wieder werden.«

»Nein, mein Freund, das könnt ihr nicht. Die Briten regieren nun. Sie werden euren Versuch, wieder eine Nation zu werden, wie wir sie einst kannten, nicht akzeptieren.«

Mister David schlug sich auf die Brust. »Hier drinnen bleiben wir Krieger. Das kann uns nicht genommen werden. Unsere Frauen verehren uns, und viele neue Lobeshymnen werden gesungen. Das Zulu-Herz schlägt vor Stolz, und das wird immer so bleiben. Es gibt nicht einen Mann, der dem Ruf unseres Königs nicht folgen würde. Die Briten mögen uns auf dem

Schlachtfeld geschlagen und uns unsere Gesetze genommen haben, aber in unseren Köpfen und Herzen sind wir weiterhin Zulu. Niemand kann daran etwas ändern.«

Als Robert Mister David zuhörte, wurde ihm klar, dass er keine Rachegefühle hegte. Er hatte auch keine Drohung oder Warnung aussprechen wollen. Er brachte lediglich seine Überzeugung zum Ausdruck, die er mit einer solchen Aufrichtigkeit vertrat, dass alles andere undenkbar war. Er war ein Zulu, und er war stolz darauf. Da draußen, in dem riesigen, ungezähmten Land, das noch immer den Clannamen trug und nun durch eine Kolonialmacht zerschlagen war, die ihr Volk nicht verstand, besaß jeder einzelne Mann, jede Frau und jedes Kind dieselbe unerschütterliche Überzeugung. Ein Feind hatte sie besiegt, so wie sie selber in der Vergangenheit andere besiegt hatten. Es war etwas, das man verstehen und akzeptieren musste.

Zwei Jahre nach der Schlacht von Ulundi wurde deutlich, dass Wolseleys Pläne mit Zululand nicht funktionierten. Das Volk brauchte eine anerkannte Autorität, die sie verband. Die Häuptlinge allein reichten nicht, sie suchten einen König.

Schließlich erkannte London an, dass Cetshwayo versucht hatte, den Krieg zu verhindern. Die Briten standen in Transvaal unter Druck, wo ihnen Auseinandersetzungen mit den Buren aus den Händen zu gleiten drohten. Sie hatten keine Zeit, in Scharmützel einzugreifen, die innerhalb der Grenzen Zululands stattfanden. Cetshwayo, der plötzlich als die offensichtliche Antwort galt, unternahm die Reise nach London und ersuchte sowohl Königin Victoria als auch den zuständigen Beauftragten für Angelegenheiten, die die Kolonien betrafen, seine Position wiederherzustellen.

Sein Besuch war von Erfolg gekrönt. Er wurde in der britischen Öffentlichkeit sehr populär, und die Regierung gab ihm die Souveränität über sein Volk zurück.

Es reichte nicht. In der Vergangenheit waren die Zulu durch

drakonische Strafen zum Gehorsam gezwungen worden. Nach seiner Rückkehr stellte Cetshwayo fest, dass er ohne die Macht, Hinrichtungen anzuordnen, nicht wirkungsvoller war, als die Häuptlinge es gewesen waren.

Am 8. Februar 1884 erlitt Cetshwayo einen Krampfanfall und verstarb. Seine Familie verweigerte die Zustimmung zu einer Obduktion und begründete dies mit Stammestraditionen. Der Arzt erwähnte in der Sterbeurkunde den Verdacht auf Tod durch Gifteinwirkung. Nichts wurde je bewiesen.

Cetshwayo richtete seine letzten Worte an seinen Halbbruder Dabulamanzi, der die *impi* in Isandlwana angeführt hatte:

> *Dabulamanzi, dort ist mein Kind; nimm es an meiner Stelle in deine Obhut. Erziehe es gut, denn ich habe keinen anderen Sohn. Dinuzulu ist mein einziger Sohn. Es ist deine Aufgabe, Dabulamanzi, dich um mein Kind zu kümmern.*

Zwei Jahre später wurde Dabulamanzi von Buren erschossen. Dinuzulu, der damals fünfzehn Jahre alt war, wurde König der Zulu.

Seine Herrschaft war nur von kurzer Dauer. Im Jahre 1889, nachdem er gegen britische Einmischung und die zunehmende Buren-Besiedlung rebelliert hatte, wurde er auf die einsame Atlantikinsel St. Helena, tausend Meilen vor dem afrikanischen Festland, ins Exil geschickt. Die Tatsache, dass Napoleon, dessen Urenkel Louis im Zulu-Krieg ums Leben gekommen war, auf derselben Insel im Exil gewesen war, interessierte weder Dinuzulu noch die beiden Onkel sowie das Gefolge von Dienern und Frauen, die ihn begleiteten.

Zehn Jahre später wurde der fünfte Zulu-König begnadigt und durfte in sein Geburtsland zurückkehren. Inzwischen war Großbritanniens Herrschaft über Zululand nicht mehr rückgängig zu machen. Die große, von Shaka gegründete Nation schien verloren.

Was den Zulu jedoch blieb, war ihr Stolz. Still und leise, aber mit großer Entschlossenheit hielten sie an ihrer Identität fest.

»Unterschätzt uns nicht«, hatte Percy einst gesagt.

Und das tat Robert nicht. Nicht eine Minute.

# Danksagung

Es ist üblich, dass sich Autoren bei denen bedanken, die in irgendeiner Weise zum Entstehen eines Buches beigetragen haben. Bei *Im letzten Schein der Sterne* beruhen meine Recherchen jedoch vollständig auf jenen lange dahingeschiedenen Seelen, die sich im 19. Jahrhundert auf das Abenteuer Afrika einließen. Aus den unterschiedlichsten Gründen fühlten sich viele von ihnen genötigt, ihre Erlebnisse aufzuschreiben, und dafür bin ich ihnen äußerst dankbar. Ihre Erinnerungen sind das Gerüst für diese Geschichte. Doch so inspirierend ihre geschriebenen Worte auch sein mögen – sie weilen nicht länger auf dieser Erde, und es mangelt dem Dank an einem Gefühl des Hier und Jetzt. Daher möchte ich in aller Bescheidenheit meine eigene harte Arbeit loben.

Cate Paterson und Sarina Rowell, phänomenal begabten Lektorinnen, danke ich für ihre wertvollen Beiträge. Sie strafften, korrigierten und stellten um. Aus dem Arbeitszimmer der Autorin drang häufig Protest. »Das könnt ihr nicht einfach streichen«, hörte man sie bei mehr als einer Gelegenheit rufen. Aber – Zweifel und Zähneknirschen beiseite – ihre Vorschläge waren sinnvoll, und ich danke ihnen beiden.

*»Unglaublich dicht erzählt, aufregend, spannend und hervorragend recherchiert.«*

SYDNEY HARALD

Beverley Harper
HELLER MOND
IN SCHWARZER NACHT
Roman
624 Seiten
ISBN 3-404-15325-1

In einer luxuriösen Safari-Lodge im Etoscha Nationalpark erwarten Hotelangestellte und Ranger die letzte Besuchergruppe des Jahres. Die reichen Gäste aus Europa und Übersee sind verzaubert von der atemberaubenden Landschaft und Tierwelt. Eine umherirrende, aggressive Elefantenkuh zwingt schließlich eine Gruppe von Zoologiestudenten in der Lodge Zuflucht zu suchen, und sie ergänzen die Runde der illustren Gäste. Niemand ahnt, was die kommende Nacht für sie bereithält: Sie alle teilen ein gemeinsames Schicksal, das ihr Leben für immer verändern wird ...

Bastei Lübbe Taschenbuch

*Ein Australienschmöker vom Feinsten: Liebe, Entbehrungen und ein gefährliches Geheimnis*

Elizabeth Haran
DIE INSEL DER ROTEN ERDE
Roman
ca. 512 Seiten
Gebunden mit Schutzumschlag
ISBN-10: 3-431-03677-5
ISBN-13: 978-3-431-03677-0

Kangaroo Island, 1845: Vor der australischen Küste sinkt ein Schiff in einem gewaltigen Sturm. Wie durch ein Wunder überleben zwei junge Frauen das Unglück: Amelia Divine und Sarah Jones. Sie werden von dem Leuchtturmwärter von Cape du Couedic aus der See gerettet. Doch Amelia erleidet eine Kopfverletzung und verliert dadurch ihr Gedächtnis. Sie kann sich nicht einmal mehr an ihren Namen erinnern – und Sarah nutzt die Gelegenheit, den Lauf des Schicksals zu verändern und ihrer trostlosen Zukunft zu entfliehen. Das Leben der beiden jungen Frauen wird sich dramatisch verändern …

Ehrenwirth

*Eine dramatische Liebesgeschichte vor der farbenprächtigen Kulisse Indiens*

Nicole C. Vosseler
DER HIMMEL
ÜBER DARJEELING
Roman
512 Seiten
Gebunden mit Schutzumschlag
ISBN 10: 3-7857-2243-5
ISBN 13: 978-3-7857-2243-5

Cornwall, 1876. Nach dem Tod ihres Vater Vollwaise, sieht sich die junge Helena Lawrence vor dem finanziellen Ruin stehen. Der geheimnisvolle Ian Neville macht ihr ein Angebot: Er wird für ihr Auskommen sorgen, wenn sie ihn heiratet und auf seine Teeplantage im indischen Darjeeling begleitet. Zuerst widerwillig, sieht Helena schließlich keinen anderen Ausweg mehr, als mit ihm zu gehen. Helena verliebt sich in das fremde, märchenhafte Indien – und in ihren Mann. Doch Ian verbirgt ein Geheimnis, das Helenas Leben und ihre aufkeimende Liebe zu ihm für immer zerstören könnte …

Gustav Lübbe Verlag